Fördehaie

Yvonne Asmussen wurde 1967 in Hamburg geboren, wo sie auch heute noch mit ihrem Mann und den beiden Kindern lebt. Sie hat Medizin studiert und als Ärztin gearbeitet, bevor sie das Schreiben zu ihrem Beruf gemacht hat. Auf Reisen in das benachbarte Dänemark hat sie immer wieder Flensburg besucht, bis die Familie schließlich beschlossen hat, sich dort eine Zweitwohnung zuzulegen. Seit 2006 verbringt sie rund ein Drittel des Jahres in der Fördestadt. Außerdem ist sie stolze Besitzerin einer Harley-Davidson.

YVONNE ASMUSSEN

Fördehaie

KÜSTEN KRIMI

emons:

Bibliografische Information der Deutschen Nationalbibliothek
Die Deutsche Nationalbibliothek verzeichnet diese Publikation in der Deutschen Nationalbibliografie; detaillierte bibliografische Daten sind im Internet über http://dnb.d-nb.de abrufbar.

Umschlagmotiv: © mauritius images/Thomas Ebelt
Umschlaggestaltung: Tobias Doetsch
Gestaltung Innenteil: César Satz & Grafik GmbH, Köln
Druck und Bindung: CPI – Clausen & Bosse, Leck
Printed in Germany 2014
ISBN 978-3-95451-241-6
Küsten Krimi
Originalausgabe

Für Jens-Michael, Marie-Madeleine und Joshua

Gott hat seinen Engeln befohlen,
dich zu beschützen,
wohin du auch gehst.
Ps 91,11

Prolog

Das Taxi bremste und hielt direkt vor der Haustür. Nachdenklich schaute er aus dem Seitenfenster. Die Schnitzereien an der Tür waren verwittert, der Putz blätterte von den Gefachen, auf den Dachpfannen wuchsen Flechten. Und die Fenster … Ja, die Fenster mussten auch unbedingt erneuert werden. Trotzdem war es wunderschön. Sein Haus. Über dem Türsturz stand die Jahreszahl: 1746.

Der Taxifahrer drehte sich zu ihm um.

»Das macht sieben Euro neunzig.«

Endlich wieder zu Hause, dachte Erwin Meissner und suchte in seiner Jackentasche nach seinem Portemonnaie. Seine Finger waren steif, und es dauerte, bis er den Zehn-Euro-Schein endlich aus dem Fach gezogen hatte.

Früher hast du über die Ungeschicklichkeit deiner Großmutter gelacht. Und jetzt? Jetzt bist du selbst über achtzig.

»Bitte, der Rest ist für Sie.«

»Danke!« Der Taxifahrer lächelte, nahm den Zehner und schob sich seine Kappe ins Genick. Es war eine von diesen Sportkappen, wie sie anscheinend bei den jungen Leuten modern waren. Nur noch alte Männer wie er trugen Hüte. »Warten Sie, ich helfe Ihnen beim Aussteigen.«

Die Straße war so schmal, dass für das Öffnen der Autotüren gerade eben genug Platz blieb. Doch der Fahrer war jung, geschmeidig und stand schon neben ihm, bevor Erwin den Hebel zum Öffnen gefunden hatte. Mit seinen kräftigen Händen griff er ihm unter die Arme und zog ihn auf die Füße.

»Mein Gepäck?«

»Kommt sofort.«

Der junge Mann öffnete den Kofferraum, hob den alten braunen Lederkoffer heraus und stellte ihn neben die Haustür auf das Kopfsteinpflaster.

»Soll ich Ihnen den Koffer ins Haus tragen?«

Erwin schüttelte den Kopf.

»Nicht nötig. Ich muss ihn nur über die Schwelle heben, das schaffe ich.«

»Dann noch einen schönen Tag!«

Der Taxifahrer schwang sich wieder hinter das Steuer, ließ den Motor an und fuhr Richtung Norderstraße davon. Erwin sah ihm nach. Die Reifen holperten laut über das Kopfsteinpflaster – einer der Gründe, weshalb einige Anwohner unbedingt wollten, dass der Oluf-Samsons-Gang endlich für den Kraftfahrzeugverkehr gesperrt wurde. Parkplätze oder gar Garagen gab es bei den dicht an dicht gebauten, meist aus dem achtzehnten Jahrhundert stammenden Häusern ohnehin nicht.

Sein Blick streifte das Fenster des Nachbarhauses, in dem vor altmodischen Gardinen eine rote Neonlampe leuchtete. Angelika war offenbar zu Hause und gerade nicht beschäftigt. Sie hatte sich um seine Minki gekümmert, während er im Krankenhaus gewesen war. Später würde er sich bei ihr für diese Nachbarschaftshilfe bedanken. Erst einmal musste er den Koffer ins Haus schaffen. Und Minki begrüßen.

Erwin holte den Schlüssel aus seiner Manteltasche, schloss die Tür auf und trat in den dunklen, winzigen Flur.

»Minki! Minki!«

Nichts. Er legte seinen Hut auf die Ablage und zog seinen Mantel aus.

»Minki! Wo bist du denn?«

Vielleicht hatte Angelika sie hinausgelassen, damit sie draußen herumstrolchen konnte. Er ging in die Küche und öffnete die schmale Tür, die hinaus in den kleinen Hinterhofgarten führte. Eine Weile blieb er dort stehen. Früher, als seine Hilde noch lebte, war dieses winzige Stück Land ein Schmuckstück gewesen. In den ersten Jahren ihrer Ehe hatte sie auf den nicht einmal hundert Quadratmetern Gemüse angebaut. Die Ernte war so reich gewesen, dass sie sogar noch Möhren, Salat und Kräuter hatten verkaufen können. Später hatte sie Blumen gepflanzt. Prächtige Beete mit rosa, weißen und dunkelblauen Blumen, deren Namen er sich nie hatte merken können. Wozu auch. Der Garten war allein Hildes Revier gewesen. Sie hatte den

»grünen Daumen« gehabt. Bis zuletzt. Seit drei Jahren war sie tot. Und das kleine Grundstück verkam zusehends.

Er ließ die Tür einen Spalt offen, damit Minki jederzeit wieder hereinkommen konnte, setzte sich auf einen der Küchenstühle und tauschte seine Schuhe gegen die Cordpantoffeln. Sorgfältig stellte er die Schuhe unter die Garderobe neben der Haustür. Hilde hatte immer sehr viel Wert auf Ordnung gelegt. Und daran hielt er sich auch nach ihrem Tod.

Das laute Brummen von Motorrädern drang von draußen herein. Früher hatte man dieses Geräusch hier oft gehört. Da hatten in den meisten Fenstern rote Lampen geleuchtet, und tagsüber hatten die Damen in den geöffneten Fenstern gesessen und auf Freier gewartet. Die Rocker waren regelmäßig gekommen, um ihren erheblichen Anteil an dem Gewinn der Frauen abzuholen. »Abkassieren« hatten die Mädchen das genannt. Wie oft hatte eine von ihnen bei Hilde am Küchentisch gesessen und sich beklagt.

Im Laufe der Jahre hatten neue Investoren die historischen Häuser gekauft, sie entkernt und saniert. Wo früher Bordelle gewesen waren, wohnten jetzt Architekten, Künstler, Ärzte und Anwälte. Die Prostituierten waren verschwunden – bis auf Angelika. Wie er selbst war auch sie mittlerweile ein Fremdkörper in dieser Straße geworden, ein Relikt.

»Ich bin zu alt, um aufzuhören oder mich vertreiben zu lassen«, hatte sie ihm erst vor Kurzem gestanden. »Ich bleibe hier, bis sie mich hinaustragen.« Mit knapp sechzig blieb ihr dafür vermutlich noch viel Zeit. Ihm selbst hatte man schon oft Geld geboten. Aber auch er dachte nicht daran, sein Haus zu verkaufen. Die im Krankenhaus hatten versucht, ihn zum Umzug in eine dieser Anlagen zu überreden.

»Senioreneinrichtungen« hatten sie sie genannt und ihn von den Vorteilen überzeugen wollen. Aber er erinnerte sich gut an seinen Freund, der seine letzten Monate in solch einer »Einrichtung« verbracht hatte. Dort war es wie in einem Gefängnis zugegangen – aufstehen, essen und schlafen zu festgesetzten Zeiten und Toilettengang nur, wenn zufällig gerade jemand Zeit hatte. Bereits damals hatte er seine Entscheidung getroffen.

Lewer duad üs slav.

Nein, er kam gut zurecht. Er wollte nicht in ein Altersheim.

Erwin trat an den Kühlschrank. Danuta, seine Putzhilfe, hatte ihn gut gefüllt: Eier, Milch, Butter, Wurst. Alles, was er brauchte. In einer Frischhaltebox lag sogar eine Kohlroulade. Die würde er sich zum Mittagessen aufwärmen. Aber zuerst würde er Minkis Schüsselchen mit Milch füllen.

Nebenan wurde es laut. Durch die geöffnete Tür hörte er Angelika schimpfen und die Stimmen zweier Männer. Früher waren solche Streitereien oft vorgekommen. Und, so seltsam es klingen mochte, manchmal sehnte er sich danach zurück. Die Zeit war gewiss nicht gut oder rosig gewesen. Aber es war seine Zeit. Er war jung gewesen, Hilde war jung gewesen. Und jetzt …

Er seufzte und öffnete die Milchpackung. Dann hörte er ein Geräusch direkt über sich. Schritte? Oder Minki? Manchmal versteckte sie sich in der Wäschetruhe.

Er ging in den Flur und stieg die schmale, steile Treppe hinauf. Es waren nur zehn Stufen, aber mit der Arthrose in den Knien ging es eben nicht mehr so schnell wie früher. Er sah auf.

Die Tür zum Schlafzimmer stand offen. Eine dunkle Gestalt hob sich vor dem Fenster ab. Im letzten Augenblick konnte er sich am Geländer festhalten, sonst wäre er bestimmt vor Schreck die Treppe hinuntergestürzt.

Sein Herz klopfte bis zum Hals. Hatte der Psychiater im Krankenhaus doch recht? Bildete er sich Dinge ein, die gar nicht da waren? Es konnte doch nicht sein, dass jemand am hellen Tag in sein Haus eindrang, wo es doch bei ihm nichts zu holen gab. Oder doch? Die Gestalt wandte den Kopf, sah ihn an. Und plötzlich stand sie direkt vor ihm.

Der Mann trug eine schwarze Jacke, die Kapuze auf dem Kopf warf einen Schatten über sein Gesicht. Hatte Angelika einen Handwerker gerufen? Die meisten Betriebe schickten nur ungern ihre Mitarbeiter her – die Reparaturen an seinem uralten Haus waren kniffelig und brachten wenig ein. Aber vielleicht war etwas kaputtgegangen, ein Dachziegel heruntergefallen, eine Fensterscheibe zerbrochen oder eine Leitung defekt. Das kam vor. Die elektrischen Leitungen und Wasserrohre waren jahrzehntealt und die Fenster hier oben im Dachgeschoss noch einfach verglast. Eine aufgeschreckte Amsel reichte aus, um sie zu zerbrechen.

Der Fremde sagte nichts, sah ihn nur an. Dann streckte er seine Hand aus. Wie in einem Traum registrierte Erwin, dass er schwarze Handschuhe trug.

Das ist kein Handwerker!

Der Stoß gegen seinen Brustkorb war nicht besonders kräftig. Aber er reichte aus, dass er das Gleichgewicht verlor.

Die Treppe!, dachte Erwin entsetzt, als seine Füße keinen Halt mehr fanden. Zehn Stufen. Und du bist vierundachtzig.

Seine Reaktionen waren zu langsam, seine Gelenke zu steif, um noch rechtzeitig nach dem Treppengeländer zu greifen. In jungen Jahren hätte er das bestimmt geschafft.

Er fiel.

Der Aufprall tat viel weniger weh, als er gefürchtet hatte. Er spürte etwas Feuchtes im Gesicht und sah, dass er die Milchtüte immer noch in der Hand hielt. Milch floss auf den Boden. Er wollte aufstehen, aber er konnte sich nicht rühren, keinen Finger, nicht einmal den Kopf bewegen. Eine rote Pfütze breitete sich neben ihm aus.

Ich blute!

Sein Blick irrte hilfesuchend umher und blieb unter dem kleinen Garderobenschrank haften. Minki hockte dort, geduckt, mit gesträubtem Fell und angelegten Ohren. Sie musste sich versteckt haben.

Die Stimmen im Nachbarhaus waren verstummt.

Schritte näherten sich, kamen langsam die Treppe herunter. Der Fremde beugte sich über ihn und legte eine Hand unter sein Kinn, beinahe behutsam.

Erwin schloss die Augen. Er sah plötzlich Hilde vor sich, sie lächelte ihn an. So hatte sie immer gelächelt, wenn er abends aus dem Geschäft gekommen war.

Der Griff wurde fest, ein Daumen drückte in seine Wange.

Hilde!

Das Letzte, was er hörte, war ein lautes Knacken.

1

Freitag, 19. April

Andreas Claasen setzte seine Unterschrift unter den letzten Brief und lehnte sich in seinem Bürosessel zurück.

Vor zwei Jahren hatte ihm sein Freund Gerd Schümann angeboten, den Firmensitz zu verlegen. In ein modernes Bürogebäude auf der anderen Seite der Förde – Glas, Stahl, Granit, Beton. Lichtdurchflutete Räume, eingerichtet von einem namhaften Innenarchitekten. Firmen der New Economy als Nachbarn. Aber er hatte abgelehnt.

Jeden Morgen, wenn er ins Büro ging, dachte er daran, wie er zum ersten Mal als Achtjähriger das Arbeitszimmer seines Vaters betreten hatte. Die hohe Decke mit den üppigen Stuckornamenten, die Doppelflügeltüren, in deren Rahmen selbst Erwachsene wie Kinder wirkten, das leise knarzende Parkett. Noch heute spürte er den Schauer, der ihm damals über den Rücken gelaufen war. Jeden Tag wieder. Sosehr er moderne Architektur schätzte – in seinem Inneren war er Nostalgiker. Auch wenn Gerd ihn scherzhaft einen »hoffnungslosen Fall« nannte. Er blieb den alten Räumen treu und genoss die Aussicht.

Der Flensburger Hafen lag ihm buchstäblich zu Füßen. Wenn er wollte, konnte er die alten Segelyachten beim Ein- oder Auslaufen beobachten. Er sah, wie aus dem gelben Schornstein der »Alexandra« dunkle Wolken aufstiegen, wenn sich das historische Dampfschiff auf die nächste Rundfahrt vorbereitete. Auf der anderen Seite der Förde standen die modernen Gebäude, in denen er ein Büro hätte beziehen können. Vor dem satten Grün des Volksparks erhob sich der Kirchturm von St. Jürgen, um den sich die Häuser des Kapitänsviertels scharten. Den Hintergrund des Panoramas bildeten die Speicheranlagen auf der einen und die Werft auf der anderen Seite der Förde. Dahinter lag ein dunkelgrüner Streifen über dem Grau des Wassers – Dänemark.

Möwen kreisten, Jogger und Radfahrer wichen den Touristen aus, die auf der Promenade entlangschlenderten und je nach Witterung die Eisbuden, Restaurants oder Glühweinstände aufsuchten. Ganz gleich, ob bei Sonne, Regen, Schnee oder Sturm: Dieser Blick war einer der Gründe, weshalb er den Firmensitz nicht nach Kiel, Schleswig oder gar Hamburg verlegt hatte, sondern in Flensburg geblieben war.

Die altmodische Sprechanlage auf seinem Schreibtisch summte. Andreas drückte auf den Knopf.

»Was gibt es?«

»Herr Claasen, Herr Schröder ist eben eingetroffen.«

Die Stimme seiner Sekretärin klang etwas verzerrt aus dem Lautsprecher. Das Gerät war ein Relikt aus der Zeit, als sein Vater die Firma geleitet hatte. Ebenso wenig wie von den alten Büroräumen hatte er sich von diesem Gerät trennen können. Im Laufe der Jahre war es für ihn zu einem Wahrzeichen für Zuverlässigkeit, Beständigkeit und Tradition seines Unternehmens geworden. Werte, die seine Kunden und Geschäftspartner zu schätzen wussten. Mochte Gerd über seine Eigenheiten ruhig schmunzeln.

Es klopfte, und die weiße Kassettentür öffnete sich mit leisem, vornehmem Knarren.

»Bitte sehr, Herr Schröder.«

Frau Petersen trat einen Schritt zurück und ließ einen dunkelhaarigen Mann in einem gut geschnittenen Anzug an sich vorbei. Andreas erhob sich und ging auf ihn zu.

»Moin. Claasen.«

»Guten Tag, Herr Claasen. Schröder.«

Rheinländer, vermutete Andreas aufgrund des Akzents. Der Begrüßung nach zu urteilen, wohnte er noch nicht lange genug in Flensburg, um sich an das »Moin« gewöhnt zu haben. Sein Händedruck war fest. Andreas deutete auf einen der beiden Ledersessel vor seinem Schreibtisch.

»Bitte setzen Sie sich doch.«

Er nahm ebenfalls Platz und musterte den Mann vor sich eingehend. Dieser Schröder machte einen sportlichen, tatkräftigen Eindruck, das Lächeln auf dem braun gebrannten Gesicht wirkte selbstbewusst. Gerd hatte ihn als fähigen Makler empfohlen. Andreas sah keinen Grund, an dem Urteil seines Freundes zu zweifeln. Umso mehr wunderte es ihn, dass sich bisher noch kein Erfolg eingestellt hatte.

»Hat Herr Schümann Sie über mein Anliegen unterrichtet?«

»Es geht um ›Haus Fördeblick‹, nicht wahr?«

»Ja. Ich wollte hören, wie weit Ihre Bemühungen gediehen sind.«

Schröders Lächeln hatte etwas Nachsichtiges.

»Das Interesse hält sich in Grenzen. Wir inserieren bereits seit acht Wochen in den gängigen Flensburger Tages- und Wochenzeitungen. Aber –«

Andreas schnitt ihm mit einer Geste das Wort ab.

»Ich habe die Anzeigen gesehen«, sagte er, zog eine Zeitung aus der Schreibtischschublade und las vor: »Drei ZiW, B, K, von privat.« Er warf die Zeitung auf den Tisch. »Und so klein gedruckt, dass man zum Lesen eine Lupe braucht. Wer soll sich bitte daraufhin melden? Sehen so etwa Ihre Bemühungen aus? Meine Sekretärin hätte das besser gemacht!«

»Wir haben auch eine Anzeige mit Bild geschaltet.« Es klang ein wenig beleidigt.

»Und wie viele Interessenten haben sich daraufhin gemeldet?«

»Ich habe die Zahl gerade nicht im Kopf, aber …«

Andreas beugte sich vor.

»Wissen Sie was? Ich habe den Eindruck, dass Sie die Wohnung gar nicht vermieten wollen.«

Schröder sah ihn überrascht an.

»Aber ich dachte …«

»Es ist mir egal, was Sie denken. Ich will, dass Sie einen Mieter für die Wohnung finden. Und zwar so schnell wie möglich.«

Der Makler schluckte.

»Offenbar habe ich die Dringlichkeit Ihres Anliegens falsch eingeschätzt.« Er fuhr sich mit der Zungenspitze über die Lippen. »Aber Sie können beruhigt sein, Herr Claasen. Für heute Nachmittag um siebzehn Uhr habe ich die erste Besichtigung angesetzt. Ich kann Ihnen eine Liste der Interessenten vorlegen, wenn Sie möchten.« Er holte aus seiner Ledermappe einen

Bogen Papier hervor und reichte ihn über den Schreibtisch, doch Andreas winkte ab. »Wie Sie wünschen.«

Schröder steckte das Blatt wieder in die Mappe zurück und wollte sich erheben.

»Bleiben Sie noch einen Moment sitzen. Ich muss noch sicher sein, dass Sie auch meine Vorstellungen von dem zukünftigen Mieter kennen.« Andreas lehnte sich zurück und faltete die Hände über dem Bauch. »Wie soll ich es ausdrücken? Jemand aus einem medizinischen Beruf wäre ideal. Falls möglich, eine Frau, und zu alt sollte sie auch nicht sein.«

Schröder runzelte die Stirn.

»Ich glaube, da war jemand auf meiner Liste, der zu diesem Profil passt.«

»Hervorragend. Sorgen Sie dafür, dass die Frau einziehen will. So schnell es geht.«

Der Makler sah auf.

»In Ordnung. Haben Sie einen festen Zeitplan vor Augen?«

Andreas schwieg einen Augenblick und sah Schröder an. Wie schaffte Gerd es nur, solche Mitarbeiter zu finden? Wenn er seine Sekretärin darum bat, ausnahmsweise die Briefe direkt zur Post zu bringen, konnte er sich auf eine lange Diskussion über das Wie und Warum einstellen, zusätzlich zu den Klagen über Überstunden und ihren harten Arbeitstag. Schröder hingegen fackelte nicht lange. Von ihm wurde verlangt zu springen, und er fragte nur, wie hoch.

»Nein«, sagte Andreas und schüttelte den Kopf. »Kein Zeitplan. So schnell wie möglich.«

»Gut.« Schröder nickte. »Haben Sie noch einen Wunsch, eine Anmerkung?«

»Nein.« Andreas erhob sich und begleitete den Makler bis zur Tür. »Was sagten Sie, wann die Besichtigung stattfindet?«

»Heute um siebzehn Uhr.«

»Vielleicht werde ich dazustoßen, ich müsste zwar einen Termin verlegen, aber … Das heißt, wenn es Ihnen nichts ausmacht. Ich möchte Ihnen auf keinen Fall das Gefühl geben, Ihnen in Ihre Arbeit dreinreden oder Sie beobachten zu wollen.«

Der Makler zuckte mit den Schultern und lächelte breit.

»Nein, ganz und gar nicht. Wenn Sie es einrichten können, warum nicht? Sie sind schließlich der Auftraggeber!« Er reichte ihm die Hand. »Dann bis nachher im ›Haus Fördeblick‹. Sollten wir uns doch nicht sehen, werde ich mich bei Ihnen melden, sobald ich eine Mieterin gefunden habe.«

Die Tür fiel ins Schloss.

Schröder gefiel ihm. Er schätzte tatkräftige Menschen.

Andreas trat ans Fenster. Die Frühlingssonne ließ die Förde funkeln. Zwei Kinder fütterten die Schwäne und Enten, und eine schneeweiße Segelyacht fuhr in den Yachthafen ein.

Der erste Schritt ist getan.

Punkt fünf Uhr stand Christina Martens vor dem Haus Batteriestraße Nr. 2a auf dem schmalen Gehweg und wartete mit einem halben Dutzend weiterer Interessenten auf den Makler. Dabei versuchte sie, das Foto aus der Anzeige mit der Realität in Verbindung zu bringen. Das Bild einer verträumten Jugendstilvilla mit dem Flair eines verwunschenen Schlosses und dem verheißungsvollen Namen »Fördeblick«.

Sie haben dich alle gewarnt, dachte sie. Dein Bruder, deine Kollegen, die Krankenschwestern auf der Station, sogar ein Patient. Aber du wolltest nicht hören. Das hast du jetzt davon.

Sie war bitter enttäuscht.

Die Villa machte einen heruntergekommenen und verlassenen Eindruck, obwohl Gardinen und Töpfe mit Azaleen und Orchideen in den Fenstern des Erdgeschosses zumindest einen Bewohner vermuten ließen. »Fördeblick«. Der Name des Hauses musste aus einer Zeit stammen, als es die Fabrik auf der anderen Straßenseite noch nicht gegeben hatte. Zweifelnd betrachtete Christina den Zaun, unter dessen schwarzer Farbe der Rost Blasen warf. Ein von Unkraut überwuchertes Beet bildete den Vorgarten. Ausgetretene Stufen führten zur Eingangstür. Die Holzschnitzereien waren schön, aber ein neuer Anstrich war mehr als überfällig, und eine der Scheiben war durch ein Stück Pappe ersetzt worden. Von den Fensterrahmen blätterte der Lack ab.

Eine dunkle Wolke schob sich vor die Sonne, und die gelbe

Fassade nahm eine schmutzig graue Farbe an. Die Risse im Putz waren auf dem Foto nicht zu sehen gewesen. Ebenso wenig wie die halb verfallene Holzbude auf dem Nachbargrundstück, die ein kaputtes Schild als »Kiosk« auswies. Dem Zustand nach zu urteilen hatte der Betreiber sein Geschäft bereits vor zehn Jahren aufgegeben. Über ihr kreischten Möwen, und der Wind wehte eine seltsame Duftmischung herbei – es roch nach Meerwasser, das konnte sie nicht leugnen. Aber auch nach Müll.

Und dafür hast du dich abgehetzt, Susanne auf der Station mit den Angehörigen der Patienten allein gelassen und die Entlassungsbriefe auf Montag verschoben, dachte Christina.

Sie sah auf die Uhr. Es war Viertel nach fünf, und sie fragte sich, ob der Makler sie ebenso vergessen hatte wie der Rest der Welt dieses Haus. Herr Schröder, wie der Mann hieß, war seit einer Viertelstunde überfällig. Und mit jeder Minute, die verstrich, schwanden auch ihre Illusionen über die kleine Villa. Alles, was jetzt noch fehlte, war ein kräftiger Regenguss.

Christina war kurz davor, zu gehen, als endlich ein dunkelblauer BMW auf der Auffahrt neben dem Haus bremste. Ein Mann stieg schwungvoll aus. Er zog sich das Jackett über sein weißes Hemd und nahm eine Ledermappe vom Beifahrersitz. Er war braun gebrannt, sein dunkles Haar sorgfältig frisiert. Mitte dreißig, dynamisch und erfolgreich. Und doch wirkte er nicht ganz echt.

»Guten Tag!«, sagte er mit einem strahlenden Lächeln, das schneeweiße Zähne entblößte. »Verzeihen Sie bitte die Verspätung, ich wurde im Büro aufgehalten.« Er schüttelte jedem von ihnen die Hand, fragte sie dabei nach ihren Namen und hakte sie auf einer Liste ab, als wären sie eine Reisegruppe. »Haben Sie noch Fragen, bevor wir mit der Besichtigung beginnen?«

»Was ist das für ein Geruch?«, erkundigte sich einer der anderen Interessenten, ein Mann, der mit seiner Frau und zwei kleinen Kindern erschienen war.

»Das ist der Fleischmarkt gegenüber. Das merkt man kaum. Meist haben wir ja Westwind.« Herr Schröder lächelte unbekümmert. »Bisher hat sich noch keiner der Mieter beschwert.

Und wenn Sie die Räumlichkeiten erst einmal gesehen haben, werden Sie ohnehin alles andere vergessen.«

Das fürchte ich auch, dachte Christina und sah wieder zweifelnd an der Fassade hoch. Was soll's. Ich habe nichts Besseres vor. Und wenn ich schon mal hier bin, kann ich mir die Wohnung auch ansehen.

Aus der Ferne näherte sich ein dröhnendes Motorengeräusch.

Kein Geld.

Anfangs hatte er gedacht, er habe die Bankangestellten nicht richtig verstanden. Das Englisch der beiden war beinahe noch schlechter als sein Deutsch.

»Sie sind Neil McKinnley?«

»Ja.«

»Wir bedauern, Herr McKinnley, wir können Ihnen kein Geld auszahlen. Die Kreditkarte wurde gesperrt und das Konto eingefroren.«

Die Worte hämmerten immer noch durch Dukes Hirn, während er die Straße entlangfuhr. Und er sah die beiden vor sich: die etwas pummelige Frau mit den blonden Strähnchen und dem dezenten cremefarbenen Kostüm. Und ihr Vorgesetzter mit dem grauen Schlips und der randlosen Brille, den sie sich zu Hilfe geholt hatte. Als ob er vorhätte, sie mit vorgehaltener Waffe zu berauben. Man konnte nie wissen.

Es hatte eine Weile gedauert, bis er verstanden hatte, was »eingefroren« im Zusammenhang mit einem Bankkonto bedeutete. Frozen. Er konnte nicht mehr mit Kreditkarte zahlen und kein Geld mehr abheben. Nichts mehr. Nicht einmal einen Cent.

»Aber warum?«

»Über die Gründe können wir Ihnen nichts sagen«, hatte der Typ erklärt und dabei etwas hinter seinem Rücken an der Wand fixiert, anstatt ihm ins Gesicht zu sehen. »Sie werden gebeten, sich mit Ihrer Bank in Glasgow in Verbindung zu setzen.«

»Was ist mit den monatlichen Abbuchungen – Handyvertrag, Versicherung …?«

Ein flüchtiger Blickkontakt. Schweißperlen standen auf der Stirn des Bankangestellten, als fürchtete er jeden Augenblick den Ausbruch roher Gewalt. Und Duke hatte begriffen, dass die beiden glaubten, die Kreditkarte sei gesperrt worden, weil er zu Hause per Haftbefehl gesucht wurde.

»Um Ihre Fragen zu klären, sollten Sie sich an Ihre Bank in Schottland wenden. Oder an Ihren Anwalt. Wir können leider gar nichts für Sie tun, Herr McKinnley. Und jetzt …«

Den Rest hatte Duke sich erspart. Er hatte die Bank so schnell wie möglich verlassen und seinen Anwalt angerufen. Zum Glück hatte er sein Motorrad direkt davor geparkt.

Kein Geld!

Über die Gründe können wir Ihnen nichts sagen.

Er schon. Es konnte nur einen Grund geben. Und er kannte sogar den Namen.

Die Ampel vor ihm wurde grün, und er gab Gas. Rechts flog der Hafen von Flensburg an ihm vorbei. Die Harley vibrierte unter ihm, ihr Motor klang wütend, fast rachsüchtig, als er nach links ausscherte und einige Pkws überholte. Manchmal kam ihm seine Maschine vor wie ein lebendiges Wesen, das seine Stimmungen teilte. Die Harley konnte flüstern, schnurren, stöhnen, heulen oder knurren. Er setzte den Blinker.

Über die Gründe können wir Ihnen nichts sagen.

Sein Anwalt hatte ihm empfohlen, keine voreiligen Schlüsse zu ziehen. Aber er wusste es besser. Es lag bestimmt an Millicent, Millicent McKinnley. Der Name war so bescheuert wie die Frau. Platinblond, dreiundfünfzig Jahre alt, geldgierig und unglücklicherweise zweiundzwanzig Jahre mit seinem Vater verheiratet gewesen. Seit ein paar Wochen spielte sie jetzt die trauernde und von ihrem missratenen Stiefsohn schändlich betrogene Witwe. Selbst von der Beerdigung hatte sie ihn ausschließen wollen. Zwei Polizeibeamte hatten ihn am Kirchenportal einer gründlichen Leibesvisitation unterzogen, bevor er endlich zum Sarg seines Vaters durfte. Dass sein alter Herr ihn so großzügig in seinem Testament bedacht hatte, musste für Millicent wie ein Stich ins Herz gewesen sein. Zu glauben, dass sie es dabei belassen würde, war allerdings mehr als naiv gewesen. Für diese Dummheit musste er jetzt bezahlen. Im wahrsten Sinne des Wortes.

Kein Geld.

Duke wich einem dänischen Wohnmobil aus und bog ab. Es war Freitagnachmittag. Die Arbeiter der Stadtwerke und der anderen Betriebe waren zu Hause und genossen ihr verdientes Wochenende. Die Straße, die zum Clubhaus führte, lag frei vor ihm. Sie gehörte ihm und seiner Maschine.

Siebenundzwanzig Euro und ein paar Cent. Das war alles, was er noch in der Tasche hatte. Damit war der Traum von der Tour durch Europa vorerst geplatzt. Millicent hatte endlich einen Weg gefunden, sich an ihm zu rächen. Wenigstens hatte er noch am Morgen vollgetankt. Er lenkte das Motorrad in die Mitte der Straße und drehte den Gasgriff bis zum Anschlag.

Miststück.

Die Harley brüllte.

Die Gruppe von Leuten, die vor der heruntergekommenen Villa stand, tauchte wie aus dem Nichts vor ihm auf. Abgesehen von der barfüßigen Alten hatte er bisher dort niemanden gesehen. Doch jetzt drängten sie sich auf dem schmalen Gehweg, als gäbe es etwas umsonst. Es waren so viele, dass sie fast auf der Straße standen. Aber es war zu spät, um abzubremsen oder auszuweichen.

Wieder ein Klischee über Biker zementiert, dachte er, als er viel zu dicht und mit deutlich überhöhter Geschwindigkeit an den Menschen vorbeiraste. Im Rückspiegel sah er erschrockene, wütende Gesichter und im Luftzug flatternde Kleider. Und einen Mann im Anzug, der etwas Pelzigem hinterhersprang, das vom Sog der Harley auf die Straße geweht worden war.

Als Duke erkannte, worum es sich handelte, musste er laut lachen.

Mit ohrenbetäubendem Dröhnen raste ein schwarzes Ungetüm vorbei. Der Fahrtwind erfasste Christinas Mantel und ihre Haare. Und offenbar nicht nur ihre. Aus den Augenwinkeln registrierte sie, dass Herr Schröder barhäuptig auf die Straße rannte. Der Mann war völlig kahl.

»Unverschämtheit!«, schimpfte ein älterer Herr. »Hat sich jemand das Kennzeichen gemerkt? Dann könnte man den Kerl wenigstens anzeigen.«

Kopfschütteln.

»Ich hoffe, es ist niemandem etwas passiert?«, fragte Herr Schröder und lächelte aufmunternd in die Runde.

Christina wunderte sich, wie er es geschafft hatte, sein Haarteil so schnell wieder zu ordnen. Seine Frisur saß genauso perfekt wie vorher. Von den anderen schien niemand etwas gemerkt zu haben. Wahrscheinlich hatten alle nur auf den Motorradfahrer und seine Höllenmaschine geachtet.

»Dann wollen wir jetzt endlich unsere Besichtigung beginnen.« Der Makler stieg schwungvoll die Stufen hoch und zog ein Schlüsselbund aus seiner Tasche.

Er öffnete die Tür und ließ sie einen nach dem anderen in einen dunklen Flur treten. Als Christina an ihm vorbeiging, trafen sich ihre Blicke, und er wurde rot. Offenbar konnte er von ihrem Gesicht ablesen, dass sie sein Geheimnis kannte. Mühsam unterdrückte sie das Lachen, das aus ihr herausplatzen wollte.

Pfui, schäm dich. Der arme Mann!

»Im Erdgeschoss wohnt Frau Claasen, die Hausbesitzerin«, erklärte Herr Schröder unterdessen. »Die Wohnung, um die es geht, liegt im ersten Stock. Folgen Sie mir.«

Der Makler stieg vor ihnen die knarrenden Treppenstufen hoch. Christina legte ihre Hand auf das gedrechselte Geländer. Auch hier war ein Anstrich überfällig.

»Was ist oben im Dachgeschoss?«, fragte der ältere Herr und blickte dem Treppenverlauf nach.

»Dort befindet sich noch eine kleine Wohnung, die bisher zu Ferienzwecken vermietet wurde. Jetzt steht sie allerdings überwiegend leer.«

Herr Schröder schloss die Wohnungstür auf, eine weiße Kassettentür mit Milchglasscheiben in der oberen Hälfte. Unter der Schmutz- und Staubschicht ließen sich zwei Nymphen erahnen, die Wasser aus einem Brunnen schöpften. Christinas Herz begann, schneller zu schlagen. Das war nicht die Arbeit eines modernen Glasers, sondern echter Jugendstil.

Wenn das so weitergeht …

»Sehen Sie sich um«, sagte Herr Schröder und ließ sie in den langen Flur treten. »Die Wohnung verfügt über großzügige einhundertsieben Quadratmeter. Wohnküche, Bad und drei Zimmer. Eigentlich sind es vier, aber die Schiebetür zwischen Wohn- und Esszimmer wurde vor einigen Jahren zugunsten eines geräumigen Wohn- und Essbereichs entfernt.«

Während die übrigen Interessenten sich auf die Zimmer verteilten, öffnete Christina die Tür zum Badezimmer. Über dem Waschbecken prangte ein altes schwarz-weißes Fliesenschild, passend zum Terrazzoboden. Gemalte Efeuranken wanden sich knapp unterhalb der Decke um den ganzen Raum. Die Toilette verbarg sich hinter einem rosafarbenen Duschvorhang, und in der Ecke hinter der Tür stand ein riesiger Boiler. Doch das Prunkstück war eine frei stehende, geschwungene Badewanne auf Löwenfüßen. Sie trat an die Wanne und berührte die Emaille, die an einigen Stellen abgeplatzt war. Fasziniert betrachtete sie die geschwungene Armatur, die sicherlich noch aus dem Baujahr des Hauses stammte. Christina ertappte sich bei dem Gedanken, sich im Schein von Dutzenden von Kerzen hier ein Schaumbad einzulassen.

»Das Bad ist natürlich heutigen Ansprüchen nicht angemessen.« Christina erschrak, als der Makler plötzlich hinter ihr stand. Sie hatte ihn nicht kommen hören. »Aber es funktioniert alles. Darf ich?«

Herr Schröder drehte zum Beweis die Wasserhähne auf. Offenbar hatte er ihre Geste falsch gedeutet.

Sie ließ ihn stehen und ging weiter zur Küche. Sichtlich fassungslos stand die Frau mit den beiden Kindern vor den Schränken und Regalen, die aussahen, als wären sie aus den Wänden gewachsen. Der wohl ehemals elfenbeinfarbene, von Essensdünsten vieler Jahrzehnte vergilbte Lack blätterte an zahlreichen Stellen ab. An den großen, altmodischen Spülstein hatte ein herzloser Mensch einen Einhebelmischer aus dem Baumarkt montiert. Der billige Kühlschrank und der alte Gasherd verloren sich fast in der geräumigen Küche. In der Ecke führte eine schmale Tür in einen kleinen, kaum zwei Quadratmeter großen Raum – die ehemalige Speisekammer. Auf den schlichten

Holzbrettern lagen noch Tapetenreste, deren Muster Christina an die Wohnung ihrer Großeltern erinnerte.

»Die Vermieterin konnte sich bisher nicht zu einer grundlegenden Renovierung entschließen«, sagte Herr Schröder, der ihr offenbar gefolgt war. »Möglicherweise kann ich sie überreden, dem Einbau einer modernen Küche zuzustimmen. Allerdings müsste vermutlich der Mieter die Kosten übernehmen.« Es klingelte an der Tür. »Entschuldigen Sie mich, bitte.«

Gern, dachte Christina und war froh, den anhänglichen Makler für einen Augenblick los zu sein. Sie begann zu träumen.

Einbauküche? Nein. Lediglich ein neuer Anstrich für die Regale. Eine große, geschwungene Armatur für den Spülstein. Einen Kühlschrank im Retrostyle. Kräuter in Tontöpfen auf der Fensterbank. Eine Reling mit Kellen, Kochlöffeln und anderen nützlichen Utensilien über dem Herd …

Herr Schröder unterhielt sich leise mit dem Neuankömmling, einem Mann um die fünfzig, mit dem er eifrig irgendwelche Unterlagen studierte. Christina war das nur recht. Ungestört setzte sie ihren Rundgang fort.

Es war wie eine Zeitreise. Das Parkett knarzte leise unter ihren Schritten und flüsterte ihr Geschichten von wohlsituierten Kaufleuten, Rumhändlern und Reedern zu. Durch die hohen Sprossenfenster im Esszimmer flutete das Licht der Abendsonne herein, malte Kreise auf den schimmernden Holzfußboden und verlieh dem Stuck an der Decke Tiefe. Als sie den Kachelofen im Wohnzimmer entdeckte, kamen ihr fast die Tränen. Davon hatte sie immer geträumt!

Vom Wohnzimmer führte eine Flügeltür in einen Raum, den der Makler als »Schlafzimmer« bezeichnet hatte. Doch sie war sicher, dass sich hier einst die Bibliothek, das Arbeitszimmer oder ein Herrenzimmer befunden haben musste. An den Wänden waren die Schatten von Bildern und deckenhohen Regalen übrig geblieben. Sie bildete sich sogar ein, Pfeifentabak zu riechen. Die Triebe einer Kletterrose schauten durch das Fenster herein. Und Christina stellte sich vor, wie sie an einem großen Schreibtisch bei Rosenduft am Computer sitzen würde. Sie kehrte ins Wohnzimmer zurück und trat durch die Glastür auf den terrassenartigen Balkon hinaus. Vor ihr lag ein verwilderter Garten, der nur darauf zu warten schien, wach geküsst zu werden.

Dornröschen.

Ein Interessent nach dem anderen verschwand, bis Christina schließlich allein übrig blieb.

»Frau Martens, nicht wahr?« Herr Schröder kam mit dem fremden Mann auf sie zu. »Darf ich Ihnen Herrn Claasen vorstellen? Er ist der Sohn der Vermieterin.«

Christina reichte ihm die Hand. Claasen war ein schlanker, gut aussehender Mann, dessen dunkles Haar von grauen Strähnen durchsetzt war. Seinen hellgrauen Anzug und das fliederfarbene Hemd trug er so lässig, wie es nur selbstbewusste, erfolgreiche Geschäftsleute konnten. Er lächelte freundlich.

»Haben Sie noch Fragen, Frau Martens?«

»Wie kommt das Haus zu dem Namen ›Fördeblick‹?«

»Kommen Sie.« Die beiden Herren gingen mit ihr auf die andere Seite ins Schlafzimmer neben der Küche. »Sehen Sie? Von hier aus können Sie die Förde sehen.«

Tatsächlich. An den Gebäuden des Fleischgroßmarktes und zwischen zwei Schornsteinen hindurch sah sie etwas bläulich schimmern.

»Als das Haus erbaut wurde, gab es den Fleischmarkt gegenüber noch nicht«, erklärte Herr Claasen und steckte seine Hände in die Hosentaschen. »Damals hatte man noch einen freien Blick. Und es gab sogar einen Strand. Meine Mutter hat dort früher immer gebadet.«

Christina sah hinaus. Es war nur ein Zipfel Förde zu sehen, aber immerhin. Langsam glitt ein weißes Segel vorbei. Seit sie ein kleines Mädchen war, hatte sie von so einer Wohnung geträumt: mit großen Fenstern, Stuckverzierungen an den hohen Decken, einem echten Spülstein in der Küche und einer Wanne auf Löwenfüßen im Bad. Und sie wusste plötzlich, dass sie diese Wohnung wollte. Genau so, wie sie war. Sie wollte vor dem warmen Kachelofen sitzen, lesen und Tee trinken. Sie wollte morgens beim Aufwachen über sich die wunderschöne Stuckrosette an der Decke des Schlafzimmers sehen. Und sie wollte an einem üppigen Adventskranz auf einem großen Gesindetisch in der Küche Kerzen anzünden. Lage, Nachbarschaft, Schlachthof und Stadtwerke waren Christina egal. Die Einwände ihres Bruders waren ihr egal. Das hier war ihre Entscheidung.

»Wann könnte ich einziehen?«

Herr Schröder blinzelte und tauschte mit Herrn Claasen einen kurzen Blick.

»Heißt das, Sie …?«

»Ja. Mir gefällt die Wohnung«, sagte sie und wusste, dass Lars ihr jetzt bestimmt einen langen Vortrag über mangelndes Verhandlungsgeschick halten würde. Aber auch das war ihr egal. Es war ihre Entscheidung. Lars, der Vernünftige und Geschäftstüchtige mit dem scharfen Verstand, war Tausende von Kilometern weit weg. Er hatte sie hinter sich gelassen und kümmerte sich nicht mehr um sie. Sie musste jetzt ihren eigenen Weg finden.

»Sie brauchen keine weiteren Interessenten zu suchen, weil ich sie mieten möchte.«

Herr Schröder schüttelte kurz den Kopf, dann lächelte er.

»Natürlich. Wenn es so ist …« Er wandte sich an Herrn Claasen. »Möchten Sie die geschäftlichen Details mit Frau Martens persönlich besprechen, oder soll ich …?«

»Nein, nein, Schröder, ist gut. Ich werde mich noch ein bisschen mit Frau Martens unterhalten.« Er reichte dem Makler die Hand und klopfte ihm auf die Schulter. »Vielen Dank. Ich wünsche Ihnen einen schönen Feierabend.«

Herr Schröder lächelte, als hätte er gerade im Lotto gewonnen.

»Dann wünsche ich den Herrschaften noch einen schönen Abend!«

Er verließ die Wohnung, und kurz darauf hörte Christina den Motor seines Wagens starten. Dann wurde es still. Eines der Fenster stand offen, und irgendwo schlug eine Kirchturmuhr sieben Mal.

Überschlafe deine Entscheidung. Man sollte nichts übers Knie brechen, hörte sie die Stimme ihrer Eltern. Bestimmt hatten sie recht. Es war unvernünftig, eine solche Entscheidung aus dem Bauch heraus und innerhalb weniger Sekunden zu treffen. Andererseits war diese Wohnung ein Traum. Ihr Traum.

Und er war gerade in greifbare Nähe gerückt. Wer konnte ihr verwehren, dass sie mit beiden Händen zupackte?

Sie gingen wieder ins Wohnzimmer.

»Frau Martens, verzeihen Sie bitte meine Aufdringlichkeit. Herr Schröder sagte mir, Sie seien Ärztin. Ist das richtig?«

Christina runzelte die Stirn.

»Ja, das ist richtig. Ich arbeite in der internistischen Abteilung hier im Diakonischen Krankenhaus. Spielt das eine Rolle?«

Er sah aus dem Fenster, in seiner Hosentasche klimperte ein Schlüssel.

»Ich will nicht lange um den heißen Brei herumreden, sondern ehrlich zu Ihnen sein«, sagte er schließlich und lächelte verlegen. »Es geht um meine Mutter. Sie ist eine reizende alte Dame, herzkrank – zwei Infarkte hat sie schon hinter sich –, aber das ist nicht das Problem. Sie …« Er machte eine Pause, als müsse er sich seine Worte erst zurechtlegen. »Meine Mutter ist dreiundachtzig und – wie ich fürchte – zunehmend dement, Frau Martens. In Ihren Augen mögen es Kleinigkeiten sein, aber … Sie geht barfuß in den Garten oder zum Einkaufen. Und sie zitiert ständig Bibelverse. Aber Sie sind die Ärztin, Frau Martens. Und Sie wissen sicherlich, wie das ist. Es gibt Schwankungen. Manchmal scheint alles in Ordnung zu sein, und dann wieder …« Christina nickte zustimmend. »Meine Mutter weigert sich, in eine entsprechende Einrichtung zu gehen, und ich möchte sie auf gar keinen Fall dazu zwingen. Ich kann sie sogar verstehen. Ihr ganzes Leben hat sie in diesem Haus verbracht. Aber niemand kann sagen, wie lange es noch gut geht – wann sie das erste Mal vergisst, den Haustürschlüssel mitzunehmen oder die Herdplatte auszuschalten. Das ist der Grund, weshalb wir, meine Frau und ich, Sie als Mieterin im Haus Fördeblick allen anderen Bewerbern vorziehen würden. Ich möchte Sie bitten, ein Auge auf meine Mutter zu haben. Im Gegenzug werden Sie hier für einen lediglich symbolischen Mietpreis wohnen.«

Christina wusste nicht, was sie dazu sagen sollte. Dass sie die Wohnung mieten wollte, stand für sie außer Zweifel. Aber dafür auf die alte Dame aufpassen? Sie hatte Tag für

Tag schon genug auf der Station mit dementen Patienten zu tun.

»Ich weiß, diese Bitte kommt etwas überraschend«, fuhr Herr Claasen fort und fuhr sich durchs Haar. »Und ich kann mir vorstellen, dass Sie sich die Gestaltung Ihrer Freizeit anders vorstellen, als sich um eine Ihnen völlig fremde Frau zu kümmern. Aber so viel Betreuung braucht meine Mutter glücklicherweise noch nicht, sonst hätte ich sie bereits in eine entsprechende Einrichtung gegeben. Sie versorgt sich weitgehend selbst. Sie kocht und kauft ein, und zweimal in der Woche kommt eine Putzhilfe ins Haus. Nein. Was sie – und auch wir – vor allem brauchen, ist jemand, der vom Fach ist. Jemand im Haus, der sie im Alltag beobachtet und erkennt, wann der Zeitpunkt gekommen ist, dass sie für sich und ihre Umgebung eine Gefährdung darstellt.« Er sah sie fast flehend an. »Ich verlange von Ihnen jetzt keine Entscheidung, Frau Martens. Ich bitte Sie nur, es sich zu überlegen.«

Christina nickte.

»Das werde ich«, versprach sie.

»Wie ich schon sagte, kommen wir Ihnen mit dem Mietpreis entgegen. Zweihundertfünfzig Euro monatlich. Das liegt deutlich unterhalb des Mietspiegels. Und ich würde selbstverständlich noch – auf meine Kosten natürlich – vor Ihrem Einzug die Maler in die Wohnung schicken.«

»Sind Sie sicher? Zweihundertfünfzig Euro?«

»Na gut, zweihundert. Weil ich wirklich froh und dankbar wäre, wenn Sie sich unter diesen Umständen auf den Mietvertrag einlassen könnten.«

Christina schaute nachdenklich aus dem Fenster. Zweihundert Euro für diese Traumwohnung? Musste man da noch lange überlegen?

»Wann könnte ich denn einziehen?«

Er zuckte mit den Schultern.

»Die Maler können am Montag mit der Arbeit beginnen. Vielleicht sind sie schon zum Wochenende fertig, spätestens aber nächste Woche, wenn ich ein bisschen Druck mache. Und dann können Sie sofort einziehen. Oder wann auch immer es Ihnen passt.«

»Wäre es wohl möglich, dass die Maler auch die Schränke und Regale in der Küche abschleifen und lackieren?«

»Selbstverständlich.«

»Dann ist es abgemacht«, sagte sie. »Ich nehme die Wohnung.«

»Wunderbar. Ich bin Ihnen zu großem Dank verpflichtet.« Herr Claasen reichte ihr die Hand, und Christina fühlte sich wie eine erfolgreiche Geschäftsfrau, die gerade einen millionenschweren Handel abgeschlossen hatte.

»Ich werde am Montag den Mietvertrag aufsetzen lassen. Aber ich habe eine Bitte. Verlieren Sie meiner Mutter gegenüber kein Wort über unsere Vereinbarung. Sie ist die Vermieterin, und das soll auch so bleiben. In Ordnung?«

»Natürlich, Herr Claasen«, sagte Christina und drückte seine Hand.

»Hätten Sie noch die Zeit, mit mir zu meiner Mutter zu gehen? Dann können Sie sie gleich kennenlernen.«

»Ja, gern.«

Christina ließ den Blick durch das Wohnzimmer schweifen. Die Schatten wurden länger. Die Abendsonne brach durch die dicke Wolkendecke und ließ die rostroten Kacheln des Ofens in ihrem Licht glühen. Sie gingen gemeinsam durch den Flur. Als sie wieder an der Wohnungstür vorbeikamen, stellte sich Christina vor, wie sie die Milchglasscheibe putzen und wieder zum Strahlen bringen würde. Und für einen kurzen Augenblick schien es, als lächelten die beiden Nymphen ihr zu.

Im Erdgeschoss klopfte Herr Claasen an die Tür.

»Ja, bitte?«

Die Tür öffnete sich, und vor ihr stand eine zierliche alte Dame. Sie trug ein Kleid mit einem zarten Rosenmuster und eine farblich passende Strickjacke. Ihr Haar hatte sie mit altmodischen Perlmuttkämmen hochgesteckt. So ähnlich hatte sich Christina immer Miss Marple vorgestellt – eine reizende alte Dame mit erstaunlich klaren blauen Augen.

»Andreas!« Die alte Dame strahlte. »Ich habe vergessen, dir die Suppe mitzugeben, und …«

»Mutter, darf ich dir Frau Martens vorstellen?«

Er trat einen Schritt zur Seite. Christina streckte der alten Frau die Hand entgegen.

»Christina Martens. Ich habe eben mit Herrn Schröder die Wohnung oben besichtigt.« Überrascht registrierte sie, dass die alte Dame weder Schuhe noch Strümpfe trug.

Frau Claasen lächelte, und ihr feines Gesicht legte sich in hundert Falten.

»Und hat sie Ihnen gefallen?«

»Oh ja, sehr!«

»Ich weiß, dass die Wohnung modernen Ansprüchen nicht genügt«, sagte Frau Claasen, und es klang, als wolle sie sich entschuldigen. »Aber ich habe mich nie durchringen können, etwas zu verändern. Wissen Sie, ich bin in diesem Haus aufgewachsen. Erst haben meine Großeltern hier unten gewohnt, dann meine Eltern. Als mein Sohn geheiratet hat, sind mein Mann und ich ins Erdgeschoss gezogen. Vor etlichen Jahren hat meine Schwiegertochter ein Haus in Meierwik geerbt. Natürlich ist es dort viel vornehmer als hier beim Fleischmarkt.« Ihr Lächeln wirkte etwas traurig. »Und meine Enkelin studiert in Hannover. Darum steht die Wohnung leer. Seit mein Mann tot ist, ist es hier ein bisschen einsam. Und mein Sohn meinte, Gesellschaft und Leben im Haus würden mir guttun. Sagt er jedenfalls. Tatsächlich macht er sich Sorgen um meine Gesundheit.«

»Mutter! Das stimmt doch …«

»Andreas, leugne nicht. Ich kenne dich.« Frau Claasen drohte mit dem Zeigefinger. »Sind Sie Krankenschwester?«

Christina schüttelte den Kopf. »Ärztin.«

»Sehen Sie? So ist mein Sohn!« Die alte Frau lächelte.

»Ich hoffe, dass Sie trotzdem mit mir als Mieterin einverstanden sind.«

Frau Claasen ergriff ihre Hände. Ihre blauen Augen leuchteten.

»Das würde mich freuen«, sagte sie, und es klang ehrlich.

»Dann steht dem Mietvertrag wohl nichts mehr im Wege«, sagte Herr Claasen, und man sah ihm an, dass er sich über dieses Arrangement freute. »Wenn es Ihnen recht ist, können Sie ihn gleich am Montag in meinem Büro unterzeichnen, Frau Martens.«

»Ja. Wunderbar.«

Sie verabschiedeten sich von Frau Claasen. Beschwingt trat Christina auf die Straße hinaus. Sie brauchte nun nicht mehr lange Thomas' und Stefanies Gastfreundschaft zu strapazieren. Sie würde endlich wieder auf eigenen Füßen stehen und diese traumhafte Jugendstilwohnung ihr Zuhause nennen. Sie konnte wirklich zufrieden sein.

»Wo müssen Sie hin? Kann ich Sie noch ein Stück mitnehmen?«

Herr Claasen klimperte mit seinem Autoschlüssel.

»Danke, aber ich möchte Ihnen keine Umstände machen. Ich muss nach Mürwik. Ich wohne zurzeit bei meinem Bruder und …«

Er schüttelte den Kopf.

»Das sind keine Umstände, ich muss in dieselbe Richtung.« Er betätigte die Fernbedienung. Ein silbergraues Mercedes-Cabrio blinkte auf, und er öffnete die Beifahrertür. »Bitte sehr.«

»Aber ich …«

»Es ist wirklich kein Problem.«

»Dann danke ich Ihnen«, sagte Christina und ließ sich auf den cremefarbenen Ledersitz nieder.

Der Wagen hätte Lars auch gefallen, schoss es ihr durch den Kopf, dann verdrängte sie den Gedanken rasch. Sie fühlte sich gerade großartig und freute sich über diese wunderschöne und gleichzeitig preiswerte Wohnung. Da wollte sie sich die Stimmung nicht durch Erinnerungen verderben lassen.

Thomas Martens öffnete die Gartenpforte. Der Vorgarten war klein, der Weg zur Eingangstür kurz. Rechts und links neben den Gehwegplatten blühten Tulpen, Traubenhyazinthen und Osterglocken. An einer kleinen Zierweide baumelten noch die bunten Ostereier. Und an den erleuchteten Fenstern des Reihenhauses hingen von Hendrik und Friederike gebastelte Bilder. Aus dem gekippten Küchenfenster wehte der Duft von Nudelauflauf, und er konnte Stefanie in der Küche hantieren sehen.

Er klingelte. Christina öffnete ihm. Sie lächelte und strich sich das braune Haar aus dem Gesicht.

»Hallo, Thomas.«

»Hallo, Schwesterherz.« Er umarmte sie kurz, trat ein und zog seine Jacke aus. Gerade noch rechtzeitig, bevor sich die beiden Kinder mit lautem Geheul auf ihn stürzten. Mit Rike auf dem Arm und Hendrik im Schlepptau zog er in die Küche zu seiner Frau.

»Guten Abend, Schatz.« Er küsste sie zärtlich. »Es tut mir leid, dass ich mich verspätet habe.«

»Das macht gar nichts«, entgegnete Stefanie. »Hendrik war beim Fußball, Rike habe ich eben vom Geburtstag ihrer Freundin abgeholt. Und Christina ist auch noch nicht lange da.« Sie drehte sich zu ihm um, schlang ihre Arme um seinen Nacken und senkte ihre Stimme zu einem Flüstern. »Sie kam übrigens in einem silbernen Cabrio vorgefahren.«

»In einem Cabrio?«

»Ja. Einem Mercedes, von dem wir nicht einmal träumen können! Du kannst sie gleich beim Essen verhören. Es ist fertig.« Dann runzelte sie die Stirn. »Du siehst müde aus. Ein schwieriger Fall?«

»Nein.« Er schüttelte den Kopf und sah wieder den Toten am Fuß der Treppe vor sich. Den Pantoffel aus braunem Cord, der auf einer der Stufen liegen geblieben war. Und die Blutlache, die sich mit der Milchpfütze vermischt hatte. »Nicht schwierig. Aber traurig. Irgendwie.«

Die Kinder warteten schon am Esstisch, die Katze lag auf ihrem angestammten Platz auf dem Sofa und sah ihn erwartungsvoll an. Normalerweise begrüßte er sie mit einem Kraulen, wenn er nach Hause kam – gleiches Recht für jedes Familienmitglied. Aber heute konnte er sich nicht dazu durchringen. Viel zu gut erinnerte er sich an die Zeugenaussage der Nachbarin, die den alten Herrn gefunden hatte, mit der milchschleckenden Katze neben ihm.

Thomas nahm Platz, und sie ließen sich den Nudelauflauf schmecken, während Hendrik vom Fußballtraining und Rike von der Geburtstagsparty erzählte. Als die Kinder mit dem Essen fertig waren, liefen sie zum Fernseher. Stefanie schenkte Wein nach.

»Willst du reden?«, erkundigte sie sich bei ihrem Mann.

Er zog Stefanie oft ins Vertrauen. Natürlich nur im Rahmen dessen, was er erzählen durfte. Aber es half ihm, das loszuwerden, was er während seines Dienstes gesehen hatte. Und als Polizist bei der Kripo bekam er einiges zu Gesicht.

»Eigentlich gibt es da nichts. Ein vierundachtzigjähriger Mann ist in seinem Haus die Treppe hinuntergestürzt. Die Nachbarin hat ihn am Nachmittag gefunden.« Thomas zuckte mit den Schultern. »Ein altes Haus mit steiler Treppe, alte Knochen – der arme Kerl hatte wohl keine Chance. Natürlich müssen wir noch den Befund des Gerichtsmediziners abwarten, aber der Fall scheint klar. Unfall mit Todesfolge.«

»Scheint?«

Thomas warf Christina einen Seitenblick zu. Dass sie sofort auf dieses kleine Wort ansprang, war typisch für sie. Er musste sich wieder angewöhnen, mehr auf seine Worte zu achten. Jedenfalls solange seine Schwester noch bei ihnen wohnte.

»Tatsächlich gibt es noch etwas zu klären«, gab er zu. »Der alte Herr wurde gerade erst am Vormittag aus dem Krankenhaus entlassen. Der Koffer stand noch unausgepackt im Flur, der Entlassungsbrief steckte in seiner Manteltasche.«

»Aus welchem Krankenhaus denn?«, fragte Christina.

»Das darf ich dir nicht sagen. Ermittlungen. Jetzt stellt sich natürlich die Frage …«

Christina verdrehte die Augen.

»Ob die Ärzte den armen alten Herrn nicht hätten entlassen dürfen. Meinst du das?«

»So ungefähr«, stimmte Thomas zu und grinste.

Als Christina vor etwas mehr als drei Wochen Hals über Kopf aus Hamburg zu ihnen nach Flensburg gezogen war, hatte sie ihm gar nicht gefallen. Sie war bleich gewesen, fast eingefallen, mit dunklen Rändern unter den Augen. Und das Lächeln, das er so an ihr mochte, war ihm aufgesetzt und traurig erschienen. Kein Wunder. Vier Jahre hatte sie mit ihrem Freund Lars Krüger, einem Neurologen, der wie sie auch im UKE gearbeitet hatte, zusammengewohnt. Lars war ihr Traummann gewesen, blond, hochintelligent, gebildet und auf eine kühle, zurückhaltende

Art sehr charmant. Bis ihm eine Stelle an einer renommierten Klinik in Chicago angeboten worden war und er allen Ballast abgeworfen hatte, um in die USA zu gehen – Wohnung, Job, Möbel … und Christina. Manchmal stellte er sich vor, dass er diesem Kerl in der Dunkelheit und Stille einer einsamen Gasse begegnete.

»Jedenfalls wird die Staatsanwaltschaft sich für Krankenhausaufenthalt und Entlassung des alten Herrn interessieren. Und wir werden morgen die Ärzte im Krankenhaus dazu befragen.« Er machte eine Pause. »Und wie war dein Tag?«

»Oh, danke. Ich war bei einer Wohnungsbesichtigung.« Christina lächelte und klemmte sich wieder eine Strähne hinter das Ohr. »Und ich habe die Wohnung gemietet.«

»Welche? Doch nicht etwa die in der Batteriestraße?« Thomas schüttelte den Kopf. »Ich weiß, dass es keinen Sinn hat, dir das zu sagen. Aber ich würde es mir an deiner Stelle noch einmal überlegen. Die Gegend dort ist nicht die beste. Du musst doch nichts überstürzen. Du kannst so lange bei uns wohnen, bis du die richtige Wohnung gefunden hast.«

»Ich weiß. Aber das ist die richtige.« Sie lächelte. »Und ich kann dir versichern, dass ich nichts überstürze. Ich habe den Großmarkt gesehen, das Gelände der Stadtwerke und den alten verlassenen Schlachthof nebenan. Aber ich habe auch die Wohnung gesehen. Sie ist genau so, wie ich sie mir vorgestellt habe. Die Vermieterin ist eine ganz reizende alte Dame. Am Montag unterschreibe ich den Mietvertrag. Den Sohn habe ich übrigens auch kennengelernt. Er hat mich sogar nach Hause gefahren.«

»Ach. Das Cabrio.«

»Halt die Luft an, Tom. Man muss wirklich nicht allem und jedem misstrauen. Außerdem bin ich alt genug.«

»Vor allem bist du viel zu gutgläubig, Christina. Aber wenn du meinst …« Er hob resigniert die Hände. »Wie heißt denn dein neuer Freund?«

»Er ist nicht mein Freund«, entgegnete Christina ärgerlich. »Er heißt Andreas Claasen.«

»Andreas Claasen?« Thomas kniff nachdenklich die Augen

zusammen. »Er ist Spediteur, wenn ich mich nicht irre, und Mitglied im Stadtrat. Ein angesehener Bürger.« Er holte tief Luft. »Aber auch ein großer Schürzenjäger, wenn es stimmt, was man so hört. Pass auf dich auf, Chris!«

»Tom! Ich will doch nur eine Wohnung mieten!«

»Ja, das kenne ich. Und in deiner Naivität sind alle Menschen Engel.«

»Keine Sorge. Am Montag unterschreibe ich den Mietvertrag. In seinem Büro. Und sollte er es wagen, frech zu werden, drohe ich ihm mit meinem großen Bruder.«

Sie lachte, und er lachte mit.

Ja, das war wieder seine kleine Schwester. Allmählich kam sie wieder auf die Füße.

An der weiß getünchten Wand hing das Zeichen des Wizards of Doom Motorcycleclub – ein riesiger, von Flammen umgebener Totenkopf mit Reißzähnen, glühenden Augen und großen, geschwungenen Hörnern. Daneben gerahmte Fotos von Motorrädern, befreundeten Chaptern und verstorbenen Membern. Ein blank polierter Tresen, dahinter die gut bestückte Bar, davor ein paar Barhocker. Ein dunkelrotes Sofa und ein halbes Dutzend Sessel, die zwar nicht zusammenpassten, aber bequem waren, ein selbst gebauter Couchtisch. Aus den Lautsprechern unter der Decke klang Rockmusik. AC/DC, Van Halen, Aerosmith, Axel Rudi Pell. Es roch nach Rauch, Bier, Pizza und einem Hauch von Benzin und Motoröl. Ein Ort zum Wohlfühlen. Und fast wie zu Hause in Glasgow.

Gestern war Clubabend gewesen, da hatten sich alle fünfzehn Member der Flensburger Wizards eingefunden und bis tief in die Nacht gefeiert. Heute waren sie nur zu sechst. Bert, der President, der mit fünfundsechzig Jahren der Älteste der Flensburger war und seinen silbergrauen Zopf mit dem gleichen Stolz trug wie sein Patch. Jan, der Vice, ein großer, kräftiger Mann mit Glatze, den alle nur »Big J« nannten. Der Treasurer Mike, der mit seinen kurz geschnittenen dunklen Haaren und der randlosen Brille gut hinter einen Bankschalter gepasst hätte, wenn er nicht vom Hals bis zu den Fingerspitzen tätowiert gewesen wäre. Secretary Phil, der fast zwei Köpfe kleiner als Big J, aber kaum weniger muskulös war und das Clubzeichen auf seinem kahl rasierten Schädel trug. Und Steve mit seiner ausgefallenen Frisur, den zahlreichen Ohrringen und der gepiercten Augenbraue. Mit ihm verstand Duke sich am besten. Die anderen Mitglieder waren motorradverrückt. Er und Steve waren besessen. Wahrscheinlich hatten sie deshalb beide das Amt des Road Captains in ihrem Chapter inne: Sie waren für alles zuständig, was sich um das Thema Motorrad drehte. Sie planten die Rides und Runs. Sie legten die Reihenfolge des Packs fest und fuhren an dessen Spitze.

Duke hatte es sich auf dem durchgesessenen Sofa bequem gemacht. Er hatte den anderen seine Lage geschildert. Natürlich konnten auch sie ihm nicht sagen, weshalb sein Konto gesperrt worden war. Das konnte nur Andrew Logan, sein Anwalt. Und während seine Clubbrüder über Fußballvereine diskutierten, die ihm nichts bedeuteten, wartete er ungeduldig auf dessen Rückruf.

Er holte eine Zigarette aus der Schachtel und betrachtete das goldene Feuerzeug mit den eingravierten Initialen seines Vaters. Arthur McKinnley war Vorstandsmitglied einer großen schottischen Bank und entsprechend wohlhabend gewesen. Doch genutzt hatten ihm sein Geld, sein Haus, seine Grundstücke und Mietshäuser, die Aktien und Wertpapiere am Ende gar nichts. Der Tod hatte ihn gefunden, am Kragen gepackt und gnadenlos mit sich fortgeschleift. Jedes Mal, wenn Duke das Feuerzeug in die Hand nahm, sah er wieder das aschfahle, eingefallene Gesicht auf den weißen Laken vor sich, umgeben von Schläuchen und blinkenden und piepsenden Geräten. Dabei hatte sich das Verhältnis zu seinem alten Herrn gerade in den vergangenen drei Jahren etwas entspannt. Vielleicht hätten sie doch noch zueinandergefunden. Wenn sie mehr Zeit gehabt hätten.

Er zündete sich die Zigarette an und ließ das Feuerzeug zuschnappen. Bert reichte ihm wortlos ein Bier. Duke nickte ihm dankbar zu, öffnete mit beiden Daumen den Bügelverschluss und trank. Eigentlich stand ihm der Sinn nach etwas

Stärkerem. Aber Wodka gab es keinen mehr, von Rum bekam er Kopfschmerzen. Und das Zeug, das die anderen hier im Club als Whisky bezeichneten, hätte er höchstens als Felgenreiniger verwendet. Also blieb nur Bier.

Ihm fiel ein, dass er den Flensburger Wizards als Dank für ihre Gastfreundschaft ein paar Flaschen echten Whisky spendieren wollte, erstklassigen schottischen Single Malt, bevor er seine geplante Tour zu den europäischen Chaptern des Clubs fortsetzte. Aber das Leben scherte sich offenbar einen Dreck um seine Pläne.

Das Handy in seiner Hosentasche vibrierte, und augenblicklich schnellte sein Puls in die Höhe. Er stellte die Bierflasche auf dem Boden ab und zog das Telefon aus der Jeans. Bert gab ein Zeichen, die Musik leiser zu stellen, doch Duke schüttelte den Kopf. Er sprang auf und drückte die Zigarette im Aschenbecher aus.

»Hallo?«

»Mr. McKinnley? Sind Sie das?«

Der Mann am anderen Ende der Leitung war kaum zu verstehen. Doch er erkannte die leicht näselnde Stimme des Anwalts mit dem vornehmen Oxford-Akzent. Andrew Logan war Engländer. Einer der Gründe, weshalb nicht jeder der Glasgower Wizards ihm uneingeschränkt vertraute.

»Ja. Einen Moment. Hier ist es ziemlich laut. Ich gehe raus.« Er verließ den Clubraum und stand auf dem Hof, umgeben von einem halben Dutzend Harleys. Der Himmel war schwarz. Sterne waren nicht zu sehen, und selbst der Mond ließ sich durch die Wolkendecke nur erahnen, aber es regnete nicht. Auf der anderen Seite von Tor und Mauer, die das Clubhaus von der Straße und den Nachbarn abschirmten, stand eine Straßenlaterne. Ihr Licht spiegelte sich auf Lack und Chrom. »Jetzt können wir reden.«

»Folgender Stand. Bei Ihrer Bank hat man sich bedeckt gehalten und mich nur auf eine einstweilige Verfügung verwiesen, die von der Kanzlei Hazelwood und Dalwhinny im Auftrag von Millicent McKinnley eingereicht wurde. Den Antrag auf Akteneinsicht kann ich erst am Montag stellen. Aber ich habe die Anwältin Ihrer Mutter erreicht und –«

»Stiefmutter«, verbesserte Duke. »Ich teile mit dieser Frau den Nachnamen, weil sie in einer dunklen Stunde meinen Vater geheiratet hat. Ich wäre Ihnen dankbar, wenn Sie von ihr nur als Mrs. McKinnley sprechen.«

»Nun gut. Glücklicherweise kenne ich Alice Hazelwood sehr gut. Ich habe sie zum Essen eingeladen, dabei konnten wir ein bisschen plaudern.« Duke wusste, dass Logan das Essen mit auf seine Rechnung setzen würde. Aber das war ihm egal. Falls notwendig, würde er den beiden Rechtsanwälten sogar ein Hotelzimmer bezahlen. »Mrs. McKinnley lässt das Testament Ihres Vaters anfechten, und bis zur endgültigen Klärung werden alle Konten gesperrt, damit die Erbmasse bis zur Entscheidungsfindung nicht angetastet wird. Im Klartext: Sie kommen vorerst nicht an das Geld heran. Und dagegen kann ich auf die Schnelle nichts machen.«

»Dieses Biest! Diese alte Hexe! Darf sie das Testament einfach so anfechten?«

»Leider ja. Als Ehefrau steht es ihr zu.«

»Und was ist mit mir? Ich bin sein Sohn! Habe ich etwa keine Rechte? Dabei ist sie nicht einmal leer ausgegangen. Ihr gehören das Haus, mehrere Grundstücke, die Wertpapiere und was weiß ich noch alles. Was will die blöde Kuh denn noch?«

»Alles. Und Ihren Kopf auf einer silbernen Schale«, erwiderte Logan trocken. »Das sind übrigens nicht meine Worte. Aber so weit wird es nicht kommen. Ich bin schließlich Ihr Anwalt.«

Duke holte das Feuerzeug aus seiner Jeans.

»Wie lange wird das Ganze dauern?«, fragte er und blickte in die im Windzug flackernde Flamme.

»Ich weiß es nicht. Wenn wir Glück haben, ein paar Wochen. Es können aber – theoretisch – auch Jahre darüber ins Land gehen.«

»Großartig.« Er ließ das Feuerzeug zuschnappen. »Was ist in der Zwischenzeit mit den monatlichen Abbuchungen?«

»Ich werde mich selbstverständlich darum kümmern. Einige Verträge können bestimmt ruhen, bis die Sache geklärt ist, andere müssen wahrscheinlich gekündigt werden. Aber das ist eine Kleinigkeit. Hier wartet noch ein ganz anderes Problem auf Sie, Mr. McKinnley.«

»Und das wäre?«

»Ich hatte kurz nach Ihrem Anruf Besuch von Mr. Cunningham.«

»Money Mike? Was wollte der denn von Ihnen?«

»Er wollte wissen, wo Sie sind. Vor allem aber hat ihn interessiert, wo sein Geld bleibt.«

Zwei Schläge lang setzte Dukes Herz aus.

»Sein Geld? Aber …« Er rieb sich die Stirn. »Ich habe ihm das Geld überwiesen. Und zwar am Tag, bevor ich losgefahren bin. Die ganze Summe.«

»Offenbar hat er es nicht erhalten, denn Mr. Cunningham war gar nicht erfreut zu hören, dass Sie außer Landes sind. Ich will Ihnen nicht unsere ganze Unterhaltung wiedergeben, aber es sind Worte wie ›abgehauen‹ und ›Betrüger‹ gefallen. Und er hat mehrfach betont, dass er sich nicht über den Tisch ziehen lässt.«

Duke wurde abwechselnd heiß und kalt.

»Mr. Logan, Sie müssen Mike erklären, dass ich ihm das Geld überwiesen habe. Vielleicht hat die Bank einen Fehler gemacht oder …«

»Ich fürchte, das allein wird Mr. Cunningham nicht beruhigen. Er will sein Geld sehen. Sie wissen, wozu dieser Mann fähig ist.«

Ja, das war in Glasgow bekannt. Es war erstaunlich, was ein zwölfer Eisen, von einem passionierten Golfspieler geschwungen, anrichten konnte.

»Verdammt.«

»Um welche Summe geht es?«

»Zwölftausendvierhundert Pfund. Ein Restbetrag.«

»Restbetrag?«

»Verflucht, Mr. Logan, das spielt doch jetzt keine Rolle. Ich habe zweihunderttausend Pfund von meinem Vater geerbt. Natürlich dachte ich, dass ich meine Schulden endlich auf einen Schlag begleichen kann, und habe den seit ich weiß nicht wann laufenden Dauerauftrag storniert. Dass die Bank schlampig arbeitet oder der verdammte Computer seinen Job nicht richtig macht, kann ich doch nicht ahnen! Irgend so ein blöder Grund muss es sein, denn ich weiß ganz genau, dass ich dieses beschissene Formular gemeinsam mit der Bankangestellten ausgefüllt habe.«

»Ich stelle nicht Ihre ehrenhaften Absichten in Frage. Aber niemand leiht sich Geld von diesem Mann.« Die Stimme des Anwalts klang nachsichtig, sanft.

»Klar. Deshalb ist Mike auch so gut im Geschäft und unterhält einen Fuhrpark mit zwei Bentleys, einem Rolls-Royce und einem Porsche.«

»Ich meinte, niemand mit Verstand, Mr. McKinnley.«

Er hätte Logan am liebsten ins Gesicht geschlagen.

»Oder mit Ihrem Leumund und Ihrem Einkommen«, entgegnete er scharf.

»Ich wollte Ihnen nicht zu nahe treten, Mr. McKinnley«, lenkte der Anwalt ein. »Vergessen Sie nicht, dass ich auf Ihrer Seite bin.« Er machte eine Pause. »Ich gehe davon aus, dass Sie einen triftigen Grund hatten, sich eine nicht unerhebliche Summe bei einem stadtbekannten Kredithai zu leihen.«

»Richtig.«

Logan seufzte.

»Ich werde bei der Bank nachhaken, was mit dieser Überweisung passiert ist. Vielleicht lässt sich das auf dem Kulanzwege regeln. Sofern der Fehler bei der Bank liegt. Aber damit sollten wir nicht rechnen. Außerdem wird das allein Ihre Probleme nicht beseitigen.«

Duke lachte bitter.

»Sie haben ein Talent, mir Mut zu machen.«

»Offenbar ist Ihnen die Tragweite dieser Angelegenheit noch nicht klar geworden, Mr. McKinnley. Ihre Stiefmutter lässt das Testament anfechten. Um ihr Ziel zu erreichen, wird sie auch nicht davor zurückschrecken, Ihre Erbunwürdigkeit feststellen zulassen. Ihre Mitgliedschaft bei den Wizards of Doom und Ihre Vorstrafen spielen ihr bereits in die Hände. Wenn nun auch noch bekannt wird, dass Sie sich von Mr. Cunningham Geld geliehen haben, was, glauben Sie, sagt das über Ihre Erbwürdigkeit aus?«

Duke schloss die Augen.

»Fuck.«

»Ich sehe, Sie haben verstanden. Ich werde mich gleich am Montag mit Ihrer Bank in Verbindung setzen. Und mit Cunningham reden. Der Mann ist recht intelligent. Ich schätze, er wird begreifen, dass er sein Geld eher bekommt, wenn er stillhält, damit Sie Ihr Erbe behalten.«

»Also heißt das, dass ich hierbleiben muss?«

»Ich fürchte, ja. Abgesehen davon, dass es mich als Ihr Anwalt beruhigt, wenn derzeit möglichst viele Meilen zwischen Ihnen und Ihrer Stiefmutter liegen. Sollten Sie nach Hause kommen, bevor diese Angelegenheit geklärt ist … nun, ich schätze, Sie würden unter Umständen mehr einbüßen als die zweihunderttausend Pfund Ihres Vaters.«

»Klar. Money Mike hat schließlich einen Ruf zu verlieren.« Duke holte tief Luft und schüttelte den Kopf. »Das ist nicht fair.«

»Das ist es selten. Es tut mir leid. Sobald ich mehr weiß, melde ich mich bei Ihnen. In Ordnung?«

Duke nickte. »In Ordnung.«

»Darf ich Ihnen noch einen Ratschlag geben?«

»Okay, ich höre.«

»Seien Sie vorsichtig, halten Sie sich aus jedem Ärger heraus. Kein Konflikt mit dem Gesetz, nicht einmal ein Ticket wegen Falschparkens. Hier wird nur darauf gewartet, dass Sie einen Fehler machen. Und dann kann ich nichts mehr für Sie tun.«

»Ich habe es begriffen.«

Das Telefonat war beendet. Duke ließ sich auf die Betonstufen nieder. Er fischte die letzte Zigarette aus dem Päckchen, zerknüllte die Schachtel und warf sie über die Mauer. Beim Anzünden der Zigarette zitterte seine Hand, als wäre er ein Greis.

Was sollte er tun? Wenn es nach ihm ginge, hätte er sich sofort auf den Weg nach Glasgow gemacht, um Money Mike gegenüberzutreten und die Sache aus der Welt zu schaffen. Die Kohle seines Vaters … tja, schade drum, verdammt schade, aber er war vorher auch ohne ausgekommen. Das entscheidende Argument war, dass er mit einer Rückkehr nach Glasgow den Club in die Sache mit hineinziehen würde. Trace, Will und die anderen Brüder würden versuchen, ihn vor Mike und seinen Schlägern zu schützen. Mit allen Mitteln. Das aber bedeutete Krieg zwischen den Wizards und Mikes Leuten. Einen blutigen Krieg.

Duke inhalierte tief und blies den Rauch in den Himmel. Er fröstelte. Er biss sich auf die Lippen und dachte angestrengt nach. Es schien keine Alternative zu geben. Er musste in Flensburg bleiben, für Wochen, vielleicht sogar Monate. In der Zwischenzeit konnte Logan möglicherweise die Erbschaftsangelegenheit klären. Oder ihm selbst fiel etwas ein. Mike würde seine Kohle bekommen, mit Säumniszuschlag natürlich. Und das Wichtigste: Der Club blieb von der ganzen Geschichte verschont.

Okay, dann also Flensburg. Großartig.

Nicht Barcelona, Paris, Amsterdam oder Hamburg, wo man es sich ohne Schwierigkeiten für längere Zeit gemütlich machen konnte. Nein. Er musste in Flensburg hängen bleiben. In der hintersten Provinz. Das Schicksal hatte einen verdammt seltsamen Humor. Wie zur Hölle sollte er sich hier die Zeit vertreiben, noch dazu »ohne mit dem Gesetz in Konflikt zu geraten«, wie Logan ihm geraten hatte? Er war ein Wizard! Er brauchte den Weg eines Polizisten nur zu kreuzen, und der Ärger war vorprogrammiert. Sollte er für unbestimmte Zeit im Clubhaus herumhängen, nicht mehr vor die Tür gehen und sich von den Jungs aushalten lassen? Und alles nur wegen dieser Schlampe. Jetzt brauchte er wirklich einen Drink.

Er stieg die Stufen hoch, ging direkt zur Bar, schenkte ein Longdrinkglas halb voll mit Rum und stürzte es in einem Zug hinunter. Der Alkohol brannte in der Kehle und hinterließ ein Gefühl von Wärme in seinem Magen. Big J und Bert traten neben ihn an den Tresen, jemand stellte die Musik ab. Plötzlich wurde es still im Raum.

»Schlechte Nachrichten?«

»Yeah«, antwortete Duke und schenkte sich ein zweites Glas ein.

Zur Hölle mit den Kopfschmerzen.

In Kurzfassung wiederholte er, was Logan ihm eben erzählt hatte.

»Scheiße«, sagte Big J. »Was hast du jetzt vor?«

»Vorläufig muss ich in Flensburg bleiben. Ich weiß nicht, wie lange. Ich bin total blank, muss sehen, dass ich irgendwo unterkomme, und ...«

Bert schüttelte den Kopf.

»Quatsch. Du kannst natürlich im Clubhaus schlafen, so lange du willst. Oder so lange es sein muss. Die Jungs werden sich freuen.«

Big J grinste. »Und die Mädels.«

»Danke. Aber der Ride und die Party morgen ...«

»Finden statt wie geplant«, entschied Bert. »Mit dem Unterschied, dass es kein Abschiedsfest wird, sondern eher eine Duke-Support-Party. Und Geld kriegen wir auch noch zusammen. Verhungern und verdursten werden du und deine Maschine bestimmt nicht.«

»Das kommt gar nicht in Frage. Ich brauche so schnell wie möglich einen Job.«

»Was kannst du denn?«, erkundigte sich Big J.

Duke zuckte mit den Schultern.

»Motorräder reparieren. Und zeichnen. Aber eigentlich ist es mir egal. Ich schleppe auch Kisten oder Möbel oder wasche Teller ab, wenn es sein muss. Ich brauche Kohle.«

»Komm am Montag zu uns in die Werkstatt«, sagte Steve. »Die Saison hat angefangen, bald ist Urlaubszeit. Gerade heute früh hat mein Chef mal wieder gejammert, dass er eigentlich – wie jedes Jahr – zu wenig Leute hat.« Er grinste. »Allerdings wird der Alte dich erst einmal auf Herz und Nieren prüfen wollen. Wenn er dein Bike sieht, fragt er dir Löcher in den Bauch.«

»Kein Problem. Da gibt es Schlimmeres.«

»Und sollte das nicht klappen, kommst du zu mir ins Studio«, ergänzte Mike.

»Danke, Jungs«, sagte Duke und musste doch noch lächeln.

Bert legte ihm eine Hand auf die Schulter.

»Darüber brauchen wir nicht zu reden.«

Die Westliche Höhe war eine gediegene Gegend. Überall Jugendstilvillen und Neubauten mit luxuriösen Eigentumswohnungen. Der kleine Fünfziger-Jahre-Bau wirkte zwischen den großzügigen Häusern etwas fehl am Platz. Aber das Grundstück stand den anderen in nichts nach.

Er stieg in der Dunkelheit über den Gartenzaun und schlich sich an den Rhododendren vorbei in den Garten. Aus dem Wohnzimmer drang bläuliches Licht. Hartmut Ewers schaute offenbar noch Fernsehen. Seltsam. Früher hatte er immer geglaubt, dass alte Leute mit den Hühnern ins Bett gingen. Dabei schien oft das Gegenteil der Fall zu sein. Es war kurz vor Mitternacht.

Er schlich sich näher an das Wohnzimmerfenster heran. Tatsächlich. Der Alte saß ihm beinahe gegenüber in diesem scheußlichen grünen Ohrensessel und starrte auf den Bildschirm. Der fette Dackel mit der weißen Schnauze lag zu seinen Füßen. Der Ton war so laut gestellt, dass er im Garten jedes Wort verstehen konnte. Offenbar lief gerade ein Krimi.

Wie passend.

Er lächelte. Der Köter war kein Problem. Das Vieh war mindestens genauso taub wie sein Herrchen, sonst hätte er ihn wohl schon bemerkt. Er streifte sich die weiße Latexmaske über das Gesicht und stellte sich ganz dicht ans Fenster. Manchmal musste er lange warten, aber er hatte Geduld. Und heute war sein Glückstag.

Der Alte bemerkte ihn fast sofort. Der Kerl sprang fast aus dem Sessel, wurde weiß wie eine Wand und griff sich ans Herz. Er konnte sehen, wie die Hand des Alten zitterte, als er nach der Fernbedienung tastete. Der fette Hund hob seinen Kopf und begann, mit dem Schwanz zu wedeln.

Rasch duckte er sich, zog die Latexmaske wieder vom Gesicht und verschwand zwischen den Büschen. Er hatte genug erreicht.

Für diese Nacht.

2

Montag, 22. April

Christina eilte den Flur entlang. Die Absätze ihrer Schuhe hallten laut auf dem Linoleum. Es war eine Minute vor acht, noch war sie rechtzeitig. Sie hasste morgendliche Hektik. Aber fast noch mehr verabscheute sie, zu spät zu kommen. Thomas und seine Familie wohnten auf der anderen Seite der Förde in Mürwik. Sie musste mit dem Bus erst in die Innenstadt fahren und am ZOB umsteigen, um zum Diakonischen Krankenhaus zu kommen, das die Flensburger nur »Diako« nannten. In den letzten drei Wochen hatte diese Verbindung ganz gut geklappt. Heute hatte sie zum ersten Mal Pech gehabt. Wegen eines Staus hatte sie ihren Anschluss verpasst. Sie hatte auf den nächsten Bus warten müssen, der sich dann langsam an mehreren Baustellen vorbei durch den zähen Berufsverkehr in der Flensburger Innenstadt gequält hatte.

Morgen stehe ich eine halbe Stunde früher auf, schwor sie sich.

Sie bog um die Ecke und stieß an der Tür zum Schwesternzimmer beinahe mit Schwester Katrin zusammen.

»Moin, Frau Dr. Martens«, sagte die junge Krankenschwester mit dem fröhlichen Lächeln, das die Patienten so mochten. Obwohl sie heute früh etwas gehetzt aussah.

»Guten Morgen, Katrin«, erwiderte Christina und deutete auf den Wagen mit Klemmbrett, Blutdruckmanschette und Fieberthermometer. »Stimmt etwas nicht? Sie sind spät dran mit der Messrunde.«

»Heute ist alles etwas durcheinander«, antwortete Katrin leise, sodass es die Patienten, die auf dem Flur unterwegs waren, nicht hören konnten. »Die Polizei war am Wochenende auf der Station. Ein Patient, der am Freitag entlassen wurde, ist plötzlich verstorben. Sie haben am Samstag die Ärzte und Schwestern befragt und die Akte mitgenommen.«

Christinas Herz setzte einen Augenblick aus. Thomas fiel ihr ein und der Todesfall, in dem er gerade ermittelte.

»Die Polizei? Um wen geht es denn?«

»Um den alten Herrn Meissner.«

»Oh nein, der Arme!« Christina hatte den alten Herrn gemocht.

»Wenn ich es richtig verstanden habe, ist er zu Hause die Treppe hinuntergestürzt. Aber mehr weiß ich auch nicht«, fuhr die Krankenschwester fort und schob den Wagen vor sich her. »Die anderen Ärzte sind bereits im Ärztezimmer.«

Kein Wunder. Da gibt es wohl eine Menge zu besprechen, dachte Christina.

Als sie die Tür zu dem winzigen Raum öffnete, verstummte das Gespräch, und die drei Kollegen sahen sie an. Frank Wegener lehnte am Schrank, auf seinen Wangen hektische rote Flecken. Er hatte erst im Februar seine Approbation erhalten und war ohnehin ein nervöser Mensch. Sebastian Finkenstad, der Oberarzt der internistischen Abteilung, saß auf dem Schreibtisch. Er wirkte zwar etwas gefasster, aber auch ihm war anzumerken, dass der Umgang mit der Polizei nicht zu seiner Routine gehörte. Susanne Lewandowski kauerte mit angezogenen Beinen auf dem Bett. Sie war bleich und sah aus, als hätte sie der Schlag getroffen.

»Guten Morgen!«

»Oh, Christina. Hast du es schon gehört?«

»Schwester Katrin hat mir eben auf dem Flur erzählt, dass Herr Meissner am Freitag zu Hause gestorben ist.«

»Ja. Die Polizei war hier.«

»Ich wusste nicht, dass wir für die Patienten auch nach der Entlassung noch verantwortlich sind«, sagte Frank. Seine Stimme war heiser, und Christina konnte ihm ansehen, wie er in Gedanken alle Patienten durchging, die er in den vergangenen Wochen entlassen hatte.

»Könntet ihr mich bitte in die Details einweihen?«, fragte sie und setzte sich neben ihre Kollegin auf das Bett.

»Das ist ganz einfach«, sagte Susanne, fuhr sich nervös durch ihre roten Locken und lächelte bitter. »Wir haben Herrn Meissner am Freitag entlassen. Was offenbar eine Fehleinschätzung war. Denn gleich nachdem er zu Hause angekommen war, ist er die Treppe hinuntergefallen und gestorben.«

»Die Polizei hat am Samstagmorgen seine Akte mitgenommen«, sagte Frank und rieb sich die Arme, als ob ihm kalt wäre.

»Das hat doch nichts zu sagen«, meinte Christina. »Wenn die Staatsanwaltschaft die Akte studiert, werden sie feststellen, dass dem alten Herrn nichts weiter gefehlt hat als ein leichter Altersdiabetes und ein labiler Bluthochdruck, den wir hier aber gut in den Griff bekommen haben.«

»Wenn das so einfach wäre.« Sebastian gab dem Drehstuhl einen Tritt. »Möglicherweise sind wir mit der Medikation über das Ziel hinausgeschossen.«

»Sebastian hat gehört, dass Treublein über eine Suspendierung nachdenkt«, erklärte Susanne.

»Und wer …?«

Sebastian lächelte schief, streckte seinen Zeigefinger wie eine Pistole aus und zielte auf Frank.

»Ene.« Sein Finger wanderte zu Susanne. »Mene.« Er zeigte auf Christina. »Muh.« Zum Schluss auf sich. »Raus bist du. Ich bin der Vorgesetzte und habe die Entlassung befürwortet. Damit liegt die Verantwortung ganz klar bei mir.«

Christina schüttelte den Kopf.

»Das glaube ich nicht, das kann nicht …« Ausgerechnet jetzt klopfte es an der Tür. »Herein!«

In der Tür stand keine Schwester, die vermelden wollte, dass Frau Schwarz schon zum dritten Mal an diesem Morgen geklingelt hatte, sondern der Chef, Herr Professor Treublein höchstpersönlich. Sogleich war ihr der barsche Ton unangenehm. Der Professor war ein kleiner, schmächtiger Mann mit einer ruhigen Stimme und einem freundlich klingenden schwäbischen Akzent. Doch Christina hatte schnell herausgefunden, dass der erste Eindruck täuschte. Professor Treublein, den alle Kollegen heimlich nach dem Giftpilz »den Täubling« nannten, war ein harter, unnachgiebiger Chef, der seine Abteilung mit eiserner Hand führte.

»Guten Morgen, meine Damen und Herren!«, sagte er

ohne jedes Lächeln. »Ich hatte gerade ein Gespräch mit der Staatsanwältin und wollte Sie kurz über den neuesten Stand der Dinge informieren.« Er schob seine goldfarbene Brille zurecht und steckte seine Hände in die Kitteltaschen. »Der Bericht der Gerichtsmedizin liegt noch nicht vor. Derzeit geht man wohl nicht von einem Fremdverschulden aus, aber man untersucht, ob Herr Meissner zu früh entlassen worden ist. Dabei richtet sich das Augenmerk neben der antihypertensiven Medikation vor allem auf das psychiatrische Gutachten.«

»Was ist denn damit?«, fragte Christina überrascht. »Bei Entlassung hat das Gutachten noch nicht vorgelegen, aber Susanne hat mit Dr. Maurer telefoniert. Stimmt's?«

»Ja.« Susanne nickte. »Maurer sagte lediglich, dass er angesichts einer gewissen emotionalen Labilität und der Begleiterkrankungen eine umfassendere Betreuung des Patienten in Erwägung ziehen würde. Er wollte das weitere Prozedere dem Hausarzt überlassen.«

Professor Treublein spitzte die Lippen.

»Und dieser Hausarzt sagt jetzt, dass Herr Meissner offenbar unter Wahnvorstellungen gelitten hat, mit dringendem Verdacht auf eine Demenz oder dissoziative Störung.«

»Was?«, entgegnete Christina. »Das ist doch lächerlich. Demenz oder dissoziative Störung. Sie können alle Schwestern auf Station fragen. Herr Meissner war absolut klar im Kopf. Bei der Einweisung war er sehr aufgeregt, das muss ich zugeben. Er hat sich mehrfach verhaspelt und Ereignisse durcheinandergebracht. Deshalb hatte ich auch Dr. Maurer hinzugezogen. Ansonsten war er hier auf der Station psychisch völlig unauffällig.«

Susanne nickte bekräftigend.

Den Chef schien das nicht zu beeindrucken.

»Der Hausarzt sagt auch, dass er diesen Sachverhalt in einem Telefonat mit einem der Stationsärzte erwähnt hat.«

»Wie bitte?« Susanne bekam einen roten Kopf. »Dann hat der Mann aber nicht mit uns gesprochen. Mir hat er jedenfalls nichts von Halluzinationen und dem Verdacht auf eine Demenz erzählt, das wüsste ich. Sonst hätten wir Herrn Meissner auch zu einem speziellen Test geschickt.«

»Und was soll das überhaupt mit dem Treppensturz zu tun

haben?«, warf Christina ein. »Vielleicht ist Herr Meissner auf der Treppe gestolpert. Hat er nicht erzählt, dass er eine Katze hatte?« Susanne zuckte mit den Schultern. »Doch, ich bin mir ganz sicher. Er hat mir von seiner ›Miezi‹ oder ›Minki‹ erzählt. Vielleicht ist ihm das Tier zwischen die Beine geraten.«

»Das ist reine Spekulation. Ebenso könnte es sein, dass die ›dissoziative Störung‹ oder seine Demenz durchbrach. Herr Meissner hat schließlich von Ihnen keine Medikamente dagegen bekommen, nicht wahr? Ich brauche Ihnen keine Vorträge zu halten. Sie wissen selbst, zu was eine unbehandelte Psychose führen kann.«

»Aber ...«

Der Professor hob die Hand, und Sebastian verstummte. Dann schüttelte er den Kopf.

»Es steht Aussage gegen Aussage. Und es ist Sache der Polizei, die offenen Fragen zu klären, auch mit dem Kollegen der psychiatrischen Abteilung«, sagte er. »Deshalb wird niemand suspendiert. Vorerst.« Er wippte auf den Zehenspitzen, und die silbernen Knöpfe an seinem Kittel blinkten. »Wir warten den gerichtsmedizinischen Befund ab. Dann wissen wir mehr. Guten Tag.«

Professor Treublein verließ das Ärztezimmer.

»Na, da haben wir ja wohl noch mal Glück gehabt«, sagte Susanne und verdrehte die Augen. »Rückendeckung vom Chef sieht in meinen Augen anders aus. Wenn ich könnte, würde ich diesem Täubling gern mal ...« Sie holte tief Luft. »Lassen wir das, hat ja eh keinen Sinn.«

»Ja«, entgegnete Christina nachdenklich. »Andererseits ...«

»Was meinst du?« Susanne sah sie fragend an.

»Der arme alte Herr Meissner ist tot. Selbst wenn uns keine Schuld im rechtlichen Sinne trifft – vielleicht hätten wir es verhindern können?« Christina interpretierte das Schweigen der anderen als Zustimmung. »Ich werde mit Maurer sprechen«, sagte sie entschlossen. »Er muss mir erklären, wie sich diese ›dissoziative Störung‹ bei Herrn Meissner geäußert haben könnte. Vielleicht hat er mit dem Hausarzt gesprochen und kann mehr zu den Vorwürfen sagen.«

»Das kannst du gern tun«, sagte Sebastian. »Aber nicht jetzt. Zuerst wird die Station versorgt. Wir machen Visite. Ich will dem Täubling nicht noch mehr Munition gegen uns liefern. Außerdem sollen unsere Patienten unter dieser unerfreulichen Geschichte nicht leiden müssen.«

Käte Claasen stand am Herd und schälte Zwiebeln. Jeden Montag kochte sie Eintopf. Das hatten schon ihre Großmutter und ihre Mutter so gemacht, und sie hielt sich ebenso an diese Tradition, seit sie vor über sechzig Jahren geheiratet hatte. Nur die Größe des Topfes hatte sich im Laufe der Jahre immer wieder geändert. Meist kochte sie viel zu viel. Manchmal war es schwierig, nur ein kleines Bund Suppengrün zu bekommen oder nur einen halben Kohlkopf. Aber es gab ja auch noch die Gefriertruhe. Und wenn Andreas und Petra zu Besuch kamen, gab sie ihnen immer ein paar Portionen mit. Auch für Julia. Andreas aß so gern Eintopf, und Petra hatte neben ihren zahlreichen ehrenamtlichen Aufgaben für so etwas keine Zeit.

Sie summte leise vor sich hin, während sie die Möhren schabte und in kleine Stücke schnitt. Sie brauchte länger für die Vorbereitungen als früher. Ihre Finger waren nicht mehr so biegsam und geschickt wie mit zwanzig, ein Tribut, den sie an über achtzig Jahre Leben zahlen musste. Leider war es nicht der einzige.

Sie seufzte. Julia war erwachsen geworden, eine junge, hübsche Frau von einundzwanzig Jahren. Sie studierte Tiermedizin in Hannover. Gottfried wäre stolz auf sie. Er war immer stolz auf seine Kleine gewesen. Gottfried. Zehn Jahre war es her. Kaum zu glauben, dass er schon so lange tot war. Manchmal roch sie immer noch seinen Tabak und hörte seine Schritte in der Wohnung.

Gottfried.

Sie hielt einen Augenblick inne und sah aus dem Küchenfenster. Draußen fuhr ein Motorrad vorbei, eine große, schwere Maschine mit einem dröhnenden Motor. Hier in der Straße waren solche Geräusche keine Seltenheit. Erst vorgestern waren mindestens zwanzig Stück vorbeigedonnert. Die Fahrer hatten schwarze Lederjacken getragen, auf deren Rücken ein Totenkopf und der Schriftzug »Wizards of Doom« zu sehen war. Sie hatten in der Straße ein Vereinshaus. Ihre Freundin Elsbeth hatte sich immer davor gefürchtet, an dem Haus vorbeizugehen, wenn sie gemeinsam einen Spaziergang gemacht hatten. Man hörte und las schließlich so viel über diesen Club. Aber Käte störten die Männer nicht. Sie war noch nie von ihnen belästigt worden, und Haus und Hof hielten sie stets ordentlich. Dass die Wizards of Doom überhaupt in der Nähe waren, merkte sie nur, wenn sie mit ihren lauten Motorrädern an ihrem Haus vorbeifuhren. Und selbst dann schaute sie ihnen gern zu. Gottfried war auch Motorrad gefahren, damals, als sie ihn vor mehr als sechzig Jahren kennengelernt hatte. Und sie erinnerte sich noch gut daran, wie sehr sie es genossen hatte, hinter ihm auf dem Sozius zu sitzen und mit ihm an den Strand zu fahren.

Das Wasser im Topf wallte auf, und sie schob das Gemüse vom Brett hinein. Es fehlten nur noch Salz, Pfeffer und getrockneter Liebstöckel. Sie holte die Gewürze aus dem Schrank, als sie ein Geräusch hörte, wie ein leises Poltern.

Die Verandatür.

Sie ließ die Tür gern einen Spalt offen. In ihrem Garten und auf dem brachliegenden Grundstück nebenan trieben sich oft Katzen herum. Sie hatte es gern, wenn die Tiere zu ihr ins Haus kamen, fast, als würden sie sie besuchen wollen. Und sie versäumte es nie, sie auch gebührend zu bewirten. Käte hatte immer etwas Katzenfutter, frische Sahne oder eine andere Leckerei im Haus.

Es polterte wieder. Das war nicht gut. Wenn der Wind heftiger wurde, schlug er manchmal die Tür zu. Und dann zerbrach unter Umständen das Glas. Wo es doch so schwierig war, Handwerker zu bekommen. Es war wohl besser, die Tür richtig zu schließen.

Käte wischte sich die Hände an einem Handtuch ab und ging aus der Küche ins Wohnzimmer. Die Suppe kam ein paar Minuten auch ohne sie aus.

Doch die Verandatür war geschlossen.

Seltsam. Dabei war ich fest davon überzeugt, ich hätte die Tür offen gelassen. Na, du wirst allmählich alt, Käte.

Kopfschüttelnd machte sie sich wieder auf den Weg zur Küche. Im Flur blieb ihr Blick an der kleinen Konsole hängen. Der Postbote war heute schon da gewesen, sie hatte den Briefkasten bereits geleert. Es war nichts Wichtiges gewesen, nur Werbeprospekte, die sie dort abgelegt hatte. Doch genau diese Werbeprospekte lagen jetzt nicht mehr auf der Konsole. Stattdessen lag auf dem Boden ein Haufen buntes Papier.

Ihr Herz begann, heftig zu klopfen, ihre Knie zitterten. Und trotzdem konnte sie nicht anders. Sie ging näher, bückte sich und griff hinein. Es waren Streifen. Sauber geschnittene Papierstreifen. Die Schere lag sogar noch daneben. Es war die kleine mit der Form eines Kranichs und der vergoldeten Spitze aus ihrem Nähkorb.

Käte presste die Hand vor den Mund und keuchte.

Wer auch immer die Prospekte zerschnitten hatte – sie war es nicht gewesen, da war sie sich sicher.

Pünktlich zur verabredeten Zeit ließ Duke seine Maschine auf den Hof von »Kurts Bikehouse« rollen. Es war elf Uhr.

Er drosselte den Motor und sah sich um. Die Werkstatt, ein alter Backsteinbau in einem Gewerbegebiet nahe der Autobahn, machte einen guten Eindruck. Im Grunde unterschied sie sich nicht von anderen Werkstätten: zwei Hallen mit elektrischen, herunterfahrbaren Toren, an den Wänden Werkzeuge und Regale mit Ölkanistern, Entroster, Ersatzteilen und anderen wichtigen Utensilien, zwei Hebebühnen, eine Spritzkammer. Vier Motorräder waren gerade in Arbeit – zwei Harleys, eine alte Honda und eine giftgrüne, ziemlich mitgenommene Suzuki. Er hörte das Geräusch des Schweißgeräts, ein Hammer klopfte gegen Stahl. Auf dem Hof standen noch weitere Maschinen, hauptsächlich Modelle von Harley-Davidson, die allerdings kaum in der Lage waren, sein Herz höherschlagen zu lassen. Duke konnte drei Sportster sehen, an denen eher wahllos einige Customteile montiert worden waren, eine fade E-Glide und eine CVO, ein zwei Jahre altes Modell, das aussah, als sei es gestern erst vom Band gerollt. Ganz hinten in der Ecke des Hofs stand das einzige Motorrad, das ihn wirklich interessierte: eine mattschwarze Fat Boy mit deutlich verlängerter Gabel, Scheibenfelgen mit überbreiten Reifen, schwarz umwickelten Pipes und einem Sitz, auf dem nur ein Mann jenseits der hundert Kilo bequem sitzen konnte. Den Fahrer würde er gern kennenlernen.

Er stieg von seiner Maschine und nahm den Helm ab. Steve schien ihn bereits erwartet zu haben. Er kam auf ihn zu und fuhr sich lächelnd durch sein struppiges schwarzes Haar. Duke ergriff seine erhobene Hand und drückte sie. Er konnte nicht leugnen, dass er etwas nervös war. Da war es gut, einen Freund an der Seite zu wissen.

Steve stieß einen durchdringenden Pfiff aus. Das Hämmern hörte auf, das Schweißgerät wurde abgestellt. Irgendwo dudelte noch ein Radio. Und kurz darauf standen außer Steve noch zwei Gesellen und ein Lehrling um ihn herum. Sie begrüßten ihn mit einem Nicken und begutachteten seine Harley, während sie Zigaretten und Feuerzeuge aus den Brusttaschen ihrer Werkstatt-Overalls holten.

Endlich kam der Meister aus seinem Büro. Ein Kerl wie ein Fass, mit einer runden Brille und einem schneeweißen Vollbart. Sein Haar trug er zu einem dicken Zopf geflochten. Duke hätte Wetten darauf abgeschlossen, dass ihm die Fat Boy gehörte.

»Duke«, stellte er sich vor und streckte dem Meister seine Hand entgegen.

»Kurt.« Der kurze Händedruck entfaltete die Kraft eines Schraubstocks. Die hellen blauen Augen musterten zuerst ihn gründlich, dann seine Maschine.

»Oha!«, sagte Kurt, während er langsam um das Motorrad herumging. »Eine FXR mit S&S-Motor. Das sieht man nicht alle Tage!«

Zoll für Zoll tastete der Meister die Harley ab – allerdings nur mit den Blicken. Die Hände blieben tief in den Taschen seines Blaumanns vergraben. Das rechnete Duke ihm hoch an. Er hasste es, wenn fremde Kerle seine Maschine befingerten.

»Welches Baujahr? ’94 oder ’95?«

Duke nickte. »’94.«

Kurt kratzte sich am Kinn. Er musterte die Suzuki Upside-Down-Gabel und die Drei-Speichen-Räder nur kurz, bevor sein Blick am Herz der Maschine hängen blieb. Duke erriet seine Frage.

»Ein 124er S&S Sidewinder«, sagte er mit stolzem Grinsen.

Kurt nickte anerkennend.

»Dual-Runner-Luftfilter, Thunderheader 2in1-Auspuffanlage – da hat jemand weder Kosten und noch Mühen gescheut. Und die hast du selbst gebaut?«

»Yeah.«

Der Meister hob eine Augenbraue. Duke hatte den Verdacht, dass er ihm nicht ganz glauben wollte. Noch nicht.

»Welche Zündung?«

Jetzt kommt also die Prüfung, von der Steve erzählt hat. Die Fragerei.

»ITS-System.«

»Und die Batterie?«

»Gelbatterie aus der Flugzeugtechnik – klein, hat aber ordentlich Power.«

Kurt runzelte die Stirn.

»Die Lautstärke deiner Thunderheader dürfte dir hier in Deutschland aber bei jeder Verkehrskontrolle ordentlich Ärger einbringen.«

»Nicht damit.« Duke deutete auf die Endkappe des Auspuffs, die unüblicherweise mit drei Schrauben befestigt war. »Die Dinger halten einen Supertrapp-Dämpfer mit zwölf Scheiben. The secret is inside.«

»Das muss ich hören. Lass sie mal an.«

Duke schwang sich auf den Sitz und startete. Das hektische Donnern des hochgezüchteten Motors füllte den Hof und ließ ihn unwillkürlich grinsen. Seine Maschine schnurrte wie ein zufriedener Drache in der Sonne. Und sie schien ihm zuzuflüstern: Gib Gas. Lass die Typen stehen. Die Sonne scheint, der Tag ist jung, und der Highway liegt direkt vor der Tür …

Duke drehte am Gasgriff. Das Bike brüllte auf, tief und satt. Der Sound zauberte ein Lächeln auf das Gesicht des Meisters.

»Welch ein Land, in dem solche Bikes auf die Straße dürfen! Okay. Das reicht.« Kurt ließ abermals einen wohlwollenden Blick über die Harley gleiten. Dann verschränkte er die Arme vor der Brust. »Steve sagte, du hast keine offizielle Ausbildung als Mechaniker. Stimmt das?«

»Ja. Aber ich arbeite seit meinem fünfzehnten Lebensjahr in der Stammwerkstatt der Wizards in Glasgow.«

Kurt schob sich die Brille auf die Nase.

»Gut, Duke. Ich habe eine Devise: Schau dir das Motorrad an, und du weißt, mit wem du es zu tun hast. So wie ich es einschätze, könnte das mit dir passen. Trotzdem vorerst ein paar Erklärungen. Wir beginnen um zehn Uhr morgens, arbeiten in jedem Fall bis neunzehn Uhr, manchmal auch länger. Wenn nötig, arbeiten wir auch samstags. Für die erste Woche dachte ich an hundertfünfzig Euro. Wie viel du kannst, werde ich dann in den kommenden Tagen sehen. Und je mehr ich dir anvertrauen kann, umso höher wird selbstverständlich dein Lohn sein. Bist du damit einverstanden?«

Duke nickte.

»Das ist fair.«

»Der Grauhaarige dort ist Jochen, unsere ›Eminenz‹ im Hintergrund. Der Rotschopf mit den Sommersprossen ist Daniel. Steve brauche ich dir wohl nicht vorzustellen. Und der Chorknabe da ist unser Lehrling Marek.« Duke reichte jedem die Hand. »Die schöne Frau hinterm Tresen im Büro ist meine Frau Paula. Sie kümmert sich hier um den Schriftkram und um unser leibliches Wohl.«

Kurt machte eine Pause. »Eines muss ich noch erwähnen. Steve hat dir bestimmt erzählt, dass ich Freebiker bin. Für mich gibt es keine Clubs. Es ist mir auch wurscht, ob ein Kunde Schlips, Patch oder Uniform trägt. Und was die ›Colors‹ angeht, da bin ich sowieso farbenblind. Hier wird jeder bedient. Was ihr Jungs jenseits dieser Tore treibt, ist eure Sache. Aber dies hier ist meine Werkstatt. Ich betrachte sie als neutrale Zone. Hier wird nicht gekämpft, sondern gearbeitet. Und es wird auch in keiner Weise provoziert – also Patches und Ringe bleiben im Schrank und die Tattoos bedeckt, sofern möglich. Das gilt übrigens auch für die Kunden. Ich lasse nicht zu, dass irgendwer einem meiner Jungs auf die Zehen tritt, es sei denn, an der Arbeit gibt's was zu mäkeln. Jeder, der sich nicht daran hält und hier Stunk macht, fliegt vom Hof. Hast du damit Probleme?«

Kurts Augen schienen ihn zu durchbohren. Duke zweifelte keinen Augenblick daran, dass er auch ordentlich zuschlagen konnte, wenn es sein musste. Und er stellte fest, dass ihm der Meister gefiel. Ein ehrlicher Kerl, so aufrichtig und schnörkellos wie seine Fat Boy. Irgendwie erinnerte er ihn an Trace, den President der Wizards in Glasgow. Er schüttelte den Kopf.

»No.«

»Dann herzlich willkommen bei unserem Haufen, Duke.« Kurt reichte ihm erneut seine raue, schwielige Hand. »Wann kannst du anfangen?«

Duke lächelte.

»Right now.«

»Das gefällt mir.« Kurt schlug ihm mit breitem Grinsen auf die Schulter, seine blauen Augen leuchteten. Plötzlich hatte er verblüffende Ähnlichkeit mit dem Weihnachtsmann. »Übrigens – das da ist ein richtig fettes Bike.«

Christina klopfte an Dr. Maurers Tür und wartete. Die Visite hatte sie überstanden, obgleich sie nicht hätte sagen können, wie sie das geschafft hatte. Es war ihr schwergefallen, sich auf die Patienten zu konzentrieren, die sie und ihre Kollegen mit erwartungsvollen Gesichtern angeschaut hatten. Sie hatte Sebastian Blutzucker- und Blutdruckwerte vorgelesen, über Sonografie-Ergebnisse und Röntgenbefunde gesprochen. Und dabei waren ihre Gedanken eigentlich die ganze Zeit mit dem alten Herrn Meissner und den Vorwürfen beschäftigt gewesen, die gegen sie und ihre Kollegen im Raum schwebten. Dass es Sebastian, Frank und Susanne ähnlich ergangen war, erkannte man daran, dass sie heute deutlich länger für die Visite gebraucht hatten als sonst.

Es war bereits halb zwei. Frank hatte sie rasch zum Mittagessen geschickt, bevor die Kantine schloss, und Susanne wollte Briefe diktieren. Sie selbst hatte sich vorgenommen, die Zeit der Mittagspause zu nutzen, um mit Dr. Maurer über Herrn Meissner zu sprechen.

»Herein!«

Christina betrat das Büro des Psychiaters und war sofort neidisch. Es war ein modern eingerichtetes Zimmer, das wenig von der üblichen Krankenhausatmosphäre vermittelte. In einer Ecke des Raumes standen zwei Rattansessel neben einem kleinen Tisch mit einer dekorativen Schale voll Sand und Muscheln darauf, gerahmte Fotos von Windmühlen, Obstgärten und Häusern unter Reet hingen an den Wänden. Und es gab sogar einen hellblauen Teppich.

»Frau Martens. Meine Sekretärin sagte mir, dass Sie mich sprechen möchten.«

Der Psychiater erhob sich von seinem Stuhl und reichte ihr mit einem Lächeln die Hand. Er trug einen schwarzen Rollkragenpulli unter einem dunkelgrauen Sakko zu einer dunkelgrauen Jeans. Von den Schwestern auf der Station wusste sie, dass er ein knallrotes Porsche-Cabrio fuhr. Das konnte sie sich gut vorstellen. Ebenso wie eine langhaarige Blondine auf dem Beifahrersitz.

»Nehmen Sie doch Platz.«

Er deutete auf die Sitzgruppe, und Christina fragte sich, ob er glaubte, dass sie wegen eines psychischen Problems zu ihm kam. Plötzlich fühlte sie sich unbehaglich, als hätte man sie ertappt. Hatte sich die Sache mit Lars schon so weit im Krankenhaus herumgesprochen, dass man in der Psychiatrie dachte, sie brauche Hilfe?

Sie ließ sich auf dem bequemen Sessel nieder und versuchte, souverän und selbstbewusst zu wirken. Wahrscheinlich hatten solche Tricks keinen Sinn. Sie hatte es schließlich mit einem Profi zu tun, einem Mann, der bestimmt seit fünfzehn Jahren nichts anderes tat, als die psychologischen Winkelzüge anderer zu durchschauen.

Er setzte sich ihr gegenüber, schlug die Beine übereinander, stützte einen Ellenbogen auf die Lehne und neigte seinen Kopf. Erst jetzt fiel ihr auf, dass er eine randlose Brille trug.

»Wie kann ich Ihnen helfen, Frau Martens?«

Mein Freund hat mich verlassen, dachte Christina und konnte sich gerade noch rechtzeitig auf die Zunge beißen.

»Ich möchte mit Ihnen über Herrn Erwin Meissner sprechen.« Dr. Maurer machte sie nervös – gut aussehend, blond, intelligent und – ja, auch das – charmant. Kommt dir das nicht bekannt vor? Ich hätte dich für klüger gehalten. Sie zwang sich, an das Gefühl der Ungerechtigkeit zu denken, das sie an diesem Morgen wütend gemacht hatte. »Wahrscheinlich haben Sie bereits davon gehört«, fügte sie rasch hinzu, bevor die Pause peinlich wurde.

»Ist das der Patient, der zu Hause gestorben ist?«

»Ja.«

»Tragisch, tragisch«, sagte Dr. Maurer. Es bedurfte keiner psychologischen Ausbildung, um zu erkennen, dass auch er nervös wurde. Seine Stirn begann zu glänzen, und auf seinen Wangen zeigten sich rote Flecken. »Was ich dazu zu sagen habe, habe ich in meinem Gutachten festgehalten. Haben Sie es nicht gelesen?«

»Nein. Am Freitag war es noch nicht da, und jetzt ist es mit Herrn Meissners Akte bei der Polizei.«

»Ach so, ja. Was möchten Sie denn gern wissen?«

»Zu welchem Ergebnis sind Sie in dem Gutachten gekommen?«

»Emotionale Labilität, mit diskreten Anzeichen einer beginnenden Demenz«, erwiderte er prompt. »Ich sah eine akute Heimeinweisung noch nicht für indiziert, empfahl jedoch eine pflegerische Betreuung zu Hause.«

»Haben Sie mit dem Hausarzt gesprochen?«

Er nickte.

»Letzte Woche, nachdem ich Herrn Meissner untersucht hatte.« Er runzelte verärgert die Stirn. »Ich arbeite hier seit fast zehn Jahren, sechs davon in leitender Position. Aber das war das erste Mal, dass mir ein Hausarzt, noch dazu ein Allgemeinmediziner, diktieren wollte, welche Diagnose ich zu stellen hatte! So etwas ist mir wirklich noch nicht untergekommen.«

Ja, das konnte Christina sich vorstellen. Sie arbeitete zwar erst seit ein paar Wochen hier im Haus, aber von Dr. Maurers Eitelkeit hatte auch sie schon gehört.

»Was hat denn der Hausarzt gesagt?«

Der Psychiater schüttelte verärgert den Kopf.

»Er hat behauptet, dass Herr Meissner unter einer schweren Demenz oder gar einer dissoziativen Störung litt. Er erzählte von ›Phänomenen‹, von denen der Patient berichtet habe – verschobene Möbel, zerschnittene Textilien, totes Getier im Haus, Stimmen in der Wand. Herr Meissner habe den Verdacht geäußert, dass ihn ›etwas‹ aus dem Haus vertreiben wolle.«

»Sie konnten dieser Diagnose also nicht zustimmen?«

Er sah sie an, als hätte sie ein Sakrileg begangen.

»Selbstverständlich nicht, sonst hätte ich den alten Herrn sofort in unsere Abteilung eingewiesen. Nein.« Er schüttelte den Kopf, sodass ihm sein etwas zu langes blondes Haar ins Gesicht fiel. »Ich habe Herrn Meissner ausführlich befragt und untersucht. Der Mann war voll orientiert, und von Phänomenen, wie der niedergelassene Kollege sie beschrieben hat, hat er nichts berichtet. Er wies lediglich eine emotionale Labilität auf, wenn das Gespräch auf gewisse Themen kam, was, wie ich gern zugebe, ein Indiz für eine beginnende Demenz sein kann.«

»Was für Themen waren das denn?«

»Hauptsächlich sein Haus. Herr Meissner schien den Verdacht zu haben, dass man ihm sein Haus wegnehmen will. Er habe auch schon Angebote erhalten. Kein Wunder, wenn Sie mich fragen. Der alte Herr wohnt – pardon, wohnte – im Oluf-Samsons-Gang, einer sehr begehrten Gegend. Außerdem erzählte er von nächtlichem Lärm, lauter Musik und Ähnlichem.« Dr. Maurer zuckte mit den Schultern. »Ein einsamer alter Mensch reagiert zuweilen überempfindlich auf seine Umgebung, besonders wenn er sein Eigentum bedroht sieht. Das hat aber noch keinen Krankheitswert. Allerdings …«

»Ja?«

Dr. Maurer zog sein Sakko zurecht und fuhr sich mit der Hand durch das Haar. Er wirkte plötzlich nachdenklich.

»Ich bin auch nur ein Mensch. Und nach dem, was am Freitag passiert ist, bin ich im Zweifel. Ich frage mich ernsthaft, ob ich einen Fehler gemacht habe.« Dr. Maurer nahm seine Brille ab und rieb sich die Nase. »Manchmal ist es wirklich schwierig, in der kurzen uns zur Verfügung stehenden Zeit derartige Störungen zu diagnostizieren. Gerade bei einem so intelligenten Mann wie Herrn Meissner. Die Patienten sind vorsichtig und gehen zuweilen erstaunlich taktisch vor. Dabei hätte ich gewarnt sein müssen. Vor drei oder vier Monaten hatte ich einen ähnlichen Fall, eine fünfundachtzigjährige Dame. Sie wirkte anfangs auch lediglich etwas labil, aufgeregt, ›nervös‹, würde der Laie vielleicht sagen. Und beinahe hätte sie mich auch getäuscht. Bis sie plötzlich von jemandem sprach, der in ihrer Abwesenheit in ihr Haus eindringt. Und von einer weißen Fratze, die in der Nacht durch das Fenster schaut. Das hat mich alarmiert. Ich habe genauer nachgefragt, sie ein zweites Mal einbestellt, und sie hat mir von einem toten Vogel berichtet, der eines Morgens in ihrem Kühlschrank gelegen hatte. Und von zerschnittener Wäsche in ihrem Schrank.« Er schüttelte bedauernd den Kopf. »Diese Patientin war allerdings deutlich angstgeprägt und hat selbst um eine Heimeinweisung gebeten. Vielleicht bin ich deshalb nicht auf die Parallelen der beiden Fälle gekommen. Wissen Sie, was die Polizei vermutet?«

»Nein«, antwortete Christina. »Professor Treublein hat nur erwähnt, dass offenbar derzeit in zwei Richtungen ermittelt wird: die antihypertensiven Medikamente und das psychologische Gutachten. Haben Sie was Neues gehört?«

»Nein. Der gerichtsmedizinische Befund wird hoffentlich Licht ins Dunkel bringen.«

»Ja, hoffentlich«, sagte Christina und erhob sich. »Nur leider hilft es dem alten Herrn nicht mehr.«

»Das stimmt wohl.« Er reichte Christina die Hand und drückte sie herzlich. »Ich hoffe, dass diese traurige Angelegenheit bald aus der Welt geschafft ist, Frau Martens. Und wenn Sie etwas auf dem Herzen haben, können Sie sich jederzeit an mich wenden.«

Was meint er nun schon wieder damit?, dachte Christina und machte sich auf den Weg zur Station.

Er stieg aus der Dusche, öffnete den Medizinschrank und nahm eine Ibuprofen gegen die Bauchkrämpfe. Er musste schließlich gleich fit sein. Dann zog er sich langsam an – die Leibbinde, das schwarze T-Shirt, die schwarze Trainingshose, die ebenfalls schwarze Kapuzenjacke. Er musterte sich im Spiegel, strich sich über den schmalen Bart, die Augenbrauen, grinste, verzog das Gesicht zu einer Grimasse. Ein wenig spannte die Haut an der Wange vom Klebstoff, aber das fiel kaum ins Gewicht. Die Veränderung machte eine Menge aus. Das da im Spiegel war ein ganz anderer Mensch – ein verwegener Kraftfahrer zum Beispiel. Wie hatte sich der Lehrer damals im Theaterkurs ausgedrückt? Das Kostüm ist die zweite Haut des Schauspielers.

Er zwinkerte und lächelte seinem Spiegelbild zu. Es fiel ihm nicht schwer, sich in die Augen zu sehen. Manchmal überraschte es ihn selbst. Keine Gewissensbisse, keine Alpträume. Er empfand nicht einmal Bedauern. Auch diesmal nicht. Warum auch? War es etwa seine Schuld, dass der Alte früher als erwartet nach Hause gekommen war? Außerdem war der Mann über achtzig gewesen. Er hatte sein Leben gelebt. Es war für ihn an der Zeit gewesen, Platz für Neues zu machen. Im wahrsten Sinne des Wortes.

Er knipste das Licht aus und ging ins Wohnzimmer. Das Notebook auf dem Schreibtisch war noch eingeschaltet. Er beugte sich vor und las seine letzten Eintragungen durch. Vier Adressen versorgte er zurzeit. Wenn er sich nicht alles akribisch notierte – die Gewohnheiten seiner »Klienten«, die Daten und die Art der bisherigen Aktionen –, verlor er womöglich irgendwann den Überblick.

Er nahm einen Baumwollbeutel aus dem Küchenschrank und packte ein, was er für diesen Abend brauchte – Handschuhe, eine Rolle Klebeband und natürlich die weiße Latexmaske. Sie war der Renner. Spätestens, wenn er sie aufsetzte und sich vor ein Fenster stellte, begannen die meisten Alten durchzudrehen. Er schnallte sich den Beutel um den Bauch und zog den Reißverschluss der Jacke zu. Taschenlampe, Zange, Schere und Schraubenzieher verstaute er in den Taschen seines Sportgürtels. Im Flur befestigte er die Reflektorbänder an Armen und Beinen und zog die Joggingschuhe an. Auch sie waren schwarz.

Auf der Straße traf er die Studentin von nebenan, die mit ihrem Hund vom Spaziergang kam. Sie schien ihn nicht zu erkennen. Wie auch. Nicht einmal seine Mutter hätte ihn so erkannt. Er dachte daran, dass sie ihn wahrscheinlich für einen gewöhnlichen Jogger hielt, und musste grinsen. Sie lächelte zurück. Vielleicht glaubte sie, dass er mit ihr flirten wollte. Wie dämlich und oberflächlich die meisten Menschen doch waren.

Er lief los. Drei Adressen an einem Abend. Obwohl sie alle auf der Westlichen Höhe lagen, war das ein anspruchsvolles Trainingsprogramm. Die vierte Adresse lag im Industriegebiet. Um die hatte er sich bereits heute früh gekümmert. Schließlich war das ein wichtiger Klient, der besondere Aufmerksamkeit und Sorgfalt erforderte.

Das Scheinwerferlicht des wendenden Taxis leuchtete Martha Andersen den Weg zum Haus. Montags wurde es meistens spät, wenn sie sich mit ihren Damen zum Bridge traf. Doch heute war es deutlich nach zehn. Gerti hatte Geburtstag, und das hatten sie gefeiert. Mit Kaffee und Kuchen, Schnittchen, Sekt und Likör. Gerti hatte zur Feier des Tages eine Flasche ihres guten selbst gemachten Zwetschgenlikörs spendiert. Da hatte Martha nicht widerstehen können. Zwetschgenlikör. Wo bekam man den heutzutage noch?

Außerdem wartete niemand auf sie. Seit … Nun ja, schon ziemlich lange. Seit ihre Tochter ausgezogen und ihr Mann gestorben war.

Martha seufzte und kramte in der Handtasche nach dem Haustürschlüssel. Sie war so angetüddelt, dass sie das Schlüsselloch nicht auf Anhieb traf. Vielleicht hätte sie doch auf das vierte Gläschen verzichten sollen. Andererseits war das vielleicht der letzte Geburtstag, den sie mit Zwetschgenlikör feiern konnten.

Ihr Kreis war bereits geschrumpft, und die Gründe hatten viele Namen – Schlaganfall, Krebs, Alzheimer. In ihrem Alter konnte man nie wissen, wann es die Nächste treffen würde.

Endlich hatte sie die Tür aufgeschlossen. Sie schaltete das Licht im Flur an, legte die Handtasche auf die kleine Konsole und hängte den Mantel an die Garderobe. Normalerweise setzte sie sich nach dem Bridge noch für eine halbe Stunde ins Wohnzimmer, trank ein Glas Sherry und schaltete den Fernseher ein.

Wenn sie aus dem Trubel ihrer Bridgerunde kam, erschienen ihr die eigenen vier Wände immer besonders still und einsam. Da tat es gut, menschliche Stimmen zu hören, selbst wenn sie sich über Wirtschaft, Politik und andere langweilige Dinge unterhielten. Aber heute würde sie wohl darauf verzichten. Es war spät, sie gehörte ins Bett.

Martha gähnte, stellte sich vor den Garderobenspiegel und nahm ihren Hut ab. Das Gesicht im Spiegel war alt. Der Puder hatte sich in den zahlreichen Falten und Fältchen abgesetzt, der hellrote Lippenstift war verschmiert. Der Rest klebte jetzt an einem von Gertis Likörgläsern. Ihre silbergrauen Locken waren zerdrückt. Sie sah sich an und schüttelte langsam den Kopf.

Was würde Mutter sagen, wenn sie dich so sehen könnte? Du siehst aus wie …

Martha zuckte zusammen, als sie erkannte, dass hinter ihr auf der Holzvertäfelung etwas stand. Langsam drehte sie sich um. Es war nur ein einziges Wort. Sie brauchte nicht einmal eine Brille, um es gut lesen zu können. Die altdeutschen Buchstaben waren groß und leuchteten hellrot auf dem dunklen Holz, als wären sie mit ihrem Lippenstift geschrieben worden.

Schlampe.

Ihr wurde eiskalt. Hatte das Wort schon da gestanden, als sie ins Haus gekommen war? Oder war es gerade eben erst geschrieben worden – als Antwort auf ihre Gedanken?

Sie hörte die Stimme ihrer Mutter. Sie hatte nie geschrien. Eine Dame tut so etwas schließlich nicht. Wie vieles andere auch: Karten spielen, schminken, rauchen, Likör und Sekt trinken zum Beispiel. Doch auch leise gesprochen konnten Worte verletzen.

Wollte sie sie denn niemals in Frieden lassen, nicht einmal aus dem Grab heraus? Musste sie sie denn immer noch beschimpfen?

Martha schluchzte auf. Dann stürzte sie in die Küche, ließ Wasser in den kleinen Putzeimer laufen und begann, die Holzverkleidung abzuschrubben. Das Wasser aus dem Schwamm rann an ihren Armen hinunter. Es spritzte auf den Fußboden, auf ihr Kleid und floss die Vertäfelung hinab. Auf den Dielen bildete sich eine Pfütze – Grau mit Rot vermischt.

Wie Blut.

Ihre Fingerknöchel wurden wund, ein Holzsplitter drang ihr unter die Haut, ein Fingernagel brach ab. Aber sie konnte nicht aufhören. Sie musste weiterschrubben, bis auch die letzte Spur beseitigt war.

»Lass mich in Ruhe!«, schrie sie, während ihr die Tränen über das Gesicht liefen. »So lass mich doch endlich in Ruhe!«

3

Montag, 29. April

Der Wasserkocher dampfte und fauchte. Christina goss das kochende Wasser in einen Becher und sah zu, wie es sich allmählich braun färbte. Sie hatte ihre erste Nacht in der neuen Wohnung hinter sich. Dies war ihr erstes Frühstück, ein Provisorium aus Knäckebrot mit Quark und einem Becher Beuteltee im Stehen. Sie hatte noch keinen Toaster, keine Teekanne, keinen Küchentisch, keine Stühle. Nicht einmal vernünftiges Geschirr. Und geschlafen hatte sie auf einer Luftmatratze, die Thomas und Stefanie ihr geliehen hatten. Trotzdem fühlte sie sich großartig. Zuletzt hatte sie sich so großartig gefühlt …

An meinem Geburtstag, dachte sie.

Lars hatte sie mit einem Wochenendtrip nach London überrascht. Sie waren im Januarregen durch Notting Hill spaziert, hatten in kleinen Restaurants köstliche chinesische und indische Mahlzeiten genossen und in einem Jazz-Club ein exklusives Konzert von Jamie Cullum besucht. Keine vier Wochen später hatte Lars ihr eröffnet, dass er in Chicago eine Stelle im Krankenhaus angenommen hatte. Und dass ihre Beziehung keine Zukunft mehr habe. Ohne irgendwelche Vorzeichen.

Christina zog fröstelnd die Schultern hoch.

Denke nicht daran, sagte sie sich. Schau nach vorne. Freu dich über das, was du hast. – Und das wäre? Sie holte tief Luft. Diese wunderschöne Wohnung, zum Beispiel.

Sie lehnte sich an den hohen Schrank, der sie an das Landhaus eines englischen Adligen erinnerte, nippte an ihrem Tee und sah sich in der Küche um. Kaum zu glauben, dass es gerade erst eine Woche her war, seit sie den Mietvertrag unterschrieben hatte.

Andreas Claasen hatte Wort gehalten und noch am selben Tag eine Kolonne Maler in die Wohnung geschickt. Der Geruch frischer Farbe durchzog immer noch die Räume. Zum

Glück waren die Männer klug genug gewesen, die Küchenschränke gleich am Anfang zu lackieren. Cremeweiß. Es war ein wunderschöner Kontrast zu dem Zitronengelb, das sie für die Wände gewählt hatte. Die Farbe ließ die Küche leuchten und erinnerte sie an selbst gemachte Pasta, duftende Kräuter und Zitronenkuchen. Die übrigen Räume hatte sie weiß streichen lassen. Wenigstens vorerst, bis sie sich für den passenden Farbton entschieden hatte.

In der vergangenen Woche hatte sie jede freie Minute in Möbelgeschäften, Elektromärkten und Dekoläden verbracht. Die Kartons und Tüten mit ihrer Beute hatten das kleine Gästezimmer im Haus ihres Bruders fast gesprengt. Dennoch war ihr Umzug gestern eine Sache von zwei Stunden gewesen – Thomas' Kombi mit Kisten, Koffern und Tüten beladen und in der Batteriestraße alles wieder auspacken. Und feststellen, dass sich ihre Schätze in der Weite der Räume ihrer neuen Wohnung verloren. Aber das würde sich bald ändern. Am kommenden Samstag erwartete sie einige Lieferungen – einen Herd, ein wunderschönes Eisenbett mit verschnörkeltem Kopfteil, zwei Regale und eine zierliche grüne Récamiere. Ein Einzelstück aus einem Polstereibetrieb, das sie durch Zufall im Vorbeigehen entdeckt hatte. Sie freute sich jetzt schon darauf, Samstagabend auf ihrer Récamiere zu sitzen, der Sonne zuzusehen, wie sie hinter den Obstbäumen am Ende des Grundstücks versank, und sich dabei Gedanken über Vorhangstoffe, Teppiche und Bilder zu machen.

Christina warf einen Blick auf ihre Uhr. Es war erst kurz nach sieben, sie hatte also noch genug Zeit, bevor sie zum Dienst musste. Sie nahm ihren Becher und ging hinüber ins Wohnzimmer. Sie kramte in einem der beiden Bücherkartons und legte eine CD in die kleine Musikanlage ein, die in Ermangelung an Möbelstücken auf dem Boden gleich neben dem Kachelofen stand. Thomas hatte sie ihr freundlicherweise gestern noch angeschlossen. Es war eine Neuerwerbung, ein preiswertes Gerät und in Klang und Leistung gewiss kein Vergleich zu der Bang & Olufsen, die sie in Hamburg gewohnt gewesen war. Aber die hatte Lars gehört und war eines der wenigen Dinge, die ihn nach

Chicago hatten begleiten dürfen. Jeder setzte seine Prioritäten anders. Vielleicht konnte sie eines Tages sogar darüber lachen.

Sie wartete, bis die Musik einsetzte, und trat ans Fenster.

Ein paar Sonnenstrahlen bahnten sich ihren Weg am Haus vorbei und überzogen das frische Grün der Apfel- und Birnbäume mit Gold. Die letzten Tulpen und Narzissen leuchteten. Morgentau glitzerte auf dem Gras. Eine schwarz-weiße Katze strolchte hochbeinig durch den Garten. Die Klänge von Kenny Gs Sopransaxofon schwebten durch das leere Wohnzimmer und ließen ihr einen Schauer über den Rücken laufen. Sie liebte Jazz. Jazz war für sie der Klang der Großstadt. Lars hatte sie vor einigen Jahren auf den Geschmack gebracht. Doch jetzt …

Christina lehnte sich gegen den Fensterrahmen. Sie wollte nicht daran denken. Nicht an das Warum und schon gar nicht an das Wie. Sie hatte schließlich Hamburg verlassen, um nicht ständig an Lars zu denken, nicht dauernd gefragt oder an ihn erinnert zu werden. Dieses Kapitel war abgeschlossen.

Oder auch nicht.

Die Katze blieb plötzlich stehen. Das Tier hob den Kopf und sprang schließlich mit dickem Schwanz davon. Auf dem Nachbargrundstück parkte ein orangefarbener Lieferwagen. Zwei Männer luden Vermessungsstangen aus. Und dann kam ein dritter Mann den schmalen Weg neben dem Rasen von Haus Fördeblick entlang. Er sprach kurz mit den beiden auf der anderen Seite des Zauns, und sie reichten ihm drei Vermessungsstangen herüber. Sollte nebenan gebaut werden?

In diesem Moment hörte sie die wütende Stimme einer Frau. Sie öffnete das Fenster einen Spalt.

»… nichts zu suchen!«, schrie die Frau.

Und dann sah sie die alte Frau Claasen. Sie trug ein geblümtes Kleid. Der Tau spritzte hoch, als sie mit bloßen Füßen über den Rasen lief. In ihrer Hand schwang sie einen Besen mit roten Borsten, wie man ihn für Terrassen und Wege verwendete.

»Verschwinden Sie von meinem Grundstück. Sofort!«

Der Vermessungstechniker sah sie in einer Mischung aus Überraschung und Schrecken an.

»Aber …«

»Nichts ›aber‹!« Frau Claasens Stimme überschlug sich. »Das ist mein Grundstück, Sie haben hier nichts verloren. Scheren Sie sich fort! Oder soll ich Ihnen Beine machen?«

Der Mann ließ sich nicht lange bitten. Er machte einen großen Bogen um die alte Frau und verließ das Grundstück deutlich schneller, als er es betreten hatte.

»Das haben Sie vergessen!«, schrie Frau Claasen, bückte sich und schleuderte die schwarz-gelben Vermessungsstäbe über den Zaun. Die anderen beiden Männer konnten sich gerade noch wegducken.

»Die ist verrückt, die Alte!«, brüllte einer von ihnen. »Total plemplem!«

Ich muss eingreifen, dachte Christina, stellte ihren Becher ab und lief zur Wohnungstür. Im Erdgeschoss riss sie die Hintertür auf, die zum Garten führte.

»Frau Claasen!«, rief sie. »Frau Claasen. Geht es Ihnen gut?« Christina hatte die alte Frau erreicht und ergriff ihren Arm. Gleichzeitig tastete sie ihren Puls. Er war schnell, was nach der Aufregung kein Wunder war. »Kommen Sie, ich bringe Sie ins Haus.«

Langsam führte Christina die alte Dame in ihre Wohnung zurück. Im Wohnzimmer legte sie sie aufs Sofa, maß erneut den Puls und schaute ihr in die Augen.

»Mir geht es gut«, sagte Frau Claasen und drückte ihre Hand. »Wenn Sie nur so freundlich wären, mir ein Glas Wasser zu bringen?«

Christina ging in die Küche, füllte Wasser in ein Glas und kehrte zurück ins Wohnzimmer.

Frau Claasen trank in winzigen Schlucken.

»Was für ein Schreck am frühen Morgen!«, sagte die alte Frau. Doch beim Lächeln zitterten ihre Lippen leicht. »Wer sind diese Männer? Und was wollen sie auf meinem Grundstück?«

»Sie sahen aus wie Vermessungstechniker«, sagte Christina und legte ihr eine Decke über die Beine. »Vielleicht soll auf dem Nachbargrundstück gebaut werden.«

»Und warum fragen sie mich dann nicht?« Frau Claasen lehnte sich im Sofa zurück und schüttelte den Kopf. »So kann es nicht weitergehen«, murmelte sie. Dann drückte sie Christina die Hand. »Es ist schön, dass Sie da sind. Aber jetzt geht es mir wieder besser. Und Sie müssen bestimmt zur Arbeit.«

Christina warf einen kurzen Blick auf ihre Uhr. Tatsächlich war es schon kurz nach halb acht. Sie maß erneut den Puls. Alles schien normal.

»Ich habe ein schlechtes Gewissen, Sie nach diesem Schock allein zu lassen«, sagte sie. »Soll ich Ihren Hausarzt anrufen? Oder Ihren Sohn?«

»Danke, aber das ist nicht nötig. Es geht mir gut.« Frau Claasen schüttelte den Kopf. »Andreas macht sich nur unnötig Sorgen, wenn Sie ihn stören. Nein, lassen Sie nur. Ich werde mich jetzt ein bisschen ausruhen.« Sie lächelte Christina an.

»Wirklich?«

»Ja, wirklich, Christina.« Die alte Dame errötete leicht. »Verzeihung. Ich hoffe, Sie haben nichts dagegen, wenn ich Sie beim Vornamen nenne?«

»Nein.«

»Ich bin Käte.« Die alte Frau drückte ihre Hand. »Und jetzt sollten Sie sich auf den Weg machen. Ich möchte nicht, dass Sie meinetwegen zu spät kommen.«

Christina erhob sich.

»Wie Sie meinen, Käte. Aber ich schreibe Ihnen meine Handynummer auf und zur Sicherheit auch noch die Nummer der Station – falls etwas sein sollte. Scheuen Sie sich nicht, anzurufen. Und ich notiere mir Ihre Nummer. Ich werde mich im Laufe des Tages bei Ihnen melden.«

»Ich glaube nicht, dass das nötig ist …«

»Ich fühle mich dann aber besser.«

Die alte Frau seufzte ergeben.

»Schreibzeug liegt in der Küche.«

Christina brauchte nicht lange, um in der ordentlichen Küche den Block und einen Bleistift zu finden. Während sie die Telefonnummern aufschrieb, fiel ihr Blick in den Eimer, der neben dem Schrank stand. Ein paar Zeitungen steckten darin. Und obenauf lag ein Haufen Papierschnipsel. Sie hätte selbst nicht sagen können, weshalb sie sich bückte und die Schnipsel herausholte. Doch was sie sah, gefiel ihr gar nicht. Es handelte sich offenbar um Werbeprospekte. Prospekte, die jemand akribisch in Streifen geschnitten hatte.

»Christina?« Frau Claasens Stimme drang aus dem Wohnzimmer zu ihr. »Sind Sie noch da?«

»Ja. Einen Moment bitte!«

Christina ließ die Schnipsel wieder in den Eimer fallen und eilte zu der alten Frau zurück.

»Hier sind die Nummern«, sagte sie und legte den Zettel in Reichweite auf den Wohnzimmertisch. »Wenn etwas ist …«

»Was sollte denn sein? Mir geht es gut. Wirklich.«

»Aber falls etwas ist …«

Frau Claasen nickte. »Dann werde ich mich bei Ihnen melden.«

»Gut.« Einen Augenblick zögerte Christina, dann verabschiedete sie sich und kehrte in ihre eigene Wohnung zurück. Rasch zog sie sich ihren Mantel über und schnappte sich ihre Handtasche. Während sie zur Bushaltestelle eilte, dachte sie an die alte Dame. Die Papierschnipsel gingen ihr nicht aus dem Kopf. Hatte Frau Claasen das getan? Aber warum? Demenz? Oder waren das etwa Anzeichen einer Psychose? Sie dachte an Herrn Meissner. Hatte nicht Dr. Maurer erzählt, dass der alte Mann seine Handtücher zerschnitten hatte? Ihr war nicht wohl bei der Sache. Sie nahm sich vor, Dr. Maurer um Rat zu fragen.

Und vielleicht sollte ich auch mit Herrn Claasen telefonieren, dachte sie. Das bin ich ihm schuldig.

Das Wasser war angenehm heiß. Der Dampf hüllte die Duschkabine in dichten Nebel. Duke legte die Handflächen gegen die Kacheln, senkte den Kopf und ließ sich mit geschlossenen Augen den Wasserstrahl über den Rücken laufen. Er brauchte immer Zeit zum Wachwerden. Heute kam erschwerend hinzu, dass Montag war. Und dass drei Hangarounds ihn viel zu früh aus dem Bett geklingelt hatten. Dabei musste er erst um zehn in der Werkstatt sein.

Die drei – Tim, Sven und Kevin – waren neunzehn und sahen einander so ähnlich, dass er sie ständig verwechselte. Anscheinend wollten sie mit der Brechstange ihre Clubmitgliedschaft erzwingen, wobei sie völlig falsche Vorstellungen von den Aufnahmekriterien der Wizards zu haben schienen. Schon die ganze letzte Woche über hatten sie ihn damit genervt, dass sie zu allen möglichen und unmöglichen Zeiten im Clubhaus auf der Matte standen. Mal wollten sie den Hof kärchern, dann wieder seine Harley waschen oder die Mauer streichen. Sie hatten ihm sogar angeboten, sich um seine schmutzige Wäsche zu kümmern. Jetzt hatten es sich Tick, Trick und Track in den Kopf gesetzt, das Clubhaus zu putzen. An einem Montagmorgen um halb acht nach einem langen, intensiven Wochenende. Höchste Zeit, den dreien zu erklären, dass die Wizards weder ein Interesse an Sklaven noch an Nervensägen hatten.

Duke hob seinen Kopf und ließ sich das Wasser ins Gesicht prasseln.

»Lass dich nicht stören.« Der plötzliche Klang einer Stimme im Bad fuhr ihm in die Knochen wie ein Blitzschlag. Schemenhaft erkannte er durch Wasserdampf und beschlagenes Plastik hindurch eine Gestalt, nicht einmal einen Meter entfernt. »Ich will nur kurz das Klo putzen.«

Mit einem Ruck schob Duke die Duschabtrennung zur Seite, riss dem überraschten Burschen die Klobürste aus der Hand und öffnete das Fenster. Die Bürste beschrieb einen hohen Bogen und zog einen Schweif aus Wassertropfen hinter sich her, bevor sie auf dem Asphalt aufprallte und mitten auf der Straße liegen blieb.

»Raus.«

Der Junge starrte ihn mit weit aufgerissenen Augen an. Dann war er auch schon draußen. Duke schlug die Tür hinter ihm zu und kehrte unter die Dusche zurück. Aber der Boiler war mittlerweile leer, und das Wasser wurde kalt. Entnervt drehte er den Wasserhahn zu und trocknete sich ab. Dann stieg er in seine Jeans und zog das T-Shirt und den schwarzen Kapuzenpullover über. Die Müdigkeit ließ ihn frösteln, und seine Laune sank auf den Gefrierpunkt. Ein Tag, der frühmorgens begann, konnte nicht gut werden. Daran konnte nur noch ein Kaffee etwas drehen.

Duke ging in die Küche, um den Tag zu retten.

Ich hätte es wissen müssen, dachte er, als er die zwar noch warme, aber leere Kanne der Kaffeemaschine in die Hand nahm.

Er spülte sie aus und füllte den Wassertank auf. Dann ging die Suche nach dem Kaffeefilter los. Schranktüren klappten auf und zu. Er war sicher, dass er die Packung gestern Nachmittag zurück in den Schrank über der Kaffeemaschine gestellt hatte. Doch da war sie jetzt nicht mehr. Wo zur Hölle …?

»Moin, Duke!« Der Typ, der in die Küche spaziert kam, war so gut gelaunt, dass es ihm fast wehtat. Fehlte nur noch, dass er irgendein dämliches Lied sang. »Wie geht's, Bru…?«

»Wo sind die fucking Kaffeefilter?«, unterbrach er ihn. Von wegen »Bruder«. Für diese Anrede musste man Member sein, und so weit waren Mr. Happy und seine beiden Gartenzwerge noch lange nicht. Es fehlte nicht viel, und er würde dafür sorgen, dass sie bis zum Ende ihrer Tage die Mitgliedschaft bei den Wizards vergessen konnten. Auch ohne Mitspracherecht im Flensburger Chapter.

»Unter der Spüle.« Der Hangaround öffnete den entsprechenden Schrank und holte mit einem breiten Grinsen die vermisste Packung hervor. »Wir haben ein bisschen aufgeräumt.«

Duke verzog das Gesicht.

»Großartig. Wirklich.« Er nahm dem Burschen die Filter ab, und zur selben Zeit vibrierte das Handy in seiner Hosentasche.

»Guten Morgen, Mr. McKinnley.«

»Morgen, Mr. Logan.« Duke schickte den Hangaround mit einer ungeduldigen Geste aus der Küche, klemmte sich das Telefon zwischen Ohr und Schulter und versah die Kaffeemaschine mit einem neuen Filter. »Was gibt es?«

»Ich wollte Sie nur kurz über den neuesten Stand der Dinge informieren.« Der Anwalt räusperte sich. »Die Bank sieht sich außerstande, die Überweisung an Cunningham zu wiederholen. Sie bedauern die Unannehmlichkeiten, die Ihnen daraus entstehen. Aber es lässt sich nicht mehr zweifelsfrei nachweisen, wem der Fehler anzulasten ist, zumal Ihre Legasthenie bekannt ist.«

»Na klar, jetzt kommt die Tour. Ich habe dieses Formular

mit der Bankangestellten ausgefüllt. Sie hat die Kontodaten von meinen Kontoauszügen abgeschrieben, darauf habe ich bestanden. Ich bin nicht erst seit gestern Legastheniker, Mr. Logan, ich kenne meine Grenzen. Also bei wem liegt wohl der Fehler?«

»Sie haben völlig recht, Mr. McKinnley. Normalerweise würde ich Ihnen auch raten, dagegen zu klagen. Aber erfahrungsgemäß dauern Prozesse gegen Banken oft Jahre. Und diese Zeit haben wir gerade nicht. Wenigstens habe ich die meisten Verträge ohne Schwierigkeiten stornieren können. Problematisch wird es nur mit Ihrer Wohnung. Ihr Vermieter besteht darauf, sie für die Zeit Ihrer Abwesenheit unterzuvermieten.«

»Fuck! Verdammt! Und was ist mit meinen Sachen?«

»Darauf komme ich gleich zu sprechen. Ich hatte am Freitag ein ausführliches Gespräch mit Mr. Cunningham.«

Duke schluckte. Der Ton seines Anwalts klang nicht gut.

»Und? Was sagt er?«

»Er war sehr verständig. Er hat sich auf meinen Vorschlag eingelassen. Er wird Sie in Ruhe lassen, damit der Prozess um Ihre Erbschaft nicht weiter gefährdet wird. Natürlich erwartet er für sein Schweigen einen Säumniszuschlag von zwanzig Prozent auf die ursprüngliche Kreditsumme.«

Duke blinzelte.

»Aber das klingt doch ganz vernünftig, oder?« Und warum ist mir dann so verdammt flau? »Wo ist der Haken, Mr. Logan?«

»Nun ja, tatsächlich gibt es da zwei Bedingungen.« Er sprach langsam. »Zum einen erwartet Mr. Cunningham von Ihnen, dass Sie sich nicht eher wieder in Schottland blicken lassen, bis er sein Geld hat. Und zum Zweiten hat er als Sicherheit am Wochenende Ihre Wohnung leer geräumt.«

Um ein Haar wäre ihm das Handy in die Spüle gefallen. Für einen Augenblick war er sprachlos.

»Mr. McKinnley? Sind Sie noch dran?«

»Ja. Das ist ein Scherz, oder?«

»Leider nein. Doch in Anbetracht Ihrer Lage ist das vielleicht noch das geringste Übel«, sagte der Anwalt. Versuchte er, ihn zu trösten? »So sind Sie wenigstens auch die Sorge mit Ihrem Vermieter los.«

»Toll. Wirklich. Das erleichtert mich jetzt aber.« Duke lehnte den Kopf gegen den Küchenschrank. Er dachte an seinen Großbildfernseher, seinen Blu-ray-Player und seine Stereoanlage, die möglicherweise bereits in einem von Money Mikes Pfandhäusern auf Käufer warteten. Ganz zu schweigen von seiner CD- und Blu-ray-Sammlung. Wenigstens war sein Bike hier bei ihm und in Sicherheit. Wenigstens das! »Und wie kriege ich alles wieder?«

»Sobald Sie Ihre Schulden beglichen haben. Was kein Problem ist, wenn Sie Ihr Erbe erhalten. Ich habe heute Nachmittag einen offiziellen Termin mit der Anwältin Ihrer Stiefmutter. Dann bekomme ich hoffentlich endlich Einsicht in die Akten und kann eine Strategie erarbeiten.« Logan machte eine kurze Pause. »Keine Sorge, Mr. McKinnley, wir kriegen das hin.«

Du hast gut reden!

»Wie geht es Ihnen denn?«, fragte der Anwalt.

»Oh, was soll ich sagen – großartig. Genau so habe ich mir meine Tour durch Europa vorgestellt.«

»Brauchen Sie Geld? Soll ich Ihnen etwas überweisen?«

»Nein. Wohin denn auch, mein Konto ist gesperrt. Und ich habe ehrlich gesagt keine Lust, mich mit den ganzen Formalitäten herumzuschlagen, um hier ein Konto zu eröffnen. Außerdem habe ich einen Job.«

»Einen Job?« Die Anspannung in Logans Stimme war nicht zu überhören. »Ich hoffe, dass Sie nichts Unüberlegtes tun. Bewegt sich dieser ›Job‹ im Rahmen des Gesetzes?«

Duke ballte die Faust.

»Mr. Logan, ich habe an diesem Morgen einen ziemlich üblen Start hingelegt. Diese Art von Verdächtigungen ist genau das, was ich jetzt noch brauche. Ich bin kein Idiot. Natürlich ist der Job legal. Ich arbeite in einer Motorradwerkstatt. Ganz offiziell. Mit Meldung und Steuern und allem.«

»Ich hatte nicht die Absicht, Sie zu beleidigen, Mr. McKinnley«, lenkte Logan ein. »Allerdings warten hier alle nur darauf, dass Sie einen Fehler machen, ganz gleich, wie klein er auch sein mag. Und ich möchte sicher sein, dass Sie das nicht vergessen.«

»Keine Sorge.« Ich denke an nichts anderes!

»Dann behalten Sie einfach die Nerven. Ich kümmere mich hier um alles und melde mich wieder, sobald ich Neuigkeiten habe.«

»Okay.«

Das Gespräch war beendet. Nerven behalten. Guter Rat. Wirklich.

Er schob das Handy wieder in die Hosentasche und öffnete den Schrank, in dem die Kaffeedose stand. Gestanden hatte. Bisher. Denn sie war nicht mehr an ihrem Platz. Aufgeräumt, wohin auch immer, von drei hirnlosen, aufdringlichen Spinnern. Und wer wusste schon, wie lange er das noch ertragen musste. Er öffnete den nächsten Schrank. Wieder nichts. Die große runde braune Dose mit seinem Lebenselixier war weg.

»Damn it!«

Er schlug die Schranktür so laut zu, dass die Teller und Tassen darin klirrten. Dann ließ er sich auf den Küchenstuhl fallen, lehnte den Kopf an die Wand und schloss die Augen.

Gott, wenn es dich gibt, schenke mir eine eigene Wohnung. Bitte! Egal wo, egal wie groß. Hauptsache, bezahlbar. Und je eher, desto besser.

Käte Claasen ging durch ihren Garten. Langsam und bedächtig setzte sie einen Fuß vor den anderen und atmete tief ein und aus. Dabei versuchte sie, sich auf das feuchte Gras unter ihren nackten Füßen, die im Licht der Morgensonne funkelnden Tautropfen, den Geruch der Erde, den Gesang einer Amsel zu konzentrieren. Achtsamkeit. Das Zauberwort, der Schlüssel zu Ruhe, Gelassenheit und Ausgeglichenheit. Aber es wollte ihr an diesem Morgen nicht recht gelingen. Wie sollte sie achtsam sein, wenn in ihrem Haus die seltsamsten Dinge geschahen und aus heiterem Himmel Vermessungstechniker ihr Grundstück bevölkerten? Manchmal wünschte sie, sie wäre jünger, kräftiger. Oder Gottfried würde noch leben. Aber Letzteres wünschte sie sich nicht nur manchmal.

Als sie ihre Runde beendet hatte, kehrte sie zur Veranda zurück. Sorgfältig streifte sie ihre nassen Füße an dem Lappen auf der Türschwelle ab. Plötzlich fühlte sie sich müde, erschöpft, zerschlagen. Mit letzter Kraft schleppte sie sich in die Küche und ließ sich auf einen der Stühle sinken. Es geschah einfach zu viel in letzter Zeit. Die zerschnittenen Zeitungen fand sie mittlerweile fast täglich irgendwo im Haus. Manchmal lagen die Schnipsel vor der Tür oder auf dem Wohnzimmertisch. Oder unter ihrem Kopfkissen wie gestern. Ein Eindringling trieb sein Unwesen, da war sie sich sicher. Sie hatte an der Verandatür eine Spur gefunden, den feuchten, erdigen Abdruck eines Männerschuhs. In der Nacht hatte sie eine dunkel gekleidete Gestalt gesehen, die über das Grundstück gehuscht war. Sie traute sich nicht, ihrem Sohn davon zu erzählen. Beweise hatte sie schließlich keine. Er würde nur glauben, dass es jetzt auch bei ihr so weit war wie bei ihrer Freundin Elsbeth. Die liebe Elsbeth hatte irgendwann im Nachthemd im Supermarkt gestanden, weil sie vergessen hatte, sich anzuziehen. Vor einem halben Jahr war sie in einem Heim für Demenzkranke gestorben. Vor diesem Schicksal hatte Käte mehr Angst als vor allem anderen. Deshalb versteckte sie die Papierschnipsel zwischen dem Altpapier, wenn sie sie nicht sofort im Kachelofen verbrennen konnte. Ständig fürchtete sie, dass Olga, ihre Putzhilfe, sie eines Tages finden könnte.

Und dann trampelten heute früh diese unverschämten Vermessungstechniker durch ihren Garten. Das ging zu weit. Sie musste sich schützen. Aber wie? Sie war dreiundachtzig. Sie hatte nicht mehr die Kraft, jeden Tag Fremde von ihrem Grundstück zu vertreiben. Und wer weiß, ob beim nächsten Mal der Besen noch ausreichen würde. Aber an wen sollte sie sich wenden? An Christina?

Sie mochte die junge Ärztin. Sehr sogar. Sie hatte einen offenen, ehrlichen Blick und ein schönes, wenn auch etwas trauriges Lächeln. Käte war sicher, dass Christina nicht von Hamburg nach Flensburg gezogen war, weil sie das Leben an der Förde so reizvoll fand. Da steckte etwas anderes dahinter.

Liebeskummer, vermutete Käte. Das war es doch meistens bei den jungen Frauen. Aber ganz gleich, was Christina nach Flensburg geführt haben mochte, sie war eine zierliche Frau, die wohl kaum in der Lage war, Eindringlinge in die Flucht zu schlagen. Nein, in diesem Fall brauchte es stärkeren Schutz, und das im wahrsten Sinne des Wortes.

Sie seufzte, setzte sich die Brille auf die Nase und schlug ihre Bibel auf. Seit frühester Jugend war sie es gewohnt, sich in allen Lebenslagen an Gott zu wenden. Und je älter sie wurde, umso mehr Trost und Zuversicht lagen für sie in den Worten der Bibel, die so viel älter und erhabener waren als ihr eigenes kleines und unwichtiges Leben. Und wieder einmal wurde sie nicht enttäuscht. Ihr Blick fiel auf den elften Vers von Psalm 91: »Gott hat seinen Engeln befohlen, dich zu beschützen, wohin du auch gehst.«

Welch ein Versprechen.

Nein, verbesserte sie sich. Kein Versprechen, sondern eine Zusage.

Käte faltete die Hände. Die Küchenuhr an der Wand tickte, während auf der Straße ein Motorrad vorbeifuhr. Das Geräusch erinnerte sie an Elsbeth. Und plötzlich wusste sie, was sie tun musste. Sie erhob sich und verließ die Wohnung und das Haus. Auf der Straße traf sie den Postboten. Er grüßte freundlich, und sie nickte ihm zu. Die Gehwegplatten fühlten sich rau unter ihren nackten Füßen an. Eigentlich mochte sie das Gefühl nicht so gern, es war etwas ganz anderes, als über Gras oder Erde oder Sand zu laufen. Andererseits gehörte auch das zur Achtsamkeit: Unangenehmes, ja sogar Schmerzen zu akzeptieren und anzunehmen. Denn alles hatte seine Berechtigung, sogar das scheinbar Schlechte. Sie setzte ihren Weg fort, bedächtig einen Fuß vor den anderen setzend. Zum Glück war es nicht weit, nur die Straße hinunter. Ein wenig aufgeregt war sie schon. Wie würde man sie empfangen? Würde man sie auslachen? Oder gar fortjagen? Zögernd blieb sie stehen. Sie wollte gerade wieder umkehren, als ihr erneut der Vers aus Psalm 91 einfiel: »Gott hat seinen Engeln befohlen, dich zu beschützen, wohin du auch gehst.«

Ein Wort, auf das sie sich verlassen konnte. Käte lächelte und ging weiter. Dann war sie am Ziel. Jetzt machte sie sich keine Gedanken mehr darüber, was sie sagen sollte. Sie hatte Vertrauen.

Sie fühlte sich wie ein neugieriges Kind, als sie unter dem Bogen hindurchging, auf dem in großen grünen Buchstaben der Name der berüchtigten Wizards of Doom prangte. Schon oft war sie an dem Grundstück mit der weißen Mauer und dem dunkelgrünen Tor vorbeigekommen. Doch noch nie hatte sie es betreten. Natürlich wusste sie, was man über »Rocker« erzählte. Sie las Zeitung, sie hörte Radio. Wenigstens manchmal. Doch gerade deshalb waren diese Männer die Richtigen – vorausgesetzt, sie konnte sie dazu überreden, ihr zu helfen.

Käte stieg die Stufen zu der Eingangstür hoch und drückte auf den Klingelknopf. Während sie wartete, blickte sie zu dem kleinen Teufel empor, der auf der Dachrinne hockte und sie mit höhnischem Grinsen beobachtete. Vielleicht war niemand zu Hause? Es war Montag früh. Sicherlich mussten auch die Rocker arbeiten. Oder wohnte hier am Ende niemand, und die Männer kamen nur am Abend mit ihren Motorrädern vorbei, um sich zu treffen?

Sie wollte schon aufgeben und wieder gehen, als sich plötzlich doch die Tür öffnete. Ihr blieb vor Schreck fast das Herz stehen. Vor ihr stand …

Ein Engel!

Er war so, wie sie sich einen der Himmlischen immer vorgestellt hatte. Und doch ganz anders. Groß. Schlank. Dunkel. Seine mächtigen Schwingen umgaben ihn wie lodernde Flammen. Käte hielt den Atem an. Aber konnte das sein? Konnte das wirklich sein, hier mitten in Flensburg? War es ein Zeichen? Oder war sie am Ende doch verrückt?

Habe Vertrauen.

»Guten Tag«, sagte sie und faltete ihre Hände. Sie hatten begonnen zu zittern.

»Guten Tag.«

Der Engel neigte seinen Kopf und runzelte die Stirn. Im selben Moment erkannte sie ihren Irrtum. Vor ihr stand ein Mann. Ein junger Mann mit dunklem Haar, dunkler Jeans und dunklem Kapuzenpullover. Und die Flammen gehörten zu einem Bild an der Wand direkt hinter ihm. Käte musste über sich selbst lächeln.

»Entschuldigen Sie die Störung«, fuhr sie fort und stellte fest, dass es ihr wesentlich leichterfiel, mit einem Rocker als mit einem Engel zu sprechen. »Ich wollte nur fragen, ob jemand von Ihnen eine Wohnung sucht.«

Von allen skurrilen Begebenheiten in seinem Leben war diese hier die Top 1. Und es würde schwer werden, sie zu schlagen.

Die Frau vor der Tür war bestimmt achtzig. Sie war klein und dünn, mit durchscheinender Haut und einem Gesicht voller Runzeln. Ihr graues Haar hatte sie zu einem ordentlichen Knoten hochgesteckt. Kein Zweifel, es war die Alte aus der heruntergekommenen Villa am anderen Ende der Straße. Duke erkannte sie an dem geblümten Kleid. Und an ihren nackten Füßen. Die Verrückte. Nicht genug damit, dass sie hier im Club auftauchte. Er bildete sich doch tatsächlich ein, sie hätte gerade gefragt, ob er eine Wohnung brauche. Wo er sich vor nicht einmal zwanzig Minuten genau das gewünscht hatte. Traum, prompte Bedienung – oder doch zu viel Wodka am Wochenende?

»Wie bitte?«, fragte er.

Dabei hätte er eigentlich die Tür einfach zuknallen sollen. Jeder hier wusste, dass diese Alte eine Macke hatte. Wie konnte man sonst im April barfuß auf die Straße gehen? Hinter ihm schepperte ein Eimer, der Staubsauger dröhnte. Einer der drei Jungs gab eher laut als schön seine eigene Version vom »Drunken Sailor«. Auf der Straße lag – weiß auf schwarz und feucht glänzend – immer noch die Klobürste. Und vor ihm stand eine barfüßige Achtzigjährige, die ihm eine Wohnung in ihrem Haus anbot.

Das darf ich niemandem erzählen.

»Ich wollte fragen, ob einer von Ihnen eine Wohnung sucht?«, sagte sie und lächelte freundlich. »In meinem Haus oben, am Anfang der Batteriestraße, ist gerade eine Wohnung frei.«

»Ja. Ich«, hörte er sich sagen.

»Das ist schön!« Die Alte strahlte ihn an. »Es ist die Dachgeschosswohnung und …«

»Kommen Sie doch herein. Dann können wir besser reden.«

Er ließ sie an sich vorbei in den kleinen Flur treten. »Die Tür links.« Sie ging in den Clubraum, während er sich fragte, ob er jetzt komplett den Verstand verloren hatte. Wie konnte er die Oma ins Clubhaus lassen? Er dachte daran, wie dieser Morgen begonnen hatte, und entschied, dass für diese Situation keine normalen Maßstäbe galten. Schlimmer konnte es kaum werden. Und das hier war einfach zu abgefahren. »Setzen Sie sich. Möchten Sie etwas trinken?«

Sie ließ sich auf der Kante eines Sessels nieder und strich ihr Kleid auf den Knien glatt, während sie sich interessiert umsah.

»Trinken? Nein danke.« Nachdem sie den Raum begutachtet hatte, war er dran. Ihr Blick gab ihm das Gefühl, einer Leibesvisitation unterzogen zu werden. Schließlich nickte sie. Offenbar war sie zufrieden. »Wie heißen Sie?«

Duke musste schmunzeln. Schüchtern war die Alte jedenfalls nicht.

»Neil McKinnley. Meine Freunde nennen mich Duke. Und Sie?«

»Claasen. Käte Claasen. Sie sprechen mit Akzent. Sind Sie nicht von hier, Herr McKinnley?«

»Nein, ich komme aus Glasgow.« Duke öffnete eine Flasche Cola, lehnte sich gegen den Tresen und trank einen Schluck. Die Situation begann, ihm Spaß zu machen. So etwas hatte er noch nie erlebt, und er war gespannt, wie die ganze Sache ausgehen würde.

»Oh, Schottland. Ein wunderschönes Land. Ich war auch einmal dort. In Edinburgh, Stirling und den Grampians. Aber das ist lange her.« Sie lächelte versonnen, als würde sie alten Erinnerungen nachhängen. »Sie sprechen gut Deutsch.«

»Danke«, erwiderte er. »Sie wollten mir etwas über die Wohnung erzählen.«

»Ja, richtig. Die Wohnung. Es handelt sich um die Dachgeschosswohnung in meinem Haus. Haus Fördeblick. Sie kennen es vielleicht. Es liegt am Anfang der Batteriestraße. Sie und Ihre Freunde fahren manchmal mit Ihren Motorrädern dort vorbei. Die Wohnung besteht aus zwei Zimmern, Küche und Duschbad. Sie ist voll möbliert, die Küche komplett ausgestattet – also mit Töpfen, Geschirr, Toaster und Kaffeemaschine, weil ich sie früher als Ferienwohnung vermietet habe. Aber das habe ich vor einiger Zeit aufgegeben. Man kann schließlich nicht jedem trauen, nicht wahr?«

Und deshalb kommst du ausgerechnet zu den Wizards? Duke verkniff sich nur mühsam das Lachen.

»Wahrscheinlich werden die Möbel nicht Ihrem Geschmack entsprechen. Aber Sie können die Sachen auch hinauswerfen, wenn Sie möchten. In der Garage neben dem Haus ist genug Platz für Ihr Motorrad. Und die Waschmaschine im Keller können Sie mitbenutzen.«

Die alte Frau redete wie ein professioneller Makler.

»Das klingt gut. Allerdings sieht es mit meinen Finanzen zurzeit nicht gerade rosig aus. Ich habe zwar einen Job, aber viel kann ich trotzdem nicht zahlen. Wie hoch ist denn die Miete?«

»Mir würden fünfzig Euro im Monat reichen.«

Er verschluckte sich und musste husten.

»Fünfzig? Im Monat? Holy shit! Ist das Ihr Ernst?«

»Ja.«

Also doch. Die Alte war wirklich nicht ganz dicht. Aber war das sein Problem? Er brauchte eine bezahlbare Wohnung. Und fünfzig Euro im Monat … ein solches Angebot bekam er bestimmt kein zweites Mal. Vorausgesetzt natürlich, dass sich die Bude in einem bewohnbaren Zustand befand. Bei Verrückten konnte man schließlich nie wissen.

Er lächelte.

»Gut. Ich werde mir die Wohnung ansehen.«

»Danke!«, rief sie aus, sprang fast vom Sessel hoch und ergriff seine Hand mit ihren beiden. »Ich wusste es. Gleich als ich Sie sah, wusste ich es. Sie wurden mir vom Herrn geschickt.«

Duke musste lachen. Verrückt war sie bestimmt, aber irgendwie auch goldig.

»Man hat schon vieles über mich gesagt. Aber das ist neu. Wann kann ich vorbeikommen?«

»Wann immer es Ihnen passt.«

»Jetzt muss ich gleich in die Werkstatt. Ich arbeite bis sieben Uhr. Passt es Ihnen danach? So gegen halb acht oder acht?«

»Wunderbar. Dann können wir auch gleich heute Abend den Mietvertrag unterschreiben.«

»Ist es in Ordnung, wenn ich einen Freund mitbringe?«

»Natürlich, Herr McKinnley.«

Er reichte ihr die Hand.

»Also abgemacht. Aber tun Sie mir den Gefallen und nennen Sie mich Duke. Bei ›Herr McKinnley‹ muss ich immer an Verkehrskontrollen und Behördentermine denken.«

»Duke. Das ist ein Adelstitel, nicht wahr? Ein Fürst. So wie der Fürst der himmlischen Heerscharen.« Ihre Augen schimmerten plötzlich feucht. Dann berührte sie vorsichtig sein Gesicht. Und ehe er sich versah, hauchte sie ihm einen Kuss auf die Wange. »Ich bin Käte.«

Während er die alte Frau zur Tür begleitete, tauchten Erinnerungen an seine Großmutter auf: der Klang ihres Lachens, die große weiße Schürze, die sie meist über ihrem geblümten Kleid getragen hatte, der Duft von warmem Apfelkuchen, Steakpie und Lavendelseife. Sie hatte ein bisschen wie Käte ausgesehen. Er blickte ihr hinterher, wie sie langsam die Stufen hinunter und auf die Straße ging. In seinem Hals kratzte es plötzlich seltsam.

Grannys Name war Kate gewesen.

»Das letzte Zimmer«, sagte Sebastian und legte bereits seine Hand auf die Klinke. »Was haben wir hier?«

Schwester Gudrun reichte ihm eine Akte von dem Wagen, den sie vor sich herschob.

»Frau Martha Andersen, ein Neuzugang.« Frank unterdrückte nur unvollständig ein Gähnen. »Neunundsiebzig Jahre alt. Sie kam heute früh mit unspezifischen Herzbeschwerden mit dem RTW in die Notaufnahme. Im EKG zeigte sich eine Tachyarrhythmie. Außerdem war der Blutdruck mit neunzig zu fünfzig deutlich zu niedrig. In der Vorgeschichte keine signifikanten Erkrankungen, lediglich eine niedrig dosierte antihypertensive Therapie. Die Aufnahme erfolgte zur Abklärung.«

»Aha.« Sebastian spitzte die Lippen. »Ist es wohl möglich, dass die Dame aus Versehen die doppelte Dosis ihrer Blutdruckmittel genommen hat? Wie ist sie denn so?« Er sah Christina an.

Sie schüttelte den Kopf.

»Ich habe sie noch nicht gesehen.«

»Als sie kam, war sie aufgeregt, aber zeitlich und örtlich voll orientiert«, sagte Frank und gähnte nun doch herzhaft. »Ich habe sie selbst aufgenommen. Ich hatte zwar nicht den Eindruck, dass sie dement ist, aber nach der Geschichte mit dem alten Herrn Meissner bin ich vorsichtig geworden.«

»Ja«, sagte Sebastian grimmig. »Daraus haben wir wohl alle gelernt.«

Das Ergebnis der Obduktion des alten Herrn Meissner stand seit Freitag früh fest und war an diesem Morgen Thema Nummer eins in der Frühbesprechung gewesen: Beim Sturz von der Treppe hatte sich der alte Mann zahlreiche Frakturen zugezogen – Rippen, Oberschenkel, Arme und eine offene Schädelfraktur. Todesursache waren jedoch die Frakturen der oberen Halswirbelsäule gewesen, »Genickbruch« nannte der Laie das. Doch die Ursache für den Sturz war immer noch ungeklärt, und die Staatsanwaltschaft ermittelte weiter.

Sebastian klopfte und öffnete die Tür.

»Guten Tag, Frau Andersen.« Sebastian setzte sein freundlich-unverbindliches Visiten-Lächeln auf. »Ich bin Dr. Finkenstad, der Oberarzt. Wie geht es Ihnen?«

Die alte Frau in dem Bett sah blass aus. Ihr graues Haar war zerzaust, doch Christina erkannte sofort das Werk eines guten Friseurs.

»Schon etwas besser, Herr Doktor«, sagte Frau Andersen.

»Haben Sie selbst den Krankenwagen gerufen?«

Sie nickte.

»Ja. Ich fühlte mich plötzlich so schlecht. Mein Herz raste, mir war übel und schwindelig. Meinen Hausarzt kann ich erst ab acht Uhr erreichen. Und da war mir der Rettungswagen doch lieber. Ich lebe allein, wissen Sie?«

Sebastian lächelte.

»Das haben Sie genau richtig gemacht.« Das Gesicht der alten Dame leuchtete förmlich auf. »Können Sie sich einen Grund vorstellen, wie es zu diesem Herzrasen gekommen ist? Haben Sie zum Beispiel Ihre Medikamente vergessen oder etwas Ungewöhnliches gegessen? Haben Sie kürzlich einen Infekt gehabt? Oder haben Sie vielleicht etwas Aufregendes im Fernsehen gesehen oder sich über etwas geärgert? Irgendetwas?«

Frau Andersen lag im Bett, ihre Finger nestelten an der Bettdecke, während sie sichtlich bemüht war, die Fassung zu bewahren.

»Nein«, entgegnete sie mit erstickter Stimme. »Oder doch. Aber …« Plötzlich rollten Tränen über ihre Wangen, und sie presste sich ein zerknülltes Taschentuch auf die Augen. »Ich … ich … bin so dumm!«

»Nicht doch«, sagte Sebastian. Er setzte sich an die Bettkante und tätschelte den Arm der Frau. »Jetzt sind Sie erst einmal hier. Wir kümmern uns um Sie und bringen Sie wieder auf die Beine. Ruhen Sie sich aus. Sie können später mit Dr. Martens oder Dr. Wegener über alles sprechen, was Ihnen auf der Seele liegt. Ja?«

Sie schluchzte noch mal auf und nickte.

»Gut. Dann lassen wir Sie jetzt mal in Ruhe.«

Er erhob sich, und sie verließen das Zimmer.

»Stündliche Blutdruck- und Pulskontrolle, heute Nachmittag noch ein Kontroll-EKG.« Schwester Gudrun nickte, während sie die Anordnungen gewissenhaft auf ihrem Klemmbrett notierte. »Und einer von euch sollte möglichst zügig ein ruhiges Vier-Augen-Gespräch mit der Dame führen. Da steckt irgendetwas dahinter. Und das sollten wir herausfinden, bevor wir sie durch alle Röhren und Scanner im Haus schieben.«

»Gut.« Sie nickten.

Sebastian warf einen Blick auf seine Uhr.

»Viertel vor zwölf, und die Visite ist durch. Prima. Gleich öffnet die Kantine. Bis nachher zur Besprechung.«

Sebastian ging davon, und Christina und Frank kehrten mit Schwester Gudrun zum Stationszimmer zurück.

»Ich werde mich gleich mit Frau Andersen unterhalten«, sagte Frank und gähnte so ausgiebig, dass Christina schon eine Kiefersperre befürchtete.

»Kommt gar nicht in Frage«, widersprach sie sofort. »Du ziehst dich um und gehst nach Hause ins Bett, wo du hingehörst.«

Frank hatte einen arbeitsreichen Nachtdienst hinter sich und wäre normalerweise gleich nach der Frühbesprechung um neun Uhr gegangen, wenn sie auf der Station voll besetzt gewesen wären. Aber unglücklicherweise hatte Susanne sich krankgemeldet. »Ich rede mit ihr.«

»Bist du sicher?«

»Natürlich. Wir müssen versuchen, unsere Kräfte zu schonen. Wenn jetzt noch einer von uns krankheitsbedingt ausfällt, können wir die Station schließen.«

Frank nickte, zog sich um und verschwand, bevor ein Notfall ihn noch daran hindern konnte, während Christina sich im Schwesternzimmer eine Tasse Tee und eine Packung Instantnudeln zubereitete. Sie wollte die meist ruhige Mittagszeit nutzen, um einen Teil des Schreibkrams zu erledigen, bevor der Chef ungeduldig wurde und sich der Aktenstapel bis zum Kinn zu türmen begann. Nach der Nachmittagsbesprechung würde sie sich um Frau Andersen kümmern.

Es war schon nach acht Uhr, als Christina nach Hause kam. Müde schleppte sie sich und die schweren Einkaufstüten von der Bushaltestelle zum Haus Fördeblick. Sie war völlig erledigt. Ein englisches Service für sechs Personen und ein Toaster waren die Ausbeute von zwei Shoppingstunden in Flensburgs Fußgängerzone. Und das nach einem langen, anstrengenden Tag im Krankenhaus. Es war so viel los gewesen, dass sie nicht einmal die Zeit für das Gespräch mit Frau Andersen gefunden hatte.

Morgen, dachte sie. Morgen werde ich es nachholen. Gleich nach der Visite.

Sie schlich die Straße entlang. Der alte Schlachthof erhob sich düster gegen den dämmrigen Himmel. Ein Wind strich um das Haus und ließ die Spanplatten vor den Fenstern klappern und knarren. Es klang schauerlich, und unwillkürlich stellte sie sich vor, dass im Inneren gerade die Bewohner erwachten. Ghule. Vampire. Dämonen. Und die Geister der getöteten Tiere, die auf Rache sannen.

Du hast die Phantasie eines Teenagers, schalt sie sich. Das ist ein altes, verlassenes Haus. Mehr nicht.

Trotzdem beschleunigte sie ihre Schritte und war froh, als sie das verlassene Gebäude hinter sich gelassen hatte. Glücklicherweise war es nicht mehr weit. Die Plastiktüten schienen mit jedem Schritt schwerer zu werden, und die dünnen Henkel schnitten ihr in die Handflächen.

Nächstes Mal nehme ich mir ein Taxi.

Die Straße war wie leer gefegt. Die Fabrik- und Geschäftsgebäude waren dunkel. Der Wind ließ die Wanten der Segelboote in dem kleinen Yachthafen auf der anderen Straßenseite klappern. Durch die Glasbausteine des Fleischgroßmarktes sickerte Licht, und Christina stellte sich vor, wie dort die Arbeiter gerade in diesem Moment Fleisch zerteilten – mit Beilen und elektrischen Sägen. Sie bekam eine Gänsehaut. Zum Glück brannte im Haus Fördeblick Licht in Frau Claasens Küche, wie ein freundlicher Willkommensgruß. Als Christina näher kam, bemerkte sie die beiden Motorräder, die auf der Auffahrt vor der Garage standen. Große schwarze Dinger mit blitzendem Chrom, die schön und gefährlich zugleich aussahen und die man wohl als »schwere Maschinen« bezeichnete. Von einem der Tanks grinste sie ein scheußlicher Totenkopf an. Offenbar hatte Frau Claasen Besuch.

Christina betrat das Treppenhaus, als sie von oben Gelächter hörte. Und Männerstimmen. Dann kamen ihr Frau Claasen und ein unbekannter Mann entgegen. Er war groß, breitschultrig, der Schädel kahl rasiert. Unter der grauen Kapuzenjacke zeichneten sich Muskeln ab, die Arnold Schwarzenegger vor Neid hätten erbleichen lassen, seine Unterarme waren von Tätowierungen bedeckt.

»Moin.«

Sie war so erschrocken, dass sie den gebellten Gruß nur mit einem Nicken erwidern konnte. Ein Blick aus stahlblauen Augen traf sie und ließ ihr einen Schauer über den Rücken laufen. Was ging hier vor? Wer war das?

»Guten Abend, Frau Claasen«, sagte Christina. Sie war so verwirrt durch die Begegnung, dass sie nur am Rande die nackten Füße der alten Dame zur Kenntnis nahm.

»Schön, dass ich Sie gerade treffe, Christina, dann brauche ich nicht bei Ihnen zu klingeln.«

»Stimmt etwas nicht?«

»Nein, nein, es ist alles in Ordnung.« Täuschte sie sich, oder kam die Antwort etwas zu schnell? »Ich wollte Sie bitten, kurz zu mir in die Wohnung zu kommen. Sie bekommen einen neuen Nachbarn. Duke wird in das Dachgeschoss ziehen, und wir wollen gleich den Mietvertrag unterschreiben. Dafür möchte ich Sie als Zeugin bitten.«

»Zeugin bei einem Mietvertrag? Warum denn das?«

Käte lächelte.

»Ich finde es auch übertrieben, aber Duke möchte es gern. Würden Sie das bitte für mich tun?«

»Ja, natürlich. Ich ziehe mir nur den Mantel aus.«

»Bis gleich!«

Käte stieg mit dem Fremden die Treppe hinunter. Seine klobigen Schuhe hämmerten dabei auf die Treppenstufen ein, als wollten sie Nägel in das Holz schlagen.

Was ging hier vor? Man brauchte doch keine Zeugen, um einen Mietvertrag zu unterschreiben. Christina beeilte sich. Sie wollte die alte Frau nicht eine Minute länger als unbedingt nötig mit diesem Kerl allein lassen. Während sie die Tüten im Flur abstellte und hastig ihren Mantel im Schlafzimmer auf die Matratze warf, dachte sie an Glatze, Stiernacken und Tätowierungen. Duke. Einen Adligen stellte sie sich anders vor.

Auf Christinas Klopfen öffnete der Kerl die Tür. Die Klinke wirkte in seiner Pranke wie ein Spielzeug, und sie musste ihren Kopf in den Nacken legen, um ihm ins Gesicht sehen zu können.

»Käte ist in der Küche«, sagte er mit einem Grinsen, das ihr überhaupt nicht gefiel.

Unwillkürlich beschleunigte sich ihr Puls. Was konnte so ein Typ mit einer zierlichen, hilflosen alten Frau anstellen?

Oder mit einer hilflosen jungen Frau?

Sie wünschte, sie hätte ihr Handy nicht oben in ihrer Handtasche gelassen. Im Notfall würde sie sich bestimmt weder an Thomas' Telefon- noch an seine Handynummer erinnern können. Geschweige denn, dass sie wusste, wo Kätes Telefon stand.

Sie wollte umkehren, um diesen Fehler zu korrigieren, doch von oben näherten sich wieder schwere Schritte.

Zwei, dachte sie. Natürlich sind es zwei Männer. Es stehen schließlich auch zwei Motorräder vor dem Haus. Außerdem kommen solche Typen immer im Doppelpack.

Voll Unbehagen betrat sie die Wohnung. Während sie zur Küche ging, glaubte sie, den stechenden Blick des Glatzkopfs in ihrem Nacken zu spüren. Dann hörte sie Stimmen und raues Lachen hinter sich. Ihre Angst war dem Kerl bestimmt nicht verborgen geblieben, und sie hätte Wetten darauf abgeschlossen, dass man sich an der Tür gerade über sie lustig machte.

»Oh, da sind Sie ja schon, Christina!« Käte nahm den Wasserkessel vom Herd und lächelte. Die alte Frau wirkte von ihrem seltsamen Besuch völlig unbeeindruckt. Oder konnte sie sich nur gut verstellen? »Ich brühe gerade Kaffee für die beiden auf. Ich weiß, ich bin altmodisch. Aber ich konnte mich nie an diese Maschinen gewöhnen. Ich finde, so ein Kaffee schmeckt nicht. Möchten Sie auch eine Tasse trinken?«

»Nein danke.« In der Küche roch es nach Kaffee und Zigaretten. Auf dem Küchentisch stand ein Aschenbecher mit zwei Kippen, auf den Küchenstühlen lagen achtlos hingeworfene schwarze Lederjacken. Weder der Geruch noch der Anblick passten in das Bild, das sie von Frau Claasen hatte. Christina schluckte. »Ist alles in Ordnung, Käte? Geht es Ihnen gut?«

Die alte Frau sah sie überrascht an.

»Ja, natürlich. Der Mietvertrag liegt auf dem Tisch«, sagte sie und goss das heiße Wasser auf den Filter. »Sie können gern einen Blick darauf werfen, bis Duke und sein Freund da sind.«

Wollte ihr Käte damit etwas mitteilen? Stimmte mit dem Vertrag etwas nicht? Doch Christina konnte nur den Namen des neuen Mieters lesen – Neil McKinnley –, bevor der Glatzkopf zur Tür hereinkam. Ihm folgte der zweite Mann, ein Typ mit der Figur eines Jeans-Models, der sein dichtes dunkelbraunes Haar im Nacken zu einem Zopf gebunden hatte. Das Einzige, was sich von seiner schwarzen Kleidung abhob, war die große, glänzende Gürtelschnalle in Form eines Totenkopfes.

»Das ist Duke«, sagte Käte, und ihr Gesicht strahlte, als ob sie Christina gerade einen berühmten Schauspieler vorstellte. Tatsächlich hätte er einer sein können. Wenigstens dem Aussehen nach. »Und sein Freund Jan. Duke, das ist deine zukünftige Nachbarin, Christina Martens.«

Oh. Man duzt sich.

»Hallo.«

Sein Lächeln hätte gewiss einen Gletscher zum Schmelzen bringen können. Gegen ihren Willen ließ es ihren Blutdruck steigen. Trotzdem ergriff sie die entgegengestreckte Hand nur zögernd. Sie traute diesem Mann nicht, mochte er noch so gut aussehen. Er roch nach Nikotin, Motoröl und Waschmittel. Unter den hochgeschobenen Ärmeln seines Kapuzenpullovers ragten eintätowierte Flammen und keltische Ornamente hervor, an seinem linken Ohrläppchen hingen zwei silberne Ohrringe, und am Mittelfinger der rechten Hand trug er einen silbernen Ring mit einem gehörnten Totenkopf. Duke. Eines stand fest. Ein Engel war der Kerl bestimmt nicht.

»Wollen wir den Vertrag jetzt unterschreiben? Wir müssen gleich weg.« Er hatte eine rauchige Stimme und einen deutlichen Akzent. Britisch? Irisch?

Käte schenkte Kaffee in zierliche Tassen und stellte sie auf den Tisch.

Jan – wie konnte so ein Typ nur solch einen gewöhnlichen Namen haben? – beugte sich über den Vertrag und las laut vor, während Duke mit gesenktem Blick zuhörte und mit sichtlichem Genuss an seinem heißen Kaffee nippte. Es war ein gewöhnlicher Mietvertrag mit allem Drum und Dran, wie er in ganz Deutschland üblich war, nichts, was den Aufwand zweier Zeugen rechtfertigte. Doch als Christina den Mietpreis hörte, wurde sie hellhörig.

»Moment mal. Fünfzig Euro?«, unterbrach sie Jan.

Er richtete sich zu seiner vollen, beeindruckenden Größe auf, drückte sein breites Kreuz durch und fixierte sie mit durchdringendem Blick. Sie schluckte und hätte sich am liebsten irgendwo verkrochen. Aber sie musste diese Frage klären, bevor ein Fehler gemacht wurde. Das war sie Käte schuldig. Sie nahm ihren ganzen Mut zusammen.

»Da stimmt doch etwas nicht. Da haben Sie sich bestimmt verschrieben.«

»Nein, nein«, versicherte Käte rasch. Zu rasch für Christinas Geschmack. Sie hatte den Eindruck, dass die alte Dame nervös war. Oder ängstlich. »Das hat schon seine Richtigkeit.«

»Darum bist du hier«, erklärte Duke mit einem Lächeln. »Damit es später nicht heißt, ich hätte Kate gegen ihren Willen zu diesem Vertrag gezwungen. You know?«

Und wenn es doch so war? Wie konnte sie wissen, was vor ihrem Eintreffen in dieser Wohnung geschehen war? Christina fröstelte.

Der Vertrag wurde zu Ende vorgelesen, dann unterschrieben erst Käte und danach Duke. Als er ihr den Kugelschreiber reichte, zögerte sie einen Moment. Wenn sie ihm nun einen Strich durch seine Rechnung machte und die Unterschrift verweigerte?

»Please.«

Es klang ruhig, freundlich, ein kleines Lächeln umspielte seine Lippen. Doch der Blick seiner dunklen Augen sagte ihr genau, wie sie dieses »bitte« zu verstehen hatte. Duke war es offenbar gewohnt, dass man – oder besser frau – ihm gehorchte. Und unglücklicherweise konnte sie sich sehr gut vorstellen, wie ein Gesicht aussah, nachdem es in Kontakt mit seinem Totenkopfring gekommen war.

Christina kämpfte noch eine Weile mit sich, dann siegte ihre Angst. Mit schlechtem Gewissen nahm sie den Stift. Sie schämte sich für ihre Feigheit. Trotzdem setzte sie ihren Namen unter den Vertrag, direkt neben das stilisierte Motorrad. Wieder etwas, das sämtliche Alarmglocken bei ihr läuten ließ. Wieso unterschrieb dieser Kerl nicht mit seinem Namen? Hier war doch alles faul! Sie wünschte sich so sehnlich wie schon lange nicht mehr die Anwesenheit ihres Bruders herbei. Thomas hätte gewusst, wie man mit den beiden Kerlen umgehen musste.

»Wunderbar!«, freute sich Käte und strahlte über das ganze Gesicht. Die alte Frau schien keinen Argwohn zu schöpfen. Sie drückte die Haustürschlüssel der Dachgeschosswohnung in Dukes Hand und umarmte ihn so herzlich, dass Christina gleich eine ganze Reihe von Vermutungen durch den Kopf geisterte, eine abenteuerlicher und abwegiger als die andere. »Ich freue mich. Wann willst du einziehen?«

Er zuckte mit den Schultern.

»So schnell wie möglich. Aber ein paar Renovierungsarbeiten sind vorher notwendig. Tapezieren. Streichen. Mal sehen, wie lange ich brauche.«

»Es ist zwanzig vor neun, Duke«, drängte Jan.

Duke warf einen kurzen Blick auf die Küchenuhr, schnappte sich seine Lederjacke und zog sie über. »Wir müssen los. Danke, Kate. Auch für den Kaffee.«

Er reichte zuerst Käte die Hand, dann Christina. Das Lächeln eines Oscarpreisträgers ließ die Sonne mitten am Abend aufgehen. Doch sie konnte ihren Blick nicht von den zahlreichen Aufnähern auf der Vorderseite seiner Jacke wenden – »Wizards«, »Glasgow«, »Road Captain«, stand da geschrieben. Worte, die sie aus Zeitungsartikeln über kriminelle Motorradclubs kannte. Und als er und sein Freund ihr den Rücken zudrehten, grinsten sie die gehörnten Totenköpfe an, über denen in einem weißen Bogen mit großen dunkelgrünen Buchstaben »Wizards of Doom« geschrieben stand, darunter bei dem einen »Flensburg«, bei dem anderen »Scotland«.

Rocker. Das hatte Haus Fördeblick gerade noch gefehlt.

Verstohlen beobachtete sie durch das Fenster, wie die beiden Männer aus dem Haus traten. Sie unterhielten sich kurz, und der Glatzkopf schlug Duke auf die Schulter, als hätte der gerade eine Heldentat vollbracht. Dann setzten sie die Helme auf und bestiegen ihre Motorräder. Die Motoren der schweren Maschinen dröhnten, als sie Seite an Seite die Straße in Richtung Innenstadt davonbrausten.

Christina wandte sich um. Käte saß am Küchentisch und strich versonnen lächelnd mit der Hand über den frisch unterzeichneten Vertrag, als wollte sie ihn streicheln. Warum freute sich die alte Frau so darüber? Kannte sie die Wizards persönlich? Aber nein, jetzt ging wieder ihre Phantasie mit ihr durch. Viel wahrscheinlicher war es doch, dass die beiden Rocker die Gutmütigkeit der alten Frau schamlos ausgenutzt hatten und Käte gar nicht wirklich wusste, was sie da gerade getan hatte. Dieser Gedanke stimmte Christina traurig.

»Käte«, sagte sie und legte sanft eine Hand auf den Arm der alten Frau. »Wissen Sie, wer das ist?«

»Duke?« Sie sah überrascht auf. »Was meinen Sie, Christina?«

»Haben Sie seine Lederjacke nicht gesehen? Dieser ›Duke‹ ist ein Rocker. Er gehört zu den Wizards of Doom. Das sind gefährliche Männer. Ist es wirklich Ihr Wunsch, dass dieser Mann unter Ihrem Dach wohnt? Oder haben die Kerle Sie etwa unter Druck gesetzt? Wenn das so ist, müssen Sie es mir sagen. In dem Fall müssen wir uns an die Polizei wenden.«

»Nein.« Kätes Antwort war klar und bestimmt. »Sie haben einen völlig falschen Eindruck. Ich wurde zu nichts gezwungen. Im Gegenteil. Ich bin zu den Wizards gegangen und habe Duke die Wohnung unterm Dach angeboten.«

Christina holte tief Luft. Antworteten nicht genau so die Leute, die aus Angst vor den Konsequenzen ihre Erpresser schützten?

»Aber warum? Und weshalb für so einen – verzeihen Sie mir bitte den Ausdruck – Spottpreis?«

»Weil Duke zurzeit in diesem verräucherten Clubhaus lebt und kaum Geld hat, sich eine eigene Wohnung zu leisten. Außerdem brauche ich ihn zu meinem Schutz.«

»Schutz?« Christinas Verdacht erhärtete sich. Wurden die Wizards nicht immer wieder im Zusammenhang mit Schutzgelderpressung in der Presse genannt? »Warum sollten Sie Schutz brauchen, Käte?«

»Denken Sie nur an die Männer, die heute früh über mein Grundstück gelaufen sind. Ich bin zu alt, um mich zu wehren. Und eine zierliche Frau wie Sie kann gegen diese Kerle auch nichts ausrichten.«

»Warum wenden Sie sich nicht einfach an die Polizei, wenn Sie sich belästigt fühlen? Mein Bruder ist Polizist. Wenn ich mit ihm spreche …«

Doch Käte schüttelte entschieden den Kopf.

»Die Polizei würde mir nicht glauben, das kenne ich schon. Und ich will nicht in ein Heim. Ich bin weder verrückt noch senil. Nein. Keine Polizei.«

»Aber warum dann nicht einen netten Studenten? Warum muss es ausgerechnet ein Mitglied dieser berüchtigten Rockerbande sein? Lesen Sie denn keine Zeitungen?«

»Gelegentlich schon. Allerdings glaube ich nicht alles, nur weil es gedruckt wurde. Aber es reicht vielleicht, wenn andere daran glauben, nicht wahr? Wenn man Dukes Motorrad, ihn selbst oder einen seiner Freunde vor dem Haus sieht, könnte das ungebetene Gäste fernhalten.« Käte zwinkerte. »Ihnen haben die beiden doch wohl auch einen tüchtigen Schrecken eingejagt, oder?«

»Ja, das kann man wohl sagen«, gab sie zu. »Aber glauben Sie mir, Käte. Dieser Duke ist kein Schoßhündchen. Seine Anwesenheit wird bestimmt so manchen Besucher abschrecken. Aber letztlich werden Sie achtgeben müssen, dass Sie nicht von ihm gebissen werden.«

Käte schüttelte mit sanftem Lächeln den Kopf.

»Kennen Sie den 91. Psalm, Christina?«, fragte sie nach einer Weile.

»Nein, ich …«

»Im elften Vers heißt es: ›Gott hat seinen Engeln befohlen, dich zu beschützen, wohin du auch gehst.‹ Verstehen Sie? Gott hat alles so gefügt. Und jetzt habe ich einen der himmlischen Schar im Haus.«

Christina dachte an Andreas Claasen. Er hatte von Schwankungen im Befinden seiner Mutter gesprochen. Von seltsamen Ideen. Und von Bibelversen, die sie ständig zitierte. Hatte er recht mit seiner Vermutung?

Käte legte ihr die Hand auf den Arm.

»Machen Sie sich keine Sorgen, Christina. Diese Jungs werden uns nichts tun, da bin ich mir sicher. Diese Totenköpfe auf den Lederjacken sehen schrecklich aus. Aber darin stecken gute Kerle.«

»Und wer sagt Ihnen das?«

Die alte Frau lächelte.

»Über achtzig Jahre Lebenserfahrung. Und der 91. Psalm.«

Christina seufzte. Sie dachte an den stechenden Blick des Glatzkopfs, an die Schlagzeilen über Schlägereien in den Zeitungen. An Drogen, Prostitution und Waffenhandel. Nein. Es lag keine Logik darin, sich einen Kriminellen ins Haus zu holen, ganz gleich, aus welchen Gründen.

Ich werde Herrn Claasen anrufen, dachte sie. Vielleicht kann er auf seine Mutter einwirken.

Andreas Claasen drückte auf die rote Taste seines Handys und steckte es in die Tasche seines Jacketts. Das Restaurant war gut besucht. Die Kellner eilten zwischen den Tischen hin und her, die Gäste unterhielten sich, lachten, aus den Lautsprechern kam dezente Instrumentalmusik. Vor ihm auf dem Tisch stand ein Teller mit köstlichen gegrillten Jakobsmuscheln, doch der Appetit war ihm nach dem Gespräch eben vergangen.

Gerd legte seinen Hummerschwanz zur Seite, wischte sich Mund und Finger an der Stoffserviette ab und sah ihn prüfend an.

»Was ist los, Andreas? Stimmt etwas nicht?«

Er sah aus dem Fenster. Es war dunkel geworden. Auf der anderen Seite der Förde waren das Kompagnietor, das Schifffahrtsmuseum und »Hansens Brauerei« hell erleuchtet, oben auf der Duburg schimmerten zahllose Fenster, der Glockenturm des Alten Gymnasiums, in dem er die Schulbank gedrückt hatte, wurde von einem Scheinwerfer angestrahlt. Die Lichter spiegelten sich auf dem schwarzen Wasser der Förde, verzerrt durch den leichten Regen, der vor einer Stunde eingesetzt hatte.

»Schlechte Nachrichten? Wer war das?«

Andreas seufzte.

»Das war Frau Martens, die neue Mieterin im Haus Fördeblick. Die Ärztin. Sie …« Er schüttelte den Kopf. Er musste erst verarbeiten, was er gerade gehört hatte. Das war so ungeheuerlich, dass er gar nicht so recht wusste, wie er es aussprechen sollte.

»Ist etwas mit deiner Mutter?«

Andreas stützte den Ellenbogen auf den Tisch und versuchte, die Fassung zu bewahren. Natürlich hatte er damit gerechnet, dass seine Mutter eines Tages nicht mehr zurechnungsfähig sein würde. Aber dass es so schnell ging und solche Blüten trieb, hätte er nie für möglich gehalten. Die Erkenntnis traf ihn mit voller Wucht.

Er nickte.

»Sie …« Er schluckte. Dann sah er Gerd an. »Meine Mutter hat die Dachgeschosswohnung an einen Rocker von den Wizards of Doom vermietet. Für fünfzig Euro pro Monat. Stell dir das vor!«

»Bist du sicher, dass sie das freiwillig getan hat?«, fragte Gerd sofort.

Ja, das war auch sein erster Gedanke gewesen.

»Meine Mutter behauptet das. Aber Frau Martens ist da anderer Meinung. Meine Mutter habe ihr zwar erzählt, dass sie selbst dem Mann das Mietverhältnis angeboten habe. Aber Frau Martens meinte, die Männer hätten auf sie doch sehr einschüchternd gewirkt. Sie war übrigens bei der Unterzeichnung des Mietvertrags dabei. Als Zeugin. ›Damit es nicht heißt, meine Mutter sei zu diesem Vertrag gezwungen worden‹, hätten die beiden Rocker gesagt.« Er lachte auf. »Kannst du dir diese Ironie vorstellen?«

Gerd schüttelte den Kopf.

»Diese Kerle gehören alle hinter Schloss und Riegel, das habe ich schon oft gesagt.«

»Ich weiß, und du sprichst mir aus der Seele. Mindestens zwei Mal im Jahr ist diese Frage Thema bei den Stadtratssitzungen. Wenn es möglich wäre, hätten die Abgeordneten diesen Verein schon längst verboten. Aber unglücklicherweise sind die Burschen nicht blöd. Entweder fehlen die Beweise, oder wenn ihnen eine Straftat nachgewiesen werden kann, nimmt es immer einer allein auf sich, sitzt die Strafe ab. Und die anderen stehen mit sauberer Weste da.« Andreas rieb sich die Stirn. »Ich möchte nicht wissen, wie diese Kerle in Haus Fördeblick hausen. Womöglich richten sie sich einen Unterschlupf ein, um dort ungestört ihre Waffen- und Drogengeschäfte abzuwickeln oder Zwangsprostituierte zu verstecken. Und meine arme alte Mutter mittendrin.«

Gerd schüttelte mitfühlend den Kopf.

»Ich kann deine Sorge verstehen, mein Freund«, sagte er.

»Hast du denn den Namen des Kerls, der bei deiner Mutter einziehen will?«

»Ja. ›Duke‹ nennt er sich. Wieder so ein Scherz, über den ich nicht wirklich lachen kann. Und der richtige Name … Warte mal. Irgendetwas Englisches. Irisches. Oder Schottisches. Liam? Sean? Nein. Jetzt habe ich es. Neil. Neil McKinnley.«

Gerd holte ein schmales Notizbuch aus der Innentasche seines Jacketts und zückte einen Kugelschreiber.

»Duke. Neil McKinnley. Mit einem oder mit zwei ›n‹?«

»Keine Ahnung.«

»Na, ist auch vorerst egal.« Gerd steckte beides weg und lächelte. »Das werden wir doch mal sehen.«

»Was hast du vor?«

»Ich werde Schröder auf den Burschen ansetzen. Er wird diesem ›Duke‹ ein fürstliches Angebot unterbreiten. Wenn er darauf eingeht, bist du ihn und alle Sorgen um deine Mutter los.«

Andreas nickte.

»Und wenn er ablehnt?«

Gerd lächelte kühl.

»Dann, mein Lieber, wissen wir, dass wir es entweder mit einem Volltrottel zu tun haben oder dass er und seine Freunde etwas Übles im Schilde führen. Und in dem Fall solltest du deine Beziehungen nutzen, um ihm mit Hilfe der Polizei auf die Finger zu klopfen.«

Er stand vor dem Kleiderschrank und zog sich die schwarzen Joggingsachen an. Er konnte zufrieden sein. Dank harter Arbeit liefen die Geschäfte gut. Die Zahl seiner »speziellen Kunden« war auf sechs gestiegen. Mittlerweile war er jede Nacht unterwegs, aber es machte ihm nichts aus. Im Gegenteil. Dieses »zweite Leben« war der richtige Ausgleich zu seinem Alltag – eine andere Tätigkeit, andere Umgangsformen, andere Kleidung. Oder besser »Kostüme«. Er hatte die Schauspielerei schon immer geliebt. Am Morgen danach fühlte er sich jedes Mal fit und entspannt, selbst nach weniger als vier Stunden Schlaf. Als ob er endlich der sein konnte, der er wirklich war. Wie bei Jekyll und Hyde.

Er kicherte bei dem Gedanken.

Diese Andersen hatte er nur drei Mal besucht, und jetzt war sie bereits im Krankenhaus. Ein Zeichen von schwachen Nerven. Sie war eben nur ein altes Weib. Das Album mit den Fotos, Eintragungen und Zeitungsausschnitten, das ihm gleich bei seinem ersten Besuch in die Hände gefallen war, war allerdings überaus hilfreich gewesen. War das Glück? Er hielt es eher für Vorsehung. Der Lippenstift an der Holzwand am ersten Abend war ein genialer Einfall gewesen, auf den musste man erst einmal kommen. »Schlampe«. So einfach konnte es manchmal sein. Und gestern … Die Sache mit der Badewanne war ein echtes Glanzstück, auf das er besonders stolz war. Fast wie in einem Horrorfilm. Er hatte die Alte bis in den Garten kreischen hören.

Der erste Schritt ist getan, dachte er und stülpte sich die schwarze Mütze auf den Kopf. Heute war wieder die Batteriestraße dran. Ein besonders hartnäckiger Fall. Doch er hatte sich etwas Besonderes ausgedacht.

Er grinste. Allmählich bekam er Routine. Und er wurde immer besser.

4

Dienstag, 30. April

Danny fegte die Auffahrt vor dem Clubhaus der Wizards.

Er hatte schlechte Laune. Nein, das stimmte so nicht ganz. Er war stinksauer. Wegen Sabrina. Und wegen ihm. Zur Hölle mit allen Schotten auf dieser Welt!

Er hatte heute frei. Er hatte sich extra freigenommen, weil er wusste, dass Sabrina dienstags immer freihatte. Und eigentlich hatte er geplant, an den Strand zu fahren, vielleicht nach Dänemark rüber. Mit ihr natürlich. Nur sie beide. Aber sie hatte abgesagt. Ganz plötzlich. Angeblich musste sie zum Arzt. Wer's glaubt. Ob sie wohl dachte, er sei blöd? Natürlich lag es in Wirklichkeit an Duke. Allein schon dieser Name brachte ihn in Rage. Als wäre der Kerl etwas Besonderes, wie ein König oder so.

Danny wusste, dass Steve nichts dagegen hatte, dass er sich mit seiner jüngeren Schwester traf. Und sie hatte auch nichts dagegen gehabt. Bisher. Bis zu dem Tag, an dem dieser Schotte im Club aufgetaucht war. Anfangs hatte er darüber hinweggesehen, dass Sabrina dem Kerl schöne Augen machte, wie viele der Mädchen. Sie waren schließlich noch kein Paar, und er war tolerant. Allerdings war er auch davon ausgegangen, dass Duke spätestens nach einer Woche seine Tour fortsetzen und für immer aus Flensburg verschwinden würde. Und dann hieß es plötzlich, dass er für unbestimmte Zeit bleiben musste. Aus Gründen, die kein Mensch begriff. Danny hielt sie für vorgeschoben, wenn sie nicht sogar frei erfunden waren. Duke gefiel Flensburg. Schamlos nutzte er Berts Gutmütigkeit aus. Von wegen Erbschaftsstreitigkeiten und Ärger mit einem Kredithai. Wenn der Typ keine Kohle mehr hatte, dann lag es nur daran, dass er nicht mit Geld umgehen konnte. Er konnte ja nicht einmal lesen und schreiben. Oder war das auch gelogen? Der Kerl war raffiniert. Und es war natürlich viel bequemer, sich hier festzusetzen wie die Laus im Pelz und vom Chapter aushalten zu lassen, als die Betteltour kreuz und quer durch Europa fortzusetzen.

Allerdings hütete Danny sich, das laut zu sagen. Duke war schließlich Member und noch dazu Road Captain der Glasgower Wizards. Aber er fragte sich, ob er der Einzige hier im Club war, der eins und eins zusammenzählen konnte. Die anderen waren ganz begeistert von dem Schotten. Alles drehte sich nur noch um ihn. Als wäre Duke der Gründer der Wizards persönlich. Und er selbst stand hier und durfte den Hof fegen, anstatt mit Sabrina auf dem Sozius eine Tour an den Strand zu machen.

Verflucht!

Danny stieß den Besen so heftig von sich weg, dass eine Staubwolke aufwirbelte und ihm für einen Moment die Sicht nahm.

Dass Big Js blonde Cousine Duke umschwirrte wie eine Schmeißfliege den Scheißhaufen, störte ihn nicht. Sonja war ihm egal. Aber bei Sabrina war das anders. Seit Duke im Club war, war er bei ihr abgemeldet. Und das Schlimmste war, dass Steve ebenfalls ganz dick mit dem Schotten befreundet war. Die beiden taten, als wären sie zusammen aufgewachsen. Deshalb hatte er nicht einmal mehr die Gelegenheit, unter vier Augen mit Steve über die Situation zu sprechen. Immer war Duke in seiner Nähe.

Mistkerl.

Er schlug mit dem Besen gegen den Kantstein. Der Kopf trennte sich vom Stiel und flog in hohem Bogen ins Gebüsch.

Auch das noch. Jetzt durfte er nach dem Besen suchen und zwischen Zigarettenkippen, Hundescheiße und Katzenpisse durch die Sträucher kriechen. Und alles nur wegen ihm!

»Guten Tag. Entschuldigen Sie bitte die Störung.«

Danny drehte sich um. Vor ihm stand ein Mann in einem dunkelgrauen Anzug mit blütenweißem Hemd, Krawatte und einer schwarzen Ledermappe unter dem Arm.

»Ich sehe, dass Sie zu den Wizards of Doom gehören«, fuhr der Typ fort und deutete auf Dannys Kapuzenjacke mit dem Supporter-Schriftzug des Clubs. Dabei lächelte er ihn auf jene

Weise an, wie Normalbürger es meistens taten, wenn sie es mit den Wizards zu tun bekamen – übertrieben freundlich.

»Und wenn schon?«

»Ich suche jemanden. Neil McKinnley, auch genannt Duke. Ich müsste Herrn McKinnley dringend sprechen. Können Sie mir vielleicht sagen, wo ich ihn finde?«

»Herr McKinnley.« Warum nicht gleich »Sir«?

Danny dachte kurz nach. Eigentlich hätte er ihn am liebsten zum Teufel gejagt. Der Typ sah aus wie ein Versicherungsvertreter. Er hätte aber ebenso gut ein Anwalt sein können. Ein Beamter von der Einwanderungsbehörde. Ein Polizist. Oder einer der Schläger, vor denen Duke sich verkroch. Obwohl er nicht sehr muskulös wirkte. Aber so ein Anzug konnte täuschen.

Ein Hoffnungsstrahl!

»Der arbeitet um diese Zeit«, antwortete er. »Sie finden ihn bei Kurts Bikehouse.«

»Vielen Dank. Sie haben mir sehr geholfen«, sagte der Mann und lächelte. »Darf ich wissen, wer Sie sind, damit …?«

»Nein«, erwiderte Danny scharf.

Er nahm den Besenstiel, ließ den Mann stehen und ging ins Clubhaus zurück. Wahrscheinlich wusste der Typ nicht, dass er gerade bewusst gegen eine der obersten Clubregeln verstoßen hatte – mit niemandem über clubinterne Angelegenheiten zu reden und schon gar nicht über andere Member. Wenn die Sache rauskam, konnte es ihn sein Patch kosten. Die anderen mussten also nicht unbedingt erfahren, von wem der Mann den Tipp mit Kurts Bikehouse hatte. Außerdem würde Duke bestimmt ziemlich sauer werden, wenn er Ärger bekam. Und der Schotte gehörte zu den Typen, mit denen man besser keinen Zoff haben sollte.

»Einen Augenblick, Frau Dr. Martens!« Schwester Nicole stürzte förmlich aus dem Stationszimmer und winkte mit einem Klemmbrett.

»Was ist denn?«

Christina gab sich Mühe, freundlich und geduldig zu bleiben, aber es fiel ihr schwer. Um sie herum stapelten sich die unerledigten Aufgaben, und sie kam nicht voran. Ärgerlicherweise hatte die Visite heute wieder länger gedauert als sonst – Akten waren nicht auf dem Wagen gewesen oder unter der falschen Zimmernummer eingeordnet, und einige der Patienten waren unterwegs oder hatten gerade Besuch von ihren Angehörigen, die erst einmal hinausgeschickt werden mussten und dann auf dem Flur noch unbedingt mit den Stationsärzten sprechen wollten. »Weil man Sie abends nicht mehr erreichen kann.« Um zwanzig Uhr. Am liebsten hätte sie die Frau gefragt, ob sie auch von acht Uhr morgens bis acht Uhr abends im Büro saß. Aber natürlich hatte sie sich diese Bemerkung verkniffen.

Jetzt war es halb zwei. Um zwei war Röntgenvisite, danach Nachmittagsbesprechung, und der Schreibkram musste auch noch erledigt werden. Der Chef hatte heute früh bereits einige fehlende Arztbriefe angemahnt und ihr dabei einen besonders vorwurfsvollen Blick zugeworfen. Sie hatte heute Nachtdienst. Mit ein bisschen Glück war die Nacht so ruhig, dass sie einen Teil der Akten abarbeiten konnte. Aber wenn sie ein ruhiges Gespräch mit Frau Andersen führen wollte, musste dies jetzt geschehen. Die alte Dame hatte ihr gar nicht gefallen.

Schwester Nicole holte sie ein und reichte ihr mit einem Lächeln das Klemmbrett.

»Auf einigen Anordnungen fehlen noch die Unterschriften«, sagte sie und strich sich ihr grellrot gefärbtes Haar aus dem Gesicht. An ihrem linken Nasenflügel glitzerte ein kleiner violetter Strassstein, und unter dem weißen Schwesternhemd blitzte ein türkisfarbenes Top hervor. »Das geht ganz fix.«

Zum Glück, dachte Christina und holte einen Kugelschreiber aus der Brusttasche ihres Kittels.

»Dr. Wegener ist in der Kantine, ich bin jetzt in Zimmer 3 bei Frau Andersen«, sagte sie, nachdem sie die notwendigen Unterschriften geleistet hatte. »Wenn möglich, möchte ich ungestört mit ihr sprechen.«

»Ist schon klar, Doc!«, sagte Nicole und nahm Christina das Klemmbrett wieder ab. »Wir rufen Sie nur im äußersten Notfall.«

Sie verschwand wieder im Stationszimmer, und Christina klopfte erleichtert an die Tür von Zimmer 3. Die junge Krankenschwester war ein schillernder Paradiesvogel, der versehentlich in einen Schwarm weißer Gänse geraten war. Aber sie war eine der besten Schwestern auf der Station. Nicole wusste, was ein echter Notfall war.

Frau Andersen lag still und blass in ihrem Bett, den Kopf zum Fenster gedreht, und betrachtete die Möwen, die am grauen Himmel ihre Kreise zogen. Mehr gab es dort nicht zu sehen. Höchstens den Krankenhausparkplatz, aber dafür hätte die alte Dame aufstehen müssen.

»Hallo, Frau Andersen«, sagte Christina und zog sich einen Stuhl näher ans Bett. »Wie fühlen Sie sich?«

»Schon besser, danke.«

Frau Andersen wandte sich ihr kurz zu, brachte ein gequältes Lächeln zustande und sah dann wieder aus dem Fenster.

»Wir sind gestern so verblieben, dass Sie versuchen, sich zu erinnern, ob es irgendeinen Anlass für Ihre Herzbeschwerden geben könnte«, sagte Christina, während sie aufmerksam die alte Frau musterte.

Ihr graues Haar war nachlässig gebürstet, der dezent perlmuttfarbene Lack an ihren Fingernägeln blätterte ab. Es war ein Phänomen, das sie oft beobachtete, wenn Patienten im Krankenhaus lagen – Männer rasierten sich plötzlich nicht mehr, Frauen wuschen sich nicht mehr die Haare. Aber sie hatte den Eindruck, dass bei Frau Andersen mehr dahintersteckte als das, was sie im Stillen »hospitale Nachlässigkeit« nannte. Die Frau wirkte zu erschöpft, um sich noch um irgendetwas zu kümmern. Eine Depression?

»Haben Sie sich über etwas aufgeregt, Frau Andersen? Oder geärgert?«

Frau Andersen schüttelte stumm den Kopf und sah aus dem Fenster. Tränen liefen über ihre Wangen. Christina ergriff die faltige Hand auf der Bettdecke, und plötzlich begann die alte Frau zu schluchzen.

»Es tut mir leid«, stieß sie kaum verständlich hervor. »Ich bin so dumm. Ich …«

»Nein, das sind Sie überhaupt nicht.« Christina drückte ihre Hand. »Wenn Sie weinen müssen, ist das in Ordnung.«

»Wenn meine Mutter mich sehen würde … Aber sie ist ja

da! Sie sieht mich!« Frau Andersen presste sich das Taschentuch vor den Mund und erstickte damit den Klagelaut.

»Wer ist da?«

Die alte Frau seufzte tief und sah Christina mit weit aufgerissenen Augen an.

»Sie!«, flüsterte sie. »Meine Mutter. Sie ist bei mir zu Hause!« Sie nickte zur Bestätigung und drückte Christinas Hand so fest, dass es wehtat. »Ich weiß, dass Sie mir nicht glauben. Aber sie ist wirklich da. Sie beobachtet mich. Und sie hinterlässt mir Botschaften.«

Einen Augenblick war es still im Zimmer. Nur die Geräusche von draußen waren zu hören – ein Martinshorn auf der Straße, die schnellen Schritte einer Schwester auf dem Flur, das Quietschen der Räder eines Rollstuhls, eine Zimmertür fiel ins Schloss, jemand lachte. Und Christina saß an dem Bett dieser alten Frau und blickte in ein angstverzerrtes Gesicht.

»Erzählen Sie«, war alles, was ihr in diesem Moment einfiel. »Am besten von Anfang an.«

Und Frau Andersen erzählte.

Thomas bremste und parkte den Dienstwagen direkt am Hafen. Von hier aus war es nur ein kurzes Stück bis zum Oluf-Samsons-Gang, der ohnehin keine Parkmöglichkeit bot.

»Und was soll das bringen?«, fragte Peer missmutig und hievte seinen massigen Körper aus dem Auto. »Wir haben doch schon alles untersucht.«

Im Grunde musste Thomas seinem Kollegen recht geben. Was sollten sie erfahren, was sie nicht bereits wussten? In diesem Fall gab es nichts zu ermitteln. Der Obduktionsbefund sagte nichts anderes: Schädelfraktur, Hirnblutung, Fraktur der oberen Halswirbelsäule mit Einklemmung des Stammhirns und resultierender Atemlähmung. Der alte Herr Meissner hatte auf der steilen Treppe seines alten Hauses das Gleichgewicht verloren und war unglücklich gestürzt. Unfall mit Todesfolge. Selbst die Staatsanwaltschaft war mittlerweile dieser Meinung, die Einstellung des Ermittlungsverfahrens nur noch eine Formsache. Doch Thomas hatte es sich zur Angewohnheit gemacht, bevor er einen Fall abschloss, noch einmal den Tatort und die

Zeugen aufzusuchen und sich alle Fakten anzusehen. Nur um sichergehen zu können, nichts übersehen zu haben. Und so wollte er auch im Fall Erwin Meissner verfahren, mochte er noch so eindeutig sein.

»Vielleicht ist die Nachbarin zu Hause«, sagte Thomas und schloss den Wagen ab. »Ich möchte noch einmal mit ihr reden. Vielleicht erinnert sie sich jetzt an etwas, das ihr in der ersten Aufregung entfallen ist. Außerdem wissen wir immer noch nicht, warum der Alte gestürzt ist.«

»Und wenn du weißt, dass ihm die Katze zwischen die Beine geraten ist oder er auf der Treppe einen seiner Cordpantoffel verloren hat, macht dich das glücklicher?« Peer schüttelte den Kopf. »Der Fall ist abgeschlossen, Thomas. Das hier ist verschenkte Zeit.«

»Okay, wahrscheinlich hast du recht. Aber ich kann nicht anders. Dafür lade ich dich auch anschließend im Café der Museumswerft zu einem Stück Kuchen ein.«

»Na schön«, brummte Peer. »Aber ich nehme dich beim Wort.«

Thomas unterdrückte ein Grinsen. Peer liebte Kuchen und Gebäck aller Art. Und die hausgemachten Kuchen in der Museumswerft waren besonders lecker. Sie ließen zwei Linienbusse vorbeifahren und überquerten dann die Hauptstraße. Aus den geöffneten Fenstern der Eckkneipe erklang »Hotel California« von den Eagles und Gelächter. Irgendwo startete eine Harley. Das Blubbern und Dröhnen dieser Motorräder war unverkennbar.

Sie bogen in den Oluf-Samsons-Gang ein. Schon von Weitem leuchteten ihnen die rot-weißen Absperrbänder vor der Eingangstür von Nummer 18 b entgegen.

»Wollen wir ins Haus?«, fragte Peer.

Thomas schüttelte den Kopf. Er hatte gesehen, dass im Nachbarfenster die rote Neonlampe leuchtete.

»Nein, lass uns zuerst mit der Nachbarin sprechen.«

Die Tür ging auf, kaum dass sie geklingelt hatten. Die Frau, die ihnen öffnete, war eine üppige Sechzigjährige, solariumgebräunt mit gebleichten, strohig aussehenden langen Haaren, die ihr wohl ein jüngeres Aussehen verleihen sollten. Sie war stark geschminkt, und das Top mit Leopardenmuster gewährte tiefe Einblicke auf ein faltiges Dekolleté.

»Guten Tag«, sagte er und lächelte freundlich, während er sich fragte, womit Frau Ziehlke ihren Lebensunterhalt bestritt. Oder gab es ausreichend Männer in Flensburg, die verzweifelt genug waren?

»Polizisten bediene ich nicht«, entgegnete Frau Ziehlke anstelle einer Begrüßung.

»Tja, dann brauchen wir wohl auch unseren Dienstausweis nicht zu zeigen«, sagte Peer und grinste.

»Sie sind ja ein echter Scherzkeks. Was wollen Sie?«

»Wir würden gern mit Ihnen noch einmal über Herrn Meissner sprechen«, sagte Thomas.

»Ich habe doch schon alles gesagt.«

»Vielleicht ist Ihnen in der Zwischenzeit noch etwas eingefallen. Dürfen wir hereinkommen?«

Sie stieß einen Seufzer aus.

»Na gut. Aber wenn es klingelt, müssen Sie verschwinden. Okay?«

»Versprochen.«

Sie traten in den engen, dunklen Flur, und Frau Ziehlke schloss die Haustür hinter ihnen. Ein Vorhang aus bunten Plastikperlen hing vor der Tür zur Linken. Dahinter lag Angelika Ziehlkes Arbeitszimmer. Ein breites Bett füllte den winzigen Raum fast vollständig. An den Wänden klebte eine scheußliche senfgelbe Siebziger-Jahre-Tapete. Ob die dunkleren Flecken darauf zum Muster gehörten oder anderen Ursprungs waren, blieb offen. Zwei Lampen mit Troddeln an den roten Schirmen verbreiteten schummriges Licht.

Angelika Ziehlke nahm eine Zigarette aus einem funkelnden Etui und zündete sie sich an.

»Also, was wollen Sie wissen?«

»Können Sie uns noch einmal erzählen, wie das an jenem Freitag gewesen ist?«

Sie verdrehte die Augen und blies den Rauch zur niedrigen Decke.

»Ich habe gearbeitet. Plötzlich hörte ich den Alten schreien, dann ein Poltern. Ich konnte erst rüber, als ich fertig war. Und da lag er im Flur auf dem Boden vor der Treppe.«

Thomas nickte.

»Ja, das haben Sie bereits zu Protokoll gegeben. Aber haben Sie vielleicht vorher Stimmen nebenan gehört?«

Sie schüttelte den Kopf.

»Nee. Das heißt: doch. Erwins Stimme habe ich gehört. Er hat ein paarmal ›Minki!‹ gerufen.« Sie kniff die Augen zusammen. »Das ist seine Katze.«

»Ja, auch das wissen wir. Und der Kunde, der zu der Zeit gerade bei Ihnen war?«

»Was soll mit dem sein?«

»Können wir den befragen?«

Sie zuckte mit den Schultern.

»Natürlich.«

Peer warf Thomas einen Blick zu.

»Wie heißt er denn?«

Angelika Ziehlke lachte rau.

»Woher soll ich das wissen? Er war kein Stammkunde. Und nach seinem Ausweis habe ich ihn nicht gefragt. Das ist bei mir nicht üblich, Herr Inspektor!«

Peers Gesicht nahm eine dunklere Farbe an.

»Können Sie uns den Mann beschreiben?«

»Er war nicht zu groß, nicht zu klein. Nicht sehr dick, aber auch nicht richtig schlank. Etwa mittleres Alter …«

»Lassen Sie mich raten«, unterbrach Thomas sie. »Augen, Nase, Mund und Haare weder besonders hell noch besonders dunkel.«

Sie riss ihre Augen auf.

»Ja, genau so! Kennen Sie ihn?«

Thomas holte tief Luft. Er hasste es, wenn er in seiner Funktion als Polizist auf den Arm genommen wurde.

»Ich sehe, das führt zu nichts«, sagte er zu Peer.

»Ich habe Ihnen doch gesagt, dass ich Ihnen schon alles erzählt habe.« Angelika Ziehlke öffnete die Haustür, ohne dass sie darum bitten mussten. »Guten Tag, die Herren.«

Sie standen kaum auf der Straße, als die Tür hinter ihnen ins Schloss fiel.

»Na, habe ich doch gesagt«, brummte Peer. »Das führt zu gar nichts.«

»Aber wir haben es wenigstens versucht«, sagte Thomas. Dann stutzte er, zog ein Taschentuch aus der Hosentasche und hob etwas auf, das direkt vor Angelika Ziehlkes Schwelle auf dem Kopfsteinpflaster gelegen hatte.

»Na, was gefunden?«, fragte Peer.

Thomas betrachtete nachdenklich das kleine silberne Ding, das er vorsichtig festhielt, als wäre es ein Beweismittel. Es war ein Anhänger, vielleicht von einem Schlüsselbund oder einer Halskette, in der Form eines Totenkopfs. Aber es war nicht irgendein Totenkopf, sondern das Emblem der Wizards of Doom. Ihm fiel die Harley ein, die sie hatten wegfahren hören. Hatte Angelika Ziehlke, bevor sie gekommen waren, Besuch von einem Wizard gehabt? Aber warum? Hatten sich die Wizards nicht schon vor Jahren aus dem Oluf-Samsons-Gang zurückgezogen?

»Vielleicht«, beantwortete er seinem Kollegen endlich die Frage. »Vielleicht habe ich etwas gefunden. In jedem Fall ist es interessant.« Er zog eine verschließbare Plastiktüte aus seiner Jackentasche und ließ den Totenkopf hineinfallen. »Und jetzt lass uns noch Herrn Meissners Haus ansehen. Und danach gehen wir zur Museumswerft. Ich habe schon ordentlichen Kaffeedurst.«

Duke ließ die Suzuki auf den Hof rollen, blieb neben Kurt stehen und drosselte den Motor.

»Und?«, fragte der Meister und vergrub seine Hände in den Taschen seines Blaumanns. »Läuft sie jetzt besser?«

Er nickte, nahm den Helm ab und stieg von der Maschine.

»Wie ein Uhrwerk. Ich habe sie ohne Probleme bis auf zweihundertfünfzig hochgefahren.« Er schüttelte fassungslos den Kopf. »Ganz ehrlich – hätte Jochen mir nicht den Tipp gegeben, an die Feder vom Gasgriff hätte ich nicht gedacht. Never ever.«

»Siehst du, man lernt nie aus«, sagte Kurt und legte ihm kurz eine Hand auf die Schulter. »Und genau dafür habe ich ihn. Mach noch den Ölwechsel. Ich rufe den Kunden an und sage ihm, dass er die Suzi morgen wieder abholen kann. Ich bin froh, wenn die Maschine endlich vom Hof verschwindet. Übrigens – da ist jemand, der mit dir sprechen will.«

Duke runzelte die Stirn.

»Wer denn?«

»Ein Herr Schröder.«

»Kenne ich nicht.«

Kurt zuckte mit den Schultern.

»Er wartet vorne am Tresen.«

Duke machte sich auf den Weg zum Büro. Er hatte ein mulmiges Gefühl. Seiner Erfahrung nach waren solche unerwarteten Besuche bei der Arbeit meistens mit Ärger verbunden – Behörden, Anwälte, Polizei. Aber wer konnte hier etwas von ihm wollen? Er öffnete die Glastür zum Büro. Am Empfangstresen stand ein Mann in einem dunkelgrauen Anzug.

»Das ist er«, sagte Paula und bedachte den Fremden zugleich mit einem misstrauischen Blick.

»Danke.« Der Mann kam einen Schritt auf ihn zu. »Herr McKinnley?«

Duke musterte ihn kurz und stellte fest, dass er ihn nicht mochte. Etwas stimmte nicht mit ihm. Ein aalglatter Typ. Manschetten und Kragen des Hemdes waren blütenweiß, das Gesicht braun gebrannt, als käme er gerade aus dem Urlaub oder aus dem Solarium. Vielleicht lag es auch an den Haaren. Sie waren so sorgfältig frisiert, dass er den Verdacht hatte, dass sie gar nicht echt waren. Außerdem trug er eine hellgraue Krawatte. Und eines war klar: Der Kerl war bestimmt nicht hier, weil er mit ihm über den Einbau von Customteilen oder eine Sonderlackierung für seine Harley sprechen wollte.

»Ja. Wer sind Sie?«

»Schröder ist mein Name.«

Duke holte seine Zigaretten aus der Tasche und zündete sich eine an. An der entgegengestreckten Hand sah er vorbei. Es war besser, gewisse Dinge gleich zu Beginn klarzustellen.

»Was wollen Sie von mir?«

»Kann ich Sie vielleicht irgendwo unter vier Augen sprechen?«, fragte Schröder und deutete mit einer Geste auf das Büro und auf Paula, die sie von ihrem Arbeitsplatz hinter dem

Tresen argwöhnisch beobachtete. Ihr schien der Typ auch nicht zu gefallen. »Die Angelegenheit ist vertraulich.«

»Dann kommen Sie mit. Im Aufenthaltsraum sind wir ungestört.«

»Duke?« Paula warf ihm über den Rand ihrer Brille einen besorgten Blick zu. »Ist alles in Ordnung?«

Er zuckte mit den Schultern.

»Keine Ahnung«, antwortete er wahrheitsgemäß. Er hatte wirklich nicht den leisesten Verdacht, was dieser Schröder von ihm wollen könnte.

»Aber wenn du Hilfe brauchst …«

»Keine Sorge, Paula«, erwiderte er und lächelte ihr beruhigend zu. »Ich komme klar.«

Im Aufenthaltsraum roch es nach frischem Kaffee. Die Kanne in der Maschine war voll, Zucker und eine Tüte Milch standen bereit. Auf dem Tisch wartete, abgedeckt mit einer geblümten Serviette, ein großer Teller mit belegten Brötchen – frisches Mett, Fleischsalat, Wurst und Käse. Ein sauberer Aschenbecher und die neueste Ausgabe der Bild-Zeitung lagen daneben. Wie immer hatte Paula gut für »ihre Jungs« gesorgt.

Duke deutete mit dem Kopf auf die Plastikstühle. »Kaffee?«

»Nein danke.«

»Also noch mal«, sagte er, schenkte sich selbst Kaffee in einen Becher, gab zwei Löffel Zucker hinzu und rührte um. »Was wollen Sie von mir?«

»Ich bin Immobilienmakler«, sagte Schröder, zog eine Visitenkarte aus der Tasche seines Jacketts und hielt sie ihm entgegen. »Ich arbeite bei der Firma Schümann-Immobilien. Vielleicht haben Sie schon von uns gehört?«

Duke nippte an seinem Kaffee.

»No.«

Schröder lächelte freundlich und steckte die Visitenkarte wieder weg.

»Ich habe gehört, dass Sie eine Wohnung suchen. Und ich möchte Ihnen eine anbieten.«

Woher zum Henker weißt du davon?

»Ich habe bereits eine Wohnung gefunden.«

»Oh. Darf ich fragen, wo?«

»Nein.«

Der Makler fuhr sich mit der Zungenspitze über die Lippen. Sein Lächeln wurde eine Spur angestrengter.

»Aber vielleicht sehen Sie sich kurz mein Angebot an?«

Schröder schob die Zeitung zur Seite, legte ein schwarzes Ledermäppchen auf den Tisch und holte einen durchsichtigen Schnellhefter heraus. Duke streifte ihn mit einem kurzen Blick. Auf dem Foto auf der ersten Seite war ein Mehrfamilienhaus aus dem vergangenen Jahrhundert mit stuckverzierter Fassade und einem gepflegten Vorgarten zu sehen. Er zog an seiner Zigarette und blies den Rauch zur Decke.

»Es handelt sich um eine Drei-Zimmer-Wohnung im ersten Stock dieses Gebäudes. Bad und Küche wurden vor einem Jahr komplett renoviert. Und ich kann Ihnen die Wohnung sogar zu einem erstaunlich günstigen Preis anbieten. Nur zweihundert Euro warm inklusive Garage, keine Kaution, keine Courtage. Außerdem liegt die Wohnung in der Neustadt. Das ist in der Nähe der Batteriestraße, also gar nicht weit vom Clubhaus der Wizards of Doom entfernt. Was sagen Sie?«

Man brauchte kein Fachmann zu sein, um zu erkennen, dass mit dem Preis etwas nicht stimmen konnte. Und dass dieser Schröder wusste, dass er ein Wizard war, war ebenfalls nicht selbstverständlich. Irgendwer hatte dem Kerl einen Tipp gegeben. Vielleicht Kätes Angehörige. Oder die hübsche Nachbarin aus ihrem Haus, die ihn und Big J so verschreckt angesehen hatte. Aber so leicht wurde man ihn nicht los! Duke lächelte kühl, beugte sich über den Tisch und schnippte die Asche in den Aschenbecher.

»Ich sagte, ich habe bereits eine Wohnung gefunden.«

»Aber vielleicht wären Sie trotzdem bereit, einen Besichtigungstermin zu vereinbaren? Ich bin sicher, wenn Sie die Wohnung erst einmal gesehen haben, werden die Räumlichkeiten Sie überzeugen.«

»Nein.«

»Wenn Ihnen diese Wohnung nicht zusagt, kann ich Ihnen eine andere anbieten. Ein anderes Viertel vielleicht, größer, kleiner oder mit Terrasse – ich bin sicher, dass wir das Richtige für Sie finden.« Schröder sah ihn eindringlich an, das glatte Lächeln war von seinem Gesicht verschwunden. »Aber Sie sollten sich zuerst das Exposé ansehen, bevor Sie eine endgültige Entscheidung treffen. Wenigstens ein Blick. Es könnte zu Ihrem Vorteil sein.«

Duke hatte eine Vermutung, was der Makler ihm damit sagen wollte. Er stellte den Becher ab, schob sich die Zigarette in den Mundwinkel und schlug die Mappe auf. Tatsächlich. Zwischen den Seiten lagen mehrere Geldscheine – Zweihunderter, Hunderter, Fünfziger. Alles in allem geschätzte zweitausend Euro. Bestechung. Jemand wollte ihn von Haus Fördeblick fernhalten, noch bevor er überhaupt eingezogen war. Seine Nackenhaare stellten sich auf. Er klappte die Mappe zu und warf sie zurück auf den Tisch.

»Kein Interesse.«

Der Makler senkte seine Stimme.

»Ich bin befugt, die Summe zu verdoppeln.«

»Haben Sie etwas auf den Ohren? Nein.«

»Überlegen Sie es sich gut.« Schröder beugte sich vor. »Viertausend Euro. Steuerfrei und bar auf die Hand. Selbst in Ihrem Metier muss man eine solche Summe erst verdienen.« Sein Lächeln wurde arrogant. »Dabei gibt es hier überhaupt kein Risiko. Sie machen sich noch nicht einmal strafbar.«

Was dieser Schröder andeuten wollte, lag auf der Hand. In Dukes Faust begann es zu jucken.

»Zum letzten Mal. Nein. Ich bin nicht käuflich. Richten Sie das auch dem aus, der Sie geschickt hat.« Er stieß sich vom Küchenschrank ab, drückte seine Zigarette aus und ging zur Tür. Dabei touchierte er den Makler mit dem Ellenbogen an der Schulter – nur ganz leicht, fast wie zufällig. »Verschwinden Sie.«

Duke wandte sich um und lächelte grimmig. Schröders Gesicht war unter der Sonnenbräune blass geworden. Dämlich war der Kerl wohl nicht. Die Warnung hatte er jedenfalls verstanden.

Christina ging zum Stationszimmer, griff nach dem Telefon und wählte die Nummer der Psychiatrie.

»Hier Dr. Martens, Innere 2, guten Tag«, sagte sie, als die Sekretärin den Hörer abnahm. »Ist Dr. Maurer da?«

»Ja, Frau Doktor, ich kann Sie durchstellen.«

»Nicht nötig. Ich muss ihn persönlich sprechen. Ich komme gleich vorbei. Sagen Sie ihm bitte, dass es dringend ist.«

»Gut, ich werde es ihm ausrichten.«

Christina legte auf und machte sich auf den Weg. Auf dem Flur lief sie Frank in die Arme.

»Du warst nicht bei der Röntgenvisite. War etwas Besonderes?«

Sein vorwurfsvoller Ton entging ihr nicht.

»Ich war bei Frau Andersen.«

»Dann hättest du mir ruhig eher Bescheid sagen können. Dann hätte ich mich wenigstens auf die Röntgenvisite vorbereitet und nicht dagesessen wie ein dummer Junge.«

»Tut mir leid, aber das war so auch nicht geplant. Das Gespräch hat deutlich länger gedauert, als ich dachte.«

»Schon gut. Ich habe die relevanten Befunde für dich notiert. Aber das Gesicht des Chefs hättest du sehen sollen!« Er ahmte eine Grimasse nach, die gut zu Professor Treublein passte, wenn er verärgert war. »Was hat denn das Gespräch mit Frau Andersen ergeben? Herausragende Einsichten und Erkenntnisse?«

Christina hatte keine Lust, mit Frank hier auf dem Flur über Frau Andersen zu sprechen. Sein scherzhaftes Lächeln passte nicht zu dem, was sie eben gehört hatte. Überhaupt nicht. Botschaften im Spiegel. Musik im Wohnzimmer. Schritte auf der Treppe. Sie bekam eine Gänsehaut.

»Das erzähle ich dir später. Jetzt habe ich leider keine Zeit. Ich muss dringend mit Maurer sprechen. Er erwartet mich.«

Frank sah sie verblüfft an.

»Aber die Nachmittagsbesprechung fängt gleich an.«

Sie schüttelte den Kopf. »Du musst mich entschuldigen.«

Frank verzog das Gesicht. »Das wird dem Täubling gar nicht gefallen. Er hat uns sowieso schon auf dem Kieker.«

»Ich kann mir vorstellen, dass er uns für ein Muster an Inkompetenz hält. Aber darauf kann ich jetzt keine Rücksicht nehmen. Sag ihm einfach, dass Gefahr im Verzug ist.«

Sie ließ Frank stehen, bevor er noch etwas erwidern konnte.

Sie glaubte nicht an Geister. Natürlich nicht. Aber das, was Frau Andersen ihr erzählt hatte, war so ungeheuerlich, dass ihr bei dem Gedanken daran ein Schauer über den Rücken lief. Ihre lebhafte Phantasie tat ihr Übriges. Sie brauchte jetzt einen Kollegen vom Fach, der sich so schnell wie möglich der alten Frau annahm. Und der ihr erklärte, dass die geschilderten Phänomene Halluzinationen auf dem Boden einer psychischen Störung waren. Hoffentlich.

»Dr. Martens«, sagte sie zur Sekretärin, als sie das Vorzimmer von Dr. Maurer betrat. »Wir haben eben miteinander telefoniert.«

»Herr Dr. Maurer erwartet Sie bereits«, erwiderte die Sekretärin und deutete auf die Tür.

Christina klopfte und betrat das Büro des Psychiaters.

Dr. Maurer saß an seinem Schreibtisch, ein winziges Notebook lag aufgeklappt vor ihm. Als er Christina sah, stand er auf, kam auf sie zu und streckte ihr die Hand zum Gruß entgegen.

»Frau Dr. Martens. Was kann ich für Sie tun?« Er verzichtete auf das unverbindliche Lächeln und weitere Begrüßungsfloskeln und deutete auf den Rattansessel, in dem sie auch schon beim letzten Mal gesessen hatte. »Meine Sekretärin sagte, es sei dringlich.«

»Ja, das kann man wohl so sagen.« Christina ließ sich in den gepolsterten Rattansessel sinken. Ihr fiel auf, dass Maurer die Dekoration geändert hatte. Statt Muscheln und Sand stand jetzt eine Schale mit von der Dünung glatt geschliffenen Kieselsteinen in allen Grauschattierungen auf dem Tisch. Unwillkürlich spürte sie das Verlangen, einen von ihnen in die Hand zu nehmen und sich von dem kühlen, glatten Stein beruhigen zu lassen. »Wir haben eine Patientin auf der Station, die uns Sorgen macht. Frau Martha Andersen, neunundsiebzig Jahre alt. Sie wurde mit Herzbeschwerden, Tachyarrhythmie und orthostatischer Dysregulation eingeliefert. Bei Aufnahme war sie wach, zeitlich und örtlich voll orientiert, wirkte allerdings sehr nervös und ängstlich. Die Beschwerden haben sich auf der Station rasch gebessert, alle bisherigen Untersuchungen sowie EKG und Labor waren ohne Befund. Bei ihrem Hausarzt ist sie regelmäßig wegen eines leichten Hypertonus in Behandlung –

allerdings ist die Dosierung des Medikaments so gering, dass man die Tabletten vermutlich auch weglassen könnte. Da wir aus dem Fall mit dem alten Herrn Meissner gelernt haben, wollten wir uns mit Frau Andersen etwas ausführlicher unterhalten, um herauszufinden, ob diese Episode vielleicht auch psychische Gründe haben könnte.«

Sie machte eine Pause.

Dr. Maurer sah sie an und schien bereits zu verstehen.

»Was hat die Frau Ihnen erzählt?«

Christina strich sich eine Strähne aus dem Gesicht und fuhr sich mit der Zungenspitze über die Lippen. Hier, in diesem fast gemütlich wirkenden Büro mit Blick auf den Park mit den alten Bäumen, hatte sie fast den Eindruck, als hätte sie sich alles nur eingebildet.

»Frau Andersen wird von ihrer Mutter ›heimgesucht‹ – das ist ihre eigene Wortwahl.«

Dr. Maurer legte die Fingerspitzen gegeneinander und nickte. »Sprechen Sie weiter.«

»Frau Andersens Mutter starb 1978. Das Verhältnis war bis zum Schluss gespannt. Wie sie sagt, konnte sie ihrer Mutter ›nie etwas recht machen‹. Nörgeleien und Beschimpfungen waren wohl an der Tagesordnung. Jetzt meint sie, dass ihre Mutter sie beobachtet und sich in ihrem Haus – sie lebt allein in einem Haus mit Garten – zu schaffen macht. So wurde zum Beispiel mit Lippenstift das Wort ›Schlampe‹ an den Spiegel und die Holzwand geschrieben. Ihre Kosmetikutensilien fand sie eines Morgens auf dem Badezimmerfußboden wieder – die Tuben ausgedrückt, Puder und Parfum überall verteilt und die Kacheln mit Lippenstift, Nagellack und Make-up beschmiert. Auf einem Familienfoto wurde Frau Andersens Kopf herausgeschnitten und stattdessen das Bild einer Gans eingefügt.« Sie machte eine kurze Pause. »In der Nacht, als sie ins Krankenhaus eingeliefert wurde, wachte Frau Andersen durch seltsame Geräusche auf – Quietschen und Knarren, als ob jemand über die Dielen schleicht. Gleichzeitig spürte sie eine eisige Kälte im Raum. Sie wollte die Nachttischleuchte anknipsen, aber sie funktionierte nicht. Und dann hat sie gehört, dass im Badezimmer der Wasserhahn läuft.

Sie ist ins Bad gegangen und hat festgestellt, dass die Badewanne vollgelaufen war. Am Spiegel standen die Worte ›Du bist schuld‹.«

»Kein Wunder, dass die Dame Herzbeschwerden hatte«, sagte Dr. Maurer mit einem Lächeln. »Das klingt wie ein Gruselfilm.«

»Nicht wahr? Dabei macht Frau Andersen einen gepflegten und sehr disziplinierten Eindruck. So etwas …« Christina suchte nach den Worten. »Es passt nicht ins Bild.«

Dr. Maurer nickte.

»Darf ich fragen, wie die Mutter zu Tode kam?«

»Sie hat beim Baden in der Wanne einen Herzinfarkt erlitten und ist ertrunken.«

»Vielleicht hat die Tochter ein wenig nachgeholfen, und jetzt im Alter stellen sich Gewissensbisse ein.« Dr. Maurer lächelte. »Nur ein Scherz. Ich verstehe Ihre Sorge. Aus der Entfernung kann ich mir natürlich kein Urteil bilden. Aber möglich ist, dass diese Halluzinationen oder psychotischen Zustände durch ein akutes Ereignis oder eine organische Ursache ausgelöst wurden. Da Sie den Blutalkoholspiegel nicht erwähnt haben, nehme ich an, dass er normal war.«

Christina schüttelte den Kopf.

»Ich habe Frau Andersen nicht aufgenommen, aber ich nehme an, dass die Kollegen in der Notaufnahme keine Veranlassung gesehen haben, ihn zu kontrollieren.«

»Haben Sie schon ein Schädel-MR oder -CT gemacht? Ein Tumor könnte die Ursache sein. Außerdem würde ich Ihnen ein Drogenscreening empfehlen.«

»Drogen?« Christina schüttelte ungläubig den Kopf. »Das kann ich mir beim besten Willen nicht vorstellen.«

»Sie glauben nicht, was es alles gibt«, erklärte Dr. Maurer. »Gerade bei alten Damen. Und wenn es nur die selbst gemachten Liköre nach ›altem Geheimrezept‹ sind. Ich hatte mal eine Zweiundachtzigjährige auf der Station, die sich beim Backen ihrer Hildegard-von-Bingen-Kekse mit der Muskatmenge um eine Kommastelle vertan hat. Die alte Dame war auf einem Trip wie ein Cracksüchtiger. Aber im Fall von Frau Andersen kann ich das natürlich noch nicht beurteilen. Ich gehe gleich zu ihr, um mir ein erstes Bild zu machen.«

Christina atmete erleichtert auf.

»Danke. Das beruhigt mich.«

»Ich gebe Ihnen sofort danach Bescheid über meinen ersten Eindruck«, sagte Dr. Maurer. »Frau Martens. Es hat mich sehr gefreut, Sie wiederzusehen.«

Sie ergriff seine Hand. Er lächelte, die grauen Augen hinter seiner randlosen Brille leuchteten, und er hielt ihre Hand etwas länger als unbedingt nötig.

Auf dem Schreibtisch stapelte sich die Arbeit – Vertragsentwürfe zur Durchsicht, Angebote, Bewerbungen, der Entwurf für einen neuen Firmenschriftzug. Zahlreiche Briefe warteten bereits seit dem frühen Morgen auf seine Unterschrift. Frau Petersen wurde allmählich unruhig. Andreas Claasen konnte die Absätze ihrer Pumps auf dem Parkett hören, wenn sie wieder einmal aufstand, das Vorzimmer durchquerte und vor seiner Tür stehen blieb. Doch er konnte sich beim besten Willen nicht auf die Arbeit konzentrieren. Er dachte an die vergangene Nacht.

Die Nacht war anregend gewesen und so intensiv, dass er erst gegen Morgengrauen nach Hause gekommen war. Petra war wach geworden und hatte auf die Uhr gesehen. Halb vier. Es war ihr aufgefallen, dass seine Wangen kühl und seine Haare feucht waren, dass er nach Whisky roch. Kein Wunder. Er war den größten Teil des Weges zu Fuß gegangen, und es war frisch und regnerisch gewesen. Er hatte ihr etwas von Schlaflosigkeit erzählt, von einem Schlummertrunk und dass er kurz auf der Terrasse gewesen war. Zum Luftschnappen. Sie hatte ihm anscheinend geglaubt.

Sie hatte ihm einen Kuss gegeben, sich auf die Seite gedreht und weitergeschlafen. Sie hatte sich daran gewöhnt, dass er spätabends, wenn sie gerade ins Bett ging, »noch eine Runde joggte«. Aber es war das erste Mal gewesen, dass Petra ihn beim Zurückkommen ertappt hatte. Normalerweise schlief sie so fest, dass sie ihn nicht hörte, wenn er sich mitten in der Nacht wieder ins Bett zurückstahl – deutlich später, als für eine Joggingrunde durch Meierwik und Umgebung nötig gewesen wäre. Nach dieser Episode hatte er keine Ruhe finden können.

Im Hafen lief die »Viking« gerade nach Glücksburg aus. Schaum spritzte am Heck, wo die Schiffsschrauben das Wasser aufwirbelten, die Bugwelle ließ die Segelyachten am Anleger schaukeln. Einige Möwen umkreisten die Fähre. Vielleicht hofften sie, dass einer der Touristen an Deck sie mit Keksen oder Butterbroten füttern würde.

Was mache ich, wenn Petra misstrauisch wird?, dachte Andreas und kaute auf seinem Daumennagel. Er konnte sich ihre Reaktion lebhaft vorstellen. Wenn sie jemals herausfinden sollte, was er in den Nächten in seiner Abwesenheit wirklich trieb, würde sie ohne zu zögern ihren Anwalt anrufen und ihm die Koffer vor die Tür stellen. Das Haus gehörte schließlich ihr. Und was sollte er dann tun? Wieder zu seiner Mutter ziehen, in das alte baufällige Haus mit den uralten Wasserhähnen und der Badewanne mit der abgeplatzten Emaille? Bei dem Gedanken daran verzog er das Gesicht.

Zu Hause bleiben, dachte er. Du könntest einfach in den Nächten zu Hause bleiben.

Aber das ging nicht. Er hatte es bereits versucht. Mehrfach. Er hatte es nicht ausgehalten. Es war wie eine Sucht, die ihn gepackt hatte. Da konnte er noch so sehr versuchen, stark zu bleiben, der Versuchung nicht nachzugeben. Selbst Alkohol half nicht. Spätestens, wenn Petra zu gähnen begann, setzte das Kribbeln ein. Und irgendwann wurde es so stark, dass er glaubte, verrückt zu werden. Dann musste er raus. Fort aus dem wohlsituierten Meierwik mit den Architektenhäusern aus Glas und Beton, den gepflegten Kieswegen und den japanischen Koniferen im Vorgarten, deren Formschnitt allein jedes Jahr Unsummen verschlang. Nicht etwa, dass ihn der Luxus anwiderte. Im Gegenteil. Er schätzte die Ästhetik schöner Formen und die Beständigkeit edler Materialien. Tagsüber. Doch in der Nacht erwachte eine andere, eine dunklere Seite in ihm. Und dort draußen bekam er das, was er brauchte und was Petra ihm nicht geben konnte. Oder nicht wollte. Sie mit ihren Skrupeln, gesellschaftlichen Normen und Konventionen. Das tut man nicht, und jenes lässt man. Wir haben einen Ruf zu verlieren. Manchmal ging sie ihm damit so auf die Nerven, dass er fürchtete zu explodieren. Die Nächte waren der notwendige Ausgleich, das, was ihn am Leben hielt und vor dem endgültigen Durchdrehen bewahrte. Er wollte nicht, nein er konnte nicht damit aufhören.

Die Gegensprechanlage summte. Was konnte die Petersen nun schon wieder wollen? Hoffentlich kein unangemeldeter Besuch! Andreas strich sich sein zerzaustes Haar glatt, holte tief Luft und drückte auf den Knopf.

»Ja?«

»Herr Claasen, Herr Schümann auf Leitung zwei.«

»Stellen Sie durch, Frau Petersen.« Er nahm den Hörer in die Hand. Warum rief Gerd ihn nicht auf seinem Handy an? Es knackte einmal in der Leitung. »Moin, Gerd. Wie geht's?«

»Danke. Ich wollte nur fragen, ob du am Wochenende mit zum Segeln kommst. Ich wollte die Saison eröffnen.«

»Eine Regatta zu zweit?« Andreas lachte. In seinen Ohren klang es gezwungen. »Gern. Wann wolltest du starten? Hast du deine ›Finca‹ fertig aufgetakelt?« Er hörte das ersehnte Geräusch in der Leitung, leise und vorsichtig. Offenbar fand Frau Petersen das Gespräch über Tauwerk und Segelmanöver zu langweilig, um noch länger zuzuhören.

»Ich habe Neuigkeiten von Schröder«, sagte Gerd. Seine Stimme klang plötzlich anders, deutlich ernster, fast besorgt. Offenbar hatte er das zweite Klicken auch gehört. »Leider keine guten. Dieser McKinnley hat die angebotene Wohnung abgelehnt. Und auch das Geld, das Schröder ihm angeboten hat.«

»Was?«

»Ja, du hast richtig gehört. Bestechung. Eine durchaus gängige Methode – sie gehört eben zu den Tricks, die man in unserem Geschäft hin und wieder anwenden muss, wenn man einen Handel erfolgreich abschließen will. Aber der Kerl wollte nicht.«

»Vielleicht war die Summe zu niedrig?«

Gerd schnaubte.

»Viertausend Euro? Für einen angestellten Mechaniker in einer kleinen Motorradwerkstatt wohl kaum. Sofern die Werkstatt nicht nur eine Tarnung ist. Außerdem – verzeihe mir meine

Offenheit, Andreas – aber die Dachgeschosswohnung deiner Mutter ist nicht gerade ein Penthouse in bester Lage, von dem man sich nur schweren Herzens trennen kann.«

Andreas rieb sich die Stirn.

»Das heißt dann also, dass die Wizards im Haus meiner Mutter etwas vorhaben.«

»Möglicherweise«, antwortete Gerd. »Zumindest weiß die Bande jetzt, dass sie in Haus Fördeblick nicht willkommen ist. Eine gefährliche Situation. McKinnley was not amused, das hat er Schröder offenbar recht deutlich zu verstehen gegeben. Ich glaube, ich muss dir nicht erklären, wozu diese Männer fähig sind, wenn man sie reizt. Schröder hat unglücklicherweise in ein Wespennest gestochen. Nein, mein Freund, wir müssen einen anderen Weg wählen, um den Kerl aus dem Haus deiner Mutter zu bekommen.«

»Du sprichst von Martin.«

»Ja. Martin. Rede mit ihm. Er kann dir bestimmt helfen.«

Andreas fuhr sich durch das Haar. Er hatte gehofft, dass sich die Sache mit den Wizards in Haus Fördeblick auf ganz einfache Weise regeln ließ.

»Tut mir leid, mein Freund.« Gerd machte eine kurze Pause. »Übrigens solltest du dein Handy einschalten. Mir wäre wohler gewesen, auf einer sicheren Leitung mit dir über diese Angelegenheit zu sprechen.«

Das Handy! Er spürte, wie sein Blutdruck stieg.

»Danke für den Hinweis. Bis Sonntag!«

Gerd legte auf. Andreas ging zu dem Garderobenhaken hinter der Tür und tastete sein Jackett ab. Das Handy war nicht da. Er musste es zu Hause auf dem Nachttisch liegen gelassen haben. Hatte er eine verräterische Nummer darauf gespeichert? Oder eine Nachricht? Eigentlich war er vorsichtig. Aber normalerweise gab er das Handy nie aus der Hand. Wenn Petra jedoch einen Blick auf das Display warf oder ein Anruf einging … Er konnte nur hoffen, dass sie nicht zu neugierig war.

Käte saß auf ihrem Bett, die Hände im Schoß. Im Treppenhaus erklangen schwere Schritte. Duke und seine Freunde machten für heute Schluss. Sie lauschte erwartungsvoll und hoffte, dass Duke noch einmal bei ihr anklopfte. Als er um acht Uhr mit einem Freund gekommen war, hatte er bei ihr geklingelt, als wollte er sich anmelden. Er hatte ihr erklärt, dass er so schnell wie möglich mit der Renovierung beginnen wollte. Und höflich gefragt, ob sie etwas dagegen hätte, wenn sie gleich anfingen. Natürlich hatte sie nichts dagegen gehabt. Im Gegenteil. Je eher er einzog, umso besser. Nur wenige Minuten später hatten ein alter Kombi und ein halbes Dutzend Motorräder vor dem Haus gestanden. Die Männer hatten Eimer mit Farbe, Tapeten, Farbrollen, Tapeziertische und Werkzeug nach oben geschleppt. Einer von ihnen hatte eine Musikanlage mitgebracht. Die Bässe und kreischenden Gitarren, die das Haus förmlich zum Zittern brachten, waren zugegebenermaßen ungewohnte Töne in Haus Fördeblick. Aber Käte störte das nicht. Diese Klänge waren schließlich auch ein Zeichen von Lebendigkeit – und zwar genau jene Art von kraftstrotzender Lebendigkeit, die sie sich gewünscht hatte, um die ungebetenen Gäste zu vertreiben. Dukes Anwesenheit gab ihr ein sicheres Gefühl.

Die Schritte gingen an ihrer Tür vorbei, die Haustür öffnete sich und fiel wieder ins Schloss. Vor dem Haus unterhielten sich die Männer noch eine Weile. Sie hörte ihre tiefen Stimmen, ihr raues Lachen. Dann verabschiedeten sie sich und starteten ihre Motorräder, die Kofferraumklappe des Kombis wurde zugeworfen. Duke und seine Freunde fuhren weg. Augenblicklich machte sich die Stille im Haus breit, als hätte sie nur darauf gewartet. Und die plötzliche Leere schmerzte.

Käte seufzte und faltete ihre zitternden Hände. Winzige Schweißperlen traten auf ihre Stirn. Duke war weg, und Christina hatte Nachtdienst. Jetzt, wo sie sich wieder an die Geräusche anderer Bewohner gewöhnt hatte, lastete die Einsamkeit besonders schwer auf ihr. Außerdem fürchtete sie sich. Früher hatte sie sich nie gefürchtet. Haus Fördeblick war für sie stets eine Zuflucht gewesen, ein Heim, hinter dessen Mauern sie Schutz gefunden hatte. Aber das war vor den zerschnittenen Zeitungen, vor den Fußspuren vor der Veranda, vor den Schritten auf den Dielen in der Nacht gewesen. Und bevor sie das weiße Gesicht am Fenster gesehen hatte. Nein, eigentlich war es kein Gesicht. Eher eine grässlich entstellte Fratze mit weit aufgerissenem Mund, Munchs »Schrei« nicht ganz unähnlich und doch viel bedrohlicher und furchteinflößender. Denn das, was sie in den letzten Nächten gesehen hatte, war nicht irgendwo in einem Museum oder einer Zeitschrift. Das war direkt vor ihrem Fenster, in ihrem Garten.

Die Uhr in der Wohnstube schlug halb eins. In den letzten drei Tagen war die Fratze immer deutlich früher aufgetaucht. Vielleicht hatte sie Glück. Vielleicht hatte der Lärm, den Duke und seine Freunde verursacht hatten, auch die bösen Geister vertrieben. Diese Erscheinung. Sie rieb sich ihre kalten Hände.

Geh schlafen, sagte sie sich. Du kannst beruhigt sein.

Sie wollte sich gerade erheben, um die Decke zurückzuschlagen, als sie das Knarren und Quietschen der hinteren Gartenpforte hörte. Und dann ein leises Klopfen an der Fensterscheibe, wie eiskalte Finger. Sie wollte nicht hinschauen.

Wenn ich die Augen schließe und nicht darauf achte, ist es gar nicht da!, sagte sie sich. Doch sie konnte nicht dagegen an. Die menschliche Natur ließ es nicht anders zu. Käte hob den Kopf und sah zum Fenster, gegen das sich das schreckliche weiße Gesicht presste – mit weit aufgerissenem Mund und Augen, die nichts als schwarze Löcher waren.

Käte presste sich die Hände auf den Mund und keuchte. Tränen liefen ihr über die Wangen.

Es muss ein Gespenst sein, dachte sie. Bestimmt ist es ein Gespenst. Es kommt bestimmt aus dem alten Schlachthof. Erinnerst du dich noch, wie du dich als Kind vor dem großen dunklen Backsteinbau gefürchtet hast?

Doch insgeheim glaubte sie nicht daran. Gespenster gab es nicht. Insgeheim fürchtete sie, dass diese Erscheinung nichts anderes als eine Ausgeburt ihres eigenen Verstandes war. Und dieser Gedanke war schlimm. Er machte ihr Angst. Viel mehr Angst als die weiße Fratze am Fenster.

5

Donnerstag, 02. Mai

Käte setzte ihren rechten Fuß auf. Erst die Ferse, dann den Ballen, schließlich die Zehen. Sie spürte das nasse Gras, die feuchte Erde unter ihrer nackten Sohle, holte tief Luft und atmete ein.

Achtsamkeit.

Es war erst kurz nach neun am Morgen, die Sonne hatte es auf ihrem Weg noch nicht ganz ums Haus herum geschafft, und der Giebel warf einen langen Schatten über das Grundstück. Sie machte einen weiteren Schritt. Langsam näherte sie sich der scharfen Grenze zwischen Schatten und Licht. Und dann hatte sie die Linie überschritten.

Hier, wo die Sonnenstrahlen auf das Gras trafen, wurde es wärmer, und noch ein wenig weiter war der Rasen sogar schon trocken. Käte schloss ihre Augen und genoss die Helligkeit hinter ihren Lidern. Links von ihr, unter einem der Johannisbeersträucher, scharrte eine Amsel. Im Apfelbaum zwitscherten die Meisen, und auf der Straße vor dem Haus fuhr ein Lkw vorbei. Dann spürte sie weiches, warmes Fell an ihren Beinen, und sie hörte ein freundliches Maunzen, das die Amsel mit lautem Gezeter beantwortete.

Käte lächelte und hielt ihre Augen weiterhin geschlossen. Wahrscheinlich war es der hübsche rot getigerte Kater, den sie »Gershwin« nannte, weil er bei der »Rhapsody in Blue« immer zu schnurren anfing. Er kam seit fast einem Jahr täglich zu ihr, meist um diese Uhrzeit, fraß etwas, leistete ihr für eine oder zwei Stunden Gesellschaft und verschwand dann wieder.

Sie spürte Gershwins Schwanzspitze an ihrer Wade, dann rieb er seinen Kopf an ihr und maunzte wieder.

Käte öffnete ihre Augen, beugte sich langsam hinunter und strich dem Kater lächelnd über das Fell.

»Natürlich, Gershwin, du bekommst gleich dein Frühstück. Komm mit!«

Sie wischte sich die Füße auf dem Lappen vor der Verandatür ab und ging in das Haus. Irgendwo klapperte eine Tür.

Ich muss das Fenster schließen, es gibt Durchzug, dachte Käte, während Gershwin an ihr vorbeihuschte. Der Kater kannte den Weg zur Küche, wo immer ein sauberer Fressnapf auf einen Gast wartete. Käte folgte ihm, nahm eine Dose Katzenfutter aus dem Schrank und öffnete sie. Thunfisch. Das war die Sorte, die Gershwin am liebsten mochte. Sie füllte den Napf und beobachtete den Kater beim Fressen, als ein seltsames Geräusch sie plötzlich aufblicken ließ.

Auf der Herdplatte stand der große Suppentopf, und das Wasser kochte bereits.

Käte schüttelte den Kopf. War sie schon so verwirrt, dass sie sich nicht mehr daran erinnern konnte, den Topf mit Wasser gefüllt und auf den Herd gestellt zu haben? Dabei war heute Donnerstag und nicht Montag.

Na, die Nerven lassen mich wohl allmählich im Stich, dachte sie.

Sie ging zum Herd, um die Platte abzustellen und das Wasser aus dem Topf zu gießen. Dann sah sie den Inhalt.

Der Schreck fuhr ihr in die Glieder, sodass ihr um ein Haar der Topf mit dem kochenden Wasser aus den Händen geglitten wäre. Sie schrie. Sie schrie so laut, dass Gershwin mit gesträubtem Fell aus der Küche stob.

Irgendwie schaffte sie es, den Topf sicher abzustellen, dann setzte sie sich auf einen der Küchenstühle. Ihre Hände und Knie zitterten, ihr war plötzlich kalt, und eisige Schauer liefen ihr über den Rücken, während sie versuchte, die Bilder in ihrem Kopf wieder loszuwerden.

Hexensuppe.

Anders konnte man das Gebräu kaum nennen, denn zwischen Kräutern, ganzen Zwiebeln und ungeputzten Möhren schwamm eine Krähe.

Christina saß in Dr. Maurers Zimmer. Allerdings hatte er diesmal sie um ein Gespräch gebeten, um Viertel vor zwölf. Er verspätete sich.

Um sich die Wartezeit zu vertreiben, betrachtete sie die Bilder an den Wänden, die Fotos der Häuser unter Reet. Kleine schmucke Katen mit Fachwerk, geschnitzten Türen, Fensterläden und üppigen Blumenrabatten davor. Bestimmt waren die Fotos in der Umgebung von Flensburg entstanden.

Endlich öffnete sich die Tür, und er kam herein.

»Entschuldigen Sie bitte meine Verspätung, Frau Dr. Martens«, sagte er, durchmaß sein Sprechzimmer mit wenigen Schritten und ließ sich in den Rattansessel ihr gegenüber fallen. »Ich hoffe, ich habe Sie nicht zu lange warten lassen.«

»Nein. Ich bin erst seit fünf Minuten hier.«

»Da bin ich aber erleichtert!« Er strich sich mit einem Lächeln sein blondes Haar aus der Stirn – die Geste eines Mannes, der sich seiner Wirkung auf Frauen durchaus bewusst ist. »Diese Besprechungen ufern manchmal bis ins Unendliche aus, ohne dass etwas Produktives dabei herauskommt. Aber man kann sich nicht davor drücken. Leider.«

»Ja, das kenne ich auch.« Christina erwiderte das Lächeln und sah in graue Augen. Blond, helle Augen … Sei vorsichtig! »Sie wollten mich sprechen?«

Er legte die Fingerspitzen aneinander, sein Gesicht wurde ernst.

»Ich habe mit Frau Andersen gesprochen. Sie hat mir nochmals bestätigt, was Sie mir bereits erzählt haben, und hat noch einige Details hinzugefügt. So sprach sie unter anderem von zerschnittenen Illustrierten und Textilien und einer toten Maus in der Spüle.«

»Zerschnittene Zeitungen und Textilien? Davon hat sie mir nichts erzählt.«

»Tja, zuerst hatte wohl das Ereignis im Badezimmer mit der überlaufenden Wanne Vorrang. Frau Andersen ist fest davon überzeugt, von ihrer toten Mutter heimgesucht zu werden. Dabei ist sie kognitiv völlig normal. Trotz etlicher Tests habe ich keinen Anhalt für eine Demenz finden können, sodass ich derzeit von dem Verdacht einer Psychose sprechen muss.«

»Das habe ich befürchtet«, sagte Christina und runzelte die Stirn. Etwas an dem, was Dr. Maurer eben gesagt hatte, hinterließ ein Gefühl der Unruhe, wie eine Unklarheit oder Unstimmigkeit. Aber was?

»Da die Psychose durchaus organischen Ursprungs sein kann, würde ich Ihnen dringend eine umfassende Diagnostik empfehlen.«

»Das Schädel-CT und die Laborwerte – einschließlich Schilddrüsenwerten und Tumormarkern – waren unauffällig. Wenn es sich aber um eine Psychose handelt …«

»Sie können Frau Andersen gern in unsere Abteilung verlegen lassen.«

Christina seufzte.

»Ich kann das nicht allein entscheiden, ich muss erst mit meinen Kollegen und dem Oberarzt sprechen. Aber ich denke, das wäre wohl die vernünftigste Lösung.« Sie schüttelte wieder den Kopf. »Die Arme. Ich weiß, nach dem, was sie mir erzählt hat, war diese Diagnose zu erwarten. Aber es passt gar nicht zu ihr, verstehen Sie? Sie ist so eine freundliche und gepflegte alte Dame, die ihr Leben auf eine stille Art zu genießen scheint. Ihre Frisur, ihre manikürten Hände …«

Dr. Maurer hob eine Augenbraue.

»Sitzen Sie da nicht einem Klischee auf? Nur wenige Psychotiker laufen mit ungewaschenen Haaren und verfilzten Bärten herum. Viele sind – gerade auch im Anfangsstadium ihrer Erkrankung – in vielen Lebensbereichen völlig unauffällig.«

»Wahrscheinlich haben Sie recht. Und trotzdem …«

»Sie hätten lieber an den Unbekannten geglaubt, der Frau Andersen böse Streiche spielt?« Christina nickte, und Dr. Maurer lächelte. »Ich kann Sie verstehen. Oft möchte man den Wahngebilden der Patienten glauben. Selbst erfahrene Kollegen fragen sich manchmal, wo eigentlich die Normalität endet und wer und mit welchem Recht diese Grenze zieht. Andererseits: Wer sollte Frau Andersen so etwas antun? Und welches Motiv sollte der Unbekannte haben?«

»Natürlich haben Sie recht. Wann können Sie denn Frau Andersen aufnehmen?«

»In einer Woche, dann haben wir wieder ein freies Bett.«

»Ich werde das gleich mit meinen Kollegen besprechen.« Sie

erhob sich und ging zur Tür, Dr. Maurer begleitete sie. »Vielen Dank, dass Sie so schnell auf meine Bitte reagiert haben, Dr. Maurer.«

»Das ist doch selbstverständlich. Wenn eine kompetente Kollegin mich um Hilfe bittet, ist das doch meine Pflicht.« Er lächelte. »Mein Name ist Friedrich.«

»Christina.« Sie erwiderte das Lächeln. »Ich rufe Sie ... dich gleich an, sobald ich Bescheid weiß.«

Auf der Station begegnete sie Nicole. Die junge Schwester stand an einem der Fenster im Flur und sah auf die Straße hinunter, der schmale Wagen für die nachmittägliche Messrunde unbeachtet neben ihr.

»Nicole, gut, dass ich Sie treffe. Wissen Sie zufällig ...?«

»Mistkerl«, stieß die Krankenschwester hervor.

»Wer ...?«

»Und der Schlitten wird auch von Monat zu Monat dicker.«

Christina runzelte die Stirn.

»Ich weiß nicht, von wem ...?«

»Da. Schauen Sie mal nach draußen.« Sie deutete mit spitzem Finger auf die Straße, als krabbele dort eine besonders ekelhafte Spinne herum. »Sehen Sie das Cabrio?«

Unten vor der Einfahrt des Krankenhauses stand ein silberfarbenes Cabrio. Den Fahrer konnte sie nicht erkennen. Er trug ein helles Hemd und eine Sonnenbrille und schien auf jemanden zu warten.

»Was ist mit dem Mann?«

»Das, Frau Doktor, ist Florian Schröder. Immobilienmakler. Und Riesenarsch.«

»Ach der!« Jetzt erkannte ihn auch Christina. »Der hat mir meine Wohnung vermittelt. Ich bin sehr zufrieden.«

»Zufrieden? Da haben Sie aber Glück. Normalerweise haut der andere nur übers Ohr.«

»Nicole, meinen Sie nicht, dass Sie das Ganze etwas zu ...«

»Nee. Ganz bestimmt sehe ich das nicht zu schwarz.« Sie warf ihre leuchtend roten Haare zurück, die mit schwarzem Kajal umrandeten braunen Augen blitzten. »Aasgeier. Hyänen. Sozialvampire. Das sind diese Immobilienhaie und nichts anderes. Und die aus Schümanns Stall sind die schlimmsten von allen. Und da … sehen Sie?«

Christina beugte sich vor und sah, wie eine junge Frau auf Schröders Wagen zulief, die Tür öffnete und sich auf den Sitz fallen ließ. Sie gab Schröder einen Kuss auf die Wange.

»Ist das nicht …?«

»Klar ist das Katrin. Sie ist schon seit einiger Zeit mit Schröder zusammen. Die dumme Gans begreift einfach nicht, dass ihr feiner Freund ein Raubritter übelster Sorte ist.« Nicole schüttelte den Kopf. »So ein …« Sie ballte die Hand zur Faust. »Da, jetzt fahren sie weg. Ich kann den Kerl nicht ab. So ein Schmierlappen!«

»Ich nehme an, Sie haben gute Gründe, Herrn Schröder nicht zu mögen.«

»Gründe?« Nicole stieß ein bitteres Lachen aus. »Oh ja, die habe ich. Mehr, als ich aufzählen kann.« Sie schüttelte wieder den Kopf und schien sich nur langsam zu beruhigen. »Sie wollten eben etwas von mir?«

»Ja, ich wollte Sie fragen, ob Sie Dr. Lewandowski und Dr. Wegener gesehen haben.«

»Die sind im Arztzimmer.«

»Danke.«

Nicole schob den Wagen zum ersten Zimmer, und Christina sah ihr nach. Sie fragte sich, woher diese Wut und dieser Hass auf den Makler kamen.

Duke schloss die Tür hinter sich ab, hängte sich seine Lederjacke über die Schulter und stieg hinunter in den ersten Stock. Vor der weißen Wohnungstür blieb er stehen. Der Flur hinter den Milchglasscheiben war erleuchtet. »Christina Martens«. Duke drückte auf den Klingelknopf. Die Klingel klang ein wenig schrill. Er konnte sehen, wie sich jemand der Tür näherte, dann wurde sie geöffnet. Seine Nachbarin trug ein schlichtes Langarmshirt und eine graue unförmige Hose. Als sie ihn erkannte, wurde ihr Lächeln unsicher, und sie warf einen hektischen Blick über die Schulter. In ihren Augen sah er – Misstrauen? Angst? Vielleicht sogar Panik?

Ein Dankeschön an die Medien, dachte er.

»Hi.« Er lächelte. »Entschuldige die Störung. Ich wollte nur sagen, dass ich am Samstag meinen Einzug feiere. Es gibt 'ne Gartenparty mit Grillen und Musik. Du bist herzlich eingeladen.«

»Oh.« Er hatte keine Ahnung, was sie erwartet hatte, aber das garantiert nicht. Sie lächelte verlegen, strich sich eine Strähne hinter das Ohr, trat von einem Fuß auf den anderen. »Danke, aber …«

»Es kann ziemlich laut werden. Es stört dich bestimmt weniger, wenn du mitfeierst.«

»Das ist wirklich nett. Aber ich weiß nicht. Ich habe noch hier in der Wohnung zu tun, und …«

Er zuckte mit den Schultern.

Schade eigentlich.

»Kein Problem. Ich …«

»Christina, wo bleiben denn die Kabelbinder?«

Ein Mann in einem blau-weiß karierten Hemd kam aus einem der Zimmer und trat neben Christina.

»Guten Tag«, sagte der Typ kühl und musterte ihn argwöhnisch von Kopf bis Fuß. Dann verschränkte er die Arme vor der Brust und schien um ein paar Zentimeter zu wachsen.

»Guten Tag.«

Duke sah mit einem Lächeln auf den deutlich kleineren Mann hinab und stellte sich so hin, dass der andere das eintätowierte Clubzeichen der Wizards auf seinem linken Oberarm gut sehen konnte. Markierung setzen, Revier abstecken. Ein altbekanntes Spielchen. Er fing selten damit an, aber Spaß machte es trotzdem.

»Du wolltest doch die Kabelbinder haben? Hier.« Christina drückte dem Mann energisch eine Tüte in die Hand. »Ich komme gleich, Thomas. Thomas?«

»Ja?«

»Ich sagte, du kannst gern wieder in die Küche gehen.« Sie sprach langsam, betonte jedes einzelne Wort. »Ich komme gleich.«

Eine Abfuhr konnte kaum deutlicher sein. Er unterdrückte

ein Grinsen. Dieser Thomas kämpfte mit sich und machte dabei ein Gesicht, als hätte er Duke am liebsten auf der Stelle verhaften lassen. Schließlich zog er sich widerstrebend in die Küche zurück. Kate hatte nichts davon gesagt, dass Christina hier mit einem Mann zusammenwohnte. War das ihr Lover? Das galt es herauszufinden.

»Du kannst deinen Freund gern mitbringen«, sagte er, als Thomas verschwunden war.

»Freund? Oh …« Sie lächelte, strich sich wieder das Haar zurück und sah ihn an. Ihre Augen waren graublau, eine interessante Farbe, die sich bestimmt je nach Stimmung ändern konnte – von klarem Blau über Türkis bis hin zum dunklen Grau von Gewitterwolken. Das war ihm bei ihrer ersten Begegnung am Montag gar nicht aufgefallen. »Das ist nicht … Ich meine, das ist nur mein Bruder. Er wohnt auch gar nicht hier. Er hilft mir gerade beim Anschließen des Kühlschranks.«

Der große Bruder, der seine kleine Schwester beschützen will. Vor ihm. Duke presste die Lippen fest aufeinander, um nicht laut zu lachen.

»Also, überlege es dir. Ich würde mich freuen.«

»Gut, das mache ich. Soll ich etwas mitbringen, falls ich komme?«

Das ist so gut wie ein Ja!

Duke schüttelte den Kopf.

»Nein. Es ist für alles gesorgt. Essen, Trinken, Musik. Es sei denn, du hast besondere Wünsche. Kate kommt übrigens auch. Vielleicht erzählst du das deinem Bruder.«

Christina lachte, ihre Augen blitzten dabei. Offenbar hatte sie verstanden und dachte das Gleiche wie er.

»Schönen Abend noch.«

»Danke, gleichfalls.«

Sie schloss die Tür hinter sich, und er lief die Treppe hinunter.

Vielleicht war es hier ja doch nicht so öde, wie er befürchtet hatte. Diese Frau hatte jedenfalls etwas.

Christina schloss die Tür. Sie hörte Dukes Schritte auf der Treppe und die Haustür, die hinter ihm ins Schloss fiel, und ihr Puls beruhigte sich langsam. In ihrem Nacken kribbelte es. Es war eine Mischung aus Angst und Faszination, als wäre sie auf einem Spaziergang einem Wolf begegnet. Kein unangenehmes Gefühl. Ob sie die Einladung annehmen sollte?

Sie kehrte in die Küche zurück. Thomas stand am Fenster und sah auf die Straße hinunter.

»Was machst du da?«, fragte sie.

»Ich will nur …« In diesem Moment ertönte das Blubbern und Dröhnen einer startenden Harley. Der Motor brüllte kurz auf, dann entfernte sich das Geräusch. »Er ist weg.«

»Ja und?«

Thomas drehte sich zu ihr um. Sein Gesicht war ernst. So stellte sich Christina ihren Bruder vor, wenn er mit den Ermittlungen zu einem Tötungsdelikt begann.

»Dieser Mann da eben an deiner Tür …«

»Ja?«

»Kennst du ihn?«

»Nein, nicht wirklich. Er ist diese Woche eingezogen und …«

»Weißt du, wie er heißt?«

»Natürlich. Er heißt …« Sie sah, dass Thomas seinen Notizblock aus der Hosentasche zog. »Moment mal, Tom, was soll das?«

»Ich will mir seinen Namen aufschreiben, damit ich ihn überprüfen kann.«

Sie schüttelte verständnislos den Kopf.

»Warum denn das?«

»Hast du seine Tätowierungen nicht gesehen? Seine Kutte mit dem Totenkopf und dem dunkelgrünen Schriftzug?«

»Was ist denn damit?« Sie wollte ihrem Bruder nicht auf die Nase binden, dass sie sehr wohl wusste, mit wem sie es zu tun hatte. Sonst hätte er sie vermutlich gefragt, weshalb sie sich nicht schon längst an die Polizei oder wenigstens an ihn gewandt hatte. Aber warum hätte sie das tun sollen?

»Dieser Mann ist ein Krimineller, Christina. Das Zeichen an seinem Oberarm ist das Clubzeichen der Wizards of Doom. Diese Rockerbande hat ihre Hände in allen schmutzigen Geschäften, die du dir nur denken kannst – Drogenhandel,

Waffenschieberei, Zwangsprostitution, Schutzgelderpressung und was weiß ich noch. Glaube mir, der Kerl ist gefährlich!«

»Tatsächlich? Er hat mir bisher nichts getan.«

Thomas presste die Lippen fest aufeinander, auf seiner Stirn erschien eine steile Falte.

»Christina, wie heißt er?«

»Wenn es dich interessiert, frage ihn doch selbst«, entgegnete sie verärgert. »Und jetzt will ich davon nichts mehr hören.«

Er holte tief Luft.

»Na gut. Das ist deine Sache. Aber du wirst mich nicht daran hindern, Erkundigungen über ihn einzuziehen. Das Kennzeichen an seiner Maschine konnte ich dummerweise nicht erkennen. Aber es gibt andere Mittel und Wege. Er scheint kein Deutscher zu sein, er spricht mit Akzent. Woher kommt er?«

»Thomas, ich habe dir gesagt, dass du von mir nichts erfährst.«

»Hat er dich etwa schon bedroht? Wirst du von ihm erpresst, Christina?«

Für einen Moment schoss ihr der Gedanke in den Kopf, dass sie vor ein paar Tagen fast die gleichen Worte zu Käte gesagt hatte.

»Jetzt hör aber auf, Tom!«

Er trat zu ihr und legte ihr seine Hände auf die Schulter.

»Chris. Ich will doch nichts Böses«, sagte er beschwichtigend. »Ich will dich nur beschützen!«

Sie sah ihn an. Sie wusste, dass er es gut meinte, und doch stieg ihr gerade bittere Galle in die Kehle.

»So? Und wo warst du, als Lars mich sitzen ließ?« Sie schüttelte seine Hände ab und verschränkte die Arme vor der Brust.

Er seufzte. »Glaube mir, ich hätte dich so gern davor bewahrt, aber …«

»Ich weiß«, sagte sie und bemühte sich um einen versöhnlichen Ton. Und um ein anderes Thema anzuschlagen, deutete sie auf den Kühlschrank, der immer noch darauf wartete, angeschlossen zu werden. »Wollen wir uns nicht lieber um den Kühlschrank kümmern? Es ist schon nach acht. Stefanie wartet bestimmt auf dich.«

Es entstand eine Pause. Thomas werkelte hinter dem Kühlschrank. Es war ein Edelstahlkühlschrank im Retrostyle, ein edles Gerät, das weit mehr gekostet hatte, als sie ursprünglich hatte ausgeben wollen, dafür war er perfekt. Trotzdem konnte sich Christina in diesem Moment nicht an seinem Anblick freuen. Die dicke Luft war noch nicht verflogen, sie hing zwischen ihnen wie eine giftige Wolke. Keiner von ihnen sagte ein Wort.

»Wie weit seid ihr mit dem Fall des alten Herrn Meissner?«, fragte sie schließlich.

»Der Fall ist so gut wie abgeschlossen«, sagte Thomas. »Wir warten nur noch auf das abschließende gerichtsmedizinische Gutachten. Aber so wie es aussieht, spricht alles für einen Unfall mit Todesfolge. Wahrscheinlich ist der arme Kerl auf der steilen Treppe über seine eigene Katze oder die Hausschuhe gestolpert.«

Er kam hinter dem Kühlschrank hervor und schob ihn gegen die Wand. Er legte eine Wasserwaage auf die Kante und drehte an den Füßen, bis das Gerät endlich gerade stand. Thomas, der Perfektionist.

»So, fertig. In der Gebrauchsanweisung steht, dass das Gerät acht Stunden vor Inbetriebnahme stehen soll. Morgen früh kannst du ihn anschalten. Wenn's doch nicht funktionieren sollte …«

»Werde ich dich zur Not aus dem Bett klingeln«, sagte Christina und lächelte versöhnlich.

Nachdem er seine Werkzeuge zusammengepackt hatte, begleitete sie ihn zur Tür.

»Christina, ich …« Er druckste herum. »Wenn du dich bedroht fühlst, du Hilfe brauchst oder dir etwas seltsam vorkommt, sagst du es mir. Versprichst du mir das?«

»Okay, ich verspreche es.«

Er verabschiedete sich. Vom Küchenfenster aus beobachtete sie, wie er in seinen silbergrauen Kombi stieg. Er war schon ein lieber Kerl, ihr Bruder. Nur manchmal kehrte er den Polizisten heraus und vergaß, dass sie kein kleines Mädchen mehr war und durch ihren Beruf auch eine gewisse Menschenkenntnis erworben hatte.

Das hat man ja bei Lars gesehen.

Sie seufzte. Ja, da hatte ihr Bauchgefühl jämmerlich versagt. Aber das war etwas anderes gewesen. Lars hatte sie geliebt, so sehr, dass sie nicht bereit gewesen war, seine Fehler zu erkennen – seinen maßlosen Ehrgeiz und seine emotionale Kälte. Sich in einen rauchenden, tätowierten Rocker mit langen dunklen Haaren zu verlieben, war hingegen völlig ausgeschlossen.

Noch während sie Thomas nachwinkte, nahm sie sich vor, die Einladung zu Dukes Einweihungsparty anzunehmen. Natürlich hauptsächlich wegen der Nachbarschaftspflege. Ein bisschen aber auch aus Neugierde.

Er hockte im Gebüsch und beobachtete, wie sich Hartmut Ewers schwerfällig aus seinem Sessel erhob und zum Fernseher schlurfte. Der Köter hob träge den Kopf. Das bläuliche Flimmern erlosch schlagartig, als der Fernseher ausgeschaltet war. Der Alte ging von Fenster zu Fenster und starrte eine Weile in den Garten hinaus. Es war zwar unwahrscheinlich, dass er ihn entdecken würde, denn in seiner dunklen Kleidung war er gut getarnt. Trotzdem duckte er sich tiefer unter den Busch.

Sicher ist sicher.

Dann wurde es dunkel im Garten. Endlich. Ewers und sein Hund gingen ins Bett. Darauf wartete er schon seit einer Stunde. Er sah auf die Uhr. Üblicherweise brauchte der Alte zehn Minuten, bis er im Bad fertig war und im Bett lag. Er würde ihm noch ein paar Minuten zum Einschlafen geben, bevor er loslegte. Nach seinem Schlummertrunk würde der Alte heute bestimmt müde sein – auf dem kleinen Tisch neben dem Fernsehsessel standen drei leere Flaschen Bier.

Vorsichtig lockerte er erst das rechte, dann das linke Bein. Es war anstrengend, so regungslos unter dem Busch zu kauern. Anfangs, bei seinen ersten Klienten, waren ihm die Beine jedes Mal eingeschlafen, und es hatte mehrere Minuten gedauert, bis die Muskeln ihre Arbeit wiederaufgenommen hatten. Daraufhin hatte er trainiert, war abends in der Hocke durch seine Wohnung gewatschelt wie eine Ente. Stundenlang. Mit dem Erfolg, dass er keine Probleme mehr mit dieser Körperhaltung hatte. Das war wie Sport. Man konnte alles trainieren.

Eine weitere halbe Stunde war vergangen, als er sich vorsichtig erhob und langsam zur Terrassentür schlich. Er stellte seine große schwarze Sporttasche behutsam ab und öffnete den Reißverschluss an seinem Gürtel, um das Werkzeug herauszuholen. Während er vorsichtig und nahezu lautlos das Schloss knackte, überlegte er, ob seine Großeltern doch recht gehabt hatten und er nach seinem Vater geraten war. Er hatte seinen Erzeuger nie kennengelernt. Man hatte ihm erzählt, er sitze im Gefängnis, ein Einbrecher und Dieb sei er gewesen. Lange hatte er ihnen nicht geglaubt. Andererseits war er geschickt darin, Türen und Fenster auch ohne Schlüssel und Erlaubnis zu öffnen. Das war schon immer so gewesen, bereits während der Schulzeit. Vielleicht war doch etwas an den Gerüchten über seinen Vater. Family business. Der Apfel fällt nicht weit vom Stamm.

Die Terrassentür zu öffnen war für ihn ein Kinderspiel. Noch. Als er das letzte Mal bei dem Alten gewesen war, hatte er auf dem Wohnzimmertisch Prospekte von Sicherheitsschlössern und Alarmanlagen gefunden. Wenn die erst eingebaut waren, würde er sich nicht mehr so einfach Zutritt verschaffen können. Er musste seinen Aktionen etwas mehr Nachdruck verleihen.

Er schlich in das dunkle Wohnzimmer. Im Haus war es still, nur die Standuhr tickte regelmäßig, ein Geräusch, das ihn unwillkürlich an das Wohnzimmer seiner Großeltern erinnerte. Diese düstere Stube mit den scheußlichen Möbeln, in der er immer auf dem Sofa sitzen und schreckliche Sendungen im Fernsehen ansehen musste – irgendwelche bayrischen oder kölnischen Theaterstücke, zum Teil noch in Schwarz-Weiß gedreht, mit uralten Schauspielern, die man kaum verstehen konnte und die alles andere als Künstler waren.

Er hatte es gehasst. Alles. Diese Sendungen. Den Gestank der dicken Zigarren, die sein Großvater geraucht hatte. Den Schweinebraten mit dem wabbeligen Fettrand, den er immer mitessen musste. Du wirst das noch mal suchen. Nach dem Krieg hätten wir uns darüber gefreut! Dazu hatte er warme Zitronenbrause aus ausgewaschenen Senfgläsern getrunken. Und natürlich musste er still sein. Er durfte nie dazwischenreden – nicht bei den Nachrichten, bei den Lieblingssendungen der Großmutter nicht und schon gar nicht bei denen des Großvaters, nicht, wenn sie telefonierten, und auch nicht, wenn sie miteinander oder mit einem der Nachbarn sprachen. So hatte er seine Kindheit schweigend verbracht auf einem dunkelgrünen Sofa zwischen dicken, mit goldumränderten Blumen bestickten Kissen und dem säuerlichen Gestank alter Menschen. Und er hatte sich weit fort gewünscht – an einen anderen Ort, in eine andere Familie. Jeden Tag hatte er die Uhr über der Anrichte angestarrt und stumm die Zeiger angefleht, sich schneller auf fünf zuzubewegen. Denn um fünf kam seine Mutter von der Arbeit, um ihn zu erlösen und nach Hause zu bringen.

Nach Hause. Eine halbe Stunde Fahrt in dem mit Fabrikarbeitern überfüllten Linienbus. Die Deutschen hatten nach Bier und Schweiß, die Türken nach Schweiß und Knoblauch gestunken. Wenn sie dann endlich ihre Haltestelle erreicht hatten und in den Flur des Hochhauses getreten waren, stank es dort nach Pisse und Müll.

Irgendwann hatte er beschlossen, dass er so nicht leben wollte, dass er rauswollte aus diesem Gestank. Natürlich musste man dafür arbeiten. Aber nicht im Supermarkt an der Kasse wie seine Mutter. Nicht in der Fabrik wie seine Großmutter. Und natürlich auch nicht in der Zeche wie sein Großvater. Gern wäre er zum Theater gegangen. Aber das war in seiner Familie natürlich undenkbar gewesen. Also hatte er sich umorientieren müssen.

Er hatte hart gearbeitet, jede Gelegenheit und jede Chance für sich genutzt. Stück für Stück war es ihm gelungen, seine Vergangenheit hinter sich zu lassen. Dafür war er ungewöhnliche Wege gegangen, hatte viele Opfer gebracht. Wenn er jetzt noch ein bisschen die Zähne zusammenbiss, würde er bald sein Ziel erreichen.

Die Handgriffe waren mittlerweile Routine. Er stellte die schwarze Sporttasche neben dem Wohnzimmerschrank ab und entnahm ihr den CD-Player, eine Zeitschaltuhr und einen fest verschlossenen Plastikbeutel. Das Gerät war so klein und flach, dass er es überall verstecken konnte. In diesem Fall hatte er sich für die schmale Lücke zwischen Schrank und Wand entschieden, direkt in der Ecke. Dort gab es eine Steckdose, die Ewers nicht zu benutzen schien, weil sie nur schlecht zu erreichen war – selbst für einen jüngeren und beweglicheren Menschen. Er schob das Gerät in die Lücke, verband es mit der Zeitschaltuhr und steckte sie in die Steckdose. Die beiden Lautsprecher befestigte er mit Hilfe von Klebeband an der Rückseite der Schrankwand. Sie waren überaus leistungsstark und dabei so winzig, dass sie kaum auffielen. Willkommen im 21. Jahrhundert.

Jetzt kam der Plastikbeutel zum Einsatz. Er streifte sich zusätzlich ein Paar Latexhandschuhe über und zog eine der Schubladen auf. Der Alte bewahrte dort Papierkram und Fotos auf, nichts, was er täglich brauchte, genau der richtige Ort. Er öffnete den Beutel, platzierte den Inhalt zwischen den Papieren und schob die Schublade zu. Die benutzten Latexhandschuhe warf er in die Tüte und verschloss sie, dann sah er sich noch einmal um. Alles war, wie es sein sollte.

Als er wieder draußen stand, warf er einen Blick auf seine Uhr. Acht Minuten. Länger hatte der Spaß nicht gedauert. Schade eigentlich, dass er keinem davon erzählen konnte. Wenn er so weitermachte, würde er bald alle Rekorde brechen. Er verließ das Grundstück über die hintere Gartenpforte. Sie war zwar abgeschlossen, aber so niedrig, dass es keine Mühe bereitete, darüber hinwegzuklettern.

Die kleine Straße lag still vor ihm. Eine Katze strolchte durch das Gebüsch, in einem Fenster brannte noch Licht. Die meisten Anwohner schliefen bereits.

Niemand sah ihn, wie er in seinen Wagen stieg, der zwei Straßen weiter parkte.

Gut so.

Christina lief durch die Nacht. Sie trug ihren Schlafanzug und weder Schuhe noch Strümpfe an den Füßen. Ein schwarzes feuerspeiendes Motorrad, größer als alle Modelle, die je in einer Fabrik vom Band gelaufen waren, war ihr dicht auf den Fersen. Den Fahrer konnte sie nicht erkennen, er war ganz in Schwarz gekleidet und trug einen Helm, der wie ein Totenschädel mit langen geschwungenen Hörnern aussah. Oder war es am Ende gar kein Helm?

Sie floh zum Krankenhaus. Das Diako war hell erleuchtet, in der Notaufnahme sah sie Menschen. Doch als sie bei der Glastür ankam, war diese verschlossen, und die Schwestern und Ärzte bewegten sich wie fremdgesteuert. Sie schlug mit den Fäusten dagegen, während sich donnernd das Motorrad näherte. Sie konnte die Hitze eines Feuerstoßes bereits in ihrem Nacken fühlen. Da tauchte Maurer auf. Er presste sein Gesicht gegen das Glas und sah sie an, ohne die Tür zu öffnen. Schließlich grinste er diabolisch, mit langen gelben Zähnen. Hinter sich hörte sie schallendes Gelächter. Der Motorradfahrer stand dort, abwartend, lauernd. Christina drehte sich um und rannte weiter, hinein in den Park, das Motorrad hinter ihr brüllte auf. Die Äste der Bäume griffen nach ihr, zerrten an ihrem Schlafanzug, an ihren Haaren, und erst nach einer Weile begriff sie, dass es gar keine Äste waren, sondern die Arme von Toten, die sie mit ihren skelettierten Fingern festhalten wollten. Sie schrie und rannte eine schmale Gasse entlang mit altersschiefen Fachwerkhäusern. Sie klopfte an Türen und Fenster. Niemand öffnete ihr. Stattdessen wurden hastig Rollos hinuntergezogen, auf denen in blutroten Buchstaben »Zu verkaufen« stand. Und immer noch war das Motorrad dicht hinter ihr. Sie lief zum Kompagnietor und weiter zum Hafen. Auf der ganzen Uferpromenade hingen Wäscheleinen mit Bettbezügen, Laken, Handtüchern. Panisch bahnte sie sich ihren Weg durch die feuchte, kalte und nach Moder stinkende Wäsche, die in Streifen hing, als hätte eine Bestie sie mit ihren Krallen zerfetzt. Das Motorrad donnerte hinter ihr her, ein Feuerstoß setzte die Wäschestreifen in Brand. Immer noch rannte sie, sie rannte um ihr Leben. Bis ihre Füße ins Nichts liefen. Sie fiel und fiel und stürzte mit einem entsetzten Schrei dem schwarzen Wasser der Förde entgegen.

Christina schreckte hoch. Sie keuchte und schwitzte, als wäre sie gerannt. Das Licht der Straßenlaterne auf der anderen Straßenseite fiel durch das Bettlaken, das sie zurzeit anstelle eines Vorhangs benutzte. Es spendete ein wenig Trost.

Es war nur ein Traum, sagte sie sich. Ein abscheulicher Alptraum.

Trotzdem zitterte sie am ganzen Körper und fühlte sich elend.

Christina wankte ins Bad, drehte den Wasserhahn auf und wusch sich das Gesicht. Über sich hörte sie Schritte, dann rauschte es in der Wasserleitung. Die kleine Badezimmeruhr zeigte halb eins.

Geisterstunde. Jetzt erwacht der alte Schlachthof zum Leben. Wenn ich das Fenster öffne, kann ich sie bestimmt hören, die Geister …

Es lief ihr eiskalt über den Rücken. Zögernd streckte sie ihre Hand nach dem Handtuch aus. Und sie war erleichtert, als sie feststellte, dass es nicht wie in ihrem Traum in Fetzen hing.

Warum sollte es auch?

Aber die Vernunft hatte jetzt nicht das Kommando, nicht um halb eins in der Nacht. Um diese Zeit führte die Phantasie Regie. Ihre blühende, überschäumende Phantasie, die sie schon oft um den Schlaf gebracht hatte. Sie wagte nicht einmal, in den Spiegel zu sehen, aus Angst, der gehörnte Totenschädel könne ihr entgegenstarren.

Sie löschte das Licht und legte sich wieder ins Bett. Die Schritte über ihr verstummten, während sie versuchte, den Traum zu analysieren. Manchmal half das. Vor einigen Jahren, als sie in einer Stressphase fast täglich Alpträume gehabt hatte, hatte sie sich mit der Traumdeutung näher beschäftigt und sogar ein Traumtagebuch geführt. Dieses Wissen war immer noch nützlich. Wenigstens manchmal.

Sie legte sich auf den Rücken und starrte zur Decke. Wahrscheinlich war Duke gerade nach Hause gekommen, und das dröhnende Motorgeräusch seiner Harley hatte ihr Gehirn zu diesem Traum inspiriert. Eine ganz natürliche Erklärung. Was hatte Maurer in diesem Traum zu suchen?

Er erinnert dich an Lars. Dein Unterbewusstsein will dich warnen, den gleichen Fehler zweimal zu begehen.

Ja, das klang logisch. Aber was war mit den Skeletten im Park und den Häusern? Die leer stehenden Häuser mit den Schildern »Zu verkaufen« symbolisierten Veränderungen – die hatte sie in den vergangenen Wochen wahrlich ausreichend gehabt, und die Skelette hatten bestimmt mit dem alten Herrn Meissner zu tun. Auch wenn sein Tod laut Thomas ein tragischer Unfall war, fühlte sie sich schuldig. Die Frage, ob sie den alten Mann doch zu früh entlassen hatten und ob sein Blutdruck nicht stabil genug gewesen war, hatte sie sich in den vergangenen Tagen immer wieder gestellt. Sie nahm sich vor, mit dem Gerichtsmediziner zu sprechen. Wenn sie diese Frage nicht für sich klärte, würde Herr Meissner noch in zehn Jahren mit knochigen Fingern durch ihre Träume spuken. Vielleicht standen dafür auch die Wäscheleinen im Hafen. Sie hatte etwas ins Reine zu bringen. Das war ihr bisher nicht geglückt, deshalb stank die Wäsche nach Moder. Aber warum waren die Wäschestücke zerfetzt? Nein, nicht zerfetzt. Bei der Traumdeutung musste man sehr genau sein. Die Streifen in ihrem Traum waren gleichmäßig gewesen, mit sauberen Rändern, wie mit einer Schere geschnitten.

Aber …

Mit einem Ruck setzte Christina sich auf. Plötzlich war sie hellwach, und von der Angst, die sie eben noch verspürt hatte, war keine Spur mehr da.

In Streifen geschnitten. Das war es, was sie seit ihrem Gespräch mit Maurer beschäftigt hatte. Frau Andersen hatte ihm von in Streifen geschnittenen Handtüchern erzählt. Herr Meissner hatte von »zerschnittenen Textilien« gesprochen. Ein Zufall? Konnten zwei Patienten innerhalb weniger Tage ein und dasselbe Symptom haben, ohne dass es einen Zusammenhang gab? Und dann war da noch die andere Patientin, von der Maurer berichtet hatte. Auch sie hatte zerschnittene Wäsche in ihrem Schrank gefunden.

Christina kaute auf ihrer Unterlippe. Sie besaß leider keine Literatur über Psychiatrie. Aber vielleicht konnte ihr das Internet weiterhelfen. Möglicherweise war das Zerschneiden von Wäschestücken das Kennzeichen einer Psychose.

Sie stand auf, ging ins Wohnzimmer und schaltete ihr Laptop an, als ihr einfiel, dass sie in ihrer neuen Wohnung noch keinen Internetanschluss hatte. Es war ihr von der Firma erst für Montag zugesichert worden, ebenso ihr Festnetzanschluss.

Mist.

Im Krankenhaus hatte sie einen Internetanschluss. Natürlich

konnte sie sich ihr Laptop schnappen und zum Diako fahren – mitten in der Nacht. Aber dann würde man sie vermutlich für verrückt erklären. Zu Recht. Wo sie doch morgen mit Maurer sprechen und ihn fragen konnte. Er war der Experte, er würde ihre Fragen beantworten können. Allerdings musste sie bis morgen warten. Und das, obwohl ungeklärte Fragen ihr auf dem Magen lagen wie die Grillplatte für zwei Personen beim Griechen.

Christina kehrte ins Schlafzimmer zurück, legte sich ins Bett und starrte die Stuckrosette an der Decke an. Morgen würde sie mit dem Gerichtsmediziner sprechen, vielleicht auch mit den Hausärzten von Frau Andersen und Herrn Meissner. Und sie würde sich beide Akten vornehmen. Vielleicht hatten beide das gleiche neue Medikament erhalten, die gleiche Wirkstoffkombination, oder es gab eine Gemeinsamkeit in der Vorgeschichte, irgendetwas, das diese Parallele erklärte. Aber zuerst würde sie mit Maurer über die zerschnittene Wäsche sprechen. Vielleicht gab es dafür eine ganz simple Erklärung – so wie Schnupfen bei einer Erkältung. Und dann würde sie lachen, weil sie sich darüber den Kopf zerbrochen hatte.

6

Samstag, 04. Mai

Eigentlich schien es ein schöner Tag zu werden. Der Himmel war blau, ein leichter Wind ließ die Wanten im Yachthafen klappern, Möwen kreisten über dem Gelände der Stadtwerke. Er hatte ausgeschlafen, gut gefrühstückt und sogar schon bei Ewers nach dem Rechten gesehen. Als er an dem Haus vorbeigefahren war, war der Alte gerade durch seinen Garten geschlurft. Blass wie ein Geist, unrasiert und mit zerzausten Haaren. Ein sicheres Indiz für die planmäßige Funktion der Zeitschaltuhr. Jetzt war die alte Claasen dran. Eigentlich.

Er saß in einem geliehenen Wagen auf dem Parkplatz vor dem Fleischmarkt und beobachtete das Haus bereits seit zwei Stunden. Wie jeden Samstag war die Claasen um neun zum Einkaufen gegangen und erst um zehn zurückgekommen. Aber er hatte die Zeit nicht nutzen können – der Lieferwagen eines Möbelgeschäfts hatte ihm einen Strich durch die Rechnung gemacht. Außerdem stand dieses Motorrad vor dem Haus.

Er warf einen Blick auf die Uhr. Kurz vor elf. Um drei hatte er einen Termin, vorher musste er noch duschen, sich umziehen, vorbereiten. Er konnte nur hoffen, dass sich ihm bis dahin doch noch eine Möglichkeit bot, der Alten einen Besuch abzustatten. Er streckte sich ein wenig und gähnte. Die Warterei machte ihn schläfrig und träge. Glücklicherweise war das Auto ein schwarzer Kleinwagen, wie er in Flensburg zu Hunderten und Tausenden die Straße bevölkerte, unauffällig und somit fast unsichtbar. Er musste vorsichtig sein, jetzt, wo die alte Schachtel nicht mehr allein in der Jugendstilvilla hauste. Mit der kleinen Martens würde er schon fertigwerden, falls sie ihn überraschen sollte – ein Stoß, ein Tritt, und sie würde sich erst einmal nicht mehr rühren. Aber dieser Typ. Neil McKinnley. Kein Schwergewicht, aber sichtlich durchtrainiert. Der konnte gefährlich werden. Bestimmt war er auch bewaffnet. Wie sollte er den Kerl loswerden? Wenn er wenigstens mit seinen Kumpanen eine Ausfahrt machen würde, dann hätte er für mehrere Stunden freie Bahn …

Wie aufs Stichwort kam McKinnley aus dem Haus.

Hastig zog er sich den schwarzen Baseballcap ins Gesicht und rutschte tiefer in den Sitz. Über den Rand der Windschutzscheibe konnte er beobachten, wie der Schotte zu seiner Maschine ging. Er interessierte sich nicht für Motorräder, aber er nahm an, dass es eine Harley-Davidson war. Irgendwo hatte er mal gelesen, dass alle Rocker Harley fuhren. Auch wenn McKinnleys mattschwarzes Geschoss so viel mit dem Klischee dieser chromglänzenden Motorräder gemein hatte wie eine geladene Beretta mit einem silbernen Tafelmesser.

McKinnley setzte sich eine Sonnenbrille und den Helm auf. Als er sein Motorrad startete, war es mit der Ruhe in der Batteriestraße vorbei. Der Motor dröhnte so, dass die Seitenverkleidung des Autos vibrierte. McKinnley ließ das Motorrad ein paar Meter auf dem Bürgersteig rollen, die Stiefel nur wenige Zentimeter über dem Boden, blickte nach rechts und links. Schließlich nahm er die Füße hoch, bog in die Straße ein und fuhr in Richtung Hafen davon.

Na endlich. Jetzt war seine Zeit gekommen.

Nachdenklich sah er dem Schotten nach. So ganz ohne Logo auf dem Rücken sah der Kerl aus wie jeder andere Motorradfahrer. Wenigstens beinahe. Was machte eigentlich den Unterschied?

Während er noch darüber nachdachte, kam ihm plötzlich ein Gedanke.

Das war es! Natürlich! Einfach, aber effektiv.

Er startete den Wagen. Die hübsche Sondervorstellung für die alte Claasen konnte bis heute Abend warten. Er wendete den Wagen und fuhr nach Hause. Er musste an den Computer. Es gab etwas Dringendes zu erledigen.

Christina ließ sich mit einem Becher Tee auf die grüne Récamiere sinken und stützte erschöpft die Hände auf die Knie. Seit acht Uhr morgens hatte sie geschuftet. Die Lieferanten hatten sich gegenseitig die Klinke in die Hand gegeben. Es waren Regale gekommen, ein neuer Herd, ihr Bett mit Lattenrost und Matratze, Badezimmerschränke und die Récamiere.

Die war von den Mitarbeitern der Polsterei gleich an Ort und Stelle aufgestellt worden – in der Nähe des Kachelofens mit Blick zum Garten. Auch den Herd hatten die Lieferanten freundlicherweise angeschlossen. Alles andere war in Kartons verpackt an der Wohnungstür abgegeben worden. Und seither war sie mit Aufreißen, Schleppen und Zusammenschrauben beschäftigt gewesen. Trotzdem hatte sie noch nicht alles geschafft. Ein Badezimmerschrank fehlte noch und die Regale, die für das hintere Zimmer bestimmt waren, die Bibliothek. Wenigstens war das Bett aufgebaut und bereits frisch bezogen, Thomas' Luftmatratze lag zusammengefaltet im Flur. Heute Nacht würde sie endlich wieder in einem richtigen Bett schlafen.

Thomas hätte ihr bestimmt geholfen, aber sie hatte ihm nichts gesagt. Er hatte im eigenen Haus und mit den Kindern ohnehin genug um die Ohren. Außerdem hatte sie keine Lust, wieder seinen bohrenden Fragen über ihren Nachbarn auszuweichen. Und schließlich wollte sie nachdenken. Der Gedanke an die zerschnittenen Handtücher ließ sie immer noch nicht los, und gestern hatte sie weder einen der Hausärzte noch den Gerichtsmediziner erreichen können. Maurer hatte einen freien Tag, und auf der Station war so viel zu tun gewesen, dass sie nicht einmal Zeit gehabt hatte, in die Bibliothek zu gehen. So stand sie immer noch vor dem gleichen Problem: Sie wusste nicht, wie verbreitet dieses Symptom unter Psychotikern war. Während sie mit Inbusschlüsseln, Schraubenzieher und Hammer hantiert hatte, waren ihre Gedanken ergebnislos in ihrem Kopf gekreist. Jetzt war sie völlig erledigt.

Sie nippte an ihrem Tee. Sonnenlicht flutete ins Zimmer und ließ das Parkett in einem warmen Honigton schimmern. Draußen hörte sie Stimmen, Lachen. Und dann setzte plötzlich Musik ein. Laute Musik. Sie erkannte AC/DC, »Highway to Hell«, und warf einen erschrockenen Blick auf ihre Uhr. Tatsächlich, es war schon halb vier. Sie musste sich für Dukes

Party umziehen. Denn dass sie die Einladung annahm, war selbstverständlich. Das war ein Gebot der Höflichkeit unter Nachbarn.

Außerdem war sie neugierig.

Käte saß auf einer schmalen grünen Bank und sah vergnügt dem Treiben um sich herum zu. Ihr Garten war kaum wiederzuerkennen. Seit dem Mittag hatten Duke und ein paar seiner Freunde geschuftet, um alles für die Party herzurichten: Sie hatten Bierzeltgarnituren aufgestellt und Tapeziertische für die Speisen und Getränke, Gartenfackeln in den Beeten verteilt, eine Musikanlage installiert, den Grill geschrubbt und zahllose Kisten mit Bier, Wasser und Limonaden herangeschleppt.

Und dann waren die Gäste gekommen. Es waren auch Frauen und junge Mädchen dabei, sogar ein paar Kinder, aber die meisten waren muskelbepackte Männer, mit dunklen Sonnenbrillen und den Symbolen der Wizards auf ihren Lederjacken und T-Shirts. Jeder hatte etwas zu essen und zu trinken mitgebracht, bis sich die Tapeziertische unter der Last der Salatschüsseln und Whisky-, Rum- und Wodkaflaschen bogen.

Mittlerweile war es halb vier. Immer noch kamen Leute an. Harte Rhythmen und wummernde Bässe dröhnten aus den Lautsprechern, die in den Apfelbäumen hingen. Auf dem Grill brutzelten Steaks und Würste und füllten den Garten mit dem verführerischen Duft nach gegrilltem Fleisch und Holzkohle. Ein paar Frauen stellten Pappteller mit Chips und Becher mit Salzstangen auf die Tische, die Männer standen in kleinen Grüppchen zusammen, lachten und tranken Bier aus der Flasche. Und mittendrin spielten die Kinder Fangen. Es hätte ebenso gut das Grillfest einer Kirchengemeinde sein können. Allerdings wäre dann wohl andere Musik gespielt worden. Und die Gäste wären nicht tätowiert gewesen – an Armen, Hälsen, manche sogar auf den kahl geschorenen Köpfen oder im Gesicht. Selbst bei den Frauen blitzten unter den T-Shirt-Ärmeln Tattoos hervor.

»Darf ich?«

»Natürlich!« Käte lächelte. Die junge blonde Frau in dem

knappen weißen T-Shirt kletterte über die Bank und setzte sich neben sie.

»Sie sind bestimmt Käte.«

»Ja, das bin ich. Und Sie?«

»Ich bin Sabrina«, sagte die junge Frau und lächelte ihr kurz zu. »Steve, der Road Captain, ist mein Bruder. Er und Duke haben mir von Ihnen erzählt.« Während sie redete, schwirrte ihr Blick ruhelos über die Partygäste hinweg. »Wissen Sie zufällig, wo er ist?«

»Ihr Bruder?«

»Nein. Ich meine Duke. Ich habe ihn noch gar nicht begrüßt.«

Käte schüttelte den Kopf.

»Tut mir leid, da kann ich Ihnen nicht weiterhelfen.«

»Ist hier noch frei?«

Käte sah auf. Vor ihr stand Christina Martens.

»Ach, Christina!« Sie drückte der Ärztin herzlich die Hand. »Wie schön, Sie hier zu sehen!«

»Duke hat mich eingeladen«, erklärte Christina und setzte sich Käte gegenüber auf die Bank. »Eigentlich habe ich in der Wohnung noch genug zu tun. Andererseits …« Sie strich sich lächelnd ihr braunes Haar hinters Ohr. »Die Kartons und Regale laufen bestimmt nicht weg.« Sie warf einen kurzen Blick über die Schulter. »Ich werde mir etwas zu trinken holen. Soll ich Ihnen etwas mitbringen, Käte?«

»Ja, gern. Ein Glas Wasser oder Saft, bitte.«

Sie sah Christina nach. Und auch Sabrina starrte ihr hinterher und klopfte dabei mit ihren bunt lackierten künstlichen Fingernägeln gegen ihren Plastikbecher.

»Ist diese Christina …?«

»Hi.«

Wie aus dem Nichts war Duke hinter ihnen aufgetaucht, und augenblicklich verstummte Sabrina.

»Kate, du hast mir erzählt, dass dein Mann Motorrad gefahren ist.«

»Ja, vor langer Zeit«, erwiderte sie und lächelte bei dem Gedanken an ihre Jugend und die ersten Jahre ihrer Ehe, als sie noch gemeinsam zum Baden gefahren waren – nach Wassersleben, Solitüde oder gar Holnis. »Es war ein englisches Motorrad, eine blaue Triumph.«

Er neigte seinen Kopf, seine Lippen umspielte ein Lächeln.

»Mit einer Triumph kann ich nicht dienen. Würdest du auch mit einer schwarzen Harley vorliebnehmen?«

Durch Kätes Körper ging ein Ruck. Sie sah Duke an. Machte er einen Scherz?

»Wie meinst du das?«

»Hättest du Lust, auf meinem Sozius eine Runde mit mir zu drehen?«

Käte starrte einen Augenblick vor sich auf den Tisch. Die Gedanken wirbelten durch ihren Kopf. Sollte sie … konnte es überhaupt … in ihrem Alter …? Unmöglich! Andererseits war der Gedanke so verlockend!

»Aber ich habe doch gar nicht … ob das wohl geht?«

»Klar!« Duke lachte. »Natürlich musst du dir Schuhe anziehen. Und einen Helm und eine Jacke brauchst du auch. Wir wollen schließlich nicht gleich von irgendeinem fucking Bullen angehalten werden. Aber ich bin sicher, dass dir eine der Frauen hier die Sachen leihen wird.«

»Ich!« Sabrinas Antwort kam fast ein bisschen zu rasch. »Sie können meinen Helm und meine Jacke haben, wenn Sie möchten.«

»Wirklich?« Käte wandte sich an Sabrina. »Das ist zu viel verlangt. Ich kann doch nicht einfach …«

»Doch. Ganz ehrlich. Ich tue es gern.«

Käte fragte sich, ob Sabrina wohl auch so bereitwillig zugestimmt hätte, wenn einer der anderen Männer sie darum gebeten hätte.

»Siehst du, Kate?« Duke sprach ihren Namen immer englisch aus. »Na, was ist. Hast du Lust?«

Wärme durchflutete Käte.

Oh mein Gott, wie großartig bist du!, dachte sie voller Dankbarkeit.

»Und ob!«

»Dann komm!«

Er half ihr beim Aufstehen.

»Zieh dir Schuhe an, wir treffen uns vorne bei der Garage.«

»Na, Duke, was ist? Will sie?« Der Mann, der diese Frage quer durch den halben Garten brüllte, war der große Kerl, der mit Duke zusammen die Wohnung besichtigt hatte. Jan – oder Big J, wie ihn hier alle nannten.

»Yeah!« Duke streckte den Arm mit erhobenem Daumen aus. Johlen und Beifall waren die Antwort. »Hey, will noch jemand mitfahren?«

Als Käte mit ihren Halbschuhen bei der Garage stand, warteten die anderen schon auf sie. Sabrina half ihr in die Jacke und reichte ihr den Helm.

»Das haben wir damals nicht gehabt«, sagte Käte. Sie war aufgeregt, und ihre Finger kamen mit dem Verschluss des Helms nicht zurecht. »Wir sind immer ohne Helm gefahren.«

»Good old times«, sagte Duke und half ihr, den Kinngurt zu schließen. Dann schwang er sich auf den Sitz.

»Wie …?« Ihre Frage erübrigte sich, als zwei kräftige Hände sie von hinten packten und auf den Sozius hoben, mühelos, als wäre sie ein kleines Kind.

Big J lächelte. »Alles gut, junge Frau?«

Sie nickte ihm zu.

»Halte dich gut an mir fest und lass deine Füße auf den Fußrasten stehen«, erklärte Duke. »Wir werden nicht zu schnell fahren, das verspreche ich dir. Wenn du nicht mehr willst, sagst du mir Bescheid, und wir fahren wieder zurück. Und mach ganz einfach alles, was ich mache. In den Kurven neigst du dich zur gleichen Seite wie ich. It's very easy. Okay?«

»Roger!«

Kätes Herz klopfte wie wild. Dass sie das noch erleben durfte. In ihrem Alter! Wie wunderbar!

Duke lächelte.

»Let the wheels roll.«

Er startete den Motor. Die mächtigen Vibrationen spürte sie von den Fußsohlen bis zum Scheitel. Ohne darüber nachzudenken, rückte sie näher an Duke heran und legte ihre Hände um ihn. Sie schloss die Augen und atmete tief ein. Es roch nach

Abgasen und Leder. Ein wunderbarer, seltsam vertrauter Geruch, auch wenn sie schon lange nicht mehr daran gedacht hatte. Und augenblicklich tauchten Bilder vor ihr auf: der zerklüftete Strand von Holnis, das kleine Kofferradio, ihre Jeans – was hatte das für einen Skandal gegeben! Sie war die Erste in ihrer Gemeinde gewesen, die Jeans getragen hatte, ihre Mutter war fast verrückt geworden – ihr roter Badeanzug mit den weißen Punkten. Und Gottfried. Ihr lächelnder Gottfried mit seinen blonden Haaren, die einen leicht rötlichen Schimmer hatten.

Fast wie früher.

Das Motorrad begann zu rollen, und sie öffnete die Augen. Duke gab Gas, der Motor brüllte kurz auf, und sie fuhren auf die Straße, gefolgt von mindestens einem Dutzend weiterer Maschinen. Es war ein richtiger Konvoi.

Gottfried, wenn du mich so sehen könntest!

Der Fahrtwind kühlte ihre Wangen, ihre Hände, er spielte mit einer Haarsträhne, während sie die Batteriestraße entlangfuhren. Als sie an der roten Ampel stehen bleiben mussten, wandte Duke den Kopf und fragte, ob sie in Ordnung sei und weiterfahren wolle.

Darauf gab es nur eine Antwort.

Ja!

Und als Duke sich in die Kurve legte, mit der Absicht, auf der dänischen Seite an der Förde entlangzufahren, traten ihr vor Glück die Tränen in die Augen.

Nachdenklich starrte er auf die andere Straßenseite. Von nächtlicher Ruhe war nichts zu merken. Die kleine Jugendstilvilla war kaum wiederzuerkennen. Auf dem Seitenstreifen standen Motorräder, eins neben dem anderen, sowie etliche Autos. Licht umgab das Haus vom Garten her wie ein Heiligenschein. Musik, Stimmen und Gelächter waren zu hören.

Mist.

Die Fenster auf der Vorderseite des Hauses waren dunkel, nur im Treppenhaus brannte Licht. Wahrscheinlich hätte er einfach über den Vordereingang ins Haus schleichen können. Aber die Motorräder wurden bewacht. Sie wechselten einander ab, aber die ganze Zeit über stand irgendein Typ da herum, rauchte und passte auf die Maschinen auf. Zurzeit war es ein kräftiger Kerl mit dem Gesicht einer wütenden Bulldogge. Den hätte er nicht einmal nach der Uhrzeit fragen wollen. Was sollte er jetzt tun?

Die Plastiktüte hatte er zu seinen Füßen abgestellt. Wenn er dagegenstieß, fühlte er den weichen Körper darin. Die Tüte war zwar mit einem Klips fest verschlossen, trotzdem hatte er den Eindruck, dass der Gestank nach Müll, Fisch und Verwesung herauskroch und allmählich den Innenraum ausfüllte. Glücklicherweise hatte er die Fenster einen Spalt offen gelassen.

Als er schon dachte, dass er heute Abend kein Glück haben werde, geschah endlich das Unerwartete – Mister Bulldogge verließ seinen Posten. Nachdem der Typ ein paarmal die Straße auf und ab gesehen hatte, zuckte er mit seinen breiten Schultern und ging um das Haus herum nach hinten.

Das war seine Chance!

Er griff sich den Plastikbeutel, zog sich die schwarze Kapuze über den Kopf und verließ eilig das Auto. Geduckt hastete er über die Straße und die Treppe zur Haustür hinauf. Er musste schmunzeln. Die Rocker waren sich offenbar sehr sicher, denn die Tür war nicht abgeschlossen. Pech, dass einer von ihnen seine Aufgabe nicht so ernst nahm. Oder Glück. Je nachdem, von welcher Seite aus man es betrachtete.

Er wollte gerade zur Tür der Alten gehen, als die Hintertür aufgestoßen wurde. Mister Bulldogge stand vor ihm, kauend, eine Grillwurst in der Hand, und starrte ihn mit leicht glasigen Augen überrascht an.

»He, du! Was treibst du hier?«

Seine Gedanken rasten. Es waren viele Leute da, und der Kerl hatte offenbar getrunken. Vielleicht genug, um nicht zu merken, dass er nicht zu den Partygästen gehörte. Hoffentlich. Glücklicherweise war er es gewohnt, sich rasch einer veränderten Lage anzupassen.

Beherzt hob er die Tüte hoch.

»Müll wegbringen«, sagte er und gab seiner Stimme einen heiseren, tieferen Klang. »Hat Duke gesagt.«

Der Kerl runzelte unwillig die Stirn, nickte aber. Und er lief erleichtert die Kellertreppe hinunter. Wie gut, dass ihm gerade eben die Waschmaschine im Keller eingefallen war. Das würde eine hübsche Schweinerei geben. Er unterdrückte ein Kichern, das eine Spur zu hoch geraten wollte. Wenn die Martens oder McKinnley das tote Vieh fanden, würden sie bestimmt die Behörde einschalten. Und dann konnte sich die Alte sträuben, so viel sie wollte – dann gab es nur noch das Heim.

Er knipste das Licht im Wäschekeller an und öffnete die Waschmaschine. Über sich hörte er die Hintertür, und für einen Moment wurde die Musik lauter. Wahrscheinlich ging Mister Bulldogge wieder in den Garten. Er hielt die Luft an und öffnete die Tüte. Die tote Möwe starrte ihn aus glasigen Augen an, dann schüttelte er sie in die Wäschetrommel und schlug hastig die Luke zu.

Das wäre erledigt, dachte er und holte erleichtert Luft.

Das Haus verließ er unbemerkt. Niemand sah oder hörte ihn, als er den Wagen startete. Aus dem Garten erklang das Kreischen einer E-Gitarre. Und Mister Bulldogge aß wohl immer noch sein Würstchen bei seinen Kumpels. Sollte es ihm gut schmecken.

Er war sehr zufrieden mit sich.

7

Sonntag, 05. Mai

Andreas ging die Uferpromenade entlang. Es war noch ziemlich früh am Morgen, nur wenige Menschen waren unterwegs. Ein paar Angler versuchten schweigend ihr Glück, die »Alexandra« schaukelte träge auf der Dünung, Möwen umkreisten ein hereinkommendes Fischerboot. Auf den Yachten war es ebenfalls ruhig, nur eine Handvoll Segler begannen damit, ihre Boote für den Tag klarzumachen. Touristen mit Stadtplänen und Fotoapparaten sah er keine. Er ließ die Fähren und den historischen Dampfer hinter sich und ging weiter.

Gerds Boot lag im Museumshafen. Die »Finca« war eine schnittige, hochseetüchtige Segelyacht Baujahr 1920, ein echtes Prunkstück. Kaum zu glauben, dass ihr Besitzer erst während des Studiums in Hamburg segeln gelernt hatte.

Schon von Weitem konnte er sehen, dass Gerd bereits an Bord war. Die Luke zur Kajüte war aufgeklappt, und er schleppte eine Proviantkiste hinunter.

Sie würden heute zu dritt sein. Drei Mann in einem Boot. Andreas lächelte.

»Moin, Gerd!« Er lief die Gangway entlang und sprang auf das Boot.

Aus der Luke tauchte der Kopf seines Freundes auf.

»Moin, Andreas!« Geschmeidig sprang Gerd nach oben. »Schön, dass du so zeitig bist. Dann können wir gleich los. Martin ist auch schon da.«

Er deutete mit dem Daumen zum anderen Ende des Bootes, wo ihr gemeinsamer Freund Martin Schmidt gerade ein paar Bierflaschen in einen Wassereimer stellte.

Jedes Mal, wenn er ihn sah, wunderte sich Andreas erneut darüber, dass ausgerechnet Martin zur Polizei gegangen war. Er konnte sich noch gut daran erinnern, wie sich der schmächtige Martin in der Schule im Sportunterricht abgemüht hatte – in den Mannschaftssportarten war er eine Null gewesen, beim Weitsprung hatte er kaum die Drei-Meter-Marke erreicht, und beim Laufen war er so langsam gewesen, dass der Lehrer die Stoppuhr ausgeschaltet hatte. Daran hatte sich auch nach der Schulzeit nichts geändert. Martin war immer noch klein, schmal und unsportlich. Aber er war hartnäckig, intelligent und wusste zu jeder Zeit die richtigen Fäden zu ziehen.

Er selbst hatte es mal so formuliert: »Bei meiner Statur hatte ich nur zwei Optionen. Entweder einen anderen Beruf, oder ich mache so schnell wie möglich Karriere.« Dieses Konzept war aufgegangen. Mit dem Biss eines Terriers hatte er sich rasch hochgearbeitet und war bereits seit einigen Jahren Chef der Flensburger Polizei.

Martin kam zu ihm und reichte ihm seine schmale, weiche Hand.

»Beste Voraussetzungen zum Segeln«, sagte er und deutete auf den blauen Himmel und die im Wind flatternden Wimpel am Mast. »Das wird ein herrlicher Tag, draußen auf der Förde.«

»Du willst doch nicht etwa mitsegeln?« Andreas hatte vor einiger Zeit versucht, Martin in die Kunst des Segelns einzuweihen. An das Resultat, eine prächtige Beule auf seiner Stirn, erinnerte er sich noch gut.

»Keine Panik, Andreas! Ich werde mich hüten, auch nur ein Tau oder eine Leine anzufassen«, sagte Martin mit einem Augenzwinkern. »Ich will doch die gute alte ›Finca‹ nicht zum Kentern bringen. Nein, nein. Mir obliegt ganz allein die Sorge um das leibliche Wohl der Crew.«

»Der Kerl kam mit einer Kiste an, als wären wir drei Wochen auf hoher See unterwegs. Und die Liste der Lebensmittel, die ich besorgen sollte, liest sich wie der Wochenbedarf eines Drei-Sterne-Restaurants.« Gerd schlug Martin auf die Schulter. »Ich hoffe, dass sich der Aufwand lohnt.«

Martin hob den Daumen.

»Ihr dürft gespannt sein!«

Und ob Andreas gespannt war. Martin war ein exzellenter Koch. Während er in der Kajüte verschwand und mit den Vorbereitungen für ein zweites Frühstück begann, machte Andreas die Yacht vom Steg los. Mit Hilfe des Außenbordmotors steuerte Gerd die »Finca« aus dem Hafen. Erst als sie die Werft hinter sich gelassen hatten, setzten sie die Segel. Sie waren fast allein auf dem Wasser. Der Wind blähte die Segel, und sie nahmen Fahrt auf.

Eine Dreiviertelstunde später hatten sie bereits die Ochseninseln erreicht. Zeit für eine Pause. Sie strichen die Segel und ankerten im flachen Wasser.

»Zweites Frühstück gefällig?«

Mit einem zufriedenen Grinsen tischte Martin an Deck die Köstlichkeiten auf, die er »zweites Frühstück« nannte: Rühreier mit Garnelen, selbst gebeizten Lachs, Obstsalat und hausgemachte Brötchen, die jeden Bäcker vor Neid hätten erblassen lassen. Dazu gab es frisch gemahlenen und handgefilterten Kaffee.

Die Sonne ließ das Wasser der Förde funkeln, die »Finca« schaukelte leicht hin und her, die Wanten klapperten, Seevögel zogen über sie hinweg. Am Ufer fuhren ein paar Motorräder vorbei, das Dröhnen der Maschinen war bis zu ihnen hinaus zu hören.

Martin sah ihnen nach, schüttelte stumm den Kopf und erhob sich dann, um den Tisch abzuräumen. Andreas beobachtete ihn, warf Gerd einen kurzen Blick zu und nickte schließlich. Dies war die passende Gelegenheit. Er legte seine Serviette sorgfältig neben seinen Teller und räusperte sich.

»Martin, setz dich bitte noch«, sagte er. »Bevor wir abwaschen, wollte ich etwas mit dir besprechen.«

Christina stützte ihren Kopf auf die Hände und starrte geistesabwesend auf den Bildschirm ihres Notebooks. Der blinkende Cursor hatte eine geradezu hypnotische Wirkung. Seit fast zwei Stunden hockte sie im Arztzimmer und versuchte, etwas über psychische Störungen und das Symptom der zerschnittenen Handtücher herauszufinden. Ohne den geringsten Erfolg. Das Frustrierende dabei war, dass es hauptsächlich an ihr lag. Sie war träge, wie verklebt, und ein dumpfer Schmerz pochte hinter ihrer Stirn. Einer von Dukes Freunden, »Mike« nannte er sich, hatte gestern Cocktails gemixt. Sie waren so lecker gewesen, dass sie im Laufe des Abends vier davon getrunken hatte. Offenbar war ihr Alkoholgehalt viel höher gewesen, als sie geschmeckt hatte.

Ich hätte ebenso gut zu Hause bleiben können, dachte sie.

Sie war erst weit nach Mitternacht im Bett gewesen und hatte lange nicht einschlafen können. Das neue Bett war ungewohnt, ihr Haar hatte nach Nikotin und Grillkohle gerochen. Vor allem aber war sie aufgewühlt gewesen. Der Abend, den sie als reinen Höflichkeitsbesuch geplant hatte, war toll geworden. Sie hatte sich erstaunlich gut amüsiert, viel gelacht und war mit etlichen der Frauen ins Gespräch gekommen. Und natürlich mit den Wizards selbst. Es waren normale Gespräche gewesen – über Musik, das Tagesgeschehen, die Kinder, die Jobs, den Club. Irgendwann hatte sie vergessen, wo sie war und mit wem sie es zu tun hatte. Erst in der Dunkelheit ihres Schlafzimmers war es ihr wieder in den Sinn gekommen. Und sie hatte wach und grübelnd dagelegen. Ihr Weltbild war ins Wanken geraten.

Morgens um halb zehn hatte das Geräusch einer startenden Harley sie aus dem Schlaf gerissen. Benommen und wie gerädert war sie aufgestanden, hatte an einem Tee genippt und ein trockenes Knäckebrot geknabbert. Wie ein gefangener Tiger war sie in ihrer Wohnung auf und ab gegangen, bis sie sich endlich entschlossen hatte, sich auf den Weg ins Diako zu machen, um im Internet zu recherchieren. Sie war zu Fuß gegangen. Eile hatte sie keine, und sie hatte gehofft, dass die frische Luft und die Bewegung ihre Geister wecken würden. Weit gefehlt.

Auf dem Flur hörte sie das Quietschen von Rollen auf dem Linoleum, Teller und Besteck klapperten. Das Mittagessen wurde ausgeteilt. Schwester Katrin und eine Schwesternschülerin, ein kleines blasses Geschöpf, deren Namen sie immer wieder vergaß, hatten heute Dienst. Die beiden hatten große Augen gemacht, als sie ihnen auf dem Flur in die Arme gelaufen war. Aber keine von ihnen hatte ihr Fragen gestellt.

Unten auf der Hauptstraße fuhr eine Harley vorbei. Durch das geöffnete Fenster konnte sie deutlich das Motorengeräusch hören, dieses unverwechselbare, blubbernde Dröhnen. Es schien erstaunlich viele Harleys in Flensburg zu geben. Alle paar Minuten fuhr eine hier am Krankenhaus vorbei. Oder kam es ihr nur so vor, weil sie gerade versuchte, nicht an Motorräder und ihre Fahrer zu denken?

Sie riss sich zusammen und gab wieder einen Suchbegriff ein – »Handtücher, Streifen«. Als Ergebnis wurden ihr die Adressen von Händlern gezeigt, die Handtücher in allen Größen und Farben anboten – unter anderem auch gestreifte. So kam sie nicht weiter.

Christina seufzte und drehte den Stuhl in Richtung Fenster. Von hier aus konnte sie direkt auf einen kleinen Park sehen. Einige der Bäume waren so alt, dass ihre weit ausladenden Äste mit Stahlträgern abgestützt werden mussten. Wie war der Name des Parks noch gleich? Sie konnte ihn sich nicht merken. Irgendetwas, das sie an Jeanshosen erinnerte. Denim? Levi's?

Jetzt habe ich es. Wrangelpark.

Sie beobachtete eine Frau, die einen alten Mann im Rollstuhl auf einem der Wege entlangschob. Das Sonnenlicht fiel durch das frische junge Grün der Bäume. Es war schön dort draußen.

Und was machst du hier auf der Station, noch dazu an deinem freien Tag und nach einer langen, lauten Gartenparty? Du musst verrückt sein.

Ohne dass sie etwas dagegen tun konnte, dachte sie an Lars. So war es oft. Die Erinnerungen und Gedanken kamen einfach. Sie stürzten sich auf sie, wie ein Schwarm hungriger Möwen auf ein Stück Brot.

Die Feier zu seiner Ernennung zum Privatdozenten im vergangenen August fiel ihr ein. Lars hatte in den Garten seiner Eltern in Volksdorf geladen. Es war ein Fest wie aus einem Werbefilm gewesen: mit weißen bodenlangen Tischdecken und silbernen Leuchtern auf dem Buffet. Für das Fingerfood hatte Lars einen erstklassigen Catering-Service verpflichtet, auf einem Elektrogrill hatte ein Koch nach Wunsch Garnelen, Langustenschwänze und Pangasiusfilet zubereitet. Kellner hatten Tabletts mit Champagner herumgereicht, und für die musikalische Untermalung hatte ein Streicherquartett gesorgt.

Was hätte er wohl zu Dukes Party gesagt? Sie musste lachen, als sie sich Lars vorstellte, wie er in der einen Hand einen Pappteller hielt, in der anderen eine Grillwurst, und feststellen musste, dass sich niemand für seine neueste wissenschaftliche Publikation interessierte.

Draußen fuhr schon wieder ein Motorrad vorbei.

Verflixt!

Am Morgen hatten nur noch wenige Spuren an das gestrige Fest erinnert. Hinten im Garten standen noch zwei abgebrannte Gartenfackeln, und der Grill war an der Seite auf dem Kiesweg zum Abkühlen stehen geblieben. Aber den Rest hatten Duke und seine Freunde noch in der Nacht aufgeräumt – schnell und gründlich.

Christina wandte sich wieder ihrem Notebook zu. Diesmal gab sie nichts von Handtüchern, psychischen Störungen und Demenz ein. Langsam tippte sie die Worte »Wizards of Doom MC«.

Sie erhielt eine ganze Reihe von Ergebnissen. Zahlreiche Zeitungsartikel wurden ihr angeboten, sowohl älteren als auch jüngeren Datums. In Köln stand ein Wizard vor Gericht und musste sich wegen Erpressung und Körperverletzung verantworten. In Göttingen hatte es eine Schlägerei zwischen Wizards und den Mitgliedern eines anderen Motorradclubs gegeben. Und in München hatte ein Großaufgebot von zweihundert Polizisten eine Veranstaltung zu einem Vereinsjubiläum der Wizards überwacht, das jedoch friedlich verlaufen war. Die Wizards hatten auch eigene Internetseiten, aber sie traute sich nicht, diese anzuklicken. Bestimmt wurden die Rocker überwacht.

Die Zeitungsberichte deckten sich mit dem, was Thomas ihr über die Wizards erzählt hatte. Das war die eine Seite. Gestern hatte sie eine andere kennengelernt. Aber welche war die richtige? Oder konnten beide stimmen? Konnten diese Männer gleichzeitig Kriminelle und liebevolle Väter sein? Konnten sie einerseits junge Frauen zur Prostitution zwingen und andererseits die eigene Freundin zärtlich in den Arm nehmen? Mit Drogen und Waffen handeln und dem kleinen Sohn das Würstchen aus der Hand nehmen, weil es auf den Rasen gefallen war? Passte das zusammen? Wenn nicht, wie kamen dann die Zeitungsberichte zustande? Warum wurde ständig über ein Verbot der Wizards gesprochen? War das nur Propaganda? Wenn ja, was hatte sie für einen Sinn? Oder hatten gestern Abend mehr als vierzig Leute Theater gespielt?

»Die Wizards sind gefährlich!«, hatte Thomas gesagt. Sie hatte keinen Grund, ihrem Bruder nicht zu glauben, er war schließlich Polizist, er kannte sich aus. Wenn er sich jedoch irrte? Wenn alle sich irrten? Sie sah Duke vor sich, und die Zeilen eines alten Songs von Golden Earring fielen ihr wieder ein, der gestern ein paarmal gespielt worden war.

»... Ed's got the looks of a moviestar,
Ed's got the smile of a prince ...«

Christina schüttelte den Kopf. Sie wollte nicht länger darüber nachdenken. Sie wusste, woran sie selbst glauben wollte. Und der Gedanke, dass sie es sein könnte, die ein falsches Bild hatte, tat überraschend weh.

Sie loggte sich aus und schaltete ihr Notebook ab. Das hatte heute keinen Sinn mehr. Sie würde sich langsam auf den Weg nach Hause machen, am Hafen entlangschlendern, sich die alten Segler im Museumshafen ansehen. Und vielleicht – hoffentlich – auf andere Gedanken kommen.

Duke fühlte sich großartig. Drei Stunden hatte er im Fitnessstudio zugebracht – Krafttraining, Ausdauer, Taekwondo, das volle Programm. Nur auf das Laufband hatte er verzichtet. Direkt vor seiner Haustür begann eine der schönsten Laufstrecken, die er sich vorstellen konnte. Nach einem kurzen Stück durch das Industriegebiet konnte er sich entscheiden, ob er am Strand entlang- oder lieber durch den Wald laufen wollte. Das konnte ihm das öde Band nicht bieten.

Beim Krafttraining war er mit einem sympathischen Typen ins Gespräch gekommen, der ebenfalls Taekwondo praktizierte. Bei einem Probekampf hatten sie festgestellt, dass sie einander ebenbürtig waren, mit unterschiedlichen Stärken und Schwächen. Sie hatten daraufhin so lange miteinander trainiert, bis ihnen die Sportklamotten wie eine zweite Haut am Körper geklebt hatten. Die Dusche danach war eine Wohltat.

»Wollen wir noch etwas trinken gehen?«

Sein Trainingspartner kam gerade aus dem Waschraum und rubbelte sich die kurzen Haare trocken. Felix hieß er, war nur ein paar Jahre älter als er und ein »Normalo« – schlank, untätowiert, ungepierct. Er trug nicht einmal einen Ohrring. Aber er sah ihm gerade in die Augen.

»Tut mir leid, heute geht es nicht«, erwiderte Duke und warf seine durchgeschwitzten Sportsachen in die Tasche. »Bist du jeden Sonntag hier?«

»Ja. Meistens.«

»Wollen wir das Bier auf nächste Woche verschieben?«

»Okay, gern.« Felix grinste und streifte mit einem flüchtigen Blick den eintätowierten Totenkopf der Wizards auf Dukes Brust. Der Anblick solcher Tätowierungen war in diesem Fitnessstudio gewiss nichts Ungewöhnliches – das Studio gehörte schließlich Big J, und alle aus dem Club trainierten hier.

Er band sein Haar im Nacken zusammen und zog sich das T-Shirt über. Die trockene kühle Baumwolle fühlte sich gut an.

»Dann also nächsten Sonntag. Gleiche Zeit?«

»Ja, das passt mir gut.«

Duke trank seine Wasserflasche leer, warf sie in die Tasche und hängte sie sich über die Schulter.

»Bis nächsten Sonntag«, sagte er und streckte Felix die Hand entgegen. »Hat mich gefreut, Felix.«

»Mich auch.«

Er lief die Treppe zum Innenhof hinunter, wo er seine Maschine geparkt hatte. Und wo jetzt drei Typen um sie herumstanden.

Fuck! Das glaube ich nicht!

»Hey!«, rief er ihnen zu. Es waren braun gebrannte, junge Kerle, vielleicht nicht einmal zwanzig, mit engen weißen T-Shirts und gegelten Haaren. Zweifelsohne gehörten sie zur Solarium- und Eiweißdrink-Fraktion und kamen sich mächtig cool vor. »Was soll das werden?«

Zwei von ihnen zuckten zurück, als hätten sie eine Stromladung abbekommen, und starrten ihn erschrocken an. Der Dritte hatte offenbar noch nichts begriffen. Er beugte sich gerade über den Lenker, mit der linken Hand am Griff, die rechte lag auf dem Sitz. Dukes Nackenhaare sträubten sich. Ebenso gut hätte der Kerl an seiner Freundin herumfummeln können.

»Suchst du was?«, fragte er und baute sich neben ihm auf.

»Ich … Oh!« Erschrocken schnellte der Mann hoch, seine Gesichtsfarbe wechselte von Blass zu Rot. »Ist das dein Motorrad?«

»Yeah.« Duke nickte langsam. »Und wenn du nicht willst, dass ich deinem Gesicht ein neues Styling verpasse, solltest du schleunigst deine Griffel davon lassen.«

»Ich wollte nur …« Der Typ hob beide Hände und ging einige Schritte zurück. »Tut mir leid. Ist ein schönes Teil.«

»Ist ja auch meine.«

Duke schnallte seine Sporttasche fest. Wer vor einem Fitnessstudio, in dem bekanntermaßen Wizards verkehrten, ohne zu fragen eine Harley anfasste, konnte nicht ganz frisch in der Birne sein. Aber vielleicht hatten die drei heute etwas dazugelernt.

Er schwang sich auf den Sitz und ließ den Motor an. Das Grollen und Dröhnen hallte von den Hauswänden wider. Es klang bedrohlich, und die drei Jungs sprangen aus dem Weg, noch bevor er die Maschine rollen ließ. Sie sahen dabei aus wie die Kegel auf einer Bowlingbahn. Duke hatte Mühe, sich das Lachen zu verkneifen.

Er fuhr am Hafen entlang, bog in die Batteriestraße ab, parkte seine Maschine auf der Auffahrt und lief die Treppe zu seiner Wohnung hoch. Um halb drei waren sie alle im Clubhaus verabredet. Also hatte er noch genug Zeit, endlich seine Wäsche zu waschen, die bereits seit Freitag darauf wartete.

Der Wäschekeller war dunkel und roch so, wie Keller in alten Häusern oft riechen – etwas feucht und muffig. Er knipste das Licht an und stellte den Wäschekorb vor der Maschine auf den Boden. Dann nahm er eine Handvoll Wäsche aus dem Korb und öffnete mit der anderen Hand die Luke.

Ein übelkeitserregender Gestank schlug ihm entgegen. Duke hob den Kopf. Erschrocken wich er zurück, sprang gleichzeitig auf, prallte gegen die Wand in seinem Rücken und stieß sich den Kopf an einem Heizungsrohr. Aus dem Inneren der Waschmaschine starrte ihn eine Möwe an. Halb verwest, mit aufgerissenem Schnabel und weißlichen Augen.

»Fuck!«, entfuhr es ihm. »So eine verdammte …«

Er rieb sich den schmerzenden Hinterkopf, hockte sich wieder vor die Waschmaschine und hielt sich die Nase zu. Der Vogel stank, als wäre er nicht erst seit heute tot, vielleicht nicht einmal seit gestern. Wie kam das Vieh da hinein?

Am Donnerstag hatte er in der Mülltonne eine tote Krähe gefunden. Kate hatte ihm erzählt, dass die Katzen, die im Garten herumschlichen und denen sie regelmäßig Futter gab, immer wieder tote Tiere mitbrachten. Mäuse, gelegentlich Ratten und eben Vögel. Aber das hier war nicht das Werk einer Katze.

Wer ist so krank im Kopf?

Der Vogel musste da wieder raus, so viel war klar. Und die Maschine musste gesäubert und desinfiziert werden. Gründlich. Desinfektionsmittel hatte er in der Wohnung noch vom Putzen von seinem Einzug. Damit konnte er zumindest Bakterien, Viren und alles, was auf dem Kadaver noch so herumkroch, beseitigen. Vielleicht würde sogar der Geruch verschwinden. Entsorgt werden musste das Gerät trotzdem. Er würde jedenfalls keine Wäsche mehr darin waschen. Niemals.

Er schlug die Luke zu und riss das Kellerfenster auf. Dann brachte er den Wäschekorb wieder nach oben und holte stattdessen Mülltüten, Desinfektions- und Putzmittel, Küchentücher, Lappen, Latexhandschuhe und ein Halstuch aus seiner Wohnung. Bevor er die Luke der Waschmaschine wieder öffnete, präparierte er sich mit einem Halstuch vor Mund und Nase und zwei Paar Handschuhen, die er übereinanderzog. Am offenen Fenster holte er tief Luft.

Das Gefühl, als er den Vogel aus der Maschine holte, war widerlich, sogar durch die Handschuhe hindurch. Der Körper war seltsam weich und glitschig, und als er fester zupacken wollte, verlor das Vieh einen Teil seiner Federn. Die weit gespreizten Flügel hatten sich in der Trommel verkantet, und er musste zerren und ziehen. Immer wieder musste er Pausen machen, weil der Würgreiz übermächtig wurde.

Endlich hatte er die Möwe befreit. Hastig stopfte er sie in einen doppelten Müllbeutel, den er sofort verknotete. Trotzdem stank es bestialisch, während er die Maschine mit Küchentüchern auswischte. Er schrubbte, putzte, desinfizierte. Ein weiterer Müllbeutel füllte sich mit den gebrauchten Tüchern und Lappen. Schließlich schüttete er Waschmittel und Weichspüler in die Kammern und ließ die Maschine bei fünfundneunzig Grad mit Vorwäsche laufen.

Mit spitzen Fingern brachte er die Tüten nach draußen, streifte sich die Handschuhe von den Händen und warf alles in die Mülltonne. Er schlug den Deckel zu und wischte sich erleichtert den Schweiß von der Stirn. Jetzt brauchte er eine Dusche. Dringend. Ob er diesen Gestank je wieder aus der Nase bekam? Er zweifelte daran.

»Duke!« Kate kam aus ihrer Verandatür. »Ist alles in Ordnung? Du siehst so blass aus.«

Er schüttelte langsam den Kopf.

»Ich habe eine tote Möwe gefunden.«

»Oh nein. Das arme Tier. Bestimmt hat wieder eine der Katzen es angeschleppt.«

Duke verzog das Gesicht.

»Und dann in die Waschmaschine gelegt?«

»Du hast … sie lag in der … in der Waschmaschine?«, hauchte Kate und wurde so bleich, dass er plötzlich Angst um sie bekam. »Oh mein Gott, oh mein Gott!«

»Kate«, sagte er ernst und legte ihr beide Hände auf die Schulter. »Weißt du etwas davon?«

»Ich?«

Sie sah ihn mit so entsetzten Augen an, dass er seine Frage gleich wieder bereute. Warum sollte sie auch eine Möwe in die Waschmaschine stecken? Es sei denn … es sei denn, sie war … Duke schluckte. Er hatte die alte Dame gern. Sehr gern sogar. Der Gedanke, dass sie nicht ganz richtig im Kopf war, tat ihm weh. Er wollte gern etwas anderes glauben. Aber wenn nicht Kate den Kadaver dort abgelegt hatte, wer hatte ihnen dann diesen üblen Streich gespielt?

»Duke, ich sage dir, ich weiß nichts davon, ich habe keine Ahnung und …«

»Ist schon gut. Wann hast du denn die Waschmaschine das letzte Mal benutzt?«

Sie runzelte ihre Stirn.

»Gestern Vormittag«, sagte sie schließlich. »Bevor ich zum Einkaufen gegangen bin. Und als ich wiederkam, habe ich die Wäsche aufgehängt.«

Sie sah ihn fest an. Ihre Augen waren so klar, so weise, so freundlich. Er konnte sich nicht vorstellen, dass sie im Garten oder auf der Straße einen Kadaver aufsammelte und ihn in die Waschmaschine tat. Er wollte es sich nicht vorstellen! Es musste eine andere Erklärung geben.

»Ich glaube dir, Kate.« Ich möchte dir so gern glauben! Duke holte tief Luft. »Wir treffen uns heute im Club. Ich werde die Jungs fragen. Vielleicht ist einem von ihnen gestern etwas aufgefallen.«

Hartmut Ewers stand wie erstarrt vor seinem Wohnzimmerschrank. Soeben hatte er die unterste Schublade geöffnet. Nicht etwa, weil er etwas herausholen wollte. Er bewahrte nur alten Krimskrams darin auf – alte Postkarten, Briefe, Fotos. Sie waren allesamt zu wertlos, um einen Ehrenplatz auf der Anrichte oder in der Vitrine zu bekommen, und doch zu kostbar, um sie wegzuwerfen. Er öffnete diese Schublade nur in sentimentalen Augenblicken, wenn er an einen alten Freund, seine Eltern oder Geschwister dachte, was eher selten vorkam. Doch Waldi hatte an der Schublade geschnüffelt, gekratzt und ein paarmal gebellt. Natürlich hatte er angenommen, dass ein Leckerli in die Schublade hineingeraten war oder eines von Waldis Spielzeugen. Stattdessen hatte dieses Ding dort gelegen, mitten zwischen den Postkarten von Freunden, die nicht mehr lebten, und den vergilbten Fotos seiner verstorbenen Onkel und Tanten.

Es war eine Taube. Eine tote Taube.

Endlich kam wieder Leben in ihn, gerade noch rechtzeitig, um seinen Dackel daran zu hindern, den Kadaver mit der Schnauze aus der Schublade herauszuziehen. Hartmut zog Waldi am Halsband hinter sich her und sperrte ihn ins Gäste-WC. Dann holte er zwei

Plastiktüten aus der Küche. Der Hund kläffte heiser. Offenbar war es ihm nicht recht, dass er an diesem neuen, spannenden Spiel nicht teilnehmen durfte. Hartmut stülpte sich die Tüten wie Handschuhe über die Hände und hob damit den Vogel aus der Schublade. Das Tier war schwer wie Blei, als er es zur Mülltonne am Gartenzaun trug. Er beeilte sich, damit keiner der Nachbarn ihn sah. Als er wieder im Haus war, war er völlig erschöpft.

Jetzt brauche ich einen Klaren.

Mit zitternder Hand holte er die Flasche Korn hervor, die er stets im Schrank hinter den Tischtüchern und Servietten versteckte – nur für den Fall, dass Carsten vorbeikam und in seine Schränke schaute. Er schenkte sich das Schnapsglas randvoll und stürzte es in einem Zug hinunter. Besser noch einen.

Die tote Taube war nicht das erste unerklärliche Ereignis hier im Haus. Schon seit ein paar Wochen verschwanden Gegenstände und tauchten an ungewöhnlichen Orten wieder auf: Die Bratpfanne fand sich im Kleiderschrank wieder, sein Mantel lag unter dem Sofa, das Brot steckte zwischen den Schuhen. Auch Möbel wechselten ihren Platz. Manchmal waren sie nur um wenige Zentimeter verrückt, dann wieder auf die andere Seite des Zimmers verschoben. Wäschestücke waren zerschnitten – Handtücher und Bettlaken. Und immer wieder tauchte diese weiße Fratze am Fenster auf. Anfangs hatte er seine Putzhilfe in Verdacht gehabt. Aber sie stritt es ab. Außerdem ereigneten sich diese Vorfälle auch, wenn sie nicht da gewesen war.

Und jetzt das!

Er trank den zweiten Schnaps. Der Alkohol brannte im Hals, und Wärme breitete sich in seinem Bauch aus. Das Zittern wurde besser. Er schenkte sich nach.

Aller guten Dinge sind drei.

»Lustig ist das Zigeunerleben …«

Das volle Glas entglitt seinen Händen, fiel auf die Tischkante und zerbrach.

Woher kam die Musik?

»… brauchen dem Kaiser kein Zins zu geben …«

Er hatte kein Radio angestellt!

»… lustig ist es im grünen Wald …«

Er hatte keine Schallplatte aufgelegt!

»... faria faria ho!«

Ihm lief es eiskalt den Rücken hinunter.

Oder gab es diese Musik am Ende gar nicht?

Zitternd tastete er nach seinem Sessel und ließ sich hineinsinken. Er war alt, ja, und manchmal vergaß er auch etwas – Butter beim Einkaufen oder den Namen der Katze seiner Nachbarin. Aber war er auch verrückt? Wurde er so senil, dass er tote Vögel, die er im Garten unter einem der Büsche fand, in seine Schublade tat und sich danach nicht mehr daran erinnern konnte? War es mit ihm schon so weit gekommen, dass er Musik hörte, auch wenn sie nicht da war?

»... das Zigeunerleben, faria faria ho!«

Aber er hörte sie doch!

Sein Herz schlug rasend schnell. Er spürte, wie der Blutdruck stieg.

Es reicht. So kann es nicht weitergehen.

Er setzte sich die Brille auf und griff zum Telefon. Schwerfällig wählte er die Nummer. Hoffentlich war Carsten da.

»Ewers!«

Es tat gut, die Stimme seines Sohnes zu hören.

»... wo des Zigeuners Aufenthalt ...«

»Carsten, ich ...« Er stotterte, seine Stimme brach. »Carsten, ich möchte in ein Heim.«

»Vater? Warum denn das? Und warum so plötzlich?«

»Es ...« Er traute sich nicht, seinem Sohn zu erzählen, was vorgefallen war. »Du hast mir das schon lange nahegelegt. Und jetzt bin ich zu der Ansicht gelangt, dass die Zeit reif ist.«

»Hast du wieder getrunken, Vater?«

Carstens Stimme klang streng, und plötzlich schämte sich Hartmut.

»Nein«, schwindelte er. »Ich habe mir alles gut überlegt. Ich will das Haus verkaufen und in ein Heim. Mir wird hier alles zu viel. Der Haushalt, der Garten ...« Seine Stimme brach wieder. Er schluckte und räusperte sich. »Vielleicht willst du das Haus ...«

»Darüber haben wir doch schon so oft gesprochen, Vater. Ich will das Haus nicht.«

Hartmut schluckte. Er hatte das Haus gebaut, geschuftet, um den Kredit abzuzahlen – Jahr für Jahr. Damit es am Ende niemand haben wollte. Aber er konnte Carsten keinen Vorwurf machen. Er hatte Fehler gemacht. Und jetzt hatte Carsten seine eigene Familie und sein eigenes Haus.

»Hast du noch die Telefonnummer von diesem Makler, den du mir vor einiger Zeit geschickt hast?«

»Du meinst den von der Firma Schümann? Ja, die Visitenkarte liegt hier noch irgendwo.« Sein Sohn zögerte. »Aber du weißt doch noch, dass die Firma das Haus abreißen und Eigentumswohnungen auf dem Grundstück bauen will.«

Hartmut schloss die Augen. Sein Haus! Schon oft hatte er Angebote für das Grundstück bekommen. Lange hatte er sich gegen einen Verkauf gesträubt, stur und eigensinnig, wie er nun einmal war. Aber mittlerweile war es ihm egal. Ihm war alles egal, wenn nur dieser Wahnsinn endlich aufhörte!

»Rufe ihn für mich an. Sein Angebot war gar nicht schlecht, vielleicht will er das Haus immer noch kaufen.«

»Gut. Wenn du es wirklich willst, rufe ich ihn gleich morgen früh an.«

»Nicht morgen!« Er ballte seine Hand zur Faust und schlug auf den Tisch. »Jetzt! Rufe ihn jetzt an. Sofort. Sonst …« Sonst überlege ich es mir wieder. Und dann beginnt der Wahnsinn von Neuem. »Bitte«, fügte er etwas ruhiger hinzu.

»Ich verstehe dich nicht, Vater«, sagte Carsten, und er konnte förmlich sehen, wie sein Sohn den Kopf schüttelte. »Aber gut, wenn du willst, suche ich die Telefonnummer heraus und rufe den Makler gleich an.«

»Danke.«

Er legte auf und wischte sich zitternd den Schweiß von der Stirn. Es war still im Zimmer, nur Waldi kläffte und kratzte an der WC-Tür.

Die Musik hatte aufgehört zu spielen.

Am Abend herrschte im Clubhaus der Wizards ausgelassene Stimmung. Ein toller Ride lag hinter ihnen: Bei trockener Straße, Sonnenschein und einem leichten, angenehm kühlenden

Wind waren sie bis nach Dänemark gefahren, mit einem Zwischenstopp bei »Anni«, einem Imbiss und beliebten Bikertreff. Sie waren dort auf eine Handvoll Wild Rascals gestoßen, ein Club, mit dem die Wizards of Doom alles andere als freundschaftlich verbunden waren. Doch bevor es zu einer Auseinandersetzung gekommen war, hatten die Rascals hastig das Weite gesucht. Und so hatten sie seelenruhig an den Holztischen auf dem Parkplatz vor dem Imbiss in der Sonne gesessen, Hotdogs gegessen, Kaffee getrunken und waren schließlich – wie in einem kitschigen Bikerfilm – »dem Sonnenuntergang entgegen« wieder zurück zum Clubhaus gefahren. Auch jetzt war es noch so mild, dass die Türen weit offen standen und die Brüder ihre Stühle in den Innenhof gestellt hatten. Aus den Boxen erklang Musik von Lynyrd Skynyrd, eins der älteren Alben der Band, das genau die Stimmung dieses Tages einfing.

Danny stand hinter dem Tresen, mixte Drinks und spülte Gläser. Was andere als Sklavenarbeit bezeichnet hätten, machte ihm nichts aus. Im Gegenteil. Es war wie in der Lehre. Dort hatte er auch damit angefangen, Brötchen und Zigaretten für die anderen zu holen und Werkzeug zurechtzulegen. Erst zusehen, dann mithelfen und irgendwann allein machen. So war es auch bei den Wizards. Er war ein Rädchen im Getriebe – erst nur ein kleines. Aber wenn er sich bewährte und als zuverlässig erwies, würde er eines Tages das volle Patch tragen, zur Bruderschaft gehören und andere Aufgaben übernehmen. Seit zwei Jahren war er jetzt Prospect. Lange konnte es also nicht mehr dauern.

»Hi, Danny.«

Dukes Stimme riss ihn aus seinen Gedanken, und sofort schwand seine gute Laune dahin.

»Was willst du?«

»Hey, geht das wohl auch freundlicher?«

Ja, die Frage hätte wohl netter klingen können. Aber er kam nicht dagegen an. Sobald er den Schotten sah, musste er an Sabrina denken. Seine Sabrina. Und dann kam ihm die Galle hoch. Danny biss die Zähne zusammen.

»Was möchtest du denn?«, fragte er und zwang sich zu einem Lächeln.

»Ein Bier«, sagte Duke und lehnte sich gegen den Tresen, als hätte er vor, dort Wurzeln zu schlagen. »Sag mal, du hast doch gestern auf die Bikes aufgepasst. Ist dir jemand am Haus aufgefallen, der dort nichts zu suchen hatte?«

»Fuck! War ich etwa der Einzige?«, fuhr Danny auf und bückte sich nach der Bierkiste. »Marc hat auch aufgepasst. Warum beschuldigst du immer mich?«

Duke runzelte die Stirn.

»Ich habe dich nicht beschuldigt, sondern dir eine Frage gestellt.«

»Ach ja. Und was war das am letzten Donnerstag beim Clubabend? Hast du nicht etwa behauptet, dass jemand von uns deine Jobadresse ausgeplaudert hat?«

Der Schotte neigte seinen Kopf und kniff die Augen zusammen.

»Nein, habe ich nicht. Aber es ist interessant, dass du meine Frage so verstanden hast.«

Das Blut schoss Danny in die Wangen, seine Ohren wurden heiß. Er wusste nur zu gut, dass er an dem Tag einen Fehler gemacht hatte. Einen riesigen Fehler. Niemals hätte er dem Typen im Anzug Dukes Jobadresse nennen dürfen. Wenn die anderen im Club das herauskriegten, war es vorbei, aus. Dann konnte er vergessen, jemals Member zu werden. Schlaflose Nächte hatte er wegen dieser Sache hinter sich. Gelegentlich hatte er sogar daran gedacht, Bert alles zu beichten. Mit ihm konnte man reden, und vielleicht konnte der President ihn sogar verstehen – seine Enttäuschung, seine Wut. Natürlich hatte er es nicht getan. Er hatte sein Patch nicht gefährden wollen. Und jetzt wusste Duke Bescheid. Ausgerechnet der.

Damned!

»Also, noch mal. Ist dir gestern etwas aufgefallen?«

Natürlich wusste Danny sofort, was Duke meinte. Der Kerl mit der Plastiktüte hatte definitiv nichts im Haus zu suchen gehabt. Dass der ihn angelogen hatte und die Mülltonnen gar nicht im Keller, sondern vor der Garage standen, hatte er beim Aufräumen selbst gesehen. Aber sollte er das jetzt zugeben und wie ein Trottel dastehen? Noch dazu vor ihm – fucking Duke himself?

»Nein. Nichts.« Danny knallte die Flasche auf den Tresen, der Schotte ließ ihn nicht aus den Augen. »Was starrst du mich so an? Glaubst du etwa, ich lüge?«

Duke antwortete nicht. Er nahm das Bier, öffnete den Verschluss und trank einen Schluck. Langsam. Und sah ihn dabei an. Mann, der Kerl hatte echt einen Röntgenblick. Schließlich hielt Danny es nicht mehr aus.

»Was ist jetzt? Du hast dein Bier und …«

»Hör mal zu, Danny. Ich habe keine Ahnung, was mit dir nicht stimmt und was dein Problem ist. Du hast hier im Club einen Sponsor gefunden und es zum Prospect gebracht, ergo muss irgendetwas an dir dran sein. Es könnte also an meiner Person liegen. Wenn dir meine Nase nicht passt oder ich dir irgendwann auf den Schwanz getreten bin, sollten wir beide das klären. Hier. Jetzt.«

»Soll ich mich etwa mit dir prügeln?«

Duke zuckte mit den Schultern.

»Das wäre eine Möglichkeit. Wir könnten auch reden.«

Danny nahm einen feuchten Lappen und wischte damit über den Tresen.

»Nee danke, kein Bedarf. Wenn ich einen fucking Seelenklempner brauche, suche ich mir einen im Telefonbuch.«

»Jetzt höre mir mal gut zu, Danny. Bisher hatte ich nichts gegen dich, aber das hat sich gerade eben geändert. Wäre ich hier nicht Gast, würde ich dich in dieser Sekunde mit dem Kopf voran hier rausschmeißen. Aber so gebe ich dir noch eine Chance. Du kannst mit mir reden. Jederzeit. Oder du besprichst das mit einem der Brüder. Wenn du dich mir gegenüber jedoch noch einmal respektlos verhältst, kriegst du eine aufs Maul. Tatsache. Und über die Sache mit meiner Jobadresse werde ich auch noch einmal nachdenken.«

Er nahm die Flasche vom Tresen, wandte sich um und ging. Sein Patch grinste Danny dabei an, als würde es ihn auslachen.

Arroganter Arsch!

In Dannys Bauch brannte es. Er war stinksauer. Ihm war klar, dass er schon wieder einen schweren Fehler begangen hatte. Warum hatte er sich nicht besser im Griff und aufgepasst, was er sagte? Duke war nicht blöd, und wenn er damit beim Meeting herauskam, war es aus. Allein der Verdacht, dass er einen Member verraten und obendrein noch gelogen haben könnte, reichte. Dann konnte er sein Patch vergessen. Für immer.

Scheiße!

Dabei war es so gut für ihn gelaufen. Bis zu dem Tag, an dem der Schotte hier aufgekreuzt war. Seither ging sein Leben den Bach runter. Alles hatte mit ihm angefangen. Duke. Der Kerl war ein Fluch.

»Du bist mein Problem«, murmelte Danny und ballte die Fäuste. »Am besten, du verschwindest.«

8

Montag, 06. Mai

Thomas saß am Schreibtisch, der PC war angeschaltet, der Cursor auf dem Bildschirm blinkte erwartungsvoll. Die Staatsanwaltschaft hatte das Ermittlungsverfahren im »Todesfall Erwin Meissner« eingestellt. Jetzt war es an der Zeit, den Bericht zu schreiben. Danach war der Fall abgeschlossen, der Schlussstrich unter ein Leben gezogen. Vorher sah er sich noch einmal alles genau an: die Fotos vom Toten, vom Fundort der Leiche, vom Haus, vom Garten. Die Protokolle der Zeugen, in diesem Fall die Aussage von Angelika Ziehlke, die Protokolle der befragten Ärzte, den Obduktionsbericht. Wie Peer schon gesagt hatte, es gab nichts Neues. Hier war kein Geheimnis, kein Verbrechen versteckt. Er nahm ein Foto in die Hand, auf dem eine hübsche, schwarz-weiße Katze zu sehen war. In ihren Barthaaren hingen Milchtropfen.

»Na, Mieze, hast du den alten Herrn umgebracht?«

»Was hast du gesagt?«

Natürlich kam Peer genau in diesem Augenblick zur Tür herein.

»Nichts. Ich sehe mir nur Fotos an.«

»Immer noch der Fall Meissner?« Peer warf einen Blick auf Thomas' Schreibtisch und schüttelte den Kopf. »Manchmal glaube ich, dir wäre es lieber, der alte Herr wäre umgebracht worden.«

»Tja.« Thomas zuckte mit den Schultern und warf das Foto zu den anderen. Dann schob er sie zu einem Stapel zusammen und steckte sie in einen braunen Umschlag. »Du hast recht. Da gibt es nichts mehr zu klären. Ich schreibe jetzt den Bericht.«

Er hatte seine Finger gerade auf die Tastatur gelegt, als die Tür aufgerissen wurde.

»Sondersitzung im Konferenzraum«, rief der Kollege Olschewski in den Raum hinein. »In fünf Minuten. Anordnung vom Chef!«

Die Tür fiel wieder zu. Peer und Thomas sahen sich überrascht an. Sondersitzungen wurden nur selten angeordnet, wenn die Schwere der Verbrechen oder eine akute Gefahr diese Maßnahme erforderlich machte, so zum Beispiel im Falle von Serientätern, Geiselnahmen oder Anschlagsdrohungen.

»Hast du etwas gehört?«, erkundigte sich Peer.

»Nein.« Die Einsatzfahrzeuge waren heute noch nicht ein einziges Mal ausgerückt. Es war ein ungewöhnlich ruhiger Montagmorgen gewesen. Es sah aus, als würde sich das jetzt ändern. In seinem Nacken kribbelte es, und er stand auf. »Lass uns rübergehen. Der Chef wartet nicht gern.«

Peer nickte und biss in sein belegtes Brötchen. Thomas schüttelte den Kopf.

»Hast du Angst, dass du dein Mittagessen verpasst? Es ist erst zehn!«

Peer zuckte mit den Schultern und stopfte sich den Rest in den Mund.

»Nur vorschichtschhalber«, nuschelte er mit vollem Mund. »Man kann nie wischen!«

Thomas musste lachen.

Im Konferenzraum am Ende des Flurs suchten sie sich zwei freie Plastikstühle. Thomas sah sich um. Es schienen tatsächlich alle Kollegen der Kripo Flensburg versammelt zu sein. Der Chef stand vorne, auf dem Tisch neben ihm lag sein Notebook, die Flipcharts rechts und links der Leinwand waren leer. Nichts deutete darauf hin, weshalb er die ganze Abteilung zusammengetrommelt hatte. Aber Thomas rechnete fest damit, dass sie das bereits in wenigen Minuten wissen würden. Martin Schmidt war niemand, der lange um den heißen Brei herumredete.

»Guten Morgen!«, sagte Schmidt und ließ seinen Blick über die Polizisten schweifen.

Der Chef war ein schmaler, schmächtiger Mann, dem der Rückstoß am Schießstand gelegentlich die Waffe aus der Hand schlug. Aber Thomas kannte niemanden im ganzen Dezernat, der sich je über Schmidt lustig gemacht hätte. Er hatte eine echte Spürnase, Ausdauer, Biss und einen messerscharfen Verstand.

»Ich habe Sie heute zusammengerufen, weil wir in Flensburg

einen Neuzugang haben. Vor einer halben Stunde bekam ich die Akte von der Polizei in Glasgow zugemailt.«

Er betätigte eine Taste seines Notebooks, und auf der Leinwand erschien das Polizeifoto eines Mannes. Thomas lief es eiskalt den Rücken hinunter. Das war doch der neue Nachbar seiner Schwester!

»Neil McKinnley, in der Motorradclub-Szene bekannt unter dem Gangnamen ›The Duke‹. Dreiunddreißig Jahre alt. Road Captain des Glasgower Chapters der Wizards of Doom. Die Kollegen in Glasgow kennen ihn schon lange. Das erste Mal wurde er mit vierzehn aktenkundig, weil er in seiner Schule geklaute Zigaretten an andere Schüler verkauft hat. Seitdem hat er einiges angesammelt – Verfahren wegen Beleidigung, Ruhestörung, Widerstand gegen die Staatsgewalt, Verdacht auf Zuhälterei, Drogendelikte, Waffenhandel. Und immer wieder Körperverletzung. Eine zweijährige Haftstrafe hat er bereits abgesessen. Ansonsten konnten ihm die Anwälte immer wieder den Kopf retten – Verfahrensfehler, unzureichendes Beweismaterial, Befangenheit, Zeugen haben ihre Aussagen widerrufen und so weiter und so fort. Das Übliche eben. Glasgow hat uns die Empfehlung gegeben, McKinnley nicht aus den Augen zu lassen. Und darum habe ich Sie zusammengerufen.«

Einer der Kollegen hob die Hand.

»Wissen wir, warum er jetzt hier ist?«

»Nein. Die Wizards behaupten, McKinnley sei auf Sightseeing-Tour durch Europa. Allerdings wird sich ein Tourist kaum eine Wohnung mieten, noch dazu in einer Stadt, die einem Herrn seines Schlages kaum etwas zu bieten hat.«

»Er wohnt hier?«

»Ja, wir wissen sogar, wo. Er hat eine Wohnung in einem Privathaus in der Batteriestraße 2 a gemietet, das ist ganz in der Nähe des Clubhauses der Wizards. Und wir wissen, dass er in einer Motorradwerkstatt arbeitet. Wahrscheinlich zur Tarnung.« Schmidt räusperte sich. »Ich habe heute früh mit Glasgow telefoniert. Auch dort will man nicht an eine Vergnügungsreise glauben. Die schottischen Kollegen äußerten die Vermutung, dass McKinnley den Wizards hier bei uns ein bisschen Dampf machen soll. Möglicherweise überzeugen ihre Umsätze die Leitung der Wizards nicht. Bisher sind uns zwar keine Verbindungen der Flensburger zu den schottischen Wizards bekannt. Aber man weiß nie. Außerdem haben die Hamburger ein gutes Verhältnis zu Schottland. Und wir vermuten schon seit Langem, dass Flensburg vom Hamburger Chapter aus geleitet wird. Vielleicht wurde McKinnley von denen angefordert, um die Geschäfte der Flensburger zu optimieren.«

Thomas konnte sich vorstellen, was das bedeutete. Er dachte an Christina, die mit diesem Kerl unter einem Dach wohnte, und ihm wurde übel. Er meldete sich.

»Weshalb saß er ein?«

Schmidt holte tief Luft. Sein Gesicht war ernst, fast grimmig.

»Er hat bei einer Verkehrskontrolle einen Polizisten zusammengeschlagen.« Ein Raunen ging durch den Raum. »Der Kollege musste im Krankenhaus behandelt werden. Glücklicherweise war die Beweislast in diesem Fall so erdrückend, dass die Justiz endlich Gerechtigkeit üben konnte. Aber in der Motorradclub-Szene macht es ihn natürlich zum Helden.«

Olschewski meldete sich.

»Woher wissen wir überhaupt, dass er hier ist?«

»Wir haben einen Hinweis aus der Bevölkerung erhalten.« Schmidt ließ wieder seinen Blick über die Kollegen schweifen. »Sie sind sicher mit mir einer Meinung, dass dieser Mann in unserer Stadt nichts zu suchen hat. Die Polizeistreifen in der Batteriestraße habe ich bereits verstärkt. Aber ich fordere Sie alle auf, Augen und Ohren offen zu halten. McKinnleys Akte steht Ihnen zur Verfügung. Wenn Ihnen etwas auffällt, will ich es wissen. Wenn McKinnley irgendwo Streit anfängt, eine Frau belästigt, einen Joint raucht oder gegen das Rathaus pinkelt, will ich es wissen. Selbst wenn er falsch parkt oder sein Helm schief sitzt, ist das interessant für uns. Es gibt keine Toleranz in diesem Fall. Mein Ziel ist es, ihn mit Handschellen ins Flugzeug zu setzen und nach Hause zurückzuschicken. Und je eher das geschieht, umso besser für unsere Stadt.« Er machte eine kurze Pause. »Haben Sie noch Fragen?« Fast alle schüttelten den Kopf. »Gut. Wenn Sie Neuigkeiten für mich haben – rufen Sie mich an, ganz gleich, wann. Ich will, dass der Mann hier verschwindet, bevor er Schaden anrichten kann.«

Wie in Trance kehrte Thomas in sein Büro zurück. Sofort rief er McKinnleys Datei auf. Er überflog die Akte und sah sich die Bilder an – das blutig geschlagene, geschwollene Gesicht des Opfers, die Detailaufnahmen von McKinnleys Tätowierungen. Zum Schluss klickte er McKinnleys Porträt an. Das Gesicht des Wizards füllte fast den Bildschirm aus. Man brauchte keine Phantasie, um sich vorzustellen, wie der Mann zu seinem Gangnamen kam. Duke. Der Fürst der Finsternis. Ein Teufel mit dem Gesicht eines Engels.

»Wir leben zwar in einem Rechtsstaat, McKinnley«, murmelte Thomas und sah in die dunklen Augen, in denen er keine Spur von Reue finden konnte. »Deshalb werden wir einen handfesten Grund brauchen, um dir das SEK ins Haus zu schicken. Aber ich werde einen Grund finden. Und wenn ich jeden Buchstaben deiner Akte mehrmals lesen muss.«

Christina klopfte an die Zimmertür und trat ein. Frau Andersen lag in ihrem Bett, die gefalteten Hände auf der Bettdecke, und sah aus dem Fenster. Sie wirkte deutlich ruhiger und gefasster als in der vergangenen Woche. Trotzdem hatte Christina das Gefühl, dass etwas nicht stimmte. Bei der Visite hatte sie die Ärzte kaum angesehen und auf Sebastians Fragen nur einsilbig geantwortet. Auch jetzt warf sie ihr nur einen kurzen Blick zu und schaute wieder hinaus.

Christina zog sich einen Stuhl näher an das Bett heran, setzte sich und legte Frau Andersens Akte auf ihre Knie.

»Ich möchte mich kurz mit Ihnen unterhalten, Frau Andersen«, begann sie. »Wir machen uns Sorgen um Sie. In der vergangenen Woche haben wir Sie gründlich untersucht.« Sie schlug die Akte auf und blätterte in den Befunden. »Herz, Kreislauf, das CT vom Kopf … es ist alles in Ordnung. Glücklicherweise.« Ihr Lächeln fand keine Erwiderung. »Trotzdem muss es einen Grund geben für das, was Ihnen passiert ist.«

Frau Andersen wandte den Kopf und sah Christina an. Ihre Augen waren rot, als hätte sie geweint.

»Sie glauben, dass ich verrückt bin«, stellte sie fest. »Vielleicht haben Sie recht.«

Christina schüttelte den Kopf.

»›Verrückt‹ ist ein abscheuliches Wort. Möglicherweise sind Sie etwas durcheinander. Aber man kann Ihnen helfen. Nicht hier auf dieser Station, wir sind dafür nicht ausgebildet. Deshalb möchten wir Sie in die Abteilung von Dr. Maurer verlegen. Sie haben ihn ja bereits kennengelernt.«

»Ich …«

Frau Andersen presste die Lippen aufeinander, eine Träne rollte ihre Wange hinunter. Christina griff ihre Hand, und die alte Frau klammerte sich an ihr fest.

»Das wird nicht nötig sein, Frau Doktor«, sagte sie schließlich leise. »Ich werde mein Haus verkaufen und in ein Heim gehen.«

Christina war überrascht. Bisher war von einer Senioreneinrichtung nicht die Rede gewesen.

»Wie kommen Sie darauf?«

Frau Andersen schluckte.

»Ich habe es mir genau überlegt. Ich will nicht in dieses Haus zurück.« Sie rang sichtlich um Fassung. »Meine Tochter war gestern hier, ich habe mit ihr alles durchgesprochen. Wir werden gemeinsam ein Heim aussuchen. Und Schwester Katrin hat mir einen Makler empfohlen, der den Verkauf übernehmen kann.« Sie wischte sich mit einem zerknüllten Taschentuch über die Augen. »Ich habe ihn angerufen. Er kommt heute Nachmittag vorbei.« Sie drückte Christinas Hand. »Glauben Sie mir, so ist es am besten.«

Christina nickte langsam.

»Wenn das Ihr Wunsch ist …«

»Ja.« Frau Andersen nickte, aber ihr trauriges Gesicht erzählte eine andere Geschichte. »Es ist nur so …« Sie stieß einen tiefen Seufzer aus. »Ich hatte es mir nicht so schwer vorgestellt. Und so plötzlich.«

Sie schwiegen beide. Christina erlebte diesen Moment immer wieder, den Abschied eines Patienten von seiner Wohnung, seinem Haus, die Aufgabe der Selbstständigkeit. Auch wenn dieser Schritt oft nur eine Formsache war, weil bereits seit Wochen und

Monaten Pflegedienste und Angehörige die Betreuung übernommen hatten, so fiel er stets schwer und war von Zweifeln, Trauer und Hoffnungslosigkeit begleitet. Es war eben kein gewöhnlicher Umzug.

»Gut. Ich werde meine Kollegen über Ihre Entscheidung informieren. Möglicherweise ist eine Verlegung damit nicht mehr notwendig, aber das muss letztlich Dr. Maurer entscheiden. Kann ich noch etwas für Sie tun?«

Frau Andersen schüttelte den Kopf.

»Nein. Ich danke Ihnen, Frau Doktor«, sagte sie leise und drückte ihre Hand. »Sie sind so freundlich. Alle hier sind freundlich, aber Sie ganz besonders.«

Christina erhob sich und verließ mit einem schlechten Gewissen das Zimmer. Freundlich? Was hatte sie schon getan außer ihrer Arbeit?

Im Stationszimmer legte sie die Akte auf den Schreibtisch und nahm den Telefonhörer in die Hand.

»Kennen Sie die Nummer der psychiatrischen Abteilung, Nicole?«, fragte sie die Krankenschwester, die am Medikamentenschrank stand und den Arzneimittelbestand kontrollierte, wie jeden Montag um diese Zeit.

»3720«, antwortete sie, notierte etwas auf dem Bestellzettel für die Apotheke und klappte die Schranktür zu. »Geht es um Frau Andersen?«

»Ja, die alte Dame hat sich entschieden, in ein Heim zu gehen.«

»Was?«

Nicole wirkte mehr als überrascht. Sie schien regelrecht entsetzt zu sein. Und wütend.

»Dann hat es die dämliche Ziege also doch geschafft!«

Christina hielt den Telefonhörer in der Hand.

»Von wem sprechen Sie?«

»Von Katrin. Blöde Kuh. Sie hat schon am Freitag auf Frau Andersen eingeredet, sie solle doch in eine Senioreneinrichtung gehen – da sei alles viel bequemer und blablabla.« Nicole verdrehte ihre Augen. »Dann hat sie ihren Wochenenddienst offenbar geschickt genutzt.«

Christina runzelte die Stirn und wählte die Nummer der Psychiatrie.

»Und warum sollte sie so etwas tun? Das bringt doch niemandem etwas.«

»Haben Sie eine Ahnung«, murmelte Schwester Nicole düster. »Das kann …«

Christina hob ihre Hand, und die Schwester verstummte. In der Leitung meldete sich eine Ärztin.

»Glutzack!« Claudia Glutzack war Oberärztin der Psychiatrie.

»Guten Tag, Dr. Martens von der Inneren 2. Ich hätte gern Dr. Maurer gesprochen.«

»Tut mir leid«, sagte die Ärztin, und Christina hatte den Eindruck, dass ihre Stimme schroff klang. »Dr. Maurer ist in dieser Woche nicht im Hause. Er ist auf einem Kongress in Bern. Ich vertrete ihn.«

»Hm.« Christina war nicht begeistert, fast ein bisschen enttäuscht, aber was sollte sie tun? Sie schilderte Dr. Glutzack, was Frau Andersen ihr eben erzählt hatte. »Jetzt ist die Frage, ob eine Verlegung in Ihre Abteilung weiterhin notwendig ist oder nicht.«

»Das kann ich Ihnen so aus dem Stegreif nicht beantworten. Frau Andersen ist Dr. Maurers Patientin. Ich muss mich erst in die Akte einlesen. Reicht es, wenn ich Ihnen bis sechzehn Uhr Bescheid gebe?«

»Selbstverständlich.« Christina zweifelte keine Sekunde daran, dass Dr. Glutzacks Antwort pünktlich um vier auf ihrem Tisch landen würde. Die Frau strahlte eine Effizienz und Tüchtigkeit aus, die neidisch machen konnte. Bestimmt hatte sie ihre Entlassungsbriefe bereits diktiert, wenn die Patienten noch in der Eingangshalle auf das Taxi warteten. »Haben Sie noch kurz Zeit, mir eine Frage zu beantworten?«

»Ja. Gern.«

Die Antwort kam kühl und war kaum mehr als eine Floskel. Aber egal. Sie konnte nicht warten, bis Dr. Maurer nächste Woche wieder da war.

»Sind zerschnittene Handtücher und Bettwäsche ein gängiges Symptom bei psychiatrischen Erkrankungen?«

»Nein.«

»Sind Sie sicher?«

»Ja.«

»Aber Dr. Maurer hat mir erzählt …«

»Hören Sie. Ich arbeite seit fünfzehn Jahren in der Psychiatrie und kann mich an keinen einzigen Fall erinnern, in dem das eine Rolle gespielt hätte. Unter Umständen hat Dr. Maurer andere Erfahrungen gemacht, das müssten Sie mit ihm besprechen. Aber es ist kein gängiges Symptom.« Frau Dr. Glutzack machte eine kurze Pause. »Ist Ihre Frage damit hinreichend beantwortet?«

»Ja, danke. Vielen Dank.« Christina legte nachdenklich auf. Wenn dieses Symptom so selten war, wieso litten dann gleich zwei Patienten in so kurzer Zeit darunter? Zufall?

»Wieso interessieren Sie sich für zerschnittene Handtücher?«, fragte Nicole.

»Nur so. Frau Andersen hat darüber gesprochen, Herr Meissner auch. Und offenbar ist es kein gängiges Symptom.«

Nicole runzelte die Stirn.

»Da war noch eine Frau. Ist schon einige Wochen her, das muss noch vor Ihrer Zeit gewesen sein. Sie war hier, weil ihr Diabetes entgleist war. Sie erzählte mir von zerschnittenen Handtüchern in ihrer Küche.«

Christina lief eine Gänsehaut über die Arme. Kein gängiges Symptom – und drei Patienten in so kurzer Zeit? Das konnte doch kein Zufall sein!

»Können Sie sich an den Namen der Patientin erinnern?«

Nicole schien angestrengt nachzudenken, dann schüttelte sie den Kopf.

»Tut mir leid. Ist es denn wichtig?«

»Ich weiß nicht. Aber ich habe ein komisches Gefühl. Ich würde mir gern die Akten vornehmen.«

Sie sahen sich an. Christina hatte den Eindruck, dass es auch im Kopf der jungen Krankenschwester zu arbeiten begann. Nicole war klug. Bestimmt ahnte sie, dass es Zusammenhänge geben konnte – neue Arzneimittel oder Wirkstoffkombinationen, die zu Nebenwirkungen führten, die bisher unbekannt waren. Oder vertuscht wurden.

»Ich werde versuchen, mich zu erinnern«, sagte Nicole und strich sich ihr rotes Haar aus dem Gesicht. »Sobald mir der Name einfällt, gebe ich Ihnen Bescheid.«

»Danke. Aber bitte zu niemandem ein Wort.«

»Sie können sich auf mich verlassen, Frau Doktor.«

Käte ging langsam, Schritt für Schritt an den Beeten entlang. Es war ihr gewohnter Rundgang. Jeden Morgen und jeden Abend ging sie diesen Weg, ganz achtsam, und nie wurde es langweilig. Jeder Tag war anders. Heute hatte die Sonne das Gras bereits getrocknet. Sie war spät unterwegs, viel später als gewöhnlich. Dukes Entdeckung hatte sie am Abend nicht zur Ruhe kommen lassen. Und als sie irgendwann, weit nach Mitternacht, endlich Schlaf gefunden hatte, hatte die tote Möwe sie in ihren Träumen verfolgt. Wie war das Tier in die Waschmaschine gekommen? Spielte ihr jemand böse Streiche? Aber wer sollte so boshaft sein? Natürlich legte Andreas ihr schon lange nahe, in eine betreute Einrichtung zu ziehen, damit sie nicht mehr allein war und sich nicht mehr um alles kümmern musste. Sie wusste auch, dass sein Freund Gerd, der Immobilienmakler und Baulöwe, großes Interesse an ihrem Haus und Grundstück hatte. Er hatte ihr mehrfach eine hohe Summe geboten. Aber Gerd Schümann würde niemals zu solchen Mitteln greifen, um sie aus ihrem Haus zu vertreiben. Duke? Nein. Da war Käte sich ganz sicher. Erstens hatte er keinen Grund. Zweitens war er nicht bösartig. Und drittens war ihr der junge Mann von Gott gesandt worden, um sie zu beschützen. Und Fremde trieben sich hier in der Gegend nicht herum, höchstens Jogger und Radfahrer, die auf dem Weg zum Ostseebad hier vorbeikamen. Aber wenn niemand die Möwe in die Waschmaschine gelegt hatte, blieb nur noch eine Möglichkeit – sie hatte es selbst getan und wusste nichts mehr davon.

Käte fühlte die Wärme auf ihren Armen und in ihrem Nacken, man hätte glauben können, es sei schon Juli und nicht erst Anfang Mai. Trotzdem fror sie plötzlich. Wurde sie verrückt? War es bei ihr doch schon so weit, dass sie sich nicht mehr an alles erinnern konnte und seltsame Dinge tat? So wie ihre liebe Elsbeth?

Sie schloss die Augen und atmete den Duft der Blüten ein. Es roch nach Apfel- und Kirschblüten, darüber lag der betörende Duft des Flieders. Eine Amsel sang im Johannisbeerbusch, in den Himbeersträuchern raschelte es. Vermutlich war es eine Meise. Käte öffnete die Augen und sah einen kleinen Kopf mit einem schwarzen Häubchen zwischen den Blättern hervorlugen. Sie lächelte. Also hatte sie richtig gehört. Aber wenn sie sogar die Vögel anhand der Geräusche erkennen konnte, die sie in den Sträuchern und Bäumen verursachten, konnte sie dann verrückt oder dement sein? War das nicht der beste Beweis, dass ihr Kopf noch immer gut funktionierte?

Kirchenglocken begannen zu läuten. Sie hörte die Glocken der dänischen Kirche gleich um die Ecke, der Marienkirche in der Altstadt am Nordermarkt, sogar die Glocken von St. Jürgen auf der anderen Seite der Förde. Sie schlugen elf Mal.

Schon elf Uhr!, dachte Käte. Ich muss mich beeilen, wenn ich noch rechtzeitig mit dem Eintopf fertig werden will.

Wie gut, dass sie für heute Linsensuppe geplant hatte. Linsen brauchten nicht so lange zu kochen wie Bohnen oder Erbsen.

Sie kehrte zum Haus zurück und streifte sich vor der Verandatür sorgfältig die Füße auf dem Lappen ab. Dann durchquerte sie das Wohnzimmer und ging den Flur entlang. An der Küchentür blieb sie wie angewurzelt stehen. Ihr Herz setzte ein paar Schläge aus. Ihr wurde schwindelig, sie schwankte und musste sich am Türrahmen festhalten.

Überall in der Küche war Blut – auf dem Boden, auf den Schränken, auf dem Tischtuch, sogar an Herd und Kühlschrank. Es war verschmiert, doch dazwischen konnte sie die Abdrücke von Fingern und Händen erkennen. Und von Füßen. Nackten Füßen.

Käte schluckte und presste sich die Hand auf den Mund. Ihr war übel, und sie musste würgen. Und dann fiel ihr ein, dass heute Montag war. Um halb zwei kam ihre Putzhilfe. Die durfte diese Schweinerei nicht sehen. Sonst dachte sie noch … womöglich dachte sie dann … sie hätte …

Aber vielleicht hatte sie! Womöglich hatte sie selbst das Blut in der Küche verschmiert – UND ERINNERTE SICH NICHT

MEHR DARAN! Aber warum? Warum sollte sie so etwas getan haben?

Brauchen Verrückte einen Grund?

»Oh mein Gott!«, entfuhr es Käte. Und dann lief sie so schnell sie konnte zur Abstellkammer und holte Eimer, Lappen und Wischmopp heraus. Sie musste die Küche putzen und alle Spuren beseitigen, bevor Olga kam. Die würde Andreas benachrichtigen und dann …

Sie wollte nicht ins Heim. Nein! Sie war noch nicht so weit.

Thomas klopfte an die Tür. Es war halb fünf. Hoffentlich war Schmidt noch da. Der Chef arbeitete ziemlich unregelmäßig. Oft war er bis acht oder neun Uhr abends anzutreffen, dann wieder verschwand er schon um zwei aus dem Präsidium. Doch gerade jetzt war es wichtig, dass er mit ihm sprechen konnte.

»Herein!«

Thomas öffnete. Der Chef saß hinter seinem Schreibtisch und hatte ein paar Akten vor sich auf dem Tisch liegen.

»Ah, Martens, kommen Sie. An Sie habe ich gerade gedacht. Ist der Bericht im Fall Meissner fertig?«

»Ja.« Thomas reichte ihm die Akte. »Das Ergebnis kennen Sie bereits: Unfall mit Todesfolge.«

Schmidt überflog den Bericht.

»Armer alter Mann«, sagte er schließlich, klappte die Akte zu und legte sie auf den Stapel. »Ist sonst noch etwas?«

Thomas nickte.

»Es geht um McKinnley.«

Schmidt sah ihn über den Rand seiner Brille hinweg an und lehnte sich in seinem Sessel zurück.

»Reden Sie.«

Thomas legte die Plastiktüte mit dem silbernen Totenkopf der Wizards auf den Tisch. Und dann erzählte er von der davonfahrenden Harley und wie er den Anhänger vor Angelika Ziehlkes Haustür gefunden hatte.

»Die Wizards haben sich bereits vor Jahren aus dem Oluf-Samsons-Gang zurückgezogen. Sie betreiben dafür zwei Bordelle außerhalb der Stadt und an der dänischen Grenze. Was also hat einer von ihnen bei der Ziehlke zu suchen?« Thomas machte eine kurze Pause, bevor er weitersprach. »Ich habe mir Folgendes überlegt: Möglicherweise wollen die Wizards das Geschäft in der Flensburger Altstadt wieder ausbauen.«

»Und dafür brauchen sie den Schotten?« Schmidt schüttelte langsam den Kopf. »Das überzeugt mich nicht. Die Flensburger können das doch selbst in die Hand nehmen.«

»Aber es ist ein erheblicher Aufwand. Die Immobilien im ehemaligen Rotlichtbezirk sind mittlerweile alle an Liebhaber verkauft – Ärzte, Anwälte, Künstler. Die Ziehlke ist die Letzte, die immer noch am alten Standort arbeitet.« Thomas hatte lange darüber nachgedacht und redete sich allmählich in Fahrt. »Es müssen also neue Objekte rekrutiert und möglicherweise auch neue, jüngere Frauen beschafft werden. Und da kommt McKinnley ins Spiel. Gegen ihn wurde bereits mehrfach mit dem Verdacht auf Zuhälterei ermittelt. Der Kerl ist so gerissen, dass ihm bisher nichts nachgewiesen werden konnte. Die jungen Damen haben stets behauptet, er sei ihr Liebhaber und nicht ihr Zuhälter. Und so wie der Kerl aussieht, glauben die Mädchen vermutlich sogar selbst daran.«

»Ja, ich weiß, ich habe die Akte auch gelesen. Wo ist jetzt die Neuigkeit?«

»Der Anhänger. Die Spurensicherung findet bestimmt Fingerabdrücke darauf. Und ich wette, dass sie zu McKinnley gehören.«

Schmidt kniff die Augen zusammen, hob die Plastiktüte hoch und betrachtete nachdenklich den silbernen Totenkopf.

»Selbst wenn wir seine Fingerabdrücke auf diesem Anhänger finden, besagt das nur, dass McKinnley im Oluf-Samsons-Gang war. Es hilft uns nicht, ihn dingfest zu machen.« Er warf die Plastiktüte wieder auf den Tisch. »Aber ich kenne Sie, Martens. Sie haben noch ein Ass im Ärmel. Heraus mit der Sprache.«

Thomas musste lächeln. Es war erstaunlich, wie gut der Chef seine Leute kannte, jeden Einzelnen.

»Tatsächlich. Da ist mir noch etwas aufgefallen. McKinnleys Vater ist vor einiger Zeit verstorben, und die Witwe – Arthur McKinnleys zweite Frau – vermisst ein Feuerzeug.«

»Ein Feuerzeug?«

»Ja. Kein gewöhnliches. Es handelt sich um ein goldenes Feuerzeug von Cartier im Wert von etwa zwölftausend Euro. Es besteht die Vermutung, dass McKinnley das Feuerzeug seines Vaters unrechtmäßig in seinen Besitz gebracht hat. Und ich frage mich …«

»Ja?«

»Ich frage mich, ob diese Vermutung nicht ausreichen könnte, um McKinnley in der Batteriestraße einen Besuch abzustatten. Wenn die Kollegen vom SEK gründlich genug suchen, finden sie bestimmt etwas, zum Beispiel das Feuerzeug und mit ein bisschen Glück auch noch andere Dinge.«

Schmidt nahm seine Brille ab und kaute einen Augenblick auf dem Bügel herum.

»Das ist ein guter Gedanke, Martens, sehr gut!«

»Und dann habe ich mir noch überlegt …«

»Ja?«

»Könnte man nicht die Presse auf ihn ansetzen?« Thomas räusperte sich. Das Gesicht des Chefs war abweisend geworden. Klar, kein Polizist mochte die Presse wirklich – da wurden Worte verdreht und Dinge geschrieben, die so nie gesagt worden waren. Aber die Rocker mochten die Medien noch viel weniger. »Wenn man den Journalisten die Information zuspielt, dass ein Schwerstkrimineller, ein hochrangiger Offizier der Wizards aus Glasgow, jetzt in Flensburg ist und hier sein Unwesen treibt …«

Schmidt nickte langsam.

»Ich sehe, worauf Sie hinauswollen. Die Presse wird sich auf McKinnley und die Wizards stürzen wie eine ausgehungerte Meute. Sie werden das Clubhaus und McKinnleys Wohnort Tag und Nacht belagern und ihn möglicherweise bis zum Äußersten reizen.« Er setzte sich die Brille wieder auf und rieb sich das Kinn. »Das ist kein schlechter Gedanke, Martens, gar nicht schlecht. Dennoch habe ich dabei ein wenig Bauchschmerzen. Der Umgang mit Journalisten ist ziemlich heikel. Mitunter schießt man sich ins eigene Bein. Oder man wird die gerufenen Geister nicht mehr los.« Er machte eine Pause und schien nachzudenken. »Ich schlage folgendes Vorgehen vor: Zuerst kommt das SEK zum Zug. Und die Presse behalten wir als Notfallplan im Hinterkopf, falls der Einsatz nicht den gewünschten Erfolg bringen sollte. Einverstanden?«

Thomas nickte. »Ja.«

»Gut.« Schmidt setzte sich ruckartig in seinem Sessel auf und griff zum Telefon. »Ich werde mich gleich mit dem Staatsanwalt in Verbindung setzen.«

»Was glauben Sie, wie lange es dauern wird?«

Schmidt hielt inne und sah ihn überrascht an.

»Täusche ich mich, oder haben Sie es eilig?«

Thomas schluckte.

»Ich … es ist so … meine Schwester wohnt im selben Haus wie McKinnley. Und ehrlich gesagt … Ich mache mir große Sorgen um ihre Sicherheit.«

Der Chef nickte ernst.

»Das kann ich verstehen. Das kann ich sehr gut verstehen. Aber machen Sie sich keine Sorgen. In Fällen von organisierter Kriminalität wie hier fackeln Staatsanwalt und Richter nicht lange. Das geht meist sehr schnell. Und ich werde ein bisschen Druck machen. Der Kerl ist schließlich alles andere als ein Chorknabe. Ich lasse es Sie wissen, wenn es losgeht.«

»Danke.«

Erleichtert verließ Thomas das Büro.

Das Handy in Christinas Tasche klingelte in dem Augenblick, als sie den Briefkasten vor der Haustür öffnen wollte.

»Hallo, Chris!«

»Oh, hallo, Tom. Ich stehe gerade vor der Haustür. Was gibt es?«

»Geht es dir gut?«

»Ja. Ich bin nur etwas müde, der Tag heute war anstrengend. Ich kam einfach nicht weg. Und außerdem …« Sie nahm die Post aus dem Briefkasten. Werbung. Ein Brief vom Versorgungswerk der Ärzte. Und ein Brief vom Telefonanbieter. Sie klemmte sich das Handy zwischen Kinn und Schulter, riss ungeduldig das Kuvert auf und überflog ihn. »Heureka! Tom, du kannst gleich versuchen, mich über Festnetz anzurufen. Laut

Schreiben ist jetzt endlich der Telefonanschluss freigeschaltet! Das bedeutet, dass ich auch endlich wieder ins Internet kann.«

»Schön. Ich notiere mir gleich deine Nummer.«

»Na, du klingst ja richtig begeistert. Hast du etwas auf dem Herzen?«

»Nein, nein. Ich wollte dir nur erzählen, dass heute in Berlin zwei Wizards festgenommen wurden. Sie sollen einen verfeindeten Rascal auf offener Straße angeschossen haben.«

»Und warum erzählst du mir das?«, fragte sie, obwohl sie die Antwort kannte: Duke. Seit vergangenem Donnerstag schien ihr Bruder kaum noch an etwas anderes zu denken. Mit der Energie eines Terriers grub er Horrorgeschichten über die Wizards aus, die er ihr dann erzählte.

»Ich möchte dich nur warnen. Sei vorsichtig. Dein neuer Nachbar ist kein harmloser Briefmarkensammler.«

Vor ihrem inneren Auge tauchte spontan das Bild eines bebrillten Mannes Mitte vierzig auf. Er hatte schütteres Haar, trug ein hellblaues Oberhemd und eine schmale Krawatte mit einem ordentlichen Knoten. Er saß am Tisch im Schein einer Büroleuchte und sortierte mit einer Pinzette Marken in ein Album. Und im Hintergrund war eine Frau. Sie hatte einen Knebel im Mund und hing, an Händen und Füßen gefesselt, an einem Heizungsrohr … Christina schüttelte sich, und das Bild verschwand. Thomas meinte es gut. Auch wenn er damit mal wieder übertrieb.

»Gut.«

»Was ›gut‹?«

»Das hast du mir jetzt gesagt, ich weiß jetzt Bescheid.«

»Aber?«

»Ich mag keine pauschalen Urteile.«

»Und aus diesem Grund will ich dich vor diesem Kerl warnen. Du darfst ihm nicht vertrauen, hörst du? Er hat ganz bestimmt keine edle Gesinnung, auch wenn er sich Duke nennt und …«

Christina wurde hellhörig.

»Woher weißt du das? Hast du ihm etwa nachspioniert?«

»Das war gar nicht nötig«, entgegnete Thomas verärgert. »Die Kollegen aus Glasgow haben sich bei uns gemeldet. Also versprichst du mir, vorsichtig zu sein?«

»Ja.« Allmählich verlor sie die Geduld. »Noch was?«

»Nein. Das war es. Aber wenn dir etwas auffällt …«

Sie wurde wütend.

»Keine Sorge, Tom. Sollte mein krimineller Nachbar die Treppe nicht rechtzeitig fegen, den Müll nicht rausbringen oder ein ähnlich schweres Verbrechen begehen, wirst du als Erster davon erfahren.«

»Christina, ich meine es ernst.«

»Ich auch. Du übertreibst maßlos. Gute Nacht, Tom, grüße Stefanie und die Kinder von mir.«

Und bevor er noch etwas erwidern konnte, drückte sie auf die rote Taste ihres Handys. Manchmal war es lästig, einen Polizisten zum Bruder zu haben.

Christina stieg die Treppe hinauf. Am Fenster, das zum Garten zeigte, blieb sie kurz stehen. Käte war draußen, und Duke war bei ihr. Die alte Frau wirkte traurig, wie verstört. Sie schlug ihre Hände vor das Gesicht. Duke stand dicht bei ihr. Seine Hände lagen auf ihren Schultern. Christina konnte sehen, dass er auf die alte Dame einsprach. Immer wieder schüttelte er den Kopf. Jetzt wurde er heftiger. Und schließlich machte er eine Geste, als wollte er sagen: »Schluss jetzt und keine Widerrede.« Er schien erst zufrieden zu sein, als Käte schließlich nickte.

Nachdenklich schloss Christina ihre Wohnungstür auf. Sie hatte die alte Dame gestern am Abend noch besucht. Es schien ihr gut zu gehen. Allerdings hatte sie beklagt, dass ihr offenbar jemand die Post stahl. Und in einem Papiereimer hatte Christina wieder Schnipsel entdeckt. Sauber in Streifen geschnittenes Papier.

Papier. Handtücher. Gab es da einen Zusammenhang? Aber welchen?

Sie hörte, dass Duke seine Harley startete.

Ob er dahintersteckte? Aber welchen Vorteil sollten die Wizards davon haben, einer alten Frau solche Streiche zu spielen? Höchstens Bosheit. Reine Bosheit. Christina kroch eine Gänsehaut über den Rücken.

9

Mittwoch, 08. Mai

Christina fuhr erschrocken im Bett auf. Im Treppenhaus war ein fürchterlicher Krach. Es klang, als hätte sich jemand mit einem Rammbock Zutritt ins Haus verschafft.

Ein Einbruch?

Sie sprang aus dem Bett und rannte in den Flur. Durch die Milchglasscheibe erkannte sie vage dunkle Gestalten, die ins Dachgeschoss liefen. Bis auf eine, die vor ihrer Tür stehen blieb.

Sie duckte sich, ihr Herz klopfte bis zum Hals.

Hoffentlich hat er mich nicht gesehen!

Auf Händen und Füßen kroch sie zum Telefon, nahm es und zog sich ins Wohnzimmer zurück, ohne die Tür aus den Augen zu lassen. Der Kerl stand immer noch da, und sie hörte, wie er an ihrem Türgriff hantierte.

Oh nein! Bitte nicht. Bitte lass ihn nicht hereinkommen!

Sie presste ihre Lippen zusammen, um nicht laut zu schreien. Was waren das für Leute? Was wollten die hier?

Ihre Hand zitterte so sehr, dass sie die Tasten nicht traf. Dreimal verwählte sie sich. Dann hatte sie es endlich geschafft. 110.

Die Zentrale meldete sich sofort. Und im gleichen Moment barst über ihr eine Tür. Nur mit Mühe unterdrückte sie einen Schrei. Tränen liefen über ihre Wangen.

»Hallo, Christina Martens, Batteriestraße 2a. Hier ist …« Sie presste sich die Hand auf den Mund, wollte am liebsten schreien. Jetzt sei vernünftig, nimm dich zusammen! Sonst kann dir niemand helfen! Sie schluckte. »Ein Überfall. Schwarz gekleidete Gestalten sind ins Haus eingebrochen. Sie haben die Tür aufgesprengt, und jetzt stehen sie vor meiner Tür und … Bitte kommen Sie schnell!«

»Einen Moment bitte.« Sie hörte, wie der Beamte am Telefon etwas eintippte, während über ihrem Kopf der Lärm lauter wurde. Es polterte, krachte. Als würden dort oben die Möbel umgeworfen. »Sagten Sie Batteriestraße 2a?«

»Ja.« Ihre eigene Stimme klang merkwürdig hoch und schrill.

»Welcher Stock?«

»Erster.«

»Es besteht kein Grund zur Sorge«, sagte der Beamte. »Das hat seine Richtigkeit. Wir haben dort einen SEK-Einsatz.«

Christina dachte im ersten Moment, sie habe sich verhört.

»Sie meinen …«

»Sie können sich beruhigen. Die Männer in Ihrem Haus sind Polizisten. Es besteht also kein Grund zur Sorge.«

»Aber was wollen die hier? Wir …«

»Über den Einsatz darf ich Ihnen nichts sagen. Beruhigen Sie sich und warten Sie einfach ab. Von Ihnen wollen die Kollegen nichts.«

Sie schluckte.

»Danke.«

Dann legte sie auf. Polizei? Ein SEK-Einsatz? Sie lief zum Küchenfenster und schaute hinaus – vorsichtig, damit man sie von der Straße aus nicht sehen konnte. Vor Haus Fördeblick standen mehrere Wagen, unter anderem ein Mannschaftsbus, in dem ein gutes Dutzend Leute Platz hatten. Einige Männer gingen dort auf und ab, sprachen in Funkgeräte. Manche von ihnen waren bewaffnet. Keine Streifenwagen, kein Polizist, den sie als solchen erkennen konnte, waren zu sehen. Nur schwarz gekleidete, vermummte Gestalten. Auf der anderen Straßenseite stand ein Übertragungswagen eines Flensburger Senders. Die beiden Mitarbeiter mit Kamera und Mikrofon wurden von drei der Vermummten abgedrängt. Die Szenerie erinnerte sie an Bilder aus dem Fernsehen – an Nachrichten über Krisengebiete, Geiselnahmen. Und an Actionfilme.

Über ihr ebbten die Geräusche ab.

Sie wischte sich die Tränen von den Wangen und ging zur Tür. Möglicherweise konnte ihr der Polizist erklären, was hier geschah. Sie drehte den Schlüssel herum, drückte die Klinke hinunter, aber die Tür öffnete sich nicht.

»Hallo!« Sie klopfte gegen das Holz und rüttelte an der Tür. »Was ist …«

»Bleiben Sie ganz ruhig. Wir haben alles unter Kontrolle.«

»Warum kann ich nicht raus? Was ist …«

»Zu Ihrer eigenen Sicherheit. Es ist alles in Ordnung. Sie müssen sich keine Sorgen machen.« Es sollte wohl freundlich klingen. Trotzdem gelang es Christina nicht, sich zu beruhigen. Ob der Polizist sich darüber im Klaren war, dass ein SEK-Einsatz – der Lärm, der Anblick der schwer bewaffneten und vermummten Polizisten – nicht für jeden zum Alltag gehörte? Nein, das hier war ganz und gar nicht in Ordnung. Sie zitterte, und vor Angst war ihr bitterkalt.

»Bitte, ich …« Wieder rüttelte sie an der Tür. »Warum sind Sie denn überhaupt hier? Wieso …?«

»Sie haben sich die falschen Nachbarn ausgesucht, gute Frau«, erklärte der Polizist. Sie hörte, wie jemand etwas zu ihm sagte, dann lachte er.

In diesem Moment wurde es oben wieder laut. Poltern, Brüllen. Es klang beängstigend. Der Polizist vor ihrer Tür wurde unruhig, ein Funkgerät knisterte, dann hörte sie die verzerrte Stimme aus dem Lautsprecher.

»… unter Kontrolle, alles roger.«

Duke. Natürlich. Sie sind seinetwegen hier.

Die Erkenntnis traf sie eiskalt. Warum? Welches Verbrechen hatte Duke begangen, das diesen Einsatz rechtfertigte? Handelte er mit Drogen? Oder mit Waffen? Oder hatte er gar jemanden getötet? War er vielleicht auf der Flucht, und deshalb nach Flensburg gekommen?

Nein. Nein. Nein!

Sie wollte es nicht glauben. Nicht Duke. Er war so, so …

Glaubst du wirklich, sein gutes Aussehen, seine schönen braunen Augen und seine netten Umgangsformen schließen aus, dass er kriminell ist?

Konnte sie sich täuschen? Konnte ihr Gefühl sie so in die Irre führen? Hatte Thomas am Ende recht?

Wie erstarrt stand sie an der Tür und presste ihr Ohr gegen den schmalen Spalt. Sie lauschte, versuchte, irgendetwas mitzubekommen von dem, was die Polizisten sprachen.

Endlich kamen schwere Schritte die Treppe hinunter.

»Abzug!«, knisterte es aus dem Funkgerät.

Durch die Milchglasscheibe sah Christina die schwarzen Gestalten im Treppenhaus vorbeigehen. Sie zählte acht.

Dann wurde etwas von ihrer Tür entfernt, und der Mann verschwand ebenfalls. Sie lief wieder zum Küchenfenster und sah zu, wie die Polizisten in ihre Fahrzeuge stiegen. Einer hatte drei kleine Plastiktüten in der Hand, wie sie die Polizei zur Spurensicherung verwendete. In einer sah sie etwas Goldenes blinken, in einer anderen steckte offenbar ein Handy. Den Gegenstand in der dritten Tüte konnte sie nicht sehen.

Keine fünf Minuten später waren die Männer wieder weg. Auch die Journalisten packten ihre Sachen, sprangen in ihren Wagen und fuhren davon. Sie ließen Christina halb betäubt und zutiefst erschüttert zurück. So ähnlich musste man sich nach einem Erdbeben fühlen. Mit weichen Knien ging sie wieder zur Tür, die sich jetzt anstandslos öffnen ließ.

Raus, nur raus!, dachte sie. Seltsamerweise hatte sie das Gefühl, jahrelang eingesperrt gewesen zu sein.

Wie von einem unsichtbaren Band gezogen stieg sie die Treppe hoch. Das Erste, was sie sah, war die Wohnungstür, die schief in den Angeln hing, als wäre sie nicht nur einfach aufgebrochen, sondern aufgesprengt worden. Zögernd ging sie weiter. Auf dem grau-braunen Teppichboden lagen verstreut diverse Kleidungsstücke und Gegenstände – eine Lederjacke, ein Sweatshirt, Laufschuhe, die Kutte mit dem Abzeichen der Wizards, eine schwarze Geldbörse an einer silberfarbenen Kette, ein Ausweis, ein paar Münzen. Eine Zigarettenschachtel sah aus, als wäre jemand darüber hinweggelaufen. Langsam ging sie durch den Flur.

»Hallo? Duke?«

»Ja.«

Die Stimme kam aus einem Raum zur Rechten. Christina ging darauf zu und stand in einer kleinen Küche, die aussah, als wäre ein Tornado hindurchgefegt. Mehl, Haferflocken, Zucker und Salz waren ausgeschüttet, die leeren Packungen einfach liegen gelassen worden. Duke stand an der Spüle, seine Hände umklammerten den Rand des Spülbeckens. Er trug eine hellgraue Schlafanzughose und ein schwarzes Tanktop. Die Muskeln an seinen Armen traten deutlich hervor, sein ganzer Körper wirkte angespannt.

»Was haben die denn gesucht?«

»Das Übliche. Oder auch gar nichts.« Duke richtete sich auf und strich sich das Haar aus dem Gesicht. Er sah aus, als hätte er einen Boxkampf hinter sich. Ein großes frisches Hämatom breitete sich um sein linkes Auge aus. »Wer weiß das schon.«

»Was ist denn mit dir passiert?«, rief Christina entsetzt aus.

»Ein Gruß von den fucking Turtles vom SEK. Ich konnte meine Klappe nicht halten.«

»Du musst das melden. Das ist Körperverletzung.«

Er schnaubte. »Wem denn? Den Bullen? Soll ich auf die Wache gehen? Außerdem gibt es keine Zeugen.« Er deutete auf den Küchentisch. »Kannst du mir das vorlesen? Ich …«

»Nichts da. Du setzt dich erst einmal hin.« Sie zog einen der beiden Küchenstühle heran. »Ich muss dich untersuchen. Dein Auge sieht gar nicht gut aus. Vielleicht musst du ins Krankenhaus.«

Wieder verzog er das Gesicht. »Na, das würde diesen Tag perfekt machen.«

»Was wollten die Polizisten hier?«, fragte sie und tastete vorsichtig sein Jochbein ab.

»Mich besuchen. Damit ich weiß, dass sie mich auf ihrem Radar haben.« Er sog die Luft ein und zuckte zurück, als sie den Rand der Orbita berührte.

»Um sechs Uhr morgens?«

»Sonst bringt's doch keinen Spaß, oder?«

Christina prüfte noch seinen Schädel, beide Kieferknochen und sah ihm in die Augen. Die Pupillen waren beide gleich groß und rund. Dann schüttelte sie den Kopf.

»Du hast Glück, es scheint nichts gebrochen zu sein. Du solltest das aber kühlen.«

»Erbsen.«

»Wie bitte?« Sie fragte sich, ob er nicht doch schwerer verletzt war, als es den Anschein hatte. Vielleicht ein epidurales Hämatom. Er war offenbar verwirrt. »Hast du Hunger?«

Sein Lächeln geriet schief, und er schüttelte den Kopf.

»Nein. Ich meine Tiefkühlerbsen. Die sind besser als Coolpacks, weil sie sich dem Gesicht gut anpassen können. Hast du welche?«

»Nein, tut mir leid.«

»Ich habe mir auch noch keine besorgt. Ich habe nicht gedacht, dass ich sie so schnell brauchen würde.« Er fuhr sich mit beiden Händen durchs Haar und lehnte den Kopf gegen die Wand. Dabei fielen ihr dunkelrote Striemen an seinen Handgelenken auf.

»Was ist das denn?«

Sie griff nach seinem rechten Arm und fuhr vorsichtig mit dem Finger über die tiefe Kerbe. Er warf einen Blick darauf, als würde er es erst jetzt sehen. Dann zuckte er mit den Schultern.

»Ich kenne das deutsche Wort nicht. Das sind so ... Dein Bruder hatte so etwas Ähnliches in der Hand am Donnerstag.«

»Kabelbinder?« Sie versuchte, sich vorzustellen, wie fest man die Dinger ziehen musste, um solche Kerben zu hinterlassen. Sie bekam eine Gänsehaut.

»Ja. Kabelbinder«, sagte er, als wäre es ganz normal. Und doch hatte sie den Eindruck, dass es in ihm brodelte. Er schob ihr den Zettel hin. »Kannst du mir das jetzt vorlesen? Bitte.«

Christina warf einen Blick darauf. Es war offensichtlich ein Formular, eine Art Quittung, auf dem beschlagnahmte Gegenstände aufgezählt wurden. Unterschrieben hatten einer der Polizisten und Duke. Wobei er wieder das Motorrad darunter gezeichnet hatte.

»Ich glaube nicht, dass mein Englisch gut genug ist, um das zu übersetzen.«

»Darum geht es nicht. Ich kann nicht lesen. Dyslexia, you know?«

»Du bist Legastheniker?«

»Hat die Turtles auch überrascht. Meine Frage, ob ich dadurch in Germany zum Tragen von Armbinde und Wimpel verpflichtet bin, fanden sie dann wohl nicht so lustig.«

Christina erinnerte sich daran, wie ihr Dukes »Unterschrift« vor einigen Tagen höchst verdächtig erschienen war, und schämte sich dafür. Sie nahm das Papier und überflog den Text.

»Hier steht, dass die Polizei ein Handy, ein Bikermesser und ein Feuerzeug mitgenommen hat.« Fassungslos ließ sie das Formular sinken. »Das ist alles? Und dafür der ganze Aufwand – die kaputte Tür, die verwüstete Wohnung, das blaue Auge?«

»Das nicht. Das habe ich für die Nazi-Bemerkung kassiert. Aber sonst – klar, warum nicht? Da sie nichts anderes gefunden haben?« Er schlug mit der flachen Hand auf den Tisch und stand auf. »Ich werde mich mal ans Aufräumen machen.«

»Soll ich dir helfen?«

Er schüttelte den Kopf.

»Danke für das Angebot, aber ich komme klar. Außerdem musst du doch bestimmt zur Arbeit.«

Ja, das stimmte.

Christina ging die Treppe hinunter in ihre Wohnung.

Es war kurz nach halb sieben. Die ganze Aktion hatte nicht länger als eine halbe Stunde gedauert. Und doch ahnte sie bereits jetzt, dass für sie eine neue Zeitrechnung begonnen hatte. Den Anblick der bewaffneten Polizisten und die Rücksichtslosigkeit ihres Vorgehens würde sie nicht so schnell vergessen.

Sie betrat die Küche, um sich einen Tee zu kochen. Wenigstens hatte Käte von dem Polizeieinsatz nichts mitbekommen, denn zufällig war sie gar nicht zu Hause. Ihr Sohn hatte sie gestern am Nachmittag abgeholt, und sie würde erst heute Mittag wieder da sein. Während Christina die Teeblätter in den Filter schüttete, fiel ihr ein, dass Thomas am Vortag mehrmals bei ihr angerufen hatte. Er hatte sie zu einem Besuch überreden wollen, hatte ihr sogar vorgeschlagen, bei ihnen zu übernachten. Wenn sie bei ihm und Stefanie gewesen wäre, wäre ihr das Ganze auch erspart geblieben.

Aber …

Die Erkenntnis traf sie wie ein Hammerschlag. Thomas hatte von dem Einsatz gewusst! Und warum hatte er sie aus dem Weg haben wollen? Etwa, damit sie die Polizei bei dieser schmutzigen Arbeit nicht beobachten konnte? Damit das Bild, das sie von der Polizei hatte, nicht ins Wanken geriet? Damit die Polizisten ihr Werk tun konnten – ohne lästige Zeugen?

Christina wurde wütend. Sie nahm ihr Telefon und rief Thomas an. Um diese Zeit schlief er zwar noch, aber das war ihr egal.

»Stefanie? Ich bin's. Gibst du mir bitte Thomas?«

»Chris?« Er klang verschlafen, überrascht. Vielleicht auch ein bisschen besorgt. »Was ist los? Ist alles …?«

»In Ordnung? Nein, mein Lieber, hier ist gar nichts in Ordnung. Eben gerade ist nämlich ein Kampfgeschwader durch das Haus getobt und hat die Wohnung meines Nachbarn zerlegt. Kann es sein, dass du von der Aktion gewusst hast?«

Sie hörte, wie er tief Luft holte.

»Chris, bitte, reg dich nicht auf. Ich habe ein paar Dinge über deinen Nachbarn erfahren, die …«

»Du warst das also wirklich!« Sie war fassungslos. »Du hast Duke das SEK auf den Hals gehetzt! Dann kannst du wirklich stolz auf dich sein. Die Polizei ist mit reicher Beute wieder abgerückt – ein Handy, ein Feuerzeug und ein Bikermesser.«

»Chris, ich …«

Was er noch sagen wollte, hörte sie nicht mehr. Sie hatte bereits aufgelegt. An der Tür klopfte es. Duke stand vor ihr. Er trug immer noch den Schlafanzug. Sein Haar hatte er wieder zu einem Zopf gebunden, wodurch die rötlich livide Schwellung in seinem Gesicht noch deutlicher auffiel. Er machte einen angespannten Eindruck, und das konnte Christina ihm nicht verdenken.

»Entschuldige«, sagte er. »Darf ich bitte dein Telefon benutzen? Die Bullen haben mein Handy, und ich muss meinen Boss anrufen.«

»Ja, natürlich.« Christina ließ ihn in den Flur treten und reichte ihm das Telefon.

»Danke.«

Er tippte eine Nummer ein und wartete.

»Kurt? Ich bin's, Duke. Du, ich komme heute etwas später. Ich hatte eben Besuch von den Ninja-Turtles. Und … Ja. Alles in allem okay. Allerdings muss ich in der nächsten Zeit in der Öffentlichkeit Sonnenbrille tragen … Ja. Stinksauer. Die Haustür habe ich mir noch nicht angesehen. Aber meine

Wohnung … Genau. Ich muss erst aufräumen. Ich finde nicht einmal meine Klamotten wieder.« Er ließ den Kopf kreisen und rieb sich den Nacken. »Yeah. Mit deutscher Gründlichkeit. Die haben sogar meinen Kaffee ausgeschüttet.«

Er lauschte, dann lachte er. Wie konnte er in seiner Lage nur lachen?

»Natürlich nicht. Alles gut versteckt. Das Kokain unter einem losen Bodenbrett, die Mädels betäubt hinter der Tapetentür und die Waffen mit Isoband an der Rückwand des Kühlschranks festgeklebt. Ich …« Er warf Christina einen kurzen Blick zu. »Oh, meine Nachbarin wird gerade ganz blass, ich sollte vielleicht … Ja. Ich muss ihr Telefon benutzen, mein Handy ist jetzt bei den Cops.« Er hörte wieder zu. Dann wandte er sich an Christina. »Darf ich Kurt deine Nummer geben, damit er mich zur Not erreichen kann?«

»Selbstverständlich.« Sie nannte Duke ihre Nummer, und er gab sie an seinen Gesprächspartner weiter.

»Ich schätze, um zwölf kann ich in der Werkstatt sein. Was? … Ja, der Entwurf ist fertig. Wann kommt denn der Kunde? … Okay, bis dahin bin ich auf alle Fälle da … Klar. Das schaffe ich. Kein Problem.« Er lachte wieder und zuckte mit den Schultern. »Danke. Ist ja nicht das erste Mal. Mit der Zeit bekommt man Übung. Gruß an Paula!«

Er drückte auf den roten Knopf am Hörer und sah das Telefon in seiner Hand nachdenklich an.

»Ich schätze, ich sollte meinen Anwalt informieren«, sagte er. »Darf ich noch in Glasgow anrufen? Nur ein kurzes Gespräch. In der Kanzlei dürfte um diese Zeit nur der Anrufbeantworter laufen.«

Christina nickte. Sie hatte ohnehin ein schlechtes Gewissen. Immerhin war es Thomas, der den SEK-Einsatz bei Duke zu verantworten hatte – wenigstens ging sie davon aus.

Wieder tippte er eine Nummer ein, und dann sprach er schnell ein paar Sätze in den Hörer, von denen Christina nicht viel verstand – aber sein Akzent klang wundervoll.

Er gab ihr das Telefon zurück.

»Danke. Du hast nicht zufällig eine Schachtel Streichhölzer, die du mir heute überlassen könntest? Die Bullen haben auch mein Feuerzeug mitgehen lassen. Ich kann mir nicht einmal eine Zigarette anzünden.«

»Einen Moment.« Während sie aus der Küche Streichhölzer holte, hatte sie plötzlich eine Idee, und ohne lange nachzudenken, sprach Christina sie aus. »Hättest du Lust, heute Abend zum Essen zu kommen? Zu mir. Wegen des ausgestandenen Schreckens.«

Duke sah sie überrascht an, und es kam ihr in den Sinn, dass sie gerade einen Fehler begangen hatte. Möglicherweise war es in Rockerkreisen nicht üblich, dass eine Frau die Initiative ergriff und einen Wizard einlud. Doch es war zu spät, die Worte konnte sie nicht mehr zurücknehmen. Ihre Wangen brannten.

»Ich … es …«, stammelte sie.

»Okay.« Er lächelte. »Wann?«

Christina schluckte. Sie hätte viel dafür gegeben, zu wissen, was gerade in seinem Kopf vorging. Ob er sich über sie lustig machte?

»Passt es dir um halb acht?«

»Ja. Bis dann.«

Sie schloss die Tür hinter ihm und ging zurück in die Küche. Erst dort fiel ihr ein, dass sie weder einen Esstisch noch Stühle hatte. Wo sollten sie beim Essen sitzen?

Na, das ist dir ja großartig gelungen, dachte sie. Nächstes Mal denkst du nach, bevor du redest!

Er war gerade dabei, sich anzuziehen, als es an der Tür klingelte. Er öffnete. Vor ihm stand ein Mann vom Paketdienst.

»Guten Morgen, ein Päckchen für Sie.« Der Bote hielt ihm sein Gerät hin, und er unterschrieb auf dem Display. »Schönen Tag noch.«

»Ebenso.«

Er schloss die Tür, ging mit dem Päckchen in die Küche und legte es dort auf den Tisch. Der Karton war nicht besonders groß, und der Absender war ihm unbekannt. Ob das schon die Bestellung vom Samstag war?

Sorgfältig durchtrennte er die Klebestreifen mit einem scharfen Messer und klappte den Karton auf. Tatsächlich, es waren die Sachen, die er am Samstag im Internet bestellt hatte. Er nahm eine in Plastikfolie verpackte schwarze Kapuzenjacke heraus, ein schwarzes Sweatshirt, eine schwarze Mütze, drei verschiedene Schlüsselanhänger und ein Lederarmband. Alles war da.

Schnell waren die Burschen, das musste man ihnen lassen.

Er zog sich die Kapuzenjacke über, setzte sich die Mütze auf und stellte sich vor den Spiegel. Auf seiner Brust und den Jackenärmeln prangten in weiß umrandeten dunkelgrünen Buchstaben die Worte »Support WoD« und »9Lives«, was auf den Wahlspruch der Wizards »ein Wizard hat neun Leben« anspielte. Er musste schmunzeln, als er daran dachte, was wohl die Leute in der Firma sagen würden, wenn sie ihn in diesem Aufzug zu sehen bekämen. Tja, das hier war etwas anderes als seine übliche Kleidung. Fehlte nur noch der passende Bart – ein Mongolenbart vielleicht.

Er strich über die weiche, dicke Baumwolle und stellte sich vor, in diesen Klamotten auf die Straße zu gehen. Wie würden ihn wohl die anderen Leute ansehen? Würden sie ihn anstarren, ihm respektvoll aus dem Weg gehen, vielleicht sogar die Straßenseite wechseln?

Wunderbar. Er lächelte zufrieden, dann zog er die Sachen wieder aus und legte sie sorgfältig zusammen. Eigentlich schade, dass er die Wirkung nicht sofort ausprobieren konnte. Jetzt musste er sich umziehen. Er hatte gleich ein paar wichtige Termine. Aber heute Abend würden die Klamotten zum Einsatz kommen.

Martha schaute aus dem Fenster. Vereinzelt wanderten weiße Wolken träge über den blauen Himmel. Möwen zogen gelassen ihre Kreise. Es war warm draußen, das hatten ihr die Schwestern erzählt. Doch ihr war es egal. Ebenso gut hätte es stürmen und hageln können. Was machte das Wetter für einen Unterschied, wenn man verrückt war und in ein Heim musste? Und das schon bald. Ihr Haus …

Sie schluckte. Ihre Kehle brannte, Tränen stachen in ihren Augen.

Nicht schon wieder! Bewahre doch wenigstens einmal Haltung!

Sie hatte schon den ganzen Morgen über geweint. Und gestern. Und vorgestern. Seit sie den Entschluss gefasst hatte. Dabei hätte sie doch erleichtert sein sollen und froh, endlich die Last abzuwerfen: den Garten, der ihr von Jahr zu Jahr mehr Mühe bereitete und doch nicht wieder so wurde wie früher, als Knie und Kreuz noch biegsam gewesen waren. Die Hausarbeit, die sie gerade eben noch allein bewältigen konnte. Das tägliche Kochen, Einkaufen, Waschen, das ständige Kümmern um Rechnungen. Und dann die lästigen Ablesungen – Strom, Wasser, Gas … Manchmal hatte sie den Eindruck, dass jede Woche eine dieser Ablesekarten im Briefkasten lag. Die Firmen, die ihr diese Karten schickten, kannte sie nicht. Früher war immer ein freundlicher Herr von den Stadtwerken gekommen, der den Zähler abgelesen hatte.

Diesen ganzen Ballast, der ihr Leben zunehmend erschwerte, wäre sie endlich mit einem Schlag los. Und im Heim – »Senioreneinrichtung« sagte man jetzt dazu – würde sie es sich gut gehen lassen können, ihre Wäsche einfach abgeben, das Zimmer putzen lassen und zum Essen in den Speisesaal gehen. Kein Abwasch mehr. Und keine Grübelei, was sie denn kochen solle. Allein, nur für sich.

Eigentlich solltest du froh sein, Martha!

Und warum tat es dann so weh? Warum fiel der Gedanke so schwer?

Das Heim lag im Grünen mit Blick auf den Wald, ganz in der Nähe von Solitüde. Die Zimmer waren geräumig und hatten große Fenster. Sie durfte sogar ein paar ihrer Möbelstücke mitnehmen. Sie hatte es sich schon überlegt: Ihren bequemen Sessel mit dem Fußschemel wollte sie auf keinen Fall missen, ebenso ihr Nähtischchen. So ein Möbelstück hatte heutzutage Seltenheitswert, und sie bewahrte in seinem Inneren nicht nur ihre Handarbeiten auf. Dann die kleine Kommode, die sie von den Schwiegereltern zur Hochzeit bekommen hatten. Die Intarsien waren wunderschön: Sie stellten ein Segelschiff dar und ihre Initialen – KA und MA, für Knud Andersen und

Martha Andersen. Und ihre Stehlampe. Der Lampenschirm passte farblich wunderbar zu dem Sessel.

Martha seufzte.

Vieles würde sie aber auch zurücklassen müssen. Zu viel, was zu ihrem Leben gehörte. Nicht nur Möbel, Teppiche, Bilder und tausend andere Kleinigkeiten. Eigenständigkeit. Bewegungsfreiheit.

Natürlich würde sie spazieren gehen dürfen. Vielleicht sogar allein, wenn die Ärzte es erlaubten. Durch den Wald war es nur ein kurzer Weg zum Strand von Solitüde, wo sie früher im Sommer gebadet hatten, als Juliane noch klein gewesen war. Und sie würde auch Besuch empfangen dürfen. Aber auf ihre Bridge-Abende würde sie verzichten müssen. Das war vorbei. Ein für alle Mal. Wie so vieles.

Es klopfte an der Tür. Hastig wischte sie sich mit dem feuchten Taschentuch über die Augen.

»Guten Tag, Frau Andersen!«

Der junge Mann, der zu ihr ins Zimmer kam, trug einen gepflegten grauen Anzug, ein weißes Hemd mit gestärktem Kragen und eine sorgfältig gebundene Krawatte. Solche Dinge fielen ihr sofort auf. Auch bei Knud hatte sie immer auf ein gepflegtes Äußeres Wert gelegt. Der Mann lächelte freundlich und reichte ihr die Hand.

»Ich bin Florian Schröder von der Firma Schümann-Immobilien.« Er zog eine Visitenkarte aus der Brusttasche seines Jacketts und reichte sie ihr. »Wir haben miteinander telefoniert.«

»Guten Tag, Herr Schröder.« Sie ließ ihre Hand sinken. Auf der Visitenkarte standen sein Name und das Firmenzeichen des Maklerbüros. Nun war es wohl so weit. In seiner schwarzen Ledermappe befanden sich bestimmt die Verkaufsunterlagen.

Er zog einen der beiden Stühle näher an das Bett und setzte sich.

»Wie geht es Ihnen, Frau Andersen?«

»Besser.«

»Und? Bleiben Sie bei Ihrer Entscheidung, was das Haus angeht?«

Sie presste fest die Lippen aufeinander. Dann nickte sie.

»Ja.«

Herr Schröder holte tief Luft, schlug die Beine übereinander und sah sie mitfühlend an. Eigentlich hätte sie sich über seinen Anblick freuen sollen. Es war lange her, dass ein junger, gut aussehender und gepflegter Mann an ihrem Bett gesessen hatte. Ewigkeiten. Aber …

»Der Schritt ist für Sie bestimmt nicht leicht«, sagte er.

»Da haben Sie recht!« Martha versuchte, die Tränen wegzublinzeln. »So viele Jahre!«

»Wie lange haben Sie denn in dem Haus gewohnt, Frau Andersen?«

»Siebenundfünfzig Jahre«, sagte sie leise. »Wir sind nach unserer Hochzeit dort eingezogen.«

»Das ist eine lange Zeit. Da fällt das Loslassen bestimmt schwer.« Er lächelte aufmunternd. »Aber denken Sie mal an die ganze Arbeit, die Ihnen das Haus macht. Und die Reparaturen, die demnächst fällig werden.« Er zog aus seiner Aktentasche eine durchsichtige Mappe hervor und schlug sie auf. »Ihre Tochter war so freundlich, mich in das Haus zu lassen, und ich habe es mir vom Keller bis zum Dachboden angesehen, Frau Andersen. Bad und Küche sind natürlich nicht mehr zeitgemäß. Das Gleiche gilt für die Raumaufteilung. Fenster und Türen müssen erneuert werden, da führt kein Weg dran vorbei. Und bei der Treppe bin ich mir nicht sicher. Das Geländer ist locker, und bei einigen Stufen habe ich den Verdacht, dass sie morsch sein könnten. Wann sind denn die elektrischen Leitungen erneuert worden?«

»Bisher noch nicht.«

»Das ist also Stand Ende fünfziger Jahre?« Er zog die Stirn kraus und nickte langsam. »Was ist mit den Wasserleitungen, den Abwasserrohren?«

»Ich glaube nicht …«

»Und das Dach muss auch runter. Die Fußböden müssen raus, und im Keller habe ich eine feuchte Stelle entdeckt.« Er stieß die Luft geräuschvoll aus und schüttelte dann bedauernd den Kopf. »Ich möchte Sie nicht anlügen, Frau Andersen. Das

Haus ist eine Baustelle. Es wird schwer werden, unter diesen Umständen einen Käufer zu finden. Sehr schwer.«

»Oh nein!«

»Es tut mir leid, es Ihnen so hart zu sagen, aber es nützt ja nichts. Was soll ich um den heißen Brei herumreden? Natürlich können wir versuchen, einen beherzten Käufer zu finden – wenn Sie darauf bestehen. Ich muss Ihnen jedoch gleich sagen, dass Sie in diesem Fall mit einer Vermittlungsdauer von einem Jahr und länger rechnen müssen. Mit allen Nachteilen: Sie bekommen kein Geld, die Unkosten laufen weiter, und ihr Häuschen wird nicht besser.«

»Aber was soll ich denn machen? Was bleibt mir noch übrig?«

»Es gibt noch eine Möglichkeit.« Er machte eine kurze Pause. »Wir können das Objekt als Baugrundstück anbieten.«

Martha verstand nicht gleich.

»Als Baugrundstück? Was heißt das?«

»Das Grundstück ist wunderbar geschnitten. Da könnte man einiges draus machen.«

»Und das Haus? Würde es ...?«

Herr Schröder nickte.

»Ja, es würde abgerissen werden.« Er lächelte. »Wäre das so schlimm? Sie werden dort nicht mehr wohnen, Ihre Tochter braucht das Haus auch nicht. Wir würden innerhalb kürzester Zeit einen Käufer finden – da bin ich sicher. Und Sie könnten sich mit dem Erlös Ihren wohlverdienten Ruhestand versüßen.«

Martha sah wieder aus dem Fenster. Verkaufen war das eine. Aber Abriss? Das Haus, in dem sie und Knud glücklich gewesen waren? Erinnerungen tauchten auf wie Fotos in einem Album. Juliane an ihrem fünften Geburtstag im rosa Kleidchen mit ihrem dunkelblauen Puppenwagen vor dem Rhododendron. Der geschmückte Weihnachtsbaum im Wohnzimmer. Der Silvesterabend mit Elke und Friedhelm, an dem eine ihrer Raketen den Rosenbusch der alten Frau Wagner in Brand gesteckt hatte. Was hatte die Frau über die ungehobelten jungen Leute geschimpft! Der erste Schultag. Der letzte Schultag. Julianes Auszug. Der Tag, an dem sie Knud zu Grabe getragen hatte. Es waren so viele Leute gekommen, dass sie nicht jedem Gast einen Stuhl hatte anbieten können und der Kaffee beinahe nicht gereicht hätte. Was würde mit diesen Erinnerungen geschehen, wenn das Haus abgerissen wurde?

Dann fiel ihr ein, dass diese Bilder, Gedanken und Gefühle nicht an Stein und Holz gebunden waren. Nicht das Haus trug diese Erinnerungen, sondern die Menschen, die darin gewohnt hatten. Knud. Juliane. Und sie.

Sie sah Herrn Schröder an.

»Gut. Dann machen wir es so, wie Sie es vorschlagen.«

»Wirklich?«

»Ja.«

Er lächelte und zog eine Klarsichthülle aus seiner Ledermappe.

»Ich habe hier den Maklerauftrag. Lesen Sie ihn bitte in Ruhe durch und unterschreiben Sie ihn.«

»Wo?«

Er deutete mit dem Finger auf eine Zeile und reichte ihr einen Kugelschreiber. Es war ein schwarzer Montblanc, wie auch Knud ihn besessen hatte. Ihre Unterschrift geriet ein wenig zittrig.

»Wunderbar, Frau Andersen. Ich danke Ihnen für Ihr Vertrauen.« Er schob den unterschriebenen Vertrag sorgfältig in die Hülle zurück. »Und ob Sie es glauben oder nicht, ich kann Ihnen sogar schon ein Angebot nennen.« Er lächelte. »Wie Sie vielleicht wissen, hat Herr Schümann auch eine Baufirma. Er sucht gerade für ein Neubauprojekt das passende Grundstück und ist sehr interessiert. Er bietet Ihnen zweihunderttausend Euro, das sind ehemals vierhunderttausend Mark. Sie brauchen sich jetzt nicht zu entscheiden. Denken Sie in Ruhe darüber nach. Aber ich versichere Ihnen, dass es sich um ein großzügiges Angebot handelt.«

»Ja.«

»Wie bitte?«

»Ich bin einverstanden.«

Herr Schröder blinzelte, und es schien ihr, als könne er nicht glauben, was er gerade gehört hatte. Er sah dabei ein wenig dümmlich aus – den Mund leicht geöffnet, die hellen grauen Augen aufgerissen. Und dann diese sorgfältig frisierten Haare!

Man konnte fast meinen, dass er ein Toupet trug. Doch das Lachen, das sich Bahn brechen wollte, geriet zu einem Schluchzen.

»Sie würden an Herrn Schümann verkaufen, Frau Andersen?«

»Ja.« Die Würfel waren gefallen, ein Verkauf unvermeidlich. Was sollte sie das alles noch länger hinausschieben und mit jedem Besuch des Maklers wieder leiden? Nein. Je eher das Haus verkauft wurde, umso besser.

»Dann sind Sie also damit einverstanden, wenn ich einen Termin beim Notar vereinbare?«

Martha nickte.

»Gut, Frau Andersen.« Herr Schröder erhob sich und räumte seine Unterlagen zusammen. »Ich denke, Ihre Entscheidung ist richtig. Ich werde mich um alles kümmern und Ihnen Bescheid geben, sobald der Termin feststeht.«

»Aber was ist … ich kann vielleicht nicht …«

Herr Schröder nickte.

»Der Notar kommt selbstverständlich zu Ihnen – ganz gleich, ob ins Krankenhaus oder in die Seniorenresidenz. Machen Sie sich darüber keine Sorgen.«

»Danke.«

Der junge Mann war so verständnisvoll! Sie drückte seine Hand.

»Auf Wiedersehen, Frau Andersen. Sie hören von mir.«

Die Zimmertür fiel hinter ihm ins Schloss.

Martha sah wieder aus dem Fenster. Die Möwen zogen immer noch ihre Kreise, völlig unbeeindruckt von der Wende, die ihr Leben gerade genommen hatte.

»Vielen Dank für die Nachricht.«

Thomas legte den Hörer auf und starrte vor sich auf die Schreibtischplatte. Was Schmidt ihm gerade erzählt hatte, gefiel ihm gar nicht. Aber ebenso wie er selbst gab der Chef nicht so schnell auf. Martin Schmidt wollte McKinnley genauso schnell aus Flensburg entfernen wie er. Und wenn nichts anderes half, musste die Presse mit ins Boot geholt werden.

»Stimmt etwas nicht?«, erkundigte sich Peer, während er einen Joghurt löffelte. Peers Frau hatte beschlossen, ihren Mann gesünder zu ernähren. Deshalb aß er neuerdings außer Gebäck, Pommes frites, Currywurst und Fischbrötchen, die er sich in den Pausen beim nahe gelegenen Bäcker oder Imbiss besorgte, zusätzlich Joghurt und Obst. Vermutlich hatte sich Frau Petersen das anders gedacht.

Thomas rieb sich die Stirn.

»Das war gerade der Chef.«

»Ein neuer Fall?«

Er schüttelte den Kopf.

»Nein. Auf dem Schlüsselanhänger, den wir im Oluf-Samsons-Gang gefunden haben, waren keine verwertbaren Fingerabdrücke. Und bei der Durchsuchung von McKinnleys Wohnung wurde nichts gefunden – keine Drogen, keine Waffen. Lediglich ein Messer konnte sichergestellt werden. Es handelt sich jedoch um ein ganz normales Bikermesser, das nicht unter das Waffengesetz fällt. McKinnleys Handy wird zurzeit noch untersucht, aber nach bisherigen Erkenntnissen scheint das auch nichts herzugeben. Bleibt uns nur noch das Feuerzeug.«

»Feuerzeug?« Peer war so überrascht, dass er sich beinahe an seinem Joghurt verschluckte. »Was für ein Feuerzeug?«

»Kein gewöhnliches Feuerzeug, sondern eins von Cartier. Eine Sonderedition aus Weiß- und Gelbgold im Wert von rund zwölftausend Euro. Es hat offenbar McKinnleys Vater gehört und wird seit dessen Tod vermisst.«

»Zwölftausend Euro!« Peer stieß einen Pfiff aus. »Eine schöne Summe, wenn man bedenkt, dass man sich damit auch nur eine Stippe anzünden kann. Hätte ich so viel Geld übrig, würde ich es bestimmt anders anlegen.«

»In unserer Gehaltsklasse vielleicht. Aber McKinnleys Vater war Vorstandsvorsitzender einer großen schottischen Bank.« Thomas sah den überraschten Blick seines Kollegen und nickte grimmig. »Ja, dieser Kerl hat von Haus aus Geld. Richtig viel Geld. Es wird gemunkelt, dass McKinnley senior einer der Gründe war, weshalb die Anklagen gegen McKinnley junior nie von Erfolg gekrönt gewesen waren. Aber jetzt ist der einflussreiche Herr Vater tot, und seine Witwe ist auf den Stiefsohn nicht gerade gut zu sprechen. Sie sagt, McKinnley habe seinen Vater mehrfach um Geld betrogen – unter anderem um Motorräder zu finanzieren und Drogengeschäfte abzuwickeln. Und er habe im Krankenhaus das wertvolle Feuerzeug entwendet. Das ist natürlich allein etwas dürftig, um eine Hausdurchsuchung zu rechtfertigen, aber im Rahmen der Strukturermittlungen hatten wir die Hoffnung, danach neue Beweise gegen ihn in der Hand zu haben. Und jetzt macht McKinnleys Anwalt uns die Hölle heiß. Schadensersatz, Rufschädigung, Schmerzensgeld und so.«

»Woher weißt du das?«

»Der Chef hat es mir eben erzählt. Er hat mit McKinnleys Anwalt telefoniert.« Thomas schlug mit der flachen Hand auf die Tischplatte. »So ein Mist! Ich hätte schwören können, dass die Kollegen bei ihm etwas finden. Himmel noch mal! Der Kerl hatte nicht einmal einen Krümel Gras im Haus. Man könnte fast meinen, er habe vorher geputzt! Vielleicht sollten wir jetzt doch …«

»Was?«

»Ach nichts.«

Peer neigte seinen Kopf und kniff die Augen zusammen.

»Meinst du, er ist gewarnt worden und hat das Zeug rechtzeitig weggeschafft?«

Thomas sah auf. Sofort begannen seine Gedanken zu rasen. Ein Informant. Das wäre eine Möglichkeit, an die er bisher nicht gedacht hatte. Wer könnte McKinnley über die bevorstehende Hausdurchsuchung informiert haben? Christina? Er hatte ihr nichts erzählt, aber seine Schwester hatte ein feines Gespür und war oft in der Lage, zwischen den Zeilen die Wahrheit herauszuhören. Oder einer der Kollegen? Es gab immer wieder schwarze Schafe, die sich zu diesen Outlaw-Motorcycle-Gangs hingezogen fühlten.

»Peer, du sagst zu niemandem ein Wort. Das bleibt unter uns. Bis wir Genaueres wissen.«

»Wir?« Peer runzelte die Stirn. »Hör mal, Thomas, das ist nicht unser Fall. Wir arbeiten im Dezernat für Tötungsdelikte, schon vergessen? Überlass die Ermittlungen den Kollegen, die sich in dem Milieu auskennen.«

Thomas presste die Lippen aufeinander, zog die Augenbrauen zusammen und schüttelte langsam den Kopf.

Peer seufzte.

»Tom, ich kenne diesen Blick. Ich weiß, dass man es dir nicht ausreden kann, wenn du dich irgendwo festbeißt – ebenso gut könnte man versuchen, einem Pitbull seine Beute aus dem Maul zu nehmen. Aber in diesem Fall muss ich darauf bestehen: DAS IST NICHT UNSER FALL! Lass die Finger davon. Um McKinnley werden sich andere kümmern.«

Thomas beugte sich über den Tisch.

»Hör mal zu, Peer. Dieser Dreckskerl wohnt mit meiner Schwester unter einem Dach. Ich habe keine Ahnung, was er im Schilde führt. Aber was auch immer es sein mag, ich werde nicht tatenlos zusehen, wie er meine Schwester da hineinzieht. Darauf kannst du dich verlassen.«

»Du machst mich fertig, Kollege!« Peer hob resigniert die Hände. »Was willst du tun?«

»Ich weiß es noch nicht. Aber mir wird schon etwas einfallen. Und weißt du, was das Beste ist?«

»Na?«

»Der Chef ist auf meiner Seite. Er denkt sogar darüber nach, die Presse auf McKinnley anzusetzen. Möglicherweise lockt ihn das aus seiner Deckung. Und dann haben wir endlich eine Straftat …«

Irgendwie hast du dir diesen Abend mit Duke anders vorgestellt, dachte Christina und streckte ihre Beine aus. Sie stützte sich auf eines der weichen Kissen, die sie neben der Decke auf dem Boden drapiert hatte. Lange hatte sie gegrübelt, wie sie den fehlenden Tisch und die Stühle ersetzen konnte. Sie hatte sogar daran gedacht, eine der Bierzeltgarnituren, die noch in der Garage standen, hochzuschleppen oder auswärts essen zu gehen. Schließlich, kurz nach der Visite, hatte ihr der Zufall auf die Sprünge geholfen. Susanne hatte erzählt, dass sie im Spätsommer eine dreiwöchige Reise nach Andalusien gebucht hatte. Und da war ihr die Lösung eingefallen – eine maurische Tafel auf dem Boden ihres Wohnzimmers. Viel früher als gewöhnlich hatte sie die Station verlassen. In Windeseile war sie durch die Geschäfte geeilt und schwer bepackt mit Lebensmitteln, Geschirr und zwei Kissen nach Hause gehetzt. Das Ergebnis konnte sich sehen lassen.

Das Herzstück des Arrangements war ihre Lieblingsdecke, die sie auf dem Parkett ausgebreitet hatte. Es war ein Mitbringsel von einem Urlaub in Marokko vor zwei Jahren. Die ganze Zeit über hatte diese Decke ein freudloses Dasein im Schrank fristen müssen, weil Lars sie nicht gemocht hatte. Die warmen Rot-, Orange- und Goldtöne und die üppigen Muster widersprachen seinem puristischen Geschmack, der kaum andere »Farben« als Schwarz und Weiß zuließ – höchstens mal ein Creme und ein dezentes Steingrau zur Auflockerung. Nun kam die Decke endlich zu Ehren. Die leuchtenden Farben verwandelten ihr Wohnzimmer aus dem Stegreif in ein Beduinenzelt. Blockkerzen in unterschiedlichen Größen sorgten für stimmungsvolles Licht. Im Hintergrund liefen Flamenco- und Tangomusik. Und zum Essen gab es Tapas. Sie hatte sich für eine ganze Reihe von Klassikern entschieden, die ohne großen Aufwand zubereitet werden konnten, trotzdem lecker waren und obendrein den Vorteil hatten, dass man sie mit den Fingern essen konnte.

Als Duke kam – pünktlich, mit einer Flasche Cava und einem Lächeln, das ihren Bauch kribbeln ließ –, war sie fertig gewesen. Die Speisen, Teller und Servietten waren auf der Decke angerichtet, die Kerzen brannten, die Musik lief, der Wein atmete, und das Bier war kalt gestellt.

Sie hatten sich ein bisschen unterhalten, gelacht und kaum mit dem Essen begonnen, als das Telefon geklingelt hatte. Dukes Anwalt hatte ihn sprechen wollen. Und offenbar war er nicht der Einzige. Es war erstaunlich, wie viele Menschen Duke in Flensburg, Glasgow und sonst auf der Welt kannte, und jeder davon schien ihn ausgerechnet an diesem Abend sprechen zu wollen. Männer aus dem Club hatten angerufen, Leute aus Schottland, aus Hamburg, ein Mann aus Amsterdam, zwei Frauen. Die hatten ziemlich irritiert geklungen, als sie sich gemeldet hatte. Duke hingegen nahm es gelassen. Erst als es geklingelt und ein kleiner bärtiger Wizard mit Namen »Hugger« vor der Tür gestanden hatte, war offenbar auch seine Schmerzgrenze erreicht. Eigentlich hatte der Mann nur etwas abgeben wollen – ein Feuerzeug mit dem Emblem der Wizards für Duke. Aus reiner Höflichkeit hatte sie Hugger ein Bier angeboten und selbstverständlich erwartet, dass er ebenso höflich ablehnte. Den gequälten, resignierten Ausdruck auf Dukes Gesicht hatte sie zu spät bemerkt. Da hatte Hugger bereits das Bier mit freudigem Grinsen angenommen und seine Lederjacke im Flur auf den Boden geworfen.

Jetzt saß Hugger ihr gegenüber auf der Decke und redete die ganze Zeit. Mittlerweile wusste sie, dass er seinen Namen einem Harley-Davidson-Modell zu verdanken hatte, und sie wusste auch, welche Teile er an seiner Maschine verändert hatte. Dabei leerte er eine Schüssel nach der anderen, während Duke mal wieder telefonierte. Diesmal war es ein gewisser »Bert«. Hugger erklärte ihr bereitwillig, dass Bert der President des Clubs und ein toller Kerl war, auf den man sich hundertprozentig verlassen konnte. Dann verlor er sich in den technischen Details von Berts Harley, die sie überhaupt nicht interessierten, während Duke ihr beim Telefonieren den Rücken zukehrte. Gern hätte sie öfter sein Gesicht gesehen, seine kastanienbraunen Augen, sein Lächeln – auch mit Hämatom. Endlich war das Gespräch beendet. Er drückte auf den Knopf und drehte sich zu ihr um.

»Tut mir leid«, sagte er und gab ihr das Telefon zurück. Dann ließ er sich auf seinem Kissen nieder. »Das war hoffentlich die letzte Störung für heute. Sobald ich kann, besorge ich mir ein neues Handy. Dann hast du endlich wieder Ruhe.«

»Kein Problem. Wenn es wichtig ist …«

»Was hat Bert denn gesagt?«, mischte sich Hugger ein und warf sich die letzte marinierte Olive in den Mund. »Ist es bei den anderen ruhig geblieben?«

»Ja.«

»Dann hast du wohl den Jackpot geknackt, Bruder.« Er schlug Duke fröhlich auf die Schulter. »Du bist der einzige Wizard in ganz fucking Europe, der heute gefilzt wurde.«

»Da fallen mir auf Anhieb ein paar Sachen ein, die mich deutlich mehr anmachen«, erwiderte Duke und warf Christina einen langen Blick zu.

The looks of a moviestar and the smile of a prince …

Sie fühlte eine angenehme Wärme aufsteigen. Dabei war Duke weder blond, noch hatte er blaue Augen. Er war Legastheniker und hatte, wie er ihr in einer der kurzen Telefonpausen erzählt hatte, die Schule abgebrochen. Er rauchte. Er war ein Wizard, und die Hausdurchsuchung hatte sicherlich nicht ganz ohne Grund bei ihm stattgefunden. Vielleicht hatte er sogar schon im Gefängnis gesessen. Genau betrachtet war Duke in jedem Detail, bis hin zu seinen Tätowierungen, den Ohrringen und der Haarlänge, das genaue Gegenteil ihres Traummannes. Aber irgendwie war das alles völlig egal. Besonders wenn er lächelte.

The looks of a moviestar and the smile of a prince …

Wenn sie doch nur allein gewesen wären!

»Hör mal, Hugger«, sagte Duke. »Du hast gegessen und getrunken und …«

»Ja. Die Sachen sind total lecker. Mein Kompliment an die Lady. Sind noch ein paar von diesen Speckröllchen da?«

»Nein. Und selbst wenn. Du hast keinen Hunger mehr. Du …«

»Keinen Hunger mehr?« Hugger lachte. »Hast du eine Ahnung, was ich verdrücken kann!«

»Das glaube ich dir aufs Wort.« Duke legte ihm eine Hand auf die Schulter, seine Stimme nahm einen deutlich schärferen Ton an. »Mach dich unsichtbar, Mann!«

»Ich …«

»Schluss. Du hast die Lady lange genug belästigt.«

»Aber …« Hugger sah Duke an, dann Christina. Und plötzlich grinste er. »Oh, na klar. Jetzt verstehe …«

In diesem Moment ertönte ein Schrei. Es war ein lang gezogener Schrei voll Angst und Entsetzen. Christina zuckte erschrocken zusammen und verschüttete Rotwein auf eines der neuen Kissen.

»Kate!«

Duke schnellte hoch, Hugger war nur unwesentlich langsamer.

Den Fleck kriege ich bestimmt nicht aus dem Stoff, dachte Christina, während der Schrei höher, schriller, hysterischer wurde. Irgendwo splitterte Glas. Ganz langsam drang in ihr Bewusstsein, dass die Geräusche aus dem Haus kamen. Von unten. Ein eisiger Schauer lief ihr über den Rücken. Käte! Jemand bedrohte die alte Frau! Endlich konnte sie sich aus ihrer Schockstarre lösen. Sie sprang auf und folgte den beiden Männern zum Fenster.

»Da! Da ist ein Mann!« Sie deutete nach draußen. Eine schwarz gekleidete Gestalt rannte quer über den Rasen davon. Doch die beiden hatten ihn längst gesehen. Duke hatte bereits die Terrassentür aufgerissen.

»Den fucking Bastard holen wir uns. Kümmere dich um Kate!«

Und bevor Christina die beiden daran hindern konnte, waren Duke und Hugger auch schon über das Eisengitter des Balkons hinunter in den Garten gesprungen, als gehörten solche Aktionen zu ihrem Alltag. Sie sprinteten dem Unbekannten hinterher. Der kletterte gerade über den Zaun am Ende des Grundstücks. Sie sah noch, wie die beiden sich ebenfalls über den Zaun schwangen. Das Gebüsch raschelte. Dann war nichts mehr zu sehen und zu hören.

Duke hat recht. Ich muss nach Käte sehen, dachte Christina. Sie lief in den Flur, schlüpfte hastig in ihre Loafers und wäre fast auf der Treppe gestürzt, weil einer von ihnen nicht richtig saß. Sie klopfte an die Wohnungstür.

»Käte!«, rief sie und klopfte wieder. »Käte! Ich bin es. Christina!«

Die alte Frau öffnete nicht. Käte hatte bereits zwei Herzinfarkte hinter sich und nahm Medikamente. Ob sie irgendwo hilflos in ihrer Wohnung lag? Christina bekam Angst um die alte Dame und lief in den Garten hinaus auf die Rückseite des Hauses. Das Glas der Verandatür war zerbrochen, Splitter knirschten unter ihren Schuhen. Im Flur brannte Licht, das durch die geöffnete Tür ins Wohnzimmer fiel. Sie konnte die Couch sehen, den Sessel, den Teppich, der bis zur Veranda reichte. Aber keine Käte.

»Käte?«

Immer noch keine Antwort. Vorsichtig streckte sie ihre Hand

durch die Verandatür an den scharfen Glaskanten vorbei zur Klinke. An einigen der Scherben waren dunkle, feuchte Flecke.

Blut!

Sie schluckte und öffnete die Tür. Langsam ging sie ins Haus hinein.

»Käte! Wo sind Sie? Ich bin es, Christina!«

Sie fand die alte Frau schließlich hinter dem Sessel auf dem Boden kauern, wie ein verängstigtes kleines Mädchen. Mit beiden Armen umklammerte sie ihre Beine und schaukelte vor und zurück. Es war beängstigend.

Christina kniete sich neben sie auf den Boden und berührte sie sachte am Arm. Käte schrie auf.

»Keine Angst, ich bin es.«

»Christina!« Kätes Lippen waren bleich, ihre Zähne schlugen aufeinander. Sie atmete schnell und pfeifend, und ihre Stimme war so leise, dass Christina die alte Frau kaum verstehen konnte. »Ich … ich habe …«

Christina maß besorgt ihren Puls. Er war schwach und unregelmäßig. Möglicherweise war der Schock zu viel für Kätes labiles Herz.

»Ich hole Ihnen etwas zu trinken und eine Jacke«, sagte sie und erhob sich.

In der Küche fiel ihr sofort die ungewöhnliche Wärme auf. Und dann sah sie, dass der Herd auf höchster Stufe angeschaltet war. Die Herdplatten glühten bereits. Ohne lange zu überlegen, stellte sie den Herd aus. Sie füllte ein Glas mit Wasser und holte aus Kätes Schlafzimmer eine Wolldecke. Erst danach kam ihr der Gedanke, was geschehen wäre, wenn sie die eingeschalteten Herdplatten nicht bemerkt hätte. Ein beängstigender Gedanke.

Als sie wieder ins Wohnzimmer kam, kamen Duke und Hugger gerade zurück. Beide atmeten schwer.

»Ich habe einen Geist gesehen«, sagte Käte und sah sie mit weit aufgerissenen Augen an. »Einen Geist! Einen richtigen Geist! Er war in meiner Wohnung, in meinem Schlafzimmer. Er stand da und hat mich angesehen. Es war so schrecklich! Seine Fratze … Er hatte eine fürchterliche weiße Fratze! Aber ich weiß doch, dass es keine Geister gibt. Und das heißt … Ich bin verrückt, Duke. Ich bin … wirklich … verrückt …«

Sie begann zu schluchzen. Duke schüttelte langsam den Kopf, ging neben Käte in die Hocke und nahm die Hände der alten Frau in seine.

»Nein, Kate, du bist nicht verrückt«, sagte er leise, seine Stimme klang dabei fast zärtlich.

»Aber ich …«

»Nein. Wir haben ihn gesehen, diesen Geist. Wir haben ihn wegrennen sehen und sind ihm nachgelaufen und …«

»Habt ihr ihn erwischt?«, fragte Christina und legte Käte eine Decke um die Schultern.

Hugger schüttelte den Kopf.

»Nein. Leider nicht. Aber er hat das hier verloren.« Er hielt ein weißes unförmiges Ding hoch.

»Was ist das?« Käte starrte den seltsamen Gegenstand mit weit aufgerissenen Augen an. »Was ist das, Duke?«

»Das ist eine Maske – und der beste Beweis, dass in deinem Schlafzimmer kein Geist gewesen ist, sondern ein Typ mit einem besonders kranken Humor.«

Christina nahm ihm die Maske ab. Es war offensichtlich eine dieser Masken, die einem der bekannten Horrorfilme nachempfunden waren und die man zu Halloween in nahezu jedem Supermarkt kaufen konnte. Wenn sich jemand mit dem Ding über dem Gesicht nachts vor ein Fenster stellte oder in ein Schlafzimmer eindrang, konnte man es ohne Zweifel mit der Angst zu tun bekommen.

»Dann habe ich es mir nicht eingebildet?«

»Nein.«

»Wo ist der Mann denn jetzt?«

Duke schüttelte wieder den Kopf. »Ich weiß es nicht.«

»Auf dem Grundstück nebenan haben wir ihn verloren«, sagte Hugger und zog die Nase hoch. »Wenn es heller gewesen wäre, hätten wir vielleicht eine Chance gehabt. Aber da draußen ist es stockdunkel.«

»Es tut mir leid, Kate«, sagte Duke leise. »Es tut mir so leid, dass ich dir nicht geglaubt habe – die Krähe, die Möwe in der

Waschmaschine, was du mir über das Gesicht am Fenster erzählt hast …« Er machte eine Pause. Sein Gesicht war weiß vor Zorn. »Ich verspreche dir, ich werde alles tun, um den Kerl zu finden, der dir das angetan hat. Wir werden ihn finden.«

Er erhob sich. Hugger nickte grimmig.

»Den Bastard schnappen wir uns.«

»Die Terrassentür ist kaputt«, sagte Christina. »Und in der Küche war der Herd angeschaltet, alle vier Platten.«

»Aber ich habe bestimmt nicht …«

»Schon gut, Kate, wir wissen, wer das getan hat.« Duke sah Christina besorgt an. »Du bist Ärztin. Wie geht es ihr?«

»Sie hat einen Schock bekommen, was bei ihrer Herzerkrankung nicht ganz unproblematisch ist, aber sie scheint stabil zu sein. Natürlich gehört sie ins Bett. Sie braucht Ruhe. Die Frage ist nur, ob sie hier ohne Angst schlafen kann. Vielleicht sollten wir sie lieber in ein Krankenhaus bringen.«

»Krankenhaus?« Käte sah Christina bittend an. »Ist das denn wirklich notwendig?«

Duke runzelte die Stirn.

»Ich werde heute Nacht hierbleiben und auf sie aufpassen. Und wenn etwas ist, rufe ich dich. Okay?« Christina nickte. »Kate, bist du damit einverstanden?«

Die alte Dame nickte. Sie wirkte deutlich erleichtert.

Duke und Hugger halfen ihr auf die Beine und brachten sie ins Schlafzimmer.

»Das geht eindeutig über einen Streich hinaus, Duke«, sagte Christina, als er sie und Hugger zur Tür brachte. »Das ist kriminell. Das Haus hätte abbrennen können! Wir sollten die Polizei rufen und …«

Dukes Kopf flog herum, als hätte ihn ein Schlag getroffen. Seine dunklen Augen wirkten plötzlich hart und kalt.

»Nein.«

»Aber …«

»Ich sagte Nein.«

»Warum …«

»Was würden die Bullen tun? Hier ist nichts passiert, außer dass eine Scheibe zu Bruch ging.«

»Und was ist mit der Maske und diesem Kerl?«

»Kannst du ihn beschreiben?«

»Natürlich. Und ihr habt ihn doch auch gesehen. Er trug schwarze Kleidung, eine Art Kapuzenjacke, mit dem Schriftzug ›Support WoD Flensburg‹ auf dem Rücken und …«

»Support-Stuff der Wizards«, sagte Hugger düster. »Das wäre nicht gut, Lady!«

»Aber …«

»Für die Cops wäre damit der Fall innerhalb von Minuten gelöst. Sie würden es uns in die Schuhe schieben.« Hugger nickte zustimmend. »Wir regeln die Sache selbst.«

»Und …« Christina biss sich auf die Lippe, um ihre Gedanken nicht auszusprechen. Und wenn es doch einer von euch war? Würdet ihr das zugeben? Oder würde der Mann einfach nur eine Abreibung kassieren und damit wäre die Sache erledigt? »Und wie wollt ihr das anstellen?«

»Wir kriegen es heraus«, sagte Duke. »Das Modell der Kapuzenjacke ist ziemlich neu, die Größe können wir schätzen. Mit ein bisschen Glück hat er das Teil nicht auf einem Event gekauft, sondern im Internet bestellt. Wenn das so ist, können wir anhand einer Kundenliste seinen Namen und möglicherweise sogar seine Adresse herauskriegen. Und dann werden wir ihm auf den Zahn fühlen.« Er sah sie an, seine Augen funkelten, und sie hatte den Verdacht, dass er genau wusste, was ihr gerade durch den Kopf ging. »Hör mal gut zu, Lady. Wizards tun so etwas nicht. Wir laufen nicht verkleidet durch die Gegend, um alte Frauen zu Tode zu erschrecken. Das ist unterstes Regal. Ein Idiot, der an solchen Dingen Spaß hat, würde nie Member werden. Keine Chance. Null. Zero. Niente. Never ever.«

Christina sah ihm in die Augen, und jeder Zweifel löste sich in Luft auf. Sie glaubte ihm. Nein, sie wusste, dass er die Wahrheit sagte. Wie hatte sie auch nur eine Sekunde etwas anderes denken können?

»Es tut mir leid. Ich wollte dich nicht …«

Er holte tief Luft.

»Also haben wir uns verstanden? Keine Bullen. Wir kriegen diesen Vogel, darauf kannst du dich verlassen.«

»Duke, ich werde dann mal …« Hugger deutete mit dem Daumen nach draußen.

»Klar. Danke, Bro. Wir sehen uns morgen.«

Die beiden verabschiedeten sich mit einem Handschlag und einem Schulterklopfen.

»Wenn etwas ist, rufst du mich«, sagte Christina, nachdem sie ihm genaue Anweisungen gegeben hatte. »Ich habe morgen Dienst. Bevor ich ins Krankenhaus fahre, komme ich noch mal und sehe nach Käte.«

»Okay.«

»Gute Nacht, Duke.« Sie ging zur Treppe.

»Christina?« Sie wandte sich noch einmal um. »Danke für das Essen. Tut mir leid, dass der Abend nicht ganz nach Plan gelaufen ist. Vielleicht können wir bald einen zweiten Versuch starten – ohne Handy und irgendwo außerhalb?«

Und da war es wieder, dieses Lächeln, ein bisschen schief mit dem blauen Auge.

»Gern«, erwiderte sie. Sehr gern sogar!

»Außerdem ist am Freitag ab acht Uhr Open House im Club. Jedermann ist willkommen. Du selbstverständlich auch.«

Sie lächelte zurück und stieg langsam die Treppe hinauf.

Keuchend ließ er sich auf den Autositz sinken und schloss die Tür. Hastig kramte er im Handschuhfach nach einer Packung Taschentücher. Er schüttelte eines heraus und wickelte es sich um die linke Hand. Der Schnitt brannte höllisch, er blutete wie ein Schwein. Erschöpft lehnte er seinen Kopf gegen die Kopfstütze und holte tief Luft. Nur langsam beruhigte sich sein Herzschlag. Bei seiner Flucht über den unbebauten Acker war er in ein Kaninchenloch getreten. Sein Knie pochte. Trotzdem war er den ganzen Weg bis zum Wagen gerannt. Er hatte ihn ein paar Straßen entfernt vor einem Supermarkt geparkt, wo sich um diese Zeit kein Mensch aufhielt. Jetzt zeigte es sich, wie klug diese Entscheidung gewesen war. An der Hauptstraße wäre er blutend und humpelnd bestimmt jemandem aufgefallen.

So ein Mist!

Er schlug mit der Faust aufs Lenkrad.

Anfangs war es nach Plan gelaufen. Er hatte das Licht oben bei der Ärztin gesehen. Er hatte die Alte zum Schreien gebracht, damit ihn die Martens in der Kapuzenjacke der Wizards weglaufen sehen und eine genaue Beschreibung liefern konnte, wenn sie die Polizei rief. Doch dann war alles schiefgegangen. Erst hatte das Schloss dieser dämlichen Verandatür geklemmt, sodass er sie nicht öffnen konnte, sondern eintreten musste. Beim Durchsteigen hatte er sich an der zerbrochenen Scheibe die Hand aufgeschnitten. Und dann waren plötzlich diese beiden Kerle hinter ihm hergerannt. Er hatte sich nicht lange damit aufgehalten, sich nach ihnen umzudrehen, aber er war sicher, dass es Wizards waren. Als er wegen dieses blöden Kaninchenlochs gestolpert war, hätten sie ihn fast erwischt. Weil es stockdunkel war und der Boden uneben, voll Schutt und Müll, war er ihnen gerade eben noch entkommen. Dabei hatte er seine Maske verloren. Natürlich konnte er jederzeit eine neue kaufen. Das war nicht das Problem. Aber er war in Panik geraten, hatte nicht mehr klar denken können. Und womöglich hatten die beiden sein Gesicht gesehen.

Verdammt!

Was sollte er jetzt tun?

Nach Hause fahren. Die Hand verbinden. Nachdenken.

Er startete den Wagen. Zum Glück hatte er morgen frei, das verschaffte ihm Zeit.

Irgendwie musste er die beiden lästigen Zeugen loswerden. Aber ihm würde schon etwas einfallen.

10

Donnerstag, 09. Mai

Duke fegte die Splitter zusammen. Die Nacht hatte er halb ausgestreckt in Kates Sessel verbracht. Natürlich war das Ding kein Himmelbett, aber er hatte schon deutlich unbequemer geschlafen: ohne Isomatte und Schlafsack in den Highlands zwischen Heidekraut und Felsbrocken, im feuchten Sand an der schottischen Küste, auf dem Boden einer Garage, auf einer Bank, auf einem Rastplatz im Gras. Und auf klapprigen blassgelben Plastikstühlen im Krankenhaus.

Wie eine Naturgewalt brach die Erinnerung über ihn herein und packte ihn mit eisiger Hand am Genick. Sein Herz begann zu rasen, Schweiß trat auf seine Stirn.

Nein. Nicht jetzt. Vielleicht später.

Die Gedanken gehorchten, stahlen sich davon und zogen sich in die dunkle Ecke zurück, aus der sie hervorgekommen waren. Kein Friede, lediglich ein Waffenstillstand.

Die Nacht war quälend langsam verstrichen. Er hatte beobachtet, wie die Zeiger der Uhr vorrückten, wie sich das Licht hinter den Jalousien allmählich änderte. Hin und wieder war er aufgestanden, um an der offenen Verandatür zu rauchen. Manchmal war er kurz eingedöst, für Minuten oder Sekunden. Die Angst, dass es Kate schlecht gehen könnte und er es nicht merkte, hatte ihn wach gehalten. Außerdem hatte er über viele Dinge nachgedacht. Er musste mit Phil reden, Dannys Sponsor. Und mit Bert. Beim Meeting heute Abend hatte er einiges zu besprechen.

Er nahm den Mülleimer und stellte ihn neben die Verandatür. Ganz unten auf dem Boden lagen Zeitungen – sauber in feine Streifen geschnitten. Keine zwölf Stunden vorher hätte er geglaubt, dass Kate das getan hatte. Jetzt wusste er, dass ihr jemand diese Streiche spielte. Irgendein geisteskranker Idiot, der nicht begriff, dass dies keine Scherze mehr waren. Kate hätte vor Schreck sterben können. Ganz zu schweigen von den eingeschalteten Herdplatten. Damit hätte der Kerl fast das Haus abgefackelt.

Und vielleicht war dies auch der Sinn der Übung.

Aber warum? Wer konnte diese harmlose alte Frau so hassen? Oder galten diese Anschläge gar nicht ihr? Waren sie arrangiert worden, um den Wizards etwas anzuhängen? Oder speziell ihm? Hatte Millicent ihre Finger mit im Spiel? Die Frage seiner »Erbwürdigkeit« stand immer noch im Raum. Allerdings war Millicent zwar geldgierig und gewiss nicht gut auf ihn zu sprechen. Aber so eine Bosheit und Hinterhältigkeit traute er nicht einmal der Witwe seines Vaters zu. Wer auch immer dahintersteckte, musste geisteskrank sein.

»Guten Morgen!«

Er sah überrascht auf. Kate stand vor ihm, eingehüllt in eine weiche rosafarbene Strickjacke. Ihr silbernes Haar hing offen um ihre Schultern und ließ sie aussehen wie eine alte, weise Zauberin.

»Hey, was machst du denn hier? Du solltest doch im Bett bleiben, bis Christina kommt!«

»Ich bin es nicht gewohnt, so lange liegen zu bleiben«, erklärte sie ihm mit fester Stimme. »Außerdem geht es mir viel besser.«

Sie war immer noch etwas blass, aber es schien ihr tatsächlich besser zu gehen. Sie hatte die ganze Nacht über tief und ruhig geschlafen, und jetzt lächelte sie sogar.

»Vorsicht«, warnte er sie und deutete auf ihre nackten Füße. »Hier liegen immer noch Splitter herum. Du könntest dich schneiden.« Er schüttete die Scherben in den Mülleimer, richtete sich auf und streckte seine Glieder. »Morgen rufe ich einen Glaser an, damit eine neue Scheibe eingesetzt wird.«

Kate schüttelte sanft den Kopf.

»Es wird keiner kommen«, sagte sie ruhig.

»Wieso?«

»Das weiß ich nicht«, sagte sie und zuckte mit den Schultern. »Es kommen schon lange keine Handwerker mehr zu mir. Aber versuche es. Möglicherweise hast du mehr Glück.« Sie lächelte. »Ich habe Frühstück gemacht. Kaffee und Eier. Du hast bestimmt Hunger.«

Oh ja. Und noch größer als sein Hunger war der Wunsch nach einem Becher Kaffee. Schwarz, mit zwei Löffeln Zucker.

In der Küche duftete es nach handgefiltertem Kaffee und Rühreiern. Auf dem Tisch standen Brot, Butter, Marmelade und Honig. Sein Magen begann zu knurren.

»Setz dich, Duke«, sagte Kate und klang dabei genau wie früher seine Großmutter.

Sie schenkte ihm Kaffee ein und lud ihm den Großteil der Eier auf den Teller. Was sie für sich behielt, hätte höchstens einen Spatz satt machen können. Ächzend ließ sie sich auf den Stuhl sinken.

»Bist du in Ordnung?«, fragte er.

»Ja. Wirklich. Es ist nur …« Sie lächelte, und ihr feines Gesicht legte sich dabei in zahlreiche Falten und Fältchen. »Ich bin nicht mehr siebzehn. Oft vergesse ich das.« Sie stützte ihren Kopf auf und rieb sich die Stirn. »Greif zu. Iss, bevor es kalt wird.«

Es klingelte an der Tür. Kate wollte aufstehen, doch Duke hielt sie zurück.

»Du bleibst sitzen. Das ist bestimmt Christina.«

Er öffnete die Tür. Christina trug eine Jeanshose, flache, weiche Schuhe und einen hellen Trenchcoat.

»Guten Morgen«, sagte sie, strich sich das Haar hinters Ohr und lächelte. Es war dieses schüchterne, etwas unsichere und gerade deshalb unwiderstehliche Lächeln. Als hätte ihr noch nie jemand gesagt, wie verflixt hübsch sie war.

»Guten Morgen.«

»Wie geht es Käte?«

»Besser, denke ich. Sie ist in der Küche. Ich konnte sie nicht überreden, im Bett zu bleiben.«

Christina ging an ihm vorbei in die Küche, zog ihren Mantel aus und warf ihn über eine Stuhllehne. Sie sprach mit Kate, stellte ihr Fragen, tastete die Arm- und Fußpulse ab. Schüchternheit und Unsicherheit waren wie weggeblasen. Christina wirkte sicher, kompetent, selbstbewusst. Eine Frau, die wusste, was sie tat, die mit beiden Beinen fest auf der Erde stand, die

Rückgrat hatte. Sie beugte sich vor, um Kate in die Augen zu sehen, ihre gut sitzende Jeans straffte sich.

Wow. Was für ein Hintern!

»Duke?«

»Pardon?« Erst jetzt wurde ihm bewusst, dass sie offenbar mit ihm gesprochen hatte. »Entschuldige, ich war … ich habe gerade nachgedacht.«

»Könntest du bitte Kätes Medikamentenschale aus dem Schlafzimmer holen?«

»Klar.«

»Sie liegt auf meinem Nachttisch«, ergänzte Kate und warf ihm einen Blick zu, als wüsste sie genau, wo seine Gedanken gerade eben gewesen waren. Er war froh, dass er die Küche für einen Moment verlassen konnte.

Nachdem Christina sich wieder verabschiedet hatte, aßen sie ihr Frühstück.

»Wir treffen uns heute Mittag im Club«, sagte er. »Ich bin um neun, spätestens um zehn wieder da. Ist es in Ordnung, wenn ich dich so lange allein lasse?«

»Natürlich.« Kate lächelte. »Um eins holen mich mein Sohn und meine Schwiegertochter ab. Wir wollen nach Schleswig zum Kaffeetrinken fahren. Und außerdem …« Sie schloss für einen Moment die Augen. »Am helllichten Tag wird der Mann es doch wohl kaum wagen zu kommen«, fügte sie leise hinzu.

»Ich werde etwas organisieren. Solange wir den Kerl nicht haben, wirst du nachts nicht mehr allein bleiben.«

»Danke, Duke.« Sie griff über den Tisch nach seiner Hand und drückte sie. Ihre Augen schimmerten feucht. »Gott segne dich.«

Dann gib dem alten Herrn mal meine Adresse, wenn du mit ihm sprichst. Er muss sie irgendwo verschlampt haben.

Aber das sagte er natürlich nicht.

Im Krankenhaus war es ruhig. Auf den Stationen hatten sich etliche Patienten für den ganzen Tag beurlauben lassen, unternahmen mit ihren Angehörigen einen Spaziergang oder saßen mit ihren Familien und Freunden in der Cafeteria des

Krankenhauses. Übrig geblieben waren die Bettlägerigen und Alleinstehenden. Unten auf der Notaufnahme hockten die Kollegen untätig auf dem Sofa, unterhielten sich oder blätterten in Zeitschriften.

Christina wollte die ruhige Zeit nutzen, längst fällige Arztbriefe zu diktieren und den Aktenstapel auf ihrem Schreibtisch endlich schrumpfen zu lassen. Im Laufe des Tages würde das bestimmt anders werden. Heute war Christi Himmelfahrt – Vatertag. Spätestens um drei Uhr würden die ersten Männer mit Sonnenstich, Magenverstimmung und Alkoholvergiftung in der Notaufnahme eintreffen, und manche dieser Patienten würden bleiben müssen.

Sie ging den Flur entlang zu den Fahrstühlen, bog jedoch ins Treppenhaus ab. Abends oder am Wochenende konnte sie sich nicht aufraffen, ins Fitnessstudio zu gehen oder eine Runde zu laufen. Eine Zeit lang hatte sie zu Hause Yogaübungen gemacht, aber auch das war schon vor etlichen Wochen eingeschlafen. Deshalb benutzte sie bei jeder Gelegenheit die Treppen. Damit ließ sich wenigstens das schlechte Gewissen beruhigen, wenn sie am Patientenbett gesunden Lebenswandel mit ausreichend Bewegung und Sport predigte.

Auf der Treppe kam ihr Nicole entgegen. Und es war schwer, zu entscheiden, wer von ihnen überraschter war.

»Oh, Frau Doktor!«

»Guten Tag, Nicole. Was machen Sie denn hier? Ich dachte, Sie haben heute frei?«

»Das stimmt«, erwiderte die Krankenschwester. Ihre Wangen waren dabei fast so rot wie ihr Haar. »Ich bin gerade am Lernen und wollte kurz in die Bibliothek, um etwas nachzuschlagen.«

»Na, dann wünsche ich viel Erfolg!«

Christina ging weiter. Hinter sich hörte sie Nicoles eilige Schritte. Sie glaubte ihr nicht. Aber was auch immer Nicole an ihrem freien Tag ins Krankenhaus trieb, war ihre Privatangelegenheit, und es ging sie nichts an.

Auf der Station war es still. Die anwesenden Patienten schliefen, und Besucher waren keine da. Nur im Schwesternzimmer spielte das Radio.

Sie war froh darüber. Der gestrige Tag hing ihr immer noch nach – erst der SEK-Einsatz, dann der Schreck über den Eindringling, der beunruhigende Gedanke, dass das Haus hätte abbrennen können, und die Sorge um Käte. Sie mochte die alte Frau sehr. Immer wieder wanderten ihre Gedanken zu ihr. Und zu Duke.

Ohne genauen Plan blätterte sie die Akten von Frau Andersen und Herrn Meissner durch. Die Frage, was das Symptom der zerschnittenen Textilien bei beiden ausgelöst haben konnte, spukte immer noch in ihrem Kopf herum. Aber wonach sollte sie suchen? Die beiden hatten weder die gleichen Medikamente bekommen noch die gleichen Wirkstoffgruppen oder ähnliche Kombinationen. In der Vorgeschichte fanden sich auch keine Gemeinsamkeiten. Und ihre Wohnorte lagen so weit voneinander entfernt, dass man Umweltfaktoren wie eine Chemiefabrik auch nicht anschuldigen konnte.

Ich werde wohl mit den Hausärzten sprechen müssen, dachte sie und klappte Frau Andersens Akte zu. Morgen würde die alte Dame in die Seniorenanlage umziehen, der Aufnahmebescheid lag seit Mittwochnachmittag vor. Hoffentlich würde es ihr dort besser gehen. Etwas wehmütig dachte sie daran, dass sie das nie erfahren würde – die Einrichtung würde sich nicht im Krankenhaus melden, und von Frau Andersen war das natürlich nicht zu erwarten.

Christina schlug die Akte von Herrn Meissner auf. Der Befund der Pathologie mit den Fotos der Obduktion war nicht dabei, den hatte die Staatsanwaltschaft offenbar nicht mit der Akte zurückgeschickt, aber sie war nicht traurig deswegen. Sie hatte Herrn Meissner gemocht, diesen aufrechten, vielleicht auch ein wenig eigensinnigen alten Herrn. Was hatte er geantwortet, als sie ihm nahegelegt hatte, in eine betreute Senioreneinrichtung zu ziehen?

Lewer duad üs slav. Der Wahlspruch der Friesen – »Lieber tot als Sklave«. Gewiss ließ sich darüber streiten, ob man eine Senioreneinrichtung mit der Sklaverei gleichsetzen konnte. Herr Meissner hatte es jedenfalls so gesehen.

Wenigstens dieses Ziel hatte er erreicht. Er war tot. Armer alter Mann.

Sie blätterte weiter zu Dr. Maurers Bericht. Da stand es, schwarz auf weiß: »Herr M. berichtet über folgende Vorkommnisse: zerschnittene Handtücher, Stimmen aus der Wand. Eines Morgens habe sogar eine tote Amsel im Kühlschrank gelegen ...«

Christina sah auf, blinzelte und las die Zeile noch einmal. Eine tote Amsel im Kühlschrank. Hastig schlug sie Frau Andersens Akte auf. Ja, da stand es: »... eine tote Maus in der Spüle ...«

Ihr Herz begann zu rasen, ihre Hände zitterten. Sie dachte an etwas, das Duke am Vorabend zu Käte gesagt hatte – er hatte von einer toten Möwe gesprochen, einem Kadaver in der Waschmaschine unten im Keller.

Eine tote Amsel, die im Kühlschrank aufgefunden wurde. Eine Maus in der Spüle. Und eine Möwe in der Waschmaschine. Zufall? Zerschnittene Handtücher, zerschnittene Bettlaken und zerschnittene Zeitschriften. Noch ein Zufall? Drei alte Menschen berichteten unabhängig voneinander über die gleichen Phänomene. Seltene Phänomene, mit denen eine Fachärztin für Psychiatrie nach fünfzehn Jahren Berufserfahrung nie konfrontiert worden war.

Christina schüttelte langsam den Kopf.

Ein zufälliges Zusammentreffen mochte es geben. Aber gleich zwei? Da steckte etwas dahinter. Oder jemand.

Sie dachte an den Kerl, der gestern davongerannt war. Den Mann mit der Jacke der Wizards. Offenbar war er nicht zum ersten Mal auf dem Grundstück und im Haus gewesen. Unter Umständen auch nicht zum letzten Mal.

Ich muss so bald wie möglich mit Duke sprechen, dachte sie. Wir dürfen Käte nicht allein lassen.

Der Fahrtwind zerrte an Dannys Lederjacke, die Landstraße flog unter ihm dahin, die Harley vibrierte zwischen seinen Beinen. Sein Brustkorb bebte vom Donnern und Dröhnen der anderen Maschinen. Zwanzig Wizards und drei Hangarounds waren unterwegs. Die Sonne schien und spiegelte sich auf Chrom und Lack. Es hätte ein schöner Ride werden können. Aber er war nicht in der richtigen Stimmung. Seit vier

Tagen versuchte er, mit Sabrina zu sprechen. Sie ging nicht ans Telefon, und zu Hause war sie auch nie – sie war in der Arbeit, beim Arzt, bei einer Freundin. Angeblich. Er wusste es besser. Sie wich ihm aus. Vielleicht wollte sie ihn wirklich nicht sehen. Aber wahrscheinlich hatte Steve ihr den Umgang mit ihm verboten. Natürlich wegen Duke.

Direkt vor ihm fuhr einer der Hangarounds, rechts daneben Marc. Auch er war immer noch Prospect. Doch Danny hatte munkeln hören, dass seine Aufnahme kurz bevorstand. Obgleich Marc noch nicht so lange dabei war wie er.

Und wer weiß, ob ich je so weit komme, dachte Danny.

Duke hatte mit Bert gesprochen. Und mit Phil. Vorhin beim Clubhaus, als sich alle Brüder versammelt hatten. Er selbst hatte gerade dabei geholfen, den Schwenkgrill über der Feuerstelle anzubringen. Da hatte er die drei gesehen, wie sie miteinander redeten. Und dann hatte der President gesagt: »Eine ernste Sache. Darum kümmern wir uns nachher beim Meeting.«

Worüber die drei wohl gesprochen hatten? Über ihn? Über die Sache mit Dukes Jobadresse? Was hatte er schon getan? Er hatte jemandem erzählt, wo Duke arbeitet. Was war so schlimm daran? Der Typ war doch nur ein Makler gewesen! Aber wenn Duke jetzt diese Geschichte gegenüber Bert und den anderen ausgeplaudert hatte – wer war dann wohl der Verräter?

Danny sah in den linken Rückspiegel. Er konnte Hugger auf seiner Sportster sehen. Als erfahrener Biker sicherte er das Pack mit den drei Neulingen von hinten. Täuschte er sich, oder sah Hugger heute ebenfalls ernst aus? Vielleicht sogar traurig? Er hatte ihn vorhin gar nicht wie sonst begrüßt. Oder bildete er es sich nur ein? Sah er Gespenster?

Er warf einen Blick in den rechten Rückspiegel, und da sah er ihn, schräg rechts.

Nein, er sah keine Gespenster. Es war schlimmer als das. Und es war real. Er hatte den Teufel im Rücken.

Fucking Duke.

Auf den Gläsern der schwarzen Sonnenbrille des Schotten spiegelte sich das Sonnenlicht. Er kaute Kaugummi. Und lächelte dabei, ganz entspannt. Tatsächlich. Lachte der Kerl ihn etwa aus? Wollte Duke dafür sorgen, dass er aus dem Club flog?

Was hast du mit Bert und Phil besprochen? Und warum zum Henker grinst du so dämlich?

Danny konnte seinen Blick kaum vom Rückspiegel abwenden.

Jetzt legte Duke sogar seine linke Hand lässig aufs Knie. Als müsse er allen zeigen, dass er Road Captain in Glasgow war und der beste Biker, der je geboren worden war. Angeber. Er kam sich bestimmt unglaublich cool vor auf seinem mattschwarzen, selbst zusammengeschraubten Ofen. Und unbesiegbar.

Das können wir rasch ändern, Arschloch, dachte Danny. Du hast mir Sabrina geklaut. Aber mein Patch bekommst du bestimmt nicht. Fahr zur Hölle, Scotsman.

Er beschleunigte leicht und lenkte seine Maschine nach rechts.

Weder ein Blinken noch ein Nicken oder ein Handzeichen warnten ihn. Ohne jede Ankündigung zog Danny seine Maschine nach rechts, direkt in Dukes Spur.

What the hell …?

Dann waren Körper und Verstand damit beschäftigt, den Zusammenstoß zu vermeiden. Kuppeln, bremsen, ausweichen, Bike stabil halten, wieder bremsen. Reflexartige Vorgänge, die jeden Nerv und jeden Muskel in Anspruch nahmen.

Wäre der Straßenbelag nicht gewesen, hätte er es möglicherweise sogar geschafft, seine Harley zu stabilisieren. Aber eines der vielen Schlaglöcher machte ihm einen Strich durch die Rechnung.

Das Vorderrad geriet hinein, verkantete sich kurz und rutschte weg. Duke spürte, wie sich das Hinterrad leicht vom Boden hob und die Maschine sich zur Seite neigte. Der Sturz war unvermeidlich.

Fuck!

Er ließ Griffe und Fußrasten los und spreizte die Beine. Dann machte er auch schon einen Abgang zur Seite und flog durch die Luft. Irgendwo in der Ferne kreischte Metall. Wasser, Schlamm und Entengrütze spritzten hoch, der Aufprall raubte ihm den Atem. Einen Moment lang war die Welt schwarz. Dann sah er Grün neben sich, über sich Blau. Er holte Luft.

Klappt.

Noch ein Atemzug.

Es roch nach Gras, feuchter Erde, modrigem Wasser, verbranntem Gummi und Abgasen. Er richtete sich auf, tastete sich ab. Arme, Beine, Brustkorb, Kopf … Der Helm war irgendwo im Nirwana. Und wo war die Sonnenbrille? Egal. Seine Jeans triefte. Er wischte sich Klumpen feuchter Erde und welke Blätter aus dem Gesicht und spuckte eine Portion fauligen Schlamm ins Gras. Aber er stand. Er stand auf beiden Beinen. Rechts, links, oben, unten – alles war dort, wo es hingehörte.

Stimmen.

Weiter vorne standen die Bikes der anderen, die Brüder erkannte er nur als Schemen. Er hatte nur Augen für seine Maschine. Sie lag zur Hälfte auf dem Asphalt, zur Hälfte auf dem Grünstreifen, wie ein tödlich verwundetes Tier. Die Reifen waren aufgerissen, rauchten und drehten sich noch in der Luft. Sie röchelte. Sie stöhnte. Und da stand dieser Kerl, dieser Idiot, der seine Maschine in seine Spur gezogen hatte. In diesem Augenblick wurde ihm klar, dass es kein Unfall gewesen war, kein Versehen, sondern Absicht. Pure Bosheit. Der Kerl hatte ihn umbringen wollen.

You bloody bastard.

Es waren nur wenige Schritte, dann war er schon bei ihm. Seine Faust traf Danny mitten ins Gesicht. Der Prospect taumelte zurück, Blut schoss aus seiner Nase. Er brüllte, spuckte. Doch bevor er sich wieder aufrappeln konnte, hatte Duke ihn mit dem Knie auf der Brust am Boden fixiert und verpasste ihm noch eine. Diesmal erwischte er das Kinn. Ein drittes Mal schlug er zu. Dann ließ er den Prospect los und stand auf. Der Kerl rollte sich zusammen und blieb jammernd liegen. Duke stieß ihn mit einem Tritt zur Seite, dann hatte er keinen Blick mehr für ihn übrig.

Er ging zu seiner Maschine. Steve und Big J hatten sie bereits aufgerichtet und hielten sie fest. Er sank auf die Knie. Der

Anblick tat ihm weh. Rückspiegel und Blinker waren abgebrochen, ebenso der Bremsgriff. Die Fußraste und das Bremspedal waren vom Rutschen über den Asphalt sauber abgeschliffen. Der Tank war völlig verschrammt, die Sitzbank aufgerissen. Der Auspuff war verbeult. Der Heckfender war zerkratzt. Und das waren nur die Schäden, die er mit einem Blick sehen konnte. Er schüttelte den Kopf und wusste nicht, ob er kotzen oder heulen sollte. Am liebsten beides. Obgleich es hätte schlimmer kommen können. Wäre das Schlagloch größer gewesen, hätte sich die Harley möglicherweise überschlagen. Und dann …

Wie aus weiter Ferne hörte er eine Stimme, spürte, wie sich etwas auf seine Schulter legte. Es war eine Hand, und als er aufsah, sah er in Berts Gesicht.

»Alles gut, Bro?«

Er nickte.

»Ja«, sagte er, spürte Erde zwischen den Zähnen und spuckte aus.

»Hugger und Mike sind los, um den Pick-up zu holen. Wir bringen dein Bike nach Hause.«

Es klang, als wollten sie einen Leichnam überführen.

Und genauso fühlte es sich an.

Er setzte sich an den Schreibtisch und ließ das Notebook hochfahren. Der Schnitt an der Handfläche tat immer noch weh, aber er würde sich wohl nicht entzünden. Gleich als er in der Nacht nach Hause gekommen war, hatte er die Wunde desinfiziert und mit einer sauberen Mullbinde versorgt. Für die Leute in der Firma hatte er sich auch schon eine hübsche Geschichte zurechtgelegt. Er wollte erzählen, dass er sich beim Kochen geschnitten hatte – beim Schälen einer Mango sei er mit dem Messer abgerutscht. Dass er gern kochte, war allgemein bekannt. Und wer jemals eine Mango geschält hatte, wusste, wie glitschig diese Früchte waren. Alle würden ihm diese Geschichte glauben, da war er ganz sicher.

Er gab sein Passwort ein und rief die Dateien auf. Da waren sie, seine aktuellen Klienten. Er überflog die Liste und klickte dann den Namen an, den er gesucht hatte.

Martha Andersen.

In dieser Datei hatte er vom ersten Kontakt bis zum Ende alles genau festgehalten. Mit Vergnügen las er noch einmal die Aktion mit der vollgelaufenen Badewanne. Darauf war er immer noch stolz. Wie war er nur auf diese großartige Idee gekommen? Genie lässt sich eben nicht erklären. Und jetzt war es so weit. Nach gerade drei Wochen gab die Andersen auf.

»Braves altes Mädchen«, flüsterte er und verschob die Datei in den »Erledigt«-Ordner.

Dann klickte er den nächsten Namen an.

Käte Claasen.

Das würde nicht so einfach werden. Die Alte war stur und gewieft. Bisher waren seine Aktionen weitgehend verpufft. Bestimmt war sie erschrocken, aber sie hatte sich gut im Griff. Und sich den Wizard als Wachhund ins Haus zu holen, war ein Schachzug, den er nur als Kriegserklärung verstehen konnte.

Offenbar musste er in diesem Fall andere Geschütze auffahren.

»Du wirst mich noch kennenlernen, Frau Claasen«, sagte er leise. »So leicht gebe ich mich nicht geschlagen.«

Es war sechs Uhr, Christina hatte Feierabend. Sie saß zur Übergabe im Arztzimmer mit Susanne zusammen, die heute Nachtdienst hatte.

»Frau Schultze auf Station 3 klagt über Brennen beim Wasserlassen, kein Fieber«, sagte sie und reichte der Kollegin das Klemmbrett mit den Anmerkungen. »Der Urin-Stix zeigte eine dezente Nitriterhöhung und vereinzelte Erythrozyten an. Eine Probe zur Keimbestimmung ist bereits im Labor. Ich habe allerdings auf ein Antibiotikum verzichtet und erst einmal Blasentee verordnet.«

Susanne blätterte in den Notizen und nickte.

»Hätte ich auch so gemacht«, sagte sie schließlich. »Das war alles? Du scheinst einen langweiligen Tag gehabt zu haben.«

»Ja, es war richtig ruhig. Auf allen Stationen.«

»Na, dann kann ich mich auf etwas gefasst machen!« Susanne lachte. »Auf einen ruhigen Dienst folgt immer eine Katastrophe.«

Christina stand auf, öffnete den Schrank und zog sich um.

»Hast du heute Abend noch etwas vor?«, fragte Susanne.

Christina schüttelte den Kopf. »Nichts Besonderes. Ich muss mich um meine Vermieterin kümmern. Der alten Dame ging es gestern nicht so gut.«

»Du kannst auch nicht wirklich abschalten, oder?« Susanne neigte ihren Kopf, ihre grünen Augen funkelten. »Wie wäre es denn mal mit einem Date?«

»Ein Date …?«

»Ja, ein Date. Ausgehen mit einem Mann – essen, ins Kino oder zu einem Konzert. Es muss ja nicht gleich etwas Ernstes sein, nur ein bisschen Spaß haben. Klar, die Auswahl in Hamburg ist natürlich viel größer. Aber stell dir vor, auch in Flensburg gibt es Männer, mit denen man ausgehen und sich sehr gut unterhalten kann!«

»Ich hatte noch keine Zeit, Bekanntschaften zu schließen«, sagte sie. »Ich wohne hier doch erst seit ein paar Wochen.«

»Ja, aber …« Susanne sah sie an, dann schnalzte sie mit der Zunge. »Na, wer sagt es denn? Da gibt es offenbar schon jemanden! Wer ist es? Maurer? Du hast dich in letzter Zeit oft mit ihm unterhalten.«

Christina hatte das Gefühl zu glühen. Rasch beugte sie sich in den Schrank vor und gab vor, etwas in ihrer Handtasche zu suchen.

»Nein. Du täuschst dich.« Sie richtete sich erst wieder auf, als das Brennen in ihrem Gesicht nachgelassen hatte. »Meine Gespräche mit Maurer sind und waren rein fachlicher Natur.«

»Na, ich will dich auch nicht mit meiner Neugierde plagen«, sagte Susanne und zwinkerte vergnügt. »Ist ja deine Sache. Aber es freut mich für dich!«

»Da gibt es nichts zu freuen«, entgegnete Christina. »Tschüss und einen ruhigen Dienst!«

Sie winkte ihrer Kollegin zu und machte, dass sie fortkam. Zum Glück gehörte Susanne nicht zu den Klatschbasen im Krankenhaus – wenigstens nicht zu den schlimmsten. Allerdings zweifelte sie nicht daran, dass sich das Gerücht von ihrer angeblichen Beziehung zum Chef der Psychiatrie schnellstens im Haus herumsprechen würde. Krankenhäuser hatten Ohren, und es gab kaum ein tratschsüchtigeres Volk als Ärzte und Schwestern. Sie dachte nicht im Traum daran, der Kollegin zu erzählen, dass sie tatsächlich bei der Frage nach dem Date ein Gesicht vor Augen gehabt hatte. Allerdings nicht das von Friedrich Maurer.

Sie schulterte ihre Tasche und ging den Flur hinunter. Eine ältere korpulente Dame mit rotem Gesicht kam ihr entgegen und stellte sich ihr in den Weg. Offenbar war es eine Besucherin, denn sie trug Mantel, Hut und Regenschirm.

»Frau Doktor? Ich muss Sie sprechen.«

Christina fragte sich, wieso man ihr die Ärztin ansah, und überlegte, dies einfach zu leugnen. Sie hatte Feierabend, und sie kannte die Frau nicht. Warum sollte sie sich nach Dienstschluss noch mit wütenden Angehörigen herumschlagen? Trotzdem nickte sie. Das Pflichtbewusstsein war stärker.

»Es geht um Frau Andersen«, sagte die Frau. »Ich bin eine sehr gute Freundin von ihr. Ich kenne Martha schon seit über sechzig Jahren. Und deshalb kann ich das so nicht hinnehmen. Jemand muss den Mund aufmachen! Sie müssen das verhindern, Frau Doktor. Unbedingt!«

Christina sah die alte Dame verwirrt an und wich gerade noch rechtzeitig der Spitze des Regenschirms aus.

»Könnten Sie bitte erklären, worum es geht?«

»Um diese Heimeinweisung natürlich!« Die Frau stieß das Wort so empört hervor, dass die braune Feder an ihrem dunkelgrünen Hut zitterte. »Wir haben so oft darüber gesprochen. Martha würde niemals in ein Heim gehen. Nie!«

»Vielleicht ist etwas geschehen, weshalb sie ihre Meinung geändert hat?«, entgegnete Christina vorsichtig.

»Pah! Wer es glaubt!« Das klang so verächtlich, dass Christina sich unwillkürlich ihrer eigenen Dummheit schämte. »Ich sage Ihnen, da hat jemand auf Martha eingeredet. Oder sie vielleicht sogar erpresst. Deshalb müssen Sie etwas dagegen unternehmen. Hören Sie?«

Christina schüttelte den Kopf.

»Ich habe mit Frau Andersen geredet«, erklärte sie ruhig und bestimmt. »Und in diesem Gespräch hatte ich den Eindruck, dass es ihr ausdrücklicher Wunsch ist, in eine betreute Einrichtung zu ziehen. Dieser Schritt fällt ihr sicherlich schwer, was nur allzu verständlich ist, aber sie möchte es so. Außerdem …«

»Habe ich mir doch gedacht«, entgegnete die alte Dame und packte ihren Schirm fester. »Erwartet habe ich nichts. Und wie man sieht, hatte ich recht damit. Ärzte! Aber ich wollte es wenigstens gesagt haben. Martha gehört nicht in ein Heim. Wenn Sie nichts dagegen tun wollen, so müssen Sie das Unglück dieser Frau verantworten. Ich wasche meine Hände in Unschuld. Guten Abend.«

Ein vernichtender Blick traf Christina, dann rauschte die Frau mit hocherhobenem Kopf davon, begleitet vom raschen Tack-Tack-Tack der Schirmspitze auf dem Linoleum.

Was sollte das denn?, fragte sich Christina und lief die Treppe hinunter.

Dabei wusste sie ganz genau, dass sie noch lange an den Worten der alten Frau herumkauen würde. So war es immer. Sobald irgendwo ein Stiefel herumstand, zog sie ihn sich an. Selbst wenn er ihr überhaupt nicht passte.

Duke öffnete die Tür, hängte seine Jacke auf einen Haken und zog die Stiefel aus. Er selbst hatte den Crash weitgehend unbeschadet überstanden. Ein paar blaue Flecken an Schulter, Hüfte und Knie. Nichts Ernstes. Bei seinem Bike lagen die Dinge anders. Natürlich würde er die Reparaturen selbst erledigen und die Ersatzteile über Kurts Werkstatt zum Einkaufspreis bekommen. Trotzdem würden die Kosten locker tausend Euro übersteigen – Geld, das er zurzeit nicht hatte. Ihm war schon klar, dass Danny eigentlich die Reparatur zahlen musste oder sollte. Steve hatte sogar vorgeschlagen, ihm auch noch die Arbeitszeit in Rechnung zu stellen. Aber er wollte mit diesem Scheißkerl nichts mehr zu tun haben. Gar nichts mehr. Er nahm kein Geld von solchen Typen, und damit basta. In diesem Punkt war er stur wie ein Highland-Rind. Er hatte dem Prospect gleich nach dem Crash seine Meinung eingebläut. An Ort und Stelle war ihm sein Patch abgenommen und er allein zurückgelassen worden. Und damit war es für Duke erledigt. Danny? Wer war das? Für ihn existierte niemand dieses Namens. Jedenfalls nicht in dieser Stadt.

Er zündete sich eine Zigarette an und holte eine Flasche Whisky aus dem dunklen Eichenschrank. Zum Glück war es echter Whisky. Ein sechzehn Jahre alter Talisker, ein schottischer Single Malt von der Insel Skye. Kurt und die Jungs aus der Werkstatt hatten ihm die Flasche zum Einzug geschenkt. Heute würde er ihn brauchen. Ohne Glas. Er legte eine CD von Runrig auf und ging zum Erker. Die alten Doppelfenster ließen sich so weit öffnen, dass er sich auf die Fensterbank setzen und in den verwilderten Garten hinausschauen konnte, als säße er auf einem Balkon.

Das war das einzig Schöne an dieser Wohnung.

Beim Tapezieren hatte einer der Brüder die Einrichtung »Gelsenkirchener Barock« genannt. Was das war, wusste er nicht. Die anderen hatten jedenfalls darüber gelacht. Die Farbe des wuchtigen Sofas mit den Fransen an der Kante erinnerte ihn an schleimigen Tang, daran hatte auch der Polsterreiniger nichts ändern können. Der samtartige Stoff war an zahlreichen Stellen zerschlissen, die beiden schweren Sessel waren durchgesessen – bei dem einen sank man fast zum Boden durch, und beim anderen bohrte sich eine Feder schmerzhaft in den Hintern. Aber sie passten zur Couch. Immerhin. Der Schrank mit seinem Glaseinsatz und den üppigen Schnitzereien sog Licht und Luft in sich auf wie ein schwarzes Loch. Eine fünfarmige Lampe mit bräunlich getönten Glaskugeln kämpfte vergeblich dagegen an. Ihr Licht war trübe und erinnerte an alte, verräucherte Hafenkneipen, schmuddelige Bordelle und abgewrackte Altenheime. Dukes persönliches Highlight aber war der Couchtisch mit den klobigen Holzbeinen und den braunen Kacheln mit den Windmühlen darauf. Dieses Ding war wirklich unschlagbar. Die Möblierung gab ihm das Gefühl, auf Almosen angewiesen zu sein – was streng genommen sogar der Wahrheit entsprach. Anstatt auf seiner Europatour das Leben zu genießen und im kommenden Jahr seine eigene Werkstatt in Glasgow zu eröffnen, hing er hier fest, hatte gerade eben genug Kohle, um über die Woche zu kommen, und jetzt hatte dieser hirnlose fucking Prospect auch noch sein Bike geschrottet.

Super, Millicent. Dein Plan scheint allmählich aufzugehen.

Mühsam hievte sich Duke aufs Fensterbrett. Seine vom Sturz lädierte Hüfte protestierte, seine Schulter fühlte sich an, als wäre er mit einem Lkw zusammengeprallt, seinen Arm konnte er kaum beugen. Und sein Gesicht schmerzte immer noch von der Begegnung mit den Turtles am Vortag.

Großartig. Gibt's auch etwas, das nicht wehtut?

Er lehnte den Rücken gegen den Fensterrahmen, entkorkte die Flasche und war froh, dass er heute Nacht nicht auch noch bei Kate Wache halten musste.

Beim Meeting hatte er die Brüder nicht lange bitten müssen. Sofort hatten sie sich bereit erklärt, reihum die nächtlichen Wachen zu übernehmen, für den Fall, dass der Geisteskranke noch mal auftauchte. Heute würde Renegade aufpassen, ein bulliger Mann mit kurz geschorenen blonden Haaren. Er hieß eigentlich René Gade. Anfangs hatte Duke das für einen Witz gehalten, bis Renegade ihm seinen Personalausweis gezeigt hatte. Nicht, dass er damit etwas hätte anfangen können, aber die anderen hatten es bestätigt. Offenbar hatte der Bruder Eltern mit Humor.

Duke nahm einen großen Schluck aus der Flasche und genoss das Gefühl der Wärme, das der Whisky in seinem Magen erzeugte.

Was für ein Tag!

Vor einiger Zeit war ein Schriftsteller bei ihnen im Club in Glasgow aufgetaucht, der für seinen Roman recherchieren wollte. Er hatte ihnen Löcher in den Bauch gefragt. Unter anderem auch, warum dieser »Quatsch mit der Hangaround- und Prospectphase« überhaupt veranstaltet wurde.

Von wegen Quatsch.

Wie sinnvoll diese »Probezeiten« waren, hatte der heutige Tag bewiesen.

Der Talisker tat bereits seine Wirkung, seine Muskeln begannen, sich zu entspannen, das Summen in seinem Kopf ließ nach, die Gedanken beruhigten sich und hörten auf, wie ein Fliegenschwarm in seinem Kopf zu kreisen.

Er setzte die Flasche wieder an, behielt den Whisky ein paar Sekunden im Mund und ließ ihn dann ganz langsam die Kehle hinunterrinnen. Rauch und Pfeffer entfalteten sich auf Gaumen und Zunge. Der Geschmack von Heidekraut und Torffeuern. Aus den kleinen Lautsprechern der billigen Hi-Fi-Anlage erklangen die ersten Töne von »Loch Lomond«.

Er zog an der Zigarette, blies den Rauch in den Himmel und schnippte die Asche aufs Dach. Draußen war es still. In einem der Apfelbäume sang eine Amsel, irgendwo schlug eine Kirchturmuhr drei Mal. Viertel vor acht. Es war ein warmer Tag, fast wie im Sommer, und der Abend war auch noch recht mild. Doch er war nicht hier, nicht in Flensburg. Er war am Fuße des Ben Lomond, fuhr die sanften Kurven entlang, sah das Grün der Hügel, für das es keine Worte gab, um es zu beschreiben, sah den dichten grauen Wolken zu, die über den Himmel zogen und immer wieder überraschend aufrissen, um der Sonne Platz zu machen. Er hörte den Schrei des Ospreys.

Osprey?

Das deutsche Wort kannte er nicht. Aber war das wichtig? Es war ein schottischer Vogel. Und das sollte so bleiben. Wenigstens das, wenn er mittlerweile sogar schon anfing, auf Deutsch zu denken.

Duke trank wieder. Dann sang er leise den Refrain mit.

»You'll take the high road and I'll take the low road. And I'll be in Scotland before you. For me and my true love we'll never meet again. On the bonnie, bonnie banks of Loch Lomond.«

Irgendetwas legte sich auf seine Brust und erschwerte ihm das Atmen.

11

Freitag, 10. Mai

Das fängt ja gut an, dachte Christina, als sie von der Morgenbesprechung auf die Station zurückhastete.

Susanne durfte nach einem ereignisreichen Nachtdienst nach Hause gehen, Frank hatte sich krankgemeldet. So war sie heute allein mit Professor Treublein, der in höchstens zwanzig Minuten zur Chefvisite kommen würde. Allein mit den Blutentnahmen, die sie nicht mehr vor der Frühbesprechung geschafft hatte, die aber bis neun Uhr im Labor sein mussten. Und allein mit fünf Patienten, die in der Nacht neu aufgenommen worden waren. Professor Treublein würde sie über die Fälle verhören, als wäre sie eine Studentin beim dritten Staatsexamen, und sie hatte keine Zeit, sich ausreichend vorzubereiten. Dabei war sie sowieso schon in den Fokus des Chefs geraten, auch wenn sie sich nicht erklären konnte, womit sie dieses Vorrecht verdient hatte.

»Frau Doktor?« Schwester Nicole kam ihr auf dem Flur entgegen. »Kann ich Sie mal kurz sprechen?«

»Oh, tut mir leid, geht gerade nicht«, erklärte sie der jungen Schwester im Vorbeigehen. »Der Chef steht jeden Moment in der Tür. Hat es bis nach der Visite Zeit?«

Nicole nickte.

»Ja, ist nicht so dringend.«

Christina eilte ins Stationszimmer, schnappte sich das Tablett mit den Blutröhrchen und machte sich auf den Weg zu den Patienten. Wenigstens war ihr hier das Glück hold – es waren nur noch zwei Blutentnahmen, die beiden Herren lagen im selben Zimmer und waren mit ausgezeichneten Venen gesegnet. Es war eine Arbeit von fünf Minuten, dann konnte sie sich im Stationszimmer den Wagen mit den Akten vornehmen und mit den Neuzugängen beschäftigen.

»Wem gehört dieser Koffer?«, fragte sie Schwester Katrin, die mit zwei großen Plastiktüten hereinkam. Gleichzeitig versuchte sie, sich die Blutdruckwerte einer Patientin einzuprägen, die am späten Abend eingeliefert worden war – Professor Treublein schätzte es, wenn seine Ärzte möglichst viele Daten ihrer Patienten auswendig kannten.

»Das ist das Gepäck von Frau Andersen.« Katrin stellte die beiden Tüten zu dem roten Koffer, der direkt neben dem Medikamentenschrank stand. »Sie wird in etwa einer Stunde abgeholt.«

Christina klappte die Akte zu, hängte sie in den Wagen zurück und nahm die nächste heraus.

»Da können sie aber nicht stehen bleiben«, sagte sie und überflog das EKG des nächsten Patienten. »Professor Treublein dreht durch, wenn er das sieht. Stellen Sie das Gepäck bitte ins Ärztezimmer.«

Katrin murrte, schleppte jedoch die Tüten und den Koffer zwei Türen weiter. Dort traf sie auf Nicole, und sofort entbrannte zwischen den beiden Frauen ein heftiges Wortgefecht. Schwester Gudrun rauschte aus dem Schwesternzimmer an Christina vorbei und trennte die beiden.

»Das ist der Grund, weshalb ich Nicole und Katrin nach Möglichkeit nicht gemeinsam zum Dienst einteile!«, sagte sie, als sie schnaufend zurückkehrte. »Die beiden sind wie Hund und Katz. Aber heute ließ es sich nicht vermeiden. Da hilft nur Zähne zusammenbeißen. Und ihnen Aufgaben an entgegengesetzten Enden des Hauses geben.«

Christina musste lachen. Auch ihr war aufgefallen, dass Katrin und Nicole einander nicht leiden konnten. Doch bevor sie etwas entgegnen konnte, kam Professor Treublein um die Ecke.

»Guten Morgen, die Damen«, sagte er und sah sie an, als wolle er gleich klarstellen, dass er nicht allzu viel von dieser Visite erwartete und dass er ernsthaft in Erwägung zog, die Station wegen Inkompetenz des Personals schließen zu lassen. »Können wir beginnen?«

Christina straffte die Schultern, reckte das Kinn und steckte ihren Kugelschreiber in die Brusttasche ihres Kittels.

»Ja«, sagte sie und machte sich auf eine furchtbare Stunde gefasst.

Duke saß schon eine Weile im Pausenraum, den Hörer in der einen Hand, Zigarette in der anderen. Er hatte am Vormittag letzte Hand an eine Airbrush von einem Weißkopfseeadler gelegt. Es war ein Motiv, das er persönlich abscheulich fand, aber der Kunde, den die Neugierde in die Werkstatt getrieben hatte, war begeistert gewesen. Der Mann hatte fast Tränen in den Augen gehabt, und damit war für ihn die Sache in Ordnung. Er musste den Bock ja nicht selbst reiten. Danach hatte er gemeinsam mit Kurt sein Bike inspiziert. Viele Teile auf der rechten Seite waren nicht mehr zu retten, aber die Gabel und die Zündung waren intakt geblieben, und der Rahmen hatte auch keinen Schlag bekommen. Auf dieser Basis konnte man arbeiten.

Jetzt war Mittagspause, und die wollte Duke nutzen, um das Versprechen einzulösen, das er Kate gestern gegeben hatte. Vor ihm auf dem Tisch lag eine Liste, die Paula für ihn aus dem Internet heruntergeladen und ausgedruckt hatte: Es war eine Liste der Glasereibetriebe in Flensburg. Er konnte die Namen zwar nicht lesen oder höchstens mit großer Mühe und Schweißperlen auf der Stirn, aber das war auch nicht nötig. Denn mit den Telefonnummern hatte er glücklicherweise keine Probleme.

Eine junge Frauenstimme meldete sich am anderen Ende.

»Hallo, McKinnley hier. Ich habe eine kaputte Scheibe in einer Verandatür. Können Sie vorbeikommen?«

»Gern, Herr McKinnley. Nennen Sie mir bitte Ihre Adresse?«

»Batteriestraße 2 a.«

Es war einen Moment still am Telefon, er hörte es rascheln.

»Oh, das tut mir leid. Die Batteriestraße liegt außerhalb unseres Einzugsgebiets. Da können wir niemanden hinschicken.«

»Okay. Können Sie mir dann einen Betrieb nennen, der die Batteriestraße anfährt?«

»Nein, leider nicht.«

»Dann danke für die Auskunft.«

Duke legte den Hörer auf. Er strich die Telefonnummer auf der Liste durch und sog nachdenklich an seiner Zigarette. Das war jetzt die fünfte Glaserei, bei der er vergeblich anrief. Das Verblüffende war, dass die Bürokräfte immer erst dann Abstand von dem Auftrag zu nehmen schienen, nachdem er ihnen die Adresse genannt hatte. Oder bildete er es sich nur ein?

Das werden wir sehen.

Er nahm den Hörer wieder in die Hand und wählte die nächste Nummer auf der Liste. Diesmal meldete sich eine männliche Stimme.

»Glaserei Berns!«

»Guten Tag. Eine kurze Frage. Wie teuer ist es, eine Scheibe an einer Verandatür auszuwechseln?«

»Kommt auf die Größe an. Wenn Sie mir die Maße nennen …«

»Fünfundsiebzig mal einhundertvierundneunzig Zentimeter, einfach verglast.«

Er wartete gespannt.

»Etwa dreihundert Euro, inklusive Anfahrt und Arbeitslohn.«

»Wunderbar. Und wie lange würde das dauern?«

»Das ist ein Spezialmaß. Wenn wir heute bestellen, etwa eine Woche. Dann könnten wir kommenden Freitag die Scheibe einbauen. Ich könnte Ihnen gleich einen Mitarbeiter zum Messen vorbeischicken.«

»Gut. Abgemacht.«

»Wo soll denn die Scheibe ausgewechselt werden?«

»Batteriestraße 2a.«

Es wurde still in der Leitung. Duke wartete. Er konnte den Mann am anderen Ende atmen hören.

»Ich bitte vielmals um Entschuldigung, mir fällt gerade ein, dass heute alle Mitarbeiter unterwegs sind.«

»Das macht nichts, die Verandatür ist nicht so wichtig. Ihr Mitarbeiter kann auch Montag kommen. Oder Dienstag.«

»Tut mir leid, in der kommenden Woche sind wir bereits ausgebucht.«

»Wann könnten Sie denn …?«

Duke hörte Papier rascheln.

»Nicht vor Mitte Juli. Wir haben einige Großaufträge, die unser ganzes Personal binden. Es tut mir wirklich leid, aber ich kann Ihnen nicht weiterhelfen. Versuchen Sie es bei einer anderen Glaserei.«

Das habe ich schon getan.

»Danke.«

Er legte auf und runzelte die Stirn. Diesmal war es ganz deutlich. Dann war es also kein Zufall, und er hatte es sich nicht eingebildet. Kate hatte erzählt, dass keine Handwerker zu ihr kamen, schon seit einiger Zeit nicht. Aber warum? Er konnte sich nicht vorstellen, dass es an Kate, ihrem unhöflichen Verhalten Handwerkern gegenüber oder an ihrer mangelnden Zahlungsmoral lag. Jeder andere, aber nicht sie. Wenn er nur jemanden fragen könnte …

»Hi, Duke. Alles klar?« Steve kam herein, ging zur Kaffeemaschine und goss sich Kaffee in einen Becher.

»Ja. Oder auch nicht.« Er neigte seinen Kopf. »Sag mal, die Cousine von Big J, diese Blonde. Wie heißt sie noch?«

»Sonja?«

»Ja, genau. Sonja. Die arbeitet doch bei einem Handwerker, right?«

Steve nickte.

»Ja, und zwar in einer Klempnerei. Ich weiß das, weil wir über diese Firma vor fünf Jahren die Abflüsse im Clubhaus erneuern ließen. Warum fragst du?«

Duke inhalierte tief und blies den Rauch durch die Nase.

»Ich muss mich mal mit ihr unterhalten. Kommt sie heute Abend?«

»Zum Open House?« Steve lachte und fuhr sich durch das schwarze Haar. »Klar. Ein Open House ohne Sonja wäre undenkbar!«

Wunderbar, dachte Duke, drückte die Zigarette im Aschenbecher aus und stand auf. Vielleicht kann sie mir meine Frage beantworten.

Christina eilte den Flur entlang. Es war kurz vor sechs Uhr. Feierabend hatte sie bereits seit eineinhalb Stunden. Trotzdem würde sich niemand um ihre Überstunden scheren. Die Krankenhausleitung zahlte sie zwar zähneknirschend, aber auf den Gedanken, dafür zu sorgen, dass Überstunden gar nicht erst anfielen, war offenbar noch niemand gekommen. Fairerweise musste man zugeben, dass auch die Ärzte nicht ganz unschuldig an dieser Lage waren. Überstunden brachten Geld, ordentliches Geld, mit dem schon so mancher Hauskredit abbezahlt worden war. Aber sie hätte gern darauf verzichtet. Sie hatte alles, was sie brauchte – abgesehen von Zeit! Die Party im Clubhaus der Wizards begann um acht Uhr, und sie wollte vorher noch baden. Und nicht zu spät kommen.

Die Absätze ihrer Schuhe hallten laut auf dem Linoleum. Sie bog um die Ecke und stieß an der Tür zum Schwesternzimmer beinahe mit Schwester Victoria zusammen, die mit Messgerät, Stethoskop und Klemmbrett zum abendlichen Blutdruckmessen eilte.

»Ich dachte, Sie sind schon weg«, sagte sie mit einem fröhlichen Zwinkern in ihren dunklen Augen. »Etwas vergessen?«

»Ja. Meine Schlüssel«, gab Christina zu. Sie wohnte und arbeitete erst seit wenigen Wochen hier in Flensburg, und trotzdem hatte sie den Eindruck, dass bereits jeder auf der Station sie durchschaut hatte. Ach was, im ganzen Haus! »Aber gleich bin ich weg. Versprochen.«

Victoria lachte und zeigte dabei ihre strahlend weißen Zähne. »Ein schönes Wochenende für Sie, Frau Dr. Martens!«

»Danke, ebenso.«

Christina eilte ins Ärztezimmer. Sie warf ihre Handtasche auf das für den Diensthabenden vorbereitete Bett und versuchte, ihren Schrank aufzuschließen. Sie drückte, zog und zerrte eine Weile vergeblich. Erst als sie die Tür etwas anhob, bekam sie das Schloss auf.

»Oh, Christina! Ich dachte, du bist schon weg.« Sebastian kam um die Ecke. »War heute etwas Besonderes hier auf der Station?«

Er setzte sich auf den jämmerlich quietschenden Drehstuhl, streckte seine Beine aus und faltete die Hände über dem Bauch. Er machte den Eindruck, als hätte er vor, zu bleiben und mit ihr zu plaudern. Kein Wunder, er hatte Dienst. Als Oberarzt stand er nicht an vorderster Front und musste die Zeit totschlagen, wenn nicht gerade ein kritischer Fall seine Anwesenheit erforderte.

»Nein, alles gut. Wenn man von der Chefvisite absieht, die ich mit einem exzellent gelaunten Professor Treublein allein durchstehen musste. Außerdem bin ich den ganzen Tag nur hin und her gerannt. Alle Angehörigen und Patienten wollten heute unbedingt mit einem Arzt sprechen. Ich glaube, Ochsenzoll hatte heute Ausgang.« Sie sah Sebastians verständnislosen Blick. »Das ist ein Krankenhaus in Hamburg mit einer großen Fachabteilung für Psychiatrie«, erklärte sie und durchwühlte vergeblich die Taschen ihres Kittels nach dem Schlüssel. Stattdessen fand sie den Zettel wieder, den Nicole ihr heute im Laufe des Tages ins Fach gelegt hatte. Vermutlich, weil sie keine Zeit gehabt hatte, mit ihr zu sprechen. Das musste bis Montag warten. So wie die Arztbriefe. Der Stapel auf ihrer Seite des Schreibtisches war schon wieder angewachsen. Sie stopfte das Blatt Papier achtlos in ihre Manteltasche. »Ich suche nur meinen Haustürschlüssel, und dann bin ich weg.«

»Hast du etwas vor?«

»Ich bin eingeladen.«

»Eine Familienfeier? Oder ein Essen zu zweit?«

»Weder noch«, antwortete Christina und wunderte sich einmal mehr, dass die Neugierde auch vor männlichen Kollegen nicht haltmachte. »Eher so etwas wie eine Club-Party.« Sie schüttelte resigniert den Kopf. Der Schlüssel war nicht aufzutreiben. »Ich wünschte, ich würde endlich dieses verflixte Ding finden!« Ratlos steckte sie ihre Hände in die Manteltaschen. Was klimperte denn da? Der Schlüsselbund. Sie musste ihn vorhin nach dem Umziehen in die Tasche gesteckt haben, während sie mit den Gedanken bereits bei der Party der Wizards und ihrem Kleiderschrank war. Warum war sie nur so nervös? Sie benahm sich, als hätte sie ein Rendezvous.

»Da ist er ja! Jetzt mache ich aber, dass ich fortkomme. Tschüss, Sebastian! Und einen ruhigen Dienst.«

Der Kollege verzog das Gesicht.

»Ich kann mich nie entscheiden, was ich mir eher wünsche – Ruhe oder Leben in der Bude. Dann geht die Zeit wenigstens schneller rum. Na, ich wünsche dir heute jedenfalls viel Spaß. Bis Montag.«

»Ja, danke!«

Auf dem Weg nach draußen fiel ihr wieder Nicoles Zettel

in die Hand. Sie holte ihn aus der Manteltasche und warf einen Blick darauf. Es war eine Liste von etwa einem Dutzend Namen, mit denen sie auf die Schnelle nichts anfangen konnte. Bis auf zwei. Erwin Meissner und Martha Andersen.

Was soll mir das sagen?

Christina schüttelte den Kopf und steckte den Zettel wieder weg. Jetzt hatte sie keine Zeit für Ratespielchen. Die Lösung des Rätsels musste bis Montag warten. Dann würde sie Nicole fragen.

Wieder saß er in einem Auto und beobachtete die alte Villa.

Haus Fördeblick.

Zum wohl hundertsten Mal fragte er sich, warum das Haus nicht schon längst abgerissen worden war. Es hatte seine besten Tage weit hinter sich gelassen und war ein Relikt. Es hatte sich genauso überlebt wie der Name. Die Förde konnte man von dort drüben schon lange nicht mehr sehen. Wenigstens nicht so, dass es den Namen rechtfertigte. Man hätte den Kasten umbenennen sollen. Aber »Haus Schlachthof« war wohl nicht so gut bei den Besitzern angekommen.

Haus Schlachthof.

Bei dem Gedanken musste er kichern. Er rutschte etwas tiefer in den Autositz und versuchte, die Beine auszustrecken, so gut es eben in dem kleinen Fiat ging. Wieder hatte er sich einen Wagen geliehen, diesmal von einer Freundin. Er hatte ihr erzählt, dass sein eigenes Auto zur Inspektion musste – was noch nicht einmal gelogen war. Es musste tatsächlich in die Werkstatt. Allerdings war der Termin erst eine Woche später.

Im Radio spielten sie gerade eines seiner Lieblingsstücke von Bach. Bei seinen Großeltern hatte er nie Klassik gehört. Nur alberne deutsche Schlager. Und Blasmusik. In voller Lautstärke. Allein bei dem Gedanken daran wurde ihm übel. Wie hatte ihn dieser hirnlose Radau gequält! Umso mehr, weil er nichts dagegen hatte tun können. Sein Großvater war das ungekrönte Haupt der Familie gewesen, sein Motto denkbar einfach: Was er sagte, galt, was er wollte, war Gesetz. Er hingegen hatte nichts zu wollen und schon gar keine Kritik zu äußern. Er war nur das

Produkt einer Liaison zwischen einem Kriminellen und seiner Tochter, ein uneheliches Wechselbalg, und somit das letzte Glied in der Kette. Das allerletzte, um genau zu sein. Da hatte sogar noch der Wellensittich in seinem Käfig in der Küche mehr zu sagen.

Wie sehr hatte er seinen Großvater gehasst! Und seine Großmutter, die immer nur mit dem Kopf genickt und zu allem Ja und Amen gesagt hatte. Bestimmt war sie von der Arbeit in der Fabrik zu müde gewesen, um Widerstand zu leisten. Aber sie hatte es nicht einmal versucht. Nicht ein einziges Mal.

Ein- oder zweimal hatte er es gewagt, sich bei seiner Mutter darüber zu beschweren. Doch sie hatte ihm nur flüchtig über das Haar gestrichen und gesagt: »Das ist so. Der Opa ist der Herr des Hauses. Und wir Frauen müssen ihm gehorchen. Nimm es nicht so schwer. Da kann man sowieso nichts machen.«

Da hatte er begriffen, dass es die Männer waren, denen die Welt offenstand. Und es wunderte ihn immer wieder, wie viele Versager es gab, die diese Chance nicht nutzten.

Manchmal fragte er sich, ob seine Großeltern der Grund waren, dass es ihm so leichtfiel, die Alten zu erschrecken und zum Wahnsinn zu treiben. Auf diese Art konnte er alles zurückzahlen, was er als Kind hatte einstecken müssen. Mit Zins und Zinseszins. Zwar waren es andere alte Leute, seine Großeltern waren bereits tot, aber jeder seiner Klienten hatte ihn bisher auf die eine oder andere Art an sie erinnert.

Da waren zum Beispiel die Möbel, das Ticken der Uhren, die ewig laufenden Fernseher oder Radios, die Gerüche in der Küche, im Schlafzimmer. Oder die Bäder. Diese merkwürdigen Seifenhalter, die an die Fliesen geklebt waren und die das Seifenstück mit Hilfe eines Magneten hielten, den man hineinstieß wie einen Dolch, hatte er nur bei seinen Großeltern gesehen. Und bei einigen seiner Klienten.

Einmal war ihm dieser Seifenhalter beim Händewaschen von der Wand gefallen. Der Klebestreifen hatte nicht mehr gehalten, vermutlich weil er durch Spritzwasser und Seifenreste aufgeweicht war. Das anschließende Gebrüll seines Großvaters hatte er immer noch in den Ohren. Man hätte glauben können, er hätte dem Wellensittich den Hals umgedreht oder die »Lustigen Musikanten« ausgeschaltet. Jedes Mal, wenn er so einen Seifenhalter sah, musste er daran denken.

Er lehnte seinen Kopf gegen die Nackenstütze. Jetzt kam das »Ave Maria« von Schubert. Es steckte eine solche Hingabe, so ein absolutes Vertrauen, eine Demut und Vollkommenheit in dieser Musik, dass es ihm immer wieder die Tränen in die Augen trieb. Es war, als ob der Himmel seine Vorhänge einen Spalt öffnete und er für einen Moment einen Blick ins Paradies werfen konnte. Seine Großeltern hatten diese Schönheit nie zu würdigen gewusst. Für sie war klassische Musik nur »jämmerliches Gesäusel«. Und so war seine Kindheit und frühe Jugend begleitet von »Humtata, humtata« und zotigen Texten in bayrischer Mundart.

Irgendwie waren diese Alten doch alle gleich. Völlig verbohrt. Sie hatten ihre Zeit überdauert und mussten Platz machen für Neues. Natürlich war er kein Unmensch. Ihm war es auch lieber, wenn sie freiwillig gingen wie Martha Andersen oder der alte Ewers. Aber wenn nicht … Dann half er der Natur eben ein bisschen auf die Sprünge. Es gab ohnehin zu viele davon.

Er starrte zum Haus Fördeblick hinüber und überlegte, zu welcher Kategorie wohl die alte Claasen gehören mochte. Würde sie freiwillig gehen, oder war sie eine von den Sturen, die man mit den Füßen voran aus ihrem Haus tragen musste?

Es war Viertel vor acht. Vor dem Haus parkten zwei Motorräder. Einer der Kerle war gerade erst vor einer halben Stunde gekommen. Bestimmt wollte er McKinnley abholen. Heute war Open House bei den Wizards, das hatte er im Internet erfahren. Die Rocker waren so freundlich, solche Termine auf ihrer Homepage bekannt zu geben. Deshalb war er auch hergekommen. Die Party würden sich die Burschen bestimmt nicht entgehen lassen, McKinnley würde mitfeiern. Und dann hatte er den ganzen Abend hindurch freie Bahn.

Jetzt mussten sie nur noch wegfahren.

Später als beabsichtigt machte sich Christina auf den Weg zum Clubhaus der Wizards. Als sie nach Hause gekommen war, hatte Thomas angerufen. Es war nicht nur der übliche »Große-Bruder-Anruf«, um zu hören, wie es ihr ging, ob sie etwas brauchte oder mit dem Aufbau ihrer Möbel zurechtkam. Nein. Er hatte sie über Dukes Straftaten aufgeklärt und ihr fast seine gesamte Polizeiakte vorgelesen. Er hatte ihr eingeschärft, sich von Duke fernzuhalten, und sogar versucht, sie auszuhorchen. Wo ging er hin? Wer kam? Was tat er, wenn er zu Hause war? Natürlich hatte sie Thomas nichts erzählt – selbst wenn es etwas zu erzählen gegeben hätte. Aber sie konnte nicht leugnen, dass es sie beunruhigt hatte, von Drogendelikten, Verdacht auf Waffenhandel und Zuhälterei und einer zweijährigen Freiheitsstrafe wegen Körperverletzung zu hören. Und als sie kurz vor neun endlich das Clubhaus der Wizards erreichte, war sie nicht nur aufgeregt, sondern sogar ein bisschen ängstlich. Auf einer Einweihungsparty auch Wizards zu begegnen war das eine. Hier begab sie sich jedoch auf ihr Territorium.

Hinter ihr hörte sie das Dröhnen herannahender Motorräder. Auf dem Gehweg und dem kleinen Parkplatz vor dem Haus parkten bestimmt schon drei Dutzend Maschinen, und es kamen noch mehr.

Das dunkelgrüne Tor stand offen. In dem dahinterliegenden Hof standen Tische und Bänke, an denen bereits zahlreiche Gäste saßen. Über einer Feuerstelle hing ein Schwenkgrill, auf dem Würstchen und Steaks brutzelten. Aus den an der Hauswand befestigten Lautsprechern erklang Rockmusik. Gartenfackeln und Feuerkörbe sorgten für stimmungsvolles Licht. Es waren auch Frauen da, aber die Männer waren deutlich in der Überzahl. Die meisten von ihnen waren Wizards, und nicht alle kamen aus Flensburg, wie sie an den Schriftzügen auf den Kutten erkennen konnte.

Patches, korrigierte sie sich. Sie hatte in den vergangenen Tagen im Internet recherchiert und sich ein wenig mit dem Rocker-Jargon vertraut gemacht.

Einige kamen aus Hamburg und aus Bremen, es waren sogar ein paar Dänen da. Und auch Männer mit anderen Symbolen auf ihren Westen als dem gehörnten Totenkopf der Wizards.

»Hi. Nice to see you.«

Sie wandte sich um. Vor ihr stand Duke. Die Schwellung in seinem Gesicht war zurückgegangen, und das Hämatom hatte jetzt die Farbe eines klassischen Veilchens.

»Guten Abend«, antwortete sie, lächelte und ergriff seine entgegengestreckte Hand. »Tut mir leid, dass ich so spät bin. Ich habe es einfach nicht eher geschafft. Heute war bei uns auf Station die Hölle los.«

»Don't worry. Verpasst hast du nichts. Ich zeige dir jetzt erst einmal, wo du was zu trinken bekommst. Komm mit!«

Sie stieg neben Duke ein paar Stufen hoch ins Haus. Neugierig betrachtete sie die Einrichtung: Ein Tresen aus dunklem Holz füllte fast die ganze Stirnseite der Wand, beleuchtete Regale aus Glas mit Flaschen und Gläsern dahinter, davor ein paar Barhocker. Lichtschläuche in Grün und Weiß blinkten an der holzverkleideten Decke, in einer Ecke stand ein Flipperautomat. Stühle, Sessel, ein rotes Sofa, ein Couchtisch. Sie hätte sich ebenso gut in einer Kneipe befinden können. Oder einem Vereinshaus von Schrebergärtnern oder Pfadfindern. Allerdings ließen der riesige, flammenumgebene Totenkopf mit den langen Hörnern und den Reißzähnen an der Wand, die zahlreichen Fotos von Motorrädern und ein Gewehr, das quer über der Tür zum Hof hing, keinen Zweifel daran, wer hier zu Hause war.

»Moin!« Hugger hob lässig die Hand. Er lehnte am Tresen, eine Flasche Bier stand vor ihm.

Christina grüßte zurück. Sie war ihm nicht böse wegen des verkorksten Abends mit Duke. Er war ein freundlicher, schlichter Kerl. Und so wie er gerade am Tresen stand – klein, mit recht kurzen Armen und Beinen, einem Bauch, der sich wie eine kleine Kugel unter dem Totenkopf auf seinem T-Shirt wölbte, den wirren grauen Locken und dem dichten Bart –, hatte er Ähnlichkeit mit einem Teddybären.

»Ich habe noch etwas zu erledigen«, sagte Duke und legte Christina seine Hand auf den Rücken, eine Geste, bei der ihr warm wurde. »Kommst du eine Weile klar?«

»Natürlich.«

Er lächelte, wechselte im Vorbeigehen ein paar Worte mit Hugger und ging nach draußen.

Wieder ließ Christina ihren Blick durch den Raum schweifen und blieb schließlich an dem Gewehr hängen. Eine Waffe. Stimmten die Berichte also doch?

»Mit dem Ding da kann seit fünfzig Jahren keiner mehr schießen«, sagte Hugger, als wäre er ihrem Blick gefolgt und hätte ihre Gedanken gelesen. »Das ist nur Dekoration. Das haben mittlerweile sogar die Bullen begriffen.«

»Nachdem sie das Teil mindestens zehn Mal ins Labor geschleppt und untersucht hatten«, entgegnete einer der beiden Männer, die hinter dem Tresen Bier zapften und Drinks mixten. »Was kann ich denn für dich tun?«

Er war höchstens Mitte zwanzig, breitschultrig, mit kurzen dunklen Haaren. Er trug eine Kapuzenjacke mit dem Supporter-Schriftzug, ähnlich der, die der Eindringling am Mittwochabend getragen hatte. Sie hörte die Stimme ihres Bruders, wie er Dukes Straftaten aufzählte. Und wieder stahl sich der Zweifel in ihre Gedanken.

Wenn es doch einer der Wizards war, der Käte heimgesucht hatte?

Christina zögerte.

»Habt ihr Rotwein?«

Statt einer Antwort entkorkte er eine Flasche Bordeaux, die er unter dem Tresen hervorgezaubert hatte.

»Jetzt besorgen wir dir noch etwas zu essen«, sagte Hugger, als sie ihren gut gefüllten Becher entgegennahm. »Worauf hast du Appetit? Steak? Hacksteak oder lieber eine Wurst? Die Krakauer ist großartig. Eine bessere wirst du kaum irgendwo zu essen kriegen.«

Er begleitete sie nach draußen und machte ihr Platz am Grill, sodass sie nicht lange warten musste. Danach besorgte er ihr sogar einen Sitzplatz und setzte sich ihr gegenüber. Christina nippte an ihrem Wein und fragte sich, womit sie diese Aufmerksamkeit verdient hatte. Sie hatte den Verdacht, dass Duke Hugger gebeten hatte, sich um sie zu kümmern. Aber warum? Und wo blieb Duke? Sie warf einen Blick auf ihre Uhr. Es waren jetzt schon zwanzig Minuten, seit er verschwunden war.

Sie trank wieder einen Schluck. Der Bordeaux war gar nicht

mal schlecht, und die Grillwurst war wirklich lecker. Aus den Lautsprechern erklang »T.N.T« von AC/DC, und unwillkürlich wippte sie mit. Die Anspannung begann, von ihr abzufallen, und allmählich fühlte sie sich nicht mehr als Fremdkörper. Nur ihre Gesellschaft hatte sie sich anders vorgestellt.

Als Hugger seinen Redefluss kurz unterbrach, um drei Männer zu begrüßen, sah Christina sich um. Und da entdeckte sie Duke. Er stand am anderen Ende des Hofes, eine Bierflasche in der einen Hand, in der anderen eine Zigarette. Sie hatte einen freien Blick auf ihn. Und auf seine Gesprächspartnerin. Es war eine blonde Frau. Dass die Haarfarbe nicht echt war, war auf den ersten Blick zu erkennen. Selbst auf die Entfernung konnte sie deutlich die langen, bunt lackierten künstlichen Fingernägel sehen. Sie trug ein schwarzes hautenges Oberteil mit tiefem Ausschnitt. Ihre Jeans saß etwas zu knapp – vielleicht wäre eine Nummer größer besser gewesen –, und die Höhe der Absätze ihrer Stiefeletten konnte Christina nur schätzen. Aber es waren mindestens zehn Zentimeter. Die Blondine strich sich das Haar aus dem Gesicht, klimperte mit den Wimpern, nickte und lachte.

Duke schien sich ebenfalls prächtig zu amüsieren. Mehr als einmal schenkte er dieser Frau sein Lächeln. Jetzt beugte er sich sogar zu ihr hinunter, hielt ihr sein Ohr hin – es war das mit den Ohrringen –, und die Tante flüsterte ihm etwas zu. Dabei legte sie ihre Hand mit den Krallen um seinen Nacken, als hätte sie ein Recht dazu, und für einen kurzen Moment sah es sogar so aus, als wolle sie an Dukes Ohrläppchen knabbern. Dann sah sie zu ihm auf, ihr Gesicht schien zu leuchten, und jeder Muskel ihres prallen Körpers schien herauszuschreien: »Ja! Ja! Ja!«

Blöde Kuh!, dachte Christina und empfand eine tiefe Abneigung gegen diese Frau. Plötzlich hatte sie Lust, ins Haus zu gehen und herauszufinden, ob Hugger recht hatte. Vielleicht irrte er sich, und das Gewehr über der Tür funktionierte doch noch.

Sie trank einen Schluck Wein und konnte ihren Blick nicht von den beiden lassen. War das der Grund, weshalb Hugger sich um sie bemühte? Sollte er sie ablenken, damit Duke freie Bahn bei diesem blondierten Gift hatte?

Halt, Christina! Jetzt gehst du zu weit. Was bildest du dir eigentlich ein?

Duke war ihr Nachbar, sonst nichts. Sie hatte kein Recht, eifersüchtig zu sein, nur weil er ein Mal bei ihr zum Essen gewesen war – noch dazu auf ihre Einladung hin. Möglicherweise war das da drüben die Sorte Frauen, der er den Vorzug gab. Vielleicht war das seine Art, ihr das zu verstehen zu geben.

Diese Erkenntnis traf sie wie ein Schwall eiskaltes Wasser.

Finde dich damit ab, sagte sie sich und trank einen großen Schluck Wein. Iss deine Wurst, trink deinen Becher leer und dann geh. Du gehörst nicht hierher.

»Schmeckt's dir?« Hugger setzte sich wieder, stützte sich mit beiden Ellenbogen auf den Tisch und sah sie vergnügt an.

»Ja«, schwindelte sie. »Die ist wirklich großartig.« Die Krakauer war hervorragend, daran gab es keinen Zweifel. Aber gerade jetzt schmeckte sie nichts. Ebenso gut hätte sie in ein Stück Reifengummi beißen können. Sie stopfte sich den letzten Bissen in den Mund, spülte die Wurst mit dem Rotwein hinunter und erhob sich. Den kleinen Bodensatz im Becher konnte sie ohne schlechtes Gewissen stehen lassen.

»Was ist denn?« Hugger sah sie fast erschrocken an. »Willst du etwa schon gehen?«

»Ja, tut mir leid. Ich muss. Leider. Ich habe morgen früh Dienst und muss um neun im Krankenhaus sein.«

Hugger erhob sich und warf einen kurzen Blick über die Schulter.

»Aber wir …«

»Es war sehr nett. Wenn du mit Duke sprichst, richte ihm doch bitte einen schönen Gruß aus und sage ihm, dass mich die Einladung sehr gefreut hat.« Sie hoffte, dass ihr Lächeln nicht zu künstlich wirkte.

»Okay, mache ich, aber …«

»Danke. Schönen Abend noch!«

Sie schnappte ihre Tasche und ließ Hugger stehen. Auf dem Gehweg vor dem Clubhaus parkten mittlerweile noch mehr Motorräder und Autos. Breitbeinig standen einige Männer da, unterhielten sich, lachten, rauchten und tranken Bier. Sie schob sich an ihnen vorbei und ging die Straße entlang. Und je weiter sie sich von dem Clubhaus entfernte, umso schneller wurden ihre Schritte.

Die NDR-Talkshow fing gerade an, als es an der Tür klopfte.

Käte stemmte sich in ihrem Sessel hoch, doch der junge Mann war schneller. Er nannte sich »Mütze«, seinen richtigen Namen kannte sie nicht. Und tatsächlich hatte er seine Kopfbedeckung – eine schwarze Baumwollmütze mit den Buchstaben WoD vorne – die ganze Zeit nicht abgenommen.

»Bleib sitzen«, sagte er und war bereits an der Haustür, bevor sie sich wieder in den Sessel gesetzt hatte.

Stimmen und Schritte näherten sich im Flur. Sie nahm die Fernbedienung und stellte den Fernseher ab.

»... Abend alles ruhig«, erklärte Mütze gerade und kam mit Duke ins Wohnzimmer.

»Hi!«

Mittlerweile kannte sie eine ganze Reihe von Wizards – den riesigen, breitschultrigen Big J, den kleinen bärtigen Hugger, Renegade, der gestern Abend da gewesen war, und Mütze, der sich, etwas gelangweilt, seine Zeit mit seinem Handy vertrieben hatte. Allesamt nette, zuverlässige Männer. Aber wenn sie Duke sah, wurde ihr jedes Mal warm ums Herz. Er ging neben ihrem Sessel in die Hocke. Er roch nach Zigaretten, Kohlefeuer und Bier.

»Alles gut, Kate?«, fragte er mit seiner rauchigen Stimme.

Käte nickte.

»Ja.« Sein blaues Auge zu sehen tat ihr fast selbst weh. Sie konnte ihre Hand gerade noch rechtzeitig davon abhalten, ihm über das Haar zu streichen. Dazu hatte sie kein Recht. Duke war weder ein Kind noch ihr Enkel. Auch wenn es sich manchmal anders anfühlte. »Ich habe die ganze Zeit hier im Sessel gesessen und den armen Mütze mit meinen Fernsehsendungen gelangweilt!«

Mütze zuckte mit den Schultern.

»Kein Problem.«

»Dann kannst du jetzt abhauen, ich übernehme«, sagte Duke

und erhob sich wieder. »Phil hat gerade die nächste Ladung Fleisch auf dem Grill. Wenn du dich beeilst, brauchst du nicht einmal zu warten.«

»Wenn ich noch etwas herunterkriege«, antwortete Mütze und klopfte auf seinen Bauch. »Ich habe reichlich Gulasch gegessen.«

»Hast du Hunger, Duke?«, fragte Käte sofort. »Es ist noch genug da, ich muss es nur aufwärmen!«

»Eigentlich nicht …«

»Das würde ich mir an deiner Stelle noch mal überlegen«, sagte Mütze und zog sich seine Lederjacke über. »Dir entgeht echt was.«

Käte erhob sich und ging in die Küche, während Duke mit seinem Freund zur Tür ging.

Sie häufte Reis auf einen Teller und gab eine große Kelle Gulasch darüber.

»Setz dich.«

Sie stellte den Teller vor ihn auf den Tisch und setzte sich ihm gegenüber. Es war fast wie früher, wenn Gottfried von der Arbeit nach Hause gekommen war. Wie hatte sie es geliebt, ihm gegenüberzusitzen und beim Essen zuzusehen!

»Ist dir heute am Tag oder jetzt am Abend etwas Besonderes aufgefallen?«, fragte Duke und schob sich eine Gabel voll Fleisch und Reis in den Mund.

Käte dachte kurz nach. Da war dieses kleine rote Auto auf der anderen Straßenseite gewesen, auf dem Parkplatz vor dem Fleischmarkt. Es war ihr aufgefallen, als Mütze gekommen war, und später noch einmal, als sie die Vorhänge im Schlafzimmer zugezogen hatte. Jemand hatte darin gesessen. Aber mittlerweile war der Wagen weg. Wenn einer der Arbeiter im Fleischgroßmarkt abgeholt wurde, so war das wohl nichts, was erwähnt werden musste. Sie schüttelte den Kopf.

»Etwas Besonderes? Nein. Wie Mütze schon sagte, es war alles ruhig.«

12

Samstag, 11. Mai

Durch die schmalen Schlitze der Jalousien drang Licht. Erschrocken fuhr er auf. Er kam zu spät! Welcher Wochentag war heute? Hatte er Termine? Dann fiel ihm ein, dass Samstag war. Erleichtert ließ er sich ins Bett zurückfallen und rieb sich mit beiden Händen über das Gesicht. Erst einmal wach werden. Die Ziffern des Radioweckers sprangen um. Neun Uhr. So lange schlief er sonst nie, nicht einmal zu Weihnachten.

Etwas läuft gerade aus dem Ruder.

So wie gestern Abend.

Alles hatte er bis ins Detail geplant. Er hatte sich vorbereitet, einen tragbaren CD-Spieler dabei, die Zeitschaltuhr und einen Beutel Schweineblut. Und dann hatte er zwei Stunden lang in dem winzigen Fiat darauf gewartet, dass McKinnley und seine Kumpane wie richtige Rocker endlich zu ihrer dämlichen Party fuhren, um sich dort ordentlich zu besaufen. Er hatte so lange gewartet, bis er einen der Kerle an den Fenstern der alten Claasen gesehen hatte. Und da war bei ihm endlich der Groschen gefallen. Die Alte war nicht allein. Die Wizards schoben Wache.

Als der Mann im Haus seinen Rundgang beendet hatte, hatte er den Wagen gestartet und war nach Hause gefahren. Mit einer Flasche Bier hatte er sich vor den Fernseher gesetzt und durch alle Kanäle gezappt, um sich abzulenken und den Kopf frei zu bekommen. Er brauchte eine Idee, eine Taktik. Er musste die Wizards loswerden. Irgendwie. Aber der rettende Einfall war nicht gekommen, und so war er um halb zwölf ins Bett gegangen – früh für seine Verhältnisse.

Erstaunlicherweise war er sogar gleich eingeschlafen. Nur um keine Stunde später schweißgebadet und mit heftigen Bauchkrämpfen hochzuschrecken. Er hatte geträumt, er stehe eingegossen in Beton für alle Zeiten vor dem Fleischmarkt und müsse zu Haus Fördeblick hinüberschauen. Er hatte eine

Ibuprofen geschluckt, was immer rasch gegen die Schmerzen half. Trotzdem hatte er lange nicht mehr einschlafen können, sondern sich von einer Seite zur anderen gedreht und gegrübelt. Gegen fünf Uhr morgens hatte er sich dann für eine Schlaftablette entschieden. Jetzt war er steif gelegen, und hinter seiner Stirn pochte es dumpf. Außerdem hatte er Sodbrennen.

Ich sollte essen, etwas Toast, sagte er sich. Dann geht es besser.

Mühsam wälzte er sich aus dem Bett und schlurfte in die Küche. Lustlos steckte er zwei Scheiben Brot in den Toaster, während im Radio ein aktueller Hit dudelte. Es war irgendein alberner Pop-Song, gesungen von einer ebenso albernen Sängerin. Er hätte Wetten darauf abschließen können, dass man sich bereits in einem halben Jahr nicht mehr an die Frau würde erinnern können. Entnervt stellte er das Radio wieder ab. Doch die Stille war ebenso schwer zu ertragen. Vielleicht war sie sogar noch schlimmer. Sie hing im Raum, dick und zäh, wie eingetrockneter Sirup. Sie drohte ihn zu ersticken. Denn dort, in dieser Stille, lauerte die Vorahnung, das Unheil, irgendeine dunkle Bedrohung, die ihn schon die halbe Nacht wach gehalten hatte. Die zahllosen Fragen, die er in diesen quälend langen Stunden durchgekaut hatte, ohne eine Antwort zu finden, hatte er dank der Schlaftablette vergessen. Alle. Bis auf eine.

Wie werde ich die Wizards los?

Schwierig. Wie entledigte man sich zentnerschwerer Zwei-Meter-Männer, die es gewohnt waren, sich ihren Weg frei zu boxen – und das im wahrsten Sinne des Wortes? Umdrehen und das Weite suchen war eine Möglichkeit. Aber so schnell wollte er nicht aufgeben. Dafür ging es bei diesem Projekt um zu viel. Ihm würde schon etwas einfallen. So war es bisher immer gewesen.

Wenn du denkst, es geht nicht mehr, kommt von irgendwo ein Lichtlein her!

Bei dem alten Spruch seiner Mutter musste er kichern. Seine Stimme überschlug sich, und er hielt sich den Mund zu. Er mochte diesen weibischen Klang nicht. Außerdem war es sowieso ein lächerliches Sprichwort. Dann verzog er das Gesicht. Das Brennen hinter dem Brustbein wurde fast unerträglich. Der

Arzt hatte ihm etwas gegen das Sodbrennen verschrieben. Und ihm natürlich, wie Ärzte eben waren, schlaue, unbrauchbare Ratschläge gegeben – kein Kaffee, keine fetten Speisen, kein Stress.

Er hatte beinahe lachen müssen. Er war Vegetarier und trank ausschließlich Tee aus biologischem Anbau. Und das, was andere Menschen Stress nannten, war sein Treibstoff – erst wenn kein Platz mehr in seinem Terminkalender war, kam er auf die richtige Betriebstemperatur. Ruhe, Entspannung und »Erholung« hingegen waren für ihn der reine Horror. Aber diese Tabletten waren geradezu ein Wundermittel. Er zog die Küchenschublade auf und drückte zwei Tabletten aus dem Blister.

Er schluckte beide auf einmal und spülte sie mit Wasser hinunter. Wieder musste er an seinen Großvater denken. Der Mann hatte zahllose Tabletten geschluckt, kein Wunder bei seinem Lebenswandel. Und jedes Mal hatte er dabei gegrunzt und geschnauft wie ein Walross. Es war ekelhaft gewesen, ihm dabei zuzusehen. Oft genug hatte er sich bei dem Gedanken erwischt, was wohl geschehen würde, wenn er die Tabletten einfach vertauschte. Bis er es eines Tages getan hatte.

Er war gerade rechtzeitig aus der Schule gekommen, um noch mitzukriegen, wie der Alte mit dem Notarztwagen abgeholt worden war. An dem Tag hatte er sein erstes Bier getrunken.

Er bestrich die beiden Toasts mit Butter und Orangenmarmelade. Englische Orangenmarmelade, wegen der leicht bitteren Note. Er hatte gerade den ersten Bissen getan, als sein Diensthandy klingelte, die Rufnummer auf dem Display war unterdrückt. Die Firma? Nicht ungewöhnlich. Wenn es Schwierigkeiten gab und Geschäfte nicht so abliefen wie geplant, musste man unter Umständen schnell tätig werden, auch am Wochenende. Er nahm den Anruf entgegen.

»Hallo?«

»Hallo. Ich muss mit Ihnen reden.«

Die Frauenstimme klang jung und vage vertraut. Aber er kam nicht darauf, zu wem sie gehören mochte. Jemand aus dem Büro?

»Wer spricht da?«

»Das tut nichts zur Sache. Ich muss mit Ihnen reden.« Sie machte eine Pause. »Ich weiß, was Sie getan haben. Oder immer noch tun.«

Die Härchen an seinen Armen stellten sich auf, und er fuhr sich mit der Zungenspitze über die Lippen.

Mist. Das hat mir gerade noch gefehlt.

»Tut mir leid, ich weiß nicht, wovon Sie reden.«

»So?« Sie lachte. Es war kein freundliches Lachen. Diese Frau scherzte nicht. »Dann werde ich Ihrem Gedächtnis auf die Sprünge helfen: Sagt Ihnen der Name Erwin Meissner etwas? Oder Martha Andersen? Hedwig Kreutzer? Na? Klingelt es jetzt? Oder soll ich die Liste fortsetzen?«

»Ich weiß nicht, was Sie von mir wollen«, sagte er und wischte sich den Schweiß von der Stirn. Jetzt nur keinen Fehler machen. Und vor allem die Nerven behalten. Noch ist nichts entschieden. Und Russland nicht verloren. Das hatte sein Großvater immer gesagt. Wieso musste er an den eigentlich in letzter Zeit ständig denken? Manche Menschen geben niemals Ruhe. Nicht einmal im Grab. »Ich schätze, Sie haben sich verwählt.«

»Nein. Ich habe die richtige Nummer gewählt – direkt von Ihrer Visitenkarte.«

»Ich kann Ihnen immer noch nicht ganz folgen«, sagte er bedauernd. Wieder zahlte sich sein Theaterkurs aus. »Aber natürlich helfe ich Ihnen gern weiter. Sie können sich zu den üblichen Bürozeiten bei mir melden.«

»Hören Sie auf mit dem Mist! Sie wissen genau, wovon ich rede. Stellen Sie sich nicht dumm, sonst gehe ich zur Polizei.«

»Polizei?« Seine Hand begann zu zittern. Verdammt, verdammt, verdammt! »Ich wüsste nicht, was ich verbrochen haben soll. Bin ich zu schnell gefahren? Aber wir können uns gern treffen, wenn Sie das möchten. Dann können wir dieses Missverständnis aus dem Weg räumen.«

»Missverständnis? Sie haben einen seltsamen Humor. Aber ein Treffen ist genau das, was ich will. Heute Abend um sieben Uhr an der Treppe zur Nikolaikirche.«

»Es tut mir leid, aber ich kann nicht. Ich habe heute bereits

Termine, die sich nicht verschieben lassen, und morgen sieht es auch nicht gut aus.«

Er machte eine kurze Pause, wartete auf ihre Reaktion und raschelte dabei mit einem Werbeprospekt. Vielleicht konnte sie Nebengeräusche hören, und dann würde sie glauben, dass er in seinem Terminkalender blätterte.

»Montag früh um neun … Nein, da habe ich schon einen Termin. Dienstag, siebzehn Uhr – oh, da muss ich zum Zahnarzt.« Wieder machte er eine Pause. Er hörte die Frau am anderen Ende der Leitung atmen, schnell und heftig. Sie war offenbar nervös. Noch nervöser als er. Allerdings hatte er den Vorteil, dass er sich unter Kontrolle hatte. Und diese Erkenntnis gab den Ausschlag. Plötzlich wusste er genau, wie er vorgehen musste, um diese Krise zu bewältigen.

»Hören Sie? Ich mache Ihnen einen Vorschlag. Wir treffen uns heute Abend um zweiundzwanzig Uhr an der Hafenspitze. Dann können wir uns in Ruhe unterhalten. Ist Ihnen das recht?«

Sie schwieg, schien über seinen Vorschlag nachzudenken.

»Gut. Abgemacht.«

»Woran erkenne ich Sie?«

»Ich werde Sie erkennen, darauf können Sie sich verlassen. Aber wenn es Sie beruhigt, werde ich eine Zeitschrift in der Hand halten.«

»Und welche wird das sein?«

»Glauben Sie mir, Sie werden merken, dass ich das bin. Bis heute Abend. Und seien Sie pünktlich, sonst muss ich zur Polizei gehen.«

Sie legte auf. Langsam legte er das Handy zurück auf den Küchentisch. Sein Bauch meldete sich wieder mit heftigen Krämpfen. Möglicherweise doch ein Zeichen für Stress. Aber jetzt war bestimmt nicht der Zeitpunkt, kürzerzutreten.

Verdammt.

Wie war ihm die blöde Kuh nur auf die Schliche gekommen? Erst die Wizards. Und jetzt diese Schnepfe.

Etwas läuft aus dem Ruder.

Er stellte sich ans Küchenfenster. In der Mitte des Hofes stand ein Brunnen, ein kleiner dicker Junge auf einem grauen Sockel hielt einen großen Fisch im Arm. Der Brunnen war der ganze Stolz der Eigentümergemeinschaft. Trotz seines Widerstandes war das Ding für Unsummen renoviert worden. Genau, wie er es vorausgesagt hatte, schwammen mittlerweile Zigarettenkippen und Bonbonpapier auf dem vor Algen grünen Wasser, Hunde benutzten den Brunnen als Tränke, pinkelten ihn an. Und das Dickerchen wandte ihm seinen grauen Sandsteinhintern zu. Jedes Mal, wenn er an dem Brunnen vorbeiging, ärgerte er sich darüber. Jetzt jedoch kam es ihm wie ein Omen vor.

Ihm kam der Gedanke, seine Sachen zu packen und zu verschwinden. Es gab andere Städte in Deutschland, und es wäre nicht das erste Mal, dass er seine Zelte abbrach und ganz neu anfing. Im Osten war er noch nie gewesen. Warum nicht Schwerin, Dresden, Leipzig? Oder sogar Berlin?

Einen Augenblick lang erschien ihm der Gedanke reizvoll. Dann jedoch dachte er an die Firma. Er hatte alles gegeben, um voranzukommen. Und jetzt, wo das Ziel in greifbare Nähe gerückt war, sollte er alles hinschmeißen? Nein. Das kam nicht in Frage.

Vielleicht sollte er die alte Claasen ein paar Tage in Ruhe lassen. Wenn nichts passierte, würden die Wizards im Laufe der Zeit bestimmt nachlässig werden, und in der Zwischenzeit konnte er sich ein Konzept zurechtlegen, wie er die Kerle loswerden konnte. Dringender war jetzt diese Frau. Um sie musste er sich so schnell wie möglich kümmern.

Er schluckte wieder eine Ibuprofen. Nicht gegen alles war ein Kraut gewachsen. Aber die Pharmazie sorgte wenigstens dafür, dass man nicht alles klaglos erdulden musste.

Heute Abend würde er erfahren, wer die Frau war, was sie wusste und woher. Und dann musste er nur noch dafür sorgen, dass sie ihr Wissen nicht weitergab.

Eigentlich hatte Christina alles nur so schnell wie möglich hinter sich bringen wollen – kurz mit den diensthabenden Schwestern über die Nacht und die morgendlichen Werte der Patienten sprechen, dann die Visite erledigen und wieder nach Hause fahren. Die Wochenendvisite teilten sich die

Ärzte der Inneren Abteilung außerhalb der üblichen Dienste untereinander auf – immer einer von ihnen kam am Samstag oder Sonntag und ging über die Stationen. Das entlastete die Kollegen unten auf der Notaufnahme. Sie waren genug Ärzte in der Abteilung, sodass man lediglich alle zwei Monate an die Reihe kam. Und da viele Patienten übers Wochenende beurlaubt wurden, war die Wochenendvisite meist in zwei Stunden erledigt. Doch ausgerechnet heute gestaltete sich die Visite zäh. Kaum ein Bett war leer, etliche Patienten hatten über Nacht Probleme gehabt, auf einer der Stationen trieb ein Erkältungsvirus sein Unwesen, und die Schwestern waren nicht bei der Sache. Alles hatte sich gegen sie verschworen. Wirklich alles.

Christina war müde. Sie hatte schlecht geschlafen. Das Bild dieser blonden Frau, mit der Duke den ganzen Abend geflirtet hatte, hatte sich in ihr festgesetzt. Immer wieder hatte sie sich die Frage gestellt, was ihn an diesem Weib anziehen mochte. Waren es die blondierten Haare? Die künstlichen Fingernägel? Oder das pralle Dekolleté? Was auch immer es war, in den langen Stunden, in denen sie sich von der einen auf die andere Seite gewälzt hatte, hatte sie sich eingestehen müssen, dass sie nichts davon aufzuweisen hatte. Gar nichts. Wenn Duke solche Frauen attraktiv fand, dann war sie raus aus dem Rennen, so viel stand fest.

Es überraschte sie selbst, wie wenig ihr dieser Gedanke gefiel. Er nagte an ihr, machte sie kribbelig und nervös, was die Schwestern zu spüren bekamen. Sie war ungeduldig und reizbar, wenn die Blutdruckwerte nicht sofort genannt wurden. Und die Fragen der Patienten beantwortete sie nur knapp.

Christina unterdrückte ein Gähnen. Warum hatte Duke sie eingeladen, wenn er sie dann doch keines Blickes gewürdigt hatte? War das seine Art, mit Frauen zu spielen? Oder dachte er sich am Ende gar nichts dabei, weil sie ihm nichts bedeutete? Warum war sie überhaupt zu diesem Clubabend gegangen? Was hatte sie sich davon versprochen? Rote Rosen und eine Fahrt auf seinem Sozius, dem Sonnenuntergang entgegen?

Träum weiter!

Ihr fiel auf, dass es im Krankenzimmer still geworden war. Alle sahen sie erwartungsvoll an. Offenbar hatte die Schwester ihr gerade etwas über die Patientin erzählt, die vor ihr auf dem Bett saß. Eine Frau um die sechzig, mit kastanienbraunen Haaren und einem türkisfarbenen Schlafanzug. Sie hatte nicht einmal den Namen der Patientin mitbekommen.

»Tut mir leid, ich habe nicht zugehört«, gestand sie.

Die Schwester verzog das Gesicht, wiederholte aber die Blutzuckerwerte, die alles andere als berauschend waren.

Reiß dich zusammen und mach deinen Job, verflixt noch eins!

Christina konzentrierte sich auf die Akte, überflog die Krankengeschichte von Ute Schulz, studierte die Daten und gab ihre Anweisungen kurz und knapp an die Schwester weiter. Routine. Und der Nächste bitte.

»Meinen Sie, dass es schlimm ist, Frau Doktor?«, fragte Frau Schulz.

Die Frage hatte die Wirkung eines kalten, feuchten Lappens im Gesicht. Schlagartig kam sie wieder zur Besinnung.

Bist du noch zu retten? Was tust du hier eigentlich?

Zu den Labordaten, Untersuchungsbefunden und der Anamnese gehörte ein Mensch. Eine dreiundsechzigjährige Frau, die auf ihrem Bett saß und sie mit ängstlicher Miene anstarrte, als hinge ihr Leben von jedem Wort ab, das sie sprach. Was für sie als Ärztin nur Routine war, war für diese Patientin eine Bedrohung. Sie wollte nur so schnell wie möglich nach Hause, doch diese Frau Schulz litt Todesangst. Natürlich würde sie nicht an ihrem Diabetes sterben – wenigstens nicht hier und jetzt. Die Befunde waren zwar bedenklich, aber keineswegs gefährlich. Doch das wusste die Patientin nicht. Es war ihr Körper, ihr Leben, um das es hier ging. Und somit alles andere als lästige Routine.

Christina schämte sich vor der Patientin, vor der Schwester und am meisten vor sich selbst. Natürlich konnte sie sich über den gestrigen verkorksten Abend ärgern. Aber wegen einer Frau mit blondierten Haaren und künstlichen Fingernägeln ihr Berufsethos zu verraten, das ging dann doch eindeutig zu weit. Sie klappte die Akte zu und setzte sich neben Frau Schulz aufs Bett.

»Nein«, sagte sie. »Es ist nicht schlimm, weil wir diese erhöhten Zuckerwerte im Auge haben und sie wieder in den Griff bekommen werden. Ich vermute, dass dieser Magen-Darm-Infekt, den Sie vor zwei Wochen durchgemacht haben, für die Entgleisung verantwortlich ist. Es kann ein bisschen dauern, bis sich alles wieder eingependelt hat. Wir werden erst einmal die Dosis der Medikamente anpassen, vielleicht werden wir sie auch umsetzen müssen. Soviel ich weiß, wird am Montag eine Ernährungsberaterin zu Ihnen kommen, die mit Ihnen noch mal Fragen zur Diät durchsprechen wird. Wir werden so lange an allen Rädchen drehen, bis Sie wieder in Ordnung sind.« Sie lächelte. »Wahrscheinlich hätte Ihr Hausarzt das auch in seiner Praxis wieder ins Lot bringen können, aber er ist wohl ein sehr gründlicher und verantwortungsvoller Mann.«

»Ja, da haben Sie recht.« Frau Schulz nickte. »Er kannte auch meine Mutter. Vielleicht liegt es daran. Sie ist im Zuckerkoma gestorben, wissen Sie? Hier, im Diako.« Frau Schulz nestelte an den Rüschen ihres Schlafanzugs herum. »Das ist noch gar nicht so lange her. Und jetzt, wo ich Werte über zweihundert hatte, da habe ich natürlich einen furchtbaren Schreck bekommen. Und geglaubt, dass ich jetzt auch …«

Sie brach ab. Christina dachte mit Hochachtung an den fürsorglichen Hausarzt, der die Panik seiner Patientin vorausgeahnt hatte. Hier im Krankenhaus unter ständiger Beobachtung konnte man damit natürlich sehr viel besser umgehen. Sie legte Frau Schulz eine Hand auf den Arm.

»Machen Sie sich keine Sorgen. Sie sind hier bei uns gut aufgehoben. Wir passen auf Sie auf.«

»Danke, Frau Doktor!«

Frau Schulz drückte ihre Hand. Christina stand auf und verließ das Zimmer mit deutlich besserem Gewissen.

»Was war denn das mit ihrer Mutter?«, erkundigte sich Christina auf dem Flur bei der Schwester.

»Hedwig Kreutzer. Die hatte hier wohl alle Stationen durch. Sie kam ein paarmal mit Blutzuckerwerten jenseits der fünfhundert«, erklärte die Schwester. »Das war schon fast legendär. Hier ließ sich der Zucker allerdings immer rasch einstellen. Nur das letzte Mal nicht. Da kam sie schon im Koma in die Aufnahme.«

»Was war die Ursache?«

Die Schwester zuckte mit den Schultern.

»Wahrscheinlich Diätfehler. Frau Kreutzer lebte allein und war schon ein bisschen dement. Oder eher verrückt. Sie hat Handtücher zerschnitten und andere seltsame Dinge angestellt, an die sie sich aber nicht erinnern konnte. Ihre Tochter hat es uns erzählt. Hier wirkte sie allerdings immer ziemlich klar. Nur in eine betreute Einrichtung wollte sie nicht. Tja.« Die Schwester zuckte mit den Schultern. »Und dann war es zu spät.«

Handtücher zerschnitten?

Schon wieder ein Patient mit diesem angeblich so seltenen Symptom? Es schien sie zu verfolgen. Hedwig Kreutzer. Woher kannte sie diesen Namen? Christina hatte das Gefühl, ihn gerade erst vor Kurzem gehört oder gelesen zu haben. Vielleicht in einer Frühbesprechung?

»Wann ist die Mutter von Frau Schulz denn verstorben?«, fragte sie.

»Oh, das war noch vor Ihrer Zeit«, sagte die Schwester und schob den Aktenwagen in das Stationszimmer. »Ich glaube, Anfang März oder so.«

»Gibt es noch etwas?«

»Nein, alles in Ordnung.«

»Schön. Dann verabschiede ich mich. Wenn etwas ist, wenden Sie sich an die Kollegen auf der Notaufnahme. Ich wünsche noch einen ruhigen Dienst.«

Nachdenklich betrat Christina das Treppenhaus, um zu ihrer Station zu gehen und sich umzuziehen. Während sie die Treppe hinaufstieg, dachte sie plötzlich daran, wie ihr Nicole am Donnerstag entgegengekommen war.

Natürlich! Nicoles Zettel!

Sie war ziemlich sicher, dass auch der Name Hedwig Kreutzer darauf gestanden hatte. Christina beschleunigte ihre Schritte. In ihrem Schrank befand sich ihre Tasche, und darin war – seit gestern unbeachtet – der Zettel, den Nicole ihr ins Fach gelegt hatte.

Sie faltete ihn auseinander. Tatsächlich: »Erwin Meissner. Martha Andersen. Helene Jacobi. Franz Ingwersen. Karl Rademacher. Heinrich Müller. Sieglinde Tausch. Hedwig Kreutzer«.

Ein vager Verdacht keimte in ihr auf. Hatte Nicole etwa nach Patienten geforscht, die ihre Textilien zerschnitten hatten?

Christina hängte ihren Mantel wieder zurück in den Schrank, ihre Müdigkeit war verflogen. Sie musste ins Archiv. Jetzt. Heute war dort niemand mehr, aber Herr Hansen, der Hausmeister, mochte sie. Er würde ihr bestimmt den Schlüssel geben. Wen scherte es, ob sie jetzt nach Hause fuhr oder zwei Stunden später? Dort wartete ohnehin niemand auf sie.

Duke war allein in der Werkstatt, nur er und sein Bike, das aufgebockt in der Mitte der Halle stand und auf die notwendigen Reparaturen wartete. Aus den Lautsprechern der kleinen Hi-Fi-Anlage erklang Metallica. Es war das »Schwarze Album«, eine seiner Lieblingsscheiben der Band. Er hatte auf Wiederholung geschaltet und die Lautstärke ordentlich aufgedreht, denn hier in der Werkstatthalle klangen die Bässe und Riffs noch einmal so gut.

Bislang hatte seine Arbeit hauptsächlich aus der Demontage der gecrashten Teile bestanden, aber er war fast fertig damit, und die Eisenkiste, in der Kurt kaputte Teile für den Schrotthändler sammeln ließ, war voll. Das Hinterrad war das Letzte, was er abschrauben musste, bevor er mit dem Wiederaufbau beginnen konnte. Besonders der Auspuff hatte sich vehement dagegen gewehrt, abmontiert zu werden. Das Ding war so verbeult gewesen, dass er Schwierigkeiten gehabt hatte, die Hitzeschilder zu lösen, und schließlich sogar zur Flex greifen musste.

Aber egal. Benutzen konnte er die Teile ohnehin nicht mehr.

Er löste die letzte Schraube und hielt das Hinterrad in der Hand. Die Felge war eingedellt und der Reifen nicht nur abgerieben, sondern an der Seite aufgerissen – der Rest des Gummis klebte jetzt irgendwo auf der Landstraße zwischen Glücksburg und Holnis. Er rollte das Rad zur Schrottkiste, lehnte sich gegen die Werkbank und zündete sich eine Zigarette an.

Pause. Genau rechtzeitig zum Beginn von »Nothing Else

Matters«. In einer Viertelstunde würde Steve kommen, um beim Aufbau zu helfen.

Duke nippte an seinem kalten Kaffee und betrachtete das, was von seinem Bike übrig geblieben war. Der Anblick der verbeulten und zerschundenen Maschine hatte ihm regelrecht Schmerzen bereitet. Dagegen war das nackte Gerippe in der Mitte der Halle – ohne Räder, Tank, Frontscheinwerfer, Blinker, Sattel, Luftfilter, Heckfender und Auspuff – wie eine weiße Leinwand für ihn. In seinem Kopf begann es zu arbeiten. Bilder entstanden und fügten sich zusammen, bis er seine Harley so vor Augen hatte, wie er sie wieder aufbauen würde.

Duke kramte in der Schublade der Werkbank nach Bleistift und Papier, fand schließlich beides, setzte sich auf einen Hocker und begann zu zeichnen. Mit sicheren, schnellen Strichen materialisierte sich seine Vision auf dem Blatt. Als er fertig war, betrachtete er sein Werk und dachte darüber nach, was er für die Realisierung brauchen würde. Die meisten Teile würde er genauso wieder aufbauen, wie sie gewesen waren. Ein paar Dinge nicht – diskrete Änderungen, die aber im Gesamteindruck eine Menge ausmachten. Ein Haufen Arbeit lag vor ihm. Einige Teile würde er selbst zurechtschweißen müssen, denn das, was er sich vorstellte, würde er in keinem Katalog der Welt finden. Und die Kosten ... Tja, die würden doch höher werden, als er anfangs angenommen hatte. Vielleicht konnte er auch Kurt ein bisschen bequatschen, ihm entgegenzukommen. Oder noch ein paar Airbrush-Aufträge annehmen. Der Typ mit dem Weißkopfseeadler hatte von ein paar Kumpels erzählt, die offenbar schon ganz heiß darauf waren, ihre Maschinen verschönern zu lassen.

Er lächelte zufrieden. One man, one bike. Jedem Mann das Bike, das zu ihm passte. Wirklich individuelles Customizing statt Fließbandarbeit und Internetbestellung. Das war seine Devise. Und das da würde sein absoluter Traum werden. So wie es aussah, würde er dem Idioten Danny am Ende sogar noch dankbar sein.

Das Werkstatttelefon meldete sich mit schrillem Läuten.

Duke stand auf, stellte die Musik leiser und ging zu dem

altmodischen, an die Wand neben der Werkstatttür montierten Apparat.

»Ja?«

»Mr. McKinnley? Sind Sie das?«

Die Stimme seines Anwalts holte ihn auf den Boden zurück. Wenn ein Rechtsanwalt am Wochenende arbeitete, konnte das nichts Gutes bedeuten. Sein Puls beschleunigte sich.

»Ja.«

»Schön, dass ich Sie endlich erreiche. Ich habe es gestern mehrfach vergeblich versucht. Ich habe Neuigkeiten.«

»Dann legen Sie mal los.« Noch war er nicht bereit, seine gute Laune aufzugeben.

»Ich hatte am Donnerstag ein sehr aufschlussreiches Gespräch mit Ihrer Stiefmutter und deren Anwältin. In der Sache hat sich wenig getan, ich habe die Akten eingesehen und kann jetzt die nächsten Schritte einleiten. Wirklich interessant ist, dass mir nun endlich die Beweggründe für diesen Rechtsstreit klar geworden sind. Es wird Sie möglicherweise überraschen. Ihrer Stiefmutter geht es nicht um das Geld.«

»Nicht?« Duke schnippte die Asche in einen mit Sand gefüllten Eimer, in dem schon zahlreiche Zigarettenstummel steckten. »Entschuldigen Sie, dass ich lache. Was will Millicent denn? Mich einfach nur fertigmachen?«

»Nein. Der Kern der Sache ist das Verhältnis zwischen Ihnen und Ihrem Vater. Ihre Stiefmutter behauptet, Sie hätten ihn in all den Jahren kaum besucht, höchstens um ihn anzupumpen oder für Ärger zu sorgen. Sie sollen Geld veruntreut haben, um Motorräder und den Club zu finanzieren. Und im Krankenhaus seien Sie auch nur ein- oder zweimal gewesen. Bei einer dieser Gelegenheiten sollen Sie ihm auch das goldene Feuerzeug entwendet haben, das die Polizei in Flensburg beschlagnahmt hat. Infolge dieses Verhaltens haben Sie – so die Meinung von Mrs. McKinnley – jedes Recht an der Erbschaft Ihres Vaters verwirkt.«

Einen Augenblick war er sprachlos.

»Moment, Mr. Logan. Soll das heißen, dass Millicent glaubt, ich hätte …?« Er biss sich auf die Lippe und ballte die Faust.

»Diese Frau wagt es zu behaupten, dass ich meinen todkranken Vater auf dem Sterbebett bestohlen habe? Was denkt sich dieses Miststück eigentlich? Was fällt der Alten ein? Ist die denn jetzt völlig durchgedreht, oder was?«

»Mr. McKinnley, beruhigen Sie sich.«

»Ich soll mich beruhigen? ICH?« Duke schlug seine Faust gegen den Türrahmen. »Ich werde Ihnen mal etwas erzählen. Mein Vater hat mir das Feuerzeug geschenkt, weil …«

In seiner Kehle bildete sich ein Kloß, seine Stimme brach. Er sah das bleiche, eingefallene Gesicht seines Vaters vor sich und hörte seine Stimme, diese leise, röchelnde Stimme, die so gar keine Ähnlichkeit mehr hatte mit dem dröhnenden Bass, der für ihn so charakteristisch gewesen war: »Nimm das Feuerzeug, Neil. Ich werde es nicht mehr brauchen. Ich soll das Rauchen aufgeben, sagen die Ärzte.« Er hatte ihm das goldene Ding in die Hand gedrückt. »Es tut mir leid, dass ich so viel Zeit verschwendet habe. Ich hätte mit dir zusammen eine Motorradtour machen sollen. Quer durch Europa. Stell dir vor, ich hinter dir auf deinem Sozius. Da hätten meine Kollegen aus der Bank Augen gemacht!« Sie hatten beide gelacht. Zum ersten Mal seit vielen Jahren hatten sie gemeinsam gelacht. Und es war das letzte Mal gewesen. Keine Stunde später war Arthur McKinnley gestorben. Duke presste Daumen und Zeigefinger auf die Augenwinkel und zog die Nase hoch. »Er hat es mir geschenkt.«

»Haben Sie dafür Beweise?«

»Verflucht, wo soll ich die denn herhaben? Glauben Sie, da war ein Notar dabei? Ich war allein mit ihm im Zimmer. Und ich bin gegangen, so wie immer – rechtzeitig, um Millicent nicht in die Quere zu kommen. Entweder Sie glauben mir oder eben nicht.«

Er hörte Logan atmen.

»Und was ist mit der Veruntreuung?« Der Anwalt raschelte mit Papier. »Mrs. McKinnley hat offenbar in den Unterlagen Ihres Vaters zwei ungeklärte Überweisungen vor etwa zwei Jahren gefunden. Fünftausend Pfund gingen auf Ihr Konto und fünfzehntausend Pfund an einen Motorradhändler. Sie hat den

Händler angerufen, und es ließ sich tatsächlich noch in seinen Büchern feststellen, dass es sich um eine Harley-Davidson Blackline handelte, die an Ihre Adresse geliefert wurde, Mr. McKinnley. Sie fahren doch eine Blackline, nicht wahr?«

Dukes Blick wanderte zu dem Haufen Stahl in der Mitte der Halle.

»Nein«, sagte er und drückte seine Kippe zu den anderen in den Sand. »Ich fahre einen Eigenbau.« Oder besser: fuhr.

»Und wie kommt es dann zu der an Sie gelieferten Blackline? Stimmt das etwa nicht?«

Er lehnte seinen Kopf gegen die Wand.

»Doch. Das ist richtig. Mein Vater hat diese Blackline gekauft, um sie mir zu schenken, und die fünftausend an mich sollten die Umbaukosten decken. Die Gründe für seine Großzügigkeit spielen jetzt keine Rolle. Aber ich habe das Geschenk abgelehnt, die Blackline beim Händler gegen eine FXR Baujahr '94 und ein paar Teile eingetauscht und meinem Vater das Geld zurückgegeben. Ich habe ihm jeden verdammten Penny zurückgezahlt, Mr. Logan, bar auf den Tisch. Jeden einzelnen!« Er hätte schreien können. »Wissen Sie was? Mir reicht es. Sagen Sie Millicent, dass sie sich die Kohle sonst wohin stecken kann. Soll sie damit glücklich werden, sich darin baden oder das Zeug aufessen. Ich will nichts davon haben. Aber sie soll aufhören, solche …« Er musste schlucken, holte tief Luft und sprach ruhiger weiter. »Sie soll aufhören, solche Lügen zu verbreiten. Und mich in Ruhe lassen.«

Am anderen Ende der Leitung wurde es still.

»Ich verstehe. Und ich glaube, dass ich jetzt endlich diese Sache mit Money Mike begreife.« Etwas in Logans Stimme hatte sich verändert. »Haben Sie für die Summe, die Sie an ihren Vater zurückgezahlt haben, einen Beleg?«

»Beleg? Natürlich. Mein Vater hat mir eine Quittung gegeben, weil ich darauf bestanden habe. Ich habe schon damals geahnt, dass es deswegen Ärger geben könnte.«

»Sehr gut. Und wo bewahren sie die auf?«

»In meiner Wohnung in einem Schuhkarton.«

»In einem Schuhkarton?« Es klang ungläubig.

»Ja. Im Wohnzimmer in dem kleinen Schrank in der Ecke, der … Fuck.« Er fuhr sich mit der Hand durch das Haar. »Die Sachen hat jetzt Money Mike.«

»Kein Problem, ich kläre das. Mr. Cunningham wird mich wohl kurz an diesen Schuhkarton lassen, wenn ich ihm den Sachverhalt erläutere. Ich möchte Ihnen nicht zu viel versprechen, Mr. McKinnley. Aber wenn ich tatsächlich diese Quittung finde und wir Ihre Stiefmutter von Ihrer Unschuld in diesem Fall überzeugen können, ist das möglicherweise ein Wendepunkt. Ich habe die Hoffnung, dass sich dann auch der Rest sehr viel schneller regeln lassen wird. Ich setze mich gleich mit Mr. Cunningham in Verbindung. Sie hören von mir.«

Duke legte den Hörer auf die Gabel, dann ließ er sich langsam in die Hocke sinken. Mit zitternden Händen zündete er sich eine Zigarette an und inhalierte tief.

Das kann doch alles nicht wahr sein. Irgendwann muss ich doch mal aus diesem beschissenen Traum aufwachen!

Die Tür ging auf.

»Hi, Duke! Wie weit …?« Steve brach ab. »Hey, Bro, was ist los?«

Er schüttelte den Kopf, seufzte, runzelte die Stirn, zog an seiner Zigarette und schüttelte wieder den Kopf.

»Ich habe gerade … Mein Anwalt hat mich angerufen«, sagte er schließlich. »Ich soll meinen Vater bestohlen haben. Das Feuerzeug habe ich ihm angeblich geklaut und zwanzigtausend Pfund, um mir mein Bike zu kaufen und den Umbau zu finanzieren.« Er sah zu Steve hoch. »Weißt du was, Steve? Wenn es den alten Mann da oben gibt, dann hat der einen echt abgefahrenen Humor.«

»Meine Tante sagt immer: ›Wen der Herr liebt, den züchtigt er‹ – oder so ähnlich.«

Duke verzog das Gesicht.

»Dann bin ich wohl derzeit sein erklärter Liebling.« Er erhob sich, schüttelte sich und ging zu seiner Maschine. Er legte seine Hand auf den Rahmen. Etwas Tröstliches ging von dem kalten Stahl aus, das seine gereizten Nerven besänftigte. »Ich muss mich abreagieren. Ändern kann ich ohnehin nichts und von hier aus schon gar nicht. Und rumsitzen und abwarten ist nicht gerade meine Stärke. Also schmeißen wir das Schweißgerät an und bringen dieses Baby wieder auf die Räder. Okay?«

Steve nickte.

»Ich bin dabei. Wie hast du dir den Aufbau gedacht?«

»Auf dem Tisch liegt die Skizze.«

Steve nahm das Blatt und betrachtete eingehend die Zeichnung.

»Wow.« Er neigte seinen Kopf und kniff die Augen zusammen. »Aber ich verstehe nicht ganz …«

»What?«

»Auf den ersten Blick sieht es so aus, als ob du gar nicht viel verändern willst, und doch ist das hier auf der Zeichnung ein ganz anderes Bike. Wie kann das sein?«

Duke grinste.

»Come and find out!«

Ruhelos streifte Christina durch ihre Wohnung. Sie stand am Fenster und sah in den Garten hinaus, setzte sich auf ihre Récamiere, blätterte in einer Illustrierten, legte sie wieder zur Seite, stand auf, ging in die Küche, prüfte, ob die Erde in den Kräutertöpfen feucht genug war, ging ins Schlafzimmer, schaute dort aus dem Fenster, suchte den Blick auf die Förde, ging wieder ins Wohnzimmer und begann den Rundgang von Neuem.

Ihr war kalt. Eiskalt. Sie hatte ein langärmliges Shirt angezogen, darüber eine wollene Strickjacke und dicke Socken an den Füßen. Sie hatte Tee getrunken. Und trotzdem gelang es ihr nicht, das Frieren abzustellen. Ihre Finger und Zehen fühlten sich an, als wäre gerade der Winter über Flensburg hereingebrochen.

Christina wusste, dass es weder der Erkältungsvirus von Station 3 war, der ihr zu schaffen machte, noch das Wetter, das sich für norddeutsche Verhältnisse immer noch recht gut hielt. Nein. Sie war zentralisiert, fror aus dem Inneren heraus. Denn das, was sie herausgefunden hatte, war so absonderlich, dass es sie nicht mehr losließ.

Vier Stunden hatte sie im Archiv verbracht, Patienten gesucht und gefunden und sich durch Stapel von Akten gearbeitet. Jetzt musste sie mit jemandem sprechen, dringend. Thomas wollte sie nicht ins Vertrauen ziehen. Wenigstens noch nicht. Ihre Gedanken kamen ihr viel zu abwegig vor, außerdem war er mit der Familie irgendwo eingeladen. Ihre Kollegen würden vermutlich nicht verstehen, worum es hier ging. Und Käte war bis morgen bei ihrem Sohn – ganz abgesehen davon, dass die alte Dame die Letzte war, die sie mit solchen Angelegenheiten belästigen konnte. Der Einzige, mit dem sie reden konnte, der sie verstehen und vielleicht nicht einmal auslachen würde, war Duke. Und er war nicht da. Also war sie allein mit ihren Gedanken, Vermutungen und Befürchtungen, fror und ging buchstäblich die Wände hoch.

Endlich erklang das ersehnte Blubbern einer Harley vor dem Haus. Christina sah aus dem Fenster.

Duke stieg von einem roten Motorrad ab, auf dessen Tank orangerote Flammen züngelten. Er klemmte sich den Helm unter den Arm und stieg die Stufen zum Eingang herauf. Einen Augenblick zögerte Christina. Sie dachte an den gestrigen Abend. Nach der kurzen Begrüßung war er verschwunden und hatte es Hugger überlassen, sich um sie zu kümmern. Er hatte sie einfach abgeschoben. Doch dann entschied sie, dass Stolz und gekränkte Eitelkeit zweitrangig waren. Das, was sie heute herausgefunden hatte, war wichtiger. Viel wichtiger.

Sobald sie seine Schritte auf der Treppe hörte, öffnete sie die Tür.

»Guten Abend, Duke«, sagte sie.

»Hi.« Er sah überrascht auf und lächelte. »Was …?«

»Hast du einen Moment Zeit? Ich muss etwas mit dir besprechen.«

»Stört es dich, wenn ich erst mal unter die Dusche gehe? Ich komme direkt aus der Werkstatt.«

»Nein. Natürlich nicht.«

»Okay. Ich brauche zwanzig Minuten.«

Tatsächlich brauchte er nur siebzehn. Christina wusste es deshalb so genau, weil sie die ganze Zeit über die Uhr an ihrem

Herd im Auge behielt, während sie dem Rauschen der Wasserleitungen über sich zuhörte.

Als er schließlich klopfte, stand sie bereits an der Tür.

»Komm herein.« Sie trat einen Schritt zur Seite und ließ ihn an sich vorbei in den Flur gehen. Er trug ein schlichtes schwarzes T-Shirt und eine ziemlich ausgewaschene Jeans, die locker auf seinen Hüften saß. »Ist das rote da draußen auch dein Motorrad?«

Er schüttelte den Kopf.

»Das ist eine Maschine aus dem Club. Ich fahre sie, bis mein Bike wieder in Ordnung ist.« Er verzog das Gesicht. »Ein Crash auf der Landstraße am Donnerstag.«

»Du hattest einen Unfall?« Sie konnte ihr Entsetzen kaum verbergen. Zusätzlich zu jenem in seinem Gesicht fielen ihr zwei große Hämatome an seinem rechten Arm auf, außerdem kam es ihr so vor, als ob er leicht hinkte. Und plötzlich dachte sie daran, wie Motorradfahrer von manchen Kollegen genannt wurden: Organspender.

»Ist zum Glück glimpflich abgegangen. Wenigstens für mich. Mein Bike …« Er rieb sich den lädierten Arm. »Es wird noch eine Weile dauern, bis die Maschine wieder fahrbereit ist.«

»Warst du im Krankenhaus?«

»Krankenhaus? Ich?« Er lachte. »Wozu? Ist doch nichts gebrochen.«

»Du hättest dich aber untersuchen lassen sollen. Wenigstens zur Sicherheit. Brauchst du denn etwas? Eine Salbe, Schmerztabletten oder so?«

Er schüttelte den Kopf.

»Danke, ich komme klar.«

»Wie du meinst. Aber wenn du etwas brauchst, sagst du Bescheid. Ja?« Im Wohnzimmer deutete sie auf die Récamiere und die Kissen, die sie auf den Boden gelegt hatte. »Setz dich. Möchtest du etwas trinken? Wasser? Bier?«

»Wasser.« Duke nahm auf der Récamiere Platz, legte lässig seinen Arm über die Lehne und streckte seine langen Beine aus.

Als ob er dahingehört, schoss es Christina durch den Kopf, und zum ersten Mal an diesem Nachmittag spürte sie so etwas wie Wärme.

»Also, schieß los«, sagte er, als sie mit zwei Gläsern und einer Flasche Wasser zurückkam. »What's up?«

»Ich habe heute etwas erfahren, das … Aber am besten fange ich von vorne an.« Sie erzählte ihm von Herrn Meissner und Frau Andersen. Sie erzählte, wie sie auf die zerschnittenen Textilien aufmerksam geworden war und ihre Nachforschungen begonnen hatte. Und sie erzählte von dem Gespräch mit der Oberärztin der Psychiatrie. Dabei heftete sie ihren Blick auf den silbernen Totenkopfring an Dukes Mittelfinger. Es war besser, ihm nicht ins Gesicht oder gar in die Augen zu sehen. Sie musste sich schließlich konzentrieren. »Eine der Krankenschwestern hat dieses Gespräch mitverfolgt und sich an eine weitere Patientin mit den gleichen Symptomen, nicht aber an deren Namen erinnert. Gestern habe ich einen Zettel dieser Schwester in meinem Fach gefunden. Es handelt sich um eine Liste mit Namen. Ich konnte sie bisher noch nicht danach fragen, habe aber heute in unserem Archiv nachgeforscht. Ich bin einfach davon ausgegangen, dass es sich um Patienten handelt. Bingo. Alle sind im vergangenen halben Jahr bei uns im Krankenhaus gewesen. Bis auf einen, den habe ich noch nicht gefunden.«

»Lass mich raten. Jeder dieser Leute hat das Gleiche erzählt?«

Christina nickte.

»Ja. Jeder Einzelne. Hier ist die Liste.«

Sie reichte ihm das Blatt.

»Ich kann das nicht …«, sagte er, schüttelte den Kopf, warf dann aber doch einen Blick darauf. »So viele?«

»Und das sind nur die Fälle, auf die diese Krankenschwester aufmerksam geworden ist. Außerdem kann ich natürlich nicht sagen, ob es diese Häufung auch in anderen Häusern gibt. Das Diako ist schließlich nicht das einzige Krankenhaus in Flensburg.«

Duke beugte sich vor, stützte seine Ellenbogen auf die Knie und schien irgendetwas in der Ferne zu fixieren. Eine Weile schwiegen sie.

»Gibt es Gemeinsamkeiten zwischen diesen Patienten? Ich meine, wohnen sie im selben Stadtviertel, nehmen sie die gleichen Medikamente, werden sie vom selben Arzt behandelt?«

»Daran habe ich auch schon gedacht, aber nein.« Christina schüttelte den Kopf. »Ich habe heute vier Stunden lang die Akten nach einer Verbindung durchforstet. Das Einzige, was diese Leute gemeinsam haben, abgesehen von ihrem Aufenthalt im Diako, ist das Alter. Sie sind alle jenseits der siebzig. Außerdem lebten sie allein.«

»Das wären dann schon zwei Parallelen. Was ist aus den Patienten geworden?«

»Ein Herr verstarb an einem Herzinfarkt, eine Frau im diabetischen Koma, unser Patient fiel die Treppe hinunter und brach sich dabei das Genick. Die übrigen wohnen mittlerweile in Senioreneinrichtungen. Und jetzt frage ich mich …«

»Ob der fucking Bastard, den wir gesehen haben, dahintersteckt?« Duke holte tief Luft. »Es sieht ganz danach aus.«

»Aber warum? Warum tut er so etwas?«

Duke zuckte mit den Schultern.

»Vielleicht ist er geisteskrank. Seine Oma hat ihn nicht gut behandelt, und jetzt rächt er sich.«

»Möglich.« Christina war nicht ganz überzeugt. »Aber warum ist ihm nicht schon längst einer auf die Schliche gekommen? Warum ermittelt die Polizei nicht? Spätestens als sich der alte Mann das Genick gebrochen hat, muss doch der Polizei etwas aufgefallen sein.«

Duke sah sie an, seine Mundwinkel zuckten.

»Ich will ja nichts sagen, aber … Nun ja, ich …« Er schnalzte mit der Zunge. »Ich glaube, dir dürfte bereits aufgefallen sein, dass ich nicht allzu viel von den Cops halte. Denen entgeht viel, und manches wollen sie auch gar nicht sehen. Aber ich fürchte, in diesem Fall trifft sie keine Schuld.«

»Wie meinst du das?«

»Wenn ein alter, alleinstehender, schon etwas gebrechlicher Mann zu Hause auf seiner Treppe stolpert, fällt und sich dabei das Genick bricht, ist das ein Unfall mit Todesfolge. So etwas kommt vielleicht nicht täglich vor, ist aber bestimmt auch nicht selten. Und wenn bei einer flüchtigen Begehung der Wohnung zerschnittene Handtücher gefunden werden, ist das für die Bullen nur ein Hinweis, dass der alte Herr nicht mehr ganz beieinander war. So als wenn jemand bei euch an einem Herzinfarkt stirbt. Dann vermutet ihr doch auch keinen Mordanschlag, oder? Der Mensch hatte eben Verkalkungen oder einen zu hohen Blutdruck oder was weiß ich und gut. Ist zwar Pech für denjenigen, aber daraus wird kein Drama gemacht. Natürliche Todesursachen. Dass dahinter etwas anderes stecken könnte, würde euch entgehen. Das ganz ohne Vorwurf.«

»Aber was ist mit Haushaltshilfen, Pflegediensten, Angehörigen, die zu Besuch kommen? Denen müsste doch etwas aufgefallen sein?«

Duke schüttelte den Kopf.

»Nicht unbedingt. Die größte Angst haben die Alten doch davor, in einem Heim zu landen – so war es zumindest bei meiner Granny. Wenn sie totes Getier irgendwo finden oder zerschnittene Handtücher, würden sie das verstecken, wegwerfen und es vor allem niemandem erzählen. Damit keiner kommt und sagt, sie könnten nicht mehr allein wohnen. Kate hat es jedenfalls so gemacht. Das hat sie mir erzählt.«

»Dann glaubst du also auch, dass das nicht nur ein Zufall ist?«

Duke sah sie an. Lange.

»No. Nicht bei so einer langen Liste. Und schon gar nicht bei dem, was wir am Mittwoch gesehen haben.«

Christina nickte langsam und rieb sich die Arme. Ihr war wieder kalt.

»Sollten wir das nicht der Polizei melden?«

»Nein. Nicht solange wir nicht den geringsten Hinweis auf diesen Irren haben. Sonst stehen wieder die Wizards im Fokus, diesmal als Omaschreck.«

»Habt ihr denn schon etwas herausgefunden wegen der Jacke?«

»Nein. Noch nicht. Unglücklicherweise scheint sie gerade der Renner zu sein. Aber der Bruder ist dran.«

Christina schüttelte langsam den Kopf.

»Was sollen wir denn jetzt machen? Wir können doch nicht einfach tatenlos zusehen, wie dieser Typ munter sein Unwesen treibt. Wir müssen doch etwas tun!«

»Das werden wir auch. Du sprichst mit dieser Krankenschwester und versuchst, noch etwas über den letzten Namen auf deiner Liste herauszufinden, vielleicht bietet der einen Anhaltspunkt. Ich werde mich um die Liste der Internetbestellungen kümmern. Vor allem aber passen wir auf Kate auf. So viele alte Leute sind entweder im Heim oder tot. Ich will nicht, dass sie die Nächste ist.«

Die Uhr von St. Marien schlug zehn Mal, als er die Hafenspitze erreichte. Er sah sich um. Die Lichter der Straßenlaternen spiegelten sich auf dem Wasser. Auf den Stufen zur Förde saßen ein paar Obdachlose, tranken Bier und erzählten sich Witze. Ein Jogger kam keuchend an ihm vorbei. Ein kräftiger junger Mann führte einen Hund spazieren, der sein Bein an einer der Bänke hob. Sonst war niemand zu sehen. Wo war die Frau, die sich mit ihm treffen wollte?

Er packte seinen zusammengefalteten Taschenschirm fester. Langsam schlenderte er um die Hafenspitze herum auf den Spielplatz zu, der um diese Uhrzeit verwaist war. Da war doch jemand zwischen den Bäumen bei den alten Bahngleisen?

Ein Mann trat aus dem Gebüsch, zog den Reißverschluss seiner Hose hoch und wankte zu den Pennern zurück.

Erneut schaute er sich um, und da sah er sie. Sie kam von der Eisenbahnbrücke her und hatte die Hände in die Taschen ihres Mantels gesteckt. Unter dem Arm klemmte eine Zeitschrift, deren Titel er nicht sehen konnte.

»Guten Abend«, sagte er.

Sie nickte, ohne sein Lächeln zu erwidern.

»Wollen wir ein Stück gehen?«, schlug er vor. Er hatte sich vorher alles ganz genau zurechtgelegt. Die östliche Seite des Fördeufers war um diese Zeit ruhig. Und verlassen. »Wir können uns dann ungestört unterhalten. Hier fallen wir nur unnötig auf.«

Sie dachte kurz nach, dann nickte sie.

»In Ordnung.«

Ihre Schritte waren kurz und schnell. Er musterte sie. Sie kam ihm bekannt vor. An ihrem Nasenflügel glitzerte etwas, und ihr Haar wirkte im Licht der Straßenlaternen beinahe unnatürlich rot.

Gefärbt, vermutete er.

»Was wollen Sie von mir?«, fragte er, weil er nicht wusste, was er sonst sagen sollte, trotz aller Gedanken, die er sich vorher gemacht hatte. Er musste sie zum Reden bringen, erfahren, was sie wusste. »Wollen Sie mich erpressen? Wollen Sie Geld?«

»Geld ist wohl das Einzige, was in Ihrem Kopf herumspukt, was?« Sie schnaubte, ob aus Wut oder Verachtung, konnte er nicht sagen. »Stellen Sie sich vor. Es gibt Menschen, die sich nicht um den schnöden Mammon scheren. Was ich will, ist Gerechtigkeit.«

»Gerechtigkeit?«

»Ja. Gerechtigkeit. Ich weiß, dass Sie auf die abscheulichste Art die alten Leute aus ihren Häusern verjagt haben. Und ich weiß auch, warum Sie das getan haben. Ob Sie Herrn Meissner umgebracht haben oder ob es ein Unfall war, spielt dabei keine Rolle. In meinen Augen sind Sie für seinen Tod verantwortlich.«

Er lachte. »Sie kommen auf Ideen!«

»Lachen Sie nur«, zischte sie wütend. »Ich kann auch direkt zur Polizei gehen, wenn Ihnen das lieber ist.«

»Also gut. Scherz beiseite. Wie stellen Sie sich ›Gerechtigkeit‹ vor?«

»Ich brauche eine Wohnung.«

»Dann sollten Sie …«

Sie unterbrach ihn. »Ich habe die Nase voll von schimmligen Wänden, kaputten Fenstern und Pisse im Hausflur. Ich will eine anständige Wohnung mit Terrasse. Mindestens drei Zimmer, renoviert, auf der Westlichen Höhe. Und ich will keine Miete zahlen.« Sie funkelte ihn an. »Kommen Sie mir jetzt nicht damit, dass Sie das nicht hinkriegen. Ich weiß es besser. Für Sie ist das ein Klacks!«

Er dachte nach.

»Und wenn ich dazu nicht bereit bin?«

»Dann bin ich schneller bei der Polizei, als Sie Ihren Namen schreiben können. Und die Presse werde ich auch informieren. Das wird Schlagzeilen geben! Ihre saubere Firma können Sie dann vergessen.«

»Und womit wollen Sie die Herrschaften überzeugen? Sie

haben doch gar nichts in der Hand – außer ein paar losen und aus der Luft gegriffenen Vermutungen. Denken Sie wirklich, dass Ihnen die Polizei Ihre abstruse Geschichte glauben wird?«

»Wenn ich denen meine Beweise vorlege, bleibt ihnen nichts anderes übrig, als mir zu glauben.«

»Beweise?« Er lachte. »Die möchte ich gern sehen.«

Zu seiner Verblüffung zog sie ein Stück Papier aus der Manteltasche und faltete es auseinander.

»Sehen Sie das?« Sie hielt es ihm unter die Nase. »Das ist eine Liste mit Patienten, die unter Ihren Machenschaften gelitten haben. Die Polizei muss sich nur die entsprechenden Akten vornehmen. Da steht alles drin, was man wissen muss.«

Tja, Schätzchen, und du glaubst doch nicht, dass ich dich mit dieser Liste gehen lasse?

»Okay, okay, ich gebe auf«, sagte er und hob die Hände. Im Theaterkurs in der Schule war das seine Paraderolle gewesen – der überführte Täter in auswegloser Lage. »Ich schätze, ich muss mich Ihnen fügen.«

»Richtig.« Sie lächelte grimmig und steckte das Blatt wieder in die Manteltasche. »Also bekomme ich die Wohnung?«

»Ja.« Er knirschte mit den Zähnen. »Allerdings wird es eine Weile dauern. Wohnungen auf der Westlichen Höhe liegen nicht einfach so auf der Straße.«

»Dann sollten Sie dieses Anliegen auf Ihrer Prioritätenliste ganz nach oben setzen.«

Er runzelte die Stirn, als dächte er angestrengt nach. Dann nickte er.

»Also gut.« Er reichte ihr die Hand und drückte sie. »Ein Versprechen unter Kaufleuten. Ich besorge Ihnen die Wohnung. Wie kann ich aber sicher sein, dass Sie nicht trotzdem zur Polizei gehen? Sie haben mein Wort. Was bekomme ich von Ihnen?«

»Die Liste«, sagte sie. »Sobald ich in die neue Wohnung gezogen bin. Und ich werde meinen Mund halten.«

Da bin ich mir sicher.

Sie kehrten um. Vor wenigen Minuten waren sie am Fischereiverein vorbeigekommen. Davor lag eine kleine, steinige und mit reichlich Schilf bewachsene Bucht.

Wie kann man nur so dämlich sein!

Er packte seinen Schirm fester. Der Schuppen des Fischereivereins lag im Dunkeln, die Wanten klapperten im leichten Wind, lautlos schaukelten die Yachten auf dem dunklen Wasser der Förde, hin und wieder knarrten Planken. Weit und breit war niemand zu sehen oder zu hören.

Das war die richtige Stelle.

13

Montag, 13. Mai

Christina war im Bad, als das Telefon klingelte.

Um diese Zeit?

Es war kurz nach sieben Uhr. In einer halben Stunde musste sie zum Dienst. Ob jemand krank geworden war und sie heute länger arbeiten musste?

Sie legte die Zahnbürste an den Waschbeckenrand, spülte den Mund aus und ging zum Telefon.

»Hallo?«

»Hallo, Chrissie.«

Der Klang dieser Worte traf sie wie ein Blitz aus heiterem Himmel.

»Guten Morgen«, sagte sie. Ihre eigene Stimme klang dünn und zittrig in ihren Ohren.

»Stimmt. Bei euch ist ja jetzt Morgen. Habe ich glatt vergessen.« Lars lachte leise. Er schien etwas getrunken zu haben, und im Hintergrund konnte sie Jazzmusik hören. Manu Katché. Die Musik weckte Erinnerungen. Ihr wurde übel, in ihren Ohren begann es zu rauschen. »Stehst du gerade im Bad und putzt dir die Zähne? Ich hoffe, ich störe nicht.«

Er kannte ihre Gewohnheiten immer noch. Nach vier Jahren gemeinsamen Lebens sicher kein Wunder. Oder hatten sie nur die Wohnung geteilt? Wenn sie jetzt an diese Zeit zurückdachte, kam es ihr so vor.

»Ich muss gleich zum Dienst.« Vorübergehend gewann sie wieder die Kontrolle über sich. »Woher hast du diese Nummer?«

Wieder lachte er. Sie hörte das Klingeln von Eiswürfeln in einem Glas, dann sein Schlucken.

»Man hat so seine Quellen! Du bist jetzt in Flensburg, habe ich gehört?«

»Ja.«

»Die sollen da auch ein Krankenhaus haben.«

»Nun, um ehrlich zu sein, war es bis vor Kurzem noch ein Feldlazarett. Aber ich kann hier beim Aufbau helfen. Eine sinnvolle Aufgabe.«

»So habe ich das nicht gemeint.«

»Wie dann? Warum rufst du an?«

»Ich wollte hören, wie es dir geht.«

»Gut. Und dir?«

»Hier läuft alles bestens. Aber …« Er machte eine kleine Pause. »Du fehlst hier.«

Christina sah ihn vor sich, wie er das sagte, den Kopf leicht geneigt, das sorgfältig geschnittene blonde Haar aus dem Gesicht gestrichen, das feine, kaum sichtbare, immer etwas spöttische Lächeln um seine schmalen Lippen. Unverbindlich. Kühl. Augenblicklich schossen ihr die Tränen in die Augen.

Jetzt ist es zu spät, Mistkerl!

Sie schluckte, versuchte, sich zu beherrschen.

»Tut mir leid, Lars. Ich muss los.«

»Ja, natürlich. War schön, deine Stimme zu hören. Gute Nacht, Chrissie.«

Ihre Hand zitterte, als sie auf den roten Knopf am Telefon drückte. Dann sank sie mitten im Flur auf den Boden. Sie hatte geglaubt, darüber hinweg zu sein, Lars endgültig aus ihren Gedanken verbannt zu haben. Doch ein kurzer Anruf, seine Stimme und ein einziges Wort reichten aus, und alles war wieder da – die Erinnerungen an gemeinsame Urlaube, an Musik, Restaurants, Theater, Kino, Diskussionen über Gesellschaft, Wirtschaft und Politik, das Feiern beruflicher Erfolge. Aber auch die Erinnerung an die Verzweiflung, den Schmerz.

Chrissie.

So hatte nur Lars sie genannt. Mit beiden Armen umschlang sie ihre heftig zitternden Knie und begann, hemmungslos zu weinen.

Er joggte. Für heute hatte er eine andere Strecke gewählt als sonst. Er war erst über den Rummelgang, dann die Marientreppe hinunter- und die Norderstraße entlanggelaufen, um an der Phänomenta zum Hafen abzubiegen. Unweigerlich führte ihn sein Weg am Museumshafen vorbei zur Hafenspitze. Ein paar Jogger kamen ihm entgegen und nickten ihm zu – Begrüßung unter Gleichgesinnten. Eine Radfahrerin überholte ihn. Es war eine junge Frau mit rötlich gefärbten Haaren. Bei ihrem Anblick lief es ihm kalt den Rücken hinunter.

Fast wie sie.

Irgendwo hatte er gelesen, dass es einen Mörder an den Ort seiner Tat zog. Stimmte das?

Mörder.

Ein abscheuliches Wort. Aber ... es traf zu. Irgendwie traf es zu. Die Alten – nein, die zählten nicht, da hatte er nur ein wenig nachgeholfen, den natürlichen Verlauf etwas beschleunigt. Aber das jetzt war anders. Er hatte diese junge Frau getötet. Ja, man konnte auch sagen »ermordet«. Das machte ihn zum Mörder, ganz automatisch. Eine Frage der Sprache. Oder war er ein »Töter«? Viel besser klang das auch nicht.

Er beschleunigte und lief an der »Alexandra« vorbei. Die Bauchkrämpfe waren zum Glück kein Thema mehr, wie immer nach ein oder zwei Tagen. Aber hinter seinem Brustbein brannte es. Das Sodbrennen hatte ihm gestern fast den Verstand geraubt. Er hatte die Tabletten geschluckt wie Bonbons. Jetzt war die Schachtel leer.

Ich muss neue besorgen.

Nachher. Erst einmal wollte er sich vergewissern.

Er war schon gestern ein paarmal am Hafen spazieren gegangen – natürlich nur am Westufer. Aber er war so gegangen, dass er die Aktivitäten auf der anderen Seite gut beobachten konnte. Außerdem hatte er die Nachrichten besonders aufmerksam verfolgt.

Aber da war nichts gewesen. Keine Polizei drüben am Fischereiverein, keine Meldung über einen Leichenfund. In der Nacht hatte er sich den Kopf über die Gründe zerbrochen. War das eine Taktik der Polizei? Hatte man sie noch nicht entdeckt? Oder war sie gar nicht da? Auch dafür konnte es viele Gründe geben – die Strömung konnte sie hinausgetrieben haben. Oder sie war gar nicht tot gewesen, war wieder aufgewacht und weggegangen.

So etwas kam vor. Und er war schließlich Anfänger. Er hatte keine Übung.

Deshalb musste er heute nachschauen. Unbedingt.

Er umrundete die Hafenspitze und lief am Ostufer entlang.

Es begann, leicht zu nieseln. Ein Fahrradfahrer sauste an ihm vorbei, eine Frau mit einem winzigen Hund an der Leine schlenderte am Gebüsch entlang. Das Tier hob sein Bein, und sie spannte ihren Regenschirm auf. Der dunkelrote Holzschuppen des Fischereivereins lag still und verlassen da. Das Tor zu dem winzigen Museum, in dem in drei Vitrinen Fischereigegenstände aus vergangenen Zeiten ausgestellt wurden, war geschlossen.

Dahinter war es.

Das Schilf wiegte sich leicht im Wind.

Er lief weiter.

Eine Verkäuferin aus dem Fischgeschäft stellte eine Tafel mit den Angeboten des Tages an den Weg. Nordseekrabben und Seelachs wurden angepriesen. Auf einem der Balkone der Neubauten machte ein älterer Mann morgendliche Dehnübungen.

Kurz vor dem Getreidespeicher drehte er schließlich um und lief denselben Weg zurück. Er näherte sich wieder dem Gelände des Fischereivereins. Wenn es etwas zu sehen gab, dann würde er es jetzt sehen können. Aber da war nichts. Keine roten Haare, kein grüner Mantel. Nur dichtes Schilf, aus dem hier und da große Steine hervorragten. Vom Weg aus war nichts zu erkennen.

An dem kleinen Strandabschnitt neben dem Gelände des Fischereivereins spielte jetzt eine junge Frau mit einem Hund. Es war ein großer Hund mit langem goldbraunen Fell. Das Tier kam gerade aus dem Wasser, einen großen Stock im Maul, und schüttelte sich. Wassertropfen spritzten auf die Gehwegplatten. Die Frau nahm das Stück Holz und warf es wieder weg. Es prallte auf dem Bootssteg auf und fiel auf der anderen Seite ins Wasser. Der Hund sprang in die Förde und schwamm dem Stock hinterher.

Er lief an den beiden vorbei. Zwei Joggerinnen kamen ihm

entgegen. Die Kirchturmuhr von St. Jürgen schlug ein Mal. Viertel nach acht. Zeit für das Frühstück.

Hinter ihm begann der Hund, aufgeregt zu bellen.

Arielle.

Das war das Erste, was Thomas eingefallen war, als die beiden Taucher den leblosen, mit einem hellgrünen Mantel bekleideten Körper an Land gebracht hatten. Das lange Haar klebte auf dem Rücken. Selbst im nassen Zustand hatte es eine Farbe, die ihn unwillkürlich an die kleine Meerjungfrau aus dem Zeichentrickfilm denken ließ.

Rike hatte sich gerade gestern die DVD angesehen. Welch ein Zufall.

»Was denken Sie?«, fragte er den Arzt, der die erste Untersuchung der Toten gerade beendet hatte.

Der Mann zuckte mit den Schultern.

»Schwer zu sagen. Keine äußeren Verletzungen sichtbar, bis auf das hier.« Er strich das lange Haar zur Seite und entblößte den Hals. Auf dem weißen Latexhandschuh leuchtete das Rot noch einmal so intensiv. »Sehen Sie das?« Er deutete mit dem kleinen Finger auf einen bläulich lividen Fleck genau an dem Dreieck zwischen Hals, Unterkiefer und Hinterkopf. Dann drehte er den Kopf. »Und das hier?« Auf der anderen Halsseite waren es zwei Abdrücke, deutlich kleiner und schwächer, aber trotzdem gut erkennbar.

»Eine Vermutung? Nur mal so, aus dem Bauch heraus.«

»Ertrunken.« Der Arzt nickte, dann sah er Thomas an. »Sie ist ertrunken, weil jemand ihren Kopf unter Wasser gehalten hat. Meine Meinung. Aber keine Gewähr. Nach der Obduktion wissen wir es genau.«

»Wie lange liegt sie im Wasser?«

Wieder ein Schulterzucken.

»Mindestens vierundzwanzig Stunden.«

»Danke.«

»Kaum zu glauben, dass sie bis jetzt niemand gesehen hat.« Der Arzt erhob sich und machte Platz, damit der Leichensack ausgebreitet werden konnte. »Ich meine, den ganzen Sonntag laufen hier doch die Leute vorbei und setzen sich auf die Bank.«

»Sie hing am Steg des Fischereivereins fest«, erklärte Thomas. »Das Gelände ist abgesperrt, da kommen nur Mitglieder hin.«

Er seufzte und sah zu, wie die Tote auf das Plastik gehoben wurde. Sie war jung, höchstens Mitte zwanzig. Und die Farben – das helle Grün ihres Mantels, das intensive Rot der Haare und die dunkelgrüne Hose leuchteten auf der Plane. Es sah aus wie ein Gemälde. Der Reißverschluss schloss sich über dem feinen, schmalen Gesicht, das trotz der Liegezeit im Wasser etwas Kindliches hatte. In ihrem Nasenflügel glitzerte ein kleiner violetter Strassstein. Auch das erinnerte ihn an seine Tochter. Rike mochte kleine rosa und violette Glitzersteine.

Armes Ding.

»Gibt es schon einen Hinweis auf ihre Identität?«, fragte der Arzt.

Thomas schüttelte den Kopf.

»Nein. Sie hatte nichts bei sich. Keinen Ausweis, keinen Führerschein. Nicht einmal ein Handy.«

»Kein Handy? In dem Alter doch eher ungewöhnlich. Sie hören von mir, wenn ich fertig bin.«

»Ja, danke.« Thomas winkte kurz, seine Gedanken waren mit etwas anderem beschäftigt. Der Arzt hatte recht. Das war ungewöhnlich. Warum war ihm das fehlende Handy nicht selbst aufgefallen?

Er bahnte sich an den Kollegen der Spurensicherung vorbei seinen Weg zum Absperrband, das um den Schuppen des Fischereivereins und die kleine Bucht gespannt war. Auf der anderen Seite hatten sich schon eine ganze Reihe Schaulustige versammelt. Viele von ihnen machten einen entsetzten, angespannten Eindruck. Es gab aber auch welche, die lachten. Möglicherweise dachten sie, dass gerade ein Film gedreht wurde, und warteten jetzt darauf, einen Schauspieler zu erkennen.

Wollen wir mal positiv denken.

Die Presse war natürlich auch schon da. Er sah den kleinen

weißen Wagen eines Flensburger Lokalsenders. Irgendwo liefen die Typen bestimmt herum und versuchten, Fotos, Filmmaterial und Aussagen zu ergattern.

Aasgeier.

Thomas schob zwei Jugendliche zur Seite, die um diese Uhrzeit eigentlich in einer Schulklasse sitzen sollten, beachtete die Fragen der Journalisten gar nicht und ging zu Peer, der sich um die Frauen kümmerte, die die Leiche gefunden hatten.

Eine von ihnen lag auf einer Trage, ein Sanitäter behandelte sie und sprach beruhigend auf sie ein. Eine Frau umarmte und streichelte weinend einen hübschen Golden Retriever, dessen Fell nass war. Die dritte Frau hockte in Joggingkleidung auf der Bank. Sie rührte sich kaum und starrte aufs Wasser.

»Hast du etwas herausgefunden?«

Peer schüttelte den Kopf.

»Der Hund hat die Tote beim Spielen gefunden. Und die beiden«, er deutete auf die Joggerinnen, »kamen gerade vorbei. Ihnen ist nichts Besonderes aufgefallen. Es war alles so wie sonst auch. Abgesehen von der Leiche unter dem Bootssteg.«

»Herr Martens?« Thomas drehte sich um. Hinter ihm stand ein Polizist in Uniform. »Was ist mit den Tauchern?«

»Die sollen alles um den Bootssteg herum absuchen. Vielleicht ist ihr etwas aus der Tasche gefallen, während sie im Wasser gelegen hat. Vor allem sollen sie nach einem Handy Ausschau halten. Und ein paar Kollegen sollen sich die Mülleimer hier in der Gegend vornehmen. Und die Gleisanlagen nicht vergessen.«

Der Mann nickte und entfernte sich.

»Du glaubst doch selbst nicht, dass der Kerl so dämlich war, das Handy in einem der Mülleimer zu entsorgen?«

Thomas dachte kurz nach, dann schüttelte er den Kopf.

»Nein, nicht wirklich. Aber man kann nie wissen. Es ist Montagmorgen, die Stadtreinigung hat die Mülleimer nach dem Wochenende noch nicht geleert. Wir sollten nichts unversucht lassen.«

Peer verzog angeekelt das Gesicht.

»Die Kollegen der Spurensicherung habe ich noch nie um ihren Job beneidet.«

»Nee, ich auch nicht.«

Andreas lehnte sich zurück – und bereute es im selben Moment. Auch wenn der Sessel aus der Werkstatt eines bekannten Designers stammte und mehr kostete, als einer seiner Fahrer in einem Vierteljahr verdiente, ihm gefiel das Möbelstück nicht. Es war kalt und unbequem. Er fühlte sich wie auf einer Kirchenbank. Egal wie er sich auch setzte, irgendwo drückte es immer. Mal in der Schulter, dann in den Kniekehlen oder im Nacken. Meistens aber im Kreuz.

»Du willst also ein neues Grundstück für eine Lkw-Halle erwerben«, sagte Gerd, der ihm gegenübersaß.

Zwischen ihnen stand ein Schreibtisch mit einer dicken Platte aus schwarzem Glas, die auf Chrombeinen ruhte. Hinter ihm hing ein modernes Gemälde an der rau belassenen Betonwand. Es zeigte kaum mehr als Farbspritzer auf weißem Grund. Als seine Tochter vier Jahre alt gewesen war, hatte sie im Kindergarten mit einem Strohhalm bunte Kleckse auf das Papier gepustet. Das Resultat hatte ganz ähnlich ausgesehen. Jedes Mal, wenn er in Gerds Büro saß, musste er daran denken. Natürlich behielt er das für sich. Er wusste, dass sein Freund mächtig stolz auf das Gemälde war und eine deutlich sechsstellige Summe dafür auf den Tisch gelegt hatte. Es war ein Original. Ein echter Pollock, der immer wieder in Ausstellungen als Leihgabe gezeigt wurde. Nun, sein Geschmack war es nicht.

»Welche Ansprüche hast du?«

»Natürlich muss die Anbindung stimmen – sowohl Schienenverkehr als auch Autobahn müssen gut erreichbar sein.«

»Welcher Radius?«

Die Frage kam von Schröder, der sein aufgeklapptes Notebook auf den Knien balancierte, um Andreas' Wünsche gleich eintippen zu können. Im Gegensatz zu ihm schien sich der Makler in dem unbequemen Designerstuhl wohlzufühlen.

»Maximal fünf Autominuten«, entgegnete Andreas. »Ich

brauche Platz für hundertfünfzig Siebeneinhalb-Tonner plus Anhänger sowie etwa hundert Pkw-Stellplätze.«

Schröder nickte, seine Finger glitten dabei über die Tastatur.

»Bereits bebaut?«

Andreas schüttelte den Kopf.

»Nein. Ich will die Halle selbst bauen. Ich muss in diesem Jahr ein paar Investitionen tätigen. Wegen der Steuer.«

»Ich verstehe.« Gerd lächelte. »Sollte das Grundstück bereits erschlossen sein?«

»Das ist nicht notwendig. Auch die Infrastruktur ist nicht entscheidend. Meine Mitarbeiter sollen dort schließlich nicht ihre Freizeit verbringen.«

»Haben Sie das, Schröder?«

Schröder nickte, tippte noch eine Weile weiter, dann wartete er einen Moment.

»Hier ist etwas. Ein Bauer in Tarp will eine seiner Weiden verkaufen. Größe stimmt, Lage stimmt – es gibt nur einen Haken. Das Land ist derzeit noch als Agrarfläche ausgewiesen.«

In Gerds Büro wurde es einen Moment still, alle dachten nach.

»Ich werde mal mit Rainer über eine Stiftung für die freiwillige Feuerwehr der umliegenden Gemeinden reden«, sagte Andreas schließlich.

»Gute Idee.« Gerd klatschte in die Hände. »Ich würde mich beteiligen. Ich hinke in diesem Jahr in meiner Spendenbilanz ein bisschen zurück. Und wenn ich dir gleichzeitig einen Gefallen damit tun kann, passt es doch. Der erste Schritt ist getan. Sie kümmern sich um alles andere, Schröder?«

Der Makler mit dem solariumgebräunten Gesicht nickte.

»Selbstverständlich.«

»So habe ich mir das vorgestellt.« Andreas lächelte zufrieden und erhob sich. Er war froh, den unbequemen Sessel verlassen zu können. »Danke, Gerd. Ich muss los.«

Gerd sah auf die Uhr.

»Ich habe gleich einen Termin auf einer Baustelle. Wir begleiten dich nach draußen.«

Dort, wo in anderen Büros die Tür zum Vorzimmer war, befand sich in Gerds Büro der Fahrstuhl. Das Zimmer der

Sekretärin und die Büros der anderen Mitarbeiter waren eine Etage tiefer im ersten Stockwerk untergebracht. Im obersten Geschoss mit seiner großzügigen Dachterrasse und der breiten Fensterfront mit Blick auf die Förde und die Westseite des Hafens residierte Gerd allein. Als er seinen Freund vor über dreißig Jahren in Hamburg an der Uni kennengelernt hatte, war Gerd ein mittelloser Student aus dem Ruhrpott gewesen, der nicht mehr besessen hatte als das, was in seinen kleinen Koffer gepasst hatte. Er hatte es in den Jahren weit gebracht.

Sie fuhren ins Erdgeschoss hinab und traten in die Empfangshalle. Am Tresen stand ein junger Mann mit kahl rasiertem Schädel und einem weißen Verband über dem Nasenrücken. Trotz des milden Tageslichts trug er eine dunkle Sonnenbrille. Seine breiten Schultern hatte er in ein etwas zu enges, dunkelgraues Jackett gezwängt. Er lehnte sich halb über den Tresen, sprach auf die Empfangsdame ein und gestikulierte dabei wild. Die Sekretärin, eine routinierte und selbstbewusste Frau Anfang fünfzig, war ein paar Schritte zurückgewichen. Offensichtlich reichte ihre Erfahrung nicht für den Umgang mit solchen Menschen. Sichtlich verschreckt sah sie ihnen entgegen.

»Schröder, regeln Sie das«, sagte Gerd.

Der Makler nickte kurz und ging zum Tresen.

»Da ist er.« Der Fremde richtete sich auf. »Mit dem wollte ich sprechen.«

»Guten Tag.« Schröder lächelte, reichte dem Mann aber nicht die Hand. »Was kann ich für Sie tun?«

Andreas und Gerd gingen am Tresen vorbei und traten durch die gläserne Drehtür ins Freie.

»Wie geht's Petra?«, erkundigte sich Gerd.

»Besser. Sie hat gleich nach dem Segeln eine Tablette genommen, sich hingelegt und bis heute früh geschlafen.«

»Migräne ist abscheulich. Glücklicherweise leide ich nicht darunter. Aber …« Gerd hob die Hand. »Ulrike ist da auch nicht ganz frei davon. Obwohl …« Er lächelte bitter. »Bei ihr steckt auch viel Show dahinter. Wie sagte Erich Kästner?

›Migräne, das sind Kopfschmerzen, auch wenn man gar keine hat.‹«

»Nun, so pauschal würde ich das nicht sagen«, widersprach Andreas. Wenn Petra Migräneattacken hatte, musste sie sich übergeben und weinte manchmal sogar vor Schmerz.

»Ja, bei deiner Petra ist es etwas anderes. Aber ihr beide führt ja auch eine Ehe. Ulrike hingegen …« Er verzog das Gesicht. »Neuerdings trifft sie sich heimlich mit einem achtundzwanzigjährigen Tauchlehrer.«

Andreas schwieg. Er war vermutlich einer der wenigen, der wusste, dass das strahlende Ehepaar Gerd und Ulrike Schümann schon seit Jahren knapp vor der Scheidung stand. Die Ehe der beiden hatte nur noch Bestand, damit die Firma nicht aufgeteilt werden musste. Gerd hatte mittlerweile sogar eine eigene Wohnung in der Stadt. Aber er war auch der Einzige, der wusste, wie es in seinem eigenen Schlafzimmer wirklich zuging. So hoffte er wenigstens.

Sie beobachteten, wie Schröder gemeinsam mit dem Fremden das Haus verließ. Die beiden Männer verabschiedeten sich, und Schröder kam auf sie zu.

»Na, alles in Ordnung?«, fragte Gerd. »Wer war das?«

»Ein gewisser Daniel Brauer. Er hat gerade seinen Job verloren und wollte Schümann-Immobilien seine Dienste anbieten.«

»Aha. Und wie kommt er ausgerechnet auf uns? Sind wir jetzt nicht nur Immobilienmakler, sondern auch noch ein Jobcenter?«

Andreas und Gerd lachten.

»Wir haben uns vor Kurzem durch Zufall getroffen, deshalb hat er vermutlich an Ihre Firma gedacht, Herr Schümann«, entgegnete Schröder. »Und ich denke, er könnte unter Umständen tatsächlich interessant für Schümann-Immobilien sein.«

Er reichte Gerd einen Zettel.

»Wo hat der junge Mann denn bisher gearbeitet?«

»In einem Fitnessstudio.«

»Mal sehen«, sagte Gerd nach einer Weile, faltete den Zettel zusammen und steckte ihn in seine Hosentasche. »Vielleicht brauchen wir ihn wirklich noch.« Er sah Andreas an und lächelte breit. »Ich habe mich entschlossen, etwas mehr für die

Gesundheit meiner Mitarbeiter zu tun. Ich habe vor, einen Fitnessraum einzurichten. Viele meiner Angestellten klagen über Kopfschmerzen und Rückenbeschwerden wegen der Bildschirmarbeit. Dass dieser Mensch gerade jetzt hier auftaucht, passt gut in meine Pläne. Sehr gut sogar.«

»Eine gute Idee«, sagte Andreas und lächelte. Aber er hatte das Gefühl, dass dies nicht die ganze Wahrheit war. »Vielleicht sollte ich auch darüber nachdenken. Meine Fahrer würden bestimmt davon profitieren, ihr Job ist nicht gerade der gesündeste. Aber wären Jahresverträge in einem Fitnessstudio nicht günstiger als die Anschaffung der Geräte und die Einstellung eines Trainers?«

»Ich habe es durchrechnen lassen. Du ahnst nicht, was so ein Studio verlangt, trotz Firmenrabatt. Und billiger, als regelmäßig zur Entspannung ein Bordell aufzusuchen, ist das allemal.«

Andreas zuckte zusammen und warf seinem Freund einen kurzen Blick zu. Ob er etwas ahnte oder gar wusste? Aber Gerd lächelte nur unverbindlich. Vielleicht hatte er sich getäuscht, und die Bemerkung galt gar nicht ihm.

»Ich werde mich mal mit diesem Brauer zusammensetzen und dir von dem Ergebnis berichten«, fuhr Gerd fort und reichte ihm die Hand. »Andreas, wir müssen los. Sehen wir uns am Mittwoch beim Golf?«

»Ich denke schon. Bis Mittwoch!«

Sie winkten einander noch zu und stiegen in ihre Wagen. Andreas fuhr vom Parkplatz und fädelte sich in den Verkehr ein. Zum Glück war nicht viel los, denn er war mit seinen Gedanken nicht ganz bei der Sache.

Wieder einmal hatte er das Gefühl, dass die Stimmen, die Gerd als mit allen Wassern gewaschenen und nicht immer ehrlichen Geschäftsmann bezeichneten, möglicherweise nicht ganz unrecht hatten. Wer sich von ganz unten die Karriereleiter bis zu den höchsten Sprossen hinaufgearbeitet hatte, bekam oft auch schmutzige Hände dabei. Doch manchmal fragte er sich, welche Ziele Gerds Ehrgeiz noch haben konnte. Auf dem Zettel hatte jedenfalls mehr gestanden als ein Name und eine Telefonnummer oder Adresse. Das hatte er gesehen.

Nicht mein Bier, dachte er und bog in die Straße ein, die nach Meierwik führte. Fitnesstrainer. Der Kerl mit der Sonnenbrille und dem Nasenverband hatte jedenfalls keinen vertrauenerweckenden Eindruck auf ihn gemacht. Er hatte ausgesehen wie ein Schläger. Oder einer dieser Türsteher vor den Diskotheken und Clubs. Was letztlich ja wohl aufs Gleiche hinauslief. Wozu konnte Gerd so eine Type brauchen?

Das ist seine Sache.

Andreas blinkte und fuhr auf seine Auffahrt.

Bei seinen Geschäften zog Gerd ihn selten ins Vertrauen. Und manchmal war er froh darüber.

Das Telefon auf dem Schreibtisch klingelte. Einmal, zweimal, dreimal.

»Sag mal, Kollege, willst du nicht endlich mal rangehen?«

Thomas sah kurz auf. Neben ihm auf dem Schreibtisch lag ein aufgeschlagenes Wörterbuch. Nicht alle englischen Vokabeln waren ihm geläufig, und er wollte alles über McKinnley wissen. Wirklich alles. Nur für den Fall, dass er etwas übersehen hatte. Der Chef wollte immer noch keine Informationen über McKinnley an die Presse weitergeben. Also musste er auf eigene Faust weitersuchen, und sei es nur, um weitere Argumente zu finden.

Das Telefon blieb hartnäckig.

»Nimm du das Gespräch an, ich kann gerade nicht.«

Peer runzelte missbilligend die Stirn, murmelte etwas Unverständliches und legte sein mit Schinken belegtes Baguette auf den Teller.

»Petersen!«

Thomas vertiefte sich wieder in die E-Mail auf seinem Bildschirm. Er hatte in Glasgow nachgefragt, ob die Kollegen ihm mehr über die Körperverletzungsdelikte schicken könnten, die McKinnley begangen hatte. Vor einer Stunde hatte er endlich die ersehnte Antwort mit zwei Dateianhängen erhalten. Er hatte sogar seine Mittagspause geopfert, um sich damit zu beschäftigen. Mittlerweile las er sie zum dritten Mal und war sich über die Bedeutung noch immer nicht ganz im Klaren. Im ersten Anhang ging es um den Polizisten, den McKinnley bei der Verkehrskontrolle zusammengeschlagen hatte. Die zweite Datei beschäftigte sich mit einem anderen Delikt: Ein Autofahrer war von McKinnley von der Straße abgedrängt, aus dem Auto gezerrt und zusammengeschlagen worden. Die Fotos vom Unfallort, den beteiligten Fahrzeugen und dem verletzten Fahrer sprachen eine deutliche Sprache. Wenn er es richtig verstand, war McKinnley jedoch für diese Tat nie verurteilt worden. Der Kläger war bei der Gerichtsverhandlung nicht erschienen, und das Verfahren war daraufhin eingestellt worden.

Wo kein Kläger, da kein Richter.

Aber warum?

Thomas betrachtete die Fotos von dem Porsche, dessen linke Seite komplett demoliert war. Seiner Meinung nach war die Sachlage eindeutig. McKinnleys Harley, die nach dieser Aktion kaum mehr als ein Schrotthaufen gewesen war, war beschlagnahmt worden. Man hatte Lackreste an dem Motorrad gefunden, die eindeutig von dem roten Porsche stammten. Warum war das Verfahren eingestellt worden? Hatten die Wizards den Kläger eingeschüchtert? Oder hatte McKinnleys reicher Vater die Sache für den Sohn geregelt – mal wieder? In der Akte konnte er nichts darüber lesen. Und wo war der Polizist, den McKinnley verprügelt hatte? Thomas hatte mit dem Kollegen sprechen wollen. Wenn er die Antwort aus Glasgow richtig verstand, war der Mann nicht mehr im Dienst.

Er blätterte in dem Wörterbuch. Released. Was mochte das heißen?

»Ja, vielen Dank. Das hilft uns bestimmt weiter.« Peer legte den Hörer auf. »Habe ich deine Aufmerksamkeit? Es gibt Neuigkeiten im Fall der Toten vom Fischereiverein.«

Thomas sah widerstrebend auf. Er war McKinnley immer noch nicht auf die Schliche gekommen. Und er hatte das Gefühl, dass die Zeit drängte. Es ging schließlich um Christina.

»Ja?«

»Die Taucher haben in der Nähe des Stegs ein Handy gefunden, das mit großer Wahrscheinlichkeit der Toten gehörte. Ein

Fingerabdruck konnte sichergestellt werden mit einer Übereinstimmung von achtzig Prozent oder so. Das Gerät ist gerade im Labor. Die Kollegen dort versuchen, die Daten zu retten.«

»Wunderbar, dann kennen wir möglicherweise schon bald ihre Identität.«

»Und es gibt eine weitere Neuigkeit, diesmal aus der Gerichtsmedizin.« Peer machte eine Pause. »Die Frau hat einen Schlag auf den Kopf erhalten und ist dann ertränkt worden. Ungefährer Todeszeitpunkt: zwischen zwanzig und vier Uhr in der Nacht von Samstag auf Sonntag. Außerdem war sie schwanger.«

»Dann haben wir also auch ein mögliches Motiv.« Thomas nickte langsam. »Weißt du zufällig, was ›released‹ im Englischen heißt?«

Peer sah ihn verblüfft an.

»Hat das etwas mit unserem Fall zu tun?«

»Nicht direkt, ich …«

»Du bist immer noch hinter McKinnley her, stimmt's?« Er verdrehte die Augen und hob theatralisch die Hände. »Mensch, Thomas. Im Augenblick kannst du da nichts tun. Warum wartest du nicht einfach ab? Jemand wie der bringt sich ganz von selbst wieder in Schwierigkeiten. Irgendeine Randale zwischen den Wizards und den Rascals oder eine Razzia in einem Bordell oder eine Geschwindigkeitsübertretung bei einer Ausfahrt – und schon hast du ihn, ganz von allein. Mach dir doch jetzt deswegen keinen Kopf!«

Thomas seufzte.

»Wahrscheinlich hast du recht. Aber die Vorstellung, dass meine Schwester mit ihm unter einem Dach lebt, macht mich ganz krank.«

»Kannst du ihr denn keine neue Wohnung besorgen?«

»Wenn sie es denn selbst so wollte, wäre das kein Problem«, entgegnete er düster. »Aber du kennst meine Schwester nicht. Die ist stur. Außerdem hat sie so eine Art Helfersyndrom. Wenn sie irgendwo Ungerechtigkeit wittert, geht sie auf die Barrikaden. Und ich habe den Verdacht, dass McKinnley sie bereits eingewickelt hat.« Er kaute auf seiner Unterlippe. »Ich habe ihn kurz kennengelernt. Er hat bei Christina geklingelt, als ich ihr mit dem Kühlschrank half. Da wusste ich noch nicht, wer er ist. Aber eines war mir sofort klar: Der Kerl ist brandgefährlich.« Er schwieg eine Weile und starrte auf den Bildschirm. Dann schüttelte er den Kopf. »Ich gebe auf. Das bringt jetzt nichts. Wir sollten uns auf den Fall der Toten vom Fischereiverein konzentrieren.«

»Sagtest du gerade ›wir‹?«

»Okay, du hast recht. Ich. Ich sollte mich auf meine Arbeit konzentrieren, auf diesen Fall. Hast du die Liste der Mitglieder des Vereins?«

Peer grinste.

»Jawohl, die ist jetzt endlich vollständig. Die meisten Mitglieder sind über das Wochenende in Dänemark unterwegs gewesen. Ein Vereinsausflug zum Fischen nach Skagen. Es ging am Donnerstagabend los, und sie sind erst gestern Abend gegen zehn zurückgekommen. Also können wir die Teilnehmer dieser Fahrt gleich von der Liste streichen.«

»Und um den Rest kümmern wir uns«, sagte Thomas, stand auf und nahm seine Jacke vom Haken. »Lass uns gehen. Vielleicht hat einer von ihnen etwas gesehen oder gehört, das uns weiterhilft.«

Christina zuckte zusammen, als das Telefon klingelte. Sie sah auf die Uhr. Halb acht. In Chicago war es jetzt gerade halb eins. Zeit für die Mittagspause.

Es klingelte wieder.

Bedächtig legte sie das Geschirrhandtuch zur Seite. Ihr Puls beschleunigte sich, hinter ihren Schläfen begann es zu pochen.

Vielleicht hört es von selbst auf.

Doch das Telefon klingelte weiter.

Nur zögernd näherte sie sich dem Gerät, als könne es sie beißen. Dann erkannte sie die Flensburger Vorwahl auf dem Display.

»Hallo?« Sie hoffte, dass man ihr die Erleichterung nicht anmerkte.

»Christina?«

»Ja.«

»Ich bin's, Susanne.« Die Stimme der Kollegin klang verschnupft.

Oh nein, bitte nicht! Ich habe doch morgen frei!

Noch bevor sie etwas sagen konnte, sprach Susanne weiter.

»Hast du es schon gehört?«

»Was denn?«

»Nicole ist tot.«

Christina blinzelte.

Man kann sich schnell verhören, dachte sie.

»Wie bitte?«

»Nicole. Unsere Schwester Nicole. Sie ist tot.«

Also doch. Christina schluckte.

»Aber wie …? Das ist doch absurd. Sie war doch völlig gesund! Oder nicht? Hatte sie einen Herzfehler oder ein Aneurysma? Oder war es ein Unfall?«

»Weder noch.« Susannes Stimme hatte plötzlich einen seltsamen, unnatürlichen Klang. »Nicole ist ermordet worden.«

»Was? Das ist doch nicht möglich!«

»Ja. Das habe ich zuerst auch gedacht.« Susanne schwieg einen Moment. »Ich habe schon heute Mittag in den Nachrichten gehört, dass eine tote Frau am Fischereiverein gefunden wurde. Natürlich hätte ich nie im Leben daran gedacht, dass ich diese Frau kennen könnte. Bis mich eben Schwester Gudrun angerufen und mir erzählt hat, dass es Nicole ist. Offenbar hat man sie bereits identifiziert.«

Christina schüttelte den Kopf. Immer wieder.

Das kann nicht sein.

»Doch. Es ist aber so.« Christina zuckte bei Susannes Worten zusammen. Hatte sie etwa laut gedacht? »Gudrun hat bei Nicole angerufen, um zu hören, warum sie nicht zum Dienst erschienen ist. Und da hat sie es von Ronja erfahren, Nicoles Mitbewohnerin. Und die muss es doch wohl wissen.«

»Aber wie … warum …?«

»Ich weiß es nicht. Gudrun wusste auch nicht viel mehr. Ronja war wohl kaum ansprechbar. Kann man ihr auch nicht verdenken. Sie hat Gudrun nur erzählt, dass Nicole tot ist.

Ermordet.« Susanne machte eine Pause. Christina hörte ihr Weinen. »Ist das nicht grauenvoll?«

»Ja.«

»Ich kann es einfach nicht fassen.« Susanne schniefte. »Gudrun ist auch völlig am Ende. Sie macht sich jetzt Vorwürfe, weil sie wütend auf Nicole war und sie am Telefon zusammenfalten wollte. Du kennst ja unsere Oberschwester.«

Christinas Gedanken wirbelten durch ihren Kopf. Tratsch. Klatsch. Mobbing. Krankenhäuser bieten dafür einen fruchtbaren Boden. Aber würde jemand so weit gehen, solche Gerüchte in die Welt zu setzen?

»Woher weiß sie das? Könnte es nicht einfach ein … ein makabrer Scherz sein?«

Wer macht bitte solche Scherze?

»Die Polizei hat sich offenbar bei Ronja gemeldet. Nicole sei ›einem Gewaltverbrechen zum Opfer gefallen‹. Das klingt sehr nach Polizei, finde ich. Und ich glaube, die scherzen nicht.«

»Natürlich nicht.«

Susanne schniefte wieder.

»Ich wollte dir nur Bescheid sagen, damit du es nicht aus der Zeitung erfährst.«

»Danke.«

Susanne stieß ein bitteres Lachen aus, das gleichzeitig nach einem Schluchzen klang.

»Dafür nicht. Zurzeit geht's auf unserer Station um – erst der alte Herr, der so unglücklich gestürzt ist, und jetzt Nicoles Ermordung. Wenn das so weitergeht, müssen wir der Kripo noch ein Büro bei uns einrichten.«

Sie legte auf. Christina stand regungslos im Flur und starrte auf das Telefon in der Hand. Ihre Hände und Füße waren taub vor Kälte. Da klingelte das Ding schon wieder. Mechanisch drückte sie auf den grünen Knopf.

»Ja.«

»Hi, ich bin es. Duke. Ich …« Er war einen Augenblick still. »Christina? Anything wrong?«

Wie kannst du das wissen?

Sie versuchte zu sprechen, irgendetwas zu sagen. Doch ihre

Stimme gehorchte nicht. Immer wieder musste sie an Nicole denken, diese farbenfrohe, junge Frau mit ihren grellroten Haaren und der bunten Kleidung. Sie hörte ihn atmen.

»Ich …«

»Don't worry. Ich bin gleich da. Be sure.«

Das Besetztzeichen klang aus dem Hörer. Christina wollte auflegen, doch ihre Hand zitterte so, dass sie den roten Knopf erst nach mehreren Versuchen traf.

Als kurze Zeit später das Dröhnen einer Harley vor dem Haus erklang, stand Christina immer noch im Flur. Sie hörte die Haustür zuschlagen, Stimmen im Hausflur – einer von den Wizards war vorhin gekommen, um bei Käte Wache zu schieben –, dann hastige, schwere Schritte auf der Treppe. Und im nächsten Augenblick klopfte es. Schnell. Laut. Drängend.

Christina ging zur Tür, doch es war wie in einem dieser Fluchtträume. Sie hatte das Gefühl, sich durch zähe Gallerte kämpfen zu müssen. Ihre Glieder waren bleischwer, sie kam kaum vorwärts.

Das Klopfen wurde lauter.

»Christina?«

Endlich hatte sie die Tür erreicht und öffnete. Vor ihr stand Duke. Er trug den Helm unter dem Arm, die Sonnenbrille hatte er ins Haar geschoben. Ihr fiel auf, dass das Hämatom in seinem Gesicht etwas blasser geworden war und an den Rändern grün und gelb zu schillern begann. Er atmete schnell. Offenbar hatte er sich beeilt.

Wegen dir. Duke hat sich Sorgen gemacht.

»Was ist los?«, fragte er statt einer Begrüßung.

»Ich muss dir etwas erzählen.«

Er trat in den Flur und streifte sich die Stiefel von den Füßen. Die Lederjacke ließ er einfach neben seinen Schuhen auf den Boden fallen und folgte ihr zum Wohnzimmer. In der Tür blieb sie stehen und sah den Raum an, als hätte sie ihn noch nie gesehen. Nach dem Schreck über Lars' Anruf am Morgen und dem anstrengenden Tag hatte sie alles für einen erholsamen Abend vorbereitet. Sie hatte ein paar Kerzen angezündet. Auf einem orientalischen Messingtablett stand eine Kanne mit Goldspitzen-Assam. Der Krimi einer österreichischen Autorin mit dem Titel »Schwarztee« und ihre Lieblingsdecke lagen auf der Récamiere. Im Hintergrund lief die Filmmusik von der »Geisha«. Ein Räucherstäbchen verbreitete den wohltuenden Duft von Maiglöckchen, ihrem ganz persönlichen Seelentröster. Dass Lars Räucherstäbchen zutiefst verabscheute, war ein Nebenaspekt, der ihr passend erschien.

Duke ließ sich auf einem der Kissen vor der Récamiere nieder, und Christina setzte sich ihm gegenüber. Sie zog ihre Beine an und umschlang sie mit ihren Armen. Erst jetzt merkte sie, wie kalt ihr war. Sie zog fröstelnd ihre Schultern hoch und rieb ihre Arme.

»Also, was ist los?«

»Nicole ist tot.« In ihren Ohren klang ihre eigene Stimme wie die einer fremden Frau.

»Nicole?« Er runzelte die Stirn. »Wer ist das?«

»Eine Krankenschwester von unserer Station. Eine junge Krankenschwester. Sie ist … sie ist …« Ihre Stimme versagte. Und dann brachen sich das Entsetzen, der Schock und die damit verbundene Trauer die Bahn, und sie begann zu schluchzen.

»Hey, Lady.«

Dukes Stimme klang sanft. Er kniete sich neben sie, wischte mit dem Handrücken vorsichtig über ihre Wange und nahm sie dann in seine Arme. Er sagte nichts, hielt sie einfach fest, umschloss sie und bildete eine schützende Barriere gegen alles, was von außen auf sie einstürmen wollte. Es tröstete. Es fühlte sich gut an. Und richtig.

Irgendwann hatte sie sich so weit beruhigt, dass sie wieder sprechen konnte. Sie erzählte ihm von dem ganzen furchtbaren Tag: von Lars' Anruf am frühen Morgen, von dem Durcheinander auf Station, weil Nicole fehlte, ohne sich krankgemeldet zu haben. Sie erzählte ihm von der Hektik und den Vorwürfen des Chefs, dass sie die Station nicht in der Hand hatten. Von dem verspäteten Feierabend, den Kopfschmerzen. Und wie sie schließlich von Nicoles Tod erfahren hatte.

»So etwas ist immer schlimm«, sagte er nach einer Weile.

Ihre Hand lag auf seinem flachen Bauch und bewegte sich mit jedem seiner Atemzüge oder Worte. »Kanntest du sie gut?«

Sie schüttelte den Kopf.

»Eigentlich nicht besonders. Ich bin ja noch nicht lange hier. In letzter Zeit haben wir uns ein paarmal unterhalten. Es ist mehr die Art, wie sie …« Sie hob ihren Kopf und sah ihn an. »Nicole ist ermordet worden.«

Seine Muskeln spannten sich.

»Ermordet.« Er atmete tief ein. »Diese Nicole ist nicht zufällig die Schwester, die dir die Liste mit den Patientennamen gegeben hat?«

»Doch, aber …« Plötzlich verstand sie. Sie setzte sich abrupt auf und fuhr sich mit der Zungenspitze über die Lippen. »Daran habe ich noch gar nicht gedacht. Meinst du, dass … meinst du, sie wurde deshalb …«

»Ich habe keine Ahnung. Es könnte ein Zufall sein.« Er kniff die Augen zusammen. »Sie hat dir diese Liste gegeben. Eine Liste mit Namen von alten Leuten, die entweder tot oder ins Heim gegangen sind, weil jemand ihnen ziemlich blöde Streiche gespielt hat. Und kurze Zeit später wird sie ermordet.« Er schüttelte langsam den Kopf. »Auch auf die Gefahr hin, dass du mich für paranoid hältst. Ich glaube nicht an einen Zufall.«

»Aber dann …« Ihr wurde schlecht. »Oh mein Gott! Wir müssen das der Polizei melden.«

»Nein.«

»Aber wenn Nicole ermordet wurde, weil sie etwas herausgefunden hat, dann …«

»Und was willst du den Bullen erzählen? Wir haben doch nichts in der Hand. Gar nichts. Nur diese Liste. Und eine ziemlich verwegene Story. Wenn du den Bullen das erzählst, werden sie mit dem Kopf nicken, »Well, quite interesting, really« sagen und gar nichts tun. Und der Mörder läuft weiter frei herum.«

»Dann wirst du mit ihnen reden.«

»Ich?« Duke lachte kurz auf. »Holy fuck! Mit mir machen sie höchstens einen Drogentest. Wenn sie mich nicht sofort einlochen – als Tatverdächtigen in dem Mordfall oder für irgendein Verbrechen, das sie erst noch finden müssen. Nein.« Er schüttelte wieder den Kopf. »Keine Bullen. Von denen kannst du keine Hilfe erwarten.«

»Aber wir müssen doch etwas tun!« Christina war mittlerweile so kalt, dass ihre Zähne klappernd aufeinanderschlugen und sie am ganzen Körper zitterte. »Nicole wurde umgebracht! Sie ist tot! Wir können doch nicht einfach herumsitzen und warten, bis der Täter wieder zuschlägt!«

»Das werden wir auch nicht.« Duke angelte die Decke von der Récamiere, legte sie ihr um die Schultern und rieb ihre Arme. »Wir sind nicht ganz blöd, wir beide. Wir kümmern uns einfach selbst um diese Angelegenheit. Hast du die Liste noch?«

»Ja, sie liegt in meinem Arbeitszimmer. Ich hole sie.«

Sie stand auf und ging zu ihrem Schreibtisch. Als sie zurückkam, saß Duke im Schneidersitz vor der Récamiere.

»Hier ist sie.«

Christina reichte ihm den Bogen Papier und kuschelte sich wieder in die Decke. Er faltete ihn auseinander, legte ihn vor sich auf den Boden, strich ihn glatt und betrachtete ihn mit gerunzelter Stirn. Schließlich tippte er mit dem Finger auf das Papier.

»Sind das die Namen?« Sie nickte. »Was bedeuten die Haken dahinter?«

»Diese Patienten habe ich im Archiv gefunden.«

»Und die Zahlen?«

Steht doch da, wollte sie sagen. Gerade noch rechtzeitig fiel ihr ein, dass Duke ihre Notizen nicht lesen konnte.

»Ich habe zu jedem Patienten ein paar Daten notiert: Geburtsdatum, Diagnose, Adresse, behandelnden Arzt.«

»Okay. Du sagtest doch, dass es da keine Gemeinsamkeiten gibt.«

»Ich habe wenigstens bisher keine gefunden.«

»Und was steht hier?« Er deutete auf den untersten Namen der Liste.

»Schümann.«

»Schümann? Nothing else? Kein Vorname?«

»Genau.«

Er trommelte mit den Fingern auf seine Knie.

»Würde es dich stören, wenn ich rauche? Ich kann dann besser nachdenken.«

»Nein. Ist okay.«

Er stand auf und ging in den Flur. Als er wiederkam, hatte er ein Päckchen Zigaretten und ein Feuerzeug in der Hand. Er klopfte eine Zigarette aus der Packung, steckte sie sich in den Mund, zündete sie an, inhalierte tief und blies eine blaue Rauchwolke zur Decke. Dann setzte er sich wieder und starrte auf das Blatt.

»Schümann. Kein Vorname. Nichts.«

Christina zuckte mit den Schultern.

»Ich nehme an, dass sich Nicole nicht mehr an den Vornamen des Patienten erinnern konnte.«

»Möglich. But …« Er rieb sich das Kinn. »Ist der Name häufig? So wie …«

»Schmidt, Müller, Meier? Weiß ich nicht. Wieso?«

»Ich habe diesen Namen in der letzten Zeit ein paarmal gehört, und …« Er sah sich suchend um. »Hast du einen Aschenbecher?«

Christina nahm ihre Teetasse von der Untertasse und schob ihm den Teller hin.

»Sure?« Er warf ihr einen fragenden Blick zu.

»Ja. Kann man doch abwaschen.«

Duke schnippte die Asche auf das weiße Porzellan, neigte den Kopf zur Seite und sah nachdenklich in die Ferne.

»Erst tauchte in der Werkstatt ein Typ auf, der mir viertausend Euro angeboten hat, wenn ich nicht in Haus Fördeblick einziehe. Bestechung. Ist nichts Neues. Die Leute versuchen immer wieder, uns aus den Häusern zu kriegen – auf die eine oder andere Weise. Vor dem Einzug ist mir das bisher allerdings noch nie passiert. Da gehört schon einiges dazu. Aber ich schweife ab.« Er nahm einen Zug. »Dieser Mensch erzählte mir bei seinem ›Besuch‹, dass er bei Schümann-Immobilien arbeitet. Am Freitag beim Open House habe ich mich ausführlich mit der Cousine von Big J unterhalten. Sie …«

»War das diese Blonde?«, fragte Christina schnell.

»Ja. Oder wenigstens eine von den Blonden, die da waren. Ich kann mir ihren Namen nicht merken. Warum?«

»Nur so.« Christina fühlte sich plötzlich viel besser. »Tut mir leid, dass ich dich unterbrochen habe. Sprich weiter.«

»Big Js Cousine arbeitet bei einem Handwerker, und ich wollte herausfinden, warum keiner der angerufenen Glaser bereit war, hierherzukommen, um die Scheibe in der Verandatür zu reparieren. Sie hat mir etwas Interessantes erzählt: Herr Schümann – eben der Boss von Schümann-Immobilien – setzt offenbar die Handwerker in Flensburg massiv unter Druck. Er vergibt Listen mit Adressen, auf die er ein Auge geworfen hat. An diesen Objekten sollen keine Reparaturen durchgeführt werden. Eine Firma, die sich nicht daran hält, bekommt keine Aufträge auf seinen Baustellen. Und jetzt steht dieser Name unter der Liste einer ermordeten Krankenschwester.«

Einen Augenblick war es still.

»Nicole erwähnte Schümann auch«, sagte Christina schließlich. »Es schien, als wäre sie ziemlich wütend auf ihn.«

»Kann ich verstehen. Aber das kann doch nicht nur Zufall sein, oder?« Er machte eine Pause und blies nachdenklich den Rauch in die Luft. »Okay. Jetzt spinne ich mal so ein bisschen vor mich hin. Mein Vater sagte mal, dass viele Grundstücke deutlich mehr wert sind als die Häuser, die darauf stehen. Weil man sie besser nutzen kann – mit Mehrfamilienhäusern, Reihenhäusern oder so. Wenn nun Schümann ein Grundstück ins Auge gefasst hat, weil er darauf einen Neubau plant, sorgt er dafür, dass das Haus zunehmend verfällt, damit er das Grundstück möglichst billig in die Finger bekommt und mit einem Neubau richtig Kohle scheffeln kann.«

Christina nickte.

»Das klingt plausibel. Aber was haben die Patienten damit zu tun? Die Phänomene, über die sie berichten – die zerschnittenen Handtücher, die toten Vögel und Mäuse? Und natürlich der Typ, den wir gesehen haben?«

»Die Alten sind oft stur und wollen ihre Häuser nicht verlassen. Wenn Schümann auf diese Art versucht, sie aus den Häusern zu ekeln? Und wer nicht freiwillig auszieht und verkaufen will, muss eben ins Gras beißen.«

Christina schüttelte langsam den Kopf.

»Ich weiß nicht. Ist das nicht ein bisschen drastisch? Das klingt doch sehr …«

Duke lachte und drückte die Zigarette auf dem Teller aus.

»Strange? Ja, sicher. Allerdings muss ich gestehen, dass mir diese Theorie gefällt. Umso mehr, je länger ich darüber nachdenke. Hast du einen Computer und Internetzugang?«

»Ja.«

»Dann lass uns doch nachsehen. Schauen wir mal, was wir im Netz über Schümann finden.«

Christina holte ihr Notebook aus dem Arbeitszimmer, schaltete es an und tippte den Namen »Schümann« und »Flensburg« ein.

»Herr Schümann scheint ein Prachtkerl zu sein«, sagte sie, nachdem sie eine ganze Reihe Artikel aus den regionalen Zeitungen überflogen hatte. »Er hat mehrere Stiftungen gegründet, engagiert sich im Jugendsport, segelt, spielt Golf, ist Kunst- und Theatermäzen. Ein vorbildlicher Bürger, Skandale Fehlanzeige.«

»Hm.«

Sie musste lachen. »Enttäuscht?«

»Schau doch mal unter der Adresse des ersten Patienten nach.«

»Gut.« Christina gab den Straßennamen ein. Und war überrascht, als sie auf die Seite von Schümann-Immobilien verwiesen wurde, die in dieser Straße in einem Neubau Eigentumswohnungen anboten. Das Objekt war noch im Bau, die meisten Wohnungen bereits verkauft. Die Kaufpreise variierten zwischen zweihundertfünfzig- und dreihundertfünfzigtausend Euro.

»Die nächste Adresse«, sagte Duke und beugte sich über ihre Schulter. Seine Wange berührte fast ihre, und in ihrem Rücken spürte sie seinen warmen Körper, sein Atmen.

Konzentriere dich!

Bei der nächsten Adresse handelte es sich um einen Neubau, der gerade begonnen worden war. Zwölf Luxuseigentumswohnungen mit Fördeblick. Bauunternehmer war Schümann.

»Nächste.«

Wieder tippte Christina eine Adresse ein. Diesmal war der Bau erst in Planung. Trotzdem wurden bereits »sieben moderne Stadthäuser in zentraler Lage« angepriesen. Wieder von Schümann.

Duke legte ihr eine Hand auf die Schulter.

»Wir sind auf der richtigen Spur, Lady«, sagte er leise.

»Meinst du, das reicht, um es der Polizei zu erzählen?«

Er schüttelte den Kopf. Langsam.

»Wizards sind schon aufgrund von deutlich weniger Indizien in den Knast gewandert. Aber der da, diese Stütze der Gesellschaft? Wahrscheinlich ist der mit allen Stadtvätern per Du und geht jeden Freitag mit dem Polizeichef essen. Für den reicht es nicht. Da brauchen wir mehr.« Er kniff die Augen zusammen und starrte auf den Grundriss der Stadthäuser auf dem Bildschirm.

»Und wo sollen wir diese Beweise herkriegen?«

»Ich habe da so eine Idee«, sagte Duke nach einer Weile. »Ich muss allerdings erst telefonieren. Hast du morgen Zeit?«

»Ja. Ich habe frei.«

»Okay. Just one moment.«

Er holte sein Handy aus der Jeans und ging auf die Terrasse hinaus.

Christina betrachtete die Grundrisse auf dem Bildschirm. Dukes Theorie klang abwegig, seltsam, ja fast verrückt. Aber je länger sie darüber nachdachte, umso mehr war sie davon überzeugt, dass er recht hatte. Sie waren auf der richtigen Spur. Was hatte Nicole über Schümann gesagt? »Aasgeier« und »Raubritter« hatte sie ihn genannt. Hatte sie den gleichen Verdacht gehabt wie sie jetzt? War sie Schümann zu nahe gekommen und hatte deshalb sterben müssen? Andererseits war es doch unwahrscheinlich, dass ein Mann wie Schümann wirklich das Risiko eingehen und einen Mord begehen würde. Irgendwie konnte sie es nicht glauben. Wenn es so war, hatte er bestimmt jemanden beauftragt, der ihm diese Drecksarbeit abnahm.

Sie sah hinaus. Es war schon ziemlich dunkel. Duke war kaum noch zu erkennen in seiner schwarzen Kleidung. Nur die Umrisse seiner Gestalt, das schwache Leuchten des Handys an seinem Ohr und der rot glühende Punkt seiner Zigarette, der sich immer wieder von der Hüfte zum Gesicht bewegte, waren sichtbar.

Schließlich kam er wieder herein.

»Alles klar«, sagte er und lächelte grimmig. »Wir beide treffen uns morgen um vier in Schleswig mit Con.«

Christina sah ihn verständnislos an.

»Wer ist Con?«

»A good friend of us«, antwortete er und lächelte. »Und … äh … Computerspezialist.«

14

Dienstag, 14. Mai

Thomas war müde. Seit einigen Tagen schlief er schlecht, und heute Nacht hatte ihn das Bild der jungen toten Frau verfolgt. In seinen Wachträumen hatte sie sich mal in Stefanie, dann in Rike verwandelt. Und immer wieder in Christina. Früh war er aufgestanden, ganz leise, um Stefanie und die Kinder nicht zu wecken, und um sechs Uhr schon im Präsidium gewesen. Es fiel niemandem auf. Ein Mordfall bedeutete immer Überstunden.

Jetzt saß er an seinem Schreibtisch. Vor ihm lagen die Fotos ausgebreitet – der rote Schuppen des Fischereivereins, die Spuren im Sand, die Leiche. Er nahm das Foto mit dem Gesicht der Toten in Großaufnahme in die Hand und betrachtete es eingehend. Auch jetzt noch erinnerte sie ihn an Arielle, die kleine Meerjungfrau. Obwohl sie mittlerweile einen Namen hatte. Nicole Bohrmann, fünfundzwanzig Jahre alt, von Beruf Krankenschwester. Und schwanger. In der sechsten Woche. Ob sie davon gewusst hatte?

»Moin!«

Peer kam herein und stellte seine Aktentasche neben seinem Schreibtisch auf dem Boden ab. Es war kurz nach acht. Dienstbeginn.

»Moin.«

Peer steuerte direkt die Kaffeemaschine an, die auf dem Sideboard mit den Aktenordnern stand.

»Du auch?«

Thomas nickte und reichte ihm den Becher mit der Aufschrift »Papa ist der Beste«. Die Herzchen waren ein wenig schief gemalt, und »Papa« schrieb sich ausnahmsweise mit zwei »p«. Es war ein Geburtstagsgeschenk von Hendrik und Rike.

Peer reichte ihm den gefüllten Becher.

»Danke.«

Er trank einen Schluck.

Wie sollte er seine Kinder schützen, wenn es ihm nicht einmal gelang, einen Mann hinter Gitter zu bringen, von dem alle wussten, dass er ein Zuhälter, Drogendealer und Waffenhändler war, der noch dazu wahllos auf Unschuldige einprügelte? Du musst dich nur auf das Gesetz berufen, dann kommt alles in Ordnung. Mit diesem Satz im Kopf war er Polizist geworden. Etliche Jahre später hatte er viele seiner Illusionen verloren. Das Gesetz. Welch ein Hohn. Manchmal hatte er den Eindruck, das Gesetz war in Wirklichkeit für die McKinnleys dieser Welt gemacht. Typen, die jede erdenkliche Straftat begehen konnten und trotzdem mit einem Lächeln auf den Lippen als freie Männer aus dem Gerichtssaal marschierten. Weil ein Kollege bei seinen Ermittlungen einen Schritt ausgelassen, ein Beweismittel falsch etikettiert hatte oder im Verhör etwas zu eindringlich auf den Verdächtigen eingegangen war. »Verfahrensfehler«, hieß es dann. Nach Amnesty International wurde gerufen. Welchem Stress die Polizisten vorher ausgesetzt gewesen waren, wie sie beleidigt, beschimpft, angespuckt oder attackiert worden waren, danach fragte niemand. Die Polizisten waren die Prügelknaben der Nation. Und das für ein Gehalt, für das Banker nicht einmal ihren Computer hochfahren würden. Ungerechtigkeit, wohin man nur sah.

Peer holte einen Donut mit Schokoladenglasur aus einer Papiertüte, beugte sich über Thomas und betrachtete die Fotos.

»Arme Kleine«, sagte er kauend und schüttelte den Kopf. »Na, vielleicht hat sich die Sache bald geklärt. Unten haben sie gesagt, dass sie gerade den Freund herbringen. Laut Zeugenaussagen hatten die beiden am Samstag Streit. Soll wohl ziemlich zur Sache gegangen sein. Sind die im Labor mit dem Handy schon fertig?«

»Im Wesentlichen. Einige der eingegangenen und gespeicherten Telefonnummern und Nachrichten haben sie noch rekonstruieren können, obwohl das Ding schon etliche Stunden im Wasser lag. Manche sind nur teilweise erhalten. Hier ist die Liste.« Er zeigte seinem Kollegen ein Verzeichnis mit etwa einem Dutzend Telefonnummern. »Ich schlage vor, dass wir erst mit dem Freund sprechen und uns danach um die SMS und Telefonnummern kümmern – du die eine Hälfte, ich die andere.«

»Und was ist das?«, fragte Peer und griff nach einem dunkelgrünen Aktendeckel, von dem nur eine Ecke unter den Fotos hervorschaute.

»Das ist privat«, sagte Thomas schnell und legte seine Hand darauf.

Peer hob überrascht eine Augenbraue. Dann runzelte er die Stirn und nickte.

»Privat. Soso. Dunkelgrün. Mit weißer Schrift?«

Thomas' Ohren glühten. Peer hatte ihn durchschaut. Es war die Akte, die er heimlich über McKinnley angelegt hatte. Seine ganz private Ermittlungsakte. Er arbeitete schon seit ein paar Tagen daran, blieb etwas länger, kam etwas früher, verzichtete auf die Mittagspausen. Er wollte alles über den Road Captain des Glasgower Chapters wissen. Alles. Er hatte sogar Kopien der Anklageschriften und der Fotos ausgedruckt. Mittlerweile konnte er nicht mehr sagen, wie oft er sich das Ganze schon angesehen hatte.

Peer holte tief Luft.

»Verrennst du dich da nicht in etwas?«

»Hast du gehört, was die Kollegen vom SEK erzählt haben? Der Kerl hat sie als Nazis beschimpft!«

»Ja, aber …«

»Und dann sieh dir das hier an.« Er nahm die Akte und suchte unter den Fotos von McKinnleys Tätowierungen ein bestimmtes heraus. Es war das Schwarz-Weiß-Bild eines feisten Schweins in Polizeiuniform.

Peer sah es an, drehte es in seiner Hand, kniff die Augen zusammen.

»Das ist doch … Ist das etwa …? Das hat er sich auf den Hintern stechen lassen?«

Thomas nickte.

»Das war, nachdem er sich den Verkehrspolizisten vorgenommen hatte. Der Mann ist übrigens nicht mehr im Dienst. Vermutlich wegen des Traumas.«

Peer verzog das Gesicht und warf das Foto auf den Tisch.

»Gut. Ich kann sehr gut nachvollziehen, weshalb du den Schotten aus der Stadt haben willst. Aber wozu führst du diesen Privatkrieg? Überlass McKinnley doch den Kollegen der Abteilung für Organisierte Kriminalität. Die kümmern sich schon um ihn.«

»Nein.«

»Nein? Und warum nicht?«

»Ich kann nicht, Peer. Ich kann einfach nicht. Für die von der Abteilung für OK ist McKinnley doch nur einer von vielen. Und solange er hier keine Verbrechen begeht, behalten sie ihn nur im Auge. Aber meine Schwester …« Thomas schluckte. »Ich habe das ganze Wochenende versucht, sie anzurufen. Gestern wieder. Sie geht nicht ran. Seit Mittwoch will sie kaum mit mir sprechen. Seit diesem SEK-Einsatz – für den sie übrigens mir die Schuld gibt. Ich fürchte, dass McKinnley sie bereits beeinflusst. Dass er ihr Lügen erzählt.« Er schüttelte langsam den Kopf. »Dieser Kerl ist ein Teufel. Er ist schlau. Er ist gerissen. Und er ist eiskalt. Er weiß genau, wie er seinen Charme einsetzen muss. Und meine Schwester ist zurzeit ein hilfloses Opfer. Ich muss sie beschützen. Vor ihm.«

Peer nickte.

»Ich …«

An der Tür klopfte es.

»Der Freund der Toten ist da. Er ist im Verhörzimmer.«

»Wir kommen!«

Thomas stand auf und nahm sein Jackett von der Stuhllehne.

»Jetzt kannst du mich vielleicht etwas besser verstehen.«

»Ja.« Peer legte ihm eine Hand auf die Schulter. »Ich helfe dir. Wir kriegen den Kerl.«

»Danke. Jetzt müssen wir aber diesen Mordfall aufklären.«

Er kam gerade von einem Termin, als die SMS eintraf.

»Muss dich dringend sprechen, K.«

Mist. Auch das noch.

Entnervt simste er zurück.

»In 20 Minuten, Hafenspitze.«

Die Antwort ließ nicht lange auf sich warten.

»Nein. Christiansenpark, gleiche Zeit.«

»Okay.«

Er steckte das Handy in seine Jacketttasche und startete den Wagen. Toll. Er war auf der anderen Seite der Förde in Mürwik unterwegs. Zwanzig Minuten waren knapp bemessen. Sehr knapp. Mit ein bisschen Glück würde er einen Parkplatz direkt am Museumsberg finden. Wenn nicht, musste er unter Umständen weit laufen. Da oben gab es nicht viele legale Parkplätze. Und ein Ticket war das Letzte, was er jetzt wollte.

Der Termin war nicht gut gelaufen. Die Kunden waren zickig, meckerten herum und hatten an allem etwas auszusetzen. Aber es lag auch an ihm. Er hatte es nicht geschafft, auf ihre Besonderheiten und Wünsche einzugehen. Das Sodbrennen brachte ihn fast um. Er hatte den Eindruck, dass die Tabletten ihre Wirkung verloren hatten. Oder hatte man ihm gestern in der Apotheke die falschen gegeben? Er war wirklich nicht auf der Höhe. Es war viel passiert in den letzten Tagen. Vieles, das er nicht kontrollieren konnte. Möglicherweise lag es daran.

Die Ampel vor ihm war rot. Er bremste und warf einen Blick in den Rückspiegel, streckte die Zunge heraus. Vielleicht war er krank. Irgendein blöder Virus. Er befühlte seine Stirn. Hatte er Fieber?

Hinter ihm hupte es ungeduldig.

»Ja, ja, Idiot. Nur nicht so hastig.« Er zeigte seinem Hintermann die Faust und fuhr los. Da hatte man nicht einmal eine Sekunde seine Ruhe. Aber wenn der nach seinem Handy kramte, die Straßennamen las oder einen Parkplatz suchte. Dann ließ der auch alle anderen daran teilhaben. Garantiert.

Blödmann.

Er kurvte herum, bog in die falsche Straße ein und stand vor dem Gefängnis. Der Anblick der hohen roten, mit Stacheldraht ausgerüsteten Backsteinmauern und des großen grünen Stahltors jagte ihm einen Schauer über den Rücken.

Na großartig. Das passt ja.

In der Nacht waren sie gekommen, um ihn zu holen. Schweißgebadet war er aufgewacht und hatte erleichtert festgestellt, dass es nur ein Traum gewesen war.

Er wendete und fuhr wieder zurück. Diesmal fand er die richtige Straße und erreichte kurze Zeit später den Museumsberg. Er fand einen freien Parkplatz, stellte das Auto ab und ging über den alten Friedhof zum Christiansenpark. Erst als er ihn erreicht hatte, fiel ihm ein, dass sie keinen bestimmten Ort vereinbart hatten. Wo sollte er sie treffen? Am Steinzeithaus? An der Gruft? An irgendeiner Bank?

Verflucht.

Heute lief aber auch alles schief.

Mit schnellen Schritten ging er den Weg entlang, kam an dem kleinen See vorbei, auf dem eine Ente schwamm. Winzige Küken folgten ihr. Es waren die ersten, die er in diesem Frühjahr sah.

Und dann endlich entdeckte er sie. Sie saß auf einer Bank auf der anderen Seite und schien geistesabwesend auf das Wasser zu starren. Sie sah erst auf, als er direkt vor ihr stand.

»Endlich!«

Sie sprang auf, schlang ihre Arme um seinen Hals und erdrückte ihn fast. Sie heulte dabei wie ein Schlosshund. Er tätschelte ihren Rücken, drückte sie immer wieder, obwohl ihn diese körperliche Nähe anwiderte. Er schloss die Augen und tat, als sei er der besorgte Liebhaber. Das musste auch aufhören.

»Was ist denn los?«, fragte er. Er hatte jetzt wahrlich andere Sorgen, als sich den üblichen Kummer mit ihren Eltern anzuhören oder ihre ständigen Nörgeleien, dass er so kühl und unnahbar war. »Musst du heute gar nicht arbeiten?«

Sie schüttelte den Kopf, wischte sich mit einem durchgeweichten Papiertaschentuch über die Augen, dann schnäuzte sie sich.

»Sie haben mich nach Hause geschickt, weil …« Sie heulte wieder.

»Na, na, na.« Beruhigend tätschelte er ihre Schulter.

»Wie gut, dass du da bist!« Sie schmiegte sich an ihn.

Beinahe hätte er sie von sich gestoßen. Doch es war nur eine Sekunde der Schwäche. Dann hatte er sich wieder in der Gewalt und spielte seine Rolle weiter.

»Warum haben sie dich nach Hause geschickt?« Seine Stimme klang viel geduldiger, als er sich fühlte.

»Weil … ich konnte nicht mehr arbeiten. Sie … sie ist tot, weißt du?«

»Wer ist ›sie‹?«

»Nicole. Meine Kollegin.«

Er zuckte mit den Schultern.

»Ich dachte, du hast dich nicht mit ihr verstanden? Dann kann es dir doch egal sein?«

»Aber verstehst du denn nicht?« Sie sah ihn mit weit aufgerissenen Augen an. »Sie ist ermordet worden!«

»Schsch«, ermahnte er sie und sah sich um. Zum Glück waren nur wenige Leute im Park unterwegs. Auf der anderen Seite des Sees, außer Hörweite, ging eine Frau mit einem weißen Pudel spazieren. Und ein Stück weiter schob ein junger Mann einen Rollstuhl den Weg entlang. »Das muss doch nicht jeder hören.«

»Aber … aber …«

Er schüttelte den Kopf, runzelte die Stirn und sah der Ente zu, die versuchte, ihre Küken zusammenzuhalten. Es waren sieben.

»Sie war eine ziemlich penetrante Ziege«, sagte er schließlich. »Mit diesem Gefasel von Gerechtigkeit. Und obendrein neugierig. Ist nicht wirklich schade drum.«

Einen Augenblick war es still. Es dauerte, bis sie begriff.

»Du warst es? Du hast sie umgebracht?«

Ihre Augen waren groß wie Untertassen. Schade, dass sie nicht sehen konnte, wie dämlich sie gerade aussah.

Weiber.

Er unterdrückte das Lachen, das aus ihm herausplatzen wollte. Dumm war sie, keine Frage. Aber Dummheit war unter Umständen gefährlich.

»Leise!«, ermahnte er sie wieder. »Wie kommst du denn auf solche schwachsinnigen Ideen?«

Sie rückte auf der Bank ein Stück von ihm ab, verschränkte ihre Arme vor der Brust.

»Ich gehe zur Polizei«, sagte sie. »Ja, das werde ich. Ich gehe zur Polizei. Und dann erzähle ich denen, was du getan hast. Wie du die alten Leute aus ihren Häusern geekelt hast. Und wie du Nicole …«

Blöde Kuh!

»Meine liebe Kleine.« Er rückte näher, senkte seine Stimme und legte ihr seine Hand in den Nacken.

Plötzlich wurde ihm bewusst, wie sehr sie ihn anwiderte mit ihrer Dummheit, ihrer Eitelkeit und ihrer Gier. Und dass er sie loswerden wollte, je eher, umso besser.

»Wenn du zur Polizei gehst, erzähle denen auch gleich, wer mir die Adressen und Informationen über die Alten beschafft hat.« Er lächelte. »Du steckst genauso mit drin wie ich.«

Er presste seine Hand um ihren Hinterkopf. Der Gedanke, kein Risiko einzugehen und sie hier und jetzt zum Schweigen zu bringen, zuckte durch sein Hirn. Die Gelegenheit war nicht schlecht. Direkt vor ihnen war der See. Er konnte es mit ihr genauso machen wie mit der anderen. Aber bestimmt würde sie schreien. Verstecken konnte er die Leiche hier auch nirgendwo. Und außerdem war es mitten am Tag.

»Höre mir gut zu«, sagte er leise. »Wenn du mich ins Gefängnis schickst, gehst du mit. Dafür werde ich sorgen.« Sie schluckte und sah ihn an wie ein verängstigtes Kaninchen. »Hast du mich verstanden?«

Er schüttelte sie ein bisschen am Genick, und sie wimmerte.

»Ja. Ich habe dich verstanden.«

»Gut. Warum nicht gleich?« Er lächelte und wollte ihr übers Haar streichen, aber sie wich vor seiner Hand zurück. »Ich habe in einer Viertelstunde einen Termin«, sagte er. »Geh nach Hause und ruhe dich aus. Morgen Abend um acht hole ich dich ab, dann gehen wir richtig schön essen. Ja?«

»Ja.« Sie nickte eifrig. Aber ihr Gesicht war bleich und angstverzerrt.

Er holte tief Luft und stand auf.

»Vergiss nicht, was ich dir gesagt habe.«

»Nein. Werde ich bestimmt nicht.«

Er lächelte, winkte, drehte sich um und ging davon. Sie war ein Problem. Ein Problem, das er lösen musste. Endgültig. Vielleicht morgen, wenn es sich ergab.

Sein Handy piepte. Wieder eine SMS. Er holte es aus seiner Jackentasche und sah auf das Display.

»Wie geht's Nr. 2 a?«

Er knirschte mit den Zähnen. Wie sollte es wohl gehen, wenn die Wizards wie abgerichtete Dobermänner das Haus bewachten?

»Kümmer mich«, schrieb er zurück.

Er ging weiter zu seinem Auto. Eigentlich komisch. Woher wusste er, wer ihm die SMS geschickt hatte? Er hatte nicht auf die Nummer geachtet, und unterschrieben war sie auch nicht. Und selbst wenn. Woher sollte er wissen, dass auch der die SMS geschrieben hatte, von dem er dachte, dass er es war?

Technik.

Er setzte sich in den Wagen und schnallte sich an. Und da kam ihm der rettende Gedanke. Er würde der Wache in Haus Fördeblick eine SMS schicken, damit der Kerl das Haus verließ. Alles, was er dafür brauchte, waren die Namen und die Telefonnummern der Typen. Und er wusste schon, wie er an diese Informationen kommen konnte. Glücklicherweise hatte er ein exzellentes Gedächtnis für Zahlen. Er tippte eine Nummer in das Handy.

»Ja?«

»Herr Brauer. Erinnern Sie sich an mich?«

»Ja.«

»Schön.« Er lächelte zufrieden. »Ich habe einen Job für Sie.«

Es war kurz nach drei, als Duke bei Christina klopfte. Glücklicherweise hatte Kurt keine Schwierigkeiten gemacht, als er ihn darum gebeten hatte, früher gehen zu können.

»Kein Problem«, hatte der Meister gesagt. »Die Airbrush ist schließlich fertig. Außerdem bist du ein freier Mitarbeiter.«

Er hatte noch geduscht und sich umgezogen, um Staub und den lästigen Lackgeruch aus Haaren und Klamotten zu entfernen. Jetzt wartete er auf Christina. Sie wollten mit ihrem Auto nach Schleswig fahren. Das Bike wäre ihm persönlich lieber gewesen, aber Christinas kleiner Ford war natürlich unauffälliger als die knallrote Clubmaschine. Außerdem war sie noch nie auf dem Sozius mitgefahren. Und ein Termin wie dieser eignete sich nicht gerade für das erste Mal.

Sie öffnete im Mantel, die Handtasche in ihrer Hand, und klimperte mit dem Schlüssel.

»Hoffentlich habe ich nichts vergessen«, murmelte sie, und er wusste nicht recht, ob sie mit ihm sprach oder mit sich selbst.

»Autoschlüssel?«, fragte er vorsichtig.

Ihre Hand fuhr in die Manteltasche.

»Ja. Habe ich.« Sie holte tief Luft. Sie kam ihm aufgeregt und nervös vor.

»Können wir los?« Von Bert wusste er, dass Con sehr eigenwillig war und vor allem Pünktlichkeit über alles schätzte.

»Ja. Natürlich.«

Sie öffnete die Beifahrerseite, und er zwängte sich auf den Sitz. Er war bereits angeschnallt, während sie noch umständlich am Zündschloss herumfummelte.

Oh my God!, dachte er. Kennt sie das Auto überhaupt? Oder bringt meine Nähe sie so durcheinander?

Er musste sich auf die Lippe beißen, um nicht laut zu lachen.

Aber sicher doch. The Lady and the Duke. Träum weiter!

Endlich startete sie den Motor, schaltete in den ersten Gang. Der Wagen rollte langsam von der Auffahrt. Sie blinkte und bog in die Straße ein, dabei hielt sie das Lenkrad umklammert, als wollte sie es würgen. Duke spürte, wie sich seine Muskeln anspannten. Ganz bewusst öffnete er seine Faust, versuchte, seine Beine auszustrecken und zu lockern. Der Motor heulte erbärmlich.

Zweiter Gang, Lady, schalte hoch. Schalte hoch!

Endlich. Das Scheppern der Gangschaltung tat ihm in den Ohren weh. Er biss die Zähne zusammen.

Sie steuerte den Wagen langsam die Batteriestraße entlang und bog auf die Hauptstraße ein.

Das halte ich nicht aus. Jedenfalls nicht bis Schleswig.

»Fahr bitte rechts ran«, sagte er und deutete auf eine großzügige freie Parkbucht.

»Was ist denn los?«, fragte sie, fuhr aber in die Lücke und hielt den Wagen an.

Bevor sie noch etwas sagen konnte, stieg er aus, ging um den Wagen herum und öffnete die Fahrertür.

»Rutsch rüber«, sagte er. »Bitte.«

Sie sah ihn kurz an, schnallte sich dann aber ab und schob sich auf den Beifahrersitz.

Duke quetschte sich hinter das Lenkrad, stellte den Sitz zurück, die Lehne ein, drückte Arme und Beine durch, um die Abstände zu testen, korrigierte den Rück- und Seitenspiegel. Schließlich lächelte er.

Besser.

Er startete den Wagen.

»Ich weiß, ich bin keine gute Autofahrerin«, sagte sie. Es klang fast etwas schuldbewusst.

»Ach, das merkt man … fast … ich meine …«

Er musste lachen, und sie stimmte mit ein.

»Soll ich dir mal ganz ehrlich etwas sagen? Etwas, das ich noch nie jemandem erzählt habe?«

Der Hafen schoss links an ihnen vorbei. An der Hafenspitze reihte sich Duke auf der rechten Spur ein, um zur A 7 zu kommen.

»Na, leg los.«

»Ich hasse Auto fahren.« So wie sie es aussprach, klang es, als käme es direkt aus der Seele.

Duke musste wieder lachen.

»Hey, warum hast du das nicht früher gesagt? Du hättest jedem von uns ein paar Minuten Folter erspart.«

»Ich fürchtete, dass du mich auslachst.« Ihr Lächeln ließ ihre blaugrauen Augen leuchten. Sie lehnte sich entspannt in den Sitz zurück. »Weißt du, ich bin noch nie gern Auto gefahren. Schon die Fahrschule war eine Tortur für mich. Ich vermeide es, wann immer es geht. Dass ich so ein Ding überhaupt besitze, liegt an meiner Familie. An meinen Eltern, meinem Bruder. Und an Lars. Die haben mir immer eingetrichtert, dass eine selbstbewusste Frau ein Auto braucht. Unter allen Umständen.« Sie sah ihn an. »So. Das war mein Coming-out. Jetzt bist du dran.«

»Das verschieben wir auf einen anderen Zeitpunkt, okay?«,

sagte er, warf einen Blick in den Rückspiegel und setzte zu einem Überholmanöver an.

Ich habe nämlich keinen Autoführerschein.

Das kleine Café, in dem sie sich mit dem Computerspezialisten treffen sollten, war gut besucht. Offenbar war eine Reisegruppe eingetroffen. An den meisten Tischen saßen ältere Leute, die sich untereinander kannten und quer durch den Gastraum und über die Tische hinweg miteinander sprachen. Christina musste schmunzeln. In der Horde waren Rentner von Jugendlichen oder Kindern kaum zu unterscheiden.

Sie ergatterten noch einen kleinen Tisch für drei Personen in einer Ecke. Duke hatte Schwierigkeiten, seine langen Beine unterzubringen, und rückte eine Weile Tisch und Stuhl hin und her, bis es endlich passte.

»Was darf ich Ihnen bringen?« Die junge Kellnerin lächelte freundlich und unverbindlich. Ihr Blick ruhte auf Duke.

»Einen grünen Tee«, sagte Christina.

»Kaffee.«

»Möchten Sie auch Kuchen? Wir haben heute hausgemachten Käsekuchen, gedeckten Apfelkuchen und Schokoladentarte.«

»Nein danke.«

Die Kellnerin eilte davon.

Duke schob sich die Sonnenbrille aufs Haar, stützte den Kopf auf und spielte mit der Karte auf dem Tisch. War er nervös, oder suchte sich seine Energie nur ein Ventil? Er wandte sein Gesicht Christina zu. Das Hämatom an seinem Jochbein zog zwar langsam ab, war aber immer noch zu erkennen.

»Alles okay?«, fragte er.

»Ja.« Sie nickte und lächelte. Es war wirklich alles in Ordnung. Sie fühlte sich wohl dabei, hier in dem kleinen netten Café mit ihm zu sitzen. Doch dann fiel ihr ein, dass sie nicht zum Vergnügen nach Schleswig gefahren waren. Und der Gedanke an Nicole und die alten Menschen legte sich wie ein dunkler Schatten auf sie.

»Hey, wir kommen dahinter«, sagte er leise und legte seine

Hand auf ihre. Ob er Gedanken lesen konnte? »Wir kriegen den Vogel. Wie spät ist es?«

»Zwei Minuten vor vier«, sagte Christina.

»Dann kommt Con gleich.«

Die Kellnerin brachte ihnen den Tee und den Kaffee und verschwand wieder. Duke schüttete sich Zucker in seine Tasse und rührte um, während Christina ihren Teebeutel aus der Kanne fischte. Die Kirchturmuhr vom Schleswiger Dom schlug vier Mal.

»Guten Tag!«

Die Stimme einer Frau ließ Christina aufblicken, Duke drehte sich um. Vor ihnen stand eine gut aussehende schlanke Frau Mitte dreißig, mit langen rotblonden Haaren, brauner modischer Lederjacke und gut sitzenden Jeans.

»Wir sind verabredet«, sagte sie mit deutlich österreichischem Akzent.

»Sie sind Con?« Es sollte eigentlich wie eine ganz normale Frage klingen.

»Ich weiß wohl, dass ich dem Klischee des übergewichtigen, schokoriegelverschlingenden männlichen Computer-Nerds nicht ganz entspreche.« Sie lächelte und setzte sich auf den freien Stuhl. »Con steht übrigens für Constanze.«

Dann sagte sie zu Duke etwas in einer fremden, archaisch klingenden Sprache.

»Wir klären die Sache kurz auf Gälisch«, erklärte er und wandte sich wieder Con zu.

Das Gespräch dauerte nicht lange. Nur hin und wieder schnappte Christina ein Wort auf: »Schümann«. Schließlich nickte Con und erhob sich.

»Ich werde etwa zwei Stunden brauchen«, sagte sie zu Duke und legte kurz ihre Hand auf seine Schulter. »Ich rufe dich an.«

Christina kam sich überflüssig vor.

Warum bin ich überhaupt mitgekommen?

Sie winkten nach der Kellnerin, zahlten und verließen das Café.

Draußen war es frisch geworden. Ein heftiger Wind wehte von der Schlei her. Christina knöpfte ihren Mantel zu, war froh über das Halstuch. Und wünschte sich trotzdem nichts sehnlicher, als seinen Arm um sich zu spüren, von ihm gewärmt zu werden. Tagträume.

»Ich habe Con alles gesagt, was wir uns bisher zusammengereimt haben.« Duke zündete sich eine Zigarette an. »Sie wird versuchen, in Schümanns System reinzukommen. Vielleicht findet sie etwas heraus.«

»Zwei Stunden. Was machen wir so lange?«

Duke inhalierte tief, blies den Rauch in den Himmel und lächelte.

»Etwas essen? Ich habe allmählich Hunger.«

»In Ordnung. Kennst du dich in Schleswig aus?«

»Du?«

Christina schüttelte den Kopf. »Aber es dürfte wohl nicht allzu schwierig sein, ein Restaurant zu finden«, sagte sie.

Sie gingen die kleine Gasse zur Schlei hinunter und schlenderten am Ufer entlang. Es waren kaum Leute unterwegs, am Himmel kreisten Möwen. Eine Weile gingen sie schweigend nebeneinanderher. Schließlich platzte es aus Christina heraus.

»Stimmt es, dass du im Gefängnis warst? Mein Bruder hat mir das erzählt.«

»Ja. Aber woher weiß dein Bruder davon?«

»Er ist Polizist.«

»Du Arme.« Duke lachte. »Aber mach dir nichts draus. Jeder hat in seiner Familie ein schwarzes Schaf.«

Sie gingen auf einen Steg, der in eine schilfbewachsene Bucht hineinragte. Duke stützte sich auf das Geländer und sah aufs Wasser hinaus.

»Mein Bruder sagte, du hast einen Polizisten bei einer Verkehrskontrolle zusammengeschlagen, einfach so.«

»So. Sagt er das.«

»Ich würde gern deine Meinung hören, deine Version.« Christina spürte ihren Herzschlag, in ihren Ohren rauschte es. Sie wusste selbst nicht, warum ihr seine Antwort so wichtig war, aber sie hatte das Gefühl, dass viel davon abhing.

»Natürlich kann ich dir das alles erzählen – aus meiner Sicht. Klingt bestimmt anders als das, was in den Polizeiakten steht.

Aber wozu sollte das gut sein? Eigentlich ist es doch eine Frage des Vertrauens. Wenn du mir vertraust, kann es dir egal sein, was damals passiert ist. Wenn du mir nicht vertraust, ist alles, was ich dir darüber erzähle, nichts als eine Geschichte oder sogar eine Lüge. Letztlich ist es deine Entscheidung, Christina.«

Sie sah ihm in die Augen.

»Bereust du, was du getan hast?«

Duke schüttelte den Kopf.

»Nein. Und in vergleichbarer Situation würde ich es wieder tun. Vor dem Gesetz waren die zwei Jahre allerdings gerechtfertigt.« Er hielt ihrem Blick stand. »Deshalb habe ich mich auch nicht darüber beschwert, in den Knast zu gehen. Obwohl ich gegen einen Freispruch nichts einzuwenden gehabt hätte.«

Christina sah auf die Schlei hinaus. Ein Segelboot zog vorbei, die Möwen über ihren Köpfen und auf der Möweninsel schrien heiser.

»Ich glaube, als wir herfuhren, habe ich ein Restaurant in einem großen Gebäude gesehen, das wie ein alter Bahnhof aussah«, sagte sie. »Wenn mich nicht alles täuscht, ist es das Haus dort hinten.«

Als sie über das ehemalige Gelände der Landesgartenschau gingen, dachte sie über Dukes Worte nach. Eine Frage des Vertrauens? Was hatte er damit gemeint? Sie hatten das Restaurant fast erreicht, als sie begriff. Und damit stellte sich ihr eine neue Frage: Was sollte sie glauben? Das, was Thomas und die Medien ihr erzählten? Oder das, was sie fühlte, wenn sie mit Duke zusammen war?

Thomas und Peer sahen durch die Scheibe ins Verhörzimmer. An dem Tisch in dem kahlen Raum saß ein fast dreißigjähriger Mann mit einem grellgrün gefärbten Irokesenschnitt und mehreren Piercings an Augenbrauen, Nase und Lippen. Sein T-Shirt hatte zahlreiche Löcher. Dazu trug er eine aus bunten Flicken zusammengenähte Hose mit Hosenträgern und Springerstiefel mit grellbunten Schnürsenkeln. Seine Augen waren rot, der Rotz lief ihm aus der Nase, die er hin und wieder an seinem Handrücken abwischte.

»Ich glaube nicht, dass er es war«, sagte Thomas und nippte an seinem Kaffee.

»Ich auch nicht.« Peer winkte einen der Kollegen zu sich. »Bring dem Burschen doch mal jemand ein paar Taschentücher. Das kann ich nicht mit ansehen.«

Thomas blätterte im Protokoll.

»Der Mann ist völlig am Ende.«

Der Punk im Verhörzimmer hatte jetzt seinen Kopf in die Hände gestützt. Durch die Lautsprecher konnten sie sein Schluchzen hören.

»Den Streit hat er immerhin zugegeben.«

»Und um halb zehn hat sie die Wohnung verlassen. Warum, hat sie offenbar nicht gesagt.«

»Ich glaube ihm.«

»Warum?«

Thomas zuckte mit den Schultern.

»Ich habe keine Ahnung. Er ist zu unbedarft. Zu schlicht. Ich kann mir einfach nicht vorstellen, dass er den Kopf seiner Freundin so lange unter Wasser hält, bis sie ertrunken ist. Wenn es so wäre, hätten wir ihn bereits am Sonntag aufgegriffen, weil er heulend durch die Straßen gerannt wäre. Der ist nicht der Typ des eiskalten Killers.«

»Ja. Aber was ist mit einem Drogenrausch?«

Thomas dachte nach.

»Das wäre natürlich denkbar, aber …«

Eine Kollegin kam herein und reichte ihnen einen Umschlag. Es waren Fotos aus der Gerichtsmedizin mit der Aufnahme der Hämatome am Hinterkopf der Toten. Auf den Fotos war auch ein Lineal abgebildet, damit man ihre Größe besser einschätzen konnte. Thomas und Peer betrachteten die Bilder aufmerksam. Dann nickten sie einander zu.

»Lasst ihn gehen«, sagte Thomas zu einem der Kollegen. »Er war es nicht. Mit diesen Pranken hätte er ganz andere Spuren hinterlassen.«

Peer seufzte.

»Und nun?«

Thomas warf einen Blick auf die Uhr. Es war noch nicht fünf.

»Nehmen wir uns eine Stunde, um die Telefonnummern auf dem Handy zu überprüfen. Und dann machen wir für heute Schluss.«

»Gut. Damit kann ich leben.«

Und ich kann anschließend noch zur Batteriestraße fahren.

Es war beinahe halb neun, als Christina und Duke endlich wieder mit Con zusammentrafen. Sie wohnte in einem Dorf bei Schleswig in einer schmucken Reetdachkate, an deren Giebel die Zahl 1865 angebracht war. Zwischendecke und Wände waren entfernt worden, sodass man bis in den Dachstuhl hineinblicken konnte und die Kate einen loftartigen Charakter bekam. Eine schmale Wendeltreppe führte zu einer Galerie, auf der ein Bett stand. Die Einrichtung war überaus geschmackvoll, modern, mit einem japanischen Touch und trotzdem gemütlich. Nur der hintere Teil des Hauses – der ehemalige Stall – war in sich abgeschlossen und nicht einsehbar. Hier befanden sich das Bad, das Gäste-WC und Cons Arbeitszimmer.

Dorthin führte sie Christina und Duke.

»Es war viel schwieriger, als ich dachte«, sagte sie. Sie öffnete eine Tür, und Christina betrat eine andere Welt.

Der Raum war nicht sehr groß, höchstens acht Quadratmeter, vielleicht sogar weniger. Er war fensterlos, die Decke niedrig. An die Deckenbalken geschraubte Leisten verbargen die Neonröhren und sorgten für ein diffuses, indirektes Licht. Ringsherum an den Wänden befanden sich Regale, sehr schmale Regale, in denen CD-Hüllen dicht an dicht nebeneinanderstanden. Den größten Teil des Raumes aber nahm der Schreibtisch ein – oder besser gesagt die Schreibtische. Denn es waren drei, die zu einem U angeordnet waren und der Kommandozentrale eines Raumschiffes glichen. Mehrere Monitore, ein halbes Dutzend Tastaturen, ein paar Telefone – unter anderem ein altes Modell mit Wählscheibe –, mindestens zwei Notebooks, Drucker, Scanner, ein Tonbandgerät und etwas, das Christina für ein Funkgerät hielt, standen auf, unter und neben dem Schreibtisch. Auf den Terrakotta-Fliesen schlängelte sich ein Wirrwarr an Kabeln zur größten Ansammlung von Steckdosen, die Christina je in einem privaten Haushalt gesehen hatte. Es mussten mindestens fünfzig sein, eher sogar mehr.

Duke stieß sich an einem der Balken, fluchte und zog den Kopf ein. Es war ihm anzusehen, dass er sich hier nicht wohlfühlte. Und auch Christina wäre gern wieder gegangen. Das Summen der Geräte und die seltsame trockene Luft verursachten ihr Kopfschmerzen.

Con warf sich in den großen Drehsessel.

»Ich muss es euch zeigen, damit ihr es versteht«, sagte sie, während ihre Finger so schnell über eine der Tastaturen glitten, dass man ihr kaum mit den Augen folgen konnte.

»Die Firma Schümann-Immobilien ist ein gut situiertes, respektables Maklerbüro. Ebenso die angeschlossene Baufirma.«

»Also doch.« Christina war enttäuscht.

»Warte«, sagte Con und hob einen Finger. »Auf den ersten Blick. Und auf den zweiten. Sogar der dritte gibt keine anderen Informationen preis. Aber dann …« Sie deutete auf den Bildschirm und lächelte. »Da haben wir es.«

Duke schüttelte den Kopf.

»Tut mir leid, ich sehe nichts.«

Con drehte sich zu ihnen herum.

»Stellt euch das interne Netz der Firma Schümann vor wie ein Herrenhaus. Ihr habt die Auffahrt mit dem Eingang – das ist die Homepage. Um hineinzukommen, braucht ihr ein Passwort. Dann öffnet euch der Butler. Er führt euch in die Bibliothek oder den Salon – hier das Archiv und die Galerie mit den Angeboten. Aber natürlich gibt es in dem Haus noch viel mehr Zimmer. Um da reinzukommen, muss man erst den Butler ablenken. Oder ihn betäuben. Doch selbst dann sind die Zimmer das, was sie sein sollen – Schlafzimmer, Küche, Gästebereich …« Sie strich sich ihr rotblondes Haar aus dem Gesicht. »Das ist jetzt nur bildlich gesprochen, damit ihr es besser verstehen könnt.«

»Danke.« Um Dukes Mundwinkel zuckte es verdächtig.

»Wenn ihr mir nicht vorher gesagt hättet, was ihr vermutet, hätte ich nicht weitergeforscht. Es wirkt alles wie eine stinknormale, langweilige Firma.«

»Aber?«

»Aber ich habe die Augen aufgemacht und – um in dem Bild zu bleiben – eine Geheimtür gefunden, versteckt hinter einer Vertäfelung. Ich betrat ein paar Geheimräume, einen Tresorraum, in dem einige sensiblere Daten aufbewahrt werden.«

»Zum Beispiel?«

»Kundendaten. Kundenwünsche. Adressen von Partnern, die nicht sofort mit dem Unternehmen Schümann in Verbindung gebracht werden wollen. Allein wenn wir die ausschlachten würden, hätten wir einen Skandal, der die Stadt Flensburg ein paar Monate beschäftigen würde. Oder wusstet ihr, dass Schümann zwei Kirchengemeinden nicht unerheblich unterstützt hat und daraufhin – ganz zufällig natürlich – die Aufträge zum Bau von zwei Kindergärten erhalten hat? Aber das ist noch nicht alles. Das ganze System ist aufgebaut wie ein Dungeon. Und es geht immer tiefer.« Sie schüttelte den Kopf. »Ich habe so etwas noch nicht gesehen.«

»Wie tief?«

»Kennt ihr den Film ›From Dusk Till Dawn‹?« Duke nickte, Christina schüttelte den Kopf.

»Erinnerst du dich an die Szene am Ende, wenn die Rückseite des Vampirnestes gezeigt wird? So in etwa.«

Duke stieß einen Pfiff aus, und auch ohne den Film zu kennen, bekam Christina eine gewisse Vorstellung davon, was Con meinte.

»Okay. Und hast du auch etwas gefunden, was unsere Theorie stützt?«

»Ja.« Jetzt wurde Con ernst. »Einiges. Ich habe ein paar E-Mails entdeckt, ziemlich weit unten, in denen es immer wieder darum geht, ob einige Häuser ›frei‹ sind oder nicht oder wann sie ›frei werden‹. Eine war vom 19. April. ›Oluf-Samsons-Gang ist gerade frei geworden‹.«

Christina stieß Duke an.

»An dem Tag starb der alte Herr Meissner. Er wohnte im Oluf-Samsons-Gang.«

»Außerdem gibt es mehrere E-Mails, die sich mit der Batteriestraße beschäftigen. Und dann habe ich, in einem ganz anderen Bereich, das hier gefunden.« Con bearbeitete eine andere

Tastatur, und auf einem Bildschirm erschien das dreidimensionale Modell eines großzügigen Gebäudekomplexes mit einem Hotel, Büros, Eigentumswohnungen und einer Geschäftszeile.

»Was ist das?«, fragte Christina. »›Quartier Fördeblick‹. Was soll das?«

Duke runzelte die Stirn.

»Das ist …«, begann Con.

»Ein Modell für ein Großbauprojekt, oder? Und wenn ich das richtig sehe …« Er neigte seinen Kopf. »Fuck.«

Jetzt sah es auch Christina. Cons Finger glitten wieder über die Tastatur, und über das Gebäude wurde eine aktuelle Flurkarte gelegt.

»So sieht es jetzt aus. Das da ist derzeit Brachgelände. Dort ist der alte Schlachthof, da der Fleischmarkt, der Yachthafen. Das gehört alles bereits Schümann – über Strohmänner, versteht sich. Sein Name taucht in dem Zusammenhang nirgendwo auf. Erst wenn man tiefer in die Katakomben vordringt, werden die Verflechtungen erkennbar. Dieses Grundstück hier«, sie zeigte mit dem kleinen Finger genau auf die Mitte des Bauvorhabens, »ist das einzige, das ihm noch nicht gehört. Ich habe herausgefunden, dass es einer Frau namens …«

»Kate«, sagte Duke. »Ihr Name ist Kate Claasen. Und wir beide wohnen auch dort.« Er sah Christina an. »Dann haben wir endlich das Motiv. Dieser Scheißkerl will Kate dazu bringen, ihr Haus zu verkaufen, damit er endlich dieses Ding da bauen kann.« Er war weiß vor Zorn. »If I get that motherfucker …«

»Aber Duke, Schümann wird sich doch nicht selbst in die Wohnungen schleichen und Handtücher zerschneiden!«

»Richtig.« Er wandte sich an Con. »Hast du herausgefunden, wer ihm die Mails geschickt hat?«

Con schüttelte den Kopf.

»Tut mir leid, dafür hat die Zeit bisher nicht gereicht. Ich hatte genug damit zu tun, das hier alles herauszufinden. Vielleicht, wenn der andere gerade zufällig online gewesen wäre, hätte ich mich an ihn drankleben können. Aber so … Das ist eine ziemlich kniffelige Sache.«

»Könntest du es versuchen?«, fragte Christina.

»Klar. Aber es wird dauern. Vor morgen früh habe ich die Daten bestimmt nicht, unter Umständen brauche ich sogar länger. Wie gesagt, das letzte Mal, als ich es mit einem ähnlich gut gesicherten System zu tun hatte, war ich im … Na, egal.«

Christina sah Duke an. Er nickte.

»Try it, please.«

Sie lächelte ihn an.

»Klar, mache ich. Im Gegenzug darf ich die Story – natürlich abgewandelt – schriftstellerisch ausschlachten, okay?«

Duke brummte etwas und starrte wieder auf den Bildschirm.

»Beeile dich, Con«, sagte er leise. »Ich fürchte, die Zeit drängt.«

Käte ging in die Küche. Alles war sauber, der Abwasch erledigt, der Herd ausgeschaltet. Nach ihrem Erlebnis vor einigen Tagen hatte sie es sich angewöhnt, nochmals direkt vor dem Zubettgehen alles zu kontrollieren – obwohl sie nicht allein in der Wohnung war. Heute Nacht würde Hugger auf sie achtgeben.

Ein netter Mann, dachte Käte und knipste das Licht aus.

»Alles in Ordnung, niemand da«, sagte Hugger, der gerade zur Tür hereinkam.

»Ich habe dir eine Decke und ein Kissen aufs Sofa gelegt. Ich hoffe, es ist bequem.«

»Keine Sorge«, sagte er und lachte. »Ich werde bestimmt nicht schlafen. Duke würde mich sonst vierteilen. Nein, nein, ich bin hier, um auf dich aufzupassen, und das werde ich auch tun.«

»Ich habe Kaffee gekocht«, sagte sie. »Er steht in der Thermoskanne auf dem Küchentisch. Und im Kühlschrank sind noch belegte Brote, falls du Hunger hast.«

»Prima.« Hugger rieb sich grinsend die Hände.

Käte musste schmunzeln. Es war erstaunlich, was die jungen Männer alles vertilgen konnten. Jeden Abend kochte sie für Dukes Freunde – Frikadellen, Eintopf, Rouladen, Gulasch. Heute hatte sie Senfeier mit Salzkartoffeln gemacht, und Hugger hatte mindestens sieben hart gekochte Eier gegessen. Sieben Eier! Das hatte bisher noch niemand geschafft. Aber es machte Spaß, für Männer zu kochen, denen es schmeckte.

»Stell dir den Fernseher an«, sagte sie. »Sonst langweilst du dich.«

»Ja, mache ich. Aber zuerst schalte ich das ›Kate-Fon‹ ein.«

Dieses »Kate-Fon« war nichts anderes als ein Babyfon, das Duke besorgt hatte. Er hatte darauf bestanden. Der Sender stand in ihrem Schlafzimmer direkt neben ihrem Bett, den Empfänger trug ihr Wächter mit sich herum – egal ob im Wohnzimmer vor dem Fernseher, beim Rauchen auf der Terrasse oder auf dem Rundgang.

»Gute Nacht, Hugger.«

»Nacht, Kate!« Mittlerweile nannten alle Wizards sie so. »Schlaf gut und …«

In diesem Moment schrillte etwas in seiner Hosentasche. Es klang wie das Klingeln eines alten Telefons.

»Moment«, sagte er und zog sein Handy heraus. Er drückte auf einen Knopf und schaute das Gerät an. Dabei runzelte er die Stirn.

»Stimmt etwas nicht?«, fragte Käte, und ihr Herz schlug unwillkürlich schneller.

Hugger schüttelte den Kopf.

»Ich verstehe nicht …« Er sah sie an, dann starrte er wieder auf sein Handy. »Duke hat mir gerade eine SMS geschickt. Er steckt in Tarp fest und braucht meine Hilfe. Er sagt, es wird höchstens fünfzehn Minuten dauern. Ich soll dir mein Handy dalassen, damit du uns erreichen kannst.«

Eine Weile blieb Hugger unschlüssig im Flur stehen, schaute sein Handy an, dann Käte und kratzte sich am Kopf. Er schien nicht so recht zu wissen, was er tun sollte.

»Hat er denn Probleme?«, fragte Käte besorgt. Es war kurz nach zehn. Draußen wurde es dunkel. Und mit dem Motorrad war es sowieso immer gefährlich auf den Straßen. »Ist er verletzt?«

»Ich glaube nicht. Vielleicht hat er eine Panne.«

Wieder schrillte das Handy.

»›Kommst du?‹«, las Hugger laut vor. »Fuck, was soll ich denn jetzt machen?«

»Du fährst natürlich hin«, sagte Käte, ohne nachzudenken.

»Aber …« Das Handy läutete zum dritten Mal. »›Schwing dich rüber, Alter! Es eilt!‹ Scheiße!«

»Du fährst«, sagte Käte entschlossen. »Er braucht ganz offensichtlich deine Hilfe. Und es dauert ja nicht lange, hat er gesagt. Die paar Minuten kann ich auf mich selbst aufpassen.«

»Bestimmt?«

»Ja, bestimmt.«

»Okay.« Hugger tippte etwas in das Handy ein, dann reichte er ihr das Gerät. »Ich habe alles eingestellt. Wenn etwas ist, brauchst du nur auf diesen Knopf zu drücken – das ist die Wahlwiederholung. Damit erreichst du Duke. Und schließe Fenster und Türen hinter mir. Ja? Und lass niemanden herein. Niemanden.« Er schüttelte den Kopf und schien alles andere als glücklich. »Ich weiß nicht. Es gefällt mir nicht.«

Doch er ging. Käte drehte zweimal den Schlüssel im Schloss um, dann sah sie zu, wie Hugger sein Motorrad bestieg und wegfuhr. Als das Dröhnen der Harley verklungen war, begann ihr Herz zu klopfen. Plötzlich wurde ihr bewusst, dass sie allein im Haus war. Ganz allein.

Thomas saß in seinem Wagen auf dem Parkplatz des Fleischmarktes und beobachtete Haus Fördeblick. Er hatte vorgesorgt – in der großen Thermoskanne war Kaffee, und beim Bäcker hatte er noch zwei belegte Brötchen mit Salami und Schinken gekauft. Auf dem Beifahrersitz lag eine Decke – falls es im Laufe der Nacht kälter werden würde. Bisher war drüben alles ruhig. In der Wohnung der alten Frau Claasen brannte noch Licht. Die Fenster von Christina waren ebenso dunkel wie das Dachgeschoss. Auch auf dem Parkplatz war es ruhig. Ein paar Autos standen hier. Vor einigen Minuten war ein Pkw gekommen. Ein Mann war ausgestiegen und davongegangen. Dann war ein Mann aus Haus Fördeblick gekommen und mit einer Harley weggefahren. Es war nicht McKinnley, der Kerl da drüben war deutlich kleiner gewesen. Aber Thomas hatte trotzdem ein paar Fotos gemacht. Wer konnte schon sagen, wozu sie einmal nütze sein würden.

Dann sah er einen Wagen die Batteriestraße und auf die

Auffahrt von Haus Fördeblick fahren. Thomas erkannte Christinas Auto. Aber er sah auch, dass nicht sie fuhr. Der Fahrer war deutlich größer als seine Schwester. Er nahm den Fotoapparat und zoomte das Gesicht näher. Tatsächlich. Das war McKinnley! Der Rocker saß mit seiner Schwester zusammen in ihrem Auto, noch dazu auf dem Fahrersitz! Was ging da vor?

Er machte wieder ein paar Fotos und wünschte sich, er hätte auch hören können, was die beiden miteinander besprachen. Warum stiegen sie nicht aus, sondern blieben im Auto sitzen? Was machte dieser Kerl mit Christina?

Einen Moment hatte Thomas das Verlangen, auszusteigen und McKinnley an Ort und Stelle zu verhaften. Er war fest davon überzeugt, dass es zahlreiche ungesühnte Verbrechen im Leben dieses Mannes gab, genug, um ihn für den Rest seines Lebens hinter Gitter zu bringen.

Doch zuerst muss man sie ihm nachweisen!, ermahnte er sich. Sonst nützt es nichts.

Er biss die Zähne zusammen und hob die Kamera wieder ans Auge. Die beiden saßen immer noch im Wagen.

Verdammt. Ich wüsste zu gern, was es so lange zu besprechen gibt.

Käte sah auf die Uhr. Hugger war bereits seit zehn Minuten fort.

Lange kann es also nicht mehr dauern, dachte sie.

Sie saß am Küchentisch, die aufgeschlagene Bibel vor sich, Huggers Handy daneben. Immer wieder verließen ihre Augen den Text und suchten den Knopf für die Wahlwiederholung. Was hatte Hugger gesagt, welcher es war? Der. Ja, der musste es sein.

Zwölf Minuten.

Eine Viertelstunde, hatte er gesagt. Mehr nicht. Dann war es also bald so weit.

»Und Gott hat seinen Engeln befohlen, dich zu beschützen …«

Ihre Gedanken schweiften ab. Hoffentlich ging es Duke gut, hoffentlich war er nicht verletzt!

Vierzehn Minuten.

»Und Gott hat seinen Engeln …«

Da! War das nicht die Tür?

»… hat seinen Engeln befohlen …«

Schritte im Treppenhaus. Das war Hugger, bestimmt war er es. Die Schritte stoppten vor ihrer Tür, ein Schlüssel drehte sich im Schloss.

»Hugger? Duke? Ist alles in Ordnung?«, rief sie in den Flur hinein und erhob sich schwerfällig. Jemand betrat ihre Wohnung.

Da fiel ihr ein, dass sie vor dem Haus keine Motorräder gehört hatte.

Aber …

Ihr Herz begann, heftig zu schlagen. Ihre Knie wurden weich. Instinktiv wich sie zurück.

Und dann stand er in der Küchentür, der Mann mit der weißen Maske. Er trug schwarze Kleidung, schwarze Handschuhe und dunkle Schuhe mit weichen Sohlen, die auf dem Linoleum quietschten, als er langsam in die Küche kam.

Käte nahm ihren ganzen Mut zusammen, griff nach dem Handy und drückte den Knopf, den Hugger ihr gezeigt hatte. Sie erschrak heftig, als es fast im selben Moment in der Tasche des Fremden klingelte.

Langsam und bedächtig zog er das Handy heraus und hielt es in die Höhe. Dann lachte er. Einen Augenblick starrte sie den Mann und das Handy entsetzt an. Dann begriff sie.

Wahlwiederholung.

Weder Hugger noch Duke würden kommen.

»Und Gott hat seinen Engeln befohlen, dich zu beschützen, wohin du auch gehst.«

Ins Wohnzimmer, zum Telefon!

In einem Akt der Verzweiflung warf sie dem Fremden das Handy entgegen. Das Gerät traf ihn an der Schläfe. Der Mann war überrascht, taumelte kurz. Sie nutzte die Zeit, lief an ihm vorbei ins Wohnzimmer, als wäre sie mit einem Schlag sechzig Jahre jünger. Sie erreichte den Apparat. Den kannte sie, sie kannte die Funktionen und wusste, welchen Knopf sie drücken musste. Sie hörte das Freizeichen. Einmal, zweimal. Dann war der Fremde schon bei ihr. Er schlug ihr den Hörer aus der Hand. Sie schrie auf. Vor Schmerz traten ihr die Tränen in die Augen. Doch sie wollte, durfte und konnte noch nicht aufgeben.

»Gott hat seinen Engeln befohlen, dich zu beschützen …«

Sie nahm ihre Kraft zusammen. Ihr Herz klopfte so schnell. Schneller ging es kaum noch.

»Andreas! Hilfe! Polizei! Polizei!«

Dann war die Hand des Fremden auf ihrem Mund und erstickte jeden weiteren Schrei.

Duke ließ den Wagen auf die Auffahrt rollen, drosselte den Motor und zog die Handbremse an. Sie lösten die Gurte, er zog den Zündschlüssel ab. Im Wagen wurde es still. Doch keiner von ihnen schien aussteigen zu wollen.

Und was jetzt?

Er wusste, wonach ihm der Sinn stand. Die Situation war im Grunde perfekt. Zwei erwachsene Menschen, die einander sympathisch waren – okay, mehr als sympathisch aus seiner Sicht –, saßen dicht nebeneinander in einem parkenden Auto. Draußen war es fast dunkel. Er konnte Christinas Parfum riechen, hörte ihre leisen Atemzüge. Aber sollte er es wirklich wagen? Sie hatte ihm von ihrem Ex erzählt, von der Nummer, die der Kerl mit ihr abgezogen hatte. Es hatte sie tief verletzt. Vielleicht war sie noch nicht so weit. Er sah sie an und konnte die Augen nicht von ihrem Gesicht abwenden. Das Licht der Straßenlaterne ließ ihr Haar schimmern. Kein Blond oder Schwarz aus der Tube. Nein. Haselnussbraun, made by nature.

Weißt du eigentlich, was für eine tolle Frau du bist?

Christina schien ihn nicht zu bemerken. Nachdenklich starrte sie durch die Frontscheibe. Sie wirkte aufgewühlt. Kein Wunder nach dem, was Con ihnen erzählt hatte. Bestimmt ging ihr die Geschichte mit Schümann immer noch durch den Kopf. Das Schicksal der alten Leute, die seiner Profitgier hatten weichen müssen, schien ihr sehr nahezugehen. Sie war kein gleichgültiger Mensch, sondern feinfühlig, sensibel, warmherzig. Auch dafür mochte er sie.

Wenn ich jetzt einen Wunsch frei hätte …

»Duke? Ich wollte dir noch etwas sagen.«

»Okay, go ahead.«

Sie sah ihn an – ernst, offen und gerade, mit diesen wunderbaren Augen, deren Farbe sich ständig änderte und die ihn immer wieder an den schottischen Himmel erinnerten. Gerade jetzt waren sie dunkel, und winzige Lichter spiegelten sich darin, als wären es Sterne.

Lady, allein für diesen Blick müsste ich dich jetzt eigentlich küssen.

»Ich vertraue dir.«

Es dauerte ein paar Herzschläge, bis er verstanden hatte, was sie ihm damit sagen wollte. Und damit war es besiegelt.

No risk, no fun.

Er beugte sich über die Handbremse und gab ihr einen Kuss. Einen Moment zögerte er, ob er weitermachen sollte, wartete auf eine Reaktion – einen Laut der Überraschung, eine Geste der Abwehr, vielleicht sogar eine Ohrfeige. Aber sie sah ihn nur an. Ein kleines Lächeln schlich sich um ihre Mundwinkel. Ihre Augen strahlten.

Go ahead, dachte er. Er legte seine Hand behutsam um ihren Hinterkopf und zog sie näher zu sich heran. Ihr Haar war weich und duftete, ihre Lippen waren sanft. Sie öffneten sich, und ihre Zunge …

Ein Schrei ließ sie beide erschrocken zusammenzucken. Duke stieß sich dabei das Knie an der Handbremse und den Ellenbogen am Lenkrad.

»Scheiße!«, fluchte er. »Verdammt …«

Da war wieder der Schrei. Dann brach er abrupt ab.

Kate!

Im nächsten Augenblick war er auch schon aus dem Auto heraus und die Treppenstufen zum Haus hochgerannt. Er rüttelte an der Tür, doch die war fest verschlossen.

Fuck!

Die Hintertür. Der Garten. Er lief ums Haus herum. Die Mülltonnen fielen mit lautem Gepolter um, als er sie zur Seite stieß. Dann sah er einen Schatten über den Rasen davonrennen.

Dreckskerl. Diesmal entkommst du mir nicht!

Er raste hinterher, setzte über den Zaun auf das brachliegende Nachbargrundstück. Der letzte Rest der Dämmerung schwand dahin. Es war ziemlich dunkel. Der Typ vor ihm war schwarz gekleidet, nur die weißen Buchstaben auf seiner Jacke leuchteten Duke entgegen. Er konnte sie nicht lesen. Aber er wusste, was dort stand. Es war die Support-Jacke der Wizards. Duke spürte eine Wut in sich aufsteigen, wie er sie schon lange nicht mehr gefühlt hatte. Da war der Kerl endlich, nur wenige Meter vor ihm. Das Schwein, das dafür sorgte, dass alte Menschen ins Heim gingen oder starben, nur damit ihre Grundstücke lukrativ bebaut werden konnten. Das Arschloch, das Kate immer wieder heimgesucht und fast zu Tode erschreckt hatte. Der Drecksack, der die ganze Scheiße den Wizards in die Schuhe schieben wollte.

Warte, dich habe ich gleich!

Duke beschleunigte noch. Er hatte fast das Gefühl zu fliegen. Die Distanz zwischen ihm und dem Fliehenden verringerte sich zusehends. Nur noch drei Meter. Nur noch zwei.

Noch einer.

Er streckte seine Hand aus, packte den Mann an der Schulter, riss ihn herum und rammte ihm das Knie zwischen die Beine. Ein Stoß, unter dem selbst deutlich größere und kräftigere Kerle zu Boden gingen. Doch dieser Typ blieb aufrecht. Er grinste schadenfroh und nutzte Dukes Irritation zur Flucht.

Butthead!

Sofort setzte er ihm wieder nach. Diesmal umschlang er von hinten den Brustkorb mit links, griff gleichzeitig mit rechts in den dichten Haarschopf und zog mit aller Kraft.

What the hell …?

Mit einem unnatürlich hohen, spitzen Schrei wand sich der Typ aus seinem Griff. Duke taumelte überrascht zurück und achtete einen Moment nicht mehr auf seine Deckung. Das nutzte sein Gegner und landete einen gezielten Tritt genau in seinen Schritt. Und Duke grinste nicht. Er knickte zusammen und ging in die Knie. Ihm wurde schlecht.

Der Fremde wandte sich wieder um, rannte weiter in die Dunkelheit hinein und war bald nicht mehr zu sehen. Während

Duke mit Tränen in den Augen fassungslos auf das starrte, was er in der Hand hielt.

Es war eine Perücke.

Bilder tauchten vor ihm auf: ein Haarteil, das vom Sog seiner Harley auf die Straße geweht wurde. Ein Typ im Anzug, der hinterhersprang. Und ein sonnengebräunter, aalglatter Kerl mit Kunstrasen auf dem Kopf, der ihm viertausend Euro bot.

Aber was er gespürt hatte, war etwas ganz anderes. Dann der Tritt, der keine Wirkung hatte. Das konnte nur bedeuten, dass …

Plötzlich wurde ihm einiges klar.

15

Mittwoch, 15. Mai, am Tag

Wie spät mochte es sein? Duke hatte jedes Zeitgefühl verloren. Er saß am Tisch in dem kleinen, kahlen Verhörraum, gegenüber die beiden Bullen, die ihm wieder und wieder die gleichen Fragen stellten. Es mussten mehrere Stunden vergangen sein. Ebenso gut hätten es aber auch Tage sein können.

Die beiden Cops hatten sich ihm vorgestellt, aber er hatte nicht vor, sich ihre Namen zu merken. Der kleinere von beiden trug eine Brille mit dicken Gläsern und hatte einen ordentlichen Bauchansatz. Der andere war groß und ohne jede Kontur – Hals, Kopf und Schultern schienen nahtlos ineinander überzugehen. Die beiden erinnerten ihn an Schnecken.

Slug und Snail.

»Was hast du bei Frau Claasen gewollt?« Slug streckte Kopf und Hals vor, als wollte er auf ihn zukriechen.

Ich wohne da.

Aber er sagte nichts. Stattdessen rieb er seine Handgelenke, bewegte seine Finger. Sie kribbelten immer noch. Diesmal hatten die Bullen den Kabelbinder besonders fest zugezogen. Selbst nachdem sie das Ding hier im Verhörzimmer durchgeschnitten hatten, waren seine Hände noch lange taub gewesen. Irgendwann hatte das typische Kribbeln und Stechen eingesetzt. Unangenehm. Schmerzhaft. Die Kerben an seinen Handgelenken waren blutunterlaufen. Die würde man noch in ein paar Tagen sehen können. Aber wen kümmerte das schon.

»Warum hat dich die Zentrale der Wizards nach Flensburg geschickt?« Snail rückte seine randlose Brille gerade.

Oh Mann, statt euch mit diesem Bullshit zu befassen, solltet ihr lieber etwas Sinnvolles tun und diesen Geisteskranken jagen.

Zu Hause hätte er schon längst Logan angerufen. Aber der konnte von Glasgow aus natürlich nur wenig für ihn tun.

Und hier in Flensburg kannte er keinen Anwalt. Nach seiner Verhaftung hatte er sich nicht einmal an die Telefonnummern der Brüder erinnern können. Und den ihm zustehenden Anruf hatte er mit einem Zahlendreher verbraten. Selbstredend hatte er keine zweite Chance bekommen. Eigentlich hatte er Christina anrufen wollen. Stattdessen war er bei einer Firma für Gründünger gelandet. Aber so war es immer in Stresssituationen. Dann spielten nicht nur die Buchstaben, sondern auch die Zahlen in seinem Kopf verrückt. Sein Handy mit den gespeicherten Nummern hatten die Bullen einkassiert. Schon wieder. Vielleicht sammelten sie die Dinger und stellten sie irgendwo aus. Möglicherweise verlieh der deutsche Innenminister am Ende des Jahres einen Preis für die größte Sammlung an von Rockern beschlagnahmten Handys.

Slug stand auf und verließ den Raum. Die beiden wechselten sich mit seiner Befragung ab. Immer wieder ging einer von ihnen hinaus, holte sich einen Becher Kaffee oder etwas zu essen. Ihn fragten sie natürlich nicht, ob er Hunger hatte oder Durst. Er hatte mehrmals nachfragen müssen, bevor er endlich zur Toilette durfte. In Handschellen hatten sie ihn schließlich zum Klo gebracht und ihm beim Pinkeln zugesehen. Demütigung. Ein Teil ihrer Taktik. Und als er versucht hatte, beim Händewaschen etwas aus dem Wasserhahn zu trinken, hatten sie ihn daran gehindert.

»Warum bist du hier?«

Außer Christina wusste niemand, dass er hier war. Und selbst bei ihr war er sich nicht sicher. Er hatte zwar versucht, ihr alles zu erzählen, aber sie hatte sich um Kate gekümmert und war mit ihr im Krankenwagen davongefahren, bevor man ihn abtransportiert hatte. Glücklicherweise war sie intelligent. Bestimmt würde sie sich manches zusammenreimen. Und den Brüdern Bescheid geben.

Aber wie? Sie hatte keine Telefonnummern.

Slug kam wieder herein. Duke konnte das frische Nikotin riechen und versuchte, nicht an den beruhigenden Rauch einer Zigarette zu denken.

»Also noch mal: Warum hast du Frau Claasen angegriffen?«

Er sah durch Snail hindurch und bewegte seine Finger. Das Kribbeln war noch nicht ganz verschwunden. Wie mochte es Kate gehen? Ihren durchdringenden Schrei hatte er immer noch im Ohr. Er wusste, dass sie Herzprobleme hatte. Und wenn er daran dachte, was im Krankenhaus passieren konnte, wurde ihm regelrecht übel.

»Warum haben die Hamburger Wizards dich aus Schottland nach Flensburg beordert?«

Wieder sagte er nichts. Sie hatten ihm im Verlauf der letzten Stunden diese Fragen ununterbrochen gestellt. Immer wieder. Immer die gleichen Fragen. Sollten sie, wenn es ihnen Spaß machte. Dies hier war nicht sein erstes Verhör. Wichtig war nur, nichts zu sagen, wirklich nichts. Jedes Wort bot Angriffsfläche. Nur die Frage nach dem Klo hatte er nicht aufschieben können.

»Mach du weiter«, sagte Snail und stand auf. »Ich hole mir etwas zu essen.«

Die Tür fiel hinter ihm zu. Slug rückte mit dem Stuhl näher an den Tisch, blies ihm seinen Nikotinatem ins Gesicht. Auch das war Teil der Taktik.

Duke hielt dem Blick stand, atmete ruhig ein und aus. Zu verbergen hatte er nichts. Und zu sagen auch nichts. Sie würden dieses Spiel noch lange treiben, das Team würde wechseln. Irgendwann würde er hier vielleicht vor Müdigkeit, Hunger oder Durst vom Stuhl fallen. Aber sie würden nichts von ihm hören.

»Keine Sorge, McKinnley. Wir werden schon noch erfahren, was wir wissen müssen. Wir haben Zeit.«

Ich auch.

Er dachte an Kurt. Der würde sich wundern, wo er blieb. Steve würde versuchen, ihn über Handy zu erreichen, dann würden sie bei Kate und Christina anrufen. Da auch sie nicht zu Hause waren, konnte es noch eine ganze Weile dauern, bis schließlich jemand herausfand, wo er steckte, und einem Rechtsanwalt Bescheid gab.

Dieser Tag wird lang.

Er rieb sich das Gesicht. Die rechte Wange war aufgeschürft von den Gehwegplatten vor Kates Haus, auf denen er eine ganze Zeit gelegen hatte, den Stiefel eines Bullen im Genick.

Snail kam zurück, eine dampfende Plastikschale in der Hand. Im Verhörzimmer begann es, nach Erbsensuppe und Würstchen zu riechen. Er ging um den Tisch herum. Dann stolperte er. Die Plastikschale flog in die Höhe, und die Erbsensuppe verteilte sich auf Dukes Shirt, über Ärmel, Brust und Bauch. Das Würstchen landete auf dem Boden.

Er sprang auf, und sofort drückten ihn kräftige Hände wieder auf den Stuhl nieder.

»Bleib sitzen, McKinnley«, zischte ihm Slug ins Ohr. »Niemand hat etwas von Aufstehen gesagt!«

Die heiße Suppe brannte auf seiner Haut, sein Shirt war nass und eklig. Es sah aus, als hätte er sich vollgekotzt. Und tatsächlich fehlte dazu jetzt nicht mehr viel.

Snail sah ihn an und schüttelte den Kopf.

»Nee, so kannst du nicht sitzen bleiben, das ist ja unmenschlich. Hast du noch etwas unter dem Shirt an?«

Duke nickte.

»Dann zieh das Teil aus.« Er drehte sich um und klopfte gegen die Scheibe. »Ulrike, kommst du mal bitte?«

Sofort öffnete sich die Tür, und eine junge Polizistin kam herein. Sie vermied es, ihn anzusehen, als könne sie sich allein durch den Blickkontakt mit einer tödlichen Krankheit infizieren.

»Kannst du McKinnleys Shirt einweichen?«

Sie verzog das Gesicht und hielt das Kleidungsstück mit spitzen Fingern hoch.

»Hat er etwa …?«

»Nein, das ist meine Erbsensuppe.«

»Ja, mache ich.«

Snail setzte sich auf den Stuhl ihm gegenüber, beugte sich vor und hielt ihm eine Packung Zigaretten entgegen.

»Zigarette?«

Bestimmt nicht von dir.

Duke schüttelte den Kopf und verschränkte die Arme vor

der Brust. Er trug jetzt nur noch sein Tanktop. Aber glücklicherweise war es im Verhörraum warm.

Christina trat durch die Schleuse der Intensivstation, streifte sich den Mundschutz ab und steuerte direkt den Getränkeautomaten an. Sie steckte eine Münze in den Schlitz, drückte auf »Tee« und wartete, bis der Becher mit einer hellbraunen Flüssigkeit gefüllt war. Es war gewiss kein kulinarisches Highlight, und sie vermied es auch, sich vorzustellen, wie der Tee in der riesigen silberfarbenen Maschine entstand. Aber er würde seinen Zweck erfüllen. Sie fror. Und sie war müde.

»Frau Martens, wie geht es meiner Mutter? Können Sie mir etwas sagen?«

Herr Claasen sah blass aus. Er war unrasiert, und Hemd und Krawatte passten farblich nicht zueinander, als hätte er in aller Eile und im Dunkeln wahllos in seinen Schrank gegriffen.

Sie nippte an dem heißen Gebräu, nickte und deutete auf die Stühle, die in einer Nische standen. Das Krankenhaus hatte versucht, für die wartenden Angehörigen einen gemütlichen Rückzugsort zu schaffen – es war nur ansatzweise geglückt.

Herr Claasen setzte sich, sie nahm in dem Stuhl neben ihm Platz.

»Wir können noch nicht viel sagen«, erklärte sie ihm. »Ihre Mutter hat einen Herzinfarkt erlitten. Da es nicht ihr erster Infarkt ist und in Anbetracht ihres Alters ist die Lage kritisch. Zurzeit geht es ihr den Umständen entsprechend gut. Sie ist zwar sehr erschöpft, aber ansprechbar. Wie es weitergeht, werden die kommenden vierundzwanzig Stunden zeigen.«

Andreas Claasen schluckte. Dann nickte er.

»Ich danke Ihnen für Ihre ehrlichen Worte. Darf ich zu ihr?«

»Natürlich. Sie wird sich freuen. Eine Schwester wird Ihnen gleich zeigen, wo Sie sich umziehen können.«

»Frau Martens? Eine Frage habe ich noch. Ist der Überfall gestern Nacht für den Herzinfarkt verantwortlich?«

»Das kann man so nicht sagen. Ihre Mutter ist durch ihre

Vorgeschichte generell eine Risikopatientin. Aber wenn Sie mich nach meiner persönlichen Meinung fragen – ja. Ich bin davon überzeugt, dass die Aufregung zu viel für sie war.«

»Na. Zum Glück hat die Polizei den Kerl geschnappt.« Claasens Gesicht verzerrte sich vor Wut. »Und hoffentlich kommt er nie wieder aus dem Gefängnis heraus!«

»Hat die Polizei den Täter schon verhaftet?«

»Ja, gleich nach dem Überfall. Ich wünschte nur, man könnte gleich die ganze Bande hinter Schloss und Riegel bringen.«

»Die ganze Bande? Wen meinen Sie damit?«

»Ich spreche von den Wizards. Den einen, der sich in das Haus meiner Mutter eingeschlichen hat, haben sie glücklicherweise sofort verhaftet. Ich habe selbst gesehen, wie er weggefahren wurde.«

»Aber …« Christina war wie erstarrt. »Das stimmt doch gar nicht. Es war nicht Duke. Es war …« Plötzlich hatte sie es eilig. »Tut mir leid, Herr Claasen, ich muss dringend weg. Fragen Sie eine der Schwestern, die wird Sie zu Ihrer Mutter bringen.«

Mit langen Schritten lief sie zum Personalraum und stieß die Tür auf. Sie erinnerte sich daran, wie Duke von der Verfolgung zurückgekehrt war. Sah, wie er etwas in der Hand schwenkte – ein Haarteil, ein Toupet oder wie man auch immer dieses Ding nennen wollte. Sie hatte ihm nur mit halbem Ohr zugehört, manches hatte verworren geklungen. Sie war mit Käte beschäftigt gewesen, der es ziemlich schlecht gegangen war. Aber an zwei Sachen erinnerte sie sich noch – daran, dass er ihr das Haarteil in die Hand gedrückt hatte, und an ein Wort, das er gesagt hatte:

»Schröder«.

Während sie sich umzog, flogen ihre Gedanken. Es passte alles zusammen. Schröder war Mitarbeiter bei Schümann. Er war mit Schwester Katrin zusammen. Von ihr hatte er bestimmt die Adressen der einsamen, alten Leute, die in bevorzugter Wohnlage wohnten – Objekte, die für Schümann interessant waren. Christina streifte sich die Schuhe über und zog sich im Gehen den Mantel an. Im Treppenhaus kam ihr Susanne entgegen. Viertel vor acht, der Dienst begann gleich.

»Guten Morgen, Christina, was …?«

»Tut mir leid, Susanne, du musst mich beim Chef entschuldigen. Mir geht es nicht gut.«

»Aber …«

»Ich rufe dich an!«

Sie raste die Treppe hinunter und erinnerte sich daran, wie wütend Nicole auf Katrin gewesen war. Und auf Schröder. War sie ihm auf die Schliche gekommen? Hatte der Makler sie deswegen getötet?

Sie musste mit Thomas reden! Unbedingt. Duke war zu Unrecht verhaftet worden. Und Schröder lief weiter frei herum.

Sie hatte sogar einen Beweis für seine Schuld in ihrer Manteltasche – seine Perücke.

Als Thomas im Präsidium ankam, herrschte dort helle Aufregung. Vor dem Gebäude standen ein paar Journalisten herum und stürzten sich auf alles, was die Nase aus der Tür streckte. Er mied den Haupteingang und ging durch die Hintertür hinein. Die Kollegen waren in Hochstimmung. McKinnleys Verhaftung wurde gefeiert, als hätte man einen seit Langem gesuchten Serienkiller zur Strecke gebracht.

Peer begrüßte ihn mit einem Schlag auf die Schulter.

»Siehst du, ich habe dir doch gesagt, dass der Kerl sich selbst zur Strecke bringt«, sagte er fröhlich. »Aber was ist denn mit dir los? Du siehst ja furchtbar aus.«

»Schlecht geschlafen«, sagte Thomas und warf seine Tasche auf seinen Stuhl. Das war nur die halbe Wahrheit. In Wirklichkeit hatte er gar nicht geschlafen. Die Bilder von McKinnleys Verhaftung bekam er nicht aus dem Kopf. Da war das Bild, wie er mit Kabelbinder gefesselt auf den Gehweg gestoßen worden war. Einer der Kollegen hatte ihm die Maschinenpistole an den Kopf gehalten, ein anderer hatte mit seinem Stiefel auf seinem Nacken gestanden. McKinnley hatte noch etwas gesagt, Thomas hatte seine Stimme gehört, doch die Tritte hatten ihn schließlich verstummen lassen.

Noch lange, nachdem die Kollegen McKinnley in ein Auto verfrachtet hatten und davongefahren waren, hatte er reglos in seinem Wagen gesessen. In der Batteriestraße war es still geworden. Beängstigend still. Irgendwann war er dann losgefahren, kreuz und quer durch die Stadt, über die Landstraßen. Um halb fünf war er nach Hause gekommen, hatte sich ins Bett gelegt. Aber geschlafen hatte er nicht.

»Komm, lass uns runter zum Verhörzimmer gehen, bevor wir hier weitermachen. Du hast so lange darauf gewartet. Das wird dich bestimmt aufmuntern.«

»Ja«, sagte Thomas und versuchte ein Lächeln.

Sie gingen die Treppe hinunter. Im Vorraum des Verhörzimmers drängten sich einige der Kollegen und starrten durch die Scheibe, die nur in einer Richtung durchsichtig war. McKinnley saß nahezu reglos auf einem Plastikstuhl. Er hatte die Arme vor der Brust verschränkt, als würde er frieren. Auf seinen bloßen Armen waren Symbole der Wizards und keltische Ornamente eintätowiert, die Thomas gut von den Fotos aus seiner Polizeiakte kannte. Unter McKinnleys linkem Auge verblasste ein Bluterguss, auf seiner rechten Wange prangte eine Schürfwunde. Dort hatte er, vom Stiefel eines Polizisten niedergedrückt, auf den rauen Gehwegplatten vor Haus Fördeblick gelegen.

Die Tür des Vorzimmers öffnete sich, und zwei Männer traten ein.

Sie stellten sich als Gehrke und Frenzel von der Abteilung für Organisierte Kriminalität in Kiel vor. Gehrke war ein Hüne mit riesigen Händen und dem breiten Kreuz eines Schwergewicht-Boxers. Und Frenzel war der dickste Beamte, den Thomas je gesehen hatte. Beide grinsten breit.

Olschewski und Schulz kamen aus dem Verhörraum und reichten den beiden die Hand.

»Das ist er?«

»Ja. Neil McKinnley, genannt ›Duke‹. Road Captain der Wizards in Glasgow.«

»Hat er schon geredet?«

Schulz schüttelte den Kopf.

»War auch nicht zu erwarten«, brummte Frenzel. »Wenn die Leitung der Wizards ihn nach Flensburg schickt, muss er besondere Fähigkeiten haben.«

»Aber wir werden ihn schon zum Sprechen bringen«, sagte Gehrke. »Ihr wart die guten Cops. Jetzt sind die bösen dran.«

Frenzel nickte zustimmend, streckte seine Arme durch und ließ die Fingergelenke knacken.

Jetzt, dachte Thomas. Jetzt musst du ihnen erzählen, was du gesehen hast.

Aber er schwieg. Er wusste nicht, wie er seine Anwesenheit vor Haus Fördeblick erklären sollte. Und weshalb er nicht gleich seine Aussage gemacht hatte.

Gehrke wollte sich gerade sein Jackett abstreifen, doch Schulz hielt ihn zurück.

»Behaltet eure Jacken besser an«, sagte er.

»Wir haben die Heizung aus- und die Klimaanlage aufgedreht«, erklärte Olschewski mit einem breiten Grinsen. »Dadrinnen dürften es mittlerweile bestenfalls zwölf Grad sein, Tendenz weiter fallend. Holt euch einen Kaffee, wenn euch kalt wird.«

Gehrke und Frenzel nickten den beiden zu. Sie traten in den Verhörraum und stellten sich vor.

McKinnley sah kurz auf. Es machte nicht den Eindruck, als würden ihn die Namen der beiden sonderlich interessieren.

Gehrke setzte sich ihm gegenüber auf den Stuhl, sodass Thomas den Schotten nicht mehr sehen konnte.

»Wir werden uns jetzt ganz in Ruhe unterhalten«, klang Gehrkes Stimme aus dem Lautsprecher, während Frenzel mit einem breiten Grinsen und leichtem Winken den Vorhang zuzog. Dann wurde das Mikrofon abgestellt. Die Kollegen im Vorzimmer sahen einander an, manche machten einen betretenen Eindruck, andere grinsten hämisch. Einwände erhob niemand.

Keine Zeugen.

Thomas wurde schlecht. Jetzt musste er es sagen. Er wusste schließlich, dass McKinnley unschuldig war. Er hatte ihn gesehen. Zu dem Zeitpunkt, als Frau Claasen in ihrem Haus zum ersten Mal geschrien hatte, hatte er noch im Auto gesessen. Und Christina geküsst.

Ich kann ihr nie wieder unter die Augen treten.

Er ging auf die Tür zum Verhörraum zu, hatte die Hand schon an der Klinke, als Peer in den Raum gestürmt kam.

»He, Thomas, komm. Es gibt Neuigkeiten im Fall der Krankenschwester.«

»Kann das noch einen Moment …?«

»Nein. Es ist wirklich wichtig. Und hochinteressant.«

Thomas seufzte. McKinnley würde auch nachher noch da sein. Der Bursche war zäh.

Christina redete auf den Mann hinter dem dicken Panzerglas ein.

»Bitte, es ist wirklich wichtig. Thomas Martens. Er ist mein Bruder, und ich muss ihn sprechen. Sofort.«

»Gute Frau«, sagte der Mann, und das nicht zum ersten Mal. »Sie haben doch gesehen, dass ich es bereits mehrfach in seinem Büro versucht habe. Er ist ganz offensichtlich nicht da. Wo soll ich ihn denn herzaubern?«

Christina konnte über den Scherz nicht lachen.

»Wenn es so wichtig ist, können Sie sich auch an einen anderen Kollegen wenden. Ich finde bestimmt jemanden, der Zeit für Sie hat.«

Sie schüttelte den Kopf. Sie hatte Zweifel, dass ihr jemand glauben würde. Selbst bei Thomas war sie sich letztlich nicht sicher.

»Bitte versuchen Sie es noch einmal. Vielleicht war er nur gerade in der Kantine oder bei einem Kollegen.«

Der Mann verdrehte die Augen, hob aber den Hörer und wählte eine Nummer.

Christina hörte das Freizeichen. Es tutete und tutete.

»Niemand da«, sagte der Beamte und legte auf. »Nehmen Sie doch dort Platz. Wenn er zurückkommt, werden Sie ihn sofort sehen.«

Sie seufzte und setzte sich auf einen der Stühle im Eingangsbereich. Sie steckte ihre Hand in die Manteltasche und fühlte das seltsam steife Kunsthaar der Perücke. Sie erschrak, als ihr Handy klingelte.

»Ja?«

»Servus. Eigentlich wollte ich Duke sprechen. Aber ich kann ihn nicht erreichen.«

Con klang aufgeregt. Christina warf dem Beamten am Empfang einen kurzen Blick zu, stand auf und ging hinaus. Reporter machten ein paar Schritte auf sie zu, stuften sie dann aber als unwichtig ein und drehten ab. Offenbar sah sie nicht so aus, als könne sie etwas mit dem verhafteten Rocker zu tun haben.

Wenn die wüssten.

Ein paar Schritte von der Polizeiwache entfernt gab es einen kleinen Platz.

»So, jetzt kann ich reden. Ich war gerade auf der Wache.«

Con schwieg einen Moment.

»Wo ist Duke?«

»Sie haben ihn verhaftet«, erklärte sie. »Unsere Vermieterin wurde angegriffen. Duke hat versucht, den Kerl zu erwischen, der ist ihm aber entkommen. Die Polizei hält ihn offenbar für den Täter. Wo er jetzt ist, weiß ich nicht.«

»Wahrscheinlich wird er verhört.« Con schien eine Weile nachzudenken. »Wissen die anderen Member schon Bescheid?«

»Nein. Ich weiß nicht, wo …«

»Dann ist er da jetzt ohne rechtlichen Beistand? Na servas! Okay. Ich kümmere mich gleich darum. Aber zuerst hörst du mir zu. Ich habe nämlich den Mailing-Partner von Schümann ausfindig gemacht.« Sie machte eine kurze Pause. »Es ist ein Mann mit dem Namen Florian Schröder. Er ist Mitarbeiter bei Schümann-Immobilien.«

»Aber das wissen wir doch schon. Wir …«

»Wisst ihr auch schon, dass er eine Helferin hat? Eine Katrin Burghausen.«

»Ich habe es vermutet. Katrin ist Krankenschwester bei uns auf der Station und …«

»Und diese Katrin hat dem Herrn Schröder vor etwa fünfzehn Minuten eine Mail geschickt, der ich entnehme, dass sie ihrem Leben ein Ende bereiten will. Ich schicke sie dir gleich auf dein Handy. Ich glaube, ihr … du solltest etwas unternehmen.«

»Aber was …?«

»Schicke die Polizei und einen Notarztwagen zu ihrer Wohnung. Vielleicht ist noch etwas zu retten. Ich rufe die Wizards an.«

Das Gespräch wurde beendet. Christina starrte entgeistert auf ihr Handy. Dann kündigte sich eine Nachricht an. Sie rief sie auf und las, was Katrin geschrieben hatte:

»›Florian, ich kann nicht mehr. Ich kann mit der Schuld nicht weiterleben. Glücklicherweise weiß ich, wie es geht, und bin an der Quelle. Leb wohl, Katrin‹.«

Christina war wie versteinert. Was sollte sie jetzt tun? Die Polizei zu Katrin schicken natürlich. Ja, aber wohin? Sie wusste doch nicht, wo die Krankenschwester wohnte. Wer konnte das wissen?

Gudrun. Oder sonst jemand auf Station.

Hastig wählte sie die Nummer ihrer Station. Es dauerte lange, bis endlich jemand ranging. Sie warf einen Blick auf die Uhr. Viertel nach zehn. Kein Wunder. Es war gerade Visite.

»Innere 2, Schwester Victoria?«

»Hallo, Martens hier. Ich muss Schwester Gudrun sprechen. Sofort.«

»Die macht gerade Visite und …«

Christina war es egal, ob sie jetzt zickig oder autoritär oder gar verrückt klang.

»Holen Sie jetzt sofort Schwester Gudrun ans Telefon.«

»Ist es denn wichtig?«

»Natürlich ist es wichtig! Und jetzt schwingen Sie die Hufe! Aber dalli!«

Christina war sicher, dass Victoria sich über sie bei der Pflegedienstleitung beschweren würde, vielleicht ging sie sogar zum Chef. Aber das war jetzt nicht von Belang.

Wenig später hörte sie das Schnaufen der Oberschwester in der Leitung.

»Ich brauche unbedingt die Adresse und die Telefonnummer von Schwester Katrin. Und zwar jetzt.«

»Warum? Ich darf die Privatadressen nicht ohne Weiteres …«

»Ich habe eine Nachricht von Katrin erhalten, die man als Abschiedsbrief deuten kann! Also. Wo wohnt sie?«

Sie konnte förmlich sehen, wie Schwester Gudrun die an einer goldfarbenen Kette baumelnde Brille aufsetzte und in einem Buch blätterte. Dann diktierte sie Christina die Adresse.

»Danke«, sagte Christina und hatte bereits auf den roten Knopf gedrückt, bevor Schwester Gudrun sie ausfragen konnte.

Schnellen Schrittes ging sie wieder zurück. Die Beamten an der Tür ließen sie ungehindert hindurch. Sie durchquerte die kleine Eingangshalle und klopfte an die Scheibe.

Der Beamte sah auf.

»Tut mir leid, Ihr Bruder ist immer noch nicht da.«

»Nein, nein, jetzt geht es um etwas anderes.« Sie schob ihm den Zettel durch den schmalen Schlitz. »Sie müssen sofort einen Streifenwagen und einen Notarzt zu dieser Adresse schicken. Die junge Frau hat angekündigt, sich umzubringen.«

»So. Und woher wollen Sie denn das wissen?«

»Ich habe eine Nachricht von ihr erhalten«, sagte Christina und tröstete sich damit, dass das nicht vollständig gelogen war. Aber sie hatte den Verdacht, dass Con nicht gern bei der Polizei erwähnt werden würde.

»Na, nur die wenigsten, die darüber reden, tun sich auch tatsächlich etwas an«, sagte er in beschwichtigendem Ton. »Ich bin sicher, es ist alles in Ordnung.«

»Nein, ist es nicht. Und wenn Sie nicht sofort jemanden dorthin schicken, werde ich mich bei Ihrem Vorgesetzten über Sie wegen unterlassener Hilfeleistung beschweren.«

Der Mann sah sie einen Augenblick entrüstet an. Doch irgendetwas in ihrem Gesicht schien ihn davon zu überzeugen, dass sie es ernst meinte.

»Schon gut, schon gut«, brummte er und nahm eine Art Funkgerät in die Hand. »Ich schicke eine Streife hin. Aber auf Ihre Verantwortung.«

»Das nehme ich auf mich.«

Die Zeit verging, kroch dahin, dehnte sich endlos, während das zweite Team das Verhör fortsetzte. Duke nannte sie Boxer und Sumo. Slug und Snail waren gegen diese beiden Fleischberge harmlose Schuljungen. Und da er auch mit ihnen nicht redete, gingen sie ziemlich hart zur Sache. Sie waren Profis. Blaue Flecken, die er einem Anwalt zeigen konnte, würde er keine haben, da war er sicher. Doch seine Kopfhaut fühlte sich wund an. Immer wieder rissen sie seinen Kopf an den Haaren zurück. Manchmal so stark, dass er anfing, Phil und Big J um ihre kahl rasierten Schädel zu beneiden. Zusätzlich war ihm kalt. Die Temperatur im Verhörraum schien deutlich gesunken zu sein, und ein eisiger Strahl aus der Klimaanlage blies ihm direkt in den Nacken. Sein Hunger war mittlerweile einer dumpfen Übelkeit gewichen, und seine Zunge klebte vor Durst am Gaumen. Aber das Schlimmste waren die Handschellen auf dem Rücken. Boxer und Sumo hatten sie ihm kurz nach Beginn des Verhörs angelegt. Damit er sich nicht wehren konnte, wenn sie seinen Zopf packten. Aber mit Sicherheit wussten sie auch von den »Nebenwirkungen«: Mittlerweile brannten seine Schultern wie die Hölle. Da half es auch nichts, zu versuchen, die Muskeln zu lockern. Von Minute zu Minute nahmen die Taubheitsgefühle zu. Er bewegte zwar die Finger, öffnete und schloss seine Fäuste, doch das nützte nichts. Die Krämpfe brachten ihn fast um den Verstand. In ihm kochte und brodelte es. Nicht mehr lange, und er würde es auf einen Fight anlegen – und sei es nur, damit das hier endlich aufhörte.

Die Tür öffnete sich.

»Wir übernehmen, Kollegen.«

»Er gehört euch.«

Boxer und Sumo grinsten ihn an und gingen raus, ohne ihm die Handschellen wieder abzunehmen. Der eine der beiden Bullen, die jetzt hereinkamen, kam ihm bekannt vor.

»Petersen. Martens.«

Klar. Christinas Bruder.

Doch er ging nicht davon aus, dass ihm dies Pluspunkte bringen würde. Eher im Gegenteil. Und er fragte sich, ob er wohl ihm den Besuch der Ninja-Turtles vom SEK zu verdanken hatte.

»Kennen Sie das?«

Martens knallte etwas vor ihn auf den Tisch. Es war ein kleiner silberner Gegenstand in einer Plastiktüte. Offenbar ein Beweismittel.

Duke streifte ihn nur mit einem kurzen Blick. Seine Schultern verkrampften sich. Er beugte sich nach vorne so weit es ging. Bald würden ihm die Hände abfallen. So fühlte es sich wenigstens an.

»Nehmen Sie mir die Handschellen ab.«

»Sehen Sie es sich an!«

Martens wurde lauter, aggressiver. Dukes Puls beschleunigte sich. Die anderen hatten ihren Job gemacht. Aber das hier war zusätzlich etwas Persönliches.

Komm nur, ich bin gerade in Stimmung.

»Nehmen Sie mir die Handschellen ab.«

»Das ist ein Schlüsselanhänger der Wizards«, sagte der andere. »Haben Sie den schon mal gesehen?«

Natürlich hatte er solche Anhänger schon gesehen. Tausendfach sogar. Es handelte sich um Support-Stuff, wie ihn jeder kaufen und tragen konnte, der einen PC hatte oder ein Event besuchte. Er kannte sogar Bullen, die sich Support-Stuff der Wizards im Internet zogen. Heimlich natürlich, damit die lieben Kollegen nichts davon mitbekamen.

»Die Handschellen!«

Er atmete schneller. Schweiß trat auf seine Stirn. Seine Hände spürte er nur noch als kalte, gefühllose Klumpen, dafür nahm das Brennen in Schultern und Nacken ein unerträgliches Ausmaß an. Die Grenze seiner Selbstbeherrschung war bald erreicht.

»Kennen Sie diese Frau?«

Martens zeigte ihm das Foto einer rothaarigen Frau mit einem kleinen violetten Strassstein am Nasenflügel. Ihre Augen waren geschlossen, und ihr Gesicht sah alles andere als gesund aus.

Arme Kleine. Aber nimm mir endlich diese verfluchten Handschellen ab!

»Die Frau ist tot«, sagte Petersen. »Und das hier«, er hielt ihm den Beutel mit dem Schlüsselanhänger vor die Nase, »haben wir dort gefunden, wo sie vermutlich umgebracht wurde.«

»Nimm mir die Handschellen ab!«

Im nächsten Moment stürzte Martens auf ihn zu, packte ihn

am Kinn und drückte so heftig zu, dass er sich dabei fast auf die Wangen biss.

»Antworte!«

»Shut your fucking mouth, shitface!«, schrie Duke ihm ins Gesicht, riss seinen Kopf zurück und versuchte, Martens mit einem Tritt zu erwischen. Dabei kippte sein Stuhl um, und er schlug hart mit der Schulter auf dem Boden auf. Der Schmerz jagte wie ein elektrischer Schlag durch seinen ganzen Körper, und für einen Moment wurde ihm schwarz vor Augen. Dann stand Martens über ihm, mit wutverzerrtem Gesicht, und griff ihm in die Haare.

Jetzt sind wir zu zweit auf der anderen Seite.

»Rede endlich, Mistkerl«, zischte er ihn an und zog seinen Kopf zurück. »Hast du sie umgebracht? Ertränkt wie eine Katze, weil sie nicht nach deiner Pfeife tanzen wollte? Nicht für dich anschaffen? Was hast du vor? Welches Spiel spielst du?«

»Thomas, lass sein«, mahnte der andere und packte Martens am Arm. »Beruhige dich. Der Kerl ist es nicht wert.«

Martens ließ ihn los, straffte die Schultern und stürmte raus. Der andere öffnete die Handschellen und stellte den Stuhl hin. Danach war Duke allein.

Langsam rappelte er sich auf, rieb sich die Arme, den Nacken, die Schultern, bewegte die Hände, versuchte, das Blut wieder in seine Finger zu pumpen. Er zitterte vor Kälte. Ihm war übel. Doch langsam begann sein Hirn, wieder zu arbeiten.

Jetzt wollen die mir auch noch einen Mord anhängen. Den Mord an einer Frau, die ich nie vorher gesehen habe. Bert, Big J oder wer auch immer, beeilt euch! Ich brauche allmählich einen Anwalt.

Er setzte sich auf den Stuhl, schloss die Augen, versuchte, sich zu sammeln, zu konzentrieren, seinen rasenden Herzschlag zu beruhigen, Durst, Hunger, Müdigkeit und Schmerzen wegzudenken. Er versuchte, sich vorzustellen, wie er auf seinem Bike am Loch Lomond entlangfuhr. Da tauchte Christinas Gesicht vor ihm auf. Ihr Lächeln, ihre Augen. Er schmeckte wieder ihre Lippen, spürte ihren sanften Kuss. Er dachte daran, was Martens wohl sagen oder tun würde, wenn er wüsste, dass seine

Schwester einen Wizard geküsst hatte – ganz freiwillig. Und plötzlich musste er lachen.

Es war eher ein Zufall, dass Christina mitbekam, wie Thomas den Flur entlangrauschte, ein korpulenter Mann schnaufte hinter ihm her. Sie stand sofort auf und lief ihm nach. Im Treppenhaus holte sie die beiden ein.

»Was war das dadrinnen?«, fragte der Dicke keuchend. »Bist du denn verrückt geworden, ihn so unter Druck zu setzen? Wenn es nun …«

In diesem Augenblick sahen sie Christina, und der Dicke verstummte.

»Thomas«, rief sie aus. »Ich versuche schon seit Stunden, dich zu erreichen. Ich muss dir etwas Wichtiges erzählen.«

Er sah sie mit einem seltsamen Ausdruck an.

»Dann komm in mein Büro«, sagte er schließlich und stieg vor ihr die Treppe hinauf.

Er ist wütend auf mich, dachte sie. Aber warum?

In seinem Büro ließ er sich auf seinen Drehsessel fallen.

»Mein Kollege Peer Petersen«, sagte er und deutete auf den korpulenten Mann. »Was willst du?«

Sein Tonfall klang alles andere als freundlich.

»Ich habe gehört, dass ihr Duke … ich meine, Neil McKinnley, meinen Nachbarn, verhaftet habt.«

»Und?«

»Er ist unschuldig«, sagte sie und straffte ihre Schultern.

»Es gibt Männer, die sind nie unschuldig«, sagte Thomas düster. »Auch wenn sie es immer schaffen, ihren Kopf aus der Schlinge zu ziehen.«

»Ich sage dir, Duke hat mit dem Überfall auf Frau Claasen nichts zu tun. Er ist unschuldig«, erklärte Christina wieder. Dann zog sie die Perücke aus der Manteltasche und legte sie vor Thomas auf den Schreibtisch.

»Was ist das?«

»Das hat der Mann getragen, der Käte Claasen überfallen hat. Duke hat ihn verfolgt und leider nur seine Haare erwischt.«

Thomas schnaubte.

»Und du meinst, dass ich dir das glaube, nachdem …« Er brach ab, biss sich auf die Lippe. Was machte ihn so wütend? »Ihr beiden Superermittler wisst nicht zufällig, wie der Träger dieses Toupets heißt?«

»Doch«, sagte sie und sah ihm fest in die Augen. Sie hatte nicht vor, sich von ihm provozieren zu lassen. »Er heißt Florian Schröder und arbeitet bei Schümann-Immobilien als Makler. Außerdem …«

»Ja?«

Christina holte tief Luft. Dies war der Zeitpunkt, alles zu erzählen, was sie wussten. Je eher die Polizei davon erfuhr, umso eher würde Duke wieder frei sein.

»Wir gehen davon aus, dass Florian Schröder Nicole Bohrmann getötet hat, weil sie dahintergekommen ist, dass er alten, alleinstehenden Leuten bösartige Streiche gespielt hat, um sie aus ihren Häusern zu vertreiben.«

»Streiche?«

Diese Frage kam von Thomas' Kollegen, der interessiert zuhörte. Sie hatte sogar den Eindruck, dass er sie eher ernst nahm als ihr eigener Bruder.

»Er hat Handtücher zerschnitten, tote Vögel und Mäuse in Kühlschränken und Waschmaschinen deponiert, damit die alten Herrschaften Angst bekommen und glauben, sie seien dement. Wer nicht freiwillig das Haus verlassen hat, musste sterben. Wie Erwin Meissner.«

»Ist das nicht der alte Mann, der die Treppe hinunterfiel?« Petersen stellte diese Frage eigentlich Thomas, doch der hockte mit finsterem Gesicht auf seinem Stuhl und sagte gar nichts.

»Ja, das war am 19. April«, erklärte Christina. »Wir sind davon überzeugt, dass es kein Unfall war, sondern dass er gestoßen wurde. Vermutlich ist er früher nach Hause gekommen als erwartet und hat Schröder in seinem Haus überrascht.«

»Und warum sollte dieser Florian Schröder so etwas tun?« Thomas klang genervt.

Er glaubt mir nicht. Er glaubt mir kein Wort!

»Weil er die Häuser oder Grundstücke natürlich lukrativ verkaufen will – oder besser gesagt sein Chef Schümann. Die

Adressen hat ihm übrigens Schröders Freundin Katrin verschafft. Sie ist Krankenschwester bei uns und hat natürlich einen Überblick darüber, welche alten Patienten allein in ihren Häusern wohnen.« Sie machte eine Pause. »Jetzt müsst ihr Schröder nur noch verhaften. Und seinen Auftraggeber Schümann am besten auch.«

»So.« Ihr Bruder verschränkte die Arme vor der Brust. »Bevor ich aber hingehe und den Richter davon überzeuge, einen der angesehensten Bürger dieser Stadt zu verhaften – und vielleicht auch noch den Bürgermeister und die Stadträte gleich mit, wenn wir schon einmal dabei sind –, möchte ich eines wissen: Wer ist ›wir‹?«

»Ich und Duke.«

Thomas schwieg, doch sein Gesicht sah aus, als würde er gleich vor Wut platzen. Bevor er etwas sagen konnte, klingelte der Apparat auf seinem Schreibtisch. Mit finsterer Miene griff er nach dem Hörer.

»Martens.«

Er hörte zu. Und je länger das Gespräch dauerte, umso öfter sah er Christina an.

»Danke. Wir kümmern uns darum.« Er legte auf. »Sag mal, wie hieß die Freundin von diesem Florian Schröder, von dem du eben die ganze Zeit geredet hast?«

»Katrin. Katrin Burghausen.«

»Kollegen haben gerade eine Katrin Burghausen im komatösen Zustand in ihrer Wohnung aufgefunden. Und …«

Christina unterbrach ihn.

»Wie geht es ihr?«

»Sie wurde mit dem Notarztwagen ins Krankenhaus gebracht. Sie hat einen Abschiedsbrief hinterlassen, in dem sie sich selbst und Florian Schröder die Schuld an dem Tod von Nicole Bohrmann gibt.« Er sah Christina schief an. »Du kennst nicht zufällig die Adresse dieses Herrn?«

Sie schüttelte den Kopf.

»Nein, tut mir leid. Lasst ihr Duke jetzt frei?«

Thomas kniff die Augen zusammen und lächelte. Aber sein Lächeln glich eher einem Zähnefletschen.

»Dazu besteht aus meiner Sicht kein Grund. Wie ich schon sagte. Es gibt Männer, die sind nie unschuldig.«

Es war bereits Abend, als Thomas und Peer endlich in der Wohnung von Florian Schröder standen. Seine Adresse herauszufinden war ein Akt von wenigen Minuten gewesen. Als deutlich schwieriger hatte es sich erwiesen, den zuständigen Richter von der Notwendigkeit eines Durchsuchungsbeschlusses zu überzeugen. Der Mann zierte sich, als würde es um seinen besten Freund gehen. Erst als sie ihm endlich das Original des Abschiedsbriefes zeigen konnten, erklärte er sich bereit, das Dokument zu unterschreiben.

Schröders Wohnung lag im Burghof, einer schmucken, Anfang des 20. Jahrhunderts erbauten Wohnanlage, die in den letzten Jahren aufwendig saniert worden war.

Der zuständige Verwalter schloss die Tür auf und ließ sie in die Wohnung. Es war schwer, den Mann loszuwerden. Aber Thomas hatte immer noch so eine Stinkwut in sich, dass es ihm schließlich mit einem recht unhöflichen Ausspruch gelang. Beleidigt zog der Verwalter von dannen, und sie betraten die Wohnung.

Florian Schröder war sechsunddreißig Jahre alt, gebürtiger Düsseldorfer, Junggeselle und wohnte seit einem Dreivierteljahr in Flensburg. So viel hatten sie bereits über ihn herausgefunden. Seine Wohnung war zwar geschmackvoll eingerichtet, aber es fehlte jede Gemütlichkeit. Die Bilder an den Wänden, die Kissen auf dem cremefarbenen Sofa, die Teppiche – alles war farblich aufeinander abgestimmt und machte einen perfekten Eindruck. Als hätte ein Innenarchitekt die Wohnung für die Werbekampagne eines Möbelhauses hergerichtet. Das Wohnzimmer gab nicht viel her – ein paar CDs und DVDs, Bücher und Immobilienzeitschriften. Kaum etwas, das auf die Persönlichkeit des Bewohners schließen ließ.

»Ich bezweifle, dass ihr hier Fingerabdrücke findet«, sagte Peer zu den Kollegen von der Spurensicherung. »Hier wohnt niemand.«

Thomas nickte und ging in die Küche.

»Dieser Schröder ist ein Ordnungsfanatiker.« Er öffnete den Schrank unter der Spüle und warf einen Blick in den Mülleimer. »Entweder ist es Zufall, oder der Mann bringt seinen Müll sofort raus. Die Beutel sind jedenfalls leer. Aber er trennt sorgfältig. Er hat sogar ein Fach für Altpapier und Glas.«

Peer schaute in den Kühlschrank.

»Ah, hier wohnt doch jemand. Bio-Milch, Joghurt, Käse … Und was ist das?«

Er holte etwas milchig Weißes aus dem Kühlschrank, das in Plastik eingeschweißt war.

»Tofu.«

»Was?«

»Das ist Tofu. Irgend so ein Soja-Zeug. Schmeckt wie eingeschlafene Füße. Stefanie hatte mal so einen Tick und wollte nur noch vegetarisch kochen. Da hat es bei uns auch Tofu gegeben. Aber ich glaube, es hat nicht einmal ihr selbst geschmeckt.«

»Somit ist Florian Schröder Vegetarier.«

»Sieht so aus.«

»Premiere.«

»Was?«

Peer zuckte mit den Schultern und verzog sein Gesicht zu einem Lächeln.

»Premiere«, wiederholte er. »Ich glaube, wir haben noch nie einen Mörder gefasst, der Vegetarier ist.«

Thomas warf ihm einen gereizten Blick zu.

»Hat das jetzt etwas mit dem Fall zu tun?«

»Nein, ich wollte nur …«

»Also, such weiter.«

»Kollegen! Das müsst ihr euch ansehen.«

Sie folgten der Stimme ins Bad.

»Was gibt es denn?«

Der Kollege von der Spurensicherung hatte einen der Badezimmerschränke geöffnet. Es war ein verschließbarer Medikamentenschrank.

»Wir mussten das Schloss aufbrechen. Und dann kam das hier zum Vorschein«, sagte er und deutete auf den Inhalt. Dicht an dicht, eng nebeneinander standen Schachteln mit Enthaarungscreme. Es waren mindestens zwanzig Stück. »Sagtet ihr nicht, Schröder sei kahl?«

Peer und Thomas sahen sich an.

»Vielleicht nicht von Natur aus«, sagte Peer nachdenklich. »Aber warum sollte jemand …? Ich meine, welcher Mann schert sich den Schädel, um dann eine Perücke zu tragen? Das macht doch keinen Sinn.«

Thomas runzelte die Stirn.

»Jemand, der eine Aversion gegen Körperbehaarung hat, zum Beispiel.«

Er las die Aufschrift auf zwei Medikamentenschachteln, die auf dem obersten Regal standen. »Ibuprofen und Omeprazol – ein Schmerzmittel und ein Säureblocker. Und eine Packung Tampons.«

»Allzeit bereit«, sagte Peer grinsend. »Auf Damenbesuch ist er jedenfalls vorbereitet.«

Thomas schüttelte den Kopf und deutete auf den Schrank.

»Macht Fotos davon. Das sieht irgendwie krank aus. Vielleicht braucht das mal ein Gutachter.«

»Heißt es nicht, der Mann lebt allein?«, fragte der Kollege, während er knipste.

»Ja, aber er hat eine Freundin. Vielleicht übernachtet die gelegentlich bei ihm.«

»Dann war sie wohl erst kürzlich hier. Im Kosmetikeimer liegt nämlich ein gebrauchter Tampon.«

Peer nickte. »Wir werden die Ärzte fragen, ob die Burghausen gerade menstruiert. Könnte ja sein, dass Schröder noch andere Kontakte hat. Packt das Ding ein.«

Dann gingen sie ins Schlafzimmer. Auf einem Schreibtisch am Fenster stand ein Notebook.

»Das nehmen wir auch mit«, sagte Thomas zu einem Kollegen, der das Gerät in eine Plastiktüte steckte.

Peer öffnete unterdessen den Kleiderschrank.

»Schau mal, Thomas«, sagte er und deutete auf die Anzüge und Oberhemden, die in Reih und Glied auf den Bügeln hingen. Unten standen sauber geputzte Schuhe. »Auch hier hat alles seine Ordnung.«

»Der Mann wird mir allmählich unheimlich«, sagte Thomas und dachte an das Durcheinander seines eigenen Kleiderschranks.

Peer öffnete eine weitere Tür.

»Pullover, Sportsachen, T-Shirts, Leibbinden. Scheint ein eitler Kerl zu sein, dieser Schröder. Und ... Hoppla. Das hier passt nicht zum Rest.«

Er hielt ein Sweatshirt hoch. Es war schwarz, abgesehen von dem Schriftzug auf den Ärmeln und dem Rücken – »Support WoD Flensburg«. Er räumte das Regal leer und fand noch weitere Kleidungsstücke mit dem Supporter-Schriftzug der Wizards, ein Lederarmband sowie Schlüsselanhänger.

»Vielleicht hast du Glück und kannst McKinnley doch überführen«, sagte Peer. »Dieser Schröder ist offenbar auch ein Wizard.«

Thomas sah sich die Kleidung genau an, und in seinem Kopf begannen die Puzzleteile dieses Falles an ihren Platz zu rücken. Langsam und widerwillig schüttelte er den Kopf.

»Nein. Als Member würde er Sachen mit dem echten Logo der Wizards tragen. Das da sind Unterstützer-Klamotten.«

»Oh. Ich vergaß, du bist ja neuerdings Experte für Rocker.«

Thomas beschloss, die spitze Bemerkung zu überhören. Außerdem hatte Peer recht, irgendwie. Er hatte sich in etwas verrannt. Der Wunsch, McKinnley irgendetwas anzuhängen, um ihn von Christina fernzuhalten, war so mächtig gewesen, dass er alles andere darüber vergessen hatte.

»Als Mitglied der Wizards wäre Schröder bestimmt schon längst aktenkundig. Denk mal daran, wie schnell wir über McKinnley Bescheid wussten. Und der kam aus dem Ausland hierher. Nein. Entweder ist Schröder ein stiller Bewunderer ...«

»Oder?« Peer sah ihn gespannt an.

»Die Sachen sind brandneu. Riech mal dran, er hat sie nicht einmal gewaschen. Möglicherweise ...« Er seufzte. »Ich sage das nur ungern. Aber möglicherweise hat Schröder die günstige Gelegenheit genutzt, um den Verdacht von sich selbst abzulenken und jemanden zu belasten, den wir ohnehin schnell für schuldig halten würden.«

»Oha, hier ist noch mehr!« Peer griff in ein anderes Regal und holte Latexmasken, schwarze Handschuhe, verschiedene Werkzeuge, eine Taschenlampe, einen Satz Dietriche, Klebeband, mehrere Zeitschaltuhren und einen tragbaren CD-Player hervor. »Was ist das denn? Wozu braucht der denn dieses Zeug?«

Thomas sah seinen Kollegen an, und er hatte den Eindruck, dass sie beide das Gleiche dachten.

»Vielleicht ...«

»Glaubst du, deine Schwester hat recht?«

»Würde einen Sinn ergeben, oder?«

Thomas sah sich in dem sauberen, aber auch irgendwie sterilen Schlafzimmer um und schüttelte den Kopf. Warum ist Christina nicht früher zu mir gekommen?

»Ich hoffe, das Notebook bringt uns weiter.«

»Sollten wir Schröder nicht zur Fahndung ausschreiben?«

»Ja. Und ich werde mich noch mal mit meiner Schwester unterhalten. Sieh mal, da ist ein verschlossenes Fach im Schrank.«

Er gab einem der Kollegen einen Wink. Fotos wurden gemacht, dann wurde das Schloss geöffnet.

»Aktenordner!«

Sie starrten verblüfft auf die Ordner mit der Aufschrift »Krankenversicherung« und »Rechtsanwalt«. Und auf einen Stapel Papiere – Briefe, Zeugnisse, ein alter Ausweis.

»Martina Wittkowski«, las Thomas vor. Auf dem Passfoto war eine dunkelhaarige junge Frau zu sehen. »Wer mag das sein? Eine Schwester von Schröder?«

Peer griff einen der Ordner und schlug ihn auf. Er las. Dann begann er zu blättern, immer hektischer.

»Was ist?«

»Lies selbst«, sagte Peer und drückte ihm den Ordner in die Hand. »Sonst glaubst du mir nicht.«

Thomas begann zu lesen. »›15.02.2000. Sehr geehrte Frau Wittkowski, nach eingehender Prüfung müssen wir Ihnen leider mitteilen, dass wir die Kosten für die geschlechtsangleichenden Maßnahmen nicht übernehmen können. Der Gesetzgeber hat die Kostenübernahme einer solchen Therapie für den Fall einer medizinischen und/oder psychischen Indikation vorgesehen. Die eingereichten Unterlagen sowie das psychiatrische Gutachten lassen diese Notwendigkeit in Ihrem Fall nicht erkennen. In der Solidargemeinschaft sind wir als Krankenkasse verpflichtet, verantwortungsvoll mit den Beiträgen unserer Versicherten umzugehen und eine Kostenexplosion infolge nicht indizierter und/oder nicht anerkannter Therapien zu verhindern. Wir bitten Sie um Ihr Verständnis. Mit freundlichen Grüßen …«

Thomas hob den Kopf. »Was soll denn das?«

»Er hat geklagt«, sagte Peer. »Oder besser sie. Sie hat geklagt. Hier sind mehrere Schreiben von einem Anwalt. Was sagst du dazu?«

Thomas starrte auf den Ordner in seiner Hand. »Ich weiß es nicht. Da fehlen mir die Worte!«

Er saß allein in der Gaststube und wartete auf das Essen. Es dauerte bereits so lange, dass er den Verdacht hegte, man habe hier am Mittwoch nicht mit einem Gast gerechnet. Aber das war ihm ganz recht. So brauchte er wenigstens keine Blicke oder gar Fragen von neugierigen Einwohnern zu erdulden.

Endlich kam der Wirt. Ein dickbäuchiger Mann mit Fettspritzern auf dem Hemd und ungepflegt aussehenden Haaren, der ihn anlächelte und dabei eine Zahnlücke entblößte.

Er lächelte mechanisch zurück und strich den Rock glatt. Die Bewegung fühlte sich fremd an, ungewohnt. Sie erinnerte ihn an die Zeit, die er am liebsten aus seinem Leben gestrichen hätte. Die Zeit, als er im Rock mit Kniestrümpfen und dicken Zöpfen auf dem Sofa der Großeltern gesessen hatte und sich minderwertig vorkam. Ein Wechselbalg. Und noch dazu ein Mädchen. Was nützte ihm sein Verstand. Den Männern stand die Welt offen.

Dahin hatte er auch gewollt. Dafür war er sogar bereit gewesen, seinen Körper zu verändern. Aber die Ärzte, die er in dieser Frage aufgesucht hatte, hatten nichts begriffen und nur etwas von »Anpassungsstörung« und »Depression« gefaselt und ihm Gesprächstherapien verordnet. Depressionen!

Er hatte selbst einen Weg finden müssen. Der Zufall war ihm in der Gestalt von Florian Schröder zu Hilfe gekommen. Ein haarloser, zurückhaltender Student ohne Familie. Bei einer Alpenwanderung hatten sie gerade Rast gemacht, als Florian plötzlich das Gleichgewicht verloren hatte und über den Rand des schmalen Pfades gestürzt war. Er hatte sich noch an einem Stein festgehalten. Sein Gesicht war rot vor Anstrengung gewesen, und immer wieder hatte er den Namen gerufen – ihren Namen, der damals noch seiner gewesen war: »Martina, hilf mir. Zieh mich hoch. Bitte!«

Martina hatte gesehen, dass Florians Rucksack an einem Stein lehnte. In dem Rucksack war nicht nur der Proviant, sondern auch seine Papiere. Und da hatte Martina gewusst, dass solch eine Chance nie wiederkommen würde. Sie hatte den Rucksack genommen und war weggegangen. Ganz einfach. Sie hatte zwar nicht den Körper tauschen können, aber die Identität.

Es war erstaunlich leicht gewesen. Um den echten Florian kümmerte sich niemand. Wer nicht vermisst wurde, wurde auch nicht gesucht. Alles, was außerdem zu tun war, war, sich an die drei goldenen Regeln der Schauspielerei zu halten: 1. Verliere deinen Verstand. 2. Verliere deine Sprache. 3. Verliere deine ganze bewegte Gestalt.

Martina hatte begonnen, wie ein Mann zu denken. Sie hatte ihre Stimme verändert und sich männliche Redewendungen angeeignet. Und schließlich hatte sie sich ihren Kopf kahl geschoren und ihre Gestik, Mimik und die Art ihrer Bewegungen geändert, bis es Martina Wittkowski nicht mehr gegeben hatte, sondern nur noch Florian Schröder. Selbst ein Kommilitone, den er irgendwann durch Zufall getroffen hatte, hatte den »Wechsel« nicht bemerkt. Eigentlich verdiente diese Leistung einen Oscar. Wenn er jetzt einige Zeit lang Kleider tragen musste, würde er das auch hinkriegen. Er war ein wirklich einmalig guter Schauspieler.

»Guten Appetit, junge Frau!«, sagte der Wirt.

Der Teller war an zwei Stellen abgestoßen, und das Besteck hatte Flecken. Er verzichtete darauf, beides zu reklamieren.

Er hatte Hunger. Sorgfältig putzte er Messer und Gabel mit der Papierserviette ab und begann zu essen. Die Bratkartoffeln schwammen im Fett, das Spiegelei war zäh wie Gummi, und die eingelegten Gurken waren wässrig. Mit dem Salz war man in der Küche auch sehr verschwenderisch umgegangen. Aber er wollte nicht meckern. Es war schon schwierig genug gewesen, dem Wirt klarzumachen, dass er die Kartoffeln ohne Speck haben wollte. Vegetarier waren hier mitten im Nirgendwo wohl nicht oft unterwegs.

Weschedarier.

Die Leute hier sprachen sächsisch. Daran musste man sich erst einmal gewöhnen.

Der Wirt verschwand wieder in der Küche und ließ ihn allein.

Er dachte an McKinnleys Hand auf seiner Brust. Die Leibbinde war verrutscht. Ein ärgerlicher Fauxpas. Doch die Überraschung auf dem Gesicht des Schotten wäre ein Foto wert gewesen.

Nachdem er McKinnley entkommen war, hatte er sich in der Nähe des Hauses versteckt und gewartet, bis die Polizei wieder abgezogen war. Dann war er zu dem Wagen gegangen, einem klapprigen alten Kombi, den er erst vor wenigen Tagen bei einem türkischen Autohändler für etwas über tausend Euro gekauft hatte. Und ihm war eingefallen, dass er alles dabeihatte, was er brauchte. Ein paar Sachen zum Wechseln und die blonde Perücke lagen in einer Tasche auf dem Rücksitz, und bereits am Nachmittag hatte er Geld abgehoben. Als hätte er es geahnt. Es war besser, sich aus dem Staub zu machen, bevor jemand nach ihm zu suchen begann.

Er war losgefahren, zweihundert Kilometer Richtung Osten. Auf einem verlassenen Rastplatz hatte er sein Handy mit zwei Fußtritten zertrümmert und in einem der Mülleimer entsorgt. Nach ein paar Stunden Schlaf hatte er sich am Vormittag wieder auf den Weg gemacht und in einem kleinen Kaufhaus ein paar Frauensachen gekauft. Auf einem Rastplatz war Florian ausgestiegen und endgültig gestorben. Nach vielen Jahren hatte Martina wieder das Steuer übernommen. Nach einer Frau suchte schließlich niemand. McKinnley war der Einzige, der Bescheid wusste. Und er hoffte, dass der Schotte sich wie ein echter Rocker verhalten und nicht mit der Polizei reden würde.

Er war weitergefahren, bis er endlich in der Nähe von Leipzig einen Ort gefunden hatte, der ihm ideal erschien.

Den Namen des Dorfes hatte er bereits wieder vergessen. Es war eine Ansammlung von höchstens zwei Dutzend Häusern und Hofstellen, von denen nicht einmal mehr die Hälfte bewohnt, geschweige denn bewirtschaftet wurde. Trotzdem gab es hier einen Gasthof, der Fremdenzimmer anbot.

Dieser Gasthof gehörte zu der Sorte, die eigentlich nur noch in manchen Fernsehfilmen vorkam – die Einrichtung in Eiche rustikal, karierte Wachstischdecken auf den Tischen, kleine angestaubte Kunstblumensträuße auf den Fensterbänken und mottenzerfressene Jagdtrophäen an den Wänden. Die Liste der angebotenen Getränke war deutlich länger als die Speisekarte, die mit kulinarischen Highlights wie Bratwurst, Spiegelei, Schinkenbrot, Schaschlikspieß und Bratkartoffeln aufwarten konnte. Aber die Zimmer waren sauber. Seins hatte sogar ein einfaches Duschbad.

Das Haar der Perücke kitzelte ihn beim Essen am Kinn. Jetzt würde er sein eigenes Haar wieder wachsen lassen. Endlich Schluss mit den stinkenden Enthaarungscremes.

Er hatte vor, zwei oder drei Tage in diesem Kaff zu bleiben. Hier würde ihn niemand vermuten. Und von hier aus konnte er über die Zukunft nachdenken und die nächsten Schritte planen.

Es gab eine Lokalzeitung, über die er die Adressen der ansässigen Makler herausfinden konnte. Er brauchte vieles – einen neuen Job. Möglicherweise ein neues Image. Vor allem aber brauchte er eine neue Identität. Doch er machte sich keine Sorgen um seine Zukunft. Es war bisher immer weitergegangen, immer hatte er eine Lösung, einen Ausweg gefunden. Selbst wenn ihn die Polizei finden sollte, war er darauf vorbereitet. Er würde einfach die Psycho-Schiene fahren. Denn in der Psychiatrie war es allemal angenehmer als im Gefängnis.

16

Mittwoch, 15. Mai, nachts

Die Tür öffnete sich, und ein Mann kam herein. Wieder eine Ablösung. Die wievielte? Duke hätte es nicht sagen können. Doch irgendetwas an diesem Mann war anders als an den anderen. Vielleicht war es der wie maßgeschneidert sitzende Anzug. Oder die schwarze Ledermappe, die er dabeihatte. Jedenfalls sah er nicht aus wie der typische Cop. Außerdem tauchte er allein auf.

Taktikänderung?

»Guten Abend, Herr McKinnley«, sagte er und schob sich dabei seine goldfarbene Brille zurecht. Auch das unterschied ihn. Mit »Herr« hatte ihn hier noch niemand angesprochen. »Mein Name ist Torsten Vering. Ich bin Rechtsanwalt. Ich werde Sie vertreten.«

Duke blinzelte. Er war sich nicht sicher, ob er wirklich richtig verstanden hatte. Möglicherweise war sein Gehirn mittlerweile eingefroren.

»Sagen Sie das noch einmal.«

»Torsten Vering. Ich bin Rechtsanwalt. Ich werde Sie vertreten. Wenn Sie das wünschen.«

Das kann jeder sagen.

»Wer …?«

»Würden Sie mich mit meinem Mandanten allein lassen?«, sagte er zu Slug und Snail, die wieder das Verhör übernommen hatten. »Warum ist es hier so kalt? Und schalten Sie das Mikrofon ab. Danke.« Der Anwalt zog einen Stuhl näher, legte seine Aktenmappe auf den Tisch und holte Schreibzeug heraus. Dann wartete er noch eine Weile, bis er schließlich begann.

»Jetzt dürfte das Mikrofon ausgeschaltet sein. Sollte es immer noch laufen, werde ich eine Klage einreichen.« Er machte eine Pause, wartete, schließlich lächelte er. »Bert hat mich angerufen. Ich vertrete in der Regel die Belange des Flensburger Chapters. Es hat eine Weile gedauert, bis die anderen Wizards erfahren haben, wo Sie stecken. Der Anruf hat mich im Flieger erreicht. Sie haben Glück. Ich war gerade auf dem Rückflug aus meinem Urlaub.« Prüfend betrachtete er Duke. »Sie sehen furchtbar aus. Sind Sie verletzt? Hat man Sie nicht gut behandelt?«

»Nichts, was ich Ihnen zeigen könnte.« Er fuhr sich durch das Haar und bereute es gleich wieder. Seine Kopfhaut war immer noch extrem empfindlich, er spürte jedes einzelne Haar. Von den Schmerzen in Armen und Schultern ganz abgesehen. »Die Bullen hier wissen, wie sie es machen müssen.«

Der Anwalt nickte kurz.

»Ich verstehe. Seit wann verhört man Sie?«

Duke zuckte mit den Schultern.

»Es muss Mitternacht gewesen sein, als die mich einkassiert haben.«

Vering warf einen Blick auf seine Armbanduhr.

»Zehn vor neun. Also seit einundzwanzig Stunden? Wie viele Pausen hat man Ihnen zugestanden?«

Duke rieb sich den Nacken. Die Muskeln waren steinhart. Er konnte nicht mehr richtig denken. Es war, als müssten sich Gedanken und Worte erst einen Weg durch einen zähen, klebrigen Brei bahnen, bevor sie ihn erreichten.

»Pausen?«

»Ja. Unterbrechungen. Zeiten, in denen Sie etwas essen oder trinken, vielleicht sogar schlafen konnten.«

Duke schüttelte den Kopf.

»Keine.«

»Hat man Ihnen einen Haftbefehl vorgelegt?«

»Nein.«

Vering schraubte seinen Füllfederhalter auf und machte sich eine Notiz.

»Was fehlt Ihnen außerdem?«

»Etwas zu trinken. Und mir ist scheißkalt.«

Der Mund des Anwalts wurde schmal.

»Na, das ist ja wohl die Höhe. Ich bin gleich wieder da.« Er stand auf und verschwand. Als er wiederkam, hatte er eine Flasche Wasser, ein Glas und eine Strickjacke in der Hand. Er schenkte das Glas voll und reichte ihm die Jacke.

»So, trinken Sie erst einmal. Gleich wird Ihnen auch etwas zu essen gebracht. Und dann gehen Sie in den Waschraum und machen sich frisch.«

Duke stürzte das Glas in einem Zug hinunter. Dann zog er die Jacke an. Es war eine dicke Wolljacke mit Zopfmuster in einem furchtbaren Braunton. Die Ärmel waren viel zu kurz, und die Wolle kratzte auf seiner Haut. Aber sie war warm.

Die Tür öffnete sich, und einer der Bullen stellte eine Papiertüte auf den Tisch. Duke stieg der Duft von Burgern und Pommes in die Nase. Augenblicklich meldete sich sein Magen mit einem satten Knurren.

»Während Sie essen, können wir uns unterhalten.« Vering sah ihn erwartungsvoll an. »Jetzt erzählen Sie mal. Was wird Ihnen überhaupt zur Last gelegt?«

Duke biss in seinen Burger, kaute, schluckte und begann, dem Anwalt zu erzählen.

Thomas trommelte mit den Fingern auf der Stuhllehne herum. Vor ihm lagen die Fotos im Fall Bohrmann ausgebreitet. Daneben der Abschiedsbrief von Katrin Burghausen, in dem sie sich und Florian Schröder die Schuld an dem Tod der rothaarigen Krankenschwester gab. Und natürlich die Fotos von Schröders Wohnung. Jetzt hieß es warten, bis im Labor die Spuren ausgewertet und Schröders Notebook ausgeschlachtet worden waren.

Er mochte die Phasen nicht, in denen er selbst alle Zeugen befragt, alle Spuren gesichtet hatte und nun für jeden weiteren Schritt auf die Kollegen im Labor angewiesen war. Normalerweise versuchte er, sich abzulenken, genoss ausgiebig sein Mittagessen, schaute in den anderen Büros vorbei, beschäftigte sich mit Denkspielen oder genehmigte sich eine Stunde am Schießstand. Diesmal zog es ihn magisch in den Verhörraum. Thomas wusste, dass McKinnley immer noch dort war. Auch wenn der Schotte im Mordfall Nicole Bohrmann wahrscheinlich unschuldig war, bestand immer noch ein winziger Zweifel. Vielleicht konnte man McKinnley auch eines anderen Verbrechens überführen. An diese Hoffnung klammerte er sich. Es würde ihn zwar von seiner Schuld nicht reinwaschen, aber sein

Gewissen deutlich entlasten. Und obendrein den Schotten aus dem Umfeld seiner Schwester entfernen. Peer hatte sich in seine Angelzeitschrift vertieft, und so fiel es nicht einmal auf, dass er hinunterging.

Als er ins Vorzimmer des Verhörraums kam, standen Schulz und Olschewski breitbeinig mit vor der Brust verschränkten Armen vor der Scheibe. Sie wirkten verstimmt.

»Moin!«, sagte Thomas und gesellte sich neben sie. »Was ist los?«

»Er spricht«, sagte Olschewski. »Er kann tatsächlich sprechen. Zwischendurch habe ich schon geglaubt, dass wir es mit einem Taubstummen zu tun haben. Aber kaum ist ein Anwalt da, beginnt er zu reden.« Er deutete in den Verhörraum. »Und offenbar hat er eine Menge zu erzählen. Die beiden sind schon seit über einer Stunde dabei.«

McKinnley saß immer noch am Tisch, neben ihm standen leere Burgerschachteln. Er redete, gestikulierte lebhaft, während der Anwalt mitschrieb.

»Kennt ihr den Anwalt?«

»Ja.« In dem kleinen Wort schwangen Resignation und Wut mit.

»Das ist Torsten Vering«, erklärte Schulz. »Er ist sozusagen der Hausanwalt der Wizards hier. Ein harter und mit allen Wassern gewaschener Hund. Ich kann mich nicht erinnern, wann er das letzte Mal einen Fall verloren hat. Du?« Er stieß seinen Kollegen an.

»Nein.« Olschewski grunzte und zeigte mit dem Kinn in den Verhörraum. Der Anwalt hatte gerade die Hand gehoben und winkte. »Sieh nur, Seine Majestät will wieder etwas. Diesmal gehst du.« Schulz kratzte sich am Kopf. »Beeile dich, sonst gibt es noch eine Beschwerde beim Chef. Du kennst doch Vering.«

Schulz stöhnte, machte sich dann aber auf den Weg. Er klopfte sogar an, bevor er den Raum betrat, ließ die Tür aber offen.

»Nehmen Sie das bitte weg, wir brauchen den Platz.« Vering deutete auf die leeren Pappschachteln und die zusammengeknüllten Servietten. Die Stimme des Anwalts war klar, höflich, aber bestimmt. Ein Mann, der das Gesetz ganz genau kannte und wusste, wie er es zu seinen Gunsten nutzen konnte. Und Schulz räumte den Tisch leer. Widerspruchslos.

»Noch einen Wunsch?«, brummte Schulz.

»Kaffee, wenn es nichts ausmacht. Mit Milch und Zucker, bitte.«

»Schwarz mit Zucker.« Das war McKinnley. Seine rauchige Stimme mit dem schottischen Akzent hätte Thomas unter tausenden wiedererkannt. Es war nur eine Nuance in seinem Gesicht, ein dezent spöttischer Zug um seine Mundwinkel, das leichte Heben einer Augenbraue. Doch Thomas hätte jede Wette darauf abgeschlossen, dass McKinnley es genoss, den Polizisten für sich laufen zu lassen.

Warte nur, Mistkerl, dich kriegen wir schon noch. Und lass meine Schwester in Frieden!

Schulz kam heraus und verdrehte entnervt die Augen.

»Ich komme mir allmählich vor wie ein Kellner«, schimpfte er, verschwand aber und kehrte nur wenige Minuten später mit einem Tablett zurück.

Er klopfte mit dem Ellenbogen an und stellte das Tablett auf dem Tisch ab.

»Danke.« Der Anwalt wandte sich auf seinem Stuhl um. »Bringen Sie uns bitte noch einen Aschenbecher?«

Thomas konnte sehen, wie Schulz rot anlief.

»Hier drin wird nicht geraucht.«

»Ich muss darauf bestehen, dass Sie entweder einen Aschenbecher bringen oder meinem Mandanten eine Zigarettenpause außerhalb des Gebäudes gestatten. Er ist Raucher und hat mittlerweile seit über zwanzig Stunden keine Zigarette gehabt. Mir fallen spontan eine Handvoll Paragrafen ein, auf die ich mich berufen könnte, wenn ich Ihnen Böses wollte. Aber ich weiß, dass Sie nur Ihren Job machen. Also machen Sie ihn gut und bringen Sie uns den Aschenbecher, ja? Und die Zigaretten aus dem Besitz meines Mandanten. Und ein Feuerzeug natürlich. Sonst ist das Ganze ja witzlos.«

Immer höflich, freundlich und unangreifbar. Dieser Vering war großartig, das musste Thomas zugeben. Trotzdem mochte er ihn nicht. Er stand auf der falschen Seite. Ein Polizist würde so einen Anwalt nicht bekommen. Vering war bestimmt nicht zu bezahlen, jedenfalls nicht mit legal verdientem Geld.

»Mir reicht es!«, zischte Schulz wütend.

An der Tür stieß er mit Peer zusammen.

»Was …? Natürlich. Dachte ich mir doch, dass ich dich hier finden würde!«

Thomas wandte sich ihm nur widerwillig zu.

»Was gibt es?«

»Das Krankenhaus hat gerade angerufen.« Peer machte eine Pause. Er hielt Thomas gern ein paar Sekunden länger als nötig hin. »Das steigert die Spannung«, sagte er immer.

»Und?« Allmählich wurde Thomas ungeduldig.

»Die Krankenschwester ist aufgewacht. Sie möchte eine Aussage machen.«

Christina saß auf ihrer Récamiere und starrte die Wand an. Sie hatte Musik aufgelegt, die Filmmusik vom dritten Teil der »Herr der Ringe«-Trilogie, aber sie hörte sie kaum. In ihrem Kopf jagten sich die Gedanken und wirbelten in einem fürchterlichen Chaos durcheinander.

Sie dachte an Käte, die immer noch auf der Intensivstation lag. Sie war am Abend noch mal da gewesen. Die alte Dame war ansprechbar gewesen, aber erschöpft, müde. Ihr Zustand war stabil, aber immer noch kritisch. Und ob sie sich jemals wieder erholen würde, wusste Gott allein.

Sie dachte auch an Katrin. Mit dem Wissen einer Krankenschwester war sie auf Nummer sicher gegangen, hatte nicht nur Barbiturate geschluckt, sondern sich auch noch Insulin gespritzt. Hätte Con die Mail nicht so zügig abgefangen, wäre sie mittlerweile tot. Die Kollegen hatten den ganzen Nachmittag um das Leben der jungen Frau gekämpft. Als sie gegen sieben Uhr nach Hause gegangen war, hatte es noch geheißen, dass die Chancen fünfzig zu fünfzig standen. Wie mochte es ihr wohl jetzt gehen?

Und natürlich dachte Christina auch an Duke. Vor allem dachte sie an ihn. Sie hatte nichts von ihm gehört. Big J hatte sie noch angerufen und ihr erzählt, dass die Wizards ihren Anwalt erreicht hatten. Er war von einer Urlaubsreise auf dem Weg nach Hause. Es musste gegen acht gewesen sein. Aber ob der Mann mittlerweile in Flensburg angekommen war, wusste sie nicht. Sie hatte überlegt, Thomas nach Duke zu fragen. Doch dann hatte sie es gelassen. Sie hatte den Eindruck, dass ihr Bruder nicht gerade erfreut war, dass sie sich mit einem Wizard gut verstand. Er schien es als persönliche Beleidigung aufzufassen.

Das Klingeln des Telefons ließ Christina erschrocken zusammenfahren. Wer konnte das sein? Ihre Eltern? Einer der Wizards? Duke? Vielleicht war er wieder frei!

Sie stürzte in den Flur und drückte hektisch auf den grünen Knopf.

»Hallo?«

»Christina Martens?«

Die weibliche Stimme klang fremd.

»Diako, Innere Abteilung Intensivstation, Schwester Veronika. Sie sollen sofort kommen.«

Käte.

»Ja. Ich beeile mich.« Sie legte auf und tippte bereits die Nummer eines Taxiunternehmens.

Hoffentlich komme ich nicht zu spät!

Der Wagen kam fast sofort, und nur eine knappe Viertelstunde nach dem Anruf trat sie durch die Glastür vom Diako in die Empfangshalle.

Christina konnte sich nicht daran erinnern, jemals so schnell die Stufen zum ersten Stockwerk hinaufgerannt zu sein. In Windeseile zog sie sich in der Personalschleuse um und betrat die Station. Noch im Gehen stopfte sie sich das Haar unter die Haube. Sie legte ihre Hand auf die Klinke zu dem Zimmer, in dem Käte lag. Sie holte tief Luft und versuchte, sich zu wappnen. Was würde sie dort drinnen erwarten? Sie rechnete mit dem Schlimmsten.

»Frau Dr. Martens?« Eine Schwester in blauem Hemd und Hose streckte den Kopf aus einer Tür. Christina nickte. »Nicht dort. Hier.«

»Aber …«

Sie ließ die Klinke los und ging auf die Schwester zu.

»Katrin Burghausen ist aufgewacht. Sie will mit der Polizei reden, aber nur, wenn Sie dabei sind.«

»Und warum?«, fragte Christina überrascht. Sie konnte sich nicht daran erinnern, dass sie ein besonders gutes Verhältnis zu der Krankenschwester gehabt hätte.

Die Intensivschwester zuckte mit den Schultern, und Christina ging an ihr vorbei.

Im Zimmer empfingen sie Dämmerlicht, blinkende Geräte, unablässig piepsende Monitore und das regelmäßige Fauchen eines Beatmungsgerätes. Drei Patienten lagen in ihren Betten. In dem linken vermutete sie Schwester Katrin, denn es standen drei Leute um das Bett herum. Einer von ihnen war Sebastian, der Oberarzt, der zweite Mann kam ihr bekannt vor. Den dritten erkannte sie an seiner Haltung. Und an seinem Profil. Es war Thomas. Sie ging zu ihnen.

»Hallo.« Sie nickte ihnen zu. »Sie wollten mich sprechen?«

Beim Klang ihrer Stimme öffnete Schwester Katrin die Augen. Die junge Frau sah erschreckend blass und eingefallen aus, als hätte sie in den vergangenen Stunden mindestens fünf Kilo Gewicht verloren.

»Sie sind da!«

Christina ergriff ihre Hand.

»Ich habe gehört, dass Sie nach mir gefragt haben.«

Katrin nickte und fuhr sich mit der Zunge über die Lippen.

»Ich möchte eine Aussage machen.« Sie holte tief Luft. »Ich will, dass Sie hören, was Florian Schröder getan hat. Und was ich …« Sie begann zu schluchzen. »Und was ich dazu beigetragen habe.«

Und dann begann Katrin zu erzählen. Langsam, ohne zu stocken, berichtete sie, wie sie Florian Schröder bei einer Wohnungsbesichtigung kennengelernt und sich in ihn verliebt hatte. Wie er ihr erzählt hatte, dass gute Vertragsabschlüsse und Immobilienverkäufe ihm beim Aufstieg in der Firma helfen konnten.

»Und dann …« Sie schloss die Augen. »Dann habe ich ihm vorgeschlagen, mich nach alten Patienten umzuschauen, die allein in einem Haus in guter Lage wohnen. Der Plan war, diese Leute zu überreden, in die Sicherheit einer Seniorenwohnanlage zu ziehen, und Florian sollte den Verkauf ihrer Immobilien übernehmen. Aber nicht alle alten Leute wollten ausziehen. Und da haben wir uns überlegt, wie man ein bisschen nachhelfen könnte. Es war Florians Idee, sich mit einer Maske über dem Gesicht nachts vor die Fenster zu stellen, laute Musik laufen zu lassen oder im Haus tote Tiere zu verstecken.«

»Wie war das mit den Handtüchern?«, fragte Christina.

»Das war meine Idee. Wir hatten früher eine Nachbarin. Sie litt unter Schizophrenie.«

»Und wie ist Schröder in die Häuser gekommen?«, fragte Thomas' Kollege.

»Er war meist vorher im Auftrag als Makler in den Häusern gewesen und hatte entweder einen Zweitschlüssel oder hat sich einen anfertigen lassen. Außerdem hat er einen Satz Dietriche. Er ist sehr geschickt.«

»Und wie ging es weiter?« Thomas' Blick war fest auf Katrin gerichtet.

»Die meisten waren früher oder später froh, wenn sie ihr Haus endlich verkaufen konnten.«

»Und die anderen?«

Sie zuckte mit den Schultern und zupfte an ihren Fingern herum.

»Ein paar sind vorher gestorben. Herzinfarkt und so.«

»Haben Sie oder Herr Schröder dabei nachgeholfen?«

»Nein!« Sie riss ihre Augen auf. »Nein. Wenigstens nicht ich und …« Ihre Lippe begann zu zittern. »Sie glauben doch nicht etwa, dass …«

Thomas schüttelte den Kopf. »Vorerst stellen wir nur Fragen.«

»Florian hat seinen Gewinn fast verzehnfacht. Schümann war sehr zufrieden. Und dann …« Sie schloss wieder die Augen. »Dann fing Nicole an, nachzufragen, nachzubohren. Sie war eifersüchtig auf mich, das habe ich gespürt. Bestimmt wäre sie selbst gern mit einem schicken Wagen abgeholt worden und zum Essen in ein teures Restaurant gegangen. Ihr Freund konnte sie doch nur zu Pommes einladen – wenn überhaupt.«

Sie schluckte. »Einmal hat sie mich belauscht, wie ich mich mit einer Patientin unterhalten habe. Die Frau bewohnte ein Haus in Mürwik, ganz in der Nähe von Solitüde. Das kleine Siedlungshaus war nichts wert, aber das Grundstück hatte Potenzial. Nicole hat gehört, wie ich der Frau eine Seniorenwohnanlage schmackhaft machen wollte. Und dann hat sie wohl eins und eins zusammengezählt, uns hinterhergeschnüffelt. Sie hat ...« Katrin presste ihre bleichen Lippen aufeinander, doch offenbar war sie fest entschlossen, alles zu sagen. »Dann war sie plötzlich tot. Ermordet. Als ich mit Florian darüber gesprochen habe, erzählte er mir, dass sie versucht hatte, ihn zu erpressen. Und dass er ... dass er ...« Sie schluchzte auf und verbarg ihr Gesicht mit den Händen. »Das habe ich doch nicht gewollt!«

Christina drückte ihre Hand. Sollte sie Abscheu vor Katrin empfinden? Oder Wut? Aber sie konnte nicht. Sie empfand nichts als Mitleid. Wie arm, naiv und dumm musste ein Mensch sein, um sich zu solchen Taten hinreißen zu lassen?

»Wie ging es dann weiter?«, fragte Thomas.

»Ich weiß es nicht. Er war so ... so anders, irgendwie komisch. Ich bekam richtig Angst vor ihm. Das war am Dienstagnachmittag. Danach habe ich ihn nicht mehr gesehen. Aber ich konnte nicht mehr. Der Gedanke, dass Nicole tot ... und ich ... wegen mir ...« Sie begann wieder zu schluchzen.

»Wussten Sie, dass Florian Schröder möglicherweise eine Frau ist?«

Katrin starrte Thomas an. »Was?«

»Wir haben die Wohnung durchsucht und Hinweise gefunden, die den Verdacht nahelegen, dass Florian Schröder in Wirklichkeit Martina Wittkowski ist. Wussten Sie davon?«

Aus Katrins Gesicht wich auch der letzte Rest an Farbe. Sie begann, heftig und schnell zu atmen. Dann schrie sie.

»Nein!« Sie fuhr im Bett auf, riss eine der Klebeelektroden ab, schlug auf die Bettdecke. »Nein! Nein! Sie lügen! Das kann nicht sein! Das ...«

Sebastian griff zu einer Ampulle, die auf einem kleinen Medikamentenwagen lag, und zog eine Spritze auf. Zwei Krankenschwestern kamen herbeigelaufen.

»Es reicht jetzt!«, fuhr Christina ihren Bruder an. »Geht!«

»Sie haben die Kollegin gehört«, sagte Sebastian und hielt Katrins Arm fest. »Gehen Sie. Das war eindeutig zu viel. Ich spritze ihr jetzt ein Sedativum, und danach wird sie schlafen.«

Thomas und sein Kollege verließen das Zimmer. Christina folgte ihnen.

»Was hast du da eben erzählt?«, fragte sie. »Ist das wahr? Schröder ist …«

»Wir stehen erst am Anfang der Ermittlungen«, erklärte Thomas. »Aber es besteht Grund zu der Annahme, dass Florian Schröder nicht der ist, der er zu sein scheint. Und wenn sie wirklich mit ihm zusammen war, dann muss sie etwas davon mitbekommen haben.«

»Welch ein sauberes Pärchen«, sagte Thomas' Kollege und schüttelte fassungslos den Kopf. »Mir ist ja im Laufe der Jahre schon einiges untergekommen. Aber so etwas noch nicht.«

»Was wird jetzt mit ihr?«, fragte Christina.

Er zuckte mit den Schultern.

»Möglicherweise wird sie auf die Krankenstation des Untersuchungsgefängnisses verlegt, wenn es ihr besser geht. Vielleicht darf sie aber auch nach Hause – sie ist schließlich bisher nicht straffällig geworden, erwies sich als kooperativ. Und Fluchtgefahr scheint auch keine zu bestehen. Würde ich persönlich so sehen. Aber letztlich entscheidet das die Staatsanwaltschaft.«

»Und was ist mit Schröder?«

Thomas' Kollege schnaubte.

»Erst einmal müssen wir ihn haben. Der Mann ist immer noch auf der Flucht.«

»Und …« Christina spürte ihr Herz klopfen. Jetzt kam die Frage, die ihr schon so lange auf der Seele brannte. »Was ist jetzt mit dem Wizard, den ihr festgenommen habt?« Sie vermied es absichtlich, Dukes Namen auszusprechen.

Thomas holte tief Luft.

»Den werden wir wohl laufen lassen müssen«, sagte er, und es klang, als würden ihm die Worte nur widerwillig über die Lippen kommen. »In diesem Fall scheint er unschuldig zu sein.«

»Also kommt er frei?«

»Ja. Wir«, er deutete auf seinen Kollegen, »fahren gleich hin und reden mit ihm und seinem Anwalt. Wenn …« Er schien schwer daran zu schlucken, sein Adamsapfel hüpfte. »Du kannst ja mitkommen, wenn du möchtest.«

Es war erstaunlich, wie ruhig Boxer und Sumo waren, nur weil Vering beim Verhör neben ihm saß. Der Anwalt führte das Gespräch. Duke musste nichts anderes tun, als die Beine auszustrecken und zuzuhören.

Er nippte an seinem Kaffee und konnte deutlich sehen, dass es die beiden Bullen ordentlich wurmte, nichts aus ihm herauszubekommen. Und dass sie ihm nicht mehr in die Haare greifen konnten, um ihn eventuell doch noch zu einer Aussage zu zwingen.

»So, ich glaube, es reicht jetzt«, sagte Vering schließlich. »Offenbar haben Sie gegen meinen Mandanten keine konkreten Verdachtsmomente. Wenn ich die immer gleichlautenden Fragen richtig interpretiere, die Sie und Ihre Kollegen meinem Mandanten in den letzten Stunden gestellt haben, ist seine Mitgliedschaft beim Wizards of Doom Motorcycleclub das Einzige, was Sie Herrn McKinnley vorwerfen.«

»Was hatte er auf dem Grundstück von Frau Claasen zu schaffen?«

Vering hob eine Augenbraue.

»Auch das haben wir Ihnen bereits mehrfach erklärt. Erstens wohnt mein Mandant dort. Und zweitens hat er Frau Claasen nicht angegriffen, sondern versucht, sie zu verteidigen. Die Polizei hat seine Aussagen am Ort des Geschehens, die Beteuerung seiner Unschuld und seinen Verweis auf den wahren Täter nicht angehört. Und damit kommen wir wieder zum Kern des Ganzen. Herr McKinnley wurde verhaftet, weil er zu den Wizards of Doom gehört. Das aber ist eine Vorverurteilung. Ich fordere Sie hiermit auf, entweder konkrete Beweise für eine Straftat seitens meines Mandanten vorzulegen oder einen Haftbefehl. Anderenfalls sollten Sie das Verhör auf der Stelle abbrechen, damit diese unhaltbare Situation endlich ein Ende findet und Herr McKinnley wieder frei ist.« Er faltete die Hände und sah die beiden Bullen erwartungsvoll an. »Nun? Höre ich etwas?«

Boxer machte ein finsteres Gesicht, und Sumo brummte irgendetwas vor sich hin.

Vering lächelte Duke an.

»Fällt Ihnen auch auf, wie schweigsam die beiden Herren plötzlich sind?«

Die Tür ging auf, und Snail kam herein. Boxer und Sumo sahen ihn überrascht an.

»Was ist los?«

»Er kann gehen«, sagte Snail zu seinen Kollegen. »Er war es nicht.«

Duke fragte sich, ob er plötzlich nicht mehr hier im Raum war oder weshalb die Bullen nicht mit ihm sprachen.

»Und wer war es dann?«

»Martens und Petersen haben eine Aussage, die einem Geständnis gleichkommt«, erklärte Snail ausweichend. »Der dringend Tatverdächtige ist flüchtig, die Fahndung ist bereits eingeleitet.«

Sumo und Boxer sahen sich an.

»Na, dann sind wir hier wohl überflüssig«, sagte Sumo und schlug mit der Hand auf den Tisch.

»Dann fahren wir eben wieder nach Hause.« Boxer erhob sich.

»Tut mir leid, Kollegen, dass ihr euch umsonst hierherbemüht habt.«

Sumo zuckte mit den massigen Schultern.

»Kommt vor.« Dann drehte er sich zu Duke um. »Man sieht sich.«

Sie verließen den Raum, die Tür fiel hinter ihnen zu.

»Kommen Sie bitte mit, Herr Vering. Wir müssen noch ein paar Formalitäten erledigen, dann kann er gehen.«

»Wunderbar. Endlich haben Sie Ihren Irrtum erkannt.« Vering stand auf und packte seine Sachen zusammen. »Ein paar Minuten noch, Herr McKinnley, dann sind Sie endlich wieder ein freier Mann.«

Vering legte ihm kurz eine Hand auf die Schulter, dann verließ er mit Snail den Raum.

Duke wollte es nicht glauben. Erst als Vering zurückkam, ein Formular in mehrfacher Ausführung in der Hand, begann er zu begreifen, dass das hier bald zu Ende war. Endlich.

»Sie müssen hier unterschreiben«, sagte Vering, legte das Schriftstück vor ihm auf den Tisch und deutete auf eine Zeile.

Duke nahm den Kugelschreiber und zeichnete das Motorrad darunter. Dann stand er auf. Vering reichte ihm die Hand.

»Sie haben es überstanden.«

»Das ist noch mal gut gegangen«, sagte Duke. »Danke.«

Er trat durch die Tür, ging durch das dunkle Vorzimmer an den Bullen vorbei. Sie starrten ihn finster an. Es schien, als seien sie alle davon überzeugt, dass er – ganz gleich ob schuldig oder nicht – eigentlich für Jahre in den Knast gehörte.

Dann hatte er endlich auch diese Tür hinter sich und trat in die Halle. Dort warteten bereits einige Leute. Er sah Bert. Hugger. Und sie.

Meine Lady.

»Danke, dass Sie sich die Zeit für uns genommen haben, Herr Schümann«, sagte Thomas.

Er traf Gerd Schümann zum ersten Mal und war ein wenig überrascht. Er hatte sich den großen Flensburger Baulöwen immer als stattlichen Mann vorgestellt. Tatsächlich war er nicht besonders groß und dezent übergewichtig. Sein graues Haar war sehr kurz geschnitten, was ihm ein militärisches Aussehen verlieh. Doch störten der große Siegelring am linken Ringfinger sowie der kleine Ohrstecker mit einem Brillanten den Eindruck. Er war leger gekleidet – Pullover, Hemd, Leinenhose und Segelschuhe, und doch zweifelte Thomas nicht daran, dass dieses Outfit mehr kostete, als er in einem ganzen Jahr für Kleidung ausgab.

»Ihre Aussage wird uns weiterhelfen.«

»Das ist doch wohl meine Bürgerpflicht«, entgegnete Schümann und schüttelte den Kopf. »Ich kann das alles immer noch nicht begreifen. Sehen Sie, ich vertraue meinen Mitarbeitern. Und ich glaube, ich kann mit Fug und Recht behaupten, dass ich über eine ganz gute Menschenkenntnis verfüge. Aber im Fall von Florian Schröder habe ich mich offensichtlich vollkommen getäuscht. Nie wäre ich auf den Gedanken gekommen, dass mit ihm etwas nicht stimmen könnte. Ich wollte ihn sogar zu meinem Juniorpartner machen. Ich hoffe, dass Sie den Kerl – oder die Frau, muss ich wohl eher sagen – bald geschnappt haben. Diese Person muss einfach krank sein, anders kann ich es nicht ausdrücken. Aber ich habe großes Vertrauen in unsere Polizei.« Er streckte Thomas die Hand entgegen. »Herr Martens, hat mich gefreut. Vielleicht treffen wir uns mal unter angenehmeren Umständen.«

Nur zögernd ergriff Thomas die Hand. Schümanns Lächeln jagte ihm einen Schauer über den Rücken. Es kam ihm kalt und berechnend vor.

»Herr Petersen. Hat mich gefreut. Bevor ich gehe, müsste ich noch mal das WC aufsuchen.«

»Den Gang hinunter, die letzte Tür auf der linken Seite.«

»Danke.«

»Und Sie sollten das Gebäude durch den Hintereingang verlassen. Da draußen stehen immer noch Journalisten!«

Schümann nickte und winkte ihnen zu.

Thomas sah ihm mit gemischten Gefühlen nach. Er wusste, dass Schümann als Wohltäter galt und sich an zahlreichen gemeinnützigen Projekten der Stadt beteiligte. Trotzdem hatte er das Gefühl, dass der Baulöwe keinesfalls so unschuldig an Schröders Taten war, wie er vorgab.

»Manchmal habe ich den Eindruck, wir lochen die Falschen ein«, sagte Peer leise.

Thomas sah ihn an und nickte stumm. Der Kollege hatte offenbar den gleichen Eindruck wie er.

Als er in die Halle kam, sah er Christina. Sie kam auf ihn zu. Sie war blass und sah müde aus. Kein Wunder, es war bereits nach halb zwei.

»Thomas, Duke ist immer noch nicht da, was …?«

»Es dauert manchmal etwas länger mit den ganzen Formalitäten. Er muss die Sachen zurückbekommen, die ihm bei der Verhaftung abgenommen wurden, alles prüfen …«

Wie drohende Schatten tauchten zwei Männer hinter Christina auf. Wizards. Davon war Thomas sofort überzeugt, obgleich keiner von ihnen Clubzeichen auf der Kleidung trug. Der eine war schon etwas älter, sein Zopf war ergraut. Der andere war klein, hatte wirre graue Locken und einen Bart. Sie standen breitbeinig mit vor der Brust verschränkten Armen da und ließen ihn nicht aus den Augen, als stünde Christina unter ihrem Schutz.

Sie ist meine Schwester, ich darf das, wollte Thomas schon sagen. Doch dann fiel ihm ein, dass er sich nicht rechtfertigen musste.

»Da ist er endlich!« Christinas Stimme klang erleichtert.

Thomas wandte den Kopf.

McKinnley kam an der Seite von Vering aus dem hinteren Trakt. Er sah müde und zerschunden aus. Sein Gang wirkte etwas unsicher. Dann sah er Christina. Und als wäre plötzlich die Müdigkeit verschwunden, kam er mit langen, schnellen Schritten auf sie zu. Wortlos nahm er ihr Gesicht in seine Hände, beugte sich zu ihr hinunter und küsste sie auf eine schamlos leidenschaftliche Weise. Und sie schien nichts dagegen zu haben. Im Gegenteil. Die beiden klebten aneinander, als wollten sie einen neuen Rekord aufstellen.

Thomas wusste nicht, wo er hinschauen sollte, senkte schließlich verlegen den Blick und hoffte, dass nicht zu viele seiner Kollegen diese Szene beobachteten. Dabei wusste er nur zu gut, dass bereits ein einziger Zeuge ausreichte, und spätestens morgen früh würden alle Polizisten in Flensburg wissen – angefangen von der Kripo bis hin zur Verkehrspolizei –, dass seine Schwester die Seiten gewechselt hatte. Er hörte schon die dummen Sprüche: »Deine Schwester? Ach, du meinst die Rockerbraut!« Und dass er jetzt danebenstand, keinen halben Meter von den beiden entfernt, und nicht dazwischenging, würde auch noch Anlass zum Gespött geben. Das war sicher.

Endlich, nach gefühlten Stunden, lösten Christina und McKinnley sich voneinander.

»Wie geht es Kate?«, fragte der Schotte, seine Stimme klang heiser.

»Etwas besser«, sagte Christina. »Aber sie liegt immer noch auf der Intensivstation.«

»Fuck. Wird sie …?«
Christina schüttelte den Kopf.
»Ich weiß es nicht. Noch ist alles offen.«
In diesem Augenblick trat Schümann an Thomas heran.
»Sind das die beiden Herrschaften, die Schröder zur Strecke gebracht haben?«, fragte er ihn leise.
Thomas nickte. Und bevor er Schümann zurückhalten konnte, trat der auch schon auf Christina und McKinnley zu.
»Ich wollte mich bei Ihnen bedanken.« Schümann reichte Christina die Hand, dann streckte er sie McKinnley entgegen und verzog seinen Mund zu einem huldvollen Lächeln. »Sie haben mir einen großen Dienst erwiesen.«
McKinnley schien noch um ein paar weitere Zentimeter zu wachsen, als er auf Schümann hinuntersah.
»Wer sind Sie?«, fragte er kühl.
Duke. Tatsächlich. Er trägt diesen Namen zu Recht.
»Gerd Schümann, von Schümann-Immo…«
McKinnleys Faust traf Gerd Schümann völlig unvorbereitet. Der Immobilienhändler schrie erschrocken auf und taumelte zurück. Und im selben Augenblick verwandelte sich die Halle in einen Hexenkessel. Vier Polizisten stürzten sich auf McKinnley und rissen ihn zu Boden. Vier weitere hielten die beiden anderen Wizards davon ab, ihrem Kumpel zu Hilfe zu kommen. Christina versuchte einzugreifen und rang selbst mit einem der Kollegen. Und er? Er stand da. Sah zu. Tatenlos. Und konnte nur eines denken.
Gut gemacht. Schümann hat es verdient.
Endlich wurde es ruhiger. Unter dem geübten Griff der Kollegen hörte McKinnley auf, sich zu wehren. Vering sprach auf die beiden anderen Wizards ein, die sich offenbar nur mühsam unter Kontrolle hatten. Der Anwalt wirkte deutlich angespannter als wenige Minuten zuvor. Wahrscheinlich überlegte er sich bereits Verteidigungsstrategien. Das Geschrei der Polizisten ließ nach.
»Bitte lassen Sie ihn doch los!«, hörte Thomas Christina sagen.

Ein Polizist hielt ihren Arm fest, und sie schien den Tränen nahe zu sein. Am liebsten hätte Thomas sie hier rausgebracht und nach Hause gefahren. Aber hätte sie das auch gewollt? Er zweifelte daran.

Schümann hatte sich auf einen der Wartestühle gesetzt und ein Taschentuch aus seiner Hosentasche geholt. Seine Lippe war aufgeplatzt, und Blut sickerte durch das Papiertaschentuch.

»Herr Schümann«, sagte Olschewski zu ihm. »Wenn Sie Anzeige erstatten wollen, können wir sie gleich aufnehmen.«

Doch Schümann schüttelte den Kopf.

»Nein. Lassen Sie nur. Es ist schon gut.«

»Was?«

Nicht nur Olschewski starrte ihn ungläubig an. Mit einem Mal wurde es still in der Halle, niemand sagte ein Wort.

»Lassen Sie ihn gehen.«

Olschewski schüttelte den Kopf.

»Aber warum?«

»Ich werde keine Anzeige erstatten. Es mag Ihnen seltsam erscheinen, aber ich kann seine Reaktion verstehen.« Schümann ließ das blutbefleckte Taschentuch sinken und versuchte zu lächeln, was angesichts seiner geschwollenen Lippe seltsam schief geriet. »Der Mann hat ja recht. Vor dem Gesetz trifft mich zwar keine Schuld. Aber moralisch. Moralisch bin ich ebenso schuldig, als hätte ich diese armen Leute selbst aus ihren Häusern vergrault. Ich hätte erkennen müssen, dass Schröder meine Anweisung, die Augen nach lohnenden Objekten offen zu halten, völlig falsch ausgelegt hat. Wenn ich darauf mehr geachtet hätte, wäre vermutlich vielen Beteiligten Leid erspart geblieben. Insofern habe ich diesen Fausthieb verdient.« Er trat zu McKinnley, der immer noch auf den Boden gedrückt wurde, und ging neben ihm in die Hocke. »Ich muss mich bei Ihnen bedanken. Wer weiß, was Schröder noch alles verbrochen hätte, wenn Sie nicht rechtzeitig eingegriffen hätten.«

Er legte ihm eine Hand auf die Schulter, und Thomas hatte den Eindruck, dass McKinnley gleich platzen würde. Er stieß irgendetwas auf Englisch hervor und wand und wehrte sich. Doch die Kollegen ließen nicht locker.

Schümann lächelte und stand auf.

»Ich danke Ihnen allen!«, sagte er laut und in einem Ton, als hätte er gerade einen Preis verliehen bekommen. »Ich bin sicher, Sie werden Schröder bald gefasst haben. Guten Abend.«

Einer der Polizisten begleitete den Immobilienhändler zur Hintertür, und alle starrten ihm verblüfft hinterher.

»Und was ist jetzt mit ihm?«, fragte einer der Kollegen, die McKinnley in Schach hielten.

»Wo kein Kläger, da kein Richter«, sagte Olschewski und zuckte resigniert mit den Schultern. »Das habe ich auch noch nicht erlebt. Da begeht ein Typ wie der eine klassische Körperverletzung vor einem Dutzend Polizisten als Zeugen, und es passiert nichts. Das sind die Momente, in denen ich im Strahl kotzen könnte. Vielleicht hätte ich doch auf meine Mutter hören und Schlachter werden sollen. Lasst ihn los.«

Einer nach dem anderen lockerten die Kollegen ihren Griff und traten zurück. Die beiden Wizards halfen McKinnley auf die Beine.

»Bist du verletzt?«, erkundigte sich Christina, strich ihm über das Gesicht, umarmte und küsste ihn. Immer wieder. Als sei er gerade aus Todesgefahr gerettet worden. Thomas konnte gar nicht hinsehen.

»Lasst uns von hier verschwinden«, sagte McKinnley und legte seinen Arm um Christinas Schulter. Ganz selbstverständlich, als müsste es so sein.

»Mein Wagen steht gleich um die Ecke«, sagte der Wizard mit dem grauen Zopf.

»Mein Mandant sollte das Gebäude durch den Hintereingang verlassen«, sagte Vering. »Ein Zusammentreffen mit der Presse ist ihm nicht zuzumuten.«

»Geht nur«, brummte Olschewski. »Den Weg kennen die Brüder bestimmt noch von den letzten Malen.«

Thomas sah zu, wie die vier das Polizeigebäude verließen – drei Wizards und Christina in ihrer Mitte. Sie drehte sich nicht einmal um, um sich von ihm zu verabschieden. Es war, als wäre er plötzlich nicht mehr existent. Als hätte sie seine Welt verlassen, um ab jetzt in einer anderen Welt zu leben.

Er schluckte.

Berts Geländewagen parkte in einem der Hinterhöfe, nur einen kurzen Weg vom Polizeigebäude entfernt. Er startete den Wagen, und Hugger setzte sich auf den Beifahrersitz. Duke ließ erst Christina einsteigen, dann sank er auf die Rückbank. Er war blass, unrasiert, und unter seinen Augen waren dunkle Schatten. Er sah völlig fertig aus. Sie war froh, dass er jetzt neben ihr saß, dass die Polizei ihn hatte gehen lassen.

Wenn du diesen Mann liebst, wirst du dich an solche Situationen gewöhnen müssen. Willst du das?

Nein, beantwortete sie sich selbst die Frage. Ich will mich nicht daran gewöhnen. Aber ich will ihn. Und das ist ein entscheidender Unterschied.

Christina tastete nach seiner Hand. Er drückte sie und küsste ihre Finger.

»Schön, dich wiederzuhaben, Bro«, sagte Bert, als sie in die Hauptstraße einbogen.

»Yeah.« Duke rieb sich die Augen. Dann setzte er sich plötzlich auf und beugte sich nach vorne.

»Sag mal, Hugger, warum zur Hölle warst du am Dienstag nicht bei Kate?«

»Tja, Mann, das frage ich mich auch die ganze Zeit. Aber nach deiner SMS bin ich nach Tarp gefahren und …«

»Du hast eine SMS bekommen? Von mir?«

»Ja. Dass da etwas nicht stimmte, habe ich erst hinterher gemerkt. Und da war es schon zu spät. Als ich wieder bei Haus Fördeblick ankam, waren bereits alle weg und …« Er drehte sich um. »Tut mir leid, Mann.«

»Mensch, Hugger, du bist echt blöd wie ein Brot. Solange es keine Pille gegen Legasthenie gibt, wirst du nie eine SMS von mir bekommen. Never in a hundred years. Okay? Got it?«

Er ließ sich wieder zurücksinken.
Hugger nickte.
»Ich weiß, ich habe Mist gebaut.«
»Yeah. Mir wird schon etwas einfallen, womit du das wieder zurechtbiegen kannst.« Duke drehte den Kopf und sah Christina an. Das Licht der Straßenlaternen spiegelte sich in seinen dunklen Augen. »Hast du auf mich gewartet, oder …?«
»Ja.«
Er strich ihr mit dem Zeigefinger zärtlich über die Wange.
»Vielleicht hat Kate recht, und es gibt doch einen Gott«, sagte er leise.
»Wir sind da.«
Bert bremste und hielt vor der Auffahrt von Haus Fördeblick. Sie stiegen aus. Christina sah zu der kleinen Villa hoch. Auch wenn Schröder als Täter entlarvt worden war – Schümanns Pläne, das Haus in seinen Besitz zu bringen, um das Großprojekt zu bauen, hatten sie nicht vereiteln können. Es war bestenfalls aufgeschoben. Natürlich konnte man hoffen, dass Schröder bei der Polizei gegen seinen Chef aussagte. Aber würde das helfen? Bei jemandem wie Schümann?
Sie fröstelte.
»Alles gut, Christina?«, fragte Duke.
»Schümann …« Sie brach ab und schüttelte den Kopf.
Duke nickte.
»Solche Typen erwischt man nie.«
»Aber wir behalten ihn im Auge«, sagte Bert. »Braucht ihr beide noch etwas?«
»Wir kommen klar.« Duke ergriff Berts Hand, wechselte leise mit ihm ein paar Worte und klopfte ihm schließlich auf die Schulter. »Danke, Bro.«
Dann verabschiedete er sich von Hugger.
Gemeinsam gingen sie ins Haus. Vor Christinas Wohnungstür blieben sie stehen. Dass nach der ganzen Aufregung jeder von ihnen allein in seinen vier Wänden hocken sollte, kam ihr falsch vor. Es passte einfach nicht. Außerdem … Ihr kam der Gedanke, dort weiterzumachen, wo sie Dienstagnacht unterbrochen worden waren und Duke heute angeknüpft hatte. Vor den Augen

von Thomas und mindestens einem halben Dutzend seiner Kollegen.

»Möchtest du mit reinkommen?«, fragte sie und hatte ein bisschen Angst davor, dass er Nein sagen könnte.

Sein Lächeln war Antwort genug.

»Gern.«

Sie traten in den Flur, und Christina schloss die Wohnungstür. Duke zog sich mühsam die Jacke aus und ließ sie auf den Boden fallen.

»Mann, ich fühle mich wie ein Greis«, sagte er, rieb sich den Nacken und verzog das Gesicht. »Jeder Knochen tut weh. Ich habe keine Ahnung, wie lange ich auf diesem dämlichen Plastikstuhl gesessen habe. Mein Hintern ist völlig taub.«

Sie trat nahe an ihn heran und legte ihre Hand auf seine Wange. Er sah müde aus. Und zerschunden.

»Was haben die Polizisten mit dir gemacht?«

Duke schüttelte langsam den Kopf.

»Das ist doch egal. Ich will jetzt nicht an die Bullen denken. Das liegt hinter mir. Ich bin hier. Und du.« Er strich ihr das Haar aus dem Gesicht und sah sie nachdenklich an. »Falls ich gerade schlafen sollte, bitte nicht wecken, ja? Ich habe gerade einen richtig geilen Traum.«

Er beugte sich vor und küsste sie.

»Keine Sorge«, erwiderte sie leise, während sich seine Lippen über ihr Gesicht und ihren Hals tasteten und wohlige Schauer über ihren Körper jagten. »Du träumst nicht. Aber ich vielleicht …«

»No«, flüsterte er und fand ihren Mund. Er legte eine Hand auf ihre Hüfte, schob sie sanft ein paar Schritte den Flur entlang und stieß mit der anderen Hand die Küchentür auf.

»Wo ist …?«

»Am Ende des Flurs.«

Duke hob sie hoch. Ohne dass sie voneinander ließen, trug er sie ins Schlafzimmer und setzte sie auf dem Bett ab. Sie knieten einander gegenüber. Seine Hände glitten unter ihr Shirt, ihre zu seinem Gürtel. Er griff in die Tasche seiner Jeans, holte sein Handy heraus und drückte auf einen Knopf.

»Just to be sure …«, sagte er und ließ es über den Boden in den Flur schliddern. Dann stieß er mit dem Fuß die Schlafzimmertür an. Und während er sie wieder küsste, fiel die Tür leise ins Schloss.

17

Samstag, 25. Mai

Duke zog sich die Lederjacke über, stopfte sein Bandana in die Jackentasche und lehnte dann am Rahmen der Haustür. Er wartete auf Christina.

Es war fast wie im Film. Hektisch kam sie in den Flur, um gleich im nächsten Raum zu verschwinden, und murmelte dabei ständig etwas von »Halstuch« und »Wo ist es?« vor sich hin.

Unten vor dem Haus warteten die Brüder auf sie.

»Was suchst du denn?«, rief er in die Wohnung hinein.

Ihr Kopf tauchte kurz in der Küchentür auf.

»Mein Halstuch«, sagte sie und verschwand im Schlafzimmer. »Ich kann nicht ohne mein Halstuch fahren. Das geht nicht.«

Am Haken neben der Tür hing ihr Mantel, aus dessen Ärmel ein Stück Stoff hervorschaute. Er musste schmunzeln. Christina war eine intelligente Frau mit einem scharfen Verstand, wohlgeordnet und strukturiert, und nicht einmal die kleinste Ungereimtheit blieb ihr verborgen. Aber in manchen Dingen war sie hoffnungslos chaotisch – besonders wenn sie aufgeregt war. Für heute war ihre erste größere Tour geplant. Sie wollten rüber zur Eckernförder Bucht, um Kate in der Reha-Klinik zu besuchen. Vielleicht war das der Grund.

»Das türkisfarbene mit dem grauen Paisleymuster?«

»Ja«, rief sie ihm zu und lief vom Schlafzimmer zum Wohnzimmer hinüber. »Wo habe ich es nur?«

»Hier!« Er zog das Tuch aus dem Mantelärmel und hielt es hoch. »Es steckte in deinem Mantel. Können wir jetzt los?«

»Ja, gleich. Ich muss nur …«

Bevor sie wieder in den Tiefen ihrer Wohnung verschwinden konnte, erwischte er ihren Arm und zog sie zu sich heran.

»Hey, Lady. So nervös?«

Christina holte tief Luft.

Duke hob sachte ihr Kinn an.

»Listen. Wir haben doch schon ein paar Touren miteinander gemacht, und die sind toll gewesen. Das hier ist nichts anderes. Es dauert diesmal nur ein bisschen länger. Und glaube mir – wenn ich nur den geringsten Zweifel hätte, würde ich nicht mit dir fahren. Das wäre viel zu riskant für uns beide. Also hab einfach Vertrauen!« Sie nickte. War da nicht die Andeutung eines Lächelns in ihren Augenwinkeln? Es war bestimmt eine Täuschung. Er gab ihr einen Kuss und lehnte seine Stirn gegen ihre. »Schließe jetzt endlich die Wohnung ab. Die Jungs warten und … Just one moment.« Das Klingeln seines Handys unterbrach ihn. »Hallo?«

»Mr. McKinnley, hier Logan. Ich will Sie nicht lange stören, ich habe eine Neuigkeit für Sie.«

Duke schluckte und versuchte, sich zu wappnen.

»Okay. Was gibt's?«

»Ich habe eben ein Gespräch mit der Anwältin Ihrer Stiefmutter geführt.«

Logan machte eine Pause. Duke wartete, zählte Herzschläge. Bei drei hielt er es nicht mehr aus.

»Und? Was hat sie gesagt?«

»Ihre Stiefmutter wird die Anfechtung Ihres Erbes noch einmal überdenken.«

Duke verschlug es die Sprache.

»Mr. McKinnley? Sind Sie noch da?«

»Ja. Aber … Wiederholen Sie das bitte.«

»Ihre Stiefmutter wird noch einmal in sich gehen. Und das heißt, dass möglicherweise dieser ganze Rechtsstreit bald beigelegt ist.« Logans Stimme klang triumphierend. »Was sagen Sie?«

»Keine Ahnung, das ist …«

»Großartig und überraschend, nicht wahr? Es ist ja noch nicht so weit, aber Ihr Erbe ist damit in deutlich greifbare Nähe gerückt. Ich wollte nur, dass Sie es so schnell wie möglich erfahren. Ich wünsche Ihnen ein schönes Wochenende!«

»Danke, Ihnen auch.«

Duke drückte auf den roten Knopf und starrte das Handy an. Er konnte immer noch nicht glauben, was er da eben gehört hatte. Christina sah ihn fragend an.

»Schlechte Nachrichten?«

»Das war mein Anwalt, er hat mir gerade erzählt …« Wieder klingelte das Handy.

Jetzt sagt er mir bestimmt, dass es nur ein Scherz war!

»Ja?«

»Hey, Duke. Soll ich euch jemanden raufschicken, oder findet ihr den Weg allein?«

»Nein, wir kommen.« Er legte auf.

»War das Bert?«, fragte Christina.

»Ja.« Duke nickte.

»Lass uns gehen. Ich bin fertig.«

»So schnell? Nicht doch noch etwas vergessen – Schlüssel, Taschentuch, Sonnenbrille, Kopf …«

Sie stieß ihm den Ellenbogen in die Rippen, ihre Augen funkelten.

Irgendetwas hat die Dame im Sinn, dachte er.

Sie gingen gemeinsam die Treppe hinunter. Vor dem Haus begrüßten ihn die Brüder in einem Pulk, sodass er sich fragte, ob er Geburtstag hatte und nur nichts davon wusste. Und Christina stand daneben und lächelte in sich hinein.

Etwas geht hier vor.

»Okay. Let's go«, sagte er, nachdem er jeden Bruder begrüßt hatte, und wandte sich zur Garage. Doch Bert legte ihm eine Hand auf die Schulter und hielt ihn zurück.

»Duke, vielleicht lässt du heute mal die Clubmaschine stehen und nimmst stattdessen diese hier?«

Vor ihm teilten sich die Brüder und gaben den Blick frei auf …

Seine Knie wurden weich.

Mein Bike!

Da stand sie. Mattschwarz, flach, böse … Ein Sonnenstrahl spiegelte sich auf dem Chromring des Frontscheinwerfers. Er hätte schwören können, dass sie ihm zuzwinkerte.

»What the hell …?«

Er sah in ein Dutzend Gesichter. Bert lächelte, Hugger grinste, Big J schlug ihm auf die Schulter, und Steve stand neben dem Bike und fuhr sich lächelnd durch das Haar.

»Tja, Bro, wir dachten, nach allem, was in der letzten Zeit passiert ist, ist dies das Mindeste, was wir für dich tun können.«

Duke schluckte und rang um Fassung. Er ergriff Berts Hand.

»Hey, Bro, ich …«

»Darüber brauchen wir nicht zu reden.«

Er nickte. Dann ging er auf dem Kantstein in die Knie und fuhr mit seiner Hand über den Lenker, den Tank, die Sitzbank. Er fühlte den Stahl, die wenigen Chromakzente, den matten Lack, das Leder und konnte es trotzdem immer noch nicht glauben.

»Wie …?«

»Freundlicherweise hast du uns deine Zeichnung überlassen.« Steve zwinkerte. »Außerdem haben alle mitgeholfen.«

»Trotzdem war es ein ganz schöner Ritt«, sagte Phil und grinste breit. »Ohne Steve und Kurt wäre es gar nicht gegangen.«

»Das Schwierigste aber war, es vor dir geheim zu halten.«

Duke musste blinzeln, weil er nicht mehr ganz deutlich sehen konnte. Irgendwie verschwamm alles.

»Nun mal rauf, Bro. Lass mal deine ›Predator‹ hören!«

Das ließ er sich nicht zweimal sagen. Er schwang sich auf den Sitz, startete den Motor. Das Bike zitterte, und dann erklang dieses tiefe, satte Grollen, das er so liebte.

Predator.

Auf manche Ideen kann man nicht selbst kommen.

Das musste Kate gemeint haben, als sie bei seinem letzten Besuch vor zwei Tagen zu ihm gesagt hatte: »Hab Vertrauen, Duke. Denn Gott spricht: Ich werde die Fenster des Himmels auftun und Segen ausgießen bis zum Übermaß.« Er war nicht so vermessen, dass er das auf sich bezog. Aber es fühlte sich so an. Wie eine Wundertüte, die sich gerade vor ihm öffnete: Erst Christina. Dann Logans Anruf. Und jetzt sein Bike …

»Na, freust du dich?«

Christina stand vor ihm, lächelnd. Und plötzlich verstand er.

»Du solltest mich ablenken.«

Sie nickte.

»Bis Bert anruft.«

»Das ist dir hervorragend gelungen.«

Er beugte sich vor und küsste sie.
What a sunny day!

Die Wölfe sammeln sich zur Jagd.

Thomas stand mit seinem Wagen auf dem Parkplatz des Fleischmarktes. Eigentlich wollte er Christina besuchen, aber direkt vor Haus Fördeblick hatten sich etwa ein Dutzend Wizards auf ihren Maschinen versammelt. Und Christina mittendrin.

Er hätte seine eigene Schwester fast nicht wiedererkannt. Sie sah fremd aus in der schwarzen Lederjacke, neben ihr der hochgewachsene Schotte in seiner Kutte. Irgendetwas Besonderes schien zu geschehen, denn alle standen um eines der Motorräder herum. Vielleicht hatte McKinnley Geburtstag oder ein Jubiläum.

Hoffentlich fahren sie bald weg.

Thomas stieg aus seinem Wagen aus und blieb mit geöffneter Tür stehen.

Seit vergangenem Donnerstag hatte er kaum mit Christina gesprochen – sie hatte wenig Zeit gehabt, weil sie arbeiten musste. Und er hatte immer noch ein schlechtes Gewissen. Warum hatte er den Kollegen in dieser Nacht nicht gleich gesagt, dass McKinnley nicht der Täter war? Die Antwort auf diese Frage war wenig schmeichelhaft. Denn er hatte aus Wut geschwiegen. Aus Eifersucht. Und aus Scham. Daran hatte er erst einmal zu knabbern. Und dann waren da noch die Zweifel. Bei der eingehenden Beschäftigung mit McKinnleys Akte hatte er einige Ungereimtheiten gefunden, zum Teil nur winzige Details. Unter Umständen waren sie nicht wichtig, wie zum Beispiel die Tatsache, dass der rote Porsche auf der linken Seite verbeult war, nicht rechts, wie es bei einem im Linksverkehr abgedrängten Fahrzeug zu vermuten gewesen wäre. Und dass am selben Tag ein Motorradkonvoi in Glasgow in einen Unfall mit Fahrerflucht verwickelt gewesen war – ein Autofahrer in einem Sportwagen hatte offenbar die Vorfahrt missachtet. Vielleicht hatten diese zwei Ereignisse nichts miteinander zu tun. Aber der Zweifel war gesät und begann, wie Unkraut zu wuchern. Nach einigen schlaflosen Nächten hatte er beschlossen, nicht länger darüber nachzudenken. Gestern hatte er seine private Ermittlungsakte »Neil McKinnley« vernichtet. Er liebte seinen Job, war mit Leib und Seele Polizist. Das wollte er sich nicht kaputt machen lassen.

Endlich schien Christina ihn gesehen zu haben. Sie winkte ihm zu und sprach kurz mit McKinnley. Er legte eine Hand unter ihr Kinn und küsste sie so lange und intensiv, dass es Thomas fast die Schamesröte ins Gesicht trieb. Vielleicht wollte McKinnley ihn auch nur provozieren. Wie vergangene Mittwochnacht, als fast alle Polizisten die beiden zusammen gesehen hatten. Und die, die nicht dabei gewesen waren, wussten es mittlerweile von den anderen. In den letzten Tagen hatte er deshalb viele blöde Sprüche zu hören bekommen. Doch mehr als die Witze seiner Kollegen störte ihn die Tatsache, dass es stimmte. Seine Schwester war jetzt mit einem Biker zusammen. Einem Rocker. Einem Wizard. Die beiden zusammen zu sehen, versetzte ihm einen Stich. Es war ein Gefühl, als hätte Christina ihn verraten.

»Hallo, Thomas!«, rief sie ihm zu und wechselte die Straßenseite. »Warum stehst du da? Komm doch herüber zu uns!«

Zu uns. Sie sprach tatsächlich so, als gehörte sie zu den Rockern dazu. Als wüsste sie nichts über diese Kerle. Oder war es ihr egal?

»Nein, ist schon gut. Ich will nicht stören. Habt ihr etwas vor?«

»Familienausflug.« Sie lachte, und Thomas fiel auf, wie gelöst und frei ihr Lachen klang. Ganz offensichtlich fühlte sie sich wohl. Und war das nicht das Wichtigste, dass sie glücklich war? »Dukes Bike ist endlich wieder fahrbereit. Wir wollen Käte in der Reha-Klinik besuchen.«

Was für eine Idee!

Thomas stellte sich vor, wie wohl das Personal und die Patienten reagieren würden, wenn die Wizards in voller Montur auf ihren Harleys vor die Pforte der Reha-Klinik gerollt kamen. Aber wie er Frau Claasen einschätzte, würde sie sich über diesen ungewöhnlichen Besuch freuen. Er hatte die alte Dame vor ein paar Tagen im Krankenhaus kennengelernt, als er ihre Zeugenaussage aufgenommen hatte. Sie war eine ungewöhnliche

Frau, die nicht nur Weisheit und Wärme ausstrahlte, sondern auch einen verschmitzten Humor und eine Energie, die ihn unwillkürlich an Astrid Lindgren erinnert hatten.

»Na, da wünsche ich dir viel Vergnügen. Richte Frau Claasen meine Grüße aus.«

»Mach ich gern. Wolltest du etwas Bestimmtes?«

Er trat von einem Bein auf das andere. Seit wann machte ihn seine Schwester verlegen?

»Ich dachte, dich interessiert vielleicht der Stand unserer Ermittlungen – wo du doch einen nicht unerheblichen Anteil zur Aufklärung beigetragen hast.«

Christina hob eine Augenbraue.

»Wir«, verbesserte sie ihn. »Das waren Duke und ich. Aber natürlich interessiert uns das. Was habt ihr herausgefunden?«

»Auf dem beschlagnahmten Computer haben wir alles gefunden. Schröder hat jede einzelne Aktion minutiös festgehalten, inklusive Datum und Uhrzeit. Daher wissen wir auch, dass der Umfang der Taten viel größer ist als bisher angenommen. Es betrifft insgesamt dreiunddreißig Männer und Frauen im Alter von sechsundsiebzig bis neunundachtzig. Einundzwanzig von ihnen sind in eine Senioreneinrichtung gezogen. Neun sind gestorben. Der Staatsanwalt prüft gerade, in welchen dieser Fälle von Mord ausgegangen werden muss.« Thomas machte eine Pause. »Wir müssen uns bei dir für deine Hilfe bedanken. Ohne dich wären wir Schröder wohl noch lange nicht auf die Schliche gekommen.«

»Uns«, beharrte Christina. »Aber gern geschehen. Und wisst ihr schon, wer er wirklich ist? Tut mir leid, mir fällt es immer noch schwer, ihn mir als Frau vorzustellen.«

»Da bist du nicht die Einzige. Aber nein.« Thomas schüttelte den Kopf. »Bisher wissen wir nur, dass sowohl Florian Schröder als auch Martina Wittkowski reale Personen sind. Florian Schröder ist Waise und in einem Heim und bei Pflegeeltern in Düsseldorf aufgewachsen, die aber schon lange keinen Kontakt mehr zu ihm haben, abgesehen von regelmäßiger Post zu Weihnachten. Und bei Martina Wittkowski ist es ähnlich. Die Kollegen in Bochum haben ihre Mutter ausfindig gemacht. Auch sie erhält regelmäßig Post von ihrer Tochter. Angeblich lebt sie in Italien. Derzeit gehen wir von mindestens einem weiteren Verbrechen aus, aber das werden wir hoffentlich herausfinden, wenn wir Schröder verhören. Seit gestern haben wir ihn. Oder besser sie.«

»Großartig! Wie habt ihr den denn erwischt?«

»Nun, ›erwischt‹ ist nicht ganz das richtige Wort«, sagte Thomas gedehnt und sah zu den Wizards hinüber. McKinnley saß breitbeinig auf seiner Maschine, zündete sich eine Zigarette an und lachte. »Er lag auf den Stufen vor dem Polizeipräsidium in Leipzig.«

»Einfach so?«

»Einfach so. Schröder war ein bisschen lädiert und konnte es gar nicht abwarten, den Überfall auf Frau Claasen und den Mord an Nicole Bohrmann zu gestehen. Bei der ärztlichen Untersuchung wurde dann auch zweifelsfrei festgestellt, dass er tatsächlich eine Frau ist. Sie muss mit jemandem aneinandergeraten sein. Wir vermuten, dass die Wizards ihre Hände dabei im Spiel haben.« Er sah sie prüfend an. »Weißt du etwas darüber?«

Christina schüttelte den Kopf.

»Woher sollte ich?«

War sie wirklich so arglos? So naiv?

»Hat dir … McKinnley hat dir nichts erzählt?«

»Warum sollte er?«

»Na, ich dachte, ihr beide seid …« Thomas verzog das Gesicht. »Dann traut er dir wohl nicht. Vielleicht weil ich ein Polizist bin?«

Christina schnaubte, und ihre Augen begannen zu blitzen.

»Du nimmst dich etwas zu wichtig, Tom. Duke kümmert es nicht, dass du Polizist bist. Ebenso gut könntest du Dieb, Priester oder Bankangestellter sein. Er kann nämlich unterscheiden, mit wem von uns beiden er zusammen ist. Und wenn er mir keine Interna erzählt, so hat es nichts mit mangelndem Vertrauen zu tun. Erstens geht es mich nichts an. Und zweitens will er mich vor deinen ständigen Fragen schützen. Also spar sie dir von jetzt an bis in alle Ewigkeit. Ich weiß nichts. Wenn dich etwas interessiert, frage ihn selbst.« Die kleine steile

Falte zwischen ihren Augenbrauen glättete sich wieder. »Wo ist Schröder jetzt?«

»Vermutlich auf der Autobahn. Sie wird gerade nach Flensburg gebracht. Deshalb habe ich auch wenig Zeit. Wir wollen so schnell wie möglich mit dem Verhör beginnen.«

»Was geschieht dann mit ihm? Oder ihr?«

Thomas zuckte mit den Schultern.

»Es kommt darauf an. Wir müssen damit rechnen, dass ein psychiatrisches Gutachten notwendig wird. Möglicherweise ist Schröder nicht voll zurechnungsfähig. Das Übliche eben.« Er seufzte. »Ach, ich habe noch etwas für …« Für deinen Freund, hatte er eigentlich sagen wollen. Aber es kam ihm nicht über die Lippen. »Für McKinnley.« Er griff in seine Tasche und zog einen Plastikbeutel heraus. »Wir haben Nachricht aus Glasgow bekommen. Offenbar war die Sache mit dem Feuerzeug ein Missverständnis. Es gehört wohl doch ihm. Und man will sich mit ihm in Verbindung setzen. Irgendwann in den nächsten Tagen. Das kannst du ihm ausrichten.«

Christina nahm den Beutel und ließ ihn in ihrer Hand hin und her pendeln.

»Warum gibst du es ihm nicht selbst?«

Er wich ihrem forschenden Blick aus.

»Es ist besser, wenn du es machst. Ich und die …« Er schluckte. »Manches passt einfach nicht richtig zusammen.«

»Schade, dass du es so siehst«, sagte Christina. »Ich werde es Duke geben.«

»Ich muss jetzt los und …«

»Ja, ich auch. Die Jungs warten.«

Die Jungs.

Es klang, als wäre sie mit einer Fußballmannschaft unterwegs.

»Viel Spaß.«

»Danke.«

Thomas stieg in seinen Wagen, wendete und fuhr davon. Er wollte nicht sehen, wie McKinnley Christina küsste. Nicht schon wieder.

Christina ging zu Duke.

»Alles gut, Lady?«, erkundigte er sich, trat die Kippe mit der Stiefelspitze aus und schob sich ein Kaugummi in den Mund.

»Mein Bruder hat mir das für dich gegeben.« Sie reichte ihm den Plastikbeutel. Er öffnete ihn und ließ das Feuerzeug auf seine Handfläche gleiten. »Mit Grüßen aus Glasgow. Es war offenbar ein Missverständnis.«

Er sah zuerst das goldene Feuerzeug an, dann sie, dann wieder das Feuerzeug.

»Missverständnis?«

»Ja, so hat Thomas sich ausgedrückt. Es gehört dir, soll ich dir sagen, und …«

»Es gehört mir? Sure?«

Sie konnte seine Überraschung verstehen. Er hatte ihr von seinem Vater erzählt, von seiner Stiefmutter, der Erbschaft und dem ganzen Ärger, der damit zusammenhing. Und sie wusste, wie sehr diese Sache an ihm nagte. Viel mehr, als er sich selbst eingestehen wollte.

»Ja. Es ist deins. Offenbar hat jemand in Glasgow eingesehen, dass du nicht gelogen hast.« Sie lächelte ihn an. »Thomas hat auch gesagt, dass man sich mit dir in Verbindung setzen will. In den nächsten Tagen.«

»Wer?«

Christina verdrehte die Augen.

»Keine Ahnung. Wenn du es genau wissen willst, musst du Thomas selbst fragen. Es ist ganz schön anstrengend, für euch beide den Vermittler, Dolmetscher und Boten zu spielen.«

»Danke.« Er steckte das Feuerzeug in die Hosentasche. Allein die Art, wie er es hielt, zeigte ihr, wie viel es ihm bedeutete.

»Und es gibt noch eine Neuigkeit.« Sie holte Luft. »Sie haben Schröder.«

Duke sah auf, ein Lächeln zuckte um seine Mundwinkel.

»Oh. Hat die Polizei die fucking Schröder-Bitch tatsächlich gefunden?« Er wandte sich um. »Es gibt noch etwas zu feiern!«

Gefunden. Man beachte die Wortwahl!

Es kam ihr gar nicht so abwegig vor, dass die Wizards ihre

Hände dabei im Spiel hatten. Es gab Chapter überall in Deutschland. Ein Foto an jedes Chapter, aufmerksame Männer, die ihre Augen offen hielten …

»Schröder lag auf den Stufen des Polizeipräsidiums in Leipzig«, erzählte Christina. »Er wurde offenbar zusammengeschlagen.«

»Da hat er sich wohl mit jemandem in die Haare gekriegt«, sagte Hugger.

»Wohl kaum«, bemerkte Bert trocken.

Die Wizards begannen, laut zu lachen.

Christina seufzte. Sie schämte sich dafür, dass sie mit Schröder kein Mitleid hatte. Wie lange hätte es wohl gedauert, bis die Polizei Schröder ohne diesen Zufall gefasst hätte?

»Alles gut, Lady?«, fragte Duke.

Die Wärme seiner braunen Augen hüllte sie ein, breitete sich in ihr aus.

Vertrauen.

Sie küsste ihn.

»Ja.«

Die Wizards machten sich bereit – Bandanas wurden über die Köpfe gezogen, Zöpfe unter Jackenkragen gesteckt, Reißverschlüsse zugezogen, Sonnenbrillen und Helme aufgesetzt, Handschuhe angezogen. Auch Christina stülpte sich den Helm über und schwang sich hinter Duke auf den Sozius.

»Ich freue mich schon auf Käte.«

Sie rutschte näher an ihn heran, umschlang ihn und atmete den Duft seiner Lederjacke ein. Totenkopf und Schriftzug der Wizards waren nur wenige Zentimeter von ihrem Gesicht entfernt. Der Motor der Harley dröhnte und grollte, die Maschine vibrierte, dann begann sie zu rollen. Aufgereiht wie Perlen auf einer Schnur fuhren die Wizards in einer Zweierkette die Batteriestraße entlang und bogen in die Hauptstraße ein. Sie fühlte Dukes Bewegungen, bevor er sich zur Seite neigte, ging mit ihm mit und wurde eins mit ihm und dem Motorrad.

Ja, Vertrauen. Das war es.

Und alles andere noch dazu.

Epilog

Danny beobachtete Gerd Schümann schon eine ganze Weile beim Training auf dem Laufband. Der Job war langweilig, aber er ließ es sich nicht anmerken. Der Immobilien-Heini zahlte nicht schlecht, und die Arbeitsbedingungen waren akzeptabel. Außerdem war alles besser, als allein und untätig irgendwo herumzuhängen, jetzt, wo er nichts mehr hatte: keinen Job, kein Patch, keine Freundin, keine Freunde.

»Jetzt kommt die letzte Steigung«, sagte er, drehte an der Einstellung und blickte durch die Panoramafenster auf die Förde. Schümanns Büro war einfach eine Show – inklusive Bar, großzügigem Bad und riesigem Ethanol-Kamin.

Schümann keuchte, strengte sich an, dann drehte Danny wieder den Knopf und hielt schließlich das Band an.

»Sehr gut«, lobte er. »Sie haben schon gute Fortschritte gemacht.«

Schümann griff nach einem Handtuch und wischte sich den Schweiß von Gesicht und Hals.

»Sie sind ein guter Trainer, Brauer.«

Das habe ich bei Big J gelernt, dachte Danny, sagte aber nichts, sondern verzog das Gesicht zu einem Lächeln. Er versuchte, nicht mehr an die Wizards zu denken, den Club ebenso aus seinem Leben zu streichen, wie die Member es mit ihm gemacht hatten. Vorgestern hatte er ein paar von ihnen in einem Drive-in getroffen. Sie hatten über ihn hinweggesehen, als wäre er gar nicht da. Sie waren sogar quasi durch ihn hindurchgegangen. Danach hatte er seine Pommes vom Boden aufheben und sich eine neue Cola kaufen müssen. Wenn er sich doch Gedanken an die Wizards gestattete, träumte er davon, wie er sich an Duke rächen konnte.

Schümann ging zu der kleinen Bar, schenkte sich ein Glas Wasser ein und drückte auf einen Knopf.

»Sie können ihn jetzt hochschicken«, sagte er durch die Gegensprechanlage.

Danny nahm seine Sporttasche.

»Ich gehe dann.«

Schümann wandte sich zu ihm um.

»Nein, nein, bleiben Sie hier, Herr Brauer. Ich nehme an, dass Sie das auch interessieren wird.«

Keine Minute später öffneten sich die Edelstahltüren des Fahrstuhls. Ein Mann betrat das Büro. Er sah aus wie ein Tourist oder Lehrer mit seinem dunkelgrünen Blouson und der beigefarbenen Stoffhose mit Bügelfalte und schien hier völlig fehl am Platz zu sein.

»Herr Ullrich? Moin. Schümann.« Schümann ging auf den Mann zu und reichte ihm die Hand. »Ich habe gleich noch einen dringenden Termin, also halten wir es kurz.«

»Natürlich.« Ullrich holte aus der Innentasche seiner Jacke ein Kuvert und reichte es Schümann. »Das ist alles, was ich in den vergangenen Tagen zusammengetragen habe.«

»Danke.« Schümann gab ihm einen anderen Briefumschlag. »Hier die vereinbarte Summe.«

Ullrich lächelte. »Wenn Sie meine Dienste wieder brauchen sollten …«

»Tatsächlich könnte das schon bald wieder der Fall sein.«

»Sie wissen, wie Sie mich erreichen können.«

»Ja. Auf Wiedersehen.«

Schümann reichte Ullrich wieder die Hand, und der Mann stieg in den Fahrstuhl.

Danny begriff nichts. Was sollte das Ganze? Und warum sollte er dabei sein?

»Sie fragen sich jetzt sicherlich, was das zu bedeuten hat«, sagte Schümann und wandte sich zu Danny um. »Setzen Sie sich.« Sie nahmen in der kleinen Sitzecke Platz.

»Und jetzt sehen wir uns an, was Ullrich mir mitgebracht hat.«

Schümann öffnete den Umschlag und holte einen Stapel Papiere und Fotos heraus. Eines nach dem anderen reichte er Danny.

Er betrachtete sie. Duke auf seinem Motorrad. Duke in der Werkstatt. Duke, wie er eine Frau küsste. Duke beim Gespräch mit Hugger und Phil. Duke beim Joggen. Duke, der einen Rollstuhl mit einer alten Dame schob. Immer wieder Duke.

Danny dachte an die Landstraße. Mütze und Big J hatten ihn festgehalten, während Bert und Phil ihm das Patch vom Körper gezerrt hatten. Steve hatte den Zündschlüssel seiner Maschine genommen und einfach ins Feld geworfen. Drei Stunden hatte er gebraucht, um das Scheißding wiederzufinden. Alles nur wegen ihm. Er biss die Zähne zusammen, bis die Kiefer schmerzten.

Mistkerl.

»Was soll das?«

Schümann neigte seinen Kopf.

»Ich nehme an, Sie kennen diesen Mann?«

Danny nickte.

Schümann schürzte die Lippen.

»Wenn ich Ihnen jetzt sage, dass uns beide – Sie und mich – mehr verbindet, als es scheint, verstehen Sie mich dann?«

»Ich weiß nicht recht …«

»Nun, dann will ich deutlicher werden.« Schümann lehnte sich zurück. Doch er wirkte angespannt, als könne er nur mühsam seine Wut im Zaum halten. »Ich habe nichts gegen die Wizards, solange sie meine Pläne nicht durchkreuzen. Mir sind diese Burschen, ihre Motorräder, Bordelle und Schlägereien herzlich egal. Nur bei einem mache ich eine Ausnahme.« Er beugte sich vor. »Ich nehme an, wir haben beide einen ganz speziellen Freund, den wir gern loswerden würden. Habe ich recht?«

Danny ließ Schümann nicht aus den Augen und wartete ab.

»Vielleicht haben Sie davon gehört, dass ich erst kürzlich einen meiner Mitarbeiter verloren habe. Ich habe großes Vertrauen in ihn gesetzt, doch er war leider unfähig, außerdem hat er mich betrogen.« Schümann fixierte Danny. »Ich habe eine Stelle zu vergeben, Herr Brauer. Sie erscheinen mir geeignet. Wären Sie interessiert?«

»Was müsste ich tun?«

Schümann lachte und schüttelte den Kopf.

»Nichts, was Sie nicht ohnehin liebend gern tun würden. Was

halten Sie von folgendem Vorschlag: Wir arbeiten zusammen. Ich habe die Mittel und die Möglichkeiten. Sie haben das Insiderwissen. Und gemeinsam bringen wir diesen Schotten zur Strecke.«

»Wann?«

Schümann lächelte.

»Die Antwort gefällt mir. Es wird noch etwas dauern. Wir müssen vorsichtig sein, alle Möglichkeiten prüfen, planen. Aber zum Glück haben wir es nicht eilig. Oder?«

Danny schüttelte den Kopf.

»Nein. Eilig habe ich es nicht. Wichtig ist nur das Ergebnis. Duke muss weg.«

»Genau. McKinnley muss verschwinden.« Schümann lehnte sich zurück und lächelte kalt. »Ich sehe, wir verstehen uns.«

Ein paar Worte zum Schluss

Wieder ist ein Roman beendet. Wieder einmal ist dieser Moment da, in dem ich nach etlichen Monaten vor meinem leeren Schreibtisch sitze und nicht so recht weiß: Soll ich mich freuen, dass die Arbeit getan ist? Ich lasse Freunde zurück, Menschen, die mir ans Herz gewachsen sind, mit denen ich über eine lange Zeit hinweg meine Tage geteilt habe, vierundzwanzig Stunden lang, rund um die Uhr. Menschen, mit denen ich gelacht, gelebt, gelitten habe. So fühlt es sich für mich an. Denn das, was Sie auf diesen Seiten lesen, ist nur ein Bruchteil der Strecke, die ich mit Christina, Duke und allen anderen tatsächlich zurückgelegt habe. Aber wer weiß? Vielleicht gibt es ein Wiedersehen. Mich würde es freuen.

Auch wenn viele der Schauplätze authentisch sind, so ist dieser Roman reine Fiktion. Handlung, Personen sowie der »Wizards of Doom MC« entstammen meiner Phantasie, und viele der erwähnten Orte und Gebäude werden Sie in Flensburg vergeblich suchen. Eine Ähnlichkeit mit lebenden Personen oder Ereignissen wäre daher Zufall und ist keinesfalls beabsichtigt.

Wie immer habe ich auch diesmal den Weg auf dem »Highway« nicht allein zurückgelegt:

Besonders hervorheben möchte ich meine liebe Autorenkollegin Anni Bürkl, die ich zu jeder Zeit kontaktieren konnte und die mir mit ihrer Erfahrung geholfen und mit tröstenden Worten beigestanden hat, wenn es gerade mal nicht weiterging. Die Teetasse hoch, Anni, ich danke dir von ganzem Herzen.

Ich danke ganz herzlich meinen Kollegen vom Montségur Autorenforum, die mich in Recherchefragen stets kompetent beraten haben.

Einen ganz besonderen Dank schicke ich nach Stuttgart zu Andrea und Holger Gaßner, die mich in einer schwierigen Phase meiner Arbeit unterstützt haben und deren Urteil als Testleser ich sehr geschätzt habe. Ich danke euch beiden für eure ehrliche und mutmachende Meinung. Nächstes Jahr in Ladbergen, okay?

Dann gibt es noch The-One-Who-Doesn't-Want-To-Be-Mentioned: Was du geleistet hast, geht über den Job eines Testlesers weit hinaus. Ohne dich wäre dieser Roman niemals das geworden, was er ist. Umso mehr danke ich dir für deinen Support.

Und last, but not least:

Meine Familie, die in den vergangenen Monaten einiges erdulden musste, weil außer Motorrädern und Immobilien kaum noch Zeit und Gedanken für Alltägliches übrig waren.

Marie-Madeleine, vielen Dank für deine Unterstützung in vielen kleinen Dingen. Dein klares Urteil, deine aufbauenden Worte haben mich oft weitergebracht. Und dein Humor tut immer wieder gut. Danke auch dafür.

Joshua, vielen Dank für deine Geduld und dein fröhliches Lachen. Und ganz gleich, wie oft ich dich aus dem Arbeitszimmer geschickt habe, du warst immer verständnisvoll und nie nachtragend. Das ist viel für einen Sechsjährigen, finde ich!

Und natürlich du, Jens-Michael, der Mann vor und neben und hinter mir. Danke für deine Geduld, deine Liebe und deine Unterstützung. Ohne dich wäre dieses Buch (sowie jedes andere auch) undenkbar. Ein Bikerwort sagt: »It takes more love to share the saddle than it does to share the bed.« Mit dir würde ich bis ans Ende der Welt fahren – unser Tausend-Sterne-Hotel wartet …

Ihnen allen und besonders den Bikern unter Ihnen wünsche ich mit Psalm 91,11:

»Gott hat seinen Engeln befohlen, dich zu beschützen, wohin du auch gehst.«

Ride safe.

Yvonne Asmussen,

Hamburg/Flensburg, November 2013

PS: Ich freue mich, wenn Sie mich auf meiner Homepage besuchen: www.yvonne-asmussen.de oder www.roman-welten.de